Herman von Petersdorff

General Johann Adolph Freiherr von Thielmann

Ein Charakterbild aus der napoleonischen Zeit

Herman von Petersdorff

General Johann Adolph Freiherr von Thielmann
Ein Charakterbild aus der napoleonischen Zeit

ISBN/EAN: 9783743458512

Hergestellt in Europa, USA, Kanada, Australien, Japan

Herman von Petersdorff

General Johann Adolph Freiherr von Thielmann

General
Johann Adolph Freiherr von Thielmann

ein

Charakterbild aus der napoleonischen Zeit.

Von

Herman von Petersdorff.

Mit einem Bildnis in Heliogravure.

> Das Gefühl, daß der Soldat nie vergessen muß,
> ein Bürger seines Vaterlandes zu sein, ist
> heute mir zur deutlichen Idee geworden.
>
> Thielmann, 8. Aug. 1789.

Leipzig
Verlag von S. Hirzel
1894.

Vorwort.

Von der Redaktion der Allgemeinen Deutschen Biographie mit
der Abfassung des Artikels Freiherr von Thielmann beauftragt, verspürte ich bei den Arbeiten dazu bald den Trieb, tiefer in den Stoff
hinabzusteigen, als es für die Skizze in jenem großen Sammelwerke
erforderlich sein mochte. Der lebhafte Streit, der seit Thielmanns
Erscheinen auf der geschichtlichen Bühne um ihn geführt worden ist,
seine unleugbaren problematischen Charakterzüge reizten mich der
Wahrheit näher zu kommen und ein klareres Bild von dem viel-
gescholtenen Manne zu gewinnen, als es nach den bisherigen Schriften
über ihn möglich war.

Daß die Persönlichkeit Thielmanns einer eingehenden Würdigung
wert war, ist schon frühzeitig empfunden worden. Eine kleine Skizze
in Schlichtegrolls Nekrolog der Deutschen machte im Jahre 1826
den ersten Anfang damit, die Züge dieses Mannes festzuhalten, war
sich jedoch bewußt, daß ihr dies nur zu einem geringen Teile möglich
war und sprach die Erwartung aus, daß bald eine ausführliche Biographie geliefert werden würde. Zwei Jahre später (1828) unternahm
es ein wohlmeinender Freund Thielmanns, einer seiner Adjutanten
aus den Münsterschen Tagen, der Rittmeister v. Hüttel, eine selbständige Schrift über das Leben seines verehrten Chefs zu veröffentlichen.
Vorsichtigerweise gab er ihr den Namen Skizze. Sie war mit wenig
Kritik und noch geringeren Kentnissen geschrieben. Ihr Erscheinen
gab das Zeichen zu einem hitzigen Federkriege. Den Reigen eröffnete
Louis de l'Or, ein Mann, dessen Name sonst ganz in Dunkel gehüllt
ist. Er lieferte ein überaus gehässiges Machwerk voll der rohesten
und unbegründetsten Angriffe gegen Thielmann, das er eine Berich-

tigung der Irrtümer Hüttels nannte. Schon mit etwas mehr Sachkenntnis ausgerüstet, aber auch ohne viel Materialien zu bringen,
trat darauf (1829 und 30) in der Zeitschrift Hesperus Hermann
Oberreit, Thielmanns Sekretär in der Torgauer und in späterer
Zeit, inzwischen zum sächsischen Major aufgestiegen, mit mehreren
vom sächsischen partikularistischen Standpunkte aus geschriebenen Auf-
sätzen in die Schranken. Seine Ausführungen erschienen später (1830)
im Sonderabdruck. Alle Vorgänger stellte aber in den Schatten
Albrecht Graf Holtzendorff, Hauptmann im sächsischen Generalstabe,
geboren 16. Januar 1792, † in hohem Alter als sächsischer General der
Infanterie. Er lieferte (1830) eine von seinem Standpunkt vorzüg-
liche Schrift, aber auch nicht eine vollständige Beschreibung des Lebens,
sondern nur „Beiträge zu einer Biographie", in denen er die Schrift
des Rittmeisters v. Hüttel auf Grund einer Fülle von Aktenmaterial
unbarmherzig zerpflückte. Sein Buch ist mit großem Fleiße, viel
Kenntnis und Einsicht und sogar mit anerkennenswertem Streben
nach Unparteilichkeit geschrieben. Da er aber der Adjutant oder
vielmehr gerade in den kritischen Jahren das Werkzeug eines intimen
Gegners von Thielmann, des Generals von Lecoq und überhaupt
nichts als Sachse war, so ergiebt sich von selbst, daß das Buch nicht
unbefangen geschrieben sein kann. Holtzendorff ist denn auch in patho-
logischen Idiosynkrasieen Thielmann gegenüber befangen und sucht in
jedem Schritt des Generals ein Verbrechen zu entdecken. Wenn er
ihm doch viele gute Seiten läßt und oft rückhaltlos und ausführlich über
sie spricht, so wird er dazu von seinem Gerechtigkeitssinn gedrängt.
Man merkt es ihm an, daß es ihm schwer wird, an Thielmann etwas
anzuerkennen, aber er hält es für seine Pflicht; er hat sich gelobt
unparteiisch zu sein. Dafür hat er denn diejenigen Abschnitte aus
Thielmanns Leben übergangen, wo Kontroversen über die Handlungsweise des Generals nicht möglich sind, so die Zeit vor 1806, den
russischen Feldzug, den Streifzug von 1813 und die preußische Zeit.
Sonst wäre er in die mißliche Lage gekommen, Ruhmeskränze flechten
zu müssen. Lange Zeit nach Holtzendorff hat sich noch einmal (1864)
der Leipziger Professor der Geschichte Friedrich Bülau in seinem Werke
„Geheime Geschichten und rätselhafte Menschen" mit Thielmann ein-

gehender beschäftigt, ohne jedoch ein abgerundetes und noch weniger ein erschöpfendes Ganzes geliefert zu haben. Doch hat er bereits eine handschriftliche Denkschrift des Obersten Heymann über die Torgauer Begebenheiten benutzt und auch sonst wichtige Aufschlüsse gegeben. Der erwähnte Oberst Heymann, ein Waffengefährte des Generals, später Mitarbeiter an der Ersch und Gruberschen Encyklopädie, trug sich schon in den vierziger Jahren mit dem Gedanken an eine Biographie des Generals, nahm aber davon Abstand, weil er sich der Aufgabe nicht gewachsen fühlte und meinte, die Feder eines Varnhagen müßte sich dieses Thema stellen. Doch war gerade Varnhagen einer der subjektivsten Beurteiler Thielmanns. Eine Notiz, welche der scharfzüngige Mann über den General hinterlassen hat, verrät dies zur Genüge. Sie lautet:

„Freiherr v. Thielmann. Ein Mann von Bildung und militärischem Talent. Aber von Ehrgeiz gestachelt, ohne Zuverlässigkeit und festen Charakter. Voll Eifer für die Franzosen hatte er sein Glück gemacht: sein Übertritt zu den Russen bleibt für ihn ein unauslöschlicher Makel. Alle kleinlichen Fehler, die man den Sachsen vorwirft, Ränke, Verstellung, Unterwürfigkeit und Übermut vereinigte er in hohem Maße. Auch im Privatleben war er falsch und verräterisch, ein schlechter Untergebener, ein schlechter Kamerad und ein schlechter Vorgesetzter als Militärperson. Selbstsüchtig neidisch suchte er nur immer den eigenen Vorteil und als solcher galt ihm oft der fremde Schaden. Der Oberst Bose und der Major Karl v. Nostitz kannten ihn gut und haßten ihn. Er wußte seine frühere Bekanntschaft mit Novalis-Hardenberg und überhaupt seine litterarische Bildung trefflich geltend zu machen und erregte dadurch manche Stimme zu seinem Lobe. Doch zuletzt hatte auch sein militärischer Ruf gelitten. In der Schlacht bei Ligny hatte er offenbar seine Schuldigkeit nicht gethan, und selbst seine Treue wurde verdächtig.“

Eine erhebliche Fülle von weiteren Aufschlüssen über Thielmann als die erwähnten biographischen Arbeiten ergiebt die Heranziehung zahlreicher gedruckter Quellen, die die früheren Biographen nicht gekannt und nicht oder doch nicht erschöpfend benutzt haben. Unter ihnen hebe ich Pertzens Werke über Stein und Gneisenau, die Zeschwitzschen

Mitteilungen, die Erinnerungen Heller v. Hellwalds, die Korrespondenz Davouts, Boyens und Natzmers Denkwürdigkeiten, Ollechs Feldzug von 1815 besonders hervor. Auf Grund dieses Materials schien es schon der Mühe wert, eine zusammenfassende Darstellung zu geben. Kaum hoffte ich noch viel archivalisches Material zu finden, da Holtzendorff bereits in umfassender Weise den Stoff in den sächsischen Archiven ausgebeutet hatte. Doch lohnte sich eine Reise nach Dresden zur Benutzung des dortigen Hauptstaatsarchivs, indem ich daraus zwei Abschriften der umfangreichen Denkschrift des Obersten Heymann über die Torgauer Zeit auf Grund der Korrespondenzen Thielmanns, die zum Teil, wie erwähnt, bereits von Bülau und außerdem von Flathe in seiner trefflichen sächsischen Geschichte herangezogen worden ist, ferner den Briefwechsel zwischen Funk und Thielmann im Jahre 1809, einen Bericht des sächsischen Gesandten in Paris, Grafen Bünau, aus dem Jahre 1801 sowie einiges sonstige Material verwerten konnte. Die Ausbeute im Kriegsarchiv des großen Generalstabes zu Berlin war gering. Thielmanns Anteil am Feldzuge von 1815 ist schon im Wesentlichen von Ollech in seinem Werke über diesen Krieg erschöpfend nach den Akten behandelt. Noch weniger bot das Archiv des preußischen Kriegsministeriums für die Zeit in Münster und Koblenz. Eine ganze Anzahl wertvoller Aufzeichnungen konnte ich mir aus den Akten des Berliner Geheimen Staatsarchivs machen, so über die Organisation der sächsischen Truppen und über Thielmanns Verhalten in der Teilungsfrage u. s. w. Auch in der Königlichen Bibliothek zu Berlin durfte ich einige ungedruckte Briefe benutzen.

Eine ungeahnte Fülle von Stoff fand ich schließlich in dem mir bereitwilligst von der Familie v. Thielmann zur Verfügung gestellten Nachlasse des Generals vor. Ich fühle mich gedrungen dem Kgl. preußischen Kammerherrn Freiherrn v. Thielmann und dem Kgl. preußischen Gesandten Freiherrn v. Thielmann, insbesondere aber dem erstgenannten, dem gegenwärtigen Senior der freiherrlichen Familie v. Thielmann, an dieser Stelle meinen aufrichtigen Dank für die vertrauensvolle Überlassung aller offiziellen und privaten — auch der intimsten — Korrespondenz 2c. ihres Großvaters auszusprechen.

Dieser Nachlaß enthält zunächst die Originale zu allen jenen

Briefen, die der Oberst Heymann in seiner wenig übersichtlichen und
etwas der Kritik entbehrenden, aber fleißigen Denkschrift verarbeitet hat,
von der sich, wie bemerkt, zwei Abschriften im Dresdener Hauptstaats-
archiv finden, von der aber auch noch andere Abschriften in den Händen
von Privaten, so z. B. Holtzendorffs, des Biographen Thielmanns,
gewesen sind. Neben dieser ungemein reichhaltigen Korrespondenz,
von der Bülau und Flathe immerhin nur einen kleinen Teil bekannt
gegeben haben und die selbst Heymann noch nicht genügend ausgebeutet hatte, enthält der Nachlaß eine große Zahl von Familienbriefen
seit der Verheiratung Thielmanns, seit 1791 bis zum Jahre 1819,
besonders an die Frau und die Schwägerin Karoline, ferner eine
Anzahl offizieller und vertrauter Schreiben von fürstlichen Personen,
eine Menge Korrespondenzen mit französischen Generalen, mit sächsischen Behörden, 18 Briefe an den General v. Ryssel II, sehr viele
Denkschriften Thielmanns im Entwurf, ferner zwei Tagebücher Thielmanns aus den Jahren 1789 und 1793, ein Itinerar von seiner
Reise nach Paris im Jahre 1801, ein kleines Notizbuch, das der
Professor de Groote im Feldzuge 1815 geführt hat und das uns
Nachricht von den Unterhaltungen im Thielmannschen Hauptquartier
giebt u. s. w.

Auf Grund dieses Materials glaube ich eine im Wesentlichen
neue Arbeit geben und die Hoffnung hegen zu können, der Wahrheit
möglichst nahe gekommen zu sein.

Je weiter ich in meiner Arbeit vorwärts rückte, desto fesselnder
schien mir der Stoff. Thielmann hat ein vielbewegtes Leben geführt
und seine Laufbahn steht keiner der anderen Helden aus den Befrei-
ungskriegen an Interesse nach. Er ist derjenige deutsche General, der
sozusagen inmitten der Helden unserer Litteratur groß geworden ist.
Sie haben alle mit ihm in Verkehr gestanden. Mit Schiller lebte
er auf dem besten Fuße. Mit Chr. Gottfr. Körner war er auf
das innigste befreundet. Mit Novalis trat er in verwandtschaftliche
Beziehungen. Über das Verhältnis zu Körner und Novalis ergaben
die Familienbriefe eine sehr hübsche Ausbeute. Seine Begeisterung
für die Franzosen und für den Napoleonismus, seine Geschicklichkeit
und sein Glück überall und jederzeit eine bemerkenswerte Rolle zu

spielen, sein ruhmvoller Anteil am Feldzuge von 1812, sein Streifzug
im Herbst 1813, seine Mitwirkung an den entscheidenden Tagen im
Juni 1815, vor allem aber das spannende Drama in Torgau, dessen
Held er ist, ebenso wie sein unseliges Kommando über das sächsische
Kontingent nach der Leipziger Schlacht, alles zeigt ihn von der inter-
essantesten Seite. Seine Entwickelung bietet besonders psycholo-
gischen Reiz.

Es ist mir eine Genugthuung, daß ich in der Lage bin, abweichend
von der bisherigen Auffassung, im Wesentlichen ein günstiges Urteil
über den General v. Thielmann zu fällen. Eine eingehendere Kenntnis
der Akten macht manches verständlich, was sonst dunkel war. Bülaus
Bezeichnung Thielmanns als eines „rätselhaften Menschen" scheint
mir bei näherer Beleuchtung nicht zutreffend zu sein. Trotz vielen
Glückes, großen Glanzes und mancher Freude, die sein Leben erfüllte,
entbehrt das Schicksal dieses Mannes nicht der Tragik; und in gewissem Sinne setzt diese Biographie einem Märtyrer des nationalen
Gedankens ein Denkmal.

Marburg, am siebzigjährigen Todestage Thielmanns,
10. Oktober 1894.

v. P.

Quellen.

a. Handschriftliche.

Nachlaß Thielmanns im Besitz des Kgl. preußischen Kammerherrn
Adolf Freiherrn von Thielmann auf Jakobsdorf bei Falken-
berg in Schlesien.

Königlich Sächsisches Haupt-Staats-Archiv zu Dresden.

Geheimes Staats-Archiv zu Berlin. (G. St. A.)

Kriegsarchiv des Großen Generalstabes zu Berlin.

Archiv des preußischen Kriegsministeriums zu Berlin.

Königliche Bibliothek zu Berlin.

Körnermuseum zu Dresden.

b. Alphabetisches Verzeichnis der benutzten Druckschriften.

Allgemeine Deutsche Biographie, herausgegeben von der hist. Komm. bei
der königl. Akab. der Wissensch. zu München, redigiert von R. v. Liliencron
und F. X. v. Wegele. Leipzig 1875 ff. Artikel: Charpentier, Funk, Hilnerbein,
Lucchesini, Reiche, Schlick, Strantz u. a.

Assing, Ludmilla. Gräfin Elisa v. Ahlefeldt, die Gattin Adolphs v. Lützow, die
Freundin Karl Immermanns. Berlin 1857. Notizen über die Münstersche
Zeit.

Aster, Kurzer Lebensabriß Ernst Ludwigs von. Von einem Sohne desselben.
Berlin 1878.

Aster, Heinrich. Die Gefechte und Schlachten bei Leipzig im Oktober 1813.
2 Bände, Dresden 1852. 1853.

Bernhardi, Th. v. Denkwürdigkeiten des Generals von Toll. 2. Aufl. 1865.
2. und 3. Band. (Borodino.)

Boyen s. Nippold.

Bucher, Lud. Ferd. Der Feldzug des dritten deutschen Armeekorps in Flan-
bern im Befreiungskriege des Jahres 1814. Leipzig 1854. 314 Seiten.

Bülau, Friedrich. Geheime Geschichten und rätselhafte Menschen. X, 327 bis
419. 2. Aufl. Leipzig 1864. General Thielmann. XII, 331—352. Leipzig 1864. Noch einmal über General Thielmann. (Vgl. Vorwort.)

Burkersroda, v. Die Sachsen in Rußland. Naumburg 1846.

(Cerrini, v.) Die Feldzüge der Sachsen in den Jahren 1812 und 1813 aus den
bewährtesten Quellen gezogen und dargestellt von einem Stabsoffizier des
kgl. sächsischen Generalstabes. Dresden 1821. 610 Seiten.

Claaſſen, J. Annette v. Droſte-Hülshoff, Leben und ausgewählte Dichtungen. 2. Aufl. Gütersloh 1883.

Clauſewitz ſ. Delbrück und Schwartz.

(v. Courbière) Die preußiſche Landwehr in ihrer Entwickelung von 1815 bis zur Reorganiſation von 1859. Nach amtlichen Quellen. Berlin 1867. E. S. Mittler.

(v. Damitz-Grolman) Geſchichte des Feldzuges von 1814 in dem öſtlichen und nördlichen Frankreich. 3 Bände. Berlin 1842.

Davout ſ. Mazade und d'Eckmühl.

Delbrück, Hans. Das Leben des Feldmarſchalls Grafen Neithardt von Gneiſenau in 2 Bänden Berlin 1882.

Delbrück, Hans. Clauſewitz. Zeitſchrift für preußiſche Geſchichte und Landeskunde. Band 15. Berlin 1878. S. 217—231. Auch in die geſammelten Aufſätze des Verfaſſers aufgenommen.

Ditfurth, M. Freiherr v. Die Schlacht bei Borodino am 7. Sept. 1812. Mit beſonderer Rückſicht auf die Teilnahme der deutſchen Reiter-Kontingente. Marburg 1887. 133 Seiten.

Dorow, W. Erlebtes aus den Jahren 1813—20. Leipzig 1843 und 1845. Teil I. III. und IV.

Dresdener Geſchichtsblätter, herausgegeben vom Verein für Geſchichte Dresdens. II. Jahrgang 1893. Nr. 2 und Nr. 3. Ein Brief des Generals v. Thielmann an Hofrat Böttiger 1811, mitgeteilt vom Oberlehrer Dr. Paul Rachel, und Erwiderung des Generalmajors z. D. Freiherrn v. Frieſen.

J. G. Droyſen. Leben des F. M. Grafen York v. Wartenburg. Berlin 1850 bis 1852. 7. Aufl. 1875.

A.-L. d'Eckmühl, marquise de Blocqueville. Le maréchal Davout. Paris 1880. 3. Band. Gänzlich unkritiſch.

Flathe, Th. Geſchichte des Kurſtaates und Königreiches Sachſen. 3. Band. Gotha 1873.

Frieſen, E. G. M. Freiherr v., Generalmajor z. D. Dresden im Kriegsjahre 1809. Mitteilungen des Vereins für Geſchichte Dresdens. 11. Heft. Dresden 1893.

Funk. Erinnerung aus dem Feldzuge des ſächſiſchen Korps unter dem General Grafen Reynier im Jahre 1812; aus den Papieren des Gen.-Lt. v. — Dresden und Leipzig 1829.

Genealogiſches Taſchenbuch der Freiherrlichen Häuſer. Gotha 1864. S. 855.

Goedeke, Karl. Schillers Briefwechſel mit Körner. Leipzig. 2. Aufl. 1874. 2 Bände.

Gretſchel-Bülau. Geſchichte des ſächſiſchen Volkes und Staates. Band III. Leipzig 1853.

Grolman ſ. Damitz.

Friedrich v. Hardenberg, genannt Novalis. Eine Nachleſe aus den Quellen des Familienarchivs, herausgegeben von einem Mitglied der Familie. 2. Aufl. Gotha 1883.

Heller v. Hellwald, Erinnerungen aus den Freiheitskriegen von Friedrich

—, k. k. österr. F. M. L. Nach dem Tode des Verfassers herausgegeben von Ferd. v. Hellwald. Stuttgart 1864. Enthält wichtige Briefe aus der Torgauer Zeit, besonders Korrespondenz zwischen Thielmann und Langenau.

Albrecht Graf v. Holtzendorff, Kgl. sächs. Hauptmann. Beiträge zu der Biographie des Generals Freiherrn von Thielmann und zur Geschichte der jüngst vergangenen Zeit. Zusammengestellt und mit Aktenstücken belegt von —. Leipzig bei Wilhelm Nauck. 1830. 8°. XII u. 267 Seiten. (Vgl. Vorwort.)

Hüffer, Herm. Annette v. Droste-Hülshoff und ihre Werke. Gotha 1887.

N. v. Hüttel, Rittmeister im gr. Generalstab. Der General der Kavallerie Freiherr v. Thielmann. Eine biographische Skizze mit authentischen Aufschlüssen über die Ereignisse zu Torgau vom Januar bis zur Mitte des Mai 1813. Berlin 1828. Klein Oktav. 79 Seiten. (Vgl. Vorwort.)

Fritz Jonas. Chr. Gottfr. Körner. Biographische Nachrichten über ihn und sein Haus. Berlin 1882.

Keßler, Leben des kgl. preuß. Wirkl. Geh. Rats G. W. —, aus seinen hinterlassenen Papieren. Leipzig 1853.

G. W. Keßler, Leben Ernst Ludwig Heims. Leipzig 1835.

Keyserling, Archibald Graf v., Oberst d. Kav. a. D. Aus der Kriegszeit, Erinnerungen. Erste Abteilung. Der von Thielmannsche Streifzug. Berlin, Alexander Duncker. 1847. 127 Seiten.

Bogislav v. Kleist, Oberst z. D. Die Generale der Kgl. preuß. Armee 1840 bis 1890. Hannover 1891.

Kohlrausch, Fr. Erinnerungen aus meinem Leben. Hannover 1863.

Wilh. Kreiten. Anna Elisabeth Freiin v. Droste-Hülshoff. Münster und Paderborn 1887.

Max Lehmann, Scharnhorst. 2 Bände. Leipzig 1886. 1887.

v. Lettow-Vorbeck. Der Krieg von 1806 und 1807. II. Band. Berlin 1892.

Zwölf Lieder eines Sachsen, niedergeschrieben im Januar des Jahren 1814. Dresden.

Ernst Graf zur Lippe. Husarenbuch. Berlin 1863.

Derselbe. Geschichte des 6. preuß. Husarenregiments. Berlin 1860.

(Woldemar v. Löwenstern) Denkwürdigkeiten eines Livländers (aus den Jahren 1790—1815). Herausgegeben von Friedrich v. Smitt. Leipzig und Heidelberg 1858.

Marwitz. Aus dem Nachlasse Friedrich August Ludwigs v. d. — Band II. Berlin 1852.

Ch. de Mazade. Correspondance du Maréchal Davout. Paris 1885. Band 2—4. Wichtig.

v. Meerheim. Erlebnisse eines Veteranen der großen Armee während des Feldzuges in Rußland 1812. Herausgegeben von dessen Sohne. Dresden 1860. Beigefügt: Briefe des Obersten v. Leyßer über den Feldzug von 1812.

A. v. Minckwitz. Die Brigade Thielmann in dem Feldzuge von 1812 in Rußland. Dresden 1879.

v. Montbé. Die Kursächsischen Truppen im Feldzuge 1806. II. Dresden 1860.

Müffling. Aus meinem Leben. Berlin 1855. I. (Betr. Adressen der sächsischen Offiziere, August 1814.)

Richard Muther. Anton Graff. Leipzig 1881.

Gneomar Ernst v. Natzmer. Aus dem Leben des Generals Oldwig v. Natzmer. 1. Teil. Berlin 1876. Sehr wichtige Aktenstücke betr. Torgau.

Neuer Nekrolog der Deutschen. Jahr 1824. Ilmenau 1826. Thielmann.

B. G. Niebuhr. Preußens Recht gegen den sächsischen Hof. Berlin 1814.

Friedrich Nippold. Erinnerungen aus dem Leben des Generalfeldmarschalls Hermann v. Boyen. III. Band. Leipzig 1890.

K. v. Nostitz. Leben und Briefwechsel. Dresden und Leipzig 1848.

Oberreit, Herm. Beitrag zur Biographie und Charakteristik des Generals Freiherrn v. Thielmann. 40 Seiten. Ohne Ort und Jahr. (Vgl. Vorwort.)

Österreichische militärische Zeitschrift. Wien 1824. Bruchstücke die Mitwirkung der kgl. sächs. Kürassierbrigade bei der Schlacht an der Moskwa betr.

v. Ollech, General der Infanterie. Geschichte des Feldzuges von 1815 nach archivalischen Quellen. Berlin 1876.

F. v. Ompteda. Politischer Nachlaß des hannoverschen Staatsministers Ludwig v. Ompteda. Jena 1869. Band 1 und 3.

W. Oncken. Österreich und Preußen im Befreiungskriege. 2. Band. Berlin 1879.

Louis de l'Or. Kurze Erläuterungen und Berichtigung der Irrtümer, welche in der biographischen Skizze des kgl. preuß. Generals d. Kav. Freiherr v. Thielmann, herausgegeben von R. v. Hüttel bis zu des Genannten Übertritt zu den Truppen der hohen Alliierten im Jahre 1813 enthaltend sind. Dresden und Leipzig 1829. 44 Seiten, klein Oktav. (Vgl. Vorwort.)

Gustav Parthey. Jugenderinnerungen. Als Handschrift gedruckt.

G. H. Pertz. Das Leben des Feldmarschalls Grafen Neithardt v. Gneisenau. 2. und 3. Band. Berlin 1865 und 1869. 4. Band (Pertz-Delbrück) 1880.

G. H. Pertz. Leben des Ministers Freiherrn v. Stein. Band III—VI. Berlin 1851—54. Recht reichhaltig über Thielmann.

Adolf Peters. General Dietrich von Miltitz, sein Leben und sein Wohnsitz. Meißen 1863. 4°.

K. v. Plotho. Der Krieg in Deutschland und Frankreich. 1813 und 1814. Berlin 1817. Band 2 und 3.

Pölitz. Leben D. Franz Volkmar Reinhards. Leipzig und Altenburg 1815.

Poppe, Maximilian. Chronologische Übersicht der wichtigsten Begebenheiten aus den Kriegsjahren 1806—1815. 2 Bände. 4°. Leipzig 1848.

J. M. Raich. Novalis Briefwechsel mit F. und A. W., Charlotte und Karoline Schlegel. Mainz 1880.

Ranke, Leopold v. Zur eigenen Lebensgeschichte. Herausgegeben von Alfred Dove. Leipzig 1890.

Rheinischer Merkur. 1814. 1815.

Roth v. Schreckenstein, General der Kavallerie. Die Kavallerie in der Schlacht an der Moskwa. (Hauptquelle für Borodino.) Münster 1858.

Aus den Papieren des Ministers und Burggrafen von Marienburg Th. v. Schön. Band IV. (Betr. Reichenbacher Tage.)

K. Schwartz. Leben des Generals Karl v. Clausewitz. Band 2. Berlin 1878.

A. Schubart. Novalis Leben, Dichten und Denken. Gütersloh 1887.

H. v. Sybel. Geschichte der französischen Revolution. Band 1—3.

H. v. Treitschke. Deutsche Geschichte im 19. Jahrhundert. Besonders Band III, 7 Königreich Sachsen.

(v. Bieth). Auszüge aus den Papieren eines Sachsen. Als Manuskript gedruckt. Meißen 1843.

Wachholz. Aus dem Tagebuche des Generals Fr. L. v. —. (1809). Braunschweig 1843.

Wachler, D. Ludwig. Einiger kgl. sächs. Garbisten Frevelthaten, verübt in Marburg, den 5. Sept. 1814. Marburg, 29. Sept. 1814. 12°. 40 Seiten.

Wagener, Herm. Staats- und Gesellschaftslexikon. Berlin 1859 ff. Artikel: Manteuffel, Müffling u. a.

Julius Graf v. Wartensleben. Nachrichten von dem Geschlechte der Grafen v. —. 2. Band. Berlin 1858. Nr. 144. Cäsar Scipio Alexander.

Weber, K. v. Zur Geschichte Sachsens während der 3 letzten Monate des Jahres 1806. Archiv f. b. sächs. Geschichte. 11. Band. Leipzig 1873. Seite 1—31.

Ad. Wolf. Theod. Körners Leben und Briefwechsel. Berlin 1858.

Ldw. Freiherr v. Wolzogen. Memoiren. Leipzig 1851.

(v. Zezschwitz) Mittheilungen aus den Papieren eines sächsischen Staatsmannes. Kamenz 1858. Besonders für die Torgauer Zeit wichtig.

Verwiesen sei auch an dieser Stelle auf die jetzt erscheinende Schrift, die ich nicht mehr benutzen konnte:

Carbinal v. Wibbern. Die Streifkorps im deutschen Befreiungskriege 1813. Berlin bei Eisenschmidt.

Inhalt.

1. Jugend. 1765—1791.

2. Der sächsische Husar. 1791—1806.

3. Im Banne des Napoleonismus. 1806—1812.

Berichtigung.

Seite 48, Zeile 12 und 13 lies statt: „von dem Vater seines alten Freundes Stutterheim, der k. k. General war" „von seinem alten Freunde Stutterheim, der jetzt bereits k. k. General war".

1. Jugend.

1765—1791.

Der Name Thielmann oder Thielemann findet sich öfter in
Sachsen. Zum ersten Male erscheint er dort wohl im Jahre 1285,
wo in einer Urkunde ein Domherr Thilmann von Torgau, Propst
zu Bautzen, genannt wird.[1]) Sonderbar genug, daß der Name zugleich in Verbindung mit Torgau auftritt, wo sein berühmtester
Träger die entscheidungsschwerste Zeit seines Lebens durchzukämpfen
hatte.

Ueber die Familie, die uns hier angeht, ist wenig bekannt. Soviel ist sicher, daß sie aus dem Bauernstande hervorgegangen ist, aus
dem nach einem Bevölkerungsgesetze der Bürgerstand seine besten
Kräfte bezieht. Der Pächter des Amtes Zabeltitz bei Großenhain,
Johann Gabriel Thielmann, geb. 1682, wurde 1720 in Dresden
Kapitän und wird als solcher noch 1740 genannt.[2]) Ein Sohn von
ihm, Johann Friedrich, geb. 31. Mai 1705, schlug die Beamtenlauf-
bahn ein und wurde Kurfürstlich-Sächsischer Oberrechnungsrat. Mit
ihm ward die Schreibform des Namens dieser Familie feststehend
Thielmann. Er und seine Nachkommen haben sich stets so geschrieben.
Die häufig vorkommende Form Thielemann ist demnach falsch.

Johann Friedrich wählte seine Lebensgefährtin aus subalternem
Stande. Es war Karoline Seuffert, die Tochter des am 12. September 1760 verstorbenen Hofbettmeisters im Holländischen (Japa-
nischen) Palais, das damals die herrlichen Porzellansammlungen des
prachtliebenden Kurfürsten August des Starken enthielt. Aus ihrer

---

1) Archiv für die sächsische Geschichte. Neue Folge, 2. Bd. Leipzig 1876. S. 101.
2) Kgl. Sächsisches Haupt-Staats-Archiv zu Dresden.

Ehe stammten 7 Kinder, 5 Töchter und 2 Söhne. Da sie nicht un-
bemittelt waren und das Haupt der Familie eine höchst angesehene
amtliche Stellung einnahm, so waren sie in der Lage, einen anregenden geselligen Kreis um sich zu versammeln, ähnlich wie einige Zeit
später Christian Gottfried Körner, der Vater Theodor Körners.
Appellationsrat Körners setzten überhaupt nur sozusagen die Gesellschaften des Oberrechnungsrats Thielmann fort, denn Thielmanns
lebten in demselben Hause, das später der Familie Körner gehörte.
Die geringe Herkunft der Frau Oberrechnungsrat bildete keinen
Hinderungsgrund dafür, daß sich die Töchter des Hauses größtenteils mit Mitgliedern hochangesehener Adelsgeschlechter verbanden,
obschon sich der sächsische Adel sonst durch seine Abgeschlossenheit
besonders auszeichnete. Eine der Töchter, Karoline Wilhelmine, verheiratete sich mit dem Kurfürstlich-Sächsischen Rittmeister der Garde
du Korps Johann August Wilhelm v. Brandenstein, der 1796 starb,
eine andere mit einem Herrn v. Senfft, einem Verwandten des
späteren leitenden sächsischen Ministers, eine dritte in dritter Ehe
mit einem Kammerherrn o'Byrn; der Gatte einer vierten, Anna
Christiane Friederike, welche 1802 starb, hieß Kirsch, der einer fünften
war der Rentamtmann André in Tharand. Der ältere Sohn, Heinrich Wilhelm, wurde Kaufmann in Dresden, ist später ausgewandert
und am 3. Februar 1807 in Neapel unter dem Namen Karl Taubern
gestorben. Der jüngere der beiden Söhne, Johann Adolph, war
der spätere General der Kavallerie Freiherr v. Thielmann.

Johann Adolph Thielmann wurde am 27. April 1765 im
prächtigen Dresden, und zwar in der Neustadt in jenem trauten Hause
nahe der Elbe, das später Körners erwarben, geboren. Sein Vater
bestimmte ihn für die akademische Laufbahn und brachte ihn deswegen im Oktober des Jahres 1776 auf die Fürstenschule zu Meißen,
wo er am Unterricht als Auswärtiger teilnahm und unter besondere
Aufsicht eines Lehrers gestellt wurde. Der pedantische Schulzwang
des Afranums sagte jedoch diesem Knaben nicht zu und um unliebsamen Erfahrungen vorzubeugen nahm ihn der Vater 1779 wieder
aus dieser Anstalt heraus. Johann Adolph genoß nun in seiner
Vaterstadt, jener Residenz, die der Kunstsinn und der Geschmack der

letzten sächsischen Kurfürsten zu einer der schönsten der Welt geschaffen hatten, zusammen mit einem Altersgenossen, v. Stutterheim, den vortrefflichen Privatunterricht des Kandidaten Geithner, der im Jahre 1828 als Superintendent zu Weyda gestorben ist. Der wackere Mann wußte seine Zöglinge so an sich zu fesseln, daß Thielmann ihm Zeit seines Lebens dankbar und ergeben blieb. Als Geithner nach zwei Jahren zu einem Predigeramte an einem andern Orte berufen wurde, übernahm der Magister Jakobi, ein Mann von gründlichster Bildung, der hochbetagt um 1830 als Hofprediger zu Dresden starb, die Erziehung des Knaben. In diesen Jahren entwickelte sich bei diesem die Neigung zum Militärstande, geweckt durch den Obersten Stieglitz, der im Hause des Oberrechnungsrats lebte. Doch hegte der Vater den begreiflichen Wunsch seinen Sohn in den Verwaltungsdienst treten zu sehen. War doch dieser Beruf vielleicht mehr wie irgend ein anderer angesehen. Nicht umsonst durfte Sachsen das bestverwaltete unter den deutschen Territorien genannt werden. Auch boten sich für den Bürgerlichen in diesem Fache weit mehr Aussichten. Dem Willen des Vaters gemäß bereitete sich der Sohn daher zunächst auf das Studium der Rechte vor, gewann indes seine Mutter, ihm insgeheim die Mittel flüssig zu machen, für die er Unterricht in der Mathematik genießen konnte. Der Artilleriehauptmann Harpeter erteilte ihm diesen mit vielem Erfolge, sodaß der junge Mann in dieser für den militärischen Beruf wichtigen Wissenschaft bald tüchtige Kenntnisse erwarb.

Als der Oberrechnungsrat 1782 starb, stand der Erfüllung von Thielmanns brennendem Wunsche nichts mehr im Wege und er trat als Fahnenjunker in das Chevauxlegers-Regiment Kurland ein. Seine Garnison wurde das Städtchen Grimma, unweit Leipzig. Ungefähr zu gleicher Zeit trat sein Spiel- und Lerngefährte v. Stutterheim in den Militärdienst.

In der ruhigen Zeit, die Thielmann in Grimma verbrachte, zeigte es sich zur Genüge, daß es nicht Abneigung gegen die Wissenschaften gewesen war, die diesem Knaben den Aufenthalt an St. Afra verleidet hatte und die ihn dazu bewog, das Waffenhandwerk zu ergreifen. Der Dienst reichte bei Weitem nicht dazu aus, um seinen

Thätigkeitsdrang zu befriedigen. Anstatt indes seine Zeit beim Tarok-
spiel und in sonstigen Zerstreuungen zu verbringen, suchte Thielmann
auf alle Weise seine Kenntnisse und seine Bildung zu erweitern.
Er trieb mit wahrem Feuereifer Litteratur, Philosophie und das
Studium der Alten. Hier war sein Lehrmeister ein Privatgelehrter
in Grimma namens Engelmann, für den Thielmann ebenso wie für
Geithner sein Leben lang besondere Zuneigung und Dankbarkeit hegte.
Daneben übte er sich mit Fleiß in der französischen Sprache. Schon
in Dresden hatte er hierin tüchtigen Unterricht empfangen von einem
bewährten Sprachlehrer namens Bruel. In Grimma bildete er sich
durch eigenes Studium und Konversation in der Gesellschaft weiter
aus. Seine Fertigkeit im Französischen ist es zum Teil gewesen, der
er später seine Karriere zu verdanken hatte. Der junge Fähnrich
verriet ungemeine Geistesanlagen und zugleich höchst liebenswürdige
Umgangsformen. Am 30. März 1784, fast gleichzeitig mit dem Helden Preußens, Scharnhorst, der am 2. April 1784 hannoverischer
Leutnant wurde, zum Sousleutnant bei den Kurland-Dragonern ernannt, gewann der junge bildhübsche Offizier sich bald die Herzen
der Männer und Frauen und er wurde auf der „Brücke" von
Grimma oder auf der „Post" oder im „Keller", den Sammelpunkten
der Gesellschaft des Städtchens, eine der beliebtesten Persönlichkeiten.
Er selbst fand weniger an dem sich ihm bietenden Umgange Geschmack.
Fürchterlich langweilte er sich, wenn er mit einem, zuweilen noch dazu
unfähigen, Vorgesetzten ein Partiechen machen mußte. Die Kameraden
hatten meist weit weniger Bildungsinteressen als er, und er boste sich
oft genug über die „Stroh- und Krautköpfe", mit denen er sich abzugeben hatte. Doch erkannte er, daß man dies Opfer dem Anstande
und der Gesellschaft bringen müsse. Manchmal verwünschte er dann
dies Kleinstadtleben, wo man von seiner Umgebung so häufig nicht
nur nicht verstanden, sondern oft gar mißverstanden wurde. Nichts
Schöneres kannte er, als daheim über seinen Büchern zu sitzen. Mit
besonderem Eifer studierte er, wohl durch Körner darauf gebracht, die
Kantschen Schriften; und seine Freunde, selbst geistreichere, wie der
Jurist Manteuffel, mit ihm nur durch ein halbes Jahr im Alter
verschieden (geboren 26. Oktober 1765), zogen ihn wohl mit seiner

„Vergötterung" des großen Königsberger Philosophen auf. Ebenso machte er sich mit Cartesius, Spinoza, Rousseau, Voltaire, Platner u. s. w. bekannt. Mit wahrem Hochgenuß verfolgte er die herrliche Entwickelung der deutschen Litteratur. Lebte er ja doch sozusagen mitten unter den großen Geistern der neuen Dichtungsperiode. Häufig kam er nach der Vaterstadt Dresden hinüber und mit den Bewohnern des väterlichen Hauses, mit Körners und der talentvollen Schwester der Frau Körner, Dora Stock, verband ihn bald die innigste Freundschaft. Schon durch Körners mußte er auf Schiller hingelenkt werden und in der That hat Thielmann denn auch eine besondere Verehrung für Schiller gehegt. Daneben las er mit Genuß Bürgers Gedichte, Wielands Oberon, Lessings Fabeln u. s. w. Aber auch die politische Litteratur entging seiner Aufmerksamkeit nicht. So wurden ihm (1789) Mirabeaus mémoires secrètes bekannt und er urteilte darüber: „Mirabeau zeigt sich als ein Mann von Kopf, aber Politik von der Seite betrachtet gewährt eine magere Unterhaltung, denn es ist nichts als Klatsch." Auch die „Berliner Monatsschrift", das Organ der aufgeklärten preußischen Köpfe, in dem u. a. damals Struensee seine Kritik des Neckerschen Systems unternahm, gehörte zu seiner Lektüre. Wesentlichen Einfluß hatte auf seine Entwickelung die Persönlichkeit Friedrichs des Großen. Der junge sächsische Offizier erfüllte sich mit der größten Bewunderung für das Genie jenes Königs, von dem Sachsen noch vor wenig Jahrzehnten so herbe Demütigungen erfahren hatte. Zeit seines Lebens hat Thielmann aus Friedrichs Thaten Lehren gezogen und gerade ihn mit Vorliebe citiert. Auch die rein militärische Litteratur vernachlässigte er nicht. So studierte er die Werke des großen preußischen Artilleristen Tempelhoff, die geistreichen militärischen Schriften des Fürsten von Ligne u. s. w. Im nahen Freiberg schrieb damals ein bedeutender Militärschriftsteller, der Hauptmann Tielke, seine epochemachenden Schriften über Feldbefestigung u. s. w. Es ist anzunehmen, daß Thielmanns militärische Bildung nicht unbeeinflußt von ihm geblieben ist. Jedenfalls hat er die von ihm vertretenen Ansichten, die allerdings auch Tempelhoff und andere verfochten, lange Zeit geteilt. Mit besonderer Neigung trieb er ferner Musik, spielte vorzüglich Klavier unb Harmonika; unb als er einst mit einem Dresbener Freunde eine längere theoretische Unterhaltung über Musik gehabt hatte, nahm er sich fest vor, diese Kunst „wissenschaftlich zu treiben". Im Revolutionsjahre 1789 kam er auf den Gedanken, um seine Selbsterkenntnis zu förbern, ein Tagebuch zu führen, unb ein Jahr etwa hat er dies burchgesetzt, um es später noch mehrmals zu thun. Sehr bemerkenswerte Urteile entschlüpften dabei seiner Feder. Schon die Einleitungsworte zu bem Tagebuche verbienen mitgeteilt zu werden: „Willst Du weise werden, so lerne Dich selbst kennen. Gleich wie ein kluger Ökonom richtige Rechnung führen muß, um den wahren Wert unb Ertrag seiner Wissenschaft zu kennen, so muß der Mensch, um weise zu werden, die Ökonomie seiner Seele, also sich selbst stubieren. Um klüger zu werden, will ich mir des Abends alle des Tags über erhaltene neue ober verbeutlichte Ibeen aufschreiben, um banach bie wahren Fähigkeiten meines Geistes unb bie wahre Summe meiner Erkenntnisse zu berechnen; um weiser unb tugenbhafter zu werden, will ich mir auch nicht bie geringste meiner Hanblungen unb beren Triebsebern verschweigen, unb mir getreulich ins Gedächtnis zurückrufen, wie oft ich aus Grundsätzen ober nach Leibenschaften hanbelte, unb mich baburch in Grunbsätzen befestigen, meine Leibenschaften mäßigen, meine Fehler verbessern unb überhaupt vollkommen unb tugenbhaft werden."

Am 8. August 1789 zeichnete er nach einer Unterhaltung mit „seinem guten S a h r", einem Kameraden, ber im benachbarten Kötteritzsch stanb, das bebeutsame Bekenntnis auf: „Das Gefühl, baß der Solbat nie vergessen muß, ein Bürger seines Vaterlanbes zu sein, ist heute mir zur beutlichen Ibee geworden burch bie Hanblung der französischen Nation, welche ben Offizier für infam erklärt haben, welcher bieses vergißt unb sich zu einem Werkzeuge des Despotismus brauchen läßt." Beim Nachbenken über bie französische Revolution wenbet er ben Ausspruch Friedrichs II. an: „Die monarchische Verfassung ist entweder bie beste ober bie schlechteste, je nachbem sie verwaltet wirb." Ein anber Mal spricht er sich als entschiebener Gegner ber Stockprügel aus, weil sie Sklaven schüfen unb bie Menschen des Gefühls ber eignen Würbe beraubten. Über weibliche Oberflächlichkeit aufgebracht, ruft er aus: „Wann wird man dem weiblichen Geschlecht eine der Würde der Menschheit angemessene Erziehung geben!" und ein ander Mal sagt er über das schöne Geschlecht: „Es sollte mehr nach Empfindungen als nach Grundsätzen handeln, weil es dann der Natur am treusten bliebe." Unglücklich fühlte er sich, wenn er einen Tag nicht irgendwie den schönen Wissenschaften gewidmet hatte. Er erkannte in seinen Selbstbetrachtungen, daß er ein leicht aufflackerndes, durchgehendes Temperament habe und empfand darüber Gewissensbisse. Auch entgingen ihm nicht die Regungen eines mächtigen Ehrgeizes in seinem Innern und er tadelte an sich seinen Hang zur Verschwendung. Mit Schulden fing er früh an und um seine Vermögensverhältnisse zu regeln, besaß er auch eines Tages im Jahre 1789 die Schwäche, um die Hand des reichen Fräuleins Steinbach anzuhalten, schätzte sich aber nachher glücklich, als er einen Korb erhielt, weil man den Grund seines Antrages klug durchschaute. Vermögensrücksichten trieben manchen Edelmann in die Heirat mit bürgerlichen Mädchen. So hatte Thielmann auch bei seinem Freunde Georg August Ernst v. Manteuffel (einem Oheim des späteren Feldmarschalls und Statthalters von Elsaß-Lothringen, wie dieser also einem adoptierten, ursprünglich v. Mühlendorf heißenden Zweige der Manteuffels angehörig) den Gedanken, daß er deswegen eine Heirat mit einem Fräulein Wagner beabsichtigen könnte, obwohl er Manteuffel für klug genug hielt, um einzusehen, daß er mit einer solchen Heirat beim Kurfürsten möglicherweise Anstoß erregen könnte. Über denselben Manteuffel konnte er aber auch ein Urteil wie das folgende fällen: „Er ist ein Mann von dem edelsten Herzen und den feinsten moralischen Gesinnungen." Zu seinem Verkehr gehörte in dieser Zeit außer Körner und Manteuffel besonders Leutnant Justus v. Vieth, ein vortrefflicher Charakter, und der Leutnant v. Stutterheim, ferner der kluge und fromme Graf Geßler, später einer der Vertrautesten des Freiherrn vom Stein, der Leipziger Kaufmann Kunze, auch ein Freund Körners, Hofrat Lindemann in Dresden und viele andere. Beim Rückblick auf das Jahr 1789 schrieb er nieder: „Äußerst wichtig ist mir der Erwerb der Freundschaft meines Sahr." Diese hat lange bestanden, um schließlich jählings zu endigen. Im Januar 1790 erhielt er Aussicht als Adjutant in dem neu zu errichtenden Husarenregiment angestellt zu werden. Der um die sächsische Kavallerie besonders verdiente General Bellegarde hatte ihn dazu ausersehen und mit Freuden sah Thielmann dieser Veränderung entgegen. Der Dienst beschäftigte ihn nur allzuwenig. Fast immer war die Reitbahn an der Tagesordnung und es war eine ungewöhnliche Unterbrechung, als das Regiment im September 1790 in die Gegend von Nossen ausrückte, um dort Bauernunruhen zu ersticken.

In Dresden lernte Thielmann, vermutlich im Körnerschen Hause, Anfang 1790 die älteste Tochter des damaligen Bergrats v. Charpentier, Wilhelmine kennen, bald darauf, am 17. Mai in Etzdorf, den Vater selbst und am 1. Juli ihre Familie in Freiberg. Er kam damit in ein Haus, das die mannichfachste Anregung bot. Die Charpentiers waren normannischen Ursprungs, lebten aber schon lange in Deutschland. Joseph II. hatte ihren Adel am 11. Juli 1784 bestätigt. Der Vater Charpentier, geboren 24. Juni 1728 zu Dresden, war bei Errichtung der Freiberger Bergakademie 1767 dorthin als Professor der Mathematik berufen worden und nahm neben dem großen Mineralogen Werner, der damals auch in Freiberg lehrte, eine angesehene wissenschaftliche Stellung ein. Seine zahlreichen Schriften über Bergwissenschaft, besonders Sachsens, haben seinen Namen berühmt gemacht. Im Januar 1787 beschrieb Körner an Schiller Charpentiers Persönlichkeit mit den Worten: „Eine anziehende, sanfte Physiognomie, viel Gutherzigkeit, welche, glaube ich, durch eine Politur der großen Welt noch gewonnen hat." Der kleine Zug, daß der Bergrat auch seine Privatbriefe mit einem Eingangsvermerk versah, scheint uns auf einen Mann von peinlicher Ordnungsliebe zu deuten. Seine praktische Thätigkeit war vornehmlich auf Verbesserung des Hüttenwesens gerichtet und auch in dieser Beziehung hat er Namhaftes geleistet. Die Frau v. Charpentier war eine durch Klugheit und durch mütterliche Fürsorge ausgezeichnete, ernstangelegte Frau. Vier durch Schönheit in die Augen fallende Töchter und drei Söhne lebten in diesem Hause. Die älteste Tochter Wilhelmine war am 16. Februar 1772 in Freiberg geboren und also im Alter von 18 Jahren, als sie den Dragonerleutnant Thielmann kennen lernte.

Thielmann faßte zu Wilhelmine v. Charpentier, einem mit geistigen Gaben und sittlichen Vorzügen ausgestatteten Mädchen, dem aber wie den meisten Charpentiers ein gewisser melancholischer Zug eigen war, eine Zuneigung und entschloß sich dazu, um sie anzuhalten. Im Frühjahr 1791 fand die Verlobung statt, die besonders von der Frau v. Charpentier betrieben worden war. Freund Manteuffel aber begrüßte das Ereignis am 17. Mai mit den neckischen Versen:

> „Des Herzens Weh, das ist das große Zeichen,
> Das jeder arme Schelm so unverkennbar trägt,
> Der in die Schlinge fällt, die ihm die Liebe legt,
> Und ach, wer kann, wer darf, wer will entweichen!
> Wenn über ihm ihr Netz zusammenschlägt.
> Und schau, solch eine böse Sieben
> Dein frommes Minchen ist, so schlimm sie's auch mit Dir
> Und Deinem Herzensweh getrieben,
> Schau, ich bin frei davon geblieben
> Und fühlt' ich auch was ähnliches in mir,
> So kam's doch diesmal nicht von ihr.“

Wilhelmine scheint anfänglich nicht von sehr großer Herzlichkeit gegen den Bräutigam erfüllt gewesen zu sein, obwohl sie ihm allmählich zugethan wurde. So schreibt Thielmann kurz nach der Verlobung, 20. Mai 1791, an sie: „Ich sehe wohl, daß unser gegenseitiges Vertrauen noch garnicht fest genug ist.“ Und an seine künftige Schwiegermutter schrieb er am 7. Mai 1791: „Zwar war ich immer von dem Grundsatz ausgegangen, den Rousseau so ausdrückt ‚ôtez l'idée de la perfection et vous ôtez l'enthousiasme‘, und hatte mir Wilhelmine so vollkommen und also auch so zärtlich und gefühlvoll geschildert als wie möglich, aber nur überreden, nicht überzeugen konnte ich mich hiervon.“ Mit den jüngeren Schwestern Wilhelmines, Karoline und Juliane, hat er sich fast näher gestanden als mit seiner Braut. Für Karoline interessierte sich damals lebhaft einer seiner Freunde, der Franzose Berghem, es wurde indes nichts aus der Verbindung; Berghem verheiratete sich später in Paris und übernahm dort die Leitung eines Bergwerks. Mit den Schwägerinnen wechselte Thielmann Briefe im reizendsten Plaudertone, die Zeugnis von dem schönen verwandtschaftlichen Verhältnisse zwischen ihm und Charpentiers ab-

legen. So scherzte er gelegentlich mit Karolinen und Julien: „Sollten Sie wirklich einen Brief von mir erwartet haben, meine beste
Karoline? Ja fragen Sie nur Ihr Herz aufrichtig, oder vielmehr
lassen Sie nur Ihr Herz recht aufrichtig antworten, ob Sie wirklich
in Leipzig an mich gedacht haben. Ach ich kenne die Menschen, kenne
die Mädchen, kenne meine Karoline! — Ganz anders urteile ich
von Ihnen, meine gute Julchen" (die jüngste Tochter der Frau
v. Charpentier, die spätere Braut von Novalis, von Thielmann auch
wohl das „einsiedlerische Julchen" genannt), „Sie sind noch häus-
licher, sind noch kein solches Weltkind als Ihre Schwester, denken
noch oft mitten im Gewühl der verführerischen Welt Ihrer Freunde,
aber wer bürgt für die Zukunft? denn auch Sie sind von Evens
wankelmütigem Geschlecht! Doch ich Unglücklicher, was schreibe ich
in die Welt hinein — einen furchtbaren Krieg werde ich mir durch
meine Offenherzigkeit zuziehen, und werde unterliegen, denn wer mag
gegen zwei so reizende Mädchen bestehen?"

2. Der sächsische Husar.

1791—1806.

Bald nach der Verlobung wurde Thielmann, am 13. Juli 1791,
zum Premierleutnant befördert und in das neuerrichtete Husarenregiment versetzt. Er kam damit zu der Waffe, die seinen Fähigkeiten am meisten entsprach. Die Husaren waren seit den bewun-
derungswürdigen Leistungen der Zieten, Belling und Werner im
Siebenjährigen Kriege schnell eine begehrte Truppe geworden. Mit
dem besonderen Kleid wurde jetzt ein besonderer Sinn verbunden.
Als Husarenprincip galt größtmögliche Beweglichkeit und Leichtigkeit, Verwendung vornehmlich zur Beobachtung und Erkundung,
Verfolgung und Überrumpelung. Jene Keckheit und Schlauheit, gepaart mit Umsicht und Unternehmungssinn, jenes frische und heitere
Wesen, nicht frei von einem gewissen Durchgängertum, eine bestechende
chevalereske Art, Eigenschaften die den Husarenführer kennzeichnen,
waren Thielmann in hohem Grade eigen. Er ist zeitlebens ein
Husar gewesen. Die geschmackvolle Uniform des sächsischen Husarenregiments, ein weißer Dolman mit hellblauem Kragen und desgleichen
Aufschlägen, hellblauer Pelz mit schwarzem Besatz, Filzmütze mit
weißem Federbusch, kleideten ihn auf das Beste.

Seine Schwadron erhielt der geistreiche Ferdinand v. Funk,
ein Braunschweiger von Geburt, gleichfalls ein Hausfreund von
Körners, der im selben Alter wie Thielmann stand und ähnliche
Interessen wie dieser hatte. Schon seit 1790 lieferte er zu verschie-
benen litterarischen Unternehmungen Schillers Beiträge. Er verfaßte in dieser Zeit u. a. eine gut geschriebene Schrift über Kaiser
Friedrich II., aus der später Hardenberg mannichfache Anregungen zu

seinem Heinrich von Ofterdingen empfing. Auch die von ihm hinter=
lassene Schrift über den Feldzug der Sachsen unter Reynier verrät
den gewandten Stiliften. Nur seine Unverträglichkeit erschwerte den
Umgang mit ihm. Bei so gleichen Interessen wäre es aber nicht
mit rechten Dingen zugegangen, wenn sich Thielmann nicht an ihn
angeschlossen hätte und bald waren beide vertraute Freunde.

Weihnachten 1791 feierten Thielmann und Wilhelmine Charpen=
tier ihre Hochzeit. Von dem Ereignis berichtete am 24. Februar 1792
Körner an Schiller. Er meldete ihm, daß das Husarenregiment im
April nach Kölleda in die Nähe von Weimar und Jena käme. Schiller
würde alsdann die Charpentier wiedersehen, die er (Schiller) und
Huber einmal vergebens zum Reden zu bringen gesucht hätten.
„Sie hat einen Husarenleutnant Thielmann unter Funks Eskadron,
einen sehr hübschen und braven Mann, der zwar nicht Funks Ta=
lente, aber auch viel Ausbildung hat, zum Manne bekommen, und
ist jetzt ein recht hübsches artiges Weibchen.“ Bald darauf lernte
Schiller Thielmann in Jena kennen und schrieb darüber an Körner
(10. Juni 1792): „Thielmann gefällt mir überaus wohl, doch kann
ich Dir von ihm mein Urteil noch nicht sagen. Sein Aufenthalt
war zu kurz, und ich hatte unglücklicherweise gerade einen schlimmen
Tag, wo ich weder genießen konnte, noch genießbar war. Er wird
bald wiederkommen und seine Frau mitbringen.“ Über Funk äußerte
Schiller sich in demselben Briefe weniger günstig, nannte ihn anspruchs=
voll und glaubte nicht auf einen herzlichen Ton mit ihm kommen
zu können. Darauf schrieb Körner die bemerkenswerten Worte
(18. Juni 1792): „Ich vermisse die Herzlichkeit, die Funk mangelt,
nicht bei dem Vergnügen des Umgangs. Mir war er immer ein
Fund, weil ich auf Berührungspunkte mancher Art bei ihm rechnen
konnte. Thielmann ist genießbarer in einem größeren Zirkel, Funk
mehr beim tête à tête. Auch ist Thielmanns Charakter mehr wert,
aber sein Kopf weniger, und die Fälle sind seltener, wo man gerade
den Charakter braucht.“ Dies Urteil eines der genauesten Kenner
Thielmanns und eines Mannes von der erprobtesten Menschenkennt=
nis ist von außerordentlichem Werte. Die zahlreichen Familienbriefe
Thielmanns aus dieser Zeit bestätigen Körners Auffassung seines

Charakters, denn sie verraten durchaus den edel und empfindungs-
voll beanlagten Menschen. Es sollte eine Zeit kommen, wo Thielmann beides, Charakter und Verstand, im höchsten Maße nötig hatte.

Die Nähe von Weimar und Jena bot den beiden Husarenoffi-
zieren Gelegenheit, den eintönigen Aufenthalt in der Garnison Kölleda
öfter zu unterbrechen, und im Verkehr mit den Größen unserer Litteratur empfingen sie mancherlei erquickende Anregung. Da kam der
Rheinfeldzug von 1793 und Thielmann rückte im Februar mit einer
Abteilung seines Regiments dazu aus. „Es ist mir keine Schande
zu bekennen, daß mir der Abschied von meiner Frau viel schwerer
wurde als ich glaubte" schrieb er in das nun wieder aufgenommene
Tagebuch. Mit dem offenen Auge des feingebildeten und scharfen
Beobachters zog er ins Feld. Sein Marsch führte ihn durch eine
Reihe von Duodezstaaten und er konnte sich beim Anblick des Maras-
mus, in dem er diese fand, nicht des Gefühls erwehren, daß diese
kleinstaatliche Welt zum Untergang reif war. Auf dem Marsche ritt
er mit dem Rittmeister Gutschmidt nach Erfurt zum Koadjutor Dalberg. Er fand die dortige Gesellschaft nichts weniger als einer Hof-
gesellschaft ähnlich, indem die außerordentliche Popularität des Koad-
jutors jedermann den Zutritt gestattete. Doch sagte ihm diese Geselligkeit nicht weiter zu, weil ihm sowohl die Kaiserlichen als Mainzer
Offiziere leer vorkamen. Über Dalberg urteilte er: „Er ist ein Mann
von einer großen Herzensgüte mit einer ebenso großen Menge von
Kenntnissen verbunden. Als ein Reicher und Vornehmer folgt er
auch in seinen Studien der Mode, und hat sich die neuere Chemie vorzüglich erwählt. Natürlich besitzt er auch seinen erhabenen Standpunkt, und schmeichelt durch politische Unterhandlungen der Leidenschaft aller Menschen — Einfluß haben zu wollen. Seine Popularität scheint ganz aus dem Herzen zu kommen, doch könnte sich
zuweilen ein wenig Eitelkeit einmischen." Den Hof in Gotha fand er
sehr spanisch und steif in der Etikette. Ueber den berühmten Encyklo-
pädisten Melchior v. Grimm äußerte er: „Die merkwürdigste Person
bei Hofe war ein gewisser Baron v. Grimm, welcher sich von einem
Hofmeister in Sachsen bis zu einem russischen Geschäftsträger in
Paris emporgeschwungen hatte, jetzt schlug er wie alle seines gleichen

sein Schnippchen in der Tasche, eine interessante Physiognomie, ein Korrespondent Voltaires und Friedrichs, was braucht es weiter Zeugnis?" In Eisenach traf er mit Broizem, dem späteren, 1845 verstorbenen Geheimen Kriegsrat zusammen, mit dem ihn sein Leben lang die treueste Freundschaft verbunden hat, ebenso mit der Familie v. Bechtolsheim daselbst. Die geistreiche Frau v. Bechtolsheim wurde eine von Thielmanns begünstigten Damenbekanntschaften, der er mit Vorliebe den Hof machte und die es sich gern von dem schönen Husarenoffizier gefallen ließ. In Fulda fand er die Gesellschaft höchst öde und geistlos; „ein Herr v. Huber zeichnete sich zum Vorteil aus, kannte Voltaire und Rousseau." „Meine Physiognomik spielte mir einen entsetzlichen Streich über die dicken ausgestopften Backen des Herrn v. Bibra seine kleinen funkelnden Augen zu übersehen, welche in der That den scharfsinnigen Verfasser des Journals von und für Deutschland verrieten." Beim Ritt durch Fulda preßte sich ihm der Ausruf aus der Kehle: „Eine paradiesische Gegend, aber das Herz möchte einem bluten, wenn man die gothischen Turmspitzen der reichen Propsteien überall wie Eiterbeulen hervorragen sieht, welche das Land aussaugen, dem Lichte den Weg versperren und lange finstere Schatten vor sich werfen." Am 18. März sah er zum ersten Male den „majestätischen" Rhein und zum ersten Mal auch den Feind. Die Belagerung von Mainz bereitete sich vor und das sächsische Kontingent vereinigte sich vor Mainz mit dem preußischen. Thielmann fand Gelegenheit, die fribericianische Armee kennen zu lernen und bald machte er die Erfahrung, daß dies altberühmte System altersschwach geworden war und nur noch vom ehemaligen Ruhme zehrte. Am 29. März lernte er den Leutnant Strantz und dessen Bruder kennen, welcher eben als Junker eingetreten war, „ein allerliebstes Kind von 15 Jahren." Der ältere Bruder (geb. 1774) war der spätere bekannte Militärschriftsteller Oberstleutnant Ferdinand v. Strantz, der Knabe derselbe Offizier, der im Streifzuge vom September und Oktober 1813 Thielmanns Generalstabschef wurde. Bei dieser Gelegenheit notierte Thielmann: „Man sagte mir, daß bei den Regimentern Mangel an Junkers wäre, weil die Eltern ihre Kinder nicht gern herausschickten. Dies sind keine altpreußischen Gesinnungen!" Bei den Bewegungen seines Truppen-

teils erregte die Unfähigkeit seines Obersten unaufhörlich seinen Zorn.
So am 4. April: „Unser M. sahe von weitem schon eine ganze Linie
Infanterie, aber es waren unsere eigenen Leute; so sah einst Held
Don Quixote des großen Merlins Armee; und es waren — fried-
fertige Schafe. Herr behüte uns vor dieser Art Seher!" Unangenehm fiel ihm das Selbstvertrauen der Preußen auf, die den Feind
viel zu gering achteten und sich höchst unvorsichtig in Sicherheit wieg-
ten. Am 6. April zog er zum ersten Mal auf Feldwacht. Der preußische Major v. Zieten von den Bayreuther Dragonern zeigte ihm
die Posten. An den Bauern in der Mainzer Gegend fiel es ihm
bald auf, daß sie ziemlich republikanisch gesinnt waren. „Wenigstens
sind sie mit ihren geistlichen Blutigeln und der Prunkliebe ihres Kurfürsten sehr unzufrieden, vielleicht nicht mit Unrecht." Am 21. April
war er Zeuge eines Scharmützels der Sachsen, an dem Prinz Louis
Ferdinand von Preußen in seiner stürmischen Heldenart persönlich teilnahm, „der freilich was Klügeres hätte thun können." Der Ernst des
Gefechts, der sich ihm hier zum ersten Male zeigte, ließ in ihm gleich
eine Ahnung davon aufgehen, daß man sich am Ende daheim doch mit
leerem Krimskrams abgegeben hatte. „Ach wie verloren ist doch die
Zeit", schrieb er betrübt am 26. April, „die man im Frieden mit
unnötigen Spielereien zubringt, statt den gemeinen Mann aufs Reelle
zu üben! Wie weit sind wir noch vom Wahren entfernt!" Wenige
Tage darauf speiste er bei dem genialen preußischen Prinzen, „welcher
mir über unser Benehmen viel Schmeichelhaftes sagte." Noch öfter
beteiligte er sich unter Louis Ferdinand an diesen mehr kurzweiligen
als blutigen Scharmützeln und Bewegungen vor Mainz und gründete dadurch Beziehungen, die ihm für immer die ausgesprochene Gunst
des Prinzen sicherten und ihn diesem noch lange Jahre nachher wieder
nahe bringen sollten. Wenn er dann nach dem anregenden Zu-
sammensein mit dem Prinzen in die gewöhnliche militärische Umgebung
zurückkehrte, dann empfand er wieder den Abstand und schimpfte über
die „einfältige Gesellschaft", und selbst der herrliche Rheinwein, mit
dem er sich hier besonders befreundete, wollte ihm dann nicht mehr
schmecken. Dann war es ihm wieder eine Freude, wenn er mit einem
einsichtsvollen Offizier unter den preußischen Kameraden, wie es der

Hauptmann v. Hünerbein war, zusammentraf, vor dessen kenntnis-
reichen Urteilen „die preußischen Windbeuteleien" verstummten. Mit
dem witz- und geistsprudelnden Hünerbein, der wie Thielmann ein
Schüler der Fürstenschule St. Afra war, demselben Hünerbein, der als
preußischer General in den Freiheitskämpfen hohen Ruhm erntete,
knüpfte er näheren Umgang an. Ärgernis erregte ihm das Benehmen
des Herzogs von Weimar, der die Sachsen geflissentlich herabsetzte.
So verzeichnete er einmal in seinem Tagebuche (9. Mai): „Herzog
von Weimar schrie ohne das geringste gesehen zu haben, die sächsischen Dragoner wären wieder davon gelaufen wie Hasen, glücklicherweise aber nahm der Oberst Prinz Hohenlohe ganz öffentlich die Parthie
und versicherte dem Herzog, dies sei nicht wahr, sondern die Dragoner
wären als brave Leute drauf geritten und er sei à la tête gewesen."
Das machte den sächsischen Offizieren Luft zum Reden und Thielmann ritt selbst hin und bedankte sich im Namen der Sachsen vor
dem ganzen preußischen Generalstabe beim Prinzen Hohenlohe. Doch
hatten die hämischen Bemerkungen des Herzogs zur Folge, daß der
Befehlshaber der Belagerungsarmee, der preußische General v. Kalckreuth, durch seine späteren Legendenbildungen berüchtigt, die Sachsen
schlecht behandelte. Freilich wurde er auch dafür einmal genötigt, in
aller Form schriftlich um Entschuldigung zu bitten. Aus allem diesem
geht aber hervor, daß das Verhältnis zwischen Preußen und Sachsen
nicht gerade sehr erquicklich war. Die Meinung von den Österreichern
spiegelt das Urteil wieder, das der junge sächsische Leutnant über eine
Gesellschaft von Generalen und Stabsoffizieren fällte, die er beim
Obersten v. Wachenheim in Begleitung des preußischen Gesandten
Grafen Goerz mitmachte: „Viel Gutmütigkeit, Empirie und keine
Wissenschaft." Mehrfach fand er Gelegenheit sich über den begabten,
aber dissoluten Obersten Freiherrn vom Stein, den Vertrauten Karl
Augusts von Weimar und Friedrich Wilhelms II. von Preußen und
Bruder des großen Ministers, lustig zu machen. Stein galt im Lager
für einen unüberlegten Schwätzer und ungeschickten Unterhändler. Auch
die Gegner sprachen von ihm, wie Thielmann im Laufe der Belagerung
zu erfahren Gelegenheit hatte, nur mit Ironie. Das Tagebuch bemerkt u. a. mit beißendem Spott über ihn: „Wenn er weiter geht

als für das Bett des Königs Mädchen zu negociieren, ist er außer seiner Sphäre.“

Eine angenehme Unterbrechung der Belagerung, für Thielmann aber der Beginn eines neuen Lebensabschnittes war es, als am 17. Mai eine Zusammenkunft zwischen deutschen und französischen Offizieren und Deputierten des Nationalkonvents stattfand. Prinz Louis Ferdinand hatte mit dem Republikaner Merlin ein Gespräch über die Räumung der Festung. „Es war eine herrliche Scene“, berichtet das Tagebuch begeistert, „die äußerste Artigkeit und Freundschaft von beiden Seiten, man bewirtete uns prächtig, alle Delikatessen waren im Überfluß, wahrscheinlich um uns zu zeigen, daß sie an nichts Mangel litten, welches überhaupt die Absicht des Ganzen sein mochte, denn von Politik wurde nichts gesprochen.“[1]) Dann folgt eine Schilderung des Dantonisten Merlin von Thionville, der hier in Mainz seinen Ruf als Revolutionsmann und Spezialist für die Rheinfrage begründete, und des späteren bekannten Direktoriumsmitgliedes Rewbell. „Merlin ist klein, pockennarbig und schwarz wie ein Neger und großer Sprecher, Reibel ist lang und dick, verschlossen und steif. Beide trugen Binden von Seide, dreifarbig mit silbernen Franzen.“ Weiter heißt es: „Hofmann von Mainz war auch da, sprach aber nicht, sogar ein Mainzer Gastwirt war als Hauptmann unter ihnen, wurde aber hintangesetzt. Auffallend war der Unterschied zwischen den Parvenus und Leuten von Erziehung, zu welchen letzteren einige Obersten und die Adjutanten des Generals Douaré gehörten.“ Wenige Tage darauf machte Thielmann auf der Batterie bei Hechtsheim die Bekanntschaft des emigrierten Generals Malseigne. Am 6. Juni schrieb er scharf, aber vermutlich treffend in seinen Aufzeichnungen: „Ich habe von einem großen Manne, für den Calcreuth überall gilt, nicht leicht ein schieferes Raisonnement gehört als seine Diskurse über die Franzosen.“ Kurz darauf bemerkte er über ein den Regeln der Klugheit widersprechendes Beginnen der Heeresleitung: „Friedrich konnte mit seinem

---

1) Der Hergang der Sache ist etwas anders geschildert, als es bei Sybel, Gesch. d. Rev. II 269 geschieht. Wenn Thielmann vielleicht von der politischen Unterhaltung nichts gehört hat, so hat doch seine Angabe, daß die Mainzer das Frühstück gaben, und nicht Louis Ferdinand, mehr innere Wahrscheinlichkeit für sich.

allmächtigen Genie zuweilen einen solchen kühnen Flug wagen, oft aber rächte sich auch die beleibigte Wissenschaft bitter." Als dann die Beschießung der Festung begann und er das Feuer in der Nacht sehr um sich greifen sah und schon „die Hälfte dieser schönen Stadt" in einen Aschenhaufen verwandelt glaubte, fühlte er sich zu dem höchst charakteristischen Worte veranlaßt: „Mir gefallen dergleichen Heldenthaten nicht." Als echter Soldat empfing er indes wieder Ende Juli mit Unmut die Nachricht, daß die Feindseligkeiten eingestellt werden sollten. „Die Nachricht kam uns zu zeitig, weil die Freude verloren ging, den Minenkrieg und einen Sturm zu sehen." Am 22. Juli ritt er abends bis ans Thor von Mainz, wo er eine Menge französischer Offiziere antraf, unter andern einige, die er beim Dejeuner kennen gelernt hatte. „Es ist nicht zu leugnen, daß es eine liebenswürdige Nation ist" rief er nachher aus. Dies Wort bezeichnet kurz und treffend den Eindruck dieser Tage auf Thielmann. Von nun ab stand er unter dem Banne des französischen Wesens. Seine Vorliebe für das Franzosentum sollte geradezu eine verhängnisvolle Rolle in seinem Geschick spielen.

In den Aufzeichnungen, die er im Laufe der folgenden Tage über die Häupter der Franzosen in Mainz machte, verrät sich der große Eindruck, den das Franzosentum auf dies empfängliche Gemüt ausübte, nur zu deutlich. Wie mit magischer Gewalt überkam es ihn, wenn er mit den Vertretern dieser Nation zusammentraf. Seine Urteile sind aber zugleich großenteils so schlagend und so fein und haben sich in der Folge so bewährt, daß sie auch darum schon Beachtung verdienen.

Wenige Tage nachher lernte er den französischen General Dubayet kennen und äußerte über ihn: „Ein Mann von vielem Verstand, er hat in Amerika unter Rochambeau gedient, soll ein großer Redner, guter Soldat und talentvoller Kopf sein." Wohl seiner Kenntnis des Französischen verdankte er es, wenn er am 25. Juli zu einer Eskorte kommandiert wurde, die eine Kolonne Franzosen zur Grenze zu bringen hatte. In den folgenden Tagen lernte er den Obersten Marigny kennen, „einen Mann von noch nicht 30 Jahren, großen Augen, schönen Zügen, durch zu frühes Leben etwas gealtert, vielleicht nicht zum großen General, aber gewiß zum Befehlshaber leichter Truppen geboren." „Bis zur Ankunft der Kolonne ging ich zwei interessante Stunden lang mit Merlin spazieren. Ob er ein neuer Klobius zu nennen sei, oder ob er mehr Wert habe, kann nur die Zukunft entscheiden. Sein unruhiger Geist verrät sich durch eine stete Unruhe seines Körpers, noch mehr liest man diesen in seinen funkelnden, umherspähenden Augen, in den Zügen seines Mundes liegt Bestimmt= heit und Festigkeit des Charakters, und seine aufgeworfenen Lippen lassen im voraus seine nicht gewöhnliche Beredsamkeit erwarten, allein das Ganze seines schwarzen pockennarbigen Gesichts enthält nichts Edles, sowie überhaupt sein ganzes Betragen den aus der Niedrig= keit Emporgeschwungenen verrät, der nur seit Kurzem seine Talente zu größeren und vielleicht immer noch eigennützigen Endzwecken ge= braucht. — Zu meiner Verwunderung war er fast bis auf die gering= sten Umstände von den gegenseitigen Verhältnissen der alliierten Armee unterrichtet, von dem Mißvergnügen gegen die Preußen, ihrer Auf= führung u. s. w.; vergebens suchte er weiter Aufklärung dieserhalb von mir zu erhalten .... Er entflammte von republikanischem Feuer gegen Custine," (den Eroberer von Mainz), „indem er dessen ganzen Plan von der Wegnahme oder vielmehr dessen Idee von der Behauptung der Festung tadelte, und dann mit rednerischem Feuer bewies, daß Custine nichts weniger gethan als diese Idee durch Thätigkeit zu unterstützen, weil er 6 Monate mit Plündern hingebracht ohne an die Verteidigung der Festung zu denken u. s. w. Sowie er die vaterländische Grenze erreicht hätte, würde er in einer Postchaise nach Paris fliegen, um die Motion zu machen, alle Er= oberungen fahren zu lassen, die Armee zurückzuziehen und den Bürger= Soldaten auf vaterländischem Boden hinter Pallisaden zu stellen."

Der große Republikaner hatte also schon damals die Auffassung über die Aufgaben der Republik gegenüber der Rheingrenze, die er Mitte Mai 1795 gegen die Independenten äußerte. Mag er geschwankt haben in dieser seiner Auffassung,¹) so beweist diese Auslassung zu Thielmann wenigstens, daß sie seine Grundanschauung wiedergiebt.

---

1) Vgl. Sybel a. a. O. III 416, Anmerkung.

Von dem Kommandanten der belagerten Armee Douaré verzeichnete Thielmann: „Er ist nach aller Zeugnis ein rechtschaffener Mann, guter Soldat und Ingenieur, nur zu phlegmatischen Temperaments."

Am 27. Juli speiste er mit seinen Freunden Stutterheim und Gutschmidt beim General Dubayet. „Ich saß neben Reubell; beim Dessert wurden wir bekannter; er machte mir eine Skizze von den Ursachen, die ihn bewogen hätten, Partei zu nehmen, sprach mit Unbefangenheit und erwarb sich das Zutrauen meines Herzens, wogegen aber freilich die Klugheit noch protestiert und gewiß nicht unerhört ... Zu meiner Linken saß der Oberst Klebber" (der spätere namentlich durch den ägyptischen Feldzug berühmte General Kleber) „vom Generalstab, der alle Außenwerke von Mainz kommandierte. Gewiß ein Mann von großen militärischen Talenten; er hatte in kaiserlichen Diensten den Feldzug von 1778 mitgemacht .... Als wir durch die gelagerte Armee ritten, grüßte Merlin als ein wahrer Demagog jeden Soldaten und dennoch ist er verhaßt." Später bemerkte er über Kleber prophetisch: „Er ist ein Mann ganz vom Metier, der auch gewiß eine Rolle spielen wird." Ein ander Mal entschlüpfte ihm die Beobachtung, daß die Klubisten sich zum Teil nur deswegen erhielten, weil sie kapitalkräftig wären und Geld leihen könnten. „Wenn der Saft wird ausgedrückt sein, wird man die schlechte Schale wegwerfen." Am 30. Juli gelangte die Eskorte mit der Kolonne am Ziele an, Dubayet stattete seinen Dank für das Geleit ab und man schied mit Freundschaftsversicherungen von einander. Der Leutnant v. Stutterheim, Thielmanns Freund, besaß dabei die Würdelosigkeit, um das Spiel der Marseillaise zu bitten, worauf der General und die anderen Offiziere mit Begeisterung das Freiheitslied sangen und zu Thränen gerührt wurden. Die Höflichkeit, mit der man die französischen Offiziere behandelt hatte, kam diesen selbst so außergewöhnlich vor, daß Dubayet noch nachher einen Reiter schickte und um die Namen der Offiziere von der Eskorte bitten ließ; das Schreiben, in dem er diese Bitte aussprach, erschöpfte sich in den schmeichelhaftesten Ausdrücken für die alliierten Offiziere.

Auf dem Rückmarsche erwachte in dem schöngeistigen Husarenoffizier wieder die Lesewut. Im Städtchen Birkenfeld entdeckte er in seinem Quartier eine kleine brauchbare Bibliothek von Karlsruher Nachdrucken. Er las abends Goethes Stella. Am nächsten Tage kaufte er sich in Kirn für wenig Kreuzer den 1. Teil von Rousseaus Confessions. Unangenehme Empfindungen erweckten ihm in Kirn die „geschmacklosen", schon eingefallenen, obwohl noch nicht vollendet gewesenen „Kartenhäuser" des Fürsten v. Salm = Kirburg und das Opernhaus, wo er mit französischen Schauspielern die hinterlassenen Schätze seines Vaters und den „Schweiß seiner Unterthanen verpraßt hätte". Jetzt verwaltete eine kaiserliche Kommission die verschuldeten und verpfändeten Besitzungen und der Fürst lebte länderlos in Frankreich, um am 25. Juli 1794 durch die Guillotine zu enden. In Walbböckelheim erfuhr er von dem Pastor, daß die Bedrückungen der Katholiken die Pfälzer sehr empfänglich für eine Änderung von Grund aus gemacht hätten. Im Kloster Sponheim lieh ihm einer der Patres ein von einem P. Fuchs herausgegebenes Buch über die Altertümer von Mainz. Das Tagebuch bemerkt dazu: „fleißig, aber nicht scharfsinnig geschrieben, doch gewiß brauchbar. Zu bejammern ist es, daß die trefflichen Überreste des Altertums nicht sind gesammelt, sondern so in alle Welt zerstreut worden, ihre Menge ist unglaublich." Und beim Anblick der alten römischen Wasserleitung bei Mainz rief er aus: „Empfindlich fühlt man die neuere Kleinheit bei Betrachtung dieses herkulischen Werks."

Im Zusammenleben mit seinen sächsischen Kameraden entging seinem scharfen Auge eine Hauptschwäche des sächsischen Wesens nicht, der Bedientensinn, und er schrieb mißmutig die im Munde eines Sachsen geradezu klassischen Worte nieder: „Eine gewisse Süßigkeit und demütiges Wesen gegen Vorgesetzte bleibt immer der eben nicht schätzbare Charakter des sächsischen Offiziers." Die Unterhaltung eines ihn besuchenden Leutnants Aster[1]) kam ihm einfältig vor. Mit überlegener Miene faßte er sein Urteil über jenen zusammen: „In einen leeren Kopf ohne Urteilskraft läßt sich oft ein großer Haufe Gelehrsamkeit packen."

Am 12. August erhielten die beiden Schwabronen die Nachricht, daß

---

1) Keiner von den beiden berühmten, die erst später (1794 und 1796) 16= und 14jährig in das Heer traten.

sie zum Korps des preußischen Parteigängers Obersten Szekuly stoßen sollten, ein Befehl, der mit Freuden begrüßt wurde. Thielmann selbst erhielt die Weisung, dem Obersten die Meldung von dieser Bestimmung zu überbringen. Es begann jetzt für ihn der erste Krieg im freien Felde, in der bairischen Pfalz. Die allgemeinen Erfahrungen, die Thielmann nun machte, befriedigten ihn indes wenig. Er lernte den ganzen Jammer dieser Kriegführung kennen. Der bekannte Parteigänger Oberst Szekuly, der auf Thielmann den Eindruck eines wahren Pandurenhäuptlings machte, hatte die Aufgabe als Teil des Kalckreuthschen Korps in der Richtung auf Pirmasens in der bairischen Pfalz vorzugehen.

Gleich am ersten Tage nach der Vereinigung mit Szekuly kam es zum Gefecht bei Neunkirchen, das siegreich für die Preußen und Sachsen verlief. Thielmann hungerte nach seinem Geständnis an diesem Tage zum ersten Male in seinem Leben. Er ahnte nicht, welche Strapazen ihm noch in seiner militärischen Laufbahn bevorstanden! Als noch zwei Tage darauf schwer verwundete Franzosen auf dem Felde lagen, rief er unmutig aus: „Wie schändlich sticht diese Behandlung gegen das edle Betragen unserer Feinde ab!" Eine andere Probe von der Grausamkeit Szekulys war es, daß er kranke Franzosen, die ihm in die Hände fielen, kalten Blutes erschießen ließ. Als Freund Stutterheim die französischen Offiziere vor vier Wochen um den Gesang der Marseillaise bat, schien Thielmann das ganz hübsch zu finden. Jetzt dämmerte in ihm auch eine Ahnung auf, daß das nicht schicklich sei und als die preußischen und sächsischen Offiziere auf einem Souper beim Grafen Stolberg am 27. August mit Begeisterung das ça ira sangen und im andern Augenblick die Feinde Spitzbuben, Königsmörder u. s. w. schimpften, da regten sich doch in ihm peinliche Gefühle. Es war ein Emigrant, der ihn das Unpassende und Lächerliche dieses Betragens merken ließ, der Hauptmann d'Aubier, der neben ihm saß und der sich als Franzose Thielmanns ganze Achtung erwarb. „d'Aubier", so vermerkte Thielmann in seinem Tagebuche, „fühlte den Widerspruch in dem Benehmen der Offiziere tiefer als mir lieb war und fand es unbegreiflich, wie man so wenig Selbständigkeit haben könne." Den feinen Husarenleutnant widerten die Sitten seines Obersten, mit dem er natürlich oft zusammen essen mußte, an. Er fand bei ihm die äußerste Unreinlichkeit und meinte, Szekuly verschlänge mit der Gierigkeit eines Wilden alles was um und neben ihm stände. Sehr bald hatte er es heraus, daß dieser Pandurenoberst nicht gerade zu den klügsten Leuten gehörte. Durch den Titel General fühlte Szekuly sich äußerst geehrt. „Seine Kräfte erstrecken sich nicht über ein Kommando von 100 Pferden" urteilte Thielmann über ihn. Die beispiellose Unthätigkeit der Truppen verfehlte nicht einen erbitternden Eindruck auf den thatendurstigen jungen Offizier zu machen. Die Planlosigkeit in der Heerführung war ihm bald offenbar, und er sparte nicht der sarkastischen Bemerkungen darüber. Ein anderer unangenehmer Eindruck aus diesen Tagen war der Tod des Prinzen Konstantin v. Weimar in Wiebelskirchen infolge eines Nervenfiebers, hervorgerufen durch seine „niedrigen Ausschweifungen". Die meist siegreichen Gefechte waren in dieser wenig erfreulichen Kampagne fast das einzig belebende Element. Am 12. September fand ein Gefecht bei Spiesen statt, am 14. das beim Bildstöcker Hof, bei dem Thielmann mit anderen zusammen 1 Offizier und 18 Mann zu Gefangenen machte. In dem Gefecht bei Blieskastel am 26. September erbeutete er eine Kanone.

Oberst Szekuly versprach ihm wegen dieser Waffenthat, ebenso auch dem Leutnant Stutterheim wegen bewiesener Tapferkeit, im Namen des Königs den Orden. Doch sollte es anders kommen. Nur Stutterheim wurde dekoriert, was auf den ehrgeizigen Thielmann geradezu niederschmetternd wirkte und heftig wie er war, überwarf er sich mit dem alten Spielgefährten. Verzweifelt schrieb er am 5. Oktober in sein Tagebuch: „Ein unglücklicher Tag! und vielleicht der Vater von vielen. Ich erhielt die unangenehme Nachricht, daß ich den Orden nicht erhielt, aber weit mehr als dieses — ich verlor zugleich einen Freund und sicher auf lange Zeit das Vertrauen zu Menschen." Die Worte: „Ich verlor einen Freund" sind dick durchstrichen. Denn schon am 29. Oktober konnte er freudig die Aussöhnung mit Stutterheim verzeichnen. Fast täglich fielen so kleine Gefechte und nutzlose Scharmützel auf demselben Schauplatze vor und die Kräfte der tapferen Truppen wurden in unverantwortlicher Weise ohne jeden Zweck vergeudet. Noch öfters fand Thielmann Ge-

legenheit sich auszuzeichnen, so beim Gefecht von Biesingen am
17. November, bei dem er einen Hauptmann, einen Leutnant und
zehn Gemeine zu Gefangenen machte. Zum ersten Male wurde er
deswegen zum sächsischen St. Heinrichs-Orden vorgeschlagen, erhielt
ihn indes noch nicht. Sein Truppenteil bewegte sich nach diesem
blutigeren Gefechte, bei dem er erlebte, wie der Major v. Strantz, der
Vater seiner beiden jungen Bekannten, niedergehauen wurde, auf
Kaiserslautern zu. An den dortigen siegreichen Kämpfen gegen Hoche
am 28., 29. und 30. November nahm er teil, um dann um die
Jahreswende nach Auflösung des Szekulyschen Korps aus seinem
ersten Feldzuge heimzukehren. Zu dem Waffenruhme, den die deutschen
Truppen sich hier erworben hatten, hatte er an seinem Teile beigetragen.
Dem gegenüber waren freilich die strategischen Erfolge gleich Null.
Einen Gewinn hatte er zu verzeichnen, indem er in dem 18jährigen
preußischen Leutnant Müffling, einem frühentwickelten militärischen
Talente, der sich im Gefecht bei Stromberg am 20. Mai seine ersten
Lorbeeren erworben hatte und im August mit der Führung einer
Kompagnie betraut wurde, einen Freund erhielt.

Kaum ein Jahr war seines Bleibens in der Heimat. Währenddessen wurde ihm sein erster Sohn, Adolf, geboren; und seine
Schwägerin Ernestine reichte dem großen Kanzelredner Franz Volkmar
Reinhard, der seit 1792 in Dresden lebte, ihre Hand. Zwischen
Reinhard und Thielmann sollte sich das zärtlichste, herzlichste Verhältnis herausbilden. Ebenso dauerte der herzerfreuende Verkehr zwischen Thielmanns und der Familie Charpentier fort. Besonders mit
der Schwägerin Karoline schloß Thielmann Freundschaft und da
Karoline neben musikalischen Gaben ein hübsches Zeichentalent besaß,
so machte es ihr großen Spaß den stattlichen Husarenoffizier zu konter-
feien. Wie glücklich dies Familienleben war, spiegelt sich in gewissem
Sinne auch in den Briefen wieder, die Thielmann vom Felde aus in
die Heimat gerichtet hat. Überaus anziehend ist das Verhältnis, das zwischen Körner und Thielmann bestand. Thielmanns inniges Bestreben,
Anschluß an den edlen Mann zu finden, macht seinem Charakter alle
Ehre. Wüßten wir nichts Näheres über ihn, so würde diese Thatsache
allein schon genügen, um den edlen Grundzug seines Wesens zu erkennen.

Zu Beginn des Jahres 1795 ging es wieder ins Feld an den Rhein, diesmal mit dem ganzen Regimente, darunter also auch Funk. Dort lasen die beiden Freunde mit Begeisterung Schillers ästhetische Briefe und Funk fing seitdem an sich auch für Philosophie zu interessieren, mit der sich Thielmann bereits recht gründlich beschäftigt hatte. Er ließ sich gleich von Thielmann alles geben, was dieser an Kantschen, Fichteschen und Reinholdschen Schriften mit in seiner Feldequipage hatte. Körner, der dies am 27. April an Schiller mitteilte, bemerkte dazu treffend: „Kant müßte es doch Spaß machen, wenn er wüßte, daß er auch am Rhein unter den Husaren verehrt und studiert wird. Und zwar von zwei Offizieren, die sich in ihrem Fache sehr auszeichnen." Während des ruhm- und thatenlosen Feldzugs wurde Thielmann der zweite Sohn, Franz, geboren und er dankte am 19. August 1795 der guten Schwägerin Karoline warm für die Sorge um seine Gattin. In der Langeweile des Feldlagers sehnte er sich heim nach seinen Lieben, den „einzigen wahren Freunden in der Welt". Scherzend bemerkte er zu Karoline: „Wenn Sie mir die Taufe erzählen, so machen Sie nicht wieder so einen Geniestreich und schreiben Sie mir hübsch den Tag, wann das geschehen ist; wenn ich auch nicht wissen soll, wann mein Junge geboren ist, so will ich beim Jupiter doch wissen, wann man einen Christen aus ihm gemacht hat. Hierbei muß ich Ihnen offenherzig gestehen, daß es mir viel lieber gewesen wäre, ein Mädchen zu haben als einen Jungen, ich sollte das zwar eigentlich nicht sagen, wenigstens Ihnen nicht, aber Offenherzigkeit war von je mein Fehler." Damit sagte er in der That die Wahrheit. Ebenso launig schloß er den Brief an diese geliebte Schwägerin: „Wenn Sie künftig nicht mehr Lust zum Schreiben haben, so sagen Sie das gerade heraus, machen Sie aber mich nicht wieder zum Böotier, indem Sie mir Langeweile an Ihren Briefen Schuld geben. Das sind keine Geniestreiche, das ist hämisch."

Seine Sehnsucht nach Hause wurde bald befriedigt. Denn im November war er schon längst wieder in Dresden. Im Februar 1796 besuchte er in Leipzig den Freund Kunze, der ihm zu Ehren ein Konzert veranstaltete, in dem der berühmte Violoncellist Schlick aus Gotha, mit seiner schönen und ebenfalls als Künstlerin bedeutenden Frau Regina, einer geborenen Italienerin, auftrat. Höchst erfüllt von dem Kunstgenuß schrieb er sowohl an seine Frau und auch an Karoline darüber und trug der Schwägerin auf, ihm oeuvre 43. von Mozart zu besorgen. Sein Freund Körner suchte währenddem ihm bei Schiller eine Stelle als Mitarbeiter bei der Litteraturzeitung zu verschaffen. Er hatte ihm das militärische Fach zugedacht und schrieb deswegen an Schiller am 20. Januar: „Wenn dies noch nicht besetzt ist, so engagiere doch die Sache. Ich wünsche ihm eine solche Beschäftigung." Es wurde nichts daraus, denn bald mußte Thielmann abermals marschieren. Wohl unter dem Eindruck der freundlichen Verwendung Körners schrieb er noch aus Donndorf am 8. Februar an seine Frau: „Daß Körners allen Anteil an unserm Schicksal" (der Erkrankung des Sohnes Adolf) „nehmen würden, habe ich erwartet; es sind vortreffliche Menschen, vertraue ihnen ganz. Wenn man sich einmal von der Würdigkeit seiner Freunde überzeugt hat, so muß man ihre Schwächen ertragen, damit sie die unsrigen ertragen" und wieder am 14. Februar ebenfalls aus Donndorf: „Schließe Dich ja an Körners an, wir finden keine besseren Freunde." Kaum ausgerückt, erhielt er in Koburg die Nachricht vom Tode seines zweiten Sohnes Franz und tröstete deswegen seine Frau: „Du hast ja noch Adolf und mich." Er fügte hinzu: „Ein Brief von Körner, worin er mich auf die unangenehme Nachricht vorbereitet, hat mich unendlich gerührt, mich den Wert der Freundschaft fühlen lassen, als ich ihn noch nie fühlte." Und an Karoline schrieb er zur selben Zeit über Körner: „Minchen hat so viel Zutrauen zu ihm; es ist auch ein edler, vortrefflicher Mann, welcher die Glückseligkeit, die in ihm ist, seine innere Ruhe und den hohen Frieden seiner Seele auch in denen erweckt, die ihm nahe sind. Glücklich ist wer glücklich macht! Wer nichts als Unfrieden um sich her verbreitet, der ist mit sich selbst noch im Widerstreit, gute Menschen gleichen blühenden Bäumen, beide duften Wohlgeruch." Er hatte den eben verstorbenen Sohn garnicht gekannt. Von sich selbst schrieb er: „Ich muß alle Tage bei Hofe" (in Koburg) „essen, welches mir das Lästigste ist, denn der Hof ist lächerlich wie keiner." Er logierte in Koburg mit einem

Leutnant Mandelsloh zusammen. Das gab ihm Veranlassung zu den Seufzern: „Ich habe die Einsamkeit zu lieb, als daß ich ihrer ganz entbehren kann. Es ist mir ein peinliches Gefühl immer jemanden um sich zu wissen; mit meinem vertrautesten Freunde möchte ich nicht immer so leben, nur mit einem weiblichen Geschöpf wäre es auszuhalten möglich."

Am 21. April schrieb er der Frau aus Stalldorf in der Gegend von Mergentheim, wo er beim Generalstabe war: „Versprich ihr" (seiner Schwägerin Karoline) „in den nächsten Tagen einen Brief, ebenso Körners. Der lieben Dora" (Stock) „einen Kuß überdies" und nicht gerade befriedigt bemerkte er: „Unsern Feldzug werden wir wieder da anfangen, wo wir ihn 1793 anfingen; wir bekommen wieder die nämlichen Quartiere bei Oppenheim über den Rhein." An seinem Geburtstage erhielten Frau und Schwägerin aus Grolsheim bei Kreuznach Briefe. Zur Gattin äußerte er sich dabei mit philosophischer Reflexion über das Verhältnis der Geschlechter: „Die vornehmste gesellschaftliche Verbindung ist gewiß die zwischen Mann und Weib, welche die größte Möglichkeit alles menschlichen Glücks enthält, weil alle Vermögen des Menschen von der Sinnlichkeit an bis zum höchsten Geistesvermögen in der Wechselwirkung zugleich Befriedigung erhalten können." In dem Briefe an Karoline hieß es: „Der Julchen bitte ich zu sagen, daß sie längst eine Antwort von mir hätte, wenn sie in ihrem Brief versprochenermaßen fein hübsch im blauen Frühpelze (mit Löchern) erschienen wäre, aber bewahre, das ist ein um Verzeihung bitten und ein Versichern, daß sie längst geschrieben hätte, wenn sie besser schriebe, und daß sie nicht schön schriebe und daß ich besser schriebe, und dies und das, und das und jenes, ohne Ende, ebenso als wie wenn sie sich die Löckchen legt und nun in Spiegel sieht und die Löckchen abermals legt, und den Spiegel wieder nimmt, und nun das Halstuch steckt und wieder steckt und immer steckt ohn Ende. Sagen Sie ihr, daß dies garnicht recht freundschaftlich von ihr wäre, daß ich aber demungeachtet ihr recht bald antworten wollte." Wie es ihm ginge, würde Wilhelmine aus seinem Briefe an Körner erfahren haben. Von der schönen Binger Gegend war er ganz hingerissen. An Körners und Reinhards bestellte er Grüße und der Dora Stock wiederum einen heimlichen Kuß. Die Gattin ermahnte er noch, nicht das Pastellmalen zu vergessen.

Im Feldlager bei Bingen erreichte ihn im Mai die Trauerkunde von dem Tode seiner Mutter. Die alte Frau Thielmann scheint schon lange nicht mehr rüstig gewesen zu sein, denn schon als ihr Sohn 1793 ins Feld zog, hatte er Anordnungen für den Fall ihres Ablebens getroffen. Seine Frau, die bisher bei ihrer Schwiegermutter gelebt hatte, zog nunmehr zu der Schwester ihres Mannes, der eben verwitweten Frau Rittmeister v. Brandenstein. Thielmann empfahl Wilhelminen sehr den Anschluß an Körners, die ihr eine Stütze sein könnten, und setzte hinzu: „Wenn wir in der Zukunft den Winter zusammen in Dresden zubringen werden, wie es mein Wille ist, und wie ich mit Vergnügen sehe auch der Deinige, so gestehe ich, wünschte ich in der Neustadt im väterlichen Hause zu wohnen, weil mir erstlich das Körnersche Haus das liebste in Dresden ist und zweitens weil ich mit Scherasmin glaube, daß unsers Herrgotts Sonne nirgends so schön und mild scheint, als da wo sie mir zuerst schien."

Im Juni begannen die Feindseligkeiten. Diesmal befehligte ein begabter Feldherr, der Erzherzog Karl. Der Feind war General Kleber, Thielmanns Bekannter von Mainz her. Der Kriegsschauplatz wurde plötzlich auf das rechte Rheinufer in die Gegend der Lahn und Sieg verlegt, wegen des Vorstoßes der Franzosen dahin von Düsseldorf aus, um die Aufmerksamkeit von Moreau abzulenken. Aus der Gegend von Oberstein schrieb Thielmann am 2. Juni seiner Wilhelmine erbittert: „Unser Oberster hat das Kanonenfieber, und ist mit der Stunde des Anfangs der Feindseligkeiten krank zurück gegangen; es thut weh unter solchem Hunds— zu dienen". Thielmann fand reichlich Gelegenheit sich hervorzuthun. So wurde in dem offiziellen Bericht seine Tapferkeit bei Limburg am 4. Juni hervorgehoben, desgleichen seine Beteiligung am Gefecht von Hanstetten am 14. Juni, wo er der Infanterie im Dorfe in die linke Flanke fiel. Am 19. Juni umging er in dem Gefecht bei Uckerath an der Sieg, in dem Kleber abermals eine Schlappe erhielt, mit seinem Freunde, dem Rittmeister v. Gablenz, und der 4. Schwadron seines

Regiments den rechten Flügel der feindlichen Kavallerie, wodurch diese laut offiziellen Berichts in Unordnung gebracht und verfolgt wurde. Nunmehr konnte ihm, als er abermals zum St. Heinrichs-Orden vorgeschlagen wurde, diese Ehre nicht versagt werden und er erhielt die Auszeichnung als einer der ersten in diesem Feldzuge. Mitten in diesen kriegerischen Ereignissen vergaß er die schönen Wissenschaften nicht, und wenige Tage nach dem Siege bei Uckerath (am 24. Juni) schrieb er, auf dem Rückmarsche begriffen, an seine Gattin, nachdem er kurz davon berichtet, daß er seit dem 6. Juni billig gerechnet 120 Stunden marschiert wäre und daß er glückliche Affairen bei Wetzlar und Kirchen bestanden hätte: „Von Körner habe ich noch gar keine Nachricht, auch hat er mir noch keine Horen geschickt, wo er nun mit 4 Stück im Rest ist." Nun ging es mit Erzherzog Karl in Eilmärschen nach Schwaben gegen Moreau. Nach dem Erfolge von Malsch (10. Juli) und den sich daran schließenden Kämpfen berichtete er nach Hause an die Gattin (16. Juli aus der Gegend von Stuttgart): „Wir haben vorgestern eine schöne Affaire mit dem Feind gehabt, wobei meine Leute viel Beute gemacht haben. Doch dieses interessiert Dich nicht. Der Kurfürst hat sich bei einigen Offizieren schön bedanken lassen, wobei ich auch mit gewesen bin."

Prophetisch setzte er dann hinzu: „Mit Sehnsucht erwarte ich den Frieden, und nahe sind wir dem Zeitpunkt, wo die große Nation, die wir bekriegen, uns Gesetze vorschreiben und den Frieden befehlen wird. Man kann nicht anders als diese Nation bewundern; ich habe gestern einen Husarenoffizier gefangen, dessen Betragen so edel war, daß man verzweifeln möchte, es bei uns zu finden."

Nicht lange darauf bewegten sich die Sachsen in Eilmärschen heimwärts. Aus der Gegend von Bayreuth schrieb Thielmann voller Verdruß am 2. August seiner Gattin: „Wir würden besser gethan haben von den Grenzen entfernt mit vereinten Kräften den Feind anzugreifen. Unser guter Kurfürst ist an alle dem unschuldig, aber wir sind von einem H—" (General Lindt), „kommandiert. Überhaupt die Deutschen bedürfen einer neuen Ausgabe, die alte taugt gänzlich nichts mehr."

Am 10. August erhielt er für seine bei Uckerath bewiesene Tapferkeit den St. Heinrichs=Orden. Seine Schwägerin Karoline, der er darüber aus Elster am 19. August schrieb, mußte ihm ein geeignetes Band dafür besorgen, während er seine Gattin nach Elster kommen ließ.

Es begann jetzt wieder der abwechslungsarme Garnisondienst, Donndorf hieß das Städtchen, in dem das Heim aufgeschlagen wurde; durch seine Klosterschule ist es bekannt geworden. Mit den drei großen Bildungsstätten der Jugend in Sachsen, St. Afra in Meißen, Kloster Donndorf und Schulpforta, sollte Thielmann in seinem Leben reichlich in Berührung kommen. Am 13. Mai 1797 traf ihn ein harter Schlag, indem er seinen heißgeliebten Sohn Adolf, an dessen Entwickelung er die schönsten Freuden gehabt hatte, verlor. Tiefgebeugt teilte er seinem Schwiegervater die Nachricht mit:

„Ach nehmen Sie mir die Hälfte meines brennenden unendlichen Schmerzes ab! In diesem Augenblicke verlor ich meinen Sohn!

Morgen bringe ich meine Frau nach Leipzig zur Niederkunft; nun denken Sie meine Rückkehr, in ein Haus, wo ich alles verlor, was mir lieb war, ach und wohin auch vielleicht das nicht wiederkehrt, was ich noch besitze! O denken Sie sich meinen Schmerz und weinen Sie mit mir. Ewig der Ihre

Thielmann."

Er fand viel Teilnahme an seinem Schmerze und schrieb an seine Schwiegermutter darüber: „Unserm Freund Kunze muß ich deswegen besonders dankbar sein." Von Karoline ließ er sich den Kaufmann Kunze zeichnen. Schon im Juli wurde ihm wieder ein Sohn geboren, der dritte, der wie der erste den Namen Adolf erhielt.

Freund Schiller schuf währenddessen seine größeste Dichtung, den Wallenstein. Nach Empfang des „Lagers" fragte der begeisterte Körner bei ihm an (29. Mai 1797): „Erlaubst Du mir nicht, das Reiterlied Thielmann mitzuteilen? Ich weiß, daß es ihm große Freude machen würde," worauf Schiller (18. Juni) entgegnete: „Wenn Du dem Thielmann das Gedicht zeigen willst, ist mir's sogar lieb. Ich möchte gern wissen, wie es einem tüchtigen Soldaten gefiele. Kannst Du ihn ins Haus kriegen, wenn der Prolog" (so hieß Wallensteins Lager ursprünglich) „gelesen wird, so schreib mir ja, wie er von meinem Feldstück erbaut worden ist." Wie Körner vorausgesagt hatte, zündete das Reiterlied bei Thielmann; und Schiller konnte im Musenalmanach verzeichnen: „Auch die Wirkung im Allgemeinen hat es nicht verfehlt. Von Thielmann und seinem Cirkel wenigstens wird es mit Enthusiasmus gesungen."

Konnte Thielmanns Bewunderung für Schiller noch eine Steigerung erfahren, so war dies bei der jetzt zu tage tretenden überreichen Schaffenskraft des Dichters der Fall. So ließ er sich aus Artern, wohin er inzwischen versetzt worden zu sein scheint, am 7. Dezember 1797 an Karoline aus: „Es ist sonderbar, daß ich schon mehrere Klagen über Schillers Unverständlichkeit in diesem Musenalmanach gehört habe, und ich kann mich hinwiederum kaum erinnern, etwas Fließenderes und Graziöseres von Schillern gelesen zu haben als die Kraniche des Ibykus und den Handschuh; ersteres Gedicht halte ich für ein vollendetes Meisterstück und zwar so sehr in Rücksicht des Objektiven. Man sieht die Griechen sich zu den Isthmischen Spielen versammeln, glaubt sich ins Theater versetzt, wo die Eumeniden des Aeschylos gegeben werden sollen und befindet sich selbst in der wartenden Menge. Das heißt ein Gemälde und zwar ein schönes Gemälde, und wie nun der Chor auftritt und den Hymnus beginnt, kann man was Mächtigeres und Erhaberes denken? — Auch im Taucher sind große, sehr große Schönheiten, nur glaube ich ist der Dichter seines Vorsatzes nicht Herr geworden, indem er dem Geschlecht der Balladen nicht treu geblieben ist, und oft in einen höhern Ton verfällt als der eines Balladensängers ist. Nun noch alle die schönen Sachen von Schlegel und Goethe machen mir diesen Almanach zum vorzüglichsten."

In dem am Fuße des Kyffhäusers in der goldenen Aue belegenen „schmutzigen" thüringischen Salinenstädtchen Artern fand er und seine Frau recht guten Umgang. Mit einem vertrauten Kameraden Riesemeuschel u. a. hatte er jede Woche ein Kränzchen, wobei es lustig herging. Ein Leutnant Odeleben, der recht gut sang, „dressierte" ihn „par force" zum Sänger, und er mußte „Tenor und Alt" singen, daß es eine Art hatte. Auch aß Funk mit ihm zusammen zu Mittag und da gab es stets für ihn gute Unterhaltung. Freilich war auch zwei Mal in der Woche „öffentliche Gesellschaft", wo er mit dem

Obersten um 1 Pfennig Tarok „dreschen" mußte. „Beklagen Sie mich" meinte er deswegen zu Karoline.

Die wichtigste Bekanntschaft wurde für ihn indes hier Friedrich v. Hardenberg (Novalis), der vor nicht allzu langer Zeit seine Braut verloren hatte. Er schloß sich an die beiden reichgebildeten Husarenoffiziere Funk und Thielmann an. Wir besitzen ein Urteil von ihm über beide, das sehr mit dem von Körner übereinstimmt. Am 26. Dezember 1797 schrieb er nämlich an Friedrich Schlegel: „So gut ich mit ihnen dran bin, so gehören sie doch beide nicht zu meinen ächt republikanischen Freunden, d. h. mit denen ich gemeine Sache habe. Der letztere" (Funk) „hat den meisten S i n n — der erstere" (Thielmann) „mehr das unterhaltende Talent. Beide, wie mir dünkt, wirklich brav und freundschaftsfähig." Durch Thielmann wurde der Dichter mit den träumerischen Augen mit der Familie Charpentier zu Freiberg bekannt und faßte für die jüngste Tochter, Juliane, Interesse. Es hat sich schon im Dezember 1797 gezeigt. Denn eine Stelle im Briefe Thielmanns aus Artern vom 7. Dezember läßt kaum eine andere Deutung zu:

„Schreiben Sie mir doch ja recht weitläufig über Julchen, und bitten Sie diese, daß sie mir schreibt; ach Gott diese Sache liegt mir so am Herzen, und doch möchte ich nicht gern darinnen nur eine Feder ansetzen, um ja weder dafür noch dawider etwas beizutragen."

Mitte Januar kamen die beiden Husaren in Dresden wieder mit Hardenberg, der in Artern an seinem Heinrich v. Ofterdingen geschrieben hatte, zusammen. Wie auf Novalis die Sagenwelt des Kyffhäusers einen unbeschreiblichen Reiz ausübte, so empfand auch Thielmann die Anziehungskraft dieses Borns des deutschen Volksgemütes. Noch ahnte er nicht, daß er einst berufen sein sollte, dazu mitzuwirken, daß Barbarossas Sehnen einen großen Schritt der Erfüllung näher kam. Da sollte ihm ein tieferes Verständnis für diese Kaisersagen aufgehen und gern hat er den Waffengefährten von 1814 und 15 im Feldlager erzählt, was das Volk am Kyffhäuser von dem dort schlafenden Kaiser berichtet.

Auch sonst pflog Thielmann sehr den Umgang mit bedeutenden Menschen, wie er denn keine Gelegenheit versäumte, um seinen Bil bungskreis zu erweitern. So oft es nur ging, hielt er sich, häufig genug mit seiner Frau, in Weimar und Eisenach auf, wo er mit den großen Männern der deutschen Litteratur zusammentraf, mit Goethe, Herder, Wieland u. s. w. Bei Goethe finden sich leider nur geringe Spuren von seiner Bekanntschaft mit dem Husarenoffizier. Auch erwarb sich Thielmann damals die Gunst des Herzogs Karl August. Viel Umgang hatte er mit den Schlegels. Zu der Familie Ernst in Dresden — Charlotte Ernst war bekanntlich die Schwester der Schlegels — stand er in nahem Verhältnis. Die meisten Stunden verlebte er im Hause der geistreichen Frau v. Werthern und der Frau v. Bechtolsheim. Auch Knebels waren unter seinen guten Bekannten. Doch gehörte er nicht zu den Freunden der Henriette Knebel, die ihn wenigstens in einem späteren Briefe (1809) als eitlen Mann verspottete. Von Bedeutung wurde für ihn die Bekanntschaft mit dem aus Frankreich emigrierten früheren Minister Grafen Ludwig Narbonne, dem Sohne von Ludwigs XVI. Tante Adelaide, der in Eisenach seinen Wohnsitz genommen hatte. Narbonne war ein Dutzfreund Talleyrands und hatte mit Lafayette in nahen Beziehungen gestanden. Von einer bezaubernden Liebenswürdigkeit und großer Gewandtheit, voller Geist und glänzend in seinem Auftreten, war er ganz der Mann dazu um Thielmann zu bestechen, so daß dieser weniger auf die Schattenseiten dieses Mannes achtete, der sich zwar einen Schein von Royalismus bewahrt hatte, aber im Wesentlichen politisch grundsatzlos, ein vornehmer Demagoge und ein frivoler Lebemann war.[1]) Es dauerte nicht lange, so waren Narbonne und Thielmann, der im übrigen am 3. Mai 1798 zum Stabsrittmeister aufrückte, mit einander gut befreundet. Durch Thielmann wurde Narbonne mit dem Wallenstein bekannt, zeigte reges Interesse für die Dichtung und sprach den Wunsch aus, ihn ins Französische übersetzen zu können. Körner teilte dies an Schiller (13. Dezember 1799) mit, Cotta wäre auch bereit zu dem Unternehmen, er (Körner) könne nichts dazu sagen, da er Narbonne von dieser Seite nicht kenne; „und," so fügte der scharfe Menschenkenner hinzu, „Thielmanns Urteil nicht trauen dürfe, weil dieser sich leicht von französischem Flittergolde blenden ließe."

---

1) Vgl. die Charakteristik bei Sybel, Geschichte der Revolutionszeit, Band I, 4. Aufl. S. 332.

Novalis war inzwischen mit Julie v. Charpentier (Ende 1798) seine zweite Verlobung eingegangen. Thielmann hatte sein redlich Teil zum Zustandekommen des Verlöbnisses beigetragen. Karoline Schlegel schrieb darüber an Hardenberg: „Muß sich Thielmann nicht unendlich freuen!" Der Bräutigam meldete am 27. Februar 1799 aus Freiberg: „Wir haben einen glücklichen Abend dort zugebracht — Thielmanns, die beiden Mädchen (Julie und Karoline) und ich. Thielmanns sind jetzt hier. Wir leben sehr vergnügt. Schade nur, daß mir jetzt keine Zeit zum ideenreichen Müßiggang bleibt." Dies war auch für Thielmann die glücklichste Zeit und noch nach zehn Jahren, als die Zeiten sich gewaltig geändert hatten, da erinnerte er die Schwägerin Karoline an die traulichen Stunden, die sie in der „gelben Stube" zu Freiberg verlebt hätten. Von dem herzlichen Verhältnis, das zwischen den neuen Schwägern bestand, legte wiederum folgender Brief Thielmanns aus Eisenach vom 24. April 1799 an Karoline Zeugnis ab, mit der er sich jetzt dutzte, was zu jener Zeit zwischen Verwandten bekanntlich weniger üblich war als heute. Er schrieb: „Ich bedaure, daß das Los in Freiberg zu bleiben Dich traf, denn ich weiß doch, daß die Vergnügen einer Messe meiner Karoline nicht gleichgültig sind. Billig hättest Du mir aber schreiben sollen, ob Hardenberg mit in Leipzig ist oder nicht, überhaupt vergißt man über den neuen Schwager den alten ganz. Aber das geht mit ganz natürlichen Dingen zu, erstlich ist der neue Schwager ganz der Mann, um den alten auszustechen, dann sind auch die Weiber gar sehr veränderlich; welches letztere noch mein Trost und meine Hoffnung ist, denn meine gute Karoline ist in diesem Stücke ganz Weib, und es ist ja so schön, was man ist, ganz zu sein." Dann beklagt er Veränderungen in Freiberg, die durch die Berginbustrie hervorgerufen waren: „Wenn ich es doch wieder einmal so in Freiberg fände, wie ich es fand, als ich es kennen lernte! Ach seit der Zeit hat der kalte Wind, der von den Eisbergen des Egoismus kommt, manche Knospe getötet. Sonst gediehen Blumen bei Euch, jetzt schmilzt man edle Metalle und der Hüttenrauch veröbet die Gegend."

Aus Wiehe, wohin er inzwischen versetzt worden war, um dort lange Jahre zu stehen, einem Städtchen im Unstrutthal, auch nicht

weit vom Kyffhäuser, erkundigte er sich am 14. November 1799 bei
Karoline wieder nach dem Ergehen Julchens und Harbenbergs.
„Der Mensch hat noch nicht eine Silbe von sich hören lassen."
„Bald gehen nun wieder langweilige Zeiten für Dich an, denn
ich höre Harbenberg kommt zu Weihnachten nach Freiberg, nun
doch ist es da wohl besser als in Leipzig, da wird es doch nicht an
Gelegenheit fehlen, Dich durch eine Kur von dem langweiligen
Spiel fremder Liebe zu erholen. Wahrhaftig aber Du wärst auch
außerdem zu bedauern, denn nur allzuhoch rechnete Dir der Himmel
das bischen Witz, Verstand und Talent an, was er Dir vor andern
Menschenkindern vorausgab, wenn Du dafür der einen Schwester"
(Wilhelmines) „Kinder warten und der andern trocknen Mundes
bei ihren Liebesmahlen zusehen solltest. Doch weißt Du was,
wenn Freundschaft Dir genügt, die kannst Du finden, trau aufs
Alte, sieh nicht aufs Neue, traue auf mich und achte nichts des
neuen Schwagers glatter Worte; der Mensch ist ein Poet, vielleicht besingt er Dich, das kann ich nicht, das muß ich frei gestehn,
was aber Dein Liebhaben anbetrifft (oder das Dich lieb haben),
das nehme ich mit ihm auf. Ich höre, er hat Dich schon besungen, dies hat er Pölitzen" (dem Geschichtschreiber und Freund
Reinhards) „nur zum Possen gethan, der schon in Leipzig sein
poet'scher Widersacher war. Topp, schlag ein — Du hast mich lieber
als den neuen Schwager, trotz seiner Dichtkunst." . . . „Ob ich
Harbenberg in Artern sehen werde, welches ich so sehr wünsche, weiß
ich noch nicht . . . Es muß ihm kein sonderliches Vergnügen sein
mich zu sehen, denn außerdem würde er es mir geschrieben haben,
wenn er dahin ginge. Ach die Liebe, die Liebe!!!"

Die Schwäger waren oft zusammen. So trafen sich Reinhard,
Thielmann, Harbenberg u. a. einmal im August 1800 in Schul-
pforta. Am 8. August schrieb Thielmann an seinen Schwiegervater:
„Harbenbergs Beförderung" (es ist wohl schon die in Aussicht stehende
Ernennung zum Amtshauptmann gemeint) „ist für mich und meine
Frau kein geringer Gegenstand des Vergnügens gewesen, da wir ihn
und Julchen so herzlich lieben."

Inzwischen siechte der begabteste der Romantiker dahin und nur zu bald hatten Charpentiers die traurige Gewißheit vor Augen, daß aus der ersehnten Verbindung nichts werden würde. Thielmann tröstete die betrübte Karoline (5. November 1800): „Ich habe Hardenberg eher gesehen als Du, und bin über seine Gesundheit weit mehr beruhigt, wenn Du nun wie Du selbst sagst ihn außer Gefahr glaubst (woran ich nicht einen Augenblick zweifle), wie tadelnswert ist dann nicht Eure Hingebung an den Schmerz und verzehrenden Zweifel. Es ist ein Zug Eurer Familie Euch das Leben schwer zu machen . . Du hast Geistesstärke genug Dich und andere zu beherrschen.“ Ebenso redete Thielmann seiner Schwiegermutter am 16. November zu, nicht hypochondrisch wegen der Kurzsichtigkeit ihres Sohnes Georg und Hardenbergs Krankheit zu sein. In dem langen und schönen Briefe heißt es: „Nur diejenigen Leiden, welche wir durch unsere Schuld uns selbst verursacht haben, sind wahre Leiden; hat der Mensch sich von dem Wege des Rechts und der Pflicht entfernt, dann soll er traurig sein, dann soll er weinen, diejenigen Leiden aber, welche von außen kommen, welche das Schicksal uns schickt, können zwar augenblicklich unsere Standhaftigkeit erschüttern, können uns aber nie ganz unglücklich machen, denn nur in dem innern Bewußtsein besteht unsere Zufriedenheit; zu lange in der Traurigkeit verweilen, ist fehlerhaft, sich aber sogar darin gefallen ist strafbar.“

Doch ein späterer Brief Karolinens vom Dezember, der ihm u. a. auch meldete, daß Frau v. Charpentier schwer erkrankt sei, nahm auch ihm die Hoffnung für Novalis. Mit Hardenberg ging es nur zu schnell zu Ende.

„Welchen entsetzlichen Eindruck Dein Brief auf uns gemacht hat“, rief er am 29. Dezember aus, „kannst Du Dir, meine gute Karoline, leicht denken, außer dem Tode meiner Kinder habe ich noch kein schmerzlicheres Gefühl erlebt.“ Nachdem er sich schmerzerfüllt über die Krankheit der Mutter geäußert fuhr er fort: „Wenn ich nun aber an Julchen und Hardenberg denke, dann bricht mir das Herz. Dieses herrliche Gefäß zerbrochen zu sehen, und das schwächere, leidende Julchen. Ach lasse sie doch mit ihm nach Weißenfels ziehen, setzt Euch doch über alle kleinliche erbärmliche Rücksichten weg. Sollte denn keine Hoffnung mehr sein?“

Sie war nicht mehr vorhanden. Es ist bekannt, daß Novalis noch nicht dreißigjährig am 25. März 1801 starb. Das schöne Verhältnis zwischen dem Dichter und dem schöngeistigen Husarenoffizier wurde nur zu bald gelöst. Als wenige Jahre später (August 1803) der hochgebildete ungarische Magnat Podmanitzky, der in Freiberg studiert hatte, um Juliens Hand anhielt, da gedachte Thielmann des früh Verblichenen in einem Briefe an den mittlerweile zum Berghauptmann ernannten Schwiegervater, in dem er ungünstige Urteile über Podmanitzky zurückwies, mit den warmen Worten: „Man könnte über den seligen Hardenberg alt und jung fragen, so würde man von der Hälfte zur Antwort erhalten haben, er sei ein oberflächlicher, aufgeblasener Schwärmer und er war doch ein braver Mensch, der das Glück Ihrer Tochter gewiß gemacht haben würde."

Gleich nach dem Tode Hardenbergs nahmen Thielmanns die unglückliche Braut zu sich nach Eisenach. Thielmann benachrichtigte den Schwiegervater davon am 28. März 1801:

„Seit heute früh ist Julchen bei uns. Nun ihre Thränen fließen und sie sich ihrem Kummer in Ruhe überlassen kann, ist sie weit wohler als ich nur hoffen konnte. Sie ist schon so weit, daß sie heute den ganzen Tag mit uns über Fritz gesprochen hat und sich in diesem Gespräch gefällt, welches bei dem heftigen Schmerz, der sie ergriffen hatte, in der That schon viel gewonnen ist. Wenn sie der Schmerz überwältigt, so ist es allezeit physisch, denn was ihre moralische Stimmung betrifft, so zeigt sie eine Größe der Seele, eine Ergebung, welche mich mit wahrer Bewunderung für sie erfüllt. — Nicht lieb ist es mir, daß wir bald wieder in unsere Einsamkeit nach Wiehe gehen werden. Wegen Julchen ist es mir nicht lieb, denn mehr als alles bedarf selbige Zerstreuung. Verzeihen Sie übrigens, mein guter Vater, daß wir Ihnen Julchen weggenommen haben, aber für Freiberg taugte ihre Stimmung nicht. Karl Hardenberg und Hans" (v. Charpentier) „haben sie zu uns gebracht." —

Von Wiehe führten Thielmann im Juni Geschäfte nach Dresden. Julie v. Charpentier wollte ihn begleiten, war aber noch nicht im Stande diese Reise zu unternehmen. Anfang Juli besuchte er seine Schwiegereltern in Freiberg. Nach Wiehe zurückgekehrt, trat er, hierzu

von seinem in Folge der nach dem Luneviller Frieden (9. Februar 1801)
eingetretenen Amnestie nach Frankreich zurückgekehrten Freunde Narbonne veranlaßt, eine Reise nach Paris an, um diesen Mittelpunkt
des Weltinteresses kennen zu lernen. Man ermißt, daß eine solche
Reise für den sächsischen Husarenoffizier von weittragender Bedeutung
werden mußte.

Es liegt über die Pariser Reise ein von Thielmann geführtes
kurzes Tagebuch vor, enthaltend flüchtige schwer lesbare aphoristische
Aufzeichnungen, und außerdem ein Bericht des sächsischen Gesandten
zu Paris, des Grafen Bünau, vom 9. Oktober 1801, der den Inhalt
des Tagebuchs bestätigt und zugleich mannichfach ergänzt, so daß wir
in der Lage sind, uns ein Bild von Thielmanns Erlebnissen in der
französischen Hauptstadt zu machen. Wir erkennen daraus, daß er
die Reise vortrefflich auszunutzen verstanden, vor allem, daß er sich
mitten in der großen politischen Gesellschaft bewegt und alles gesehen
und gehört hat, was für einen Mann von Geist interessant und er-
reichbar sein konnte.

Die Reise geschah in Civilkleidern. Der Oberst seines Regiments
gehörte zu den Wenigen, die von seinem Vorhaben erfuhren.

Am 31. Juli brach er über Sömmern auf und verbrachte den
Abend mit Hardenbergs Schwager Just zusammen. In Eisenach besuchte er u. a. die Freunde Bechtolsheim. Dann ging es über Frankfurt a. M., wo er sich zwei Tage aufhielt und Beziehungen mit Franzosen anknüpfte, nach Mainz, wo er in Verlegenheit wegen des ihm
erteilten „üblen" Rats die Uniform nicht mitzunehmen geriet. Doch
war die Behandlung an der Douane sehr höflich und entgegenkommend.
In Mainz bekam er französisches Militär zu sehen, das er wegen seines
wunderschönen Anstandes nur rühmen konnte und er gelangte dabei
zu dem Urteil, daß der gemeine französische Soldat besser wäre als
der deutsche. Die nächste Rast war in Metz, wo ihm die prächtigen
Dienstgebäude auffielen. Seinem ästhetischen Gefühl war die Ver-
stümmelung des Doms durch ein modernes Portal störend. Am
13. August gelangte er nach St. Menehould, bekannt durch den Post-
meister Drouet, der Ludwigs XVI. Flucht verhinderte. Er fühlte, daß
er eine andere Welt betrat. Neue Sitten, neue Ansichten, eine neue

Bauart traten ihm entgegen. Am 16. August traf er in Paris ein
und speiste gleich bei Freund Narbonne zu Mittag. Abends fuhr er um
die Stadt. Am nächsten Tage meldete er sich bei der Polizei. Sodann suchte er Lucchesini auf, den späteren preußischen Gesandten in
Paris, der sich damals in außerordentlicher Mission dort aufhielt,
um Preußens Interessen bei Regelung der territorialen Verhältnisse
des deutschen Reiches zu vertreten. Den sächsischen Gesandten Grafen Bünau ersuchte Thielmann, seine Anwesenheit zu ignorieren, da
er nicht Uniform mitgebracht hätte und sich nicht dem ersten Konsul
vorstellen lassen wollte. Beim Anblick des Doms der Invaliden rief
er aus: „Wenn Buonaparte beim Eintritt in diesen Tempel ein Narr
würde, wäre es zu verwundern?“

In den sieben Wochen seines Pariser Aufenthaltes ist er ununter-
brochen bemüht gewesen die Sehens- und Merkwürdigkeiten dieser
einzigen damaligen Weltstadt kennen zu lernen. Er beschränkte sich
dabei nicht auf die Besichtigung der Stadt, der Gebäude, Anlagen,
Sammlungen und dergleichen, sein Interesse war vielmehr noch dem
geistigen, gesellschaftlichen, politischen und wissenschaftlichen Leben gewidmet. Aus der Art, wie er das Pariser Leben genoß und würdigte,
können wir so recht seine vielseitigen Neigungen ermessen. Eine Fülle
der Anregungen bot das Theater. Doch gerade diese Seite französischen Lebens befriedigte ihn weniger. Gleich in den ersten Tagen
wohnte er einer Aufführung des Tankred bei, die einen großen Eindruck
auf ihn machte. Doch bemerkte er, daß es dem englischen und deutschen
Geschmack in diesem Stück immer anstößig sein würde, daß sich alles
um ein Mißverständnis drehe. In der Oper sah er die Zauberflöte
seines Lieblings Mozart, fand sie aber verstümmelt, ein ander Mal
sah er Glucks Iphigenie in Aulis. In der Comédie française machte
er bei Aufführung des Abel die Betrachtung, daß die französischen
Sitten, Denkungsart, Sprache und Kunst viel zu künstlich wären,
als daß sie diese Zeiten der ersten Menschheit nur mit einiger Täuschung darstellen könnten. Mißfällig bemerkte er im Vaudeville-Theater
das schlechte Publikum. Fast immer störte ihn das laute Schreien
der Schauspieler. Von den Kunstsammlungen besuchte er zuerst das
Museum der französischen Altertümer, das ihm in historischer Hin-

ficht sehr merkwürdig vorkam. Interesse erweckte bei ihm die Über-
tragung der Museumsbilder von Holz auf Leinewand. Mit Verständnis sah er sich die Gemälde des ersten Salons an, ebenso betrachtete er
aufmerksam die Gobelinstickereien. Er sah auch die jüngste berühmte
Schöpfung des neu aufgegangenen Sterns der Malkunst, David,
„Bonaparte beim Übergang über den St. Bernhard" und urteilte
darüber: „Kaltes Kolorit, wunderschöne Zeichnung, Bonaparte als
Jüngling und nicht ähnlich." Mehr noch als Theater und Kunst
zogen ihn einzelne wissenschaftliche und industrielle Unternehmungen
an. Einer seiner ersten Besuche galt dem berühmten Buchhändler
Pierre Didot dem Älteren, der eben seine vorzüglichen Ausgaben Bir-
gils und Horazens veranstaltet hatte und jetzt mit der noch schöneren
Ausgabe Racines beschäftigt war. Auch dem berühmten Uhrmacher
Breguet stattete er einen Besuch ab. Besonders eingehend aber
besichtigte er die bekannte Taubstummenanstalt des Abbés Sicard.
Dieser war eben erst durch Bonaparte außer Verfolgung gesetzt und
hatte seit kurzem wieder die Leitung seiner Anstalt übernommen. Thiel-
mann pflog mit ihm eine längere Unterhaltung über die Sprache
an sich und die Methode des Taubstummenunterrichts, dessen System
er sich klar zu machen suchte. Er traf hier auch mit dem früheren
Taubstummen, nunmehrigen Lehrer der Anstalt, Messieux, zusammen.
Seltsame Empfindungen beschlichen den deutschen Reitersmann, als
er im Luxemburg das Zimmer betrat, in dem die Sitzungen des
Direktoriums stattfanden. Von hier aus wurden also der Welt die
Gesetze diktiert. Als er einer von Bonaparte abgehaltenen Revue
beiwohnte, bemerkte er: „Man muß Verachtung gegen Alles, was
niedere Taktik heißt, bekommen, wenn man sieht, wie schlecht diese
Weltüberwinder zu manövrieren verstehen." Die Stabsoffiziere fand
er schlecht beritten und entsetzte sich über die vielen ungebildeten Menschen unter ihnen. Die mächtigste Anziehungskraft übte auf ihn das gesellige Leben der Großstadt aus. Wie unzählige anregende Persönlichkeiten gab es hier! Durch Freund Narbonne ward er auf das Beste
in alle diese Kreise eingeführt. Einer der ersten, die er kennen lernte,
war der König aller diplomatischen Taschenspieler, Narbonnes Duß-
freund Talleyrand. Thielmann zeichnete ihn in seinem Tagebuch mit

folgenden Worten: „Seine Physiognomie ist die eines vollendeten Weltmanns, worunter man das ärgste verstehen kann, übrigens ist er ministeriell und einsilbig auch gegen seine Vertrauten." Talleyrands Empfänglichkeit für Millionen und seine lockere Wirtschaft lernte er damals gleich kennen. Sehr bald machte er auch Bourienne, Bonapartes Sekretär und Vertrautem, der eben jetzt nach dem Feldzuge in Ägypten und nach Marengo auf dem Gipfel seines Ansehens stand, seine Aufwartung. An ihn, der mit einer Leipzigerin verheiratet war, hatte er Empfehlungen von der sächsischen Kaufmannsfamilie Frege. Bourienne empfing den unbekannten sächsischen Rittmeister voller Herablassung, wurde indes freundlicher, als er den Namen Frege hörte. In der Folge traf er dann noch oft während seines Pariser Aufenthaltes mit diesem einflußreichen Manne und seiner Frau zusammen. Am meisten Verkehr hat er mit Madame Ducos, der Frau des früheren Direktoriumsmitgliedes und jetzigen Konsuls Roger Ducos gepflogen. Mit ihr speiste er meist zu Mittag. Sein Umgang erstreckte sich auf alle möglichen Kreise, die Gelehrten, die Militärs, die Diplomaten und sonstigen Politiker sowie auf andere gesellschaftlich bemerkenswerte Persönlichkeiten. Mit besonderer Genugthuung fand er bei vielen, wo er es garnicht vermutete, Kenntnis deutscher Litteratur und Wissenschaften. Auffällig schien ihm der Haß, den er in diesen Kreisen gegen Rousseau fand und die Vergötterung Voltaires. Bei dem ehemaligen Mitgliede der 500, dem gelehrten Cambe, fand er Geschmack an Griechenland, aber Verachtung aller Metaphysik. Ebenso überraschte es ihn diese bei dem Professor Garnier zu entdecken. An dem ehemaligen Polizeikommandanten von Paris, dem Jakobiner Marbot, fiel ihm die Achtung vor dem Gesetz, die Kenntnis und Würdigung der deutschen Litteratur auf. Mit dem Abbé Morlé und mit Gallois unterhielt er sich über Kantsche Philosophie. Auch mit Matthieu, Montesquiou u. a. führte er eingehende philosophische Gespräche.

Eine eigenartige Fügung wollte es, daß er die meisten der französischen Feldherren, mit denen und gegen die er nachmals gekämpft hat, hier bereits kennen lernte, so Berthier, den damaligen Minister, späteren Generalstabschef Napoleons, Latour-Maubourg, unter dem er den Feldzug gegen Rußland mitmachte, Grouchy, gegen den er seine letzte Waffenthat vollführen sollte, Massena, Marmont, Oudinot, Serrurier, Kellermann u. a. Öfters wurde er von einzelnen dieser Generäle zu Tische geladen. Verschiedene Male traf er auch mit der schönen Madame Recamier zusammen, deren Anmut ihn entzückte. Ebenso lernte er die geistreiche Tochter Schlözers, die damals 30jährige Frau Robbe kennen. Natürlich suchte er den alten Freund Berghem, den ehemaligen Werber um die Hand Karolinens auf, der hier in Paris Bergwerksdirektor war. General Cäsar Laharpe, der Erzieher Kaiser Alexanders und Schweizer Revolutionsmann, der jetzt, nachdem er seine Rolle im Wesentlichen ausgespielt hatte, in Plessis-Piquet bei Paris lebte, fand er „pedantisch kriegerisch" aussehend. Bei der Recamier speiste er einmal mit dem jungen Beauharnais zusammen, dessen Anspruchslosigkeit ihm auffiel. Auch Madame Bonaparte lernte er kennen. Eine andere Bekanntschaft war die Ernaudes, des Faiseurs von Talleyrand. Zu den Merkwürdigkeiten von Paris, die jeder kennen gelernt haben mußte, gehörte der Einsiedler Graf Schlaberndorff, die wandelnde Revolutionschronik. Mit ihm traf denn auch Thielmann mehrmals zusammen. Unter der Fülle von Bekanntschaften, die er machte und die nicht alle aufzuzählen sind, war auch eine Anzahl Frauen: die Laval, La Rivière, Condat, Visconti, Deraine u. s. w. Bei weitem die meiste Anregung empfing er indes in den diplomatischen Gesellschaften, denen er beiwohnte. Auf einem Essen bei Talleyrand am 5. September war außer allen Gesandten der Erzbischof Spina von Korinth zugegen, der vom Papst Pius VII. damals nach Paris gesandt war, um mit Bonaparte die Verhältnisse der französischen Kirche neu zu ordnen. Die Kirchenpolitik bildete daher das große Thema. Man erfuhr, daß Bonapartes Kommissar für die Regelung der kirchlichen Angelegenheiten, der Abbé Bernier, Kardinal werden sollte. Viel besprochen wurde das schmeichlerische Wort des Kardinals Consalvi gegen den Bischof Gregoire, der damals die öffentliche Meinung wegen eines von ihm erlassenen Hirtenbriefes beschäftigte: „Bonaparte würde vielleicht nicht wie Gregoire für den Tod eines Menschen (d. h. des Königs) gestimmt haben." Öfter wohnte er diesen diplomatischen Versammlungen bei Lucchesini bei. Dort lernte er auch den Minister Cobenzl kennen. Am 3. Oktober

erfuhr er auf einem dieser Diners die Einleitung des Friedensschlusses
mit England.

Mit dem klugen preußischen Minister und dessen Frau, einer
Gräfin Tarrach, war er überhaupt außer mit Narbonne und der
Ducos am meisten zusammen, „besonders nach der Abreise des preußischen Gendarmenoffiziers v. Schack", wie Bünau in seinem Berichte einfließen ließ. Einen Begriff von der Bigotterie gewisser
Kreise erhielt er, als die Herzogin v. Montmorency die Äußerung
that, daß sie lieber ihren Mann töten wolle als sich scheiden lassen
— aus Religion.

Seine Anwesenheit hatte bald die Aufmerksamkeit des sächsischen
Gesandten Grafen Bünau erregt, der bei der ganz vorzüglichen Ver-
trautheit, die Thielmann mit den Angelegenheiten der hohen Politik
verriet, nicht recht wußte, ob er es hier mit einem geheimen Agenten zu
thun hätte, während Thielmann ihm, offenbar der Wahrheit gemäß,
versicherte, daß er sich nur zu seinem Vergnügen in Paris aufhielte. In
seinem chiffrierten Bericht erzählt nun Bünau, der übrigens auch ganz
gefangen wurde von der Liebenswürdigkeit und gesellschaftlichen Gewandtheit Thielmanns, von einer Unterhaltung, die er mit jenem kurz
vor dessen Abreise geführt hatte. Darin hatte dieser den schon vorher
einmal angedeuteten Wunsch durchblicken lassen, im Gesandtschafts-
dienst Verwendung zu erhalten, entweder der Gesandtschaft in Paris
beigegeben, oder, da das nicht kostspielig sei, als Gesandter in Frankfurt a. M. Bünau sollte dies vermitteln. Im Tagebuch Thielmanns
findet sich dagegen unter dem 4. Oktober (am 7. reiste er von Paris ab)
der Vermerk: „Propositionen von Bünau." Danach will er offenbar
von Bünau Anerbietungen erhalten haben. Wie sich dieser Widerspruch lösen läßt, ist nicht mit Bestimmtheit zu sagen. Jedenfalls
liegt die Annahme nahe, daß Thielmann damals Lust bekommen hat,
die diplomatische Laufbahn einzuschlagen. Möglicherweise hat er einige
entgegenkommende Redensarten Bünaus als feste Vorschläge aufgefaßt.

Den Mittelpunkt dieser Weltbühne, Bonaparte, hatte er mehrmals Gelegenheit zu beobachten, so auf der Revue und in der Oper,
und seine berechnete Art entging ihm nicht. Von der gepriesenen Freiheit des französischen Volkes bemerkte er wenig. Er erkannte, daß die

Unterbrückung aller Parteibewegungen, d. h. der Despotismus die wahre Stütze der Macht Bonapartes sei. Ironische Gedanken regten sich in ihm, als er erfuhr, daß in dieser Stadt der Freiheit und Gleichheit die Fiakers beim Schauspiel nicht eher vorfahren dürften als bis alle Equipagen vorbei wären und daß Mietswagen überhaupt nicht in die Tuilerien dürften; und eine Veranschaulichung der republikanischen Einfachheit war es für ihn, als er hörte, daß für die Herrichtung des noch recht gut erhaltenen St. Cloud für den ersten Konsul drei Millionen verwendet werden sollten.

Sehr merkwürdig sind die Notizen, die das letzte Blatt seines Tagebuchs enthält. Sie bekunden nichts weniger als den Verehrer Napoleons:

„Nicht unwahrscheinliche Überspannung der Nerven des 1. (Konsuls). Alles neu durch ihn. Keine Liebe, kein Freund. Äußerung, er wolle es so lange treiben als man ihn wolle.

Eindruck der Revolution nur im mittleren Stande zu spüren, welcher ein gewisses Gefühl vom eigenen Wert bekommen hat.

B(onaparte) will alles, sogar den code civil, selbst machen. Liest übrigens nie ein Buch.

B. am Tage von St. Cloud den Kopf gänzlich verloren. Je suis le Dieu de la foudre, je suis le Dieu de la guerre. Die Pariser wollen nur witzige Einfälle.“

Diese Bemerkungen liefern den Beweis, daß die Kreise, in denen er sich bewegt hatte, und das waren die ersten und bedeutendsten von Paris, mit gemischten Gefühlen auf den gewaltigen Mann sahen und in ihm einen Halbverrückten erblickten.

Schier unermeßlich war die Fülle der Eindrücke, die Thielmann, als er am 7. Oktober aufbrach, aus Paris mitnahm. Kein Tag verging, an dem er nicht eine Menge von Sehenswürdigkeiten in Augenschein genommen hätte. Am 11. Oktober war er schon in Luneville, am 13. besichtigte er im Münster von Straßburg das Grabmal des Marschalls von Sachsen.

Bei seiner Ankunft in Wiehe am 24. Oktober erfuhr er den Tod seiner Schwiegermutter. Tief erschüttert schrieb er an den Schwiegervater:

„Ach wie ist es jetzt so anders, mein teuerster Vater, welch gewaltiges Schicksal ist unter uns getreten! Ich klage nicht, denn unsere Thränen rufen niemand zurück, wohl aber kann unsere Liebe Ihnen, teuerster Vater, den Verlust erträglich machen, tragen helfen, darum wollen wir Sie und jeder unter uns, uns von Herzen lieben, bis wir auch hinüber gehen ... Von meiner Reise ein anderes Mal. Ewig der Ihrige

Thielmann."

Ein Kästchen, das diesen Brief begleitete, enthielt einige kleine Geschenke, die er den Anverwandten aus Paris mitgebracht hatte. Sie lassen auch ohne die Anmerkung des Absenders: „Die Armen geben wenig aber gern," erkennen, daß Thielmann nicht gerade mit vollen Taschen von der Reise zurückkehrte. Es wäre ja auch nicht mit rechten Dingen zugegangen, wenn in dem Trubel von Vergnügungen, in den er sich in Paris gestürzt hatte, und bei seinem erwiesenen Talente für das Ausgabenmachen nicht alles ihm verfügbare Geld draufgegangen wäre. Unter den Geschenken befand sich das Théâtre de Voltaire für Karolinen und die Contes de Voltaire für Julien. —

Im grellen Gegensatz zu den glänzenden Bildern, die ihm Paris gezeigt hatte, stand das Garnisonleben, das nun wieder für ihn in Wiehe anhub. Es ist begreiflich, wenn der einerseits so thatenburstige, andererseits aber so an geistige Beschäftigung und Anregung gewöhnte Offizier in der Eintönigkeit dieses Lebens sich vor Ungeduld aufrieb. Nichts ist auch natürlicher als wenn in diesem Manne, der mit den ersten Größen unserer Litteratur in einem zum Teil nahen Verkehr gestanden hatte, der eine durchaus gründliche Bildung auf allen möglichen Gebieten des Wissens und der Kunst sein eigen nannte, der einen solchen Einblick in das Getriebe dieser Welt gethan hatte, wie es eben zu Paris geschehen war, der von den bedeutendsten politischen und militärischen Köpfen in Frankreich trotz der Bescheidenheit seiner Stellung für würdig ihres Umgangs betrachtet wurde, in dieser Gesellschaft mit ihren geringen Interessen und engem Gesichtskreise allmählich von einem gewissen überlegenen Selbstgefühl erfüllt wurde. Wer Thielmanns Vergangenheit nicht kennt, der ist geneigt an seinem

ftolzen, oft eine gewiffe Geringfchätzung anderer bezeigenben Wefen
Anftoß zu nehmen und ihn eitel und hochfahrend zu nennen. Wer
aber feine Perfönlichkeit in Zufammenhang mit feiner vorherigen Entwickelung zu würbigen weiß, der verfteht biefes fichere Selbftbewußt-
fein und wird es durchaus nicht fo ungerechtfertigt finden.

In Wiehe wurden ihm im Laufe der Jahre eine Reihe von
Kindern geboren. So war hier am 7. Juni 1799 fein Sohn Franz,
bas erfte der Kinder, bas am Leben blieb, zur Welt gekommen. Unter den Paten des Kindes war noch Novalis gewefen, ebenfo Freunb
Sahr und eine Frau v. Müffling, wohl bie junge Gattin des Waffengefährten von 1793, der im Jahre 1799 ein Fräulein v. Scheele
heimführte. Im Herbft 1801 wurde ein fünftes Kind geboren, fchon
der britte Sohn, der ben Namen des Vaters, Abolf, erhielt, aber
auch balb verftarb, wie feine beiben erften gleichnamigen Brüder, am
18. Auguft 1803 eine Tochter, bie ebenfalls balb ftarb, am 4. September 1804 der Sohn Karl, bas zweite der überlebenben Kinder, unb
am 1. Februar 1806 bie erfte Tochter, bie ihm erhalten blieb, nach
der geliebten Schwägerin Julie genannt.

In bie Zeit des Wieher Aufenthaltes fällt auch wohl bie Ent-
ftehung des Ölgemälbes von Anton Graff, bas ben Hufaren Thielmann
in ganzer Figur in Lebensgröße barftellt. Thielmann hatte Graffs
Bekanntfchaft fchon feit lange bei Körners gemacht, zu beren vertrau-
teftem Umgange der fchweizer Meifter gehörte. Vor einigen Jahren
bereits hatten bie Gefchwifter Charpentier und Thielmann felbft auf
Thielmanns Anregung zufammengelegt, um ben Bergrat malen zu
laffen. Funk ließ fich im Jahre 1804 von ihm porträtieren. Auch
der mit Thielmanns befreunbete Rittmeifter v. Carlowitz unb Schwager
Reinharb wurden von ihm gemalt. Das Bild zeigt uns Thielmann
in lecker Haltung als eine auffallenb fchöne unb vornehme Erfcheinung,
der bie glänzende Uniform vorzüglich fteht. Befonders feffelt an ihm
bas blitzenbe Auge. Es ift jebenfalls basfelbe Gemälde, bas er nach
einem unbatierten Briefe für 100 Dukaten erwarb unb feiner Frau
als ein Weihnachtsgefchenk überreichte. So wie bies Bild ihn barftellt, trat Thielmann einem Knaben vor bie Augen, vor beffen
geiftigem Blick bereinft faft alle gefchichtlich bebeutfamen Perfonen Revue

paſſieren ſollten. In Wiehe wuchs nämlich damals der junge Leopold
Ranke auf, der hier zur Sonnenwende 1795 geboren ward. Noch in
ſeinen alten Jahren erinnerte ſich der große Hiſtoriker der Figur des
Rittmeiſters Thielmann aus jenen Tagen als der vornehmſten Er-
ſcheinung unter allen Offizieren der dort liegenden Huſarenſchwadronen.
„Er war damals das Ideal eines militäriſchen Mannes, von Energie
und Willenskraft und machte ſich gewaltig geltend.“

Geſteigert wurde das Unbefriedigende der Lage noch durch ein
übermäßig langſames Avancement. Thielmann war nun bald vierzig
Jahre und noch immer hatte er keine Schwadron. Der bürgerliche
Offizier wurde offenbar weniger berückſichtigt als ſo mancher junge
Windbeutel von Adel. Ganz ſchlimm wurde Thielmanns Stellung
dadurch, daß ſeine Vermögensverhältniſſe die denkbar ſchlechteſten
wurden. Bei einem großen Haushalt, bei ſeinem Hange zu Ausgaben und bei einer geringen Wirtſchaftlichkeit ſeiner Frau mußte er
bringender wie je wünſchen, möglichſt bald die bedeutend reichlicheren
Einnahmen, die einem Schwadronschef zufloſſen, zu genießen. Schon
im Jahre 1802 ſtellte er dem Kurfürſten vor, daß er durch die Ver-
ſetzung ins Huſarenregiment ſehr viel langſamer aufgerückt wäre.
Sein Hintermann im Regiment Kurland hätte jetzt bereits eine Kompagnie erhalten. Der Kurfürſt bewilligte ihm daher eine monatliche
Gehaltszulage von 10 Thalern, bis zum Empfange einer Schwadron,
vom Auguſt jenes Jahres an. Aber die Schwadron ließ auf ſich
warten. Das brachte ihn zu dem Entſchluſſe, heimlich eine ſolche
in öſterreichiſchen Dienſten zu kaufen. Der Schwägerin Karoline
vertraute er ſeinen Plan an. Er ſchrieb ihr am 9. Februar 1804:
„Was mein Schickſal betrifft, ſo habe ich nun die Würfel geworfen, meine Briefe ſind fort und ich muß nun alles in Geduld
erwarten. Auch mein Plan wegen des woher nehmen, iſt gemacht,
ob er gelingen wird, ſteht auf der andern Seite. Du hatteſt einmal
eine freundſchaftliche Idee an A. zu ſchreiben, was denkſt Du jetzt?
Wenn er, im Fall mein Plan durchginge, mir 100 Louisdor her-
gäbe; doch überlaſſe ich es Dir gänzlich, ob Du es thun willſt oder
nicht. Wie ſehr mich mein Plan Tag und Nacht beſchäftigt, kannſt
Du leicht denken, ach es iſt ein großes Unternehmen!“

Am 8. März schrieb er an dieselbe: „Die wenig tröstlichen Nachrichten aus Wien wirst Du wohl von P.(obmanitzky?) gehört haben, hier ist ein Brief von einem Freund aus Wien, der mir den ganzen Schritt widerrät. Ob ich nun schon von dem was dieser Freund sagt, etwas abrechnen zu können glaube, so bin ich doch nun entschlossen, den Second-Rittmeister nicht anzunehmen, kann ich es aber noch durchsetzen eine Eskadron zu kaufen, so gehe ich ohne anzustehen."

Ganz niedergeschlagen schloß er: „Ich bin nun schon ein Unglückskind in dieser Welt, mir mißlingt alles, mir erschwert das Schicksal alles, mir bleibt nichts als die Hoffnung, daß es dereinst besser werde."

Es gelang ihm in der Folge das nötige Geld vorgeschossen zu erhalten, und zwar von dem Vater seines alten Freundes Stutterheim, der k. k. General war. Thielmann meldete sich nun um seine Entlassung (am 15. Juli 1804), unter ausführlicher Begründung seines Schritts. Er legte seinem Oberst, v. Trützschler, demselben, dessen Verwendung er den St. Heinrichsorden zu verdanken hatte, dar, wie ihm seine Vermögensumstände nicht länger erlaubten, in Sachsen Kriegsdienste zu thun. Er hätte wahrscheinlich noch 4 Jahre zu warten, ehe er eine Schwabron bekäme. Oberst v. Trützschler sowohl als der Inspekteur General v. Zastrow wollten Thielmann durchaus wohl und erstatteten deswegen einen sehr günstigen Bericht an den Kurfürsten, in dem sie darlegten, daß das Ausscheiden dieses in jeder Beziehung ausgezeichneten Offiziers ein wahrer Verlust für die Kavallerie sei. Die formelle Ungehörigkeit im Vorgehen Thielmanns, heimlich die Schwabron zu kaufen, ehe er um seinen Abschied eingekommen war, wurde schonend übergangen und die Sache so dargestellt, daß Thielmann nur erst die Aussicht auf eine österreichische Schwabron eröffnet worden wäre. Kurfürst Friedrich August sah den vorzüglichen Offizier gleichfalls nur ungern aus seinem Dienste scheiden, wollte dessen Eingabe als nicht vorhanden betrachten und befahl ihn zum Weiterdienen zu veranlassen. Trützschler, nunmehr General-Inspekteur, unterzog sich dieser Aufgabe. Darauf richtete Thielmann unter dem 11. August eine Eingabe an Trützschler, in der er ausführte, er habe bei der Möglichkeit, daß das Regiment einen neuen Chef erhalte, sehr wahrscheinlich erst in 8 Jahren Aussicht

eine Schwadron zu erhalten. Er bäte daher um die Anwartschaft
auf die Schwadron, welche durch das Avancement des Majors v. Junk
zum Oberstleutnant frei würde. Friedrich August entsprach nicht direkt
diesem Wunsche, jedoch empfing General v. Trützschler unterm 8. September einen mündlichen Bescheid, in dem Thielmann Aussichten
auf eine besondere kurfürstliche Unterstützung gemacht wurden; demgemäß wurden ihm einige Zeit darauf von den Einnahmen der er-
ledigten Oberstenschwadron 2000 Thlr. überwiesen. Die k. k. Schwadron
war nun aber einmal gekauft und gerade in dieser Zeit wurde der Miß-
brauch des Schwadronsverkaufes in Österreich beseitigt. Nach Holtzendorffs Angaben wäre Thielmann infolgedessen Schuldner des Generals
v. Stutterheim geworden und dieser hätte ihm den Betrag schließlich
in seinem Testamente erlassen. Dem widerspricht der „Neue Nekrolog
der Deutschen", der nichts von einer Schuld weiß und mitteilt, daß
Thielmann froh sein mußte, sein Geld wiederzuerlangen. Die Sache
dürfte sich sehr einfach dadurch erledigen, daß das Geld, da der Kauf
ja null und nichtig war, an den Geber, wenn auch nach einigen
Weiterungen, zurückgelangte, da der Verkäufer der Schwadron sich
sonst betrügerischer, zum mindesten unehrenhafter Manipulationen
schuldig gemacht hätte.

Nicht lange, so sollte sich das Blatt wenden und die Unthätigkeit
ein Ende haben. Als Czar Alexander im Herbst 1805 in Weimar einen
Besuch der Erbprinzessin, seiner Schwester, angekündigt hatte, ersuchte
der Herzog Karl August den Kurfürsten um Stellung eines Trupps
Husaren, um den hohen Gast, der sich bekanntlich eben zum entscheidenden Feldzuge gegen Napoleon rüstete, gegen eine etwaige Aufhebung
durch die in Franken stehenden französischen Truppen zu decken. Thielmann wurde als Führer dieses Truppenteils erbeten — ein Beweis
der wohlwollenden Gesinnung des Herzogs für ihn. Er erhielt denn
auch sofort Befehl mit 100 Pferden nach Weimar aufzubrechen, sämtliche allerdings nicht zahlreiche Weimarische Husaren, die nur als
Hoforbonnanzen gebraucht wurden und unter dem Befehl eines
Infanterieoffiziers standen[1]), an sich zu ziehen und die Straßen des

---

1) E. Graf zur Lippe, Husarenbuch, Berlin 1863. S. 586.

Thüringer Waldes zu sichern. Am 4. November rückte er in Weimar ein. Alexander hielt sich dort vom 6. bis 10. November auf. Die Bekanntschaft mit dem russischen Kaiser sollte von Bedeutung für Thielmann werden. Beider Naturen hatten gewisse Ähnlichkeiten miteinander, sie waren beide Heißsporne und leicht empfänglich für äußere Eindrücke und beide von großer Gefühlswärme; so war es denn kein Wunder, daß sie bald die Wahlverwandtschaft herausfühlten. Alexander zeichnete ihn merklich aus und verehrte ihm einen wertvollen Ring und Karl August entließ ihn am 12. November gleichfalls nicht ohne Zeichen der Huld.

Inzwischen war Sachsen von Friedrich Wilhelm III. für die entscheidende Koalition gegen Napoleon gewonnen worden und ein preußisch-sächsisches Heer versammelte sich an der Grenze Böhmens. Prinz Louis Ferdinand entsann sich dabei des schönen, gewandten Reiteroffiziers vor Mainz und sprach den Wunsch aus, ihn in sein Gefolge zu bekommen. So wurde Thielmann dem Prinzen als Adjutant in dessen Hauptquartier zu Zwickau zugeteilt. Außer mit dem Prinzen verkehrte er hauptsächlich mit dessen Adjutanten. Mit Vorliebe spielte der Prinz mit Thielmann und den Hauptleuten Kleist und Stein zu vieren Schach. „Ein Mann von Verstand und Geschmeidigkeit und großer Fertigkeit des Intonierens in äußeren Verhältnissen" äußerte später einer der Adjutanten des Prinzen, der wackere Reitersmann Karl v. Nostitz, in seinen Lebenserinnerungen über Thielmann unter Anerkennung des großen Ansehens, das dieser sächsische Offizier im preußischen Lager genoß. Inzwischen hatte Czar Alexander, ehrgeizig und unbesonnen wie er war, den Degen nicht mehr in der Scheide zu halten vermocht und bei Austerlitz Europas Los aufs Spiel gesetzt. Eine unglückselige Politik that das Weitere, um die Fortsetzung des Kampfes im Verein mit Preußen und Sachsen zu verhindern. Unter völlig zu ungunsten Preußens und Sachsens veränderten Verhältnissen mußten die Waffen im folgenden Jahre wieder ergriffen werden. Wieder wünschte Prinz Louis Ferdinand den Rittmeister Thielmann als Adjutanten, aber der sächsische Kriegsminister Cerrini ging trotz seines dringenden Ersuchens nicht darauf ein. „Ich weiß nicht, was ich dem ehrlichen Manne zu leide gethan habe," schrieb Thielmann am 2. Oktober an seine Gattin. „Mir ist's einerlei, ich suche nichts, und habe darüber sogar einen gewissen Aberglauben. Ereilt mich indessen das Schicksal nicht eher, so werde ich gewiß in der sächsischen Armee nicht sterben, und will Gott danken, wenn ich aus dieser Versorgungsanstalt für invalide Dummköpfe heraus bin. Man hat jetzt wieder viel Mißvergnügen dadurch verbreitet, daß man Egidy, einen jungen Menschen von 28 Jahren, der noch keine Flinte hat losschießen hören, zum Major avanciert hat.“

„Niemand ist vergnügter, daß ich nicht zum Prinzen gehe als C. (oder E.?), dessen gänzliche Nullität mehr als je jetzt hervortritt und der also sehr vergnügt ist, mit andern Kälbern jetzt pflügen zu können. Aber das ist eine von den Dresdner Stützen, warum? Die Kinder sind katholisch und er, mit dem privilegio de non usitando, desgleichen.“

Diese Worte waren bezeichnend für die Verhältnisse und die Stimmung in der sächsischen Armee. Allgemeine Stockung in der Beförderung, Günstlingswirtschaft, Unfähigkeit und Mißvergnügtheit, das waren die Erscheinungen, die sich im Heere darboten. Wie wahr das Wort von der Versorgungsanstalt für Invalide war, erkennt man daraus, daß es z. B. noch 1809 in der sächsischen Armee Generäle von 90 Jahren gab, daß die 6 Generäle der Infanterie oder Kavallerie ein Durchschnittsalter von 70 Jahren, 8 Generalleutnants ein solches von 72 Jahren hatten. In diesem Feldzuge waren 7379 Frauen und 12378 Kinder beim sächsischen Heere. In der That, ein solches System war morsch bis ins Mark; und damit ging man jetzt der schlachterprobtesten Armee entgegen.

Am 14. Oktober brach es mit einem Schlage zusammen. Nur die Kavallerie schlug sich leidlich. Als der kommandierende General v. Zezschwitz am 17. Oktober auf dem Rückzuge nach Magdeburg bei Mansfeld zur Besinnung gekommen war und seine Offiziere zusammen berief, um über das, was zu thun sei, zu ratschlagen, da wurde beschlossen auf die Gefahr großer Verantwortlichkeit hin, den militärischen Gehorsam gegen den Preußischen Feldherrn, Prinzen Hohenlohe, außer Acht zu lassen und die Zukunft der Armee und des Vaterlandes, d. h. Sachsens zu bedenken. Es ist Thielmann

selbst gewesen, der dies Verhalten in einer längeren Denkschrift bald
nach der Schlacht von Jena begründet hat. Die vollkommene Direk-
tionslosigkeit der geschlagenen Armee, die offenbare Nutzlosigkeit weiteren Widerstandes, der moralische Zerfall des sächsischen Heeres und
der Mangel an Ausrüstung ließen den Gedanken entstehen, mit Napoleon in Unterhandlungen wegen eines Waffenstillstandes zu treten.
In einem späteren von ihm als preußischem Generalleutnant verfaßten
unvollendeten Aufsatze hat er verraten, daß man garnicht mehr der
Truppen sicher war. „Hier" (in Mansfeld), so heißt es in diesem
im Nachlaß befindlichen Entwurf zu einer längeren Denkschrift über
die Geschichte der sächsischen Teilung, „zeigten sich in dieser Truppe
Widersetzlichkeiten gegen Fortsetzung des Marsches, die zwar von
Offizieren angezettelt waren, aber von ehrliebenden Männern unter
ihnen auch sogleich gestillt wurden. Dieser Widersetzlichkeit lag weder
eine Vorliebe für die Franzosen noch eine Abneigung gegen Preußen
zum Grunde, sondern sie war eine ganz natürliche Folge der Verweichlichung des Volkes und des Mangels an Geist und Kriegszucht eines
schlecht organisierten und unter kraftlosem Befehle stehenden Heeres."
Die Auslieferung eines gefangenen französischen Hauptmanns, die
von König Friedrich Wilhelm III. anbefohlen war, gab den Anlaß
mit Napoleon in Verbindung zu treten.

Zezschwitz wählte Thielmann zu dieser heiklen Mission. Das
Schicksal Sachsens wurde damit in die Hand eines einfachen Rittmeisters gelegt. Man hat angegeben, daß Thielmann hierzu wegen
seiner großen Kenntnis des Französischen ausersehen wurde; und dies
mag an seinem Teile richtig sein. Der durchschlagende Grund war
es aber kaum, denn im sächsischen Offizierkorps dürften doch wohl
viele — und namentlich in den höheren Stellen — aufzutreiben gewesen sein, die jener Sprache mächtig waren. War doch das Französische
in den höheren Gesellschaftskreisen seit den Tagen des vierzehnten Ludwig nur zu häufig die Umgangssprache. Uns scheint den Ausschlag
gegeben zu haben die faktische Stellung, die Thielmann sich bei seiner
Gewandtheit, seiner Erfahrung und seinem Weitblick erworben hatte.
Damit sprach sich allerdings die sächsische Heeresleitung selbst das
Urteil, daß sie diesen Mann nicht schon längst mit einem höheren

Range bekleidet hatte. Thielmann, der bei Jena die Oberstleutnants-
schwadron seines Regiments befehligt hatte, ging ohne eine bestimmte
Instruktion empfangen zu haben, am 17. Oktober morgens von Mansfeld über Eisleben nach Querfurt. Hier erfuhr er, daß das Hauptquartier des Kaisers in der Gegend von Naumburg wäre. Zugleich
erhielt er von ihm glaubwürdig scheinenden Personen die Nachricht,
ein russisches Heer stände bereits bei Bernburg. Diese freudige
Neuigkeit bestimmte ihn, seine Mission, Unterhandlungen anzuknüpfen,
als aufgehoben zu betrachten. In Halle aber erkannte er nicht nur
die Irrigkeit jener Nachricht, sondern er war noch gerade Augenzeuge
der völligen Niederlage des Prinzen von Württemberg. Er eilte daher ins Hauptquartier nach Merseburg, wo er am 18. abends eintraf. Rasch entschlossen wollte er auf eigene Gefahr den entscheidenden
Schritt wagen. Um seinen bescheidenen Rang als Rittmeister zu
verdecken, legte er sich den Charakter eines Generaladjutanten des
kommandierenden Generals bei. Napoleon empfing ihn wohlwollend
und erklärte ihm: „Eh bien, je vous accorde la paix, retirez les
troupes et pas de coup de canon devant Dresde.“ Hieran
schloß der Kaiser einige Sarkasmen darüber, daß Friedrich August
so blindlings den Ratschlägen seiner preußisch gesonnenen Minister
gefolgt wäre und bezeichnete Low, Loß und Burgsdorff als seine
persönlichen Feinde. Er versicherte, daß, gehe der Kurfürst auf seine
Bedingungen ein, alles Geschehene vergessen sein und den Truppen
freier Abzug gewährt werden sollte. Dieserhalb sollte General Zesch-
witz mit den französischen Befehlshabern Lannes und Bernadotte
kapitulieren.

Die Unterredung währte eine Stunde. Dem großen Schauspieler
Napoleon war es ein Leichtes durch sein Wesen dem Rittmeister zu
imponieren. Er wollte an jenem Tage offenbar gewinnen; und
dem großen Menschenkenner waren schon andere, unzugänglichere
Naturen als der für Eindrücke so empfängliche Thielmann ins Garn
gegangen. Der dämonische Mann, der die mächtigsten Staaten mit
einer Leichtigkeit zertrümmert hatte, gleichsam als wenn er eine gewaltige Naturkraft in sich vereinigte, der vor kaum einem Jahre Österreich und Rußland niedergeworfen hatte und der jetzt mit einem

Schlage die fridericianische Monarchie zerschmetterte, zeigte jetzt die leutseligste Miene und verhieß den Freunden Fülle der Gnade zu spenden. Wie er so dastand in seiner imponierenden Haltung, jene faszinierende Sicherheit in Worten und Geberden, da schwand jeder Zweifel an der Verstandesklarheit dieses Mannes, der sich einstmals in Thielmann geregt hatte. Es schien Wahnsinn hier auch nur noch einen Augenblick an Widerstand zu denken. Nur mit Napoleon und seiner liebenswürdigen Nation war noch eine Existenz möglich. Er schien zum Weltherrscher bestimmt, die französische Sache die allgemeine zu sein. Thielmann begann jetzt an ein blindes Fatum zu glauben, wie er dies auch einige Zeit später (8. Mai 1807) ausdrücklich seinem Schwager, dem Theologen Reinhard, bekannt hat.

3. Im Banne des Napoleonismus.

1806—1812.

Thielmann selbst wurde dazu ausersehen, die Bedingungen des
Siegers an den Kurfürsten zu überbringen, dem General Zezschwitz
sollte er Mitteilung durch einen Vertrauensmann zukommen lassen.
Dazu wählte er sich den Stiftsregierungsrat Freiherrn v. Ende. Er
selbst ging alsbald nach Dresden ab. Freilich regten sich in ihm
Zweifel, ob das Verlassen des preußischen Bündnisses zu rechtfertigen
wäre. Beruhigung darüber gewährte ihm indes ein Schreiben des
Königs Friedrich Wilhelm an den, wie man weiß, gleichfalls bisher
mit Preußen verbündeten Herzog Karl August von Weimar, von dessen
Inhalt Thielmann im Kaiserlichen Hauptquartier durch den preußischen
Leutnant v. Holleben vertrauliche Kenntnis erhielt. In diesem Schreiben bat der ehrliche und fürsorgliche König von Preußen den Herzog
unter den gegenwärtigen Umständen sich mit seinen Truppen von der
Armee zu trennen und seinen Frieden zu machen so gut er könne.
Einen ähnlichen Rat hat er denn auch thatsächlich an Friedrich August
durch den Sachsen Oyherrn gelangen lassen.

In Dresden war inzwischen Funk, der mit zahlreichen anderen
gefangenen sächsischen Offizieren am Schlachttage im Schlosse von
Jena vor Napoleon geführt worden war, eingetroffen und hatte die
Abreise Friedrich Augusts aus der sächsischen Hauptstadt noch gerade verhindert. Er hatte mit der langen Reihe Kameraden, über-
tölpelt durch die friede- und glückverheißende Ansprache Napoleons,
eine Erklärung unterzeichnet, die zu den unüberlegtesten gehört, welche
jemals Offiziere abgegeben haben. Danach hatten sich jene Generale,
Obersten u. s. w. durch Ehrenwort verpflichtet, nie wieder die Waffen

gegen den Kaiser von Frankreich zu ergreifen, selbst wenn sie dazu
förmlichen Befehl von ihrem Kurfürsten erhalten würden. Funk
hatte Friedrich August davon zu überzeugen gesucht, daß Sachsen nur
Gutes vom Sieger zu erwarten habe. Für Thielmanns Botschaft
war dadurch der Boden geebnet und als er sie dem Kurfürsten überbrachte, konnte dieser zwar nicht mit einigen Bemerkungen über sein
kühnes Vorgehen zurückhalten, im übrigen aber beauftragte er ihn
sofort in das französische Hauptquartier zurückzugehen und dem Kaiser
zu eröffnen, daß er, der Kurfürst, seine Truppen zurückrufe, ver-
trauend der französischen Loyalität in Dresden bleiben und jeden Franzosen als Freund empfangen werde. Es war der Entschluß eines
Fürsten, der allen Mut verloren hatte und sich mit der Geduld eines
Opferlammes in sein Schicksal ergab. Sonst mit reichen Herrscher-
tugenden, besonders mit einem hohen Gerechtigkeitssinn ausgestattet,
in ruhigen Zeiten ein vortrefflicher Landesvater, war Friedrich August
doch ein durchaus schwacher Mann, das Unglücklichste, was der Dynastie der Wettiner jetzt widerfahren konnte. Wie blutiger Hohn auf
die künftigen Ereignisse klingt das Wort von der loyauté française,
das um so jämmerlicher war, als der Dresdener Hof innerlich von
dem größten Widerwillen und Mißtrauen gegen den Emporkömmling
Napoleon erfüllt war. In dieser frommen Ergebung in die göttliche
Fügung ohne das geringste Zeichen eines männlichen Wollens oder
gar teutonischen Zornes zeigte sich wieder das Blut der sächsischen
Betefürsten des sechzehnten Jahrhunderts. Nie aber war willenlose
Schwachheit übler angebracht als in dem eisernen Zeitalter, das jetzt
für Europa begonnen hatte. In seiner besinnungslosen Unterwürfigkeit vergaß Friedrich August ganz die schuldige Rücksicht auf seinen
unglücklichen Verbündeten König Friedrich Wilhelm von Preußen.
Der hatte ihm wohl in seinem Edelmut ebenso wie dem Haupt der
ernestinischen Linie die Trennung von Preußen freigegeben, in gerechter
Würdigung der Existenzfrage Sachsens. Nur gebot die Rücksicht
dies Preußen wenigstens anzuzeigen. Doch in seiner Kopflosigkeit
setzte Kurfürst Friedrich August dies Mindestmaß der Höflichkeit und
Bundestreue gegen Preußen außer Acht, und dadurch qualifizierte sich
seine Handlungsweise, die durch den Selbsterhaltungstrieb, den der

Staat ebenso wie der Einzelmensch hat, im übrigen geboten sein mochte, als offenbarer Treubruch. Der feinempfindende Friedrich Wilhelm hat diesen Stich ins Herz, den ihm ein einst verständiger Bundesgenosse versetzte, jenem nie vergessen können.

Die Instruktion, die Thielmann auf den Weg bekam, lautete:

1. Der Rittmeister Thielmann geht sofort mit einem Feldjäger in das Hauptquartier S. M. des Kaisers Napoleon und bezeiget Denenselben Ihrer Kurfürstl. Durchlaucht ausnehmende Hochachtung und Freundschaft mit der Versicherung, daß er, der Rittmeister Befehl erhalten habe, dem General v. Zezschwitz die Ordre zuzustellen, sich sogleich von den königl. preußischen Truppen abzuziehen und die unterhabenden Truppen in ihre Garnison zurückmarschieren zu lassen.

Auch hätten Ihre Kurfürstliche Durchlaucht anbefohlen, daß von seiten der annoch im Lande befindlichen immobilen Truppen keine Feindseligkeiten gegen die kaiserlichen französischen Truppen ausgeübt werden sollten.

2. Ihrer französischen Kaiserlichen Majestät hat der Rittmeister Thielmann bemerklich zu machen, daß Ihro Kurfürstl. Durchlaucht zwar zur Befestigung dero Residenz Anstalten getroffen hätten, die Fortsetzung derselben aber nunmehr abgestellt worden und die Anordnung geschehen wäre, daß bei den bloß gegen streifende Parteien, die sich ohne Ordre der Residenz nähern möchten, noch fortdauernden Vorsichtsmaßregeln, auch gegen anrückende Truppen keine Feindseligkeiten ausgeübt, sondern sich bloß verteidigungsweise verhalten werde.

3. Die Festung Königstein hätte die nämlichen Befehle erhalten, und Ihro Kurfürstl. Durchlaucht hofften, daß die hierunter genommenen Vorkehrungen von Ihrer Kaiserl. Maj. nicht gemißbilliget werden würden.

4. Sofern jedoch Ihro Kaiserl. Maj. dabei etwas zu erinnern oder noch hinzuzufügen hätten, so hat der Rittmeister Thielmann solches sofort durch den zurückzuschickenden Feldjäger zu Ihrer Kurfürstl. Durchlaucht Wissenschaft gelangen zu lassen.

Übrigens hat

5. der Rittmeister Thielmann die an General v. Zezschwitz gerichtete, ihm zugestellte Ordre selbst einzuhändigen.

Dat. Dresden, am 19. Oktober 1806.   v. Low.

Noch in derselben Nacht mußte Thielmann mit dieser Instruktion ins französische Hauptquartier nach Halle aufbrechen. Am 21. Oktober morgens traf er dort ein, wo er schon seinen Freund Funk vorfand; er erzählte ihm, was sich inzwischen zugetragen. Er war in dem verzeihlichen Irrtum befangen, einen Waffenstillstand abgeschlossen zu haben und übersah, daß nur einseitig der freie Abzug der Truppen zugestanden und die Einstellung der Feindseligkeiten sächsischerseits versprochen war. Die im Grunde sich daraus ergebende Konsequenz des formellen Abschlusses des Waffenstillstandes war aber noch nicht gezogen worden und dies gab nachher noch bei dem rücksichtslosen Verhalten Napoleons Anlaß zu widerwärtigen Erfahrungen. Im Laufe des Vormittages wurde Thielmann vom Kaiser empfangen und entledigte sich dabei seines Auftrages. Bei Funks Schwester, die in Halle an einen preußischen Hauptmann verheiratet war, schrieb er dann noch einige Zeilen, um hierauf nach der sächsischen Enklave Barby, wo Zezschwitz jetzt mit den Trümmern des sächsischen Heeres stand, abzugehen. In der Nacht zum 22. traf er dort ein. Nicht mit Unrecht hat Thielmann sich nachmals oft das Verdienst beigemessen, die sächsische Armee gerettet zu haben, während Funk durch die Verhinderung der Abreise Friedrich Augusts von Dresden die sächsische Monarchie vor dem Untergange bewahrt hätte.

Jetzt aber erfuhr Thielmann, daß seine Prophezeiung, die er vor 10 Jahren ausgesprochen hatte: der Augenblick wäre nicht mehr fern, wo die große französische Nation Europa Gesetze vorschriebe, ganz und gar Wahrheit geworden war. Die Beobachtungen, die er dabei machte, waren nicht gerade die erfreulichsten. Das Vertrauen in die französische Loyalität, in dem König Friedrich August auch noch die Napoleon mißliebigen Minister Graf Loß und v. Low entließ, wurde gleich recht erschüttert, als die sächsische Kavallerie nunmehr sofort in Bernburg absitzen und alle Pferde an die Sieger abgeben mußte. Diesem ersten Beweise der französischen Freundschaft folgten bald weitere. Das Zeughaus in Dresden wurde ausgeräumt und mit den dort vorgefundenen Waffen das Kontingent der bairischen und württembergischen Truppen ausgerüstet. Leipzig wurde mit einer Kontribution von 6 Millionen Franks belegt. Alle Kassen wurden in

Dresden beschlagnahmt und es ward daselbst ein Intendant angestellt. Erst der zu Posen am 11. Dezember abgeschlossene Frieden, der Friedrich August zum König erhob und Sachsen durch die Abtrennung des Kottbuser Kreises von Preußen vergrößerte, und der ferner das Großherzogtum Warschau unter sächsischem Scepter vereinigte, stellte wieder einigermaßen erträgliche Verhältnisse her. Es gehörte die ganze Vorliebe Thielmanns für die Franzosen und seine grenzenlose Bewunderung für Napoleons Größe, die seit der Unterredung in Merseburg am 18. Oktober hervortritt, dazu, um ihn die Lage nicht in ihrer ganzen Traurigkeit empfinden zu lassen. Die scheinbare Machtvergrößerung Sachsens, welche dazu beitragen konnte, mit dem Schicksale auszusöhnen, hatte in den Händen, denen sie gegeben wurde, übrigens gar keinen Wert. Denn Napoleon gründete, wie Thielmann später selbst in jener nach 1818 verfaßten Denkschrift bemerkt hat, Sachsens Wiedervereinigung mit Polen lediglich auf den unschlüssigen Charakter Friedrich Augusts. Hätte dem sächsischen König Unternehmungsgeist innegewohnt, so hätte Napoleon sich wohl gehütet, ihm Polen anzuvertrauen.

Ganz hineinzufinden vermochte sich Thielmann jedoch einstweilen noch nicht in die jetzige Lage. Zuweilen regte sich doch ein Gefühl für das Demütigende, das in der von Sachsen seither gespielten Rolle lag. Das beweist uns u. a. ein Brief, den er am 15. April 1807 aus dem Lager vor Danzig an seine Frau schrieb, der erste, der von den nach Jena geschriebenen Briefen erhalten ist, in dem der Bewunderer französischen Wesens und französischen Kriegertums u. a. äußerte: „Könnte man die Lage der Sache vergessen, dann wäre es eine Lust mit den Franzosen zu dienen. Bessere Soldaten giebt es nicht. Man behandelt uns vortrefflich."

Die Rolle, die Thielmann in der Krisis von Jena spielte, lenkte zum ersten Mal die allgemeine Aufmerksamkeit auf ihn und seit dieser Zeit begann er rasch die Staffel der militärischen Ehren emporzusteigen. Die uns bereits bekannten ihm eigenen Gaben, seine Gewandtheit, seine Geschicklichkeit sich geltend zu machen, sein einnehmendes Wesen konnten bei dieser Gelegenheit recht zur Entfaltung gelangen. So empfahl denn auch der General v. Zezschwitz in seinem Bericht an

seinen Souverain am 19. Dezember den Rittmeister Thielmann aufs
Wärmste wegen seiner sich immer gleichbleibenden Geistesgegenwart und
bezeichnete ihn ausdrücklich als einen der vorzüglichsten Offiziere der
Kavallerie. Der erste Lohn seiner eben bewiesenen Anstelligkeit war
die endliche Verleihung einer Husarenschwadron an den nunmehr allerdings fast 42jährigen Mann unter dem 15. Januar 1807. Ihre Ein-
künfte behielt Thielmann auch noch, als er — eine weitere bemerkenswerte Auszeichnung — am 5. Februar desselben Jahres zum Major
und Flügeladjutanten des Königs ernannt wurde.

Nach dem Posener Frieden mußte Sachsen sofort ein Korps von
6000 Mann zum französischen Heere nach Preußen rücken lassen und
später noch einige Bataillone nach Schlesien. Thielmann gehörte nicht
dazu, sondern blieb vorerst noch in Dresden hauptsächlich im Verkehr
mit seinem Schwager Reinhard und Körners. Zu den alten Bekannten
gesellte sich auch der wackere Hofrat Parthey aus Berlin, der Schwiegersohn Nikolais und Freund Körners. Eine bemerkenswerte Freundschaft schloß er mit dem hochbegabten Adam Müller, der seit 1806 in
Dresden lebte und in jenen Jahren seine berühmten Vorträge über
die Elemente der Staatskunst hielt. Ihre vielseitigen Bildungsinteressen
führten sie einander nahe. Sie waren zudem, was ihr lebhaftes
Temperament und ihre weiche Empfindung anlangt, verwandte Naturen. Unterdes fiel jener blutjunge Major v. Egidy, über den sich
Thielmann kurz vor der Schlacht von Jena so absprechend geäußert
hatte, als Adjutant des Generals v. Polenz, des Kommandierenden der
Sächsischen Hülfstruppen, vor Danzig, mit dessen Belagerung Anfang
März begonnen worden war. Thielmann wurde zu seinem Nachfolger
ausersehen. Zu seiner Equipierung bat er um einen Vorschuß
von 1000 Thalern aus der Kriegskasse, der ihm auch gewährt wurde.
Durch geringe Traktamentsabzüge sollte die Schuld nach dem Feldzuge
wieder abgetragen werden. Zu einer vollständigen Tilgung derselben
ist es nicht gekommen. Nach dem Übertritt Thielmanns in preußische
Dienste wurde der Rest vom König niedergeschlagen.

Anfang April ging Thielmann nach Danzig ab. Er zeichnete
sich auch hier wieder besonders durch seine militärischen Fähigkeiten
und sein Geschick Einfluß zu gewinnen aus. Nach dem Fall Danzigs,

das eben jener Kalkreuth verteidigt hatte, mit dem Thielmann einst
Mainz belagerte, am 24. Mai, stießen die Sachsen zur großen Armee
und zwar zum Korps des Marschalls Lannes. An den Kämpfen bei
Heilsberg und Friedland nahm Thielmann teil. Bei Friedland erhielt
er einen Prellschuß am rechten Schenkel. Nach Abschluß des Waffen=
stillstandes am 18. Juni schrieb er aus dem Lager vor Tilsit am
23.: „Das Schicksal der Welt ist entschieden, es herrscht nur Einer.
Aber das Bild des Jammers und Elends um uns herum!" Bei
der großen Revue zu Tilsit am 24. Juni ernannte Napoleon ihn zum
Mitglied der Ehrenlegion. Als seine Gattin — gleichfalls angesteckt
von der napoleonischen Pest — auf die Nachricht von dem neuerfochtenen
Siege ihrem jüngst geborenen Sohne den — ganz abgesehen von der
historischen Ironie zum mindesten geschmacklosen — Namen Friedland
zu geben vorschlug, lehnte Thielmann dies durchaus würdig ab mit
folgenden Worten: „Gegen den Namen Friedland protestiere ich
aus folgenden Gründen 1) weil es für einen Soldaten ein un=
schicklicher Name ist 2) weil es mich an Gott gieb Friede Schiefer
erinnert und 3) weil ich das außerordentliche nicht liebe und 4) weil
die Folgen des (Tilsiter) Friedens noch so im Dunkeln liegen." Nach
dem Frieden wurden die sächsischen Truppen eine Zeit lang in Preu=
ßen verpflegt.

Thielmann entwarf in dieser Zeit (im September und Novem=
ber 1807) für Polenz in Graudenz sämtliche Schreiben, die wegen
der Verpflegung erforderlich waren, an die französischen Befehlshaber,
insbesondere an Davout, Soult und Berthier, ebenso an die preu=
ßische Regierung.

Bald darnach kam er mit dem Generalstabe nach Warschau und
es eröffnete sich ihm hier die Aussicht, daß er längere Zeit in Polen
bleiben würde. Dies machte ihm wenig Freude. Zwar sagten ihm
die graziösen und liebenswürdigen, allerdings wie er bemerkte, auch
sehr verschwenderischen Polinnen zu. Aber es fehlte ihm gänzlich an
wissenschaftlicher Unterhaltung und an Ideenwechsel, wie er seiner in
Hermannstadt bei Podmanitzkys weilenden Schwägerin Karoline klagte.
Von der Beschäftigung mit Politik wurde er nicht satt. Vor allem
aber behagte ihm die gesamte kritische Lage nicht und daß er dazu

ausersehen war, mit „seinem Bischen Brauchbarkeit“ hier zu helfen.
Zum Zeitvertreib lernte er jetzt Polnisch. Daheim sah man in ihm
mittlerweile den vornehmen großen Mann, er aber versicherte, er sei
der alte geblieben. Freilich merkte er, daß die beiden letzten Jahre
nicht umsonst über ihn dahergebraust waren. Er war körperlich bedeutend älter geworden. „Das ungeheuere Gewicht der verflossenen zwei
Jahre hat meinen Nacken gebeugt, die Sorgen haben meine Stirn
gefurcht, und der Zahn der Zeit wird bald dies angefangene Werk
vollenden! Meine Beute ist mancherlei Erfahrung, werter aber als
dies ist mir das fühlende Herz, welches ich aus diesen Trümmern
gerettet habe“ bekannte er Karolinen und in Gedanken an das, was
er durchgemacht hatte, fühlte er, daß „ein schützender Engel“ über ihm
gewaltet habe.

In der Zeit seines Warschauer Aufenthaltes, in der er übrigens
nach seinem eigenen Geständnis über eine „gar stattliche Equipage“
verfügte, näherte Thielmann sich bald dem in Polen gebietenden Marschall Davout, dem berühmten Sieger von Auerstädt, der wie einst
Scipio den Beinamen Africanus mit einem gewissen Rechte den Ehren-
namen Germanikus hätte empfangen können. Der damals 35jährige
Herzog von Auerstädt ist noch eine der ansprechenderen Erscheinungen
unter den Marschällen Napoleons, er war ein tüchtiger Feldherr und
ein ehrlicher Charakter, von großer Treue gegen seinen Jugendfreund
Napoleon, obwohl dieser ihn nicht immer freundlich behandelte, von un-
beugsamer Energie, freilich auch von beispielloser Härte und, wie diese
Männer der neuen Zeit nur zu häufig, maßlos argwöhnisch. Noch
stand er nicht auf der vollen Höhe seines Ruhms. Thielmann lernte
ihn im Februar 1808 in Skierniewice kennen. Er stellte damals dem
Marschall vor, daß es im Interesse Frankreichs läge der Desorgani-
sation der sächsischen Armee vorzubeugen. Die Erfahrungen, die man
mit der Disziplinlosigkeit der sächsischen Truppen gemacht hatte, waren
allerdings sehr trauriger Natur. Hatte doch die Infanterie der nach
Preußen bestimmten Division an der Warthe rebelliert, sich geweigert
die Brücke zu passieren, auf die Generale und Offiziere geschossen.
Nur durch die Entschlossenheit der Kavallerie und Artillerie, welche
den Meuterern mit Gewalt drohten, war sie zur Pflicht zurückgeführt

worden.¹) Thielmann war sich nur zu wohl der Unbrauchbarkeit des ganzen Organismus bewußt. Davout, der, wie er in seinem Bericht vom 16. Februar an den Kaiser bemerkte, dergleichen Vertraulichkeiten, wie sie Thielmann hier gleichsam beging durch Andeutung der sächsischen Schwächen, nicht liebte, lehnte es ab, sich hier einzumischen, weil das außerhalb seiner Aufgabe läge. Doch hatte er von Thielmann den Eindruck eines Mannes von großer Ergebenheit gegen den König von Sachsen und — so fügte er in seinem Bericht hinzu — von der besten Gesinnung, d. h. von gut französischer Denkungsart. Stand doch Thielmann überhaupt bei den Franzosen seit Merseburg in gutem Angedenken und indem Davout den Kaiser auf die Identität Thielmanns mit dem damaligen Abgesandten hinwies, erweckte er natürlich in Napoleon eine angenehme Erinnerung. Thielmann seinerseits berichtete am 24. Februar 1808 an den Minister Grafen Marcolini: „Der Marschall ist offen und ehrlich und hat mir auf die unzweideutigste Weise und in jeder Beziehung gezeigt, daß er durchbrungen von Verehrung für den König ist."

Die offenbare gute französische Gesinnung Thielmanns bewog Davout, ihn zu der Sendung eines Vertrauensmannes an den preußischen Hof in Königsberg zu veranlassen, um die dortige Lage zu erkunden, obwohl, wie er verächtlich meinte, der preußische Hof in seiner jetzigen Lage kaum noch Beachtung verdiene. Thielmann kam der Anregung nach und fand in dem damaligen Sousleutnant v. Langenau einen Offizier, der sich zu diesem Kundschaftergeschäft hergab. Als naher Verwandter der Oberhofmeisterin Gräfin Voß gelang es ihm nicht nur Zutritt zum Hofe zu erlangen, sondern auch die vertrauensselige Dame zu einigen Indiskretionen zu veranlassen. Zwar empfing ihn Friedrich Wilhelm mit den Worten: „Ihre Uniform kann in mir nur sehr unangenehme Erinnerungen wecken;" und auch sonst merkte er bald die Erbitterung gegen Sachsen überall durch, obwohl niemand Verdacht bei seiner Anwesenheit schöpfte. Freilich wollte er auch große Erbitterung gegen Rußland wahrgenommen haben. Behaglich konnte er sich jedenfalls nicht in dem preußischen Hoflager fühlen. Doch

---

1) Unvollendete Denkschrift Thielmanns in seinem Nachlaß, nach 1818 entstanden.

genügte die kurze Zeit seines Aufenthaltes, um das Elend in Königsberg in seiner ganzen Größe zu sehen. Das Heer fand er auf ein
Minimum zusammengeschmolzen. Auch was in Pommern und Schlesien stand war nicht der Rede wert. Die Kompagnieen waren nur
zu einem kleinen Teil vollständig. Der größte Teil der Mannschaften
befand sich auf Urlaub. Der Tisch des Königs bestand nur aus
2—3 Gerichten ohne Wein und selbst an der Tafel des Marschalls
Kalckreuth gab es nur grobes Brot. Der Kaiser von Rußland, so berichtete Langenau ferner, hätte sich 15 Mill. Thlr. aus dem geretteten
preußischen Schatze geliehen. Jetzt wäre der Oberst Krusemark nach
Petersburg gegangen, um das Geld, wenn nicht anders möglich, in
Papier wieder einzulösen. Die Beamtengehälter würden am 1. März
um die Hälfte, der militärische Sold um ein Drittel herabgesetzt werden.
Die Pensionen wären auch um die Hälfte vermindert, die großen sogar
auf ein Fünftel. Ein Adjutant des Königs wäre nach Paris geschickt,
um den Kaiser zu bitten, bei dem jüngst geborenen Kinde des Königlichen Paares Gevatter zu stehen. Wahrlich, das war Preußen in
seiner tiefsten Demütigung!

Dies Jammerbild des eben noch befreundeten Staates dem
französischen Gewalthaber zeigen zu müssen, mochte allerdings sonderbare Gefühle in Thielmann wachrufen. Er fühlte sich daher bewogen in seinem Berichte an Davout zur Beseitigung der preußischen
Verstimmung darüber, daß Sachsen noch keinen Gesandten für Preußen
ernannt hatte, die Einwilligung Davouts zu der Einsetzung eines solchen zu erbitten. Seine Verwendung blieb nicht fruchtlos. Wenigstens
wurde noch im Laufe dieses Jahres von Sachsen ein Gesandter am
preußischen Hofe beglaubigt.

Freilich hatte Langenau auch gewisse Regungen eines Rachegeistes
verspürt. Er hatte erfahren, daß man in Preußen gehofft hätte
80 000 Mann auf die Beine zu bringen, nur hatte man diesen Plan
vorläufig aus Mangel an Mitteln fallen lassen. Schon ging der
Rachegeist in eigener Person, in Gestalt des Freiherrn vom Stein
dort in Königsberg um, der die wirtschaftliche Leitung des Heerwesens
übernommen hatte und gerade im Begriff war nach Berlin zu gehen,
um daselbst die Mittel der Mark und dann Schlesiens Hülfskräfte

flüssig zu machen. Das sah und hörte Langenau wohl, er war aber
nicht geneigt, diesen Erscheinungen irgend welche Bedeutung bei-
zumessen, vielmehr erblickten er und Thielmann, noch mehr aber
Davout darin nur krampfhafte Regungen eines Ohnmächtigen.

Am 31. März begab sich Thielmann nach Dresden, um den
König über den Zustand der sächsischen Truppen, unter denen sich eine
bedenkliche Sterblichkeit zeigte, zu unterrichten. Dabei war er der
Überbringer eines vertraulichen Schreibens Davouts an den französischen Vertreter in Sachsen, Bourgoing.

Das nahe Verhältnis, das sich zwischen Thielmann und dem
Marschall Davout herausbildete, führte zu einer offenbaren Zurücksetzung des alternden Generals v. Polenz, dessen Adjutant Thielmann
doch war. Dazu kam die Selbständigkeit des dem General ohne
Frage weit überlegenen Adjutanten. Allein Thielmanns Eintreten hatte
seinerzeit den sächsischen Truppen vor Danzig die nötige Fourage
verschafft. Nach Beendigung der Belagerung war es Thielmann,
dessen einbringlichen Vorstellungen es gelang, den Anschluß an das
Korps des Marschalls Lannes durchzusetzen und dadurch die Teilnahme der Sachsen an dem Waffenruhme von Heilsberg und Friedland zu ermöglichen. Auch das Vertrauen des Marschalls Lannes,
den er später wegen seiner schlichten soldatischen Art sehr rühmte,
hatte sich Thielmann zu erwerben gewußt. Es ist daher verständlich,
wenn General v. Polenz seinen Untergebenen mit wachsender Eifersucht
betrachtete.

Er wurde jedoch bald davon befreit, Thielmann in seiner un-
mittelbaren Nähe zu haben, indem der lästige Untergebene am
15. Juni 1808 dem Marschall Davout als militärischer Vertreter
Sachsens beigegeben wurde. Später hat Polenz Thielmann der
Intrigue beschuldigt und sich bei dem Könige über ihn beschwert.
Das höchst charakteristische Schreiben, das Thielmann darauf an ihn
richtete, ist erhalten geblieben. Es stammt vom 8. November 1808.[1]

Nicht lange währte es, so mußte Thielmann sich eine über den
Rahmen eines militärischen Vertreters hinausgehende einflußreiche

---

1) Konzept im Nachlaß, Original auf der Kgl. Bibliothek in Berlin; s. Anlagen.

diplomatische Stellung zu verschaffen. Er vermittelte den Verkehr zwischen Davout und den sächsischen Behörden, dem Minister des Auswärtigen Grafen Bose, dem des Königlichen Hauses Grafen Marcolini und dem Kriegsminister General v. Cerrini, ferner mit den politischen Behörden und außerdem benutzte ihn Davout, um die deutsche Presse zu beeinflussen. Eine stattliche Korrespondenz, die er damals führte, ist auf uns gekommen, und auch seine offiziöse Preßthätigkeit, eine Thätigkeit, die zu allen Zeiten einen zweifelhaften Ruhm hinterlassen hat, läßt sich zum Teil verfolgen. Thielmann seinerseits benutzte seinen Einfluß bei Davout eifrig, um auf die Verbesserung des sächsischen Heerwesens hinzuwirken. Wir sahen, daß er schon im Februar 1808 in diesem Sinne Schritte that, damals mit geringem Erfolg. Mehr Eindruck scheint schon sein Gespräch mit Davout über den Unfug der Prügelstrafe gemacht zu haben, über das er am 12. Juli aus Skierniewice an Marcolini berichtete. In dem Berichte, der, wie alle an Marcolini und Bose geschickten, französisch abgefaßt war, während der als ungebildet geltende Cerrini in deutscher Sprache gehaltene Meldungen empfing, hieß es u. a.:

„Der Marschall hat mit mir viel über die militärischen Einrichtungen bei den sächsischen Truppen gesprochen und war sehr erstaunt, als er erfuhr, daß die Prügelstrafe noch nicht abgeschafft wäre. Er hat mich daher beauftragt mit Euer Excellenz deswegen vertrauliche Rücksprache zu nehmen. Man müsse die Aufhebung dieser erniedrigenden Strafe um so mehr in Erwägung ziehen, als sie in der polnischen Armee, die durchaus nicht schlechter diszipliniert wäre, nicht mehr bestände.“

Davouts moderne Ansichten begegneten sich hier mit den Thielmannschen, der sich, wie wir früher sahen, bereits als junger Leutnant zu der Ansicht bekannt hatte, daß die Prügelstrafe nicht zweckmäßig wäre. Demgemäß trat er für die Davoutsche Ansicht ein. Er glaube, daß die Abschaffung im Sinne der Zeit und gerade in der gegenwärtigen Lage Sachsens erforderlich wäre. Allerdings bedürfe es zur Durchführung solcher Maßregeln Beseitigung stumpfer und schwacher Generale und einer wahrhaft militärischen Disziplin an Stelle des pedantischen Geistes, der jetzt herrsche.

Diese Ansicht über die Untauglichkeit der Führer, die wir bei Thielmann schon kennen, die hier aber zum ersten Mal von ihm nach oben hin zum Ausdruck gebracht wurde, brachte er allmählich auch Davout bei, wie aus einem Bericht des Marschalls an Napoleon vom 22. August hervorgeht. Darin schilderte Davout die höhern sächsischen Offiziere als völlig unfähig zum Feldbienst und reichte zum Beweise dessen eine vertrauliche Note Thielmanns ein, mit dem Bemerken, daß dieser Flügeladjutant des Königs seinem Souverän sehr ergeben wäre und das Wohl dieses Fürsten allein in einer vollkommenen Ergebenheit gegen Napoleon und in einem aufrichtigen Zusammenwirken mit Napoleons Ansichten erblicke. Wenige Wochen hiernach zeigten sich einige Anzeichen französenfeindlicher Gesinnung bei jungen sächsischen Offizieren. Thielmann hatte alle Mühe, Davout hierüber zu beruhigen. Er verurteilte die unüberlegten Worte um so schärfer, als sie, wie er meinte, nicht von dem Geiste des Patriotismus eingegeben, sondern lediglich Zeichen der Unbotmäßigkeit und der Disziplinlosigkeit wären.

Nachdem er vorher am 25. Oktober eine Zusammenkunft Davouts mit Friedrich August in Karga, an der schlesisch-polnischen Grenze, vermittelt hatte, folgte Thielmann bald darauf dem von dort direkt nach Berlin gehenden Marschall dahin nach.¹) Er traf am 20. November in Berlin ein. Der französische Marschall witterte allmählich doch in dem Freiherrn vom Stein den Geist, der die nationalen Elemente weckte und sammelte, um durch eine gewaltige Erhebung den Feind aus dem Lande zu jagen. Er setzte daher alle Hebel in Bewegung, um Stein zu stürzen, und Thielmann ist eins seiner Werkzeuge dazu gewesen. Zwei Gedichte des eblen Sübern in der Königsberger Zeitung vom 27. Oktober und 3. November zu Ehren Steins erregten besonders seinen Zorn. Sie waren allerdings geeignet, den nationalen Gedanken zu beleben. Davout veranlaßte den Juden Lange (Davison) in der Vossischen Zeitung (8. und 15. November) und im Telegraphen die Gedichte abzubrucken und mit brohenden Anmerkungen zu versehen und verlangte von der „Leipziger Zeitung"

---

1) Holtzendorff irrt, wenn er Davout im Nov. 1808 in Erfurt sein läßt. Er ist nach Ausweis der Briefe vom 29. Okt. bis 2. Dez. in Berlin gewesen.

Wiedergabe der Langeschen Artikel. Der Redakteur des Leipziger Blattes, Professor Leonhardi, besaß so viel Würde, die Aufnahme abzulehnen. Nun hielt sich Davout an Thielmann und durch dessen Vermittelung erfolgte endlich die teilweise Aufnahme jener Artikel in den Nummern 239 und 240, jedoch mit der Überschrift „Auf Verlangen aus dem Telegraphen mitgeteilt". Wer in Deutschland zwischen den Zeilen zu lesen wußte — und das lernten die Patrioten damals bald — verstand die Bedeutung dieses Zusatzes.

Als die Artikel erschienen, hatten die Umtriebe Davouts den Minister bereits zu Falle gebracht und er konnte mit zufriedenem Gefühl aus Preußens Hauptstadt in sein nunmehriges Hauptquartier Erfurt einrücken. Kurz nach seinem Abzuge zog unter dem unendlichen Jubel der Bevölkerung der Major v. Schill mit seinem Regimente in Berlin ein und dem aufmerksamen Beobachter konnte es nicht entgehen, daß es gewaltig unter der Asche glomm.

Darum durfte die Beeinflussung der öffentlichen Meinung niemals außer Acht gelassen werden. Davout schickte also von Erfurt aus, wo er sich mit Thielmann seit dem 7. Dezember aufhielt, an die Leipziger Zeitung abermals einen Artikel mit dem Zeichen „Köln am Rhein", der gegen den Publizisten v. Cölln und ebenso gegen Stein und Hardenberg polemisierte. Der wackere Leonhardi lehnte diese Zuschrift wiederum mit aller Bestimmtheit ab. Er begründete dies in einem Schreiben an Thielmann namentlich damit, weil die Rubrik „Köln am Rhein" ganz besonders wegen der darin enthaltenen Schmähungen im ganzen Lande verworfen sei, weil er, Leonhardi, um keinen Preis für den Verfasser des Artikels gelten wolle und weil außerdem nach seiner Ansicht Angriffe gegen eine befreundete Macht, für die er Preußen doch halten müsse, nachdem Sachsen eben wieder einen Gesandten am dortigen Hofe ernannt hätte, durchaus nicht angebracht wären. Solche Hartnäckigkeit war dem Marschall noch kaum vorgekommen. Sie versetzte ihn in eine äußerst gereizte Stimmung, zumal da ihm von der sächsischen Regierung seinerzeit zugesichert worden war, amtlichen Zuschriften von ihm stets Aufnahme zu gewähren. Thielmann befand sich in einer höchst kritischen Lage. Vor einigen Tagen noch hatte er es zu verhindern vermocht, daß ein von Davout

an die Leipziger Zeitung eingeschickter Artikel über die Geldschneiderei
eines Gastwirtes in Leipzig, der Davout bei seiner Durchreise über-
teuert hatte, in die Zeitung eingerückt wurde. Jetzt mußte er wohl
oder übel Davouts energischem Verlangen nachgeben und den Redakteur nochmals zur Aufnahme des Artikels auffordern. Er bat in
einem Schreiben an Bose vom 1. Januar 1809, falls dies dem König
nicht angenehm wär, um Nachsicht, „vu que ma situation n'était
que trop critique." Bose erwiderte am 10. Januar in der Sprache
Friedrich Augusts, daß der König der Redaktion entsprechenden Befehl
habe zugehen lassen. Überhaupt sollte stets nach der Ansicht des Marschalls gehandelt werden mit der Dienstfertigkeit, mit der der König
alles, was Se. Excellenz wünsche und für nützlich erachte, auszuführen
bestrebt wäre; und in demselben Briefe, der diese blinde Unterwürfigkeit zeigte, sprach Bose, der dem Marschall für einen Feind Napoleons
galt, von dem Trost, den in der augenblicklichen Lage die Bewunderung für den größten aller Männer gewähre. Am 14. Januar 1809
erschien der Aufsatz in der Leipziger Zeitung, jedoch abgeschwächt, aus
Mainz datiert und mit einem Stern bezeichnet, um seine Einsendung
anzudeuten. Also wiederum war es dem tapferen Redakteur gelungen,
dem Artikel einige wesentliche Stacheln zu nehmen.

Um die Haltung Thielmanns in dieser Angelegenheit richtig zu
beurteilen, ist es zweifellos erforderlich, seine Zwangslage zu berücksichtigen. Es ist ferner zu erwägen, daß er nur eifrig das that, von
dem er als treuer Royalist glaubte, daß es im Sinne und zu Nutz
und Frommen seines Königs geschähe. Sehr wohl fühlte er sich auch
keineswegs in seiner jetzigen Stellung. Jedoch ist das Licht, welches bei dieser Sache auf ihn fällt, nicht günstig. Es ist nicht zu
verkennen, daß ihm das Verständnis für den nationalen Gedanken
sehr abhanden gekommen war. Wenn er in einem Schreiben an
Bose vom 6. Januar von den überspannten Köpfen (têtes exaltées)
sprach, die die Hingebung des Grafen an Frankreich tadelten, so mag
er immerhin an einige Heißsporne wie Dietrich v. Miltitz u. a. gedacht haben, auf die jenes Wort bis zu einem gewissen Grade paßte;
und ganz die Schärfe der Beurteilung, wie Holtzendorff es will, verdient diese Bezeichnung nicht. Sie entsprang jedoch einem offenbar

nicht genügend ausgeprägten Nationalgefühl. Die Folgerung, daß
der Ausfall gegen Cölln doch im Interesse der Allgemeinheit gewesen
wäre, da das offizielle kaiserliche Blatt, der Moniteur, einen ähnlichen
Ausfall gegen jenen Publizisten gebracht hätte, beweist noch mehr, daß
für Thielmann das napoleonische Interesse mit dem gemeinsamen
zusammenfiel. Den stärksten Beweis dafür, wie fremd ihm nationale
Empfindungen geworden waren, bietet die Wendung in einer Depesche
an Bose, in der er den Ausfall gegen Stein und Hardenberg mit der
jetzt eben bekannt gewordenen Achtserklärung Napoleons gegen Stein
rechtfertigte. Das war nicht mehr der begeisterte Jünger Schillers,
der die Mahnungen des großen Dichters beherzigte, sich ans Vaterland mit ganzem Herzen anzuschließen. Freilich wird man mit Fug
und Recht als einen Milderungsgrund für Thielmann geltend machen
dürfen, daß das Nationalbewußtsein damals überhaupt noch nicht sehr
entwickelt war, daß die Grenzen des engeren Vaterlandes den meisten
genügten und daß andererseits wieder in jenen schöngeistigen Kreisen, in
denen Thielmann seine bestimmende Richtung empfangen hatte, vielfach
gerade der Kosmopolitismus überwog. Aber es durfte ihm nicht entgehen, daß es der alte deutsche Erbfeind war, in dessen Gewalt sich
Sachsen jetzt befand und daß dieser jetzt despotisch jede Selbständigkeits-
regung in dem Staate unterdrückte, der noch soeben Sachsens Verbündeter
gewesen war. War doch auch einer der edelsten Söhne dieses Staates,
der hochherzige Prinz Louis Ferdinand, der im Kampfe gegen diesen
Feind sein Leben gelassen hatte, Thielmanns besonderer Gönner gewesen.
Der unheilvolle Einfluß, den einerseits Davouts Persönlichkeit, andererseits Thielmanns Vorliebe für das Franzosentum und vor allem
sein Glaube an Napoleons Stern allmählich auf ihn geübt hatte,
zeigte sich jetzt nur zu deutlich.

Das Mißtrauen Davouts gegen Bose zu beseitigen gelang Thielmanns Beredsamkeit, zumal da er sich auf Thatsachen stützen konnte,
sehr bald.

Neben der Angelegenheit der Leipziger Zeitung machte ihm in
dieser Zeit eine zweite sehr viel zu schaffen. Sie betraf einen Exzeß,
der am 17. Oktober 1808 in Torgau zwischen den dortigen Bürgern
und einer französischen Chasseur-Abteilung vorfiel. Die Chasseurs

sollten dem an jenem Tage von Erfurt zurückkehrenden Kaiser Alexander
das Geleit geben. Der Führer jener Abteilung, ein Leutnant Paget,
war angegriffen und vier Chasseurs waren erheblich verletzt worden. In
den Krawall hatten sich sächsische Dragoner gemischt und ihren Landsleuten wacker beigestanden. Davout nach seiner ganzen Art faßte den
Vorfall von der schlimmsten Seite auf und verhehlte nicht seine Absicht,
ein energisches Exempel an den Torgauern zu konstatieren. Er verspürte
dahinter englischen Einfluß. Thielmann untersuchte die Sache genau
und gewann bald, besonders aus einem Bericht des Rats von Torgau
an ihn, die Überzeugung, daß fremder Einfluß nicht im geringsten im
Spiel, daß auch die Torgauer Bürgerschaft wenig Schuld treffe, daß
vielmehr das rohe, zügellose und unverschämte Benehmen der seit
dem 24. September in Torgau stehenden Franzosen allein die Veranlassung zu dem blutigen Auftritt gegeben hätte. Auch in diesem
Falle gelang es ihm, den Marschall zu beruhigen und dieser sandte,
auf Thielmanns bringende Vorstellung, einen Bericht an Napoleon,
in dem er jene Ausschreitungen in unschuldigem Lichte darstellte. Der
ganze Vorfall konnte überhaupt den Franzosen zur Warnung dienen,
denn er bewies, daß es auch in Sachsen zu gähren begann; und daß
die Bürgerschaft der Stadt, in der Thielmann später Sachsens Los
in der Hand hatte, die erste war, die ihren Unwillen gegen die Franzosen auf diese handgreifliche Weise beurkundeten, ist das Bemerkenswerte dabei. Wenn Davout also die Sache fein auf sich beruhen ließ,
so hatte das noch seine besonderen Gründe. Er hütete sich wohl durch
eine Maßregelung der Bürger Öl ins Feuer zu gießen.

In der Liebedienerei, durch die das sächsische Kabinet sich vor dem
Marschall entwürdigte, kam man dort auf den Gedanken ihm das
große Band des polnischen Militärordens zu verleihen, in dem Glauben, daß er sich dadurch geschmeichelt fühlen würde. Thielmann erhielt den Auftrag Davout deswegen vorsichtig zu sondieren. Dieser
kannte die Feinfühligkeit und Empfindlichkeit des Marschalls in solchen
Fragen und wußte, daß dessen Uneigennützigkeit und sein Stolz leicht
dadurch tangiert werden konnte. Darum ging er offenbar mit einigem
Widerstreben an die Ausführung des heiklen Auftrages. Er erwähnte
daher zunächst und nebenbei, der König gedächte einige polnische Orden

an franzöfische Offiziere auszuteilen. Davout äußerte hierüber seine
Freude. Thielmann fuhr nun fort, er hoffe, der König von Sachsen
werde auch Großkreuze verleihen „und keinen würdigeren Träger eines
solchen wüßten Se. Majestät als den Herzog von Auerstädt.“ Hier
änderte Davout plötzlich seine Miene und erwiderte stolz, daß er sich
im Kriege sehr dadurch geehrt fühlen würde, jetzt könne er keinen Anspruch darauf machen. „Ich gebe Ihnen mein Ehrenwort, ich denke
nicht daran und ich habe nicht daran gedacht.“ Diese Aufbringlichkeit
des Kabinets war ihm doch gar zu arg. Thielmann ließ hierauf das
Gespräch fallen.[1])

Unablässig verfolgte Thielmann der Gedanke, daß eine gründliche
Neugestaltung des Heeres erforderlich wäre. Bei seinem Freunde
Funk fand er volles Verständnis für seine Ansichten und beide tauschten
ihre Gedanken über Reformen aus. „Wir treffen im Ganzen mit un-
fern Ideen zusammen“, schrieb Funk aus Warschau am 23. Jan. 1809,
„und wie kann das anders sein, da wir beide das Elend vor Augen
sehen. Doch habe ich jetzt einige Hoffnungen — freilich die letzten.
Schlagen diese fehl, dann ist freilich die Armee verloren; aber ich
schmeichle mir, daß sie nicht fehlschlagen sollen. Der M(arschall?) will;
er will aufrichtig und kräftig, das ist ein sehr großes. Du erinnerst
Dich, daß schon voriges Frühjahr in Dresden, und im Herbst in
Erfurt wir darüber einig waren, daß die Hülfe der Armee allein
von dieser Seite kommen könne. Bleibt es so, so kann man mit
Ehre nicht lange den Rock mehr tragen.“[2])

Allein noch war die Zeit der Armeereform nicht gekommen. Inzwischen bereiteten sich wieder neue große Ereignisse vor und dem
Scharfblick Thielmanns entging dies nicht. Schon am 6. Januar
bemerkte er: „Die Symptome der Zeit erscheinen mir kritischer als
je.“ Es blieb ihm nicht verborgen, daß beim französischen Heere
große Verschiebungen vorgenommen wurden. Davout ließ ihn einen
Plan der sächsischen Garnisonen ausarbeiten, der an den Kaiser ein-

---

1) Holtzendorff hat diesen Vorgang (S. 14) ganz falsch zu ungunsten Thielmanns dargestellt. Nicht von Thielmann, sondern von Bose ging die Idee aus,
dem „Gerüchte“ von Wünschen Davouts zu Ohren gekommen waren. Holtzendorff
kannte vermutlich den betr. Brief Boses nicht, der mir im Original vorliegt.

2) Sächsisches Haupt-Staats-Archiv 1172. Vermischte Briefe.

geschickt wurde. Der Marschall gewann dabei immer mehr Vertrauen zu ihm und ersuchte ihn eine Charakteristik des neuen sächsischen Vertreters in Paris, des Barons v. Just anzufertigen, die gleichfalls an den Kaiser ging. Bei Einsendung dieser Note bezeichnete er Thielmann als einen der gemeinsamen Sache ganz und gar ergebenen Mann. Am 9. Februar reiste der Marschall nach Paris zu seiner Familie. In dieser Zeit begab sich Thielmann von Erfurt nach Dresden zu den Seinigen. Ihm war mittlerweile im Januar dieses Jahres das 10. Kind geboren, ein Sohn, der Georg heißen sollte. Zu Gevattern bestimmte er den damaligen Major v. Watzdorf und „Carlowitz", vermutlich den Militär. In Dresden angekommen, bekam er einen Einblick in die Veränderungen, welche im Heere durch das bevorstehende Avancement eintreten sollten. Ihn schien man übergangen zu haben, obwohl er nach seiner letzten Thätigkeit vor andern Auszeichung verdient hatte. Das gallige Temperament des ehrgeizigen Mannes begann sich sofort wieder zu regen, er konnte die Zurücksetzung nicht verwinden und schrieb an Bose einen Brief, der verrät, wie sehr er sich durch die vermeintliche Nichtbeachtung gekränkt fühlte: „Ma conscience me dit d'avoir rendu des services," rief er aus, „mais ma modestie me défend d'en parler davantage. Je me suis loyalement expliqué avec mr. de .....'), à présent j'en appelle au caractère d'équité et de justice de Votre Excellence. Mon honneur qui serait alors compromis devant toute l'armée m'en fait un devoir; c'est le dernier mot que je prononcerai sur ma situation et mon intérêt particulier."

Doch erwies es sich, daß seine Aufregung unnötig gewesen war. Am 1. März wurde er zum Oberstleutnant der Kavallerie ernannt und Bose versäumte nicht, dem trefflichen Offizier die schmeichelhaftesten Worte über seine Verdienste zu sagen. Durch diese Beförderung übersprang Thielmann zwei Drittel der Majore.

Mit Davout blieb Thielmann in regem Briefwechsel. Der Marschall wurde von ihm über die Bewegungen der österreichischen Truppen und über die sich verbreitenden Gerüchte benachrichtigt. Davout verhehlte sich nicht, daß die Bewegungen einzelner französischer

---

1) Holtzendorff, nach dem ich hier citiere, teilt den Namen nicht mit.

Truppenkörper zu allerhand Vermutungen wegen des Krieges Anlaß geben würden und suchte deswegen die Vorstellung zu erwecken, als wenn Napoleon die friedfertigsten Absichten von der Welt hätte. Am 22. Februar log er mit der Miene des Biedermannes: „Ich habe hier" (in Paris) „die Überzeugung gewonnen, daß unser Souverän, wie ich Ihnen immer gesagt habe, nicht den Krieg will. Bleiben also die Österreicher in der Defensive, so findet der Krieg nicht statt."[1]) Mit kräftigen Ausdrücken stellte er in Abrede, daß Napoleon aus Spanien nur zurückgekehrt wäre, um in Paris eine Revolution zu ersticken. Napoleons Macht ruhe auf unerschütterlichen Grundlagen, nämlich auf der Festigkeit seines Charakters und auf der Liebe und Dankbarkeit aller Franzosen. Seine Anwesenheit in Spanien sei aber nicht mehr nötig gewesen. Dienstbeflissen ließ Thielmann dies Schreiben abdrucken, um die öffentliche Meinung zu beruhigen. Uns will es scheinen, daß er sich durch den Marschall wirklich hat dupieren lassen und sich einredete, daß Napoleon nicht der Angreifer sein würde.

Der Krieg rückte unterdes mit Macht heran und es galt zu erwägen, wie man Sachsen verteidigen wollte. Thielmann beschäftigte sich besonders mit diesem Gedanken und arbeitete mit allen Kräften dem Plan des Hofes entgegen, Dresden zu verlassen. Zu diesem Zwecke überreichte er dem Grafen Marcolini eine Denkschrift, in der er ausführlich den Gedanken vertrat, daß die Landeshauptstadt nur gegen einen Handstreich zu sichern sei. Es ließe sich voraussehen, daß der Kriegsschauplatz an ganz anderer Stelle sein würde. Daher solle man ein Korps von etwa 18000 Mann zum Schutze des Landes zusammenziehen, das bei den vorhandenen französischen Reserven hinreichend sein würde, um dieser Aufgabe zu entsprechen. Der Hof fand jedoch die Idee Dresden zu verteidigen zu kühn. Wenige Tage nach Einreichung seiner Denkschrift empfing Thielmann zu seiner Genugthuung ein Schreiben Davouts, aus dem er ersah, daß sich die Ansichten des Kaisers vollkommen mit den seinigen über die militärischen Maßnahmen deckten. Doch hielt Napoleon es auch für ratsamer, daß der Hof Dresden verließe, nur müsse dies dann die ganze Familie thun. Bis zum 8. April währte die Korrespondenz Davouts mit

---

1) War der erste Satz auch richtig, der zweite war jedenfalls falsch.

Thielmann. Der letzte Brief des Marschalls war vom 8. April aus Nürnberg, das er auf seinem Marsche nach Würzburg berührte. Dann machte der österreichische Feldzug, in dem sich Davout seine schönsten Lorbeeren erwarb, dem Briefwechsel der beiden Männer für einige Jahre ein Ende. —

Aus dem verschanzten Lager bei Dresden und der Deckung Sachsens durch ein sächsisches Korps wurde nicht viel. Zwar wurden die Truppen zusammengezogen und unter den Befehl Bernadottes, Prinzen von Ponte-Corvo, gestellt. Bei Ausbruch der Feindseligkeiten erhielten sie jedoch die Bestimmung auf dem großen Kriegsschauplatz verwendet zu werden und Bernadotte marschierte mit ihnen zur Donau ab. So war Sachsen fast von allem Militär entblößt. Einige unter dem Befehle des Generalmajors v. Dyherrn befindliche Truppen, die bisher in Warschau gestanden hatten, waren erst auf dem Marsche in die Heimat. Augenblicklich zeigte sich, wie recht Thielmann gehabt hatte, als er vor einem Handstreich warnte. Denn jetzt tauchte die Nachricht auf, daß der Kurfürst von Hessen und der Herzog Wilhelm von Braunschweig in Böhmen zu einem Einfalle in Sachsen rüsteten. Schleunigst zog man nun alle verwendbaren Truppen zusammen, und Thielmann, der eben, am 12. April, 6 Wochen nach seiner Ernennung zum Oberstleutnant, zum Obersten und Generaladjutanten des Königs befördert worden war, erhielt unter dem 28. April den Befehl über sie. Durch diese Auszeichnungen holte die sächsische Regierung nach, was sie früher gegenüber dem begabten Offiziere verabsäumt hatte. Er rechtfertigte das Vertrauen in dem beginnenden Feldzuge durch ungewöhnliche Geschicklichkeit in der Führung des kleinen Krieges. Die Operationen, welche er damals ausführte, hatten wenig von dem Ernst des Krieges an sich. Vielmehr trugen sie — was die Zahl der dabei verwendeten Truppen und die Tragweite der Kämpfe anbetrifft — einen recht harmlosen Charakter. Die Art aber, mit der der Führer der Truppen seine Bewegungen ausführte und zum Teil ganz unverhältnismäßig überlegene Gegner im Schach hielt, beschäftigte oder überlistete, verriet den geborenen Parteigänger. Noch bemerkenswerter sind die damaligen Operationen indes wegen des Lichtes, das auf

Thielmanns Gesinnungen fällt. Auf Schritt und Tritt begegnen wir
dem gelehrigen Schüler und bedingungslosen Anhänger Napoleons.
Der Feldzug von 1809 lieferte den Beweis, daß Thielmann das Verständnis für die deutsche Sache gänzlich verloren gegangen war. Das
war die unheilvolle Wirkung der wunderbaren Erfolge Napoleons,
die unwiderstehlich auch die größesten Geister in ihren Bann zwangen,
die Goethe jeden Versuch sich gegen den Machthaber aufzulehnen be-
lächeln, Hegel in dem Korsen die Verkörperung des Weltgeistes er-
blicken ließen und die aus einem Mann der Freiheit, wie Johannes
v. Müller, den größesten Byzantiner schufen. Kam dazu noch, daß
die Interessen der Krone und des Landes Sachsen mit denen des
französischen Kaisers zusamenfielen, so sind die Gesichtspunkte gegeben, von denen aus dieser Standpunkt Thielmanns zu betrachten
ist. Er wird dadurch verständlicher.

Am 2. Mai bestand das Thielmann unterstellte und in Dresden
versammelte Häuflein aus 26 Offizieren, 1290 Mann mit 214 Pferden und 4 Kanonen, von denen jedoch nur zwei mit Gespannen versehen waren. Dem General v. Dyherrn ging der Befehl zu, Thielmann Nachricht zu geben, sobald er an der Grenze angelangt wäre.
Schills Unternehmung rief neue Besorgnisse in Thielmann wach, zumal er merkte, daß die Werbungen des Herzogs von Braunschweig und
des Kurfürsten von Hessen in Prag und Nachod Fortschritte machten.
Er verlangte umgehende Rekrutierung der Depots. Zwar zweifelte
er keinen Augenblick an dem Erfolge der französischen Waffen. Aber
bei dem „herrschenden Schwindelgeiste", wie er den überall sich regen-
den Drang nach Befreiung bezeichnend genug nannte, und bei der
Entblößung Sachsens von Truppen fürchtete er in eine unangenehme
Lage zu geraten.

Auf seinen Rat wurden die sächsischen Kassen auf den Königstein
gebracht. Große Sorge verursachten ihm die massenhaft eintreffenden
preußischen Deserteure, von denen eine Verstärkung der überall sich
bildenden Freischaren zu vermuten war. Zu seinem Ärger ließ der
Generalstabschef v. Brause einen preußischen Hauptmann Reich durch
Dresden nach Goslar passieren. Er entsann sich genau, daß ein
Reich vor mehreren Jahren der Polizei als ein gefährlicher Mensch

angezeigt worden war. Damit war er auf der richtigen Fährte. Es war der bekannte Patriot Ludwig v. Reiche, ein Mitglied des Tugendbundes, Vetter des gleichnamigen Generals. Er hatte damals Königsberg als Bernsteinhändler verkleidet verlassen, um Westfalen zu insurgieren. Sein Vorhaben scheiterte und er wurde später steckbrieflich von Napoleons Häschern verfolgt. Die Deserteure wurden meist, zum Teil unter Anwendung von Gewalt, sofern sie Unterthanen der Rheinbundsstaaten waren, in die Heimat dirigiert, alle übrigen aber nach Magdeburg abgeschoben und einem dortigen preußischen Werbeoffizier in französischen Diensten übergeben. Auf die Vorstellung des französischen Geschäftsträgers in Dresden verwarnte Thielmann den Zittauer Kaufmann Meusel, der sich mißliebig über die Franzosen geäußert hatte. Er bemerkte dem braven Manne, daß jedes Bestreben, Fürst und Volk in Opposition zu setzen, auf das Strengste geahndet werden würde, eine Meinungsäußerung, durch die er zugleich einzelne hervorragende Bürger in Dresden, die sich gleichfalls feindliche Reden gegen die Franzosen erlaubt hatten, warnen wollte.

Die Betonung der Notwendigkeit, Fürst und Volk nicht in Opposition zu setzen, kennzeichnet die damalige Auffassung Thielmanns. Sie ist auch sonst von ihm in allen kritischen Lagen vertreten worden, bis in Torgau die Dinge sich so zuspitzten, daß sie nicht mehr aufrecht zu erhalten war, ohne eine Überspannung des Prinzips herbeizuführen.

Sein sächsisches Ehrgefühl regte sich, als er einmal die Sachsen nicht genügend berücksichtigt sah, und er machte seinem Zorne gegen den Fürsten Poniatowski ungehindert Luft, als dieser in einem Berichte über die Kämpfe in Polen gegen Erzherzog Ferdinand die Verdienste der Sachsen nicht hervorhob. „Sage mir, wie geht es zu, daß Poniatowski in seinem Rapporte nicht ein Wort von den Sachsen erwähnt?“ schrieb er am 11. Mai an Funk. Am 12.: „Es ärgert mich, daß Poniatowski in seiner Anrede an die Armee wegen der brillanten Affaire gegen Schauroth des Königs nicht gedenkt,“ und am 13.: „Poniatowski hätte billig verdient, daß ihn der König derb anfuhr.“

Eine neue Beunruhigung war es für ihn, als Erzherzog Ferdinand seinen Marsch auf Posen richtete. Er urteilte über ihn (16. Mai): „Er ist nach einer sehr genauen Schilderung, die ich von ihm habe,

ein revolutionärer Kopf, der das außerordentliche liebt und also einem
Mansfeld gleich die Rettung seiner Dynastie auf Flecken versuchen
wird, wo man es am wenigsten erwartet. Kein schicklicherer Ort
und Gelegenheit kann sich zeigen, als in dem gährenden Westfalen
den Engländern die Hand zu bieten."

Am 13. Mai hatte er Funk seine Gedanken wegen der im Falle
eines feindlichen Eindringens zu ergreifenden Maßregeln entwickelt.
Danach hielt er nur drei Ideen für ausführbar: 1) Anschluß an
König Jerome, der übrigens in diesem Falle nichts Nötigeres zu thun
haben würde als Magdeburg zu decken, 2) sich nach der großen Armee
hinziehen, 3) auf das rechte Elbufer zu gehen.

„In jedem dieser drei Fälle dürfen wir nicht an Positionen benken,
die ja selbst im Großen nicht mehr im Geist der Zeit sind, sondern
wir können nur Marschlager haben." Hier zeigte sich, daß er auch
in militärischer Hinsicht mit dem Fridericianischen System gebrochen
hatte. Das verschanzte Lager, das Tempelhoff, Tielke und die sonstigen
Theoretiker der alten Schule, als ein Haupterfordernis für die regelrechte Kriegführung betrachtet hatten, war für den Schüler Napoleons
ein überwundener Standpunkt.

Kurze Zeit darauf erhielt er die Weisung sich mit dem General
v. Dyherrn in Verbindung zu setzen und mit ihm gemeinschaftlich zu
operieren. Die betreffende Ordre vertrat den Gedanken, bei einem
Einfall des Feindes diesen zurückzubrängen.

Die selbständige Stellung, die Thielmann neben Dyherrn erhielt,
war eine große Auszeichnung. „Daß man mir nicht zumuten wird,
unter Dyherrn eine subalterne Rolle zu übernehmen, sie müßte denn
sein wie Moreau unter Joubert — aufm Schlachtfeld —" (im ita-
lienischen Feldzuge 1799) „das siehst Du selbst ein" schrieb er dazu an
Funk. Wie sich hierin schon ankündigte, wiederholte sich jetzt das
Schauspiel, das sich 1807—8 zwischen Thielmann und Polenz abgespielt hatte, der jüngere stellte den ältern Offizier in Schatten, nur daß
Thielmann jetzt noch viel leichteres Spiel hatte als vor zwei Jahren,
wo die Rangunterschiede wesentlich größer waren. Der stürmische
Ehrgeiz und Thatendrang Thielmanns steuerte überhaupt mit Gewalt
auf die Verdrängung des wenig begabten Dyherrn hin. Schon am

22. Mai verlangte er Einheit des Kommandos. Seine ursprüngliche Ansicht, die die Notwendigkeit des Rückzugs vertreten hatte, hatte er nach Empfang der kgl. Ordre aufgegeben. Er befürwortete jetzt eine „ehrenvolle, aber dabei vorsichtige Offensive".

Gelegenheit zu dieser überzugehen fand sich sogleich. Herzog Wilhelm von Braunschweig-Oels, der tollkühne Vorläufer der Befreiungskriege, war, glühenden Haß in der Seele gegen Napoleon, der ihm sein Land und seinen Vater geraubt hatte, in Sachsen mit seiner schwarzen Schar bei Zittau eingefallen, um von hier aus sein Braunschweig wiederzuerobern. Als Patriot fühlte er sich nur als Deutscher und so redete er denn auch die Sachsen in seiner tiefempfundenen Proklamation vom 21. Mai an: „Welcher Deutsche sollte nicht mit mir das Unglück seines Vaterlandes fühlen? — Jetzt oder nie ist der Zeitpunkt gekommen, wo wir Deutsche für unsere gesetzliche Freiheit kämpfen können."

Das Häuflein, mit dem er zunächst in Zittau einrückte, bestand aus 164 Reitern und 84 Mann Fußvolk. Ein kalter Reif für sein hoffnungsfreudiges Unternehmen war es, als er sah, daß sein Aufruf nur geringe Wirkung übte; und mit der Mannszucht, die er zu halten versprach, war es auch nicht gut bestellt. Denn zu seinem Leidwesen mußte er erfahren, daß sich mancher unwürdige Abenteurer in seine Reihen geschlichen hatte. Thielmann ging von seinem Standpunkte aus das Gefühl für die sittliche Idee des Braunschweigers ab und er sah in dem ganzen Unternehmen nur das aussichtslose Unterfangen eines Haufens zusammengelaufener Deserteure und Marodeure. Dementsprechend beurteilte er auch den Herzog hart.

Einige Patrouillen des übrigen Braunschweigischen Korps gingen in der Gegend von Peterswalde vor. Hinter ihnen wurde eine größere Truppenmenge vermutet, und Thielmann beschloß daher hier mit 200 Reitern, einem Bataillon und 4 Kanonen anzugreifen. So kam es am 25. Mai zu dem glücklichen Überfall von Peterswalde, bei dem die Sachsen 2 Offiziere und einige 20 Mann zu Gefangenen machten. Der Rittmeister v. Katte, einer jener verwegenen Freiheitskämpfer, die 1809 auf eigene Faust dem Vaterlande Erlösung zu bringen versuchten und der sich nach Mißlingen seines Unternehmens

Magdeburg durch einen Handstreich zu erobern dem Helden von Braunschweig angeschlossen hatte und von diesem vom Leutnant zum Rittmeister befördert war, entkam mit Mühe und Not auf ungesatteltem
Pferde. Zu den Gefangenen gehörte der k. k. Oberleutnant Graf
Sickingen. Thielmann, den der Name begeisterte, begegnete ihm mit
großer Zuvorkommenheit, während er den gefangenen preußischen
Offizier, einen Leutnant v. Schaper, als Arrestanten behandelte.
Doch bewies dieser, daß in ihm der alte Preußengeist steckte, und als
ihn ein sächsischer Offizier ausfragen wollte, bediente er ihn mit der
gebührenden Nichtachtung.

Bis Nollendorf setzte Thielmann die Verfolgung fort, um dann
zu erkennen, daß namhafte Truppenteile nicht in der Nähe waren.
Es war ein kleiner Erfolg der Waffen und scherzend wurde dem
Sieger seit jenem Tage der Beiname des Herzogs v. Peterswalde oder
des Grafen v. Nollendorf[1]) beigelegt. Die ausgesprochene Vorliebe
Napoleons für die Verleihung von hochklingenden Titeln für militärische
Thaten forderte hier wie auch anderswo zu Äußerungen des Spottes
heraus. Bei Wegnahme einer Kaiserlichen Kasse in Peterswalde er-
klärte Thielmann den Mauthbeamten, „er sei weit davon entfernt, die
Kaiserlichen Kassen zu nehmen und es sei nur seine Absicht, die un-
berufenen Vaterlandsretter des Braunschweigischen Korps zu züchtigen.
Jeden erneuerten Versuch derselben werde er zwiefach erwidern.“

Nach Dresden zurückgekehrt, beschloß er einen Zug gegen das
von den Braunschweigern besetzte Zittau zu unternehmen. Inzwischen hatte sich die Nachricht vom Siege der österreichischen Waffen
bei Aspern und Eßlingen in Böhmen verbreitet und man fand an
der böhmischen Grenze in Nixdorf noch die Spuren eines deswegen
veranstalteten Freudenfestes. Auch hierin ein Schüler Napoleons
ließ der sächsische Befehlshaber die Ortsbehörde vor sich kommen und
hielt ihr eine Rede, in der er ihr Benehmen tadelte. Seine Ansprache
leitete er ein mit Napoleons Worten: „Das Haus Habsburg hat
aufgehört zu regieren!“ Am 30. Mai kam man nach Zittau. Oberstleutnant v. Gablenz eröffnete mit einer Husarenschwadron den Angriff.

---

1) Holtzendorff und Ompteda.

Thielmann folgte mit Kürassieren nach). Eiligst zogen sich die Braunschweiger aus der Stadt, und erst bei Grottau wagten etwa 50 ihrer
schwarzen Husaren eine kurze Gegenwehr, wurden aber bald zerstreut.
Drei Offiziere und 42 Mann gerieten in Gefangenschaft, fast eben-
soviel verloren die Braunschweiger an Toten und Verwundeten.
Nur aus Mangel an Fußvolk wagte es Thielmann nicht, das übrige
Korps in Gabel anzugreifen. Unvorsichtigerweise unterließ er es
jedoch Vorposten aufzustellen. So kam es, daß der Major v. Reichmeister vom braunschweigischen Korps in der Nacht Zittau nach
einem hitzigen Gefecht wieder nehmen konnte. Thielmann hatte
4 Tote und 20 Verwundete zu beklagen, Reichmeister allerdings noch
einige mehr. Der Herzog von Braunschweig erhob nunmehr von
Zittau eine Kontribution von 6000 Thalern, zog sich jedoch darauf
nach Gabel zurück mit der Erklärung Zittau nicht wieder besetzen zu
wollen, wenn sächsischerseits keine weiteren Schritte geschähen; andern-
falls würde man es bereuen und könnte ihn dann zum Äußersten
reizen. Er würde nicht vor einem Verbrennen Zittaus zurückschrecken,
falls sich die sächsischen Truppen der Stadt wieder nähern würden.

Thielmann wurde durch dies Verhalten des Herzogs aufgebracht
und er diktierte seinem Adjutanten eine Proklamation in die Feder,
in der er vom Herzog sagte, daß er die Sprache eines Räuberhaupt-
manns führe. Diese frevelhafte Gesinnung könne nur die tiefste
Verachtung erzeugen, zugleich aber auch nur Mitleid gegen seine
Ohnmacht einflößen. Ein jeder Frevel wie es die Verbrennung von
Zittau sein würde, würde in Böhmen zehnfach gerochen werden. In
der Erregung geschrieben, überschritt diese Proklamation die Grenzen
der erlaubten Sprache, wenngleich auch Braunschweigs Worte nur zu
sehr den Geist rauhen Kriegertums atmeten. Auf die Bitten des
Zittauer Magistrats hielt es denn Thielmann selbst für geratener,
die Proklamation zu unterdrücken. Daß sie dem weichempfindenden
Friedrich August „Chagrin" verursachte — nicht aus deutschem Geiste,
sondern weil er in Braunschweig auch seine Souveränetät getroffen sah
— war natürlich, und die Mißbilligung, die er Thielmann am 3. Juni
aussprechen ließ, die hier ja gerechtfertigt war, entsprach seinem ganzen
Wesen.

Für die Zittauer Kontribution sollte nun das böhmische Städtchen Rumburg dieselbe Summe erlegen. Der arme Ort sah sich
außer Stande, einen solchen Betrag bar zu zahlen und der aus-
geschickte Rittmeister v. Niesemeuschel brachte nur einen auf 6000 Thlr.
lautenden Wechsel mit. Er ist nie eingelöst worden, und nach dem
Frieden hat ihn Friedrich August verständigerweise kassieren lassen.
Freilich hat Zittau niemals die von ihm erhobene Kontribution ersetzt
erhalten. Waren doch dem Herzog von Braunschweig selbst gleich zu
Anfang davon 2000 Thaler unterschlagen worden — ein Beweis von
den traurigen Mängeln, die in seinen Truppen herrschten und gegen
die alle Bemühungen des wackeren Herzogs, die Mannszucht aufrecht zu erhalten, selbst mehrfaches Füsilieren, nicht viel halfen.

Dem gegenüber hielt Thielmann die trefflichste Mannszucht,
und als einmal Unregelmäßigkeiten von einigen seiner Soldaten be-
gangen waren, verstand er dies sofort auszugleichen. Nach französischen Mustern wußte er sich aber auch der Presse zu bedienen, um
die öffentliche Meinung zu seinen Gunsten zu beeinflussen. So ließ
er über jenes Vorkommnis bei seinen Truppen zur Beruhigung und
Aufklärung in der Leipziger Zeitung einen Artikel erscheinen. Der
Sohn der neuen Zeit, der die gewaltige Macht der Zeitungen zu
würdigen gelernt hatte, blickte wiederum durch, als er stürmisch die
Veröffentlichung der Schillschen Niederlage verlangte, weil er sich sagte,
daß die Kunde von dem Untergange dieses Korps dem herrschenden
„Schwindelgeiste“ einen gehörigen Dämpfer aufsetzen würde. In seiner
jetzigen Stellung sah er bei Schill nur dessen Treubruch und den
Wahnwitz des Unternehmens, und er empfand Genugthuung über
dessen trauriges Ende. Es befriedigte ihn, als in Dresden am 8. Juni
ein Bulletin über Schills Untergang geschmiedet und angeschlagen wurde.

Inzwischen machte sich der Mangel an Rüstungen in Sachsen
immer fühlbarer. Besonders fehlte das Fußvolk. Grimmig rief
Thielmann am 6. Juni in einem Briefe an Funk aus: „Ist es nicht
eine Schande, daß Polen in seiner Ohnmacht 12 000 Mann aufgebracht hat, und wir haben seit 3 Monaten noch nicht einen Mann
gestellt? Dem Grafen Hopfgarten möge es Gott verzeihen, wenn es
nur der Kaiser thun wird. Solche Minister bringen die Fürsten und

Völker ins Verderben." Am 10. Juni zählte sein Korps 1900 Mann mit 467 Pferden und 14 Geschützen, während sich bei Leitmeritz ein österreichisches Korps zusammengezogen hatte, das mit dem des Herzogs von Braunschweig gegen 9000 Mann stark war und am 10. Juni bereits zum großen Teil in Dippoldiswalde dicht bei Dresden stand. Die Absicht war klar. Man wollte das Unternehmen des Braunschweigers auf Westfalen unterstützen. Um die Straße nach Leipzig zu sichern, nahm Thielmann nunmehr eine Stellung hinter Wilsdruff. Die Österreicher rückten nach und besetzten am 11. Juni Dresden. Dies entdeckte Thielmann bei Vornahme einer Erkundung. Auf seine Veranlassung mußte nun der Major v. Ryssel in der Nacht zum 11. auf den 12. Juni eine Alarmierung der feindlichen Besatzung vornehmen. Dies gelang, jedoch kam es zu keinem Gefechte, wie Thielmann gehofft hatte. Bei einem solchen hätte er auf Vorteile rechnen können. Aber die völlige Ermüdung der Braunschweiger, die vor dem Wilsdruffer Thore einquartiert waren, verhinderte, daß sich der Gegner in einen Kampf einließ.

Der k. k. Befehlshaber war der General am Ende. Er hat in diesem Feldzuge hinlänglich bewiesen, daß er nicht das Zeug zum Feldherrn in sich hatte. Aber seinem Namen machte er alle Ehre, indem er regelmäßig mit seinen Veranstaltungen zu spät kam. Beim Überschreiten der Grenze hatte er eine Proklamation verbreiten lassen. In diesem langatmigen Schriftstücke gab er als Hauptgrund seiner Grenzüberschreitung den Einfall Thielmanns in Böhmen an[1]) und forderte die Sachsen zum Anschluß an Österreich auf. Mit Emphase sprach er den etwas anzuzweifelnden Satz aus: „Vereinigt mit Österreich wart Ihr noch immer glücklich, und werdet es auch in Zukunft sein."

Doch scheint es so als wenn die Dresdener seinen treuherzigen,

---

1) Wenn Holtzendorff und nach ihm andere Thielmann meist feindliche Schriftsteller hieraus folgern wollen, daß Thielmann in unverantwortlicher Weise die Verwandlung Sachsens in einen Kriegsschauplatz herbeigeführt habe, so ist das nicht stichhaltig. Thielmann war bekanntlich der Angegriffene und sein Einfall in Böhmen war nur die Antwort auf den Einfall des Braunschweigers in Zittau. Ende benutzte jenen Einfall Thielmanns nur als billigen Vorwand, um den beabsichtigten Vorstoß nach Westfalen zu bemänteln. Nur Gehässigkeit gegen Thielmann konnte diesen einfachen Thatbestand verkennen oder verdunkeln.

aber nicht ganz wahren Versicherungen Glauben schenkten. Er wurde sehr günstig aufgenommen und der damals in Dresden lebende Adam Müller, der geistreiche Konvertit, den der zum Kommandanten der Stadt ernannte Major Fürst Lobkowitz herangezogen hatte, konnte in einer schwülstigen Bekanntmachung im Dresdener Stadtanzeiger am 19. Juni mit Genugthuung auf diese freundliche Haltung der Dresdener hinweisen.

Thielmann beschloß nun angesichts der außerordentlichen Übermacht der Österreicher abzuziehen. Gegen seinen Willen kam es bei Tagesanbruch durch einen Zufall zum Kampfe; doch entwickelte er in diesem Rückzugsgefechte große Umsicht und Entschlossenheit und es gelang ihm, seine Truppen ohne nennenswerten Verlust bis hinter Wilsdruff zurückzuführen, wo ihn Dyherrn mit 2 Kanonen und einem Bataillon aufnahm. Hier nahmen die sächsischen Truppen nun eine Stellung ein, in der sie eine lange Weile von den Plänkeleien der Gegner behelligt wurden, ohne daß diese jedoch trotz ihrer Übermacht etwas Ernstliches unternahmen. So glückte es, den Rückzug bis Nossen zu bewerkstelligen. Der Verlust betrug im Ganzen 10 Tote und 47 Verwundete, während 20 gefangen waren oder vermißt wurden. Der gegnerische Verlust scheint etwas geringer gewesen zu sein.

Die Folge des Vorstoßes des österreichischen Korps war zunächst die Abreise Friedrich Augusts aus dem gefährdeten Hoflager von Leipzig nach Frankfurt a. M. Thielmann hatte selbst dazu geraten. Der König erließ außerdem den Befehl bis nach Weißenfels, also bis nahe an Leipzig zurückzugehen, der dem sächsischen Korps bei Noßwitz hinter Rochlitz zuging. Zwar hatte Thielmann selbst daran gedacht, den Rückmarsch über Altenburg anzutreten und sich entweder dem König Jerome oder der französischen Reservearmee zu nähern. Jetzt aber vertrat er eine dem königlichen Befehle entgegengesetzte Ansicht, einmal weil eine Verstärkung von 3 Schwadronen, etwa 200 Mann Fußvolk und ½ Batterie eintraf und besonders weil der Feind die Verfolgung aufgegeben hatte. Denn Ende war gemächlich mit dem Hauptteil seiner Truppen nach Dresden zurückgekehrt. Es schien Thielmann der Ehre der sächsischen Waffen angemessener, nunmehr etwas langsamer zurückzugehen. Außerdem befürwortete er, den

Truppen einige Ruhe zu gönnen. Oyherrn ließ sich von Thielmanns Gründen überzeugen und blieb bei Borna stehen. Zahlreiche
vorgeschobene Vorposten sorgten dafür, daß man auf dem Laufenden
über die feindlichen Bewegungen gehalten wurde. Der Herzog von
Braunschweig drang unterdes unaufhaltsam vor, nachdem er in Wilsdruff noch einmal seinen Aufruf an die Deutschen hatte ergehen lassen,
den er schon in Zittau verbreiten ließ. Jetzt gelang es ihm einige
Truppen in Sachsen anzuwerben. Aber mit der Mannszucht blieb
es nach wie vor übel bestellt. Am 16. Juni stand der Herzog in
Oschatz und bedrohte Leipzig. Thielmann empfand es bitter, daß er
nicht über mehr Truppen verfügte. Wären nur noch 2000 Mann
Infanterie zu erlangen gewesen, so hätte der Feind sein Vorgehen
teuer bezahlen müssen, versicherte er dem König in seiner Meldung.
Vorsichtigerweise beschloß er den Feind hinter Leipzig zu erwarten,
um die Stadt im Fall eines nachteiligen Gefechts nicht dem verfol-
genden Gegner auszusetzen. Er rettete jedoch die dort befindlichen
Kassen, aus denen er eine Summe von 18000 Thalern zur Verpflegung der Truppen entnahm. Als er in der Bevölkerung Leipzigs
einige Sympathieen für die Gegenpartei bemerkte, unterließ er es
nicht, auf dem Rathause bekannt zu machen, daß er mit aller Strenge
gegen Unvorsichtigkeiten dieser Art vorgehen würde. Am 19. empfing
er einen Parlamentär des Braunschweigers, einen Leutnant Graf
Matuschka, der anfangs den großen Herrn herauskehrte. Thielmann
war aber gerade nicht der Mann, der sich etwas bieten ließ und bemerkte dem jungen Offizier gelassen, daß er zu alt sei und zu viel
Erfahrungen gemacht habe, als daß eine solche Sprache irgend welchen Eindruck auf ihn machen könne. Nunmehr zog der Graf —
ein gebildeter Mann, wie Thielmann in seinem Bericht bemerkte —
andere Saiten auf und rückte bescheidentlich mit dem Zweck seiner
Sendung heraus, ob auf eine Konvention wegen Böhmen zu rechnen
sei, wenn die in Sachsen eingefallenen Truppen sich ruhig über die
Grenze zurückzögen. Natürlich konnte sich Thielmann auf dergleichen
Abmachungen nicht einlassen.¹) Denn er hätte sich dadurch in einer

---

1) Holtzendorff entkräftet seine gehässigen Bemerkungen hierzu (S. 46) selbst durch
das Zugeständnis, daß Napoleon eine solche Konvention kaum gebilligt haben würde.

Weise die Hände gebunden, die nicht zu verantworten gewesen wäre. Er wich den Fragen des Unterhändlers mit Fleiß aus unter der allgemeinen Versicherung, daß sich sein Verhalten nach dem Betragen der braunschweigisch-österreichischen Truppen in Sachsen richten würde.

Ein Schreiben des Herzogs, das an die gemeinschaftlich gemachten Rheinfeldzüge erinnerte und in sehr gewinnenden Ausdrücken abgefaßt war und das auf Auswechslung der Gefangenen antrug, wurde von Thielmann dahin beantwortet, daß diese Auswechslung nicht mehr in seiner Macht stände, da die von ihm gefangenen 5 braunschweigischen Offiziere und 36 Mann bereits nach Erfurt geschafft wären.

Mittlerweile rückte König Jerome von Westfalen mit einem Korps zum Entsatze heran. Infolgedessen erließ Thielmann am 21. Juni einen Tagesbefehl, der die Truppen davon benachrichtigte. „Es braucht keinen Aufruf an Euch Sachsen, um Euch zu sagen, wofür ihr streitet, und was es heißt, für das Vaterland zu fechten. Wer hier nicht sterben, wer hier den Namen eines Feigen auf sich laden will, der würde hundertfachen Fluchs schuldig sein", so feuerte er seine Soldaten in ganz französischen Superlativen an. Um Zeit zu gewinnen bis zum Heranrücken der westfälischen Armee ließ er die Brücke über die Mulde bei Eilenburg abbrechen und die Fähre über diesen Fluß bei Wurzen versenken. Schon stand Herzog Wilhelm mit etwa 3000 Mann, darunter 900 Reiter in der Nähe der Mulde. Da kam die Nachricht, daß der König Jerome bei Sondershausen stehen geblieben wäre, weil er sich durch eine feindliche Heersäule von Koburg aus bedroht glaubte. Thielmann hatte das Herannahen der Unterstützung benutzen zu können geglaubt, um das weitere Vorbringen der Braunschweiger zu verhindern. Jetzt sah er sich in dieser Hoffnung getäuscht und setzte alles in Bewegung, um die westfälischen Führer von ihrem Vorhaben abzubringen. Er suchte nachzuweisen, daß jene Nachricht von einem Vorgehen der Österreicher über Koburg irrig sei. Er stellte vor, von welcher Wichtigkeit der Schutz des bedrohten Leipzig wäre, mit dem Lyon so viel Verbindungen hätte. Er bewies, welchen nachteiligen Eindruck es machen würde, wenn man die „lächerliche Donquixotterie" der Österreicher, mit ihrer geringen Anzahl von Geschützen Dresden in Belagerungszustand zu erklären, ungestraft durch-

gehen ließe, bis der Feind sich in Dresden genügend verstärkt haben
würde. Seine Vorstellungen hatten wenigstens den Erfolg, daß der
westfälische General d'Albignac sich zu seiner Verstärkung aufmachte.
Beim Anmarsch der Braunschweiger auf Leipzig lieferte ihnen der
Oberstleutnant Gablenz mit seinen Husaren bei Holzhausen am 22.
ein Erkundungsgefecht, in das auch die sächsischen Schützen ein-
griffen. Er brachte dem Feinde erhebliche Verluste bei, ohne selbst
viel einzubüßen und zog sich mit Geschick um Leipzig herum auf
Lützen zu dem Gros zurück. Thielmann belobte in warmen Worten
die Tapferkeit der Truppen. Die guten Leipziger hatten unterdessen
eine gewaltige Aufregung ausgestanden. Von den Türmen konnte man
dem Gefecht zusehen. Es war gerade Markttag und jeder suchte sich
in höchster Eile die Bedürfnisse für sein Haus zu beschaffen. Entsetzen
packte die Bürgerschaft aber, als nun gar die schwarzen Husaren mit
gezogener Pistole durch die Stadt sprengten, um auf der Lindenauer
Chaussee das Gefecht fortzusetzen. Am Abend bezogen die vereinigten
Österreicher und Braunschweiger in den Leipziger Vorstädten Quartier.

Schon am nächsten Tage (23.) vereinigte sich der Befehlshaber
des westfälischen Korps, General d'Albignac, mit den Sachsen, die
außerdem noch um einige hundert Mann verstärkt worden waren.
General Dyherrn indes empfing an diesem Tage eine andere Bestimmung. Er hatte sich nicht gerade mit Ruhm bedeckt, denn alles
was geschehen war, war auf die Initiative Thielmanns zurückzuführen.
Dyherrn war lediglich Staffage gewesen. Thielmann übernahm nun
den Befehl über die Sachsen. Es war der in der Umgebung des
Königs sich aufhaltende Freund Funk, dem er diese Verbesserung seiner
Stellung zu verdanken hatte. Freilich wurde seine Selbständigkeit
in anderer Beziehung eingeschränkt, indem General d'Albignac den
Oberbefehl über die vereinigten Truppen übernahm. D'Albignac war
2750 Mann stark, so daß man nunmehr über ein Korps von etwa
5500 Mann verfügte. Die Österreicher und Braunschweiger zogen
sich auf die Meldung der Annäherung dieser Truppen am 24. Juni
hinter Leipzig zurück. Am 25. sprengten die ersten sächsischen Husaren
wieder in die Stadt.

In Weißenfels bekam Thielmann eine Proklamation des Braun-

schweigers vom 15. Juni zu Gesicht, die noch von Meißen aus erlassen war. Er führte darin wieder eine Sprache, die geeignet war
aufreizend auf Thielmann zu wirken, indem er von den „vorlauten"
Äußerungen des „von fremden Interessen bestochenen Offiziers" sprach,
der alles aufböte, „um sein Vaterland zu verraten und das Herz
seines rechtlichen guten Königs zu betrüben", Thielmann einen „Neu-
ling im Kriege" nannte, behauptete, er wäre atemlos bis Leipzig re-
tiriert, hätte die glorreichen sächsischen Waffen kompromittiert und sich
die Geringschätzung seiner Landsleute und Waffengefährten zugezogen
u. s. w. Diese Sprache stand nicht im Einklang mit dem höflichen
Schreiben, das der Braunschweiger zwei Tage später an Thielmann
gerichtet hatte, worin er an die Rheinkampagnen erinnerte. Vor allen
Dingen entsprach es aber in keiner Beziehung, was die thatsächlichen
Behauptungen betraf, der Wahrheit. Es war eine höchst gehässige
Herausforderung des Gegners und dem Herzog nicht gerade in der
besonnensten Stunde eingegeben. Thielmann beantwortete sie am
24. Juni von Weißenfels aus in einer ungezeichneten Proklamation,
die zugleich das Eintreffen der Westfalen meldete. Abermals im
Stile Napoleons gehalten, wurde darin die Stärke d'Albignacs mehr
als doppelt so hoch angegeben, als sie sich in Wirklichkeit bezifferte.
Dann fuhr er fort: „Der Oberst Thielmann, Generaladjutant Sr.
Kgl. Majestät von Sachsen u. s. w., findet sich sehr geehrt, daß der
feindliche Anführer in einer Proklamation de dato Meißen vom 15.
dieses ihn mit Schmähungen überhäuft hat. Es ist dies der sicherste
Beweis, daß der Oberst Thielmann seine Pflicht gegen seinen König
und gegen seine Nation mit aller Treue erfüllt, und die militärische
Eitelkeit des Feindes beleidigt hat. Es kann genanntem Obersten nicht
anders als zur Ehre gereichen, sich mit einem Korps von kaum 3000
Mann vor einer starken feindlichen Armee, die sich sehr groß angiebt,[1]
bis an seine Verstärkung ohne Verlust zurückgezogen zu haben. Die
frühere und spätere, sowohl bürgerliche als militärische Lebensgeschichte
des feindlichen Anführers würden dem Obersten Thielmann Gelegenheit
geben zu beweisen, daß er die Waffen des Lächerlichen ebenso gut wie den
Degen zu führen verstehe, er ist aber weit entfernt, diejenige gebührende

---

1) Es hieß, daß am Ende und der Herzog zusammen über 15 000 Mann geböten.

Hochachtung aus den Augen zu setzen, die derselbe einem feindlichen Anführer aus einem alten Heldenstamme schuldig zu sein glaubt."

Solche persönlichen Häkeleien, die einen höchst unerquicklichen Charakter an sich tragen, sind nur zu häufig die Begleiterscheinung beim Aufeinanderstoßen großer Gegensätze. Der Wahrheit gemäß muß hervorgehoben werden, daß die Großsprecherei hier auf seiten des Herzogs war, und daß Thielmann, obwohl er der Beleidigte war, immer noch mehr Mäßigung als sein fürstlicher Gegner bewahrte.

Die Westfalen wurden für die Sachsen ein Bleigewicht, das sich an sie hängte und ihre Bewegungen verschleppte. Dies zeigte sich sogleich. Wären sie schneller gewesen, so wäre man den Feinden auf die Fersen gekommen. So aber konnte Thielmann, der sich an die Spitze der gesamten Reiterei gesetzt hatte, am 25. die abmarschierenden Gegner nicht mehr erreichen. Die Leipziger empfingen ihn mit unzweideutigen Beweisen der Freude. Er ließ sich auf dem Oberpostamte die für das feindliche Korps eingegangenen Briefe geben und fand darunter ein Schreiben des österreichischen Oberbefehlshabers Erzherzogs Karl, des Siegers von Aspern, an den Herzog von Braunschweig, datiert aus Wagram vom 18. Juni, worin dieser ihm vorhielt, daß er zu seinem Leidwesen von Ausschweifungen, Erpressungen und Gewaltthätigkeiten vernommen hätte, die sich die braunschweigischen Truppen erlaubt hätten. Dies schädige den Ruf des Heeres und die gute Sache. Feldmarschallleutnant Kienmayer, der jetzt an Endes Stelle den Befehl der Österreicher übernehmen würde, werde jeden Exceß mit der ganzen Strenge militärischer Gerechtigkeit ahnden. Ein Schwarm von Leuten, die vor der Hand noch kein Vaterland haben, könne nur durch die Furcht vor dem gemeinschaftlichen Kommando im Zaume gehalten werden! Thielmann ließ das Schreiben wieder versiegeln und dem Herzog zustellen, sorgte aber zugleich dafür, daß es in den Leipziger Zeitungen veröffentlicht wurde. Das Schreiben ehrte den gerechten Sinn des großen österreichischen Feldherrn. Es sagte nur die Wahrheit, die allerdings bitter für den unglücklichen Herzog war. Denn hierdurch wurde das braunschweigische Korps offiziell von befreundeter Seite als Mordbrennerbande gekennzeichnet. Daß dadurch auch viele edle Leute getroffen wurden, war nicht dieser Schuld; und daß der

deprimierende Brief zudem noch in die Hände dieses dem Braunschweiger verhaßten Offiziers fiel, war besonders peinlich. Daß aber
Thielmann den Brief veröffentlichte, war durchaus nicht verwunder-
lich. Hätte er es nicht gethan, so hätte er sich schlecht auf den Vorteil der von ihm vertretenen Sache verstanden. Freilich verursachte
er bei seinem König durch dies Verfahren wieder „Chagrin", ebenso
auch durch seine Proklamation vom 24. d. M. und Friedrich August
sprach Thielmann später sein allerhöchstes Mißfallen über beides aus.

Kaum gewann es nun aber den Anschein, daß das Land von
der braunschweigischen Plage befreit werden sollte — eine einzige
Nacht kostete der Stadt Chemnitz beim jetzigen Durchzuge des Herzogs
noch 25 000 Thaler — da erwuchs den Sachsen eine andere Plage
in den Westfalen und später in den Holländern unter Gratien, zu
Thielmanns nicht geringem Mißbehagen. Anfänglich deckte er, so gut
es ging, um eine Erregung der öffentlichen Meinung zu verhindern,
einzelne Kosten, die diese „Befreier" verursachten, aus sächsischen
Mitteln; so bezahlte er Landkarten, Ferngläser u. s. w., die d'Albignac
einforderte. Bald aber zeigten sich die Mängel dieser Truppen nur
zu deutlich. Ihre Erpressungen und Ausschweifungen verschafften
ihnen bald den schlimmsten Ruf. Die österreichischen Truppen zeigten
dagegen eine musterhafte Mannszucht.

Am 26. Juni zog Jerome in Leipzig ein. Der freche Wüstling
erließ sogleich einen Tagesbefehl, der ganz im Geiste eines asiatischen
Großherrn gehalten war. „Die Schnelligkeit unserer Märsche und
das pünktliche Zusammentreffen unserer Bewegungen", so hieß es da
in grotesker Komik, „haben für den Feind dieselbe Wirkung gehabt,
als hätte er eine Schlacht verloren. Noch vorgestern trotzte er unseren Verbündeten — heute flieht er erschrocken vor uns! Kaum
hat er den Anblick unserer Vorposten ausgehalten. Ganzer acht Tage
bedurfte er, um von Dresden bis Leipzig vorzurücken; dagegen hat er
nun gefunden, daß es deren noch nicht zwei bedarf, um von Leipzig
nach Dresden zu gelangen." Am 27. kam es bei Marbach zu
einem kurzen Treffen beider Teile, bei dem die westfälischen Truppen-
führer wahre Kunststücke der Ungeschicklichkeit vollführten, sodaß Thielmann, der allein die Geistesgegenwart behielt, nicht viel erreichen

konnte. Das Gefecht mußte ergebnislos abgebrochen werden. Immerhin hatten die Sachsen gegen 100 Mann verloren. Am 29. Juni
wurde die Vereinigung mit 4000 Mann Holländern unter Gratien
vollzogen, der nunmehr den Oberbefehl über die verbündeten Sachsen,
Westfalen und Holländer übernahm. Auf Jeromes Befehl ging
es auf Dresden zu, das vom Feinde bereits geräumt war. Thielmann führte immer den Vortrab. Am 1. Juli hielt Westfalens Be-
herrscher seinen Einzug in die Hauptstadt. Die erste Maßregel, die
Thielmann ergriff, war, daß er seinen Freund, den weimarischen Hofrat Adam Müller, aus Dresden und Sachsen überhaupt auswies, wozu
er sich verpflichtet hielt, weil Müller die österreichische Partei ergriffen
und seine Feder in den Dienst von Lobkowitz gestellt hatte. „Es that
mir dies wehe", gestand er, „da ich mit ihm wegen seiner Kenntnisse
und Talente von jeher in freundschaftlichen Verhältnissen gelebt habe."

Die Dresdener hatten noch vor wenig Wochen die Österreicher
und Braunschweiger bei ihrem Einzuge willkommen geheißen. Jetzt begrüßten die Väter der Stadt, ein Beispiel spießbürgerlicher Würdelosigkeit, Jerome und dessen Heer mit derselben Freudigkeit. Der Bürgermeister Dr. Heyme bekomplimentierte ihn sogar in französischer Sprache.
Anscheinend voll des Gefühles, Heldenthaten vollbracht zu haben, ließ
Jerome dankerfüllt am andern Tage ein Tedeum abhalten.

Der Herzog von Braunschweig zog sich inzwischen nach Hof zurück, wohin jetzt Kienmayer mit einem österreichischen Korps von Bayreuth her heranmarschierte. Auch am Ende traf Anstalten sich mit
ihm zu vereinigen. Thielmann wurde ausgeschickt, um diesen Marsch
längs der Grenze bis Marienberg zu beobachten. Jerome selbst
wollte mit der Hauptmacht nach Altenburg rücken. Zwar wandte
Thielmann ein, daß es gefährlich sei, die Vorhut bis Marienberg
vorzuschieben, da sie dadurch Gefahr liefe, abgeschnitten zu werden.
Aber man hörte nicht auf ihn. So brach er denn mit dem sächsischen Truppenteil, der aus 2200 Mann mit 468 Pferden bestand,
auf. Ein Teil dieser Truppen (380 Mann) mußte jedoch auf Veranlassung der sächsischen Regierung zum Schutze Dresdens zurückkehren. Die vielen sich widersprechenden Befehle, die ihm von Jerome und dessen Generalen zugingen, sowie die Unschlüssigkeit und

Unüberlegtheit in der Führung der sächsischen Verbündeten bewogen ihn in einer Meldung an König Friedrich August den Wunsch einer Trennung von den Verbündeten durchblicken zu lassen, so wertvoll ihm das Vertrauen, mit dem ihn Jerome und dessen Generale beehrten, auch immerhin wäre.

Nach verschiedenen Hin- und Hermärschen nahm Jerome am 13. Juli endlich eine Stellung bei Otterstedt in der Nähe von Schleiz ein, dieselbe Stellung, die 1806 der General Tauenzien inne gehabt hatte. Nicht weit davon stand jetzt Kienmayer, ein ganz anderer Gegner als am Ende, der mit Thatkraft die Operationen gegen Sachsen aufnahm, nachdem er eben mit dem Herzog von Abrantes ein glückliches Gefecht bestanden hatte. Er hatte zwischen Hof und Olsnitz 20 000 Mann zusammen. In seinem Generalstabe befand sich Held Grolman, der vor wenig Monden den kühnen Entschluß gefaßt hatte, sich Schill anzuschließen, aber dies schließlich in Erkenntnis der Abenteuerlichkeit jenes Unternehmens aufgegeben hatte. Kienmayer war dem König von Westfalen an Zahl weit überlegen, verfügte jedoch nicht über soviel Reiterei und Artillerie. Jerome verlangte von Thielmann dessen offene Meinung über die Lage zu erfahren. Dieser riet zur Verteidigung in der trefflichen Stellung, „die nur glücklich verlaufen könne, da man die Überlegenheit an Kavallerie und Artillerie besäße. Übrigens sei nach des Feindes Bewegungen gar nicht auf einen Angriff zu schließen." Der König stimmte ihm bei, verließ aber doch am nächsten Tage kopflos die Stellung und trat den Rückzug an, bevor Thielmann noch eine Ahnung von seiner Sinnesänderung hatte. Der holländische General Gratien eröffnete dem erstaunten Obersten, daß dieser den Rückzug mit seinem Korps decken sollte und stellte die ungeheuerliche Behauptung auf, daß der Rückzug durch die Landung der Engländer bei Vlissingen nötig geworden wäre. Thielmann bot seine ganze Beredsamkeit auf, um den Rückmarsch zu hintertreiben und stellte vor, daß Sachsen dadurch gänzlich preisgegeben würde, richtete aber nichts aus. Dazu kam aus Dresden die Hiobspost, daß das dortige Kommando wieder abgezogen sei wegen des Herannahens des Feindes. Es war anzunehmen, daß die Österreicher inzwischen Dresden wieder besetzt hatten.

In gelinder Verzweiflung erstattete Thielmann an den König über seine mißliche Lage Bericht. Durch zweckloses Marschieren war das Kürassier-Regiment v. Zastrow völlig selbdienstunfähig geworden. Auch die übrige Kavallerie hatte sich müde geritten. Seine Artillerie war ihm genommen. Das Schuhwerk der Infanterie war zerrissen, er selbst ganz erschöpft. Auch war er ohne jede Reserven. Dazu die Plünderungen und Gewaltthätigkeiten der sog. Bundesgenossen. „Das ganze Betragen" (der Verbündeten), so schrieb er, „kann man nicht anders nennen als — eine Revolution organisieren." Er bezeichnete die Leitung der Westfalen als durchaus unzureichend, nur b'Albignac erkannte er an. „Die ganze für Sachsen so unglückliche Operation sei verfehlt, weil sie mehr aus politischen Beweggründen geschehen wäre als aus militärischen. Wäre jetzt nicht durch eine glückliche Fügung der Sieg bei Wagram erfochten worden, so wäre eine Insurrektion und Revolution in Sachsen unvermeidlich gewesen."

In dieser Lage erhielt er von dem unfähigen Generalstabschef Jeromes, dem General Reubell, am 15. Juli den Befehl auf Dresden zu marschieren. Eine heikle Aufgabe, wenn man bedenkt, daß die sächsische Besatzung dort eben abgezogen war und schon in Altenburg stand, daß Kienmayer mit 20 000 Mann gegen das Voigtland heranzog und daß am Ende mit 6000 Mann unmittelbar vor Dresden hielt! Doch entschloß sich Thielmann kühn das Wagnis zu unternehmen. Brachte es ihm doch wenigstens den Vorteil, selbständig handeln zu können. Er brach von Kahla bei Jena auf. Kaum war das geschehen, so ging ihm ein anderer Befehl von Reubell zu, nach dem er sich bei Leipzig aufstellen sollte! Das fehlte auch gerade noch. Er beschloß jetzt sich nicht hieran zu kehren und gab listig in seiner Meldung an, er glaube schließen zu dürfen, daß dieser Befehl schon früher geschrieben sei als der vorhergehende. In Zeitz empfing er am 17. die vorläufige Nachricht von dem Abschluß eines Waffenstillstandes zu Znaim mit dem Befehl, den Marsch auf Dresden zu beschleunigen, damit eine amtliche Nachricht des Waffenstillstandes nicht das weitere Vorrücken hindere. Thielmann war dies natürlich sehr recht. Er zog in Altenburg den Major Wolan mit seiner Abteilung, die vor dem Dresden besetzt hatte, an sich heran. Bei Wilsdruff wurde eine österreichische Kompagnie zu Gefangenen gemacht. Der Führer des Nachtrabes erhielt am 20. den Befehl, jeden nachkommenden Kourier aufzuhalten und nicht eher als gegen Abend zu Thielmann gehen zu lassen. An der Weiseritzbrücke ließ Thielmann halten. Der Oberstleutnant Gablenz wurde in die Stadt geschickt, um die Österreicher zur Übergabe aufzufordern, widrigenfalls er stürmen würde. General am Ende rückte gerade mit seinem ganzen Korps in Dresden ein, ohne jedoch eine Ahnung von Thielmanns Eintreffen zu haben. Er lehnte die Forderung ab, indem er sich auf den Abschluß des Waffenstillstandes berief, der in Dresden bereits seit 3 Tagen amtlich bekannt gegeben war. Gablenz versicherte, daß man darüber sächsischerseits noch nichts wisse. Die städtische Bevölkerung befiel eine namenlose Angst als sie den Sachverhalt erfuhr. Ihre Bürgermeister Heyne und Claußnitzer begaben sich zu General am Ende mit der inständigsten Bitte, Feindseligkeiten zu verhindern. Dieser verwies sie an Thielmann. Doch der empfing sie höchst unwirsch und erklärte, daß er in militärischen Dingen nichts mit dem Rat zu thun hätte. Wäre bis 3 Uhr kein österreichischer Parlamentär zu ihm gekommen, so würde er angreifen. Nunmehr entschloß sich der Kommandant Major Fürst Lobkowitz hinauszureiten. In einem Garten am Freiberger Schlage hatte er eine halbstündige Unterredung mit Thielmann. Dann ritten beide, Thielmann mit ansehnlichem Gefolge, in die Stadt ein zum General am Ende. Dort erklärte Thielmann die heutige Besetzung Dresdens für einen Bruch des Waffenstillstandes, da dessen Abschluß den Österreichern schon seit vier Tagen bekannt gewesen wäre und verfehlte nicht bei den Gegnern damit Eindruck zu machen. Man einigte sich schließlich dahin, Kouriere an die kommandierenden Generale zu schicken und bis dahin in den Stellungen zu bleiben. Des anderen Tages, am Morgen des 21. Juli, kam ein Kourier vom Erzherzog Karl, mit dem Befehl an Ende, Dresden und ganz Sachsen zu räumen. Denselben Nachmittag zogen die Österreicher ab. Den Bürgern aber war ein Alp von der Seele genommen. Der Kourier, der die Nachricht vom Abschluß des Waffenstillstandes an Thielmann überbringen sollte, war richtig inzwischen eingetroffen, wurde aber dem Befehl gemäß anfänglich zurückgehalten, bis die Vereinbarung mit am Ende getroffen war. So schloß Thielmann den eigentlichen Feldzug mit einer artigen Kriegslist ab.

Zu einer gereizten Auseinandersetzung kam es noch zwischen ihm und Kienmayer wegen Verletzung des Waffenstillstandes. Vom Kienmayerschen Korps überschritten am 19. Juli einige Trupps die Grenze und übten Repressalien; Thielmann ließ deswegen die gefangene schon wieder entlassene Kompagnie Endescher Truppen aufs neue entwaffnen und erklärte sie als Geißel zurückbehalten zu wollen, so lange für jene Erpressungen nicht Ersatz und Genugthuung geleistet worden wäre. Am Ende wollte dies nicht gelten lassen und steckte sich hinter Kienmayer. Dieser, der außer sich war, daß am Ende sich Dresden von den Sachsen hatte abkomplimentieren lassen, richtete an Thielmann aus Plauen am 22. Juli ein höchst energisches Schreiben, in dem er ihm seinerseits Verletzung des Waffenstillstands Schuld gab. „Dies Benehmen muß mich von einem Offizier Ihres Ranges um so mehr befremden, als hier gar keine Widerlegung dieses kriegs- und gesetzwidrigen Verfahrens Platz greifen kann. Dabei habe ich zu viel Vertrauen in Ihre militärischen Talente als daß ich glauben sollte, daß Sie es bei meiner Aufstellung und Überlegenheit gewagt hätten, auf Dresden loszugehen, wenn Sie nicht auf die Vollziehung der Waffenstillstandskonvention gerechnet hätten," hieß es in dem Kienmayerschen Schreiben. Thielmann entgegnete schlagfertig: „Mein Vordringen zwischen das Armeekorps Ew. Excellenz und das des Generals am Ende dürfte so unmilitärisch nicht gewesen sein, da Hochdieselben nichts eher von meiner Bewegung erfuhren als bis es zu spät war, von Dero Überlegenheit gegen mich Gebrauch zu machen. ... Ew. Excellenz erlauben mir zu bemerken, daß dieselben genötigt sein werden, den Ausdruck von geplünderter Offiziersbagage zurück- zunehmen. . Nunmehr wird es an mir sein, mir von Ew. Excellenz über folgende Punkte Erklärung zu erbitten:

1. Der Waffenstillstand ist zwischen beiden Kaiserlichen Majestä- ten am 12. d. abgeschlossen worden, am 14. oder höchstens am 15. muß solcher zu Ew. Excellenz Wissenschaft gekommen sein: Warum sind Ew. Excellenz am 22. noch in Sachsen?

2. Der Herr General Baron am Ende erklärte mir den 22. dieses schriftlich und mündlich, von Sr. Kais. Hoheit dem Generalissimus Erzh. Karl Befehl erhalten zu haben, Sachsen zu räumen; wenn nun General am Ende von Ew. Excellenz Befehlen abhängig ist, warum sind Ew. Excellenz noch in Plauen?

3. Es ist am 19. d. ein k. k. Ulanenoffizier mit 14 Mann in Chemnitz eingerückt, und hat daselbst Requisitionen an Sätteln, Zeug und anderer Art gemacht. Ferner: es streifen die herzoglich Olsischen Truppen bis gegen Leipzig. Werden dieses Ew. Excellenz eine gewissenhafte Erfüllung des Waffenstillstandes nennen?

... Schließlich muß ich mir noch die Ehre geben, die Bemerkung hinzuzufügen, daß mir die Grundsätze eines rechtlichen Kriegs so gut bekannt sind als ich entfernt bin mir von dem Feinde Lorbeerkränze flechten zu lassen."

Die in Sachsen herrschenden Zustände ließen Thielmann ein baldiges Zustandekommen des Friedens ersehnen. Es rächte sich jetzt bitter, daß so wenig Infanterie ausgerüstet worden war. Thielmann schrieb darüber an Funk: „Der Herzog von Öls hat gewiß 800 Mann in Sachsen geworben, equipiert und armiert und wir haben noch nicht einen einzigen Mann auf die Beine gestellt! Hätte ich jetzt wenigstens die Paar Mann, die aus den Überkompletten aufgestellt wurden, so könnte ich doch Dresden besetzt halten und dem Prinzen Öls mit ganzer Macht auf den Hals fallen, so aber — kann ich Dresden durchaus nicht abandonnieren und kann nur 1000 Mann gegen Öls detachieren, über welche ich Gablenz das Kommando gegeben habe. Oyherrn sitzt ruhig in Weißenfels. Warum errichtet man kein Jägerkorps? .. Hier in Dresden finde ich und alle, die es mit dem Könige und dem Allgemeinen wohl meinen, laute oder heimliche Opposition und Du kannst daher nicht glauben, wie tröstlich mir jetzt des Königs so gnädige Zusicherung seiner Zufriedenheit war, denn man verliert doch endlich den Mut in diesem beständigen Kampfe gegen Schwäche oder Dummheit, oft gar Bosheit."

Der Herzog von Braunschweig hatte am 24. in Zwickau seinen Offizieren die Absicht kundgegeben, sich nach Norddeutschland durchzuschlagen und es jedem, der ihn nicht begleiten wollte, freigegeben zurückzutreten. 22 der besten Offiziere, die schon längst über die unmäßigen Requisitionen, zu denen sie gebraucht wurden, außer sich waren, erklärten hierauf ihren Austritt. Es waren meist Preußen. Durch den Abgang dieser Offiziere lösten sich die Bande der Disciplin in dem noch 1850 Mann starken Korps noch mehr. Der Herzog marschierte mit ihm nach Altenburg. Der sächsische Oberstleutnant Petzoldt, der mit einer Abteilung Truppen, welche er eben Thielmann zuführen wollte, bei Leipzig stand, stellte sich ihm entgegen und lieferte ihm ein heftiges Gefecht, mußte jedoch der Übermacht weichen. Sowie Thielmann Nachricht von dem Marsch der Braunschweiger bekam, ließ er Gablenz den Befehl zukommen, sich zur Verfolgung aufzumachen. Das Bataillon Einsiedel wurde noch in der Nacht zum 26. auf Wagen gesetzt und nach Grimma geschickt. Am 26. reiste er selbst nach, um das Kommando zu übernehmen. Bereits am 27. traf das Ganze in Leipzig ein. Eher war dies nicht möglich gewesen. Der Feind war schon bis Halle vorgerückt. So war an eine weitere Verfolgung nicht mehr zu denken, obwohl Thielmann noch bis Lauchstädt vorging, und der Held von Braunschweig entkam daher.

> Sie hauen sich wie Männer durch,
> Dann segeln sie zur Freiheitsburg,
> Alt Engeland mit Namen;
> Da ruhen sie vom harten Strauß
> Die müden, wunden Glieder aus,
> Und sprechen fröhlich Amen

sang E. M. Arndt.

„Sage dem König, daß wenn in Leipzig Infanterie gewesen wäre, so wäre kein Braunschweiger herangekommen," schrieb Thielmann an Funk. Der ursprüngliche Plan der Gegner war gewesen, daß der Kurfürst von Hessen und der Herzog von Braunschweig Dresden besetzt halten sollten. Der Kurfürst von Hessen war am 20. über Teplitz im Marsch auf Dresden, nur die Kunde von Thielmanns Ankunft hatte ihn in Prag zurückgehalten.

In Leipzig fand Thielmann seine vom 17. Juli datierte Ernennung zum General-Major vor. Er dankte dem König am 28. mit den Worten:

„E. Maj. lege vor Allem meinen unterthänigsten Dank für das mir gnädigst erteilte Avancement zu Füßen. Möchte sich doch Ge-

legenheit barbieten, E. K. Maj. meine Anhänglichkeit an Allerhöchstbero
Person wahrhaft beweisen zu können."

Die Zeit des Waffenstillstandes wurde nun endlich benutzt, um
die Truppen zu vermehren, namentlich dem Mangel an Infanterie
abzuhelfen. Am 15. August konnte Thielmann an Funk schreiben:
„Unsere Rekrutierung geht gut, es werden Jäger errichtet und Dresden
ist rearmiert, die Kanonen sind gestern von Magdeburg eingetroffen
. . . Die Jean d'armerie, wie Cerrini schreibt, . . . kosten Schwierigkeiten, aber die größte Schwierigkeit bleiben Hopfgarten und Cerrini."

Die Seele dieser Organisationsthätigkeit war, wie Thielmann
selbst dankend anerkannte, der Major Justus v. Vieth, der später noch
einmal mit Thielmann zusammen umfassende militärische Organi-
sationen veranstalten, und überhaupt in Thielmanns Leben von Bedeutung werden sollte. Er war einer der edelsten Charaktere in
Sachsen und auch eine der beliebtesten Persönlichkeiten. Wie Thielmann gehörte er zu den Körnerschen Hausfreunden und entzückte dort
wohl die Frau des Dr. Körner mit ihrer Gesellschaft durch sein treff-
liches Spiel als parleur éternel. Im Anfang dieses Jahres hatte
er ein Bein gebrochen, an welchem Unglück alle, auch der König und
Graf Bose lebhaften Anteil nahmen. 1808 war er dem französischen
Kommandanten von Dresden, General Thiard, beigegeben, zeichnete
sich aber stets durch seine deutsche Gesinnung aus. Zu seinen Freunden
gehörte der Hannoveraner Ludwig v. Ompteda, der an ihm welter-
fahrene Gewandtheit, geistige Regsamkeit und gemütvolle Laune rühmt,
Eigenschaften, die ihn zum erwünschtesten Genossen jeder geselligen
Vereinigung wie jedes häuslichen Kreises machten.

Dank Vieths rühriger Thätigkeit wurden 5 neue Bataillone, jedes
zu 1000 Mann, gebildet, und die drei alten auf dieselbe Stärke gebracht. Bei Abschluß des Wiener Friedens am 14. Oktober bestand
die unter Thielmann vereinigte dienstfähige Mannschaft aus 10 398
Mann mit 2195 Pferden.

Eine weitere Organisation war die Bildung von Bürgergarden,
deren Entstehen auf ein Machtwort Napoleons zurückzuführen war.
Schon im Juli hatte der sächsische Kommandant von Dresden, auf
Geheiß des Generals Neubell, diese Sache in Angriff zu nehmen ge-

sucht, doch hatte sich der Dresdener Rat geweigert, eine Bürgergarde auszurüsten. Später nahm Thielmann den Gedanken wieder auf und zwar mit mehr Erfolg. Am 19. Oktober nahm er den Offizieren dieser Bürgergarde auf dem Dresdener Rathause den Eid der Treue ab und hielt ihnen eine Rede, worin er ihnen entwickelte, daß die Errichtung einer Bürgergarde der Wille des Königs sei, der damit einer durch Anschluß an den Rheinbund übernommenen Pflicht nachkomme. Die Sachsen wären von jeher ein Volk gewesen, welches sich durch ihre Fürstentreue ausgezeichnet hätte. Auch heute, wo der König ihn beauftragt hätte, eine Bürgernationalgarde zu organisieren, verspreche er sich den willigsten Gehorsam. Die Bürgergarde hat seitdem bis zum Jahre 1830 bestanden.

Die militärischen Begebenheiten in Sachsen von 1809, die man füglich einen Husarenkrieg nennen kann, verschafften Thielmann mit einem Schlage einen angesehenen Namen. Sie sollten das Vorspiel zu Ereignissen sein, mit denen die harmlosen Gefechte dieses Jahres auch nicht den entferntesten Vergleich aushalten. —

Die Friedenspause brachte Thielmann eine Reihe von Ehren und Auszeichnungen. Am 26. Februar 1810 wurde er zum Generalleutnant befördert und ihm der Befehl über eine Kavallerie-Brigade, bestehend aus den beiden Kürassier-Regimentern Gardes du Korps (später abgelöst durch die Prinz Albrecht Dragoner) und Zastrow anvertraut. Das Brigade-Kommando befand sich in Dresden. Im März verlieh ihm König Jerome, der ihn überhaupt besonders auszeichnete, das Kommandeurkreuz des Ordens der Westfälischen Krone, und zugleich ernannte er mehrere Offiziere aus Thielmanns Truppe, die sich im Feldzuge von 1809 hervorgethan hatten, darunter den Oberstleutnant v. Gablenz und den Major v. Brause, zu Rittern jenes Ordens. Am 16. Februar 1811 verlieh Napoleon an Thielmann das Offizierkreuz der Ehrenlegion. Die Gunst seines Königs erfuhr er mehrmals aufs neue, als er sich in Geldverlegenheiten befand. Im November 1809 erhielt er von Friedrich August eine Gratifikation von 2000 Thalern, im April 1811 einen Vorschuß von 1000 Thalern aus der kgl. Schatulle, am 25. Juni ein Darlehn in derselben Höhe.

Nur zu einem kleinen Teil sind diese Summen abgetragen worden und später nach Thielmanns Übertritt zu Preußen wurden sie mit anderen Rückständen von früher her en bloc niedergeschlagen. Sein Hang zum Aufwande, der ihn in schlechte Geldverhältnisse brachte, ist uns bereits bekannt. Er trug jedoch nicht allein die Schuld an seiner üblen wirtschaftlichen Lage, vielmehr fällt ein großer Teil der Verantwortung dafür auch auf seine Gattin, wie sich aus den Familienbriefen zur Genüge ergiebt. Es ist ganz erstaunlich, wieviel Geld die Generalin Thielmann ausgegeben hat, und man ist geneigt, einen krankhaften Zug darin zu erkennen.

Die Friedenszeit wurde von Sachsen dazu benutzt, um die im Heere bestehenden Mängel zu beseitigen. Es war der Marschall Bernadotte, Prinz von Ponte-Corvo, der diese Organisation im großen Stile leitete. Neben dem inzwischen auch zum Generale aufgerückten Freunde Gersdorff war Thielmann die Seele in diesem Werke. Bei dem großen Einflusse, den er auf Gersdorff ausgeübt hat, wie die Folgezeit lehren wird, und bei der bewundernden Verehrung, die dieser ihm zollte, scheint sogar die Annahme berechtigt, daß Thielmann selbst vorzugsweise die treibende Kraft in der sächsischen Heeresreform war. Die Thatsache, daß sich zum Teil Entwürfe zur Armeeorganisation u. s. w. von Gersdorffs Hand in den Thielmannschen Papieren vorfinden, gewährt einen weiteren Anhalt hierfür. Wir haben schon erfahren, wie Thielmann bei Davout unablässig darauf hinarbeitete, daß etwas für die jämmerlich vernachlässigte sächsische Armee geschehe. Wir sahen auch, wie er den hemmenden Einfluß der Minister Hopfgarten und Cerrini bekämpfte, wie er auf Bose und Marcolini dieser Angelegenheit wegen Einfluß zu gewinnen suchte, wie er sich mit Funk unausgesetzt über diese wichtige Sache besprach. In verschiedenen Denkschriften erörterte er damals die Schäden des sächsischen Heeres und gab die Mittel an, mit denen diesen Mißständen abgeholfen werden konnte. In einer solchen Schrift stellte er Untersuchungen über die Ursachen der französischen Siege an.[1] Er fand, daß man in Deutschland auf falschem Wege war, wenn man die Ursachen der Niederlage in taktischen Mängeln suchte. Viel-

---

1) Vgl. Anlagen.

mehr hätten sich die Deutschen seit Salbern viel zu sehr in die Taktik vertieft. Eine Hauptursache der Niederlage der Deutschen wäre aber die geringere Disciplin in ihren Heeren gewesen und eine treffende Bemerkung machte er wohl durch den Satz: „Der rohe deutsche Offizier hat gewöhnlich alle Vorurteile eines höheren Standes ohne irgend einen seiner Vorzüge zu haben, ist hingegen desto dissoluter in seinen Sitten und hat immer die Voraussetzung gegen sich, daß nicht gute Aufführung oder eine ausgezeichnete Handlung, sondern nur der Vorzug der Geburt ihn zum Offizier beförderte." Einen wunden Punkt berührte er auch, wenn er ausführte: „Die Stabsoffiziere deutscher Armeen halten mit den französischen officiers supérieurs weit weniger eine Vergleichung aus, da zu den höheren Graden die Ancienneté in Deutschland entscheidet, in der französischen Armee aber lediglich der Wille des Gouvernements .. Die Ancienneté hat nur wenig brauchbare Befehlshaber befördern können, wovon die Folgen von Jena, die Geschichte der preußischen Festungen und die Vorfälle von Posen nur zu redende Beweise liefern." In einer 54 engbeschriebene Spalten umfassenden Denkschrift faßte er alle seine „Vorschläge zur Verbesserung und Reorganisation der Armee" zusammen. Auf der einen Seite wollte er den Geist verbessern, auf der andern strebte er große Ersparnisse an. Um den Geist zu verbessern verlangte er eine völlige Umwälzung im Anciennetätssystem. „Dieses Bedürfnis ist so dringend, so am Tage und vor Augen liegend, daß ein jedes Wort zu dessen Unterstützung am unrechten Orte zu stehen scheint." „Es ist kein Einwurf, daß Friedrich der Große mit diesem System seine unsterblichen Siege erfochten hat. Friedrich entfernte die Unfähigen oft gewaltsamer Weise, avancierte noch öfter nach Willkür, und seine größten Feldherren, Winterfeld, Seydlitz u. s. w. kamen rapid auf ungewöhnlichem Wege empor. Es ist der Grundsatz aufzustellen, das Gesetz der Anciennetät nur von den unteren Chargen an, bis einschließlich des Kapitäns und wiederum vom Major an bis einschließlich des Brigadiers und General-Majors gelten zu lassen." Ferner verlangte er Beschränkung der Befugnisse des Inspekteurs, welche die Autorität des Obersten untergraben helfe.

Er forderte Schaffung eines neuen militärischen Gesetz-
buches, in dem das umständliche Prozeßverfahren mit seinem entsetzlichen Schreibewesen und seinen schwächlichen Strafen beseitigt
würde. „Das Kriegsrecht, heilig durch die Form, wenn auch oft
unbillig nach der philosophischen Idee des Rechts, bleibe ferner der
Richter eines Standes, dessen ganze Idee sich einmal höhern Ansichten nicht anpassen läßt." Der herrschende pedantische Advokatengeist
müsse aus dem Heere entfernt werden. Das Notwendigste aber wäre
Abänderung des wirtschaftlichen und Beurlaubungssystems
und der darauf gegründeten Bezahlung der höheren Offiziersstellen.
„Die Bezahlung durch den Beurlaubungsgenuß und den Gewinn
an der Ausfütterung der Kavallerie kann man als das Grab alles
Geistes und als den größten Nachteil für den Dienst ansehen."
Dadurch würden Unterschleife, Bestechungen und Betrügereien ge-
fördert . . . „Eine fixierte Bezahlung des Kapitäns ist allein im
Stande, das Interesse des Dienstes von dem nachteiligen Einflusse des
Eigennutzes zu befreien. Diese Bezahlung muß aber hinreichend
sein, um die Nahrungssorgen zu entfernen." Ebenso hielt er eine
völlige Abänderung des Werbesystems für notwendig. Ein
freiwilliges Engagement könnte nichtsbestoweniger nach wie vor stattfinden. Dazu hat er mit Bleistift am Rande bemerkt: Alle müssen dienen. Zur Belebung des Geistes hielt er schließlich noch
die Bildung eines Generalstabes für wünschenswert.

Zur Erzielung von Ersparnissen erachtete er eine Regelung des Pensionswesens für erforderlich, indem regelrechte Abstu-
fungen eingeführt würden. Sodann müsse das Kommissariatsfuhr-
wesen vermindert werden. „Durch Tempelhoff und neuere Strategen
ist der Grundsatz der neuntägigen Verpflegung als Basis eines jeden
gesunden Operationsplans festgesetzt." Gegen den Grundsatz selbst
hatte er auch nichts einzuwenden, wohl aber gegen die angewandten
Mittel. Daß das umständliche Verpflegungssystem, namentlich der
große Wagenapparat sehr geschadet hätte, davon würde jeder, der die
Folgen der Schlacht bei Jena beobachtet hätte, tief überzeugt sein.
Im Weiteren machte er zahlreiche Einzelvorschläge zur Herbeiführung
von Ersparnissen. Im Ganzen rechnete er dabei eine Ersparnis von

über 600 000 Thlrn. jährlich heraus. Die Denkschrift wurde an maßgebender Stelle eingereicht. Mündliche Unterredungen führten zur weiteren Verständigung darüber.

Es waren großenteils dieselben Gedanken, die ungefähr zu gleicher Zeit von den großen Reorganisatoren des preußischen Heeres, Scharnhorst und Boyen, vertreten und unter Überwindung großer Schwierigkeiten teilweise bereits ins Praktische umgesetzt wurden. Ganz leise regte sich auch bereits der Gedanke der allgemeinen Wehrpflicht, für den Scharnhorst schon seit Jahren wirkte, ohne an maßgebender Stelle damit Erfolg zu haben. So tritt Thielmann uns in diesen seinen klaren und schlagenden Ausführungen als der Mann entgegen, der eine völlige Umgestaltung und Verjüngung des sächsischen Heeres herbeiführen half.

In den Rahmen dieser Reformthätigkeit gehörte auch die Berücksichtigung, die Thielmann dem Festungswesen angedeihen ließ. Mit besonderem Eifer betrieb er die Inangriffnahme des Torgauer Befestigungswerkes. „Die Festung Torgau wird und muß mit allem Ernste angefangen werden. In einem Jahre wird die Enceinte fertig sein" schrieb er am 29. Dezember 1810. Mit der Führung der Befestigungsanlagen wurde Ernst Ludwig Aster betraut, ein junger Ingenieuroffizier, der hier seinen späteren großen Ruf begründete. Thielmann war ihm schon damals sehr zugethan. Als Aster und vermutlich mit ihm sein Bruder Heinrich, gleichfalls Ingenieuroffizier, Ende April 1809 nach Weißenfels geschickt wurde, scheinen sie in Gefahr geschwebt zu haben. Denn Thielmann schrieb am 4. Mai an Funk: „Dem Himmel sei Dank, daß unsre Aster gerettet sind." Seit dem 1. September 1809 hatte er die Leitung der Bauten zur Befestigung von Dresden übernommen, die einen so guten Fortgang nahmen, daß Thielmann und der seit Anfang August in Sachsen befehlende Carra St. Cyr ihn zur Beförderung empfahlen. Seine von ihm Napoleon vorgelegten Pläne zur Befestigung Torgaus lenkten die Aufmerksamkeit des französischen Kaisers auf ihn. Damit begann seine an Ruhm und Ehren reiche Laufbahn.

Neben der militärischen Thätigkeit gewährten die Friedensjahre aber auch wieder Muße, den schönen Wissenschaften und der Geselligkeit zu leben. Meist scheint sich Thielmann in Dresden aufgehalten zu haben. Die alte Freundschaft mit Körners und Kriegsrat v. Broizem wurde weiter gepflegt. Ein vertrauter Umgang war auch jener Manteuffel, an den er sich schon vor zwanzig Jahren angeschlossen hatte. Schwager Reinhard, dem das Glück Kinder zu besitzen versagt blieb, hatte seine besondere Freude an dem jungen Nachwuchs Thielmanns. Ein bekannter Gast war Thielmann in den diplomatischen Kreisen, die sich wohl mitunter gern einen Spaß machten den Duc de Peterswalde wegen der großen Waffenthaten von 1809 aufzuziehen. Da waren die Hannoveraner Ompteda und Kielmannsegge, der Württemberger Bothmer, der Russe General Canicoff, der Kurländer Baron Schöppingk, der treffliche Zeschau, Scharnhorsts Freund, nicht zu vergessen der muntere Vieth. Sehr lebhaft war nach wie vor der litterarische Verkehr Thielmanns. Zu diesem gehörte u. a. der indiskrete, geschwätzige Hofrat Böttiger, der aus dem Briefwechsel von Goethe und Schiller bekannte Freund ubique, der Varnhagen dieser Kreise. Dieser unternehmende Schriftsteller war 1806 aus Weimar nach Dresden als Studiendirektor der Pagerie und als Oberaufseher der Antikenmuseen berufen. Wegen seiner ausgebreiteten Kenntnisse und seiner vielen Beziehungen nahm er in Dresden eine höchst angesehene Stellung ein. An ihn hat Thielmann am 1. August 1811 einen Brief geschrieben, der uns ausführlich Aufschluß über seine damaligen Gesinnungen giebt.[1])

Schon ging der Stern des jungen Theodor Körner auf, und Thielmann bewies dem begabten Knaben viel Wohlwollen. Doch dachte der einstige begeisterte Jünger von Kant jetzt gering von der gewaltigen Macht der Ideen und er sprach sich scharf über die teutonischen Freiheitsbestrebungen aus. Freilich bereitete sich in diesen Jahren ein Umschwung in ihm vor, indem sich sein deutscher Sinn zu regen begann. Er begann zu fühlen, daß der Zustand, in dem Deutschland sich befand, ein unwürdiger war und hegte mit Hunderttausenden den Wunsch, daß das Joch ein Ende haben möchte. Allein er meinte, daß die deutsche Nation zu sehr gesunken sei, um sich zu Thaten aufzuraffen, wie sie die Welt eben mit Staunen in Spanien bei Sara-

---

1) Mitgeteilt von Paul Rachel in den Dresdener Geschichtsblättern 1893. Nr. 2.

gossa und Tarragona erlebt hatte. Seit der Reformation sah er Deutschland im Niedergange und jetzt schien es ihm an Männern und vor allem an Fürsten zu fehlen, die mit eiserner Hand dem Lande Rettung und neues Leben zuführten. So sehr stand dieser vielseitig gebildete Mann doch im Banne des Franzosentums, daß er nicht merkte, wie allüberall die Männer von Eisen und die Helden der That am Werke waren, um die Fremdherrschaft abzuschütteln. Regierende Herren, deren Unentschlossenheit und Mutlosigkeit ohne Beispiel dazustehen schien, wie Friedrich Wilhelm von Preußen und noch mehr Friedrich August, ließen allerdings die Zukunft in einem trüben Licht erscheinen. Aber gerade Thielmann hätte in den Wirren des Jahres 1809 erkennen können, daß der Orkan sich nur noch mit Gewalt zurückhalten ließ, daß die Schill, Dörnberg, Braunschweig u. s. w. nur die Vorläufer von Legionen willensstarker deutscher Männer waren, die das wirklich vollbrachten, wonach jene Unglücklichen noch im ohnmächtigen Kampfe rangen. Und nun gar diese großsprecherische deutsche Jugend mit ihren Amulettchen und derartigen Süßigkeiten! Nichts schien ihm lächerlicher zu sein. Denn er hätte darauf geschworen, daß sie beim ersten Kanonenschuß das Hasenpanier ergreifen würde. Mit Napoleon teilte er jetzt die Verachtung der Ideologen, die sich in todesmutigen Phrasen wie Hingabe von Gut und Blut erschöpften und auf Thaten allemal warten ließen.

Es war nur folgerichtig, wenn sich nun auch seine Abneigung gegen den alten Freund Adam Müller, den er im Juni 1809 aus Dresden hatte weisen lassen, noch vermehrte bei Verfolgung der Haltung, die der Konvertit jetzt einnahm, indem er nach seinem Fortgang aus Dresden seine Feder dem biederen brandenburgischen Junker Marwitz, dem Hauptvorkämpfer der adlichen Standesinteressen, zur Verfügung stellte.

4. Erwachen des deutschen Gewissens.

1812.

Als Napoleon die Scharen des Rheinbunds versammelte, um
den letzten Schlag auszuführen, der seine Weltherrschaft begründen
sollte, als Preußen in seiner Ohnmacht am 24. Februar 1812 gleichfalls genötigt wurde, ein Bündnis mit ihm gegen Rußland einzugehen, stand Thielmann in dem seit 1807 Preußen entrissenen
Kottbus. Er war im guten Dresden ein Mittelpunkt des Gesprächs.
Man fühlte, daß er ein Mann der Zukunft war, und alle Augenblicke tauchten Gerüchte von einer Veränderung auf, die mit ihm vor-
gegangen sein sollte. Bestimmt wollte man wissen, daß er mit großem
Vorteil in einem fremden Dienst angestellt sei. Fürs erste traf nichts
von alledem zu. „Ich muß doch wirklich nicht ganz alltäglich sein,
da die Leute sich so sehr mit mir beschäftigen," schrieb Thielmann
selbstbewußt am 15. März. Vor dem Auszug traf er noch einmal
mit Frau und Kindern und dem braven Schwager Reinhard in Hoyers-
werda zusammen. Wie in den jungen Jahren seiner Liebe tauschte
er noch einmal mit Manteuffel Verse aus. Dann kam die Nachricht,
daß die Sachsen zum 7. französischen Armeekorps unter dem von
Ägypten her berühmten General Reynier gehören sollten. Gleich
schrieb Thielmann an seine Gattin: „Habe die Güte in meiner
Bibliothek und zwar auf dem linker Hand von der Thür einzeln
stehenden repositorio in den untersten Reihen das Buch Reynier
über Ägypten zu suchen und mir es sogleich zu schicken. Es ist
in Octav und nicht dick, in braun und schwarz gesprenkeltes Papier
gebunden." In Reynier übernahm ein Mann von Feldherrntalent
und hoher Bildung den Befehl über die Sachsen, der indes bei

seiner Strenge und einer durch den Fehler des Stotterns noch ge-
steigerten Verschlossenheit kein bequemer Vorgesetzter war. Am 29. März
verließ Thielmann mit dem Heere Sachsen. Seinen Mißmut erregte es, als seine Brigade, die ursprünglich aus drei Regimentern
bestanden hatte, auf zwei beschränkt wurde, indem das Regiment Prinz
Albrecht dem 3. Reserve-Kavalleriekorps zugeteilt wurde und ihm nur
die Regimenter Garbes du Korps und Zastrow verblieben. Als
Ersatz wurde ihm dafür nur die reitende Batterie v. Hiller gegeben.
In Kalisch wurde er auch vom sächsischen Heere getrennt und mit
seiner Brigade zum König Jerome gewiesen, wo sie dem 4. Reserve-
kavallerie-Korps, einer Reitermasse von ursprünglich etwa 6500 Pferden
Stärke, eingeordnet wurde. Die Abgabe der sächsischen Kavallerie
erregte bei den Sachsen allgemeine Bestürzung und lebhaften Unwillen. Reynier hatte diese Trennung selbst auf alle Weise zu verhindern gesucht. Aber diese Maßregel lag ganz im System Napoleons,
der wohl wußte, daß die Reiterei der Rheinbundstruppen der französischen überlegen war. „Le français n'est pas homme de cheval"
pflegte er selbst zu sagen. Deswegen verwendete er sie mit Vorliebe
dazu, um sie in großen Massen zu vereinigen und dadurch nachdrück-
liche Wirkungen zu erzielen. Reynier erblickte jedoch in der Abzweigung
eine Zurücksetzung, die ihm der Kaiser widerfahren lasse und hatte
zudem Thielmann im Verdachte, daß er die Gunst Jeromes benutzt
habe, um sich von ihm wegzumanövrieren. Aber Thielmann selbst
war mit seinem Lose nicht zufrieden. Er hatte sich sehr derb darüber
ausgelassen, daß man ihn mit so wenig Truppen und als Brigadier
zum französischen Heere gethan hätte und er hoffe noch, daß es geändert
werde, schrieb er an seine Frau. Noch immer war jetzt Napoleon für
ihn der bewundernswerte Mann, nach dem er alle seine Handlungen
einrichtete. Sogar als die Gattin ein Dienstmädchen wechseln wollte,
riet er ihr davon ab: „Napoleon ändert auch nicht leicht, und söhnt
sich immer mit denen wieder aus, mit denen er unzufrieden ist."

Bald bekam er einen Vorgeschmack davon, wie dieser Feldzug
werden würde. Die schlechteste Verpflegung, die man sich denken
konnte, trat ein. Die Brigade, der in der Folge noch das polnische
Reiterregiment v. Malachowsky zugeteilt ward, wurde in unver-

antwortlicher Weise strapaziert. Schon am 10. Mai schrieb Thielmann nach Hause: „Ich befinde mich wohl, aber es ist auch nötig, um die Sorgen zu ertragen! Jünger werden wir uns nicht wieder sehen." Die lustige temperamentvolle Art des alten Husaren ließ über manche Unbequemlichkeit hinwegsehen. Hier in diesen Lagerscenen und in dem ganzen militärischen Treiben tauchten die Bilder wieder vor Thielmanns Seele auf, die in seiner Lieblingsdichtung, im Wallenstein, besonders im Lager, entrollt wurden. Der klassisch gebildete Mann sah zum Unterschiede von der großen Menge seiner Standesgenossen all dies Wesen mit Schillerschen Augen an und etwas von dieser Anschauung übertrug sich auch auf seine Truppe und zuweilen erscholl wohl bei den Wachtfeuern das „Reiterlied". Dieser Zug verdient Beachtung. Daß in der großen Armee des Weltthrannen, der jetzt den Kampf gegen den letzten ihm unbequemen Machthaber begann, um damit seinen Untergang einzuleiten, Schillers Dichtergeist lebendig war, das giebt der Sache eine besondere Färbung. Recht bezeichnend ist die kleine Erzählung, die uns einer der zahlreichen Berichterstatter über den russischen Feldzug überliefert hat. Einmal herrschte großer Fleischmangel bei der Brigade. Mit Mühe waren einige Ochsen aufgetrieben worden, aber das Unglück wollte es, daß auch diese wieder verloren gingen. Ganz verstört meldete dies ein Offizier dem General und der verhieß voller Grimm, daß der „mordverbrannte" Unteroffizier, der das verschuldet hätte, krumm geschlossen werden und 50 Hiebe erhalten sollte. Man teilte ihm mit, daß der Unglückliche „einer der Tiefenbacher" wäre. „Wie so?" unterbrach Thielmann. „Ja leider, Tiefenbach der zweite ist es, denn wir haben der Tiefenbacher mehrere im Regiment" lautete die Antwort. Nunmehr brach Thielmann in ein lustiges Lachen aus, worüber der minder mit den Klassikern vertraute rapporterstattende Major in gelindes Staunen geriet. „Dieser unglückliche Korporal Tiefenbach, aus Schmiedeberg gebürtig, sonst ein akkurater Mann" stammelte er weiter — „Nun, nun," beendete Thielmann unter gesteigerter Heiterkeit das Gespräch, „lassen Sie es nur sein, weil er ein Tiefenbacher ist, so soll er diesmal mit 24 Stunden Arrest fortkommen. Allein wählen Sie mir keinen Tiefenbacher mehr zu einem so wichtigen Kommando."

Aber schon am 18. Mai klagte er wieder, daß er den Kopf voller Sorgen hätte. Man habe gar keinen Begriff von der Lage, in der das Heer sich befände. Mit Sehnsucht erwarte man den Kaiser. „Wenn er kommt, wird manches anders und besser werden." In Galizien erhielt er die Nachricht, daß seine Frau abermals einem Mädchen das Leben gegeben hatte. Der Tod des sächsischen Divisionsgenerals Gutschmid, seines früheren Kommandeurs, am 1. Juni infolge eines Nervenfiebers erregte seine Teilnahme. „Es ist in unsern Verhältnissen ein großer Verlust, denn er war doch der einzige brauchbare General beim Korps." Freilich hatte sich Gutschmid sein schnelles Ende durch unmäßiges Trinken und Ausschweifungen selbst zugezogen. Mit dem General Gersdorff stand Thielmann von Rußland aus in regem Briefverkehr. Sehr zu Herzen ging ihm ein neuer Unglücksfall des Freundes Vieth, der vom Schlage getroffen wurde. Zu Thränen rührte es ihn gewöhnlich, wenn er Briefe von seinen Kindern empfing. Sein Lebenlang hat er sich als einen überaus trefflichen und fürsorgenden Vater bewiesen. Nicht ohne warme Teilnahme vermag man seine zahlreichen brieflichen Äußerungen zu lesen, in denen sich sein Vaterstolz ausspricht und wo er Anordnungen zum Besten und für die Ausbildung der Kinder giebt. In dieser Zeit starb ihm sein vierter Adolf. Der Name des Vaters sollte, gleichsam wie durch ein Verhängnis bestimmt, nicht weiter fortleben. Ernste Mißverständnisse erwuchsen jetzt zwischen ihm und der Gattin, die eine maßlos ungeregelte Wirtschaft führte und in deren Wesen sich damals bereits offenbare Anzeichen einer späteren Krankheit zeigten. Diese Erscheinungen bereiteten Thielmann oft schweren Kummer und im Anschluß daran reflektierte er einmal in einem Briefe an seine Frau: „W. schreibt mir von dem fortdauernden Haß von Franz und Karl" (den beiden ältesten am Leben bleibenden Söhnen), „welches mich an die Braut von Messina erinnert; es thut mir sehr weh, in unsern beiden Kindern unsre beiden Naturen und unsere gegenseitigen Fehler fortleben zu sehen. Franz ist dein, Karl mein Ebenbild, doch liebe ich Franz mehr als Karl, und so hat Gott den Haß und die Liebe ineinander verschlungen, um sein wunderbares Ganze zu erhalten und zu beleben. — Die guten Jungens, könnte ich sie an mein Herz drücken."

Auch Napoleons Ankunft beim Heere besserte nichts. Am 5. Juli meldete Thielmann wieder in die Heimat, daß er oft von Fatiguen und Sorgen erschöpft wäre und daß er sehr alt im Gesicht würde. Der Befehlshaber des Korps, zu dem er gehörte, war der ausgezeichnete Reiterführer Latour-Maubourg, den er schon von Paris her kannte. Latour-Maubourg trat den Sachsen mit großer Strenge gegenüber. Er verbot alle Requisitionen, sodaß die Verpflegung geradezu jämmerlich zu nennen war. Dem gegenüber vertrat Thielmann das Interesse seiner Truppen auf das Nachdrücklichste. Das hatte natürlich den Austausch gereizter Erklärungen zwischen den französischen und sächsischen Befehlshabern zur Folge und das Verhältnis zwischen beiden Teilen gestaltete sich schon im Anfange des Feldzuges recht wenig erquicklich. Thielmann erreichte jedoch durch sein bestimmtes Auftreten eine größere Berücksichtigung seiner Reiter. Nichts war begreiflicher, als wenn diese daher mit inniger Liebe an dem so für sie sorgenden Brigadier hingen.

Vorteilhaft stach auch die Handhabung der Mannszucht bei der Thielmannschen Brigade gegen die bei den Franzosen geübte Disciplin ab. Auch dies und das bestechende ritterliche Wesen des Generals verschafften ihm eine besondere Achtung bei seinen Truppen. Er konnte daher auf bedingungslose Hingabe und Aufopferung bei ihnen zählen. Im Juli kam er von der Armee des Königs Jerome, deren ursprüngliche Bestimmung, die Vereinigung Barclays mit Bagration zu verhindern, fehlgeschlagen war, zu seinem alten Gönner Davout, jetzt Fürst von Eggmühl. In einem reichen russischen Kloster entzückte ihn der Gesang der griechischen Mönche. „Aber es ist nicht möglich dummer zu sein." Einige Tage konnten sich die Truppen hier gut pflegen. „Bisher sind wir oft in solchem Mangel gewesen, daß Spanien ein Scherz dagegen ist." Am 28. Juli schrieb er: „Ich sehe meine Verhältnisse als eine harte Prüfung des Schicksals an." So hörten die Klagen nicht auf.

Als Adjutanten waren ihm der Rittmeister Graf Seydewitz und der Premierleutnant Johann v. Minckwitz beigegeben. Mit Seydewitz stand er in innigem vertrautem Verhältnisse. Von Minckwitz, dem Sprossen einer altberühmten sächsischen Familie, dessen Ahnherr

Nickel Minckwitz einst in der Reformationszeit die Rolle der Schill und Braunschweig zu spielen unternahm, indem er das evangelische Deutschland auf eigene Faust befreien wollte, urteilte Thielmann noch am 17. Juli: „Er ist gar zu wenig Soldat, und viel zu bequem für mich." Ordonnanzoffizier wurde außerdem bei ihm der Leutnant Maximilian Roth v. Schreckenstein, ein überaus braver aus Schwaben gebürtiger Offizier, damals 23 Jahre alt. An den ersten Kämpfen waren die sächsischen Reiter noch nicht beteiligt, aber der Verlust an Menschen und Pferden war trotzdem bedeutend — eine Folge der gewissenlosen Vernachlässigung des Verpflegungswesens durch Napoleon.

So kam der Tag von Borodino, der furchtbare 7. September heran. Die Brigade Thielmann bestand an diesem Tage nur noch aus 1030 Pferden gegenüber 1650 am 20. Juni. Über ein Drittel ihrer Stärke hatte sie schon eingebüßt, als die Hauptschlacht des gewaltigen Feldzuges geliefert wurde, die im Grunde genommen infolge der beiderseitigen Übermüdung unentschieden blieb. Am 19. August hatte Latour-Maubourg Befehl erhalten, mit seinem Korps von Mohilew aus auf einer über Mscislaw und Jellnia nach Wiasma führenden Seitenstraße in Eilmärschen zu der großen auf der Moskauer Straße vorrückenden Armee zu stoßen. Das Korps traf eben noch rechtzeitig ein, um sich mit den drei übrigen Reservekavalleriekorps, mit denen es zusammen 27000 Pferde zählte, vereinigen und an der Schlacht teilnehmen zu können. Der reichliche Proviant, der der sächsischen Brigade am Abend des 6. September im Birkenhölzchen von Schewardino beim Beziehen des Bivouaks durch Zufall in die Hände geriet und nach so harten Entbehrungen rührende Freude hervorrief, war einer Henkersmahlzeit zu vergleichen, die der große Menschenschlächter Napoleon den unglücklichen Vasallen noch auftischen ließ. Napoleons berühmter Tagesbefehl vom 7. September machte auf die Sachsen weiter keinen Eindruck. Doch noch immer hielt sich der gute Geist in dieser Truppe und nicht am wenigsten hatte ihr General es verstanden ihn wachzuhalten. Beim Vorbeitrab an Napoleon bliesen die sächsischen Trompeter — es klang zugleich wie Hohn auf die Zeitumstände — Thielmanns Lieblingslied, das Schillersche Reiterlied und die sächsischen Kürassiere stimmten ein:

> Aus der Welt die Freiheit verschwunden ist,
> Man sieht nur Herren und Knechte;
> Die Falschheit herrschet, die Hinterlist
> Bei dem feigen Menschengeschlechte.

Der junge polnische Leutnant Brandt, nachmals als preußischer General und Militärschriftsteller hervorgetreten, wollte seinen Ohren nicht trauen, als er diese Klänge vernahm.

Die braven Reiter erwarben sich auf dem Schlachtfelde von Borodino unsterblichen Ruhm, aber zu zwei Dritteln deckten sie es auch mit ihren Leibern.

Sie kamen zu später Stunde ins Gefecht, weil Latour-Maubourg größere Bodenhindernisse zu bewältigen hatte. Thielmann gehörte der Division des Generals Lorge an, die die erste Kolonne des 4. Reserve-Reiterkorps bildete. Lorge spielte neben ihm eine ähnliche Rolle wie einst Polenz und Dyherrn neben dem gewaltig sich geltend machenden klugen Offizier, d. h. er wurde von ihm so gut wie beiseite geschoben oder stand doch völlig unter seinem Einflusse. Auf Thielmanns Rat ritt die Division um $\frac{1}{2}$ 10 Uhr morgens zur Abschwächung der feindlichen Geschützwirkung in geöffneter Kolonne in Regimentsfront in den Kamenkagrund hinab, voran die beiden sächsischen Kürassier-Regimenter. Dabei erlitten sie die ersten erheblichen Verluste. Im Kamenkagrund mußten sie eine halbe Stunde halten. Darauf wurde in halber Schwadronsbreite der durch Zusammentreffen des Kamenka- und des wasserleeren aber sumpfigen Semenowkabaches gebildete Hügelrücken überschritten, wobei die linke Flanke dem Geschütz der Rajefsky-Schanze ausgesetzt war. Oben auf dem Thalrand angelangt, sahen die Kürassiere das brennende Dorf Semenowskoie und eine Batterie vor sich. Dahinter standen die Reste der 2. russischen Grenadier-Division, um Deckung gegen das Feuer der feindlichen Geschütze zu suchen. General Latour-Maubourg und Thielmann gelangten zusammen oben an, Thielmann übersah sofort die Sachlage, erkannte, daß keine Zeit zu verlieren sei und griff, nach vorheriger Verständigung mit Latour-Maubourg, an, sobald er $2\frac{1}{2}$ Schwadronen Garbes du Korps vereinigt hatte. Die übrigen Truppenteile folgten nach und nach. So entwickelte sich ein staffelförmiger Angriff. Noch ehe die russische Infanterie, in Vierecken geordnet, dazu kam, eine regelrechte Salve abzugeben, ward sie von den Gardes du Korps überritten. Einige hundert Grenadiere wurden von den Sachsen zu Gefangenen gemacht. Kaum war dies geschehen, so wurde ein zweiter Angriff erforderlich. Denn hinten am Walde zeigten sich Dragoner des Grafen Sievers. Auch diese wurden von den Sachsen in die Flucht geschlagen. Bei der Verfolgung gerieten die Sachsen ziemlich aufgelöst in den Rücken der russischen Gardeinfanterie. Das überrittene Fußvolk versuchte sich inzwischen wieder zu sammeln und schoß hinter den Gardes du Korps her. Da aber kamen die Zastrow-Kürassiere und überritten sie zum zweiten Male. Auch diesem Kürassierregiment warfen sich russische Reiter entgegen, jedoch auch sie wurden geworfen. Der Rest jener Infanterie erlag dem Schwerte der polnischen Kürassiere unter Malachowsky. Nur ein Viereck, das dem Dorf Semenowskoie zunächst stand, rettete sich in die brennende Ortschaft.

Thielmann ließ nun die Zastrow-Kürassiere eine Linksschwenkung machen, um einem Angriffe vorzubeugen, der von einer beträchtlichen russischen Reitermasse drohte. Diese Bewegung konnte wegen der gedrängten Aufstellung des Regiments nur sehr schwierig geschehen und verursachte einigen Aufenthalt. Die Gardes du Korps kamen währenddessen von ihrer siegreichen Attake zurück und versuchten sich anzuschließen. Ihnen auf den Fersen folgten die russischen Reiter. Man mußte den Kampf, noch ehe man sich wieder geordnet hatte, gegen ungleich überlegene Streitkräfte wieder aufnehmen. Es waren u. a. die russischen Regimenter Leibkürassiere, Kaiserin, Astrachan. Ein fürchterliches Handgemenge entspann sich. Thielmann selbst kam ins Gedränge und schlug sich mit den feindlichen Reitern herum. Der ungleiche Kampf entschied sich schließlich, wie natürlich war, zugunsten der Russen, indem ein Husarenregiment, das mit Lanzen bewaffnet war, den Sachsen in die Flanke fiel. Die sächsischen Kürassiere wurden in die Flucht geschlagen und mußten fast bis zu derselben Stelle weichen, von der ihr erster Angriff ausgegangen war, und wo die Malachowsky-Kürassiere noch mit den Gefangenen beschäftigt waren. Weiter wagten die Russen

indes nicht vorzubringen und so gelang es der französischen Division
Friant Boden zu gewinnen, währenddessen unter dem Schutze der
westfälischen Kürassiere, die Latour-Maubourg ihnen zu Hülfe sandte,
die sächsischen Reiter sich wieder ordneten. Sie hatten große Verluste
erlitten.

Mehrere Stunden blieben sie jetzt ohne Verwendung. Diese
Zeit unthätigen Ausharrens wurde die furchtbarste des ganzen Tages,
denn während der Dauer dieses Wartens war die Division Lorge dem
Feuer der Rajefskyschanze ausgesetzt. Die sächsischen Reiter bewahrten
in diesen kritischen Augenblicken eine heldenhafte Ruhe und Kaltblütig-
keit. Murat, der über die gewaltigen Reitermassen, die Napoleon
in dieser Schlacht verwandte, den Oberbefehl führte, sah mit Staunen
die Bravour dieser Leute mit an. Die feindlichen Kartätschen rissen
ganze Reihen der Kürassiere nieder. In seiner theatralischen Weise
warf der König von Neapel ihnen zum Zeichen seiner Anerkennung
Kußhände zu. Nachher erzählten russische Offiziere, daß die Ruhe,
mit der die sächsischen Kürassiere dem Kugelregen getrotzt hätten, ernste
Zweifel bei den Russen aufkommen ließ, ob sie nicht ihre eigenen
Landsleute beschössen, und Patrouillen mußten sich ganz in die Nähe
wagen, um sich vom Gegenteil zu überzeugen. Um die Wirkung des
Geschützfeuers zu verringern, ließ Latour-Maubourg einige Rück-
wärtsbewegungen vornehmen. Thielmanns Eigenwillen behagte das
Hin und Her nicht und sein galliges Temperament begann sich jetzt
in ihm zu regen. Er erklärte, er wolle nicht zur „Kommandier-
maschine“ herabgewürdigt werden. „Wir ziehen ja hier herum wie die
Katze mit den Jungen. — Hier hilft aber nichts als ruhiges Aus-
harren und mutiges Darauflosgehen.“ Währenddessen verlor er ein
Pferd unter dem Leibe. Ruhig wendete er sich zur Ordonnanz mit
den Worten: „Nimm das Stück Eisen zum Andenken mit nach Hause“
und bestieg ein neues. Der Bombensplitter wurde richtig aufgehoben.
Zur selben Zeit kam ein polnischer Adjutant Latour-Maubourgs mit
dem Befehl sich links zu ziehen. Da er Thielmann nicht gleich finden
konnte, so teilte er diesen Befehl den Regimentskommandeuren mit.
Hierüber wurde Thielmann aufgebracht und setzte den Adjutanten zur
Rede. Der stammelte zu seiner Entschuldigung: „er hätte den General

nicht auf dem Poſten gefunden." Jetzt geriet Thielmann außer ſich
vor Wut, zog den Säbel und jagte ihm bis in die Nähe von Latour-
Maubourg nach. Dem franzöſiſchen General aber bemerkte er: er
gehöre nicht zu denjenigen, die ſich von Adjutanten beleidigen ließen.
Käme ihm dieſer Offizier noch einmal unter die Augen, ſo würde er
ihn über den Haufen ſtechen.

Latour-Maubourg hielt es für das geratenſte, den Zorn des
begabten Offiziers zu beſchwichtigen. Die blutigen Stunden im Grunde
waren noch nicht vorüber. In der nächſten Umgebung von Thielmann
ſchlugen die Kugeln ein. Seinem polniſchen Adjutanten von Goje-
jewsky wurde ein Bein zerſchmettert. Die Todeskugel traf ſeinen
Freund den Rittmeiſter Grafen Seydewitz. Dieſer Zwiſchenfall er-
ſchütterte ihn ſehr. Eine kleine Weile blickte der tapfere General
thränenden Auges auf den Haufen zuckender — auch das Pferd
Schreckenſteins war im ſelben Augenblicke gefallen — Leiber hin,
dann aber widmete er ſeine Aufmerkſamkeit wieder der Leitung ſeiner
Brigade. Im Kugelregen holte die Mannſchaft, die mittlerweile Hunger
verſpürte, Zwiebacke hervor und verſpeiſte ſie.

Gegen 3 Uhr erhielten die Reiterkorps von Montbrun und Latour-Maubourg vom Kaiſer den Befehl, ſofort zum Angriff auf die
Rajefskyſchanze vorzugehen. Latour-Maubourg kam dem General
Montbrun, der an dieſem Tage den Heldentod fand, zuvor und ritt
gegen die linke Seite der Schanze an. Thielmanns Küraſſiere bildeten den linken Flügel. Sie unternahmen einen Angriff auf 5 Bataillone Fußvolk, die hinter der Schanze Stellung hatten. Die Schanze
war völlig in Pulverdampf gehüllt, und Thielmann befahl daher ſeinem
Adjutanten Minckwitz als Richtpunkt voran zu reiten. In der Entfernung von 100 Schritten begrüßte ſie ein todbringendes Feuer von
Geſchützen. Es gelang den Gardes du Korps über den Graben und
die Bruſtwehr zu kommen. Minckwitz, dem an dieſem Tage bereits mehrere Pferde unter dem Leibe erſchoſſen waren, war der erſte in der
Schanze. Die Beſatzung entfloh zum Teil, zum Teil wehrte ſie ſich im
Handgemenge. Hier fiel der ruſſiſche General Lichatſchew in Gefangen-
ſchaft. Ein Angriff der Zaſtrow-Küraſſiere auf ein neugebildetes
Viereck mißlang, ebenſo ein ſolcher der polniſchen Küraſſiere. Da die

Zastrow-Kürassiere eigenmächtig von ihrem Platze rechts der Schanze abgewichen waren, war Thielmann unwillig. Es gelang ihm indes seine Brigade wieder zu vereinigen und zu einem neuen Angriff heranzuführen. Zwar hatte er sich gesträubt, diesen erneuten Angriff zu unternehmen, zu dem ihm Latour-Maubourg den Befehl erteilte. Er hielt es für seine Menschenpflicht auf die geschmolzene Zahl seiner Leute aufmerksam zu machen und ebenso auf den erschöpften Zustand der übrig gebliebenen hinzuweisen. Man nahm auf nichts Rücksicht. Um den Mut der Truppe zu beleben, setzte er sich nunmehr persönlich an die Spitze der Division Lorge. Der abermalige Angriff auf die jetzt etwas weiter rückwärts aufgestellten russischen Infanterievierecke zersprengte diese abermals. Es war gegen 4 Uhr. Um 5 hörte das Feuer ganz auf und die Sachsen erhielten Befehl, auf den am Abend vorher besetzt gehaltenen Bivouakplatz zurückzukehren. Vierzehn Stunden hatten sie zu Pferde gesessen und sechs Stunden dem Kanonenfeuer getrotzt. Vom Regiment der Gardes du Korps waren 7 Offiziere gefallen, 11 verwundet und nur 8 noch dienstfähig, das Regiment Zastrow hatte genau dieselben Verluste an Offizieren, vom 14. polnischen Kürassier-Regiment (Malachowsky) waren 1 Offizier tot und 6 verwundet. Außerdem beklagte man, wie wir wissen, den Tod des Rittmeisters Grafen Seydewitz. Im Ganzen hatten die Gardes du Korps 18 Offiziere und 347 Mann, die Zastrow-Kürassiere 18 Offiziere und 264 Mann, die polnischen Kürassiere 7 Offiziere und 85 Mann verloren. Kaum jemals war in einer Schlacht eine Reiterschar so gelichtet worden als die sächsischen Kürassiere bei Borodino. Der Ruhm der Brigade Thielmann war hier für alle Zeiten begründet worden. Sie hatte Heldenthaten vollbracht, die würdig waren, von edlem Dichtermunde besungen zu werden. Doch die furchtbaren Verluste ließen keine rechte Freude an dem Waffenruhme aufkommen. Bitter empfand der kleine Rest, daß es ein Blutritt war, ein Todesritt, zu dem sie der französische Kaiser ausgeschickt hatte und daß gerade die Sachsen von ihm geopfert waren, um seinem Ehrgeiz zu fröhnen.

Thielmann selbst hatte sich wahrhaft groß in der Schlacht gezeigt. Er hatte den Beweis geliefert, daß er ein Kavalleriegeneral im großen Stile war. Sein Verhalten und das seiner tapferen Kürassiere hatte im ganzen Heere Aufsehen erregt und Thielmann à la tête des Cuirassiers Saxons wurde ein geflügeltes Wort. Murat umarmte Thielmann nach der Schlacht öffentlich. Aber seine Begeisterung für die französische Nation, die sich schon vorher auf diesem Feldzuge abgekühlt hatte, war jetzt erloschen.

Mit dem Bericht, den Thielmann am 8. September über die Schlacht an seinen König aufsetzte — ein totes Pferd diente ihm als Schreibtisch — ging der Leutnant Noth v. Schreckenstein nach Dresden ab. Darin empfahl er besonders zur Auszeichnung auch seinen Adjutanten Minckwitz, den er noch vor wenig Wochen als schlechten Soldaten angesehen hatte. Insgeheim bat er ihm gewiß diese Unbill ab. —

Nach dem Monat, den Napoleon mit seinen Truppen thatenlos in Moskau verbrachte, ging es auf demselben Wege, auf dem man gekommen war, rückwärts. Unaufhörlich wurde die Brigade von Kosakenschwärmen belästigt. Die Gardes du Korps bestanden noch aus 79 Pferden, Regiment Zastrow aus 82. Eine Anzahl Mannschaften folgten zu Fuß nach. Die Brigade hatte Befehl sich den Kosaken gegenüber durchaus ruhig zu verhalten. Angesichts der unaufhörlichen Neckereien war daher die Lage höchst unbehaglich. Sowie aber Thielmann einmal zum Angriff überging, zeigte sich, daß diese leichten Horden keinen nachhaltigen Widerstand zu leisten vermochten und alsbald in schleuniger Flucht das Feld räumten. Wiederum verdiente Thielmann sich hierdurch den Dank Murats, denn sein Angriff stellte das Glück der französischen Waffen wieder her. Wenige Tage darauf wurde er von Napoleon zum Kommandeur der Ehrenlegion ernannt. Für Minckwitz verwandte er sich wegen seines „ausgezeichneten Betragens" schriftlich bei Murat. In der Schlacht bei Tarutino am 18. Oktober zeichnete sich Thielmann abermals namhaft aus. Freilich büßte die Brigade dabei wiederum einige 60 Pferde ein. Sie war jetzt, wie Thielmann nach Hause schrieb, auf 150 Pferde zusammengeschmolzen. Auch Thielmanns Equipage ging verloren, doch gelang es, sie nach einigen Tagen wiederzufinden. Mit Mühe wurden noch die Standarten gerettet. Sie wurden von den Stangen abgenommen, in einen Mantelsack verpackt und einem Unteroffizier übergeben, der sie auf dem Pferde vor sich zu führen und jede Nacht in Thielmanns persönliche Verwahrung zu bringen hatte. Die Strapazen begannen sich jetzt unaufhörlich zu steigern. Am 28. Oktober meldete Thielmann seiner Gattin: „Ich bin bei Gott so mager als ich in meinem 17. Jahre war, Du wirst mich sehr schlank, doch den Kopf nicht jünger wiedersehen." Thielmann wurde so hinfällig, daß er es kaum noch zu Pferde auszuhalten vermochte und zum ersten Mal machte er für mehrere Märsche von seinem Wagen Gebrauch.

Nach Überschreitung des Dniepr gingen auch die bei Tarutino geretteten Standarten verloren, indem in der Nacht zum 10. November bei Entstehen eines Alarms dem Unteroffizier der Mantelsack, der sie enthielt, bei Abholung aus dem Quartier Thielmanns vom Pferde gerissen wurde und nicht wieder zu finden war. Am 10. November bezog man vor Smolensk ein Bivouak bei 12 Grad Kälte.

Als man in dieser Stadt eintraf, fand man dort den von Dresden zurückgekehrten Leutnant Roth v. Schreckenstein vor. Er überbrachte Thielmann die unter dem 8. Oktober erfolgte Erhebung in den Freiherrnstand wegen der an der Moskwa bewiesenen Bravour. Das Wappen, das ihm verliehen wurde, war ungefähr dasselbe, mit dem schon sein Vater seine Briefe gesiegelt hatte: In Roth ein gewellter silberner Querbalken, aus dem nach rechts gewandt ein Löwe wächst. Hinzugefügt war noch unter dem Balken ein rechts gewandter geharnischter Arm mit gezücktem Schwerte, der Hinweis darauf, daß sein Adel auf dem Schlachtfelde erworben war. Ferner ernannte Friedrich August seinen tapferen General zum Kommandeur des Heinrich-Ordens und bewilligte ihm vom 1. Oktober an den Gehalt eines Divisionsgenerals. Die gewöhnlichen Kosten für das Diplom — etwa 1400 Thaler — erließ er ihm und es blieben nur die Sporteln (gegen 240 Thaler), welche zum Einkommen des Kabinetspersonals gehörten. Auch sonst brachte Schreckenstein mancherlei Auszeichnungen für die sächsischen Offiziere. Doch viele von denen, die des Königs Gnade bedacht hatte, weilten bereits nicht mehr unter den Lebenden. Durch Schreckenstein erfuhr Thielmann auch den Tod seines geliebten Schwagers Reinhard. Immerhin waren die Rasttage in Smolensk und das Eintreffen des Boten aus der Heimat geeignet, die täglich wachsende Verstimmung ein wenig zu verscheuchen.

„Der gute Schreckenstein", so schrieb Thielmann am 13. November seiner Frau, „hat mir vor wenig Tagen moralisch und physisch neues Leben gebracht, seit vielen Monaten die ersten Nachrichten von meinen Lieben, ferner mir wirklich erfreuliche Gnadenbezeugungen, seit einem Monate zum ersten Male einen erfrischenden Trunk Wein von Dir und eine Schüssel Maccaroni und eine Reißsuppe, ferner seit 3 Monaten zum ersten Male die Möglichkeit mich auszuziehen und so alle die lieben Briefe zu lesen, ach das war ein erquickender Tag — nur daß der Becher Galle von Reinhards Tod ihn trüben und verbittern mußte! Ach das schmerzt mich bitter!"

Doch bald ließ der französische Übermut und die Rücksichtslosigkeit, mit der die Sachsen behandelt wurden, diese ihre unangenehme Lage wieder im ganzen Umfange fühlen.

„Votre général est devenu baron de l'empire!" sagte Latour-Maubourg in sarkastisch-hochfahrendem Tone zu dem sächsischen Ordonnanzoffizier v. Burkersroda „als gäb' es kein Reich mehr außer dem seines Herrn und Meisters". Angesichts der verzweifelten Beschaffenheit seines Truppenteils wagte es Thielmann erst bei Berthier, dann durch Vermittlung seines Freundes Narbonne beim Kaiser um die Erlaubnis einzukommen, mit den bei einem Korps, das man jetzt zu bilden beabsichtigte, nicht verwendeten Offizieren zur Reorganisation der Sachsen nach Dresden geschickt zu werden; jedoch sein Versuch mißlang. Zwar entsann sich Napoleon Thielmanns in den „schmeichelhaftesten Ausdrücken", erkannte auch seine Gründe an und abends erfuhr Thielmann dies an der Tafel des Marschalls Duroc, doch erhielt er keine formelle Erlaubnis. Berthier hatte ihm seine Bitte rundweg abgeschlagen.

Am 14. November erfolgte der Befehl aus den 4 Reservekavalleriekorps ein einziges zu bilden. Dazu gaben die sächsischen Kürassiere 9 Offiziere und 5 Unteroffiziere, die polnischen Kürassiere 3 Offiziere und 10 Mann ab. Alle übrigen Reste des 4. Korps blieben unter Thielmanns Befehl.

Er hatte sich vergeblich der Auflösung des Korps widersetzt, indem er vorstellte, daß die Maßregel wenig Nutzen brächte, die Reiterei aber der Elemente zu einer schnellen Wiederherstellung beraubte. Nach

Auflösung des Korps erhielt er in dem Leutnant von den Gardes du Korps v. Burkersroda einen neuen Ordonnanzoffizier, der von jetzt ab neben Schreckenstein um ihn blieb. Er ist die Hauptquelle für die weiteren Nachrichten über Thielmann während des Rückzuges durch Rußland. Die noch vorhandene unberittene Mannschaft wurde zwei Offizieren unterstellt und in eine Kolonne formiert. Sie blieb jedoch bald zurück und zerstreute sich. Dagegen schlossen sich die Reste des dem Grouchyschen Korps bisher zugehörigen Regiments Prinz Albrecht an die Trümmer der Brigade Thielmann. Die Nahrung bestand aus Fleisch von Hunden und Pferden. Eine wahre Höllennacht verbrachte Thielmann am 18. November mit Burkersroda zusammen in einer Bauernhütte, wo die Stube mit 20 französischen Offizieren angefüllt war. Die Stube war überheizt und bei den durchfrorenen Offizieren brachen allerhand Krankheiten aus. Noch oft entsann er sich später mit seinem Adjutanten der dortigen Scenen. Das Heer löste sich inzwischen mit wachsender Schnelligkeit auf. Da kam Berthier auf den echt französischen Gedanken, aus den Offizieren der ehemaligen vier Reiterkorps eine heilige Schar zu vier Schwadronen zu bilden, jede Schwadron zu 150 Mann. Thielmann erhielt den Befehl über eine dieser erlesenen Schwadronen. Doch gewann diese Organisation keine praktische Bedeutung, besonders weil Napoleon ihr nicht recht Beachtung schenkte. In diesem Kopfe arbeiteten jetzt andere Gedanken als solche theatralische Mätzchen. Thielmanns Schwadron erreichte überdies lange nicht die beabsichtigte Stärke.

Am 21. November rettete Thielmanns Vorsicht die Truppe vor einem Überfall der Kosaken. Doch fiel der Oberst Malachowsky in Gefangenschaft. Die Beresina aufwärts marschierend wurde am 26. November abends bei Studienka ein Bivouak bezogen. In einer Scheune fand man Schutz gegen das Wetter und einige Kornbarren verschafften den halberfrorenen Offizieren die Möglichkeit, sich wieder einmal ein Feuer anzuzünden. Man entdeckte sogar einige Kartoffeln und rote Rüben. An die heilige Schar dachte am 27. November niemand mehr, und da Thielmann keinerlei Weisungen ihretwegen erhielt, so hielt auch er sich seiner Verpflichtungen entbunden. Er

beschloß nunmehr selbständig den Versuch zu machen, den Übergang
über die Beresina zu bewerkstelligen. Am 27. gelang dies noch nicht.
So ritt er am frühen Morgen des 28. November, begleitet von einigen
Offizieren, abermals in das Thal hinab. Sechs bis sieben Stunden
hielten sie dort in dem mörderischen Gedränge an der Brücke aus.
Alle Rangunterschiede hörten hier auf. Thielmann sah sich gezwungen,
sich mit dem Degen in der Faust Platz zu verschaffen. Aber noch
immer wollte sich keine Aussicht zeigen, zu dem Zugang der Brücke
zu gelangen, wohin die Massen von allen Seiten drängten. Immer
dichter wurde der feindliche Kugelregen. Jetzt schickte sich Marschall
Viktor zum Übergange an. Da entschlossen sich mehrere Reiter durch
die Beresina zu schwimmen. Dies an sich gewagte Unternehmen
wurde noch durch die Versumpfung der Ufer erschwert und das
Wasser war mit Treibeis bedeckt. Dazwischen trieben tote Körper in
Menge daher. Mehrere Offiziere büßten ihr Leben bei dem Versuche
ein. Doch gelangten fünf oder sechs Sachsen hinüber. Thielmann
selbst und noch einige seiner Begleiter hatten das Glück, das rechte
Ufer noch über die Brücke zu erreichen. Gegen 3 Uhr langten sie
drüben an. Angesichts der beispiellos niederschmetternden Wirkung, die
die schrecklichen Vorgänge an dem Flusse in den Reihen des Heeres
hatten, glaubte der schlaue Davout, etwas thun zu müssen, um den
Mut wieder zu heben. Er ritt zu Thielmann heran und hinterbrachte
ihm die Nachricht, daß die französischen Waffen soeben ein glückliches
Gefecht an diesem Ufer bestanden hätten. Außerdem behauptete er,
daß Schwarzenberg über Minsk heraneile, um das Heer aufzunehmen
und nur noch einen Tagemarsch entfernt sei. Thielmann durchschaute
ihn jedoch und gab ihm deutlich zu verstehen, daß er diese Angabe
für nicht wahr halte. Verlegen lachend gestand der Marschall jetzt,
er wünsche, daß das Bulletin betreffend Schwarzenbergs Herannahen
so wahr wäre als die Nachricht von dem glücklichen Gefecht. Wohl
mochte er ahnen, daß Thielmanns Gesinnung nicht mehr ganz die
alte war. Am Abend des 28. quartierten sich die sächsischen Offiziere
in Zembin in der Nähe des Hauptquartiers in einer Scheune ein.
Thielmann selbst suchte mit Burkersroda bei einem ihm bekannten
französischen General Unterkunft, wurde jedoch von diesem seinem

Wirt und deffen Begleitung in der brutalsten, beleidigendsten Weise behandelt. Grimmigen Haffes voll stiegen die beiden in der Frühe des Morgens auf die vor der Thüre haltenden schneebedeckten Pferde, die seit 40 Stunden nichts gefressen hatten und vor Kälte und Ermüdung fast zusammenbrachen. „Es kann nicht schlimmer, es kann nur besser werden" tröstete sich Thielmann. In der nächsten Nacht schloß sich ihm der ihm befreundete französische General Bordesoult für die ganze übrige Zeit des Rückzuges an. Am 2. Dezember entging das Häuflein Thielmanns bei Molobeczno einem Überfalle, der ihm sehr verderblich hätte werden können. Der Adjutant Burkersroba wäre am 7. Dezember infolge der Anstrengungen fast ums Leben gekommen. Kurz vor Wilna fand Thielmann seinen alten Freund General Graf Narbonne hilflos zu Fuß auf der Straße, der völligen Erschöpfung nahe — ein Bild des ganzen namenlosen Jammers, der über die große Armee hereingebrochen war. Er nahm ihn in seinen Wagen und brachte ihn nach der Stadt, wo er sich wieder beritten machen konnte. Dort in Wilna aß man sich am 3. Dezember zum ersten Male seit langer Zeit satt. Zugleich begab sich Thielmann in das Quartier Murats, um mit ihm wegen der künftigen Bestimmung der Sachsen Rücksprache zu nehmen. Murat gab ihm anheim, auf die bestmögliche Art nach Königsberg zu kommen zu suchen; dort würde sich dann das Weitere finden.

Gehetzt von den Kosaken ging es weiter. Oft waren Retter in der Not die Juden, die ja nicht als Russen fühlten und schon aus Spekulationsgeist den Verfolgten Aufnahme gewährten.

Am 9. Dezember war die kleine Schar wieder einem Kosakenüberfall ausgesetzt. Abermals ging der Wagen Thielmanns verloren, kaum daß Burkersroba noch die wichtigsten Sachen, u. a. die Barschaft und einige Kostbarkeiten, die Narbonne darin zurückgelassen hatte, daraus retten konnte. Beim Schein eines Nordlichts fand man nachher den Wagen wieder. Jenseit des Niemen traf er abermals auf Narbonne und wurde zum zweiten Mal der Lebensretter des krank darniederliegenden Mannes, indem er ihn einem zuverlässigen Unteroffizier anvertraute, der ihn glücklich nach Berlin brachte, indes dort nach treuerfülltem Auftrage an der Amputation seiner erfrorenen Glieder starb. Narbonne, übrigens einer der verständigsten und feinfühligsten unter den Franzosen, der Napoleon mehrfach vor der Überspannung des Bogens gewarnt hatte, bewies seine Erkenntlichkeit für die ihm erwiesenen Dienste durch Übersendung eines namhaften Geschenkes für Thielmanns Familie. Am 17. Dezember traf dieser in Gumbinnen ein und am 20. in Königsberg. Dort war er so glücklich von einem Banquier 2000 Thaler auf kgl. sächsischen Kredit vorgeschossen zu erhalten. 7 Offiziere und 4 Mann von der Garde du Korps, 13 Offiziere und 3 Mann vom Regiment Zastrow, 1 Mann von der reitenden Batterie Hiller, fanden sich in Guben am 15. Januar als Reste der sächsischen Kürassierbrigade ein. Thielmann selbst war schon zu Ende Dezember in Dresden angelangt, in seiner Gesundheit völlig erschüttert, in der Seele vollkommen gebeugt.

Aus dem begeisterten Verehrer Napoleons und der französischen Nation war jetzt ein ganz deutsch gesinnter Mann geworden, und Burkersroda hatte so Unrecht nicht, wenn er später aufzeichnete, daß wohl niemals ein deutscher Ritterschlag zur passenderen Zeit gekommen wäre, als die Erhebung Thielmanns zum Freiherrn in diesem Feldzuge, weil Thielmann hier wieder deutsch empfinden lernte. Durch Leiden war er veredelt worden. Er hatte die napoleonische Herrschaft aus dem Grunde kosten müssen, um in Ideen und Gesinnungen ganz zum deutschen Manne zu reifen. Die erzieherische Wirkung, die Napoleons Thaten auf die Völker ausgeübt hatten, zeigte sich jetzt endlich auch bei ihm. Er kannte nur noch einen Gedanken, den Heinrich v. Kleist in den Worten zusammengefaßt hat:

> Rettung von dem Joch der Knechte,
> Das aus Eisenerz geprägt
> Eines Höllensohnes Rechte
> Über unsern Nacken legt.

Die Erkenntnis war ihm aufgegangen, daß es nichts Höheres giebt als der Nation und deren Selbständigkeit zu leben. „Die neue Ausgabe der Deutschen", die er einst am Rheine als notwendig bezeichnet hatte, war längst im Werden begriffen. Mit seiner Gesinnungsänderung nahm er selbst passiv und aktiv daran teil.

Noch im Hauptquartier des 3. preußischen Armeekorps, als Napoleons letzte Vergeltungsstunde geschlagen hatte, hat Thielmann erzählt, wie er im Feldzuge von 1812 schließlich so erbittert gegen alles Französische gewesen wäre, daß er selbst einen Deutschen, der ihn französisch anredete, aus dem Zimmer geworfen hätte.

5. Torgau.

24. Februar bis 10. Mai 1813.

Das entscheidungsreiche Jahr 1813 begann für Thielmann mit
der Ernennung zum Divisionär der Kavallerie unterm 2. Januar an
Freund Funks Stelle. Der hatte den russischen Feldzug unter Reynier mit der Hauptmasse der sächsischen Truppen in Volhynien mitgemacht und wurde jetzt in den Ruhestand versetzt. Er galt als sehr
unverträglich, und dies scheint eine weitere Beförderung verhindert
zu haben. Thielmann erholte sich allmählich etwas von den Strapazen und er konnte den Verkehr mit den Freunden nach alter Weise
aufnehmen. So sah er den Dr. Körner und den Geh. Finanzrat
Joseph v. Zezschwitz im Anfange des Januars bei sich zum Souper.
„Lassen Sie uns jetzt recht innig zusammenhalten“ sagte er zu Zezschwitz. Mit Ingrimm las er die Proklamation Friedrich Augusts an
seine polnischen Unterthanen, ein ohnmächtiger Versuch, sich das Herzogtum Warschau zu sichern, der aber nur den Erfolg hatte, daß er die
sächsische Bevölkerung verstimmte, die nichts von Polen wissen wollte.
Zu seiner neuen Equipierung — die alte Equipage war natürlich
im russischen Feldzuge völlig darauf gegangen — bewilligte ihm der
König 2000 Thaler als Gnadengeschenk und dieselbe Summe als
Vorschuß. Durch die Entwickelung der Verhältnisse wurde nur ein
Teil dieses Geldes abgetragen und Friedrich August schlug den Rest
nach dem Frieden ebenso wie die übrigen früher schon erwähnten Schuld-
posten Thielmanns nieder. Man nahm jetzt eine schleunige Reorgani-
sation der vernichteten Zastrow-Kürassiere vor und errichtete einige
Schwadronen leichter Kavallerie. Ebenso brachte man schnell etwas
Artillerie und ein Bataillon Fußvolk auf die Beine. Mit einem

Teile dieser neuen Truppen und dem in Sachsen zurückgebliebenen
Regiment Kürassiergarde rückte Thielmann dem mit dem siebenten
Korps aus Rußland zurückkehrenden General Reynier entgegen, um
zu den Resten des sächsischen Hauptkontingents zu stoßen, das neben
der Division Durutte jenes siebente Korps bildete. Am 8. Februar
brach er von Dresden nach der Niederlausitz auf. Er konzentrierte sich
zwischen Kottbus und Lübben. In Kottbus erhielt er am 18. Februar
die Nachricht von dem unglücklichen Gefecht, das Reynier und die
Sachsen am 13. Februar bei Kalisch zu bestehen hatten. Dies veranlaßte ihn zu einem Brief, in dem der Ingrimm gegen die Franzosen-
herrschaft durchschimmerte, an den mittlerweile zum General und
Vertrauten König Friedrich Augusts aufgerückten Langenau, der einst
als Sousleutnant in Königsberg für Davout den preußischen Hof
ausgehorcht hatte: „Mit welchem Gefühl ich die Feder ergreife, um
Ihnen zu sagen, daß ich soeben den Vorfall von Kalisch erfahren,
können Sie sich leicht denken. . . . Noch ist die Ober besetzt und
das Hauptquartier in Frankfurt. Aber ich fürchte, besonders über
Berlin, bald besucht zu werden, denn gewiß wird Berlin vom Feinde
bald besetzt. Daß ich sehr Unrecht hätte, mich bei meinen Kräften
auf irgend etwas einzulassen, braucht wohl keiner Auseinandersetzung.
Man hat uns nicht allein ruiniert, sondern auch die Mittel benommen,
uns wiederherzustellen." —

Wenige Tage darauf war er der unangenehmen Eventualität
den Russen Widerstand leisten zu müssen, entzogen, indem ihm am
24. Februar der Befehl über die Elbfestung Torgau anvertraut wurde,
mit der Maßgabe, im Fall daß Reynier dort einträfe oder einen anderen Kommandeur dahin senden sollte, diesem den wichtigen Paß zu
übergeben. Unverzüglich brach Thielmann über Dresden nach Torgau
auf und schon am 26. Februar übernahm er die Geschäfte des Gouverneurs. Sein Freund, der Oberstleutnant Ernst Ludwig Aster, der
Erbauer Torgaus, erhielt zu gleicher Zeit die Weisung sich vom Rey-
nierschen Korps fort als Generalstabschef nach Torgau zu begeben.
Dem Befehl war hinzugefügt, daß er insbesondere für alle von Thielmann getroffenen Maßregeln bei dessen Kränklichkeit mit verantwortlich sei.

Der 24. Februar, der Tag, an dem einst Kaiser Karl V. die sächsische Kurwürde an das Haupt der albertinischen Linie Herzog Moritz übertrug, bezeichnet nicht nur den Eintritt Thielmanns in seinen wichtigsten Lebensabschnitt, sondern auch den Beginn einer für Sachsen bedeutungsschweren Zeit. Mit der Übernahme des Kommandos in Torgau hatte Thielmann Sachsens Schicksal in seiner Hand. Von seinen Entschlüssen hing geradezu das Sein und Nichtsein des alten Hauses Wettin ab, und fast wäre es so gekommen, daß jener Tag, an dem Friedrich August den General Thielmann mit dem verantwortungsvollen Torgauer Posten betraute, die Todesstunde der Kur besiegelte, deren Geschichte an diesem Tage vor 265 Jahren begonnen hatte.

Thielmann war sich der Bedeutsamkeit der Rolle, die ihm zugewiesen worden war, vollauf bewußt, und er traf demgemäß alle Anstalten, um das Gewicht, das ihm seine Stellung gab, noch zu verstärken. Die große ihm zugewiesene Thätigkeit entsprach ganz seinem Thatendrange, und er wäre nicht er selbst gewesen, hätte er nicht sein ganzes Können eingesetzt, um seine Aufgabe so ehrenvoll wie möglich zu lösen. Er dachte hoch genug von sich, um zuversichtlich darauf zu rechnen, daß er ihr, so schwierig sie auch sein mochte, vollauf gewachsen wäre. Hatte er doch auch den trefflichen Aster zur Seite, der ihm voll freundschaftlicher Ergebenheit seine Dienste widmete und eine große Zahl der wichtigsten Schriftstücke während Thielmanns Kommando in Torgau selbst entwerfen sollte. Jenes Selbstgefühl, das Thielmann in allen Lagen seines Lebens besonders seinen Kameraden gegenüber gehabt hatte, und zwar mit Recht, ließ ihn mit froher Hoffnung in die Zukunft schauen; es mußte ihm alles wohl gelingen. Aber außer seinem König und ihm sahen auch alle einsichtigen Männer Sachsens in ihm den geborenen Gouverneur von Torgau. Die Vertrauten des Hofes, Langenau und Gersdorff, Senfft und Zezschwitz sowohl, wie die stürmischen Patrioten Vieth, Miltitz und Broizem und die verständigen Militärs wie Aster, Carlowitz, Oberstleutnant v. Brause, Oberst v. Ryssel, seine Adjutanten von Rußland her, die auch hier an seiner Seite blieben, Minckwitz, Schreckenstein, Burkersroda, ferner der jetzt aus dem preußischen in sächsische Dienste tretende Leutnant Graf Cäsar Wartensleben, nach seinen späteren Erzählungen zu schließen eine Art Münchhausen, und andere blickten alle mit gleichem Vertrauen auf den ruhmvollen General. Selbst die Männer, die noch jetzt ausgesprochene Franzosenfreunde waren, wie Thielmanns alter Freund Manteuffel, hielten ihn noch für den berufenen Verteidiger Torgaus. General Gersdorff, der geradezu mit Devotion zu Thielmanns Überlegenheit aufblickte, sprach aus dem Herzen der Gesamtheit, als er Thielmann in den ersten Tagen des März mit den Worten ermunterte: „Der König schätzt Sie, wir alle lieben Sie, das Vaterland rechnet auf Sie!" Langenau versicherte ihm am 16. März aus Plauen, wo sich der Hof damals aufhielt: „Ihr Wille ist hier heiliger als Sie glauben" und Senfft war „stolz" auf Thielmanns Freundschaft. Mit ganz besonderem Vertrauen blickten indes die Patrioten auf den Gouverneur von Torgau. Sie erwarteten von seiner oft bewiesenen kühnen Entschlossenheit und bei seiner jetzigen Gesinnung das Beste. Was er that, das galt ihnen als wohlgethan. Die Gesinnungen dieser Patrioten aber sprach ein Brief aus Dresden vom 25. Februar an den König von Preußen aus. Unterzeichnet war er von Dietrich v. Miltitz, v. Welck und v. Vieth im Namen mehrerer sächsischer Stände. Da hieß es: „Niederschmetternd, ja vernichtend ist uns der Gedanke, daß Sachsen nicht auch teilnehmen soll an dem Ruhme, Frankreichs schimpfliche Ketten zerbrochen zu haben ... Von Ihrer Seite, Sire, werde uns die Erhaltung unseres Fürstenstammes zugesichert ... Und sollte, was nicht zu erwarten steht, Friedrich August, geleitet durch den Rat nicht deutschgesinnter Diener, zögern dem Bunde der Freiheit beizutreten, dann erwarten wir getrost von E. K. Maj. Großmut und Weisheit das Schicksal unseres Landes. Unsere Krieger mißgönnten Ihrem Heere den Vorzug, von seinem König angeführt zu werden, und unser Volk beneidete das Ihrige um das Glück, von einem Fürsten seines Glaubens regiert zu werden."

Die Politik, die das sächsische Kabinet nach der Vernichtung der großen Armee befolgte, zeichnete sich durch den Mangel an einem entschiedenen Willen, der alles beherrschte, aus. König Friedrich August in seiner knechtischen Ergebung hielt am Bündnis mit Napoleon feſt und wollte einer Weiſung desſelben folgend beim Herannahen der Ruſſen ſeine Staaten verlaſſen, um ſich nach Mainz zu begeben. Dem widerſtrebte ſeine Umgebung, welche einem behutſamen Um\-ſchwung das Wort reden zu müſſen glaubte.

Es waren dies zunächſt der Miniſter Graf Senfft und der Chef des Generalſtabes der Armee v. Gersdorff, beide Männer von ge\-ringer Entſchloſſenheit. Gersdorff war noch der entſchiedenere unter ihnen beiden. Senfft wurde fälſchlicherweiſe von der öffentlichen Meinung für einen ausgeſprochenen Franzöſling gehalten. Dem An\-drängen dieſer Richtung wurde der franzoſenfreundliche Kammerherr Graf Detlev Einſiedel geopfert, indem man ihn entließ. Mit Mühe hielten Gersdorff und Senfft den König noch in Plauen zurück, wohin er ſich zu Ende des Monats Februar begeben hatte. Einigen Mut weiter auf eine Umkehr von der bisherigen Politik hinzuarbeiten gab dieſen Männern die Haltung Öſterreichs. Der habsburgiſche Kaiſerſtaat gewährte dem ſächſiſchen Kommandeur v. Gablenz und dem Fürſten Poniatowſki, die ſich mit ihren Truppenteilen nach dem Geſecht bei Kaliſch vor der Übermacht der Ruſſen nach Öſterreich zurückgezogen hatten, Schutz und im bringenden Fall freien Durchzug. Das deutete offenbar auf eine Trennung Öſterreichs von dem Bündnis mit Frankreich. Mit Spannung erwartete man die Schritte Preußens und Rußlands. Die Ratgeber des Königs ahnten nicht, mit welcher Entſchloſſenheit dieſe beiden Mächte handelten, obwohl Sachſen meh\-rere Vertreter bei dem Könige von Preußen in Breslau hatte, nämlich Thiolaz und Thielmanns Schwager Georg Charpentier. Am 3. März, drei Tage nach dem Abſchluß des Bundesvertrages zwiſchen Preußen und Rußland, ſchrieb Gersdorff noch zweifelnd an Thielmann: „Sonderbar, zweimal mißglückten ſeit 7 Jahren die Unternehmungen Rußlands und Preußens, weil man über den Plan nicht einig war und — zu ſpät kam.“

Am meiſten Zielbewußtſein hatte von den Vertrauten des Königs der General Langenau, der anfangs noch nicht im Gefolge Friedrich Auguſts war, ſondern ſich in der Begleitung Reyniers als Generalſtabs\-chef des 7. Armeekorps befand. Doch war niemand ſo gut wie er über die Anſichten des Hofes unterrichtet, keiner beſaß ſo das Ohr ſeines

Monarchen als er. Anfang März begab auch dieser Mann sich in das Hoflager und übernahm sofort die Führung der dortigen unentschlossenen Geister.

Vor seinem Fortgang nach Plauen hatte der König die Verwaltungsgeschäfte einer sogenannten Immediatkommission übertragen, die aus vier Mitgliedern bestand, dem Minister v. Globig, dem Oberkammerherrn Freiherrn v. Friesen, dem Geheimen Finanzrat v. Manteuffel, Thielmanns Jugendfreunde, und dem Geheimen Finanzrat Joseph v. Zezschwitz. Das Urteil, das Stein in einem Schreiben an Nesselrode am 11. April 1813 über diese vier Männer gefällt hat, trifft, einige Schroffheiten abgerechnet, den Nagel auf den Kopf. Globig war eine Null und ein pedantischer Jurist, Friesen halb Landmann, halb Höfling, noch der beste unter den Mitgliedern, Manteuffel ein ehrgeiziger und heftiger Bureaukrat, Zezschwitz ein von den besten Absichten erfüllter, fleißiger Beamter. Alles in Allem genommen war bei der verschiedenartigen Zusammensetzung und bei der vorwiegenden Unentschlossenheit der Mitglieder dieser Behörde von ihr nicht viel zu erwarten.

Thielmann war nur von dem Gedanken an eine Abkehr von der bisher befolgten Politik erfüllt. Seit dem russischen Feldzuge hatte er mit Napoleon und den Franzosen gebrochen. Dies Ausbeutungssystem, das mit der schonungslosesten Willkür und Grausamkeit die Kräfte der willenlosen Bundesgenossen auspreßte, um den eigenen Ruhm zu vermehren, hatte ihn mit wachsendem Abscheu gegen die Fremdherrschaft erfüllt. Täglich stieß er auf neue Beweise der geknickten Selbständigkeit Sachsens, dessen Lage immer unerträglicher wurde. In seiner Gesinnung bestärkte ihn außerordentlich der gewaltig sich regende Nationalgeist. Noch 1811 hatte er die Berechtigung der Freiheitsbestrebungen zwar anerkannt, aber im Geiste Napoleons die unpraktischen und großrednerischen deutschen Ideologen verspottet. Jetzt ging ihm das Verständnis für die tiefe Glut dieser Bewegung in Deutschland auf, und er empfand Freude an ihr. Damals mag er Ernst Moritz Arndts Herzenssprache, die dieser in seinen Schriften über den „Geist der Zeit" anschlug, auf sich haben wirken lassen, deren hohe Bedeutung für die Volkserhebung er nachmals im Feldlager von 1815 hervorhob. Da schrieb Arndt u. a. von den Franzosen: „Ohne Religion, ohne Poesie, ohne Wahrheit, zu schwach euch zu bessern, zu gebildet eures Unheils inne zu werden, tretet ihr stolz hin und krähet uns andern mit einer beispiellosen Unverschämtheit vor, daß wir ungeschliffene Gesellen und Barbaren sind. Leichtfertiges, unverbesserliches Gesindel, das schwatzt, wo andere fühlen, das hüpft, wo andere stehen, das sich einbildet zu sein, wo andere sind — ihr habt viel schönen Schein, aber den wir verabscheuen müssen, weil er ohne Wirklichkeiten ist. Ein Volk, das alle Tugenden in bloße Worte überspielt, das sich, wo andere Völker haben, empfinden, genießen, mit leeren Schatten der Dinge begnügt, ein so wunderbar bethörtes und bethörendes Volk als die Franzosen kann keinen frischen, freudigen Stock auf die Menschheit setzen; es ist zuweit über alle Menschheit hinaus." Diese germanische Verachtung des Franzosentums mag jetzt so recht dem Herzen Thielmanns entsprochen haben, ebenso wie die Erbitterung Arndts gegen „den Emporgekommenen". Sein ganzes Bestreben war darauf gerichtet, den Hof in seinem Sinne zu beeinflussen, und die Äußerungen des leitenden Ministers und der sonstigen Ratgeber gaben ihm von Anfang an die Hoffnung, wenn nicht die Gewähr, daß Sachsen die französische Politik jetzt verlassen würde. Am meisten deckten sich seine Ansichten mit denen Langenaus, der ebenfalls Losreißen von Napoleon für den einzig richtigen Weg hielt. Aber auch Senfft sprach sich in einem Sinne aus, der zu den besten Erwartungen berechtigte. Die Wochen, welche Thielmann jetzt durchleben sollte, gestalteten sich überaus ereignisreich. Dem Leser der reichen Korrespondenz aus diesen Tagen ist es, als wenn er ein bewegtes Drama liest, zuweilen wird die Spannung auf das höchste geschraubt. Der Mittelpunkt in diesem Drama ist natürlich Thielmann, und seine Person gewährt dabei psychologisch das allergrößeste Interesse. Entrollen wir jene Korrespondenz hier in möglichster Ausführlichkeit, um ein recht lebendiges Bild dieser Tage zu geben.

Torgaus Befestigungswerke waren, als Thielmann den Befehl dort übernahm, noch lange nicht vollendet. Für die Bekleidung der Wälle war fast noch garnichts geschehen. Die Besatzung setzte sich aus einer Jägerkompagnie, einem Bataillon Leibgarde, drei neugebildeten Bataillonen Linien- und einem Bataillon leichter Infanterie sowie einigen Reitern zusammen. Thielmann bot sofort mit der ihm eigenen Energie alles auf, um den ihm anvertrauten Platz in einen möglichst verteidigungsfähigen Zustand zu setzen. Täglich mußte das Land Rekruten hereinsenden zur Vermehrung des Bestandes des Fußvolkes. Die Mannschaften wurden eifrigst eingeübt oder auch zu Schanzarbeiten verwendet. Sehr unangenehm kam ihm das Verlangen Reyniers, 3000 Mann zu seiner Verstärkung abzugeben. Er lehnte es mit der Begründung ab, daß die Truppen noch gänzlich unausgebildet wären oder doch zu den Schanzarbeiten herangezogen werden müßten. Jedoch konnte er nicht umhin, dem Verlangen nachzugeben 600 Mann zur Besetzung Meißens abzuschicken. An Langenau aber schrieb er unmutig am 2. März: „Sie glauben nicht, welchen Nachteil dieses Detachieren bringt, welches zu nichts Solidem führen kann. Ich will so gerne thätig sein, und so muß man begoutiert werden." Am 4. März bestand die Besatzung aus 5261 Mann. Zur Beförderung ihrer Ausbildung sandte Reynier, noch in dem vollen Vertrauen auf die Bundestreue Sachsens, 12 Offiziere und 70 Unteroffiziere und Gemeine vom sächsischen Kontingente nach Torgau. Besondere Schwierigkeiten verursachte die Verproviantierung der Festung. Am 2. März waren 6800 Centner Mehl vorhanden, was hinreichte, um die Besatzung auf 1½ Monate zu verpflegen. Das Magazin wurde in einem trockenen bombenfreien Gewölbe untergebracht. „Dies ist ein hors d'oeuvre und dergleichen müssen täglich vorfallen, wenn etwas Ordentliches aus dem Dinge werden soll" äußerte Thielmann zu Langenau und er schloß denselben Brief (vom 2. März): „Seien Sie übrigens wegen Torgau ruhig. Ich lasse es an keiner vernünftigen Thätigkeit fehlen. Ich wollte, ich könnte wegen meiner Küraffiere so in Ruhe sein. Kommen Sie bald zu uns."

Am 4. März meldete er seinem König, daß er die Festung gegen einen Handstreich gesichert hielte und glaube, daß er innerhalb 14 Tagen in der Lage sein würde, eine regelrechte Belagerung von einigen Wochen auszuhalten.

Ebenso ungelegen als Reyniers Verlangen, Truppen abzugeben,

war ihm der Antrag des Vicekönigs von Italien, der bei Magdeburg
stand, in Torgau französische Besatzung aufzunehmen, obwohl Eugen
Beauharnais Korps nur 22 000—28 000 Mann stark war. Er besann
sich aber keinen Augenblick, dies Ansinnen, sowie auch den Antrag des
Vicekönigs auf Errichtung eines französischen Magazins in Torgau
abzulehnen. Blickte doch nur zu deutlich die Absicht der Franzosen
durch, sich der Gewalt über Torgau zu versichern. Demgemäß ging
er auch auf Reyniers Vorschlag, die polnische Division Zoltowsky
in die Festung einrücken zu lassen nicht ein. Er ließ Zoltowsky und
seine Polen ruhig nach Fulda ziehen „woran", wie er meinte, „sie wirklich recht klug thaten." All dies vollführte er auf eigene Verantwortung, hatte aber die Genugthuung, daß sein Verhalten vom König
und dessen Ratgebern durchaus gebilligt wurde. Graf Senfft schrieb
ihm deswegen am 8. März mit spitzfindiger Unterscheidung: „Im
Felde hat der König sein Kontingent unter das französische Kommando
gestellt, allein über unsere Festung und ihre Garnison keine fremde
Autorität anzuerkennen, ist schlechterdings Ehrensache" und General
Gersdorff schrieb ihm an demselben Tage mit Beziehung auf den
die sächsische Infanterie unter Reynier befehligenden General Lecoq:
„Gott gebe, daß der General Lecoq in Ihre Fußtapfen trete. Ich
habe ihm heute Winke darüber gegeben." Seinem Freunde Langenau
aber konnte er am 4. März, als dieser ihn bestürmte, sich ja nicht
auf jene Anträge der französischen Generale einzulassen, gelassen ant-
worteten: „Beruhigen Sie sich, lieber Freund. Alles was Sie mir
heute wegen Torgau unter den Fuß gaben, war längst geschehen. . .
Halten Sie mich für älter oder klüger und wir werden immer recht
gute Freunde sein." Er sprach sich über das nutzlose Verweilen der
Franzosen in dieser Gegend dahin aus, daß es voraussichtlich ein übles
Ende nehmen würde „oder die Russen wollen es nicht" und schloß
mit der Bitte: „Kommen Sie nur bald zu mir hierher; ich wünsche
es recht sehr in jeder Hinsicht."

Eine weitere Verteidigungsmaßregel bestand darin, daß Thielmann alle Kähne, Schiffe und Fähren auf der großen Elbstrecke zwischen Meißen und Wittenberg nach Torgau zusammenziehen ließ.
Nur die Fähren, welche unentbehrlich waren, blieben stehen, wurden

jedoch mit Pontonniers besetzt. Beschwerde führte Thielmann beim König über das Verpflegungswesen der fremden in der Umgegend kantonnierenden Truppen. Er trug auf Einführung eines allgemeinen Reglements deswegen an, weil, wie er, zum ersten Male einen Druck auf die königliche Entschließung durch den Hinweis auf die Stimmung des Landes ausübend, hinzufügte, „zu große Forderungen von seiten der fremden Truppen auf den Geist der Nation unter den jetzigen Verhältnissen einen höchst nachteiligen Einfluß äußern müßten."

Gersdorff sprach ihm seine Freude über diese Auslassungen aus und erteilte dementsprechend Befehl an die Immediatkommission. Er beruhigte ihn zugleich wegen des Königs. Vorläufig hätte man ihn noch in Plauen festhalten können. Thielmanns Gesinnungen wären die aller Redlichen. „Man fände die Unthätigkeit Österreichs eben so fehler- als rätselhaft. Nach allen von daher kommenden Nachrichten denke man noch garnicht an kräftige Maßregeln. Man vegetiere dort in abenteuerlichen Friedenshoffnungen."

Am 7. März traf nun Langenau auf dem Wege nach Plauen in Torgau bei Thielmann ein. Die beiden Generale, augenblicklich zweifellos die bedeutendsten Männer Sachsens, besprachen die politische Lage auf das Eingehendste miteinander. Ihre beiderseitigen Ansichten deckten sich im Wesentlichen, indem sie eine vorsichtige, aber entschiedene Übergangspolitik für geboten hielten. Die Ergebnisse ihrer Besprechung giebt in der Hauptsache ein acht Tage später von Langenau an den Gesandten Just gerichtetes Schreiben wieder.¹) Es heißt darin: „Der König hat seine Residenz und wird bald auch sein Land verlassen müssen. Die Armee ist bis auf schwache Überbleibsel vernichtet, die Nation halb dem französischen System aus Egoismus, halb aus gerechtem Unwillen über schlechtes Betragen der französischen Truppen und harten Anmaßungen ihrer Generale von ganzem Herzen abgeneigt. An der Elbe steht eine feindliche Armee, die bis jetzt in allen ihren Handlungen Mäßigkeit und Klugheit zeigte, im Begriff sich mit der preußischen zu vereinigen, die, wenn sie einmal den Fehdehandschuh hinwerfen sollte, nur Sieg oder politischen Tod zu erwarten hat.

---

1) Dies geht aus einer Angabe Langenaus hervor.

Beiden entgegen steht der Rest der großen Armee, zum gewaltigen Kampfe nichts weniger als gerüstet. Der König ist in der Lage frei zu denken und zu handeln. Der Ausgang des Kampfes im Mai und im Juni ist es, worauf wir unser ganzes Augenmerk richten, dabei jede Möglichkeit ohne Leidenschaft berücksichtigen und unsere Pflichten und unsere Ansichten nicht dann erst, wenn es nicht mehr Zeit ist, sondern jetzt und sobald als möglich bedenken und berichtigen müssen. Auf keine Weise scheint es nachteilig, schon jetzt das französische Gouvernement darauf aufmerksam zu machen, wie nötig es für den König ist, seine Schritte so einzurichten, daß sie nicht mit dem ganzen Mißfallen seines Volkes auch die Möglichkeit herbeiführen mit ihm zu brechen, weil sie ihn für sich verloren halten." In den letzten Worten kehrte derselbe Ideengang wieder, der uns bei Thielmann in jenem Schreiben vom 10. Mai 1809 an den Zittauer Kaufmann Meusel begegnete, den er vor dem Unheil warnte, das ein jedes Bestreben Fürst und Volk in Opposition zu setzen, über das Vaterland bringen könnte. Wenn Thielmann sonst in seiner Ansicht etwas von der Langenauschen abgewichen sein sollte, so dürfte dies besonders den Zeitpunkt der Entscheidung betreffen. Wir haben Ursache anzunehmen, daß Thielmann an eine schnellere Entscheidung der Dinge noch vor Mai oder Juni glaubte. Gersdorff verriet eine völlig falsche Auffassung des Temperaments der leitenden Personen, wenn er an Thielmann am 13. März aus Plauen schrieb: „Alles überzeugt mich, daß Sie, Langenau und ich einerlei Ansicht der Dinge haben und kein Sachse wird glauben, daß sich ihnen Senfft mit gewohntem Feuer anschließt. Sie werden uns dereinst außerhalb Ihrer Wälle diesen Gesinnungen treu und ihrer wert erkennen. — Klug wie die Schlangen und ohne Falsch wie die Tauben ist ja schon die Moral unseres göttlichen Predigers." Der Wunsch, mit Thielmann, Langenau und Senfft eins zu sein, ließ ihn übersehen, daß ihre grundverschiedenen Naturen auch sehr verschiedene Entschlüsse bedingten. Unbewußte bittere Ironie lag darin, wenn er von dem „gewohnten Feuer" des Hofmannes Senfft sprach, dem mehr wie irgend einem andren die Entschiedenheit abging. Sein gänzlicher Mangel an Thatkraft und Feuer war es zum Teil gerade gewesen, der ihn in den Ruf eines Franzosenknechts gebracht hatte. Ganz offen sprachen die Zeitungen von Senfft als dem Schildknappen Napoleons, während der Minister in diesen Tagen thatsächlich eine gegenteilige Politik befolgt hat. Eine naive Täuschung über die thatsächlichen Verhältnisse war es ferner, wenn Gersdorff annahm, daß seine Ansichten sich mit denen Thielmanns deckten. Wohl mochten sie sich in derselben Weise präcisieren lassen, an Entschiedenheit in ihrer Vertretung war ihm Thielmann jedoch ganz ungleich überlegen. Ein wenig fühlte Gersdorff denn auch, daß ihm die wünschenswerte Entschiedenheit, die Thielmann in so hohem Maße bewies, abging, indem er jenem versichern zu müssen glaubte, er werde sich dieser Gesinnungen wert erzeigen.

Inzwischen war der Bestand der Besatzung auf 141 Offiziere und 8000 Mann gestiegen. Schon fanden sich unter diesen auch 700 Kranke. Man war auf drei Monate versorgt. Die Festung wurde namentlich durch die Herstellung des Zinnaer und Mahler Forts sowie der Lunette Repitz ihrem völligen Ausbau näher geführt. 2500 ländliche Arbeiter wurden dabei beschäftigt. Am 8. wurde sie geschlossen und eine Schiffbrücke über die Elbe unter ihren Kanonen geschlagen, um den Rückzug einer über Lübben heranmarschierenden französischen Division unter Gerard zu sichern, ohne dabei die Festung irgend einer Gefahr auszusetzen. Am 10. passierte jene Division die Brücke und Gerard speiste mit seinem Stabe zu Mittag bei Thielmann. Am Abend erschienen die ersten Russen und wurden am Brückenkopfe von den Vorposten mit Flintenschüssen empfangen.

Tags darauf erhielt Thielmann ein Schreiben des vom Vicekönig mit der Verteidigung der Elbe beauftragten Davout aus Leipzig, in dem dieser ihn aufforderte, diese Verteidigung der Elbe zu unterstützen und zu diesem Zwecke Truppen auf beiden Seiten Torgaus zu entsenden, einerseits um den Fluß bis Riesa zu beobachten, andererseits um die Verbindung mit dem Kommandanten von Wittenberg, General Grenier, zu unterhalten. Besonders sollten Abteilungen nach Mühlberg und Strehla entsendet werden. Dafür wären die Sachsen in Meißen entbehrlich. Ebenso verlangte er von Thielmann Anstalten zur Verteidigung der schwarzen Elster. Davout kündigte zugleich an, daß er sich mit ihm in nähere Beziehung setzen würde. Außerdem teilte er mit, daß er die Brücke bei Meißen zu zerstören beabsichtige. Bedeutsam ließ er einfließen, daß er 25000 Mann, ungerechnet die Reiterei, und 80 Geschütze mit sich führe und daß er noch täglich mehr Streitkräfte an sich zöge. Folgerichtigerweise lautete die Antwort Thielmanns auf Davouts Begehren genau so wie die Reynier erteilte. Er verfehlte nicht seinem ehemaligen Gönner seine Genugthuung darüber auszudrücken, ein für Deutschland so wichtiges Kommando in seinen Händen zu wissen. Die Verteidigung der Elster lehnte er ab, weil Torgau seit dem Abend des 10. auf dem rechten Ufer vom Feinde umgeben sei. Im übrigen hätte er zu befestigen und einzuexercieren. Seine Kavallerie genüge gerade zum Vorpostendienst. Die heranrückenden gegnerischen Kräfte schilderte er als äußerst zahlreich, Preußen hätte bereits 180000 Mann aufgestellt, allem Anschein nach beabsichtigten die Gegner den Elbstrom zwischen Wittenberg und Magdeburg zu überschreiten.

Davout war vorsichtig genug, nicht auf seinem Verlangen zu bestehen, er benachrichtigte vielmehr Thielmann noch am 11. März aus Wurzen, daß der General Charpentier statt seiner von Düben aus die erforderlichen Abteilungen zur Beobachtung der Elbe stellen würde. Zugleich hielt er es für geraten, Thielmann zu warnen, sich auf Unterhandlungen einzulassen. Deren Anknüpfung sei ein beliebtes Mittel der Gegner, um die Kriegslust zu schwächen. Erstaunt aber fragte er, wann Thielmanns Gewährsmann die von Thielmann erwähnten 6000 Mann feindliche Vorhut gesehen hätte und meinte spitz, mit den 180000 Preußen wäre das sicher ein Irrtum, er hätte wohl eine Null zuviel daran gehängt. Thielmann entgegnete gelassen, er sollte wegen der Unterhandlungen ohne Sorge sein, der kommandierende russische Offizier, der sich vor Torgau gezeigt hätte, hätte unterhandeln wollen, da er aber nicht einmal einen Trompeter bei sich gehabt habe, hätte er ihm mit Flintenschüssen gedient und er könne Sr. Hoheit die Versicherung geben, daß seine Garnison von einem vortrefflichen Geiste beseelt sei. Zugleich benutzte er die Gelegenheit, Vorstellungen über die geringe Disciplin der französischen Truppen zu machen. Alle Tage kämen ihm Klagen darüber zu. Das könne nur den Geist der Nation in Aufregung bringen. Mit seinem Kompliment fügte er hinzu: „Voilà encore pourquoi je me félicite de voir monsieur le maréchal à la tête du commandement." Mit geheuchelter Harmlosigkeit nannte er ein Datum, an dem sein Gewährsmann 6000 Mann Vorhut gesehen haben wollte und bat außerdem den Marschall dringend, wegen der Stärke der Preußen sich keinen Täuschungen hinzugeben. Davout nahm dies Schreiben schweigend hin. Diese Sprache, so korrekt sie im Allgemeinen schien, ließ sich doch etwas anders an als die von aufrichtiger Ergebenheit überfließenden Schriftstücke und Äußerungen des Majors Thielmann in den Jahren 1808 und 1809. Dem argwöhnischen Sinne des Fürsten von Eggmühl konnte dies nicht entgehen. Außerdem hatte er wohl auch geheime Beziehungen zu der Besatzung. So schöpfte Thielmann gegen den Hauptmann v. Rau Verdacht, daß er hinter seinem Rücken in Briefwechsel mit den französischen Behörden stände, und er beantragte deswegen seine Entfernung aus Torgau. Unverzüglich wurde seinem Wunsche stattgegeben und Gersdorff meinte zu Thielmann: „Sie haben in Hinsicht seiner Entfernung sehr recht und ich dachte augenblicklich daran, als mir die Veränderung der Umstände zu Ohren kam." Ein anderer Offizier der Besatzung, der Thielmann verdächtig schien, war der Oberst Bose. Einen Bäcker, der sich aufrührerische Reden erlaubte, ließ Thielmann nach dem Königstein schaffen.

Dem König meldete er eingehend über dies sein Verhalten und begründete ausführlich seine Beschwerdeführung wegen der schlechten Mannszucht der Franzosen voller Berechnung auf den Charakter Friedrich Augusts und indem er wiederum den einst von ihm als Schwindel verachteten Nationalgeist als Pressionsmittel benutzte: „Dieser Mangel an Mannszucht habe auf den Geist der Nation einen entschiebenen und höchst sichtbaren Einfluß, sodaß man sich gar nicht verhehlen könne: es glimme das Feuer unter der Asche, welches allerdings ebenso leicht zu unterdrücken sein würde, als es nicht zu leugnen sei, daß es auch nur der geringsten Veranlassung bedürfe, um es in eine helle Flamme ausbrechen zu lassen. Das Betragen des Feindes, welcher überall die größte Disciplin beobachte, trage hierzu das Meiste bei, und sei dies auch nur eine politische Maxime, um die Völker ihren Gouvernements abspenstig zu machen, so seien doch die Folgen davon immer dieselben."

Tags darauf hatte er abermals einen Versuch französischerseits sich in Torgau einzunisten zurückzuweisen, indem ein Abgesandter des die Verpflegung der französischen Truppen in Sachsen leitenden Intendanten erschien, um sich davon zu überzeugen, ob einem Antrage des französischen Gesandten Baron Serra, Torgau für 6 Monate mit Mehl, Zwieback und Futter zu versorgen, nachgekommen sei. Da dieser Antrag durch den König als Befehl übermittelt worden war, so war in der That am 12. März bereits für eine sechsmonatige Verpflegung von 8000 Mann gesorgt worden. Der Kommissar, Lemur mit Namen, trat nun mit der Absicht hervor, in Torgau zu bleiben und die weitere Verpflegung zu übernehmen. Thielmann ließ den Herrn kurzerhand abfertigen: Der Charakter des Königs von Sachsen wäre gewiß die beste Bürgschaft für die gewissenhafte Durchführung der vertragsmäßigen Verpflichtungen. Die Entsendung eines Kontroleurs schiene ihm daher überflüssig und schwerlich im Sinne des Kaisers zu sein. Er bäte daher den Herrn sich wieder zu seinem Intendanten zurückzubegeben, was denn auch geschah.

In den Maßregeln, die Davout unterdes ergriff, zeigte sich bald sein harter Charakter. Zunächst trat dies in der Versenkung von Schiffen hervor, welche bequem nach Torgau hätten geschafft werden können. Ihre Ladung wurde erbarmungslos dem Wasser übergeben. Die unnötige Zerstörung der Meißner Brücke durch ihn rief allgemeine Erbitterung hervor. Auch der König fühlte sich dadurch auf das Tiefste gekränkt. Dies Benehmen Davouts war der beste Weg, um, wie Gersdorff es ausdrückte, auch „den letzten Funken zu töten, der noch für fremdes Interesse aufglomm". In Bezug auf Thielmanns Verhalten gegenüber den französischen Behörden, über das auch ein offizielles königliches Schreiben Thielmann warme Worte der Zufriedenheit aussprach, äußerte Gersdorff, deutlich anerkennend, daß Thielmann die treibende Kraft des Ganzen war, deren Sachkenntnis man großen Spielraum gewährte: „Kraft mit Klugheit gepaart verfehlen ihres Zweckes nie, und machen selbst da einen Eindruck, wo Ängstlichkeit oder übertriebene Rücksichten in den Weg treten könnten. Der König billigt Ihr Benehmen wie Ihre Schritte vollkommen, und es leuchtet ihm ein, daß die Erfahrung Ihnen zur Richtschnur Ihrer Handlungen dient. — Der gute König überzeugt sich neuerlich leider von manchem."

So war es gekommen, daß Friedrich August abermals dem Drängen Napoleons nach Mainz oder Straßburg zu gehen widerstanden hatte. Freilich gelangte man im Hoflager zu der Auffassung, daß ein längeres Verweilen in Plauen angesichts dieses kaiserlichen Druckes und bei der Besetzung der Elbe durch die Gegner nicht ratsam sein würde. Napoleon hatte auch nicht ohne Berechnung seinen Ordonnanzoffizier Lauriston nach Plauen geschickt, um dem König recht genaue Übersicht von den ungeheuren Massen zu geben, die er demnächst ins Feld zu stellen gedächte. Deswegen faßte Friedrich August eine Flucht nach Baiern, voraussichtlich nach Regensburg ins Auge, und um sich gegen Napoleon zuvorkommend zu zeigen, beabsichtigte man den in Sachsen sehr wegekundigen Major v. Odeleben, Thielmanns alten Kameraden von Artern her, von dem er jetzt urteilte, daß er ein „ehrlicher Mann aber kein Adler sei", mit Karten zum Kaiser zu schicken, um ihm die Wege zu zeigen. Die Ablieferung der Karten unterblieb jedoch auf Asters Rat. „Wo denkt Ihr Menschen benn hin? Diesen Schatz" (die Karten) „aus den Händen zu geben" fuhr Thielmann los, als er davon hörte. Odeleben wurde dem Kaiser daher ohne die Karten beigeordnet. Gersdorff berichtete sehr zufrieden über die Baiern, die sich erfreut über die Absicht des Königs von Sachsen, bei ihnen eine Zufluchtsstätte zu suchen, gezeigt hätten. „Ist es doch als wenn sich an allen Orten Deutsche zu Deutschen neigten und sie sich weniger fremdartig als zeithero würden" bemerkte er ahnungsvoll und mit Befriedigung verzeichnete er, daß der König von Württemberg dem Kaiser Opposition mache. Er habe gesagt: er brauche seine Truppen in seinen Landen und habe außerdem in Folge der Sr. Majestät bekannten Ereignisse nur solche, die erst zu Soldaten gebildet werden müßten. Mißmutig hieß es weiter, daß Österreich neue Vorstellungen wegen des Friedens gemacht hätte. „Wenn es sie nur mit 200000 Mann unterstützen wollte!"

Bei so antifranzösischer Stimmung im königlichen Lager konnte Thielmann sich in seinen deutschen Gesinnungen nur bestärkt fühlen.

Am 14. März verlangte der Artilleriegeneral Noury im Auftrage Eugen Beauharnais die Entsendung von 18 Kanonen und 200 Patronen für jedes Geschütz nach Wittenberg. Thielmann lehnte dies kurz ab: Er könne durchaus kein Geschütz entbehren; und mündlich eröffnete er dem das Schreiben überbringenden französischen Offizier, daß er wegen der Festung von niemand Befehle annehmen würde als vom Könige seinem Herrn. Ebenso ging er nicht auf das mündliche Gesuch dieses Offiziers ein, eine Liste über den Bestand der Artillerie an das französische Generalkommando einzureichen.

In eine peinliche Lage geriet er jedoch, als unter dem 13. März Davout von Dresden aus, wo er eben Reynier abgelöst hatte, das abermalige Verlangen stellte, Geschütze zu liefern mit der Begründung, daß Reynier viel Artilleriematerial für Torgau besorgt hätte. Zwar weigerte er sich auch diesmal, konnte aber nicht umhin am 16. März die Absendung von 5 polnischen Kanonen zu melden. Ebenso mußte er notgedrungen den von Davout verlangten Mineur zur Sprengung der Dresdener Brücke abgehen lassen. Davout hatte zwar einige Redewendungen gebraucht, daß er vorläufig noch nicht daran dächte, die Brücke zu zerstören. Nur gezwungen würde er dazu schreiten, wenn eine Armee von 30 000 Mann in Schlachtordnung vor ihm stände u. s. w. Aber er ging sofort an die Ausführung seines Zerstörungswerkes, nachdem der Mineur in Dresden eingetroffen war. Hätte er den Volksgeist zu beurteilen verstanden, so hätte er aus den Vorgängen, die sich abspielten, als Reynier Anstalten zur Sprengung der Brücke traf, aber nicht ausführte, sich eine Lehre gezogen. Mochte die militärische Nützlichkeit der Maßregel vielleicht nicht zu bestreiten sein, so begab man sich dabei doch auf das Gebiet der Imponderabilien in der Volksseele. Eine Verletzung solcher Interessen, wie sie bei der Dresdener Brücke beteiligt waren, wog zehnfach schwerer als ein fraglicher militärischer Nachteil; und ein weitsehender Feldherr mußte das erkennen. Aber die Franzosen waren schon längst blind geworden für das was ihnen frommte. Deswegen gab der Oberbefehlshaber, der Vicekönig von Italien, den Befehl, jene aus gewaltigen Quadersteinen aufgeführte Brücke, die mit Polen und Sachsen darstellenden Bildsäulen geziert war, zu vernichten.

Reynier hatte demgemäß die Brücke, den Stolz der Dresdener, am 10. März sprengen lassen wollen. Kaum hatten die Bürger davon Kenntnis erhalten, so versammelten sie sich in Menge und verhinderten die beteiligten Arbeiter mit Gewalt daran. Der mit der Leitung der Sprengungsarbeit betraute französische Artillerieoffizier von der Division Durutte trat ihnen mit dem gezückten Degen entgegen. Im Nu entwaffnete ihn das empörte Volk und er wäre unfehlbar über das Geländer in die Elbe hinabgestürzt worden, wenn sich nicht angesehene Bürger ins Mittel gelegt hätten. Die aufgeregte Menge zog nun vor das Brühlsche Palais, wo Reynier wohnte, warf dort die Fenster ein und überhäufte den General, der allmählich ein den Sachsen wohlgesonnener Befehlshaber geworden war, mit Schmähungen. Reynier blieb ruhig, während General Durutte in die Masse kartätschen lassen wollte. Jedoch gelang es mittlerweile dem mit einigen Grenadierkompagnien herbeigeeilten sächsischen General Lecoq die Gemüter zu besänftigen. Edler von Lecoq, ein braver Offizier aus dem Beamtenadel des Landes, dessen Familie mit ihm am 30. Juni 1830 erloschen ist, schützte in der Nacht mit seiner eigenen Person das Leben des französischen Generals. Er hielt es für geboten, von der Sprengung abzuraten, mit dem Hinweise darauf, daß vielleicht blutiges Einschreiten erforderlich werden würde. Reynier beschwichtigte ihn und ließ in der That nur derartige Vorkehrungen — diesmal unter starker Schutzwehr — treffen, daß die Sprengversuche mißlingen mußten. Noch bevor er an die Ausführung ging, erhielt er am 13. März einen sechswöchigen Urlaub, um den er einige Zeit vorher eingekommen war, und brach sofort nach Paris auf. An seine Stelle trat Davout, der unverzüglich mit seiner bekannten Rücksichtslosigkeit ans Werk ging und am 19. März die Sprengung vollziehen ließ, die im ganzen Lande die größte Erbitterung hervorrief. Schon die Nachricht von der bestehenden Absicht die Dresdener Brücke zu sprengen, die gegen Thielmanns Willen durch den den Mineur abholenden Offizier in der Besatzung bekannt wurde, verursachte bei jener eine Stimmung, welche, nach den Worten Thielmanns an den König, „in Schranken zu halten ebenso viel Bestimmtheit als Delikatesse erforderte". In derselben Meldung an Friedrich August fragte Thielmann an, ob er nicht doch die von Davout geforderten 12 Kanonen Reyniers dem Marschall zur Verfügung stellen solle, obwohl jede Geschützabgabe ein großer Verlust wäre.

Doch scheint es mit jenen fünf polnischen Kanonen, mit denen der Bataillonschef St. Chr am 17. abging, sein Bewenden behalten zu haben. Thielmann hielt es nun aber für zweckmäßig, „da er die französischen Beobachter in Torgau nicht los werden konnte," sämtliche Reservekanonen auf das Sorgfältigste zu verbergen. Die nationale Erhebung griff währenddessen immer mehr um sich. Die Zeitungen waren voll von großen Tagesneuigkeiten. Thielmann scherzte zu seinen Offizieren: „In Plauen wissen sie nicht was vorgeht, ich muß ihnen nur die preußischen Zeitungen schicken." Dies that er denn auch am 17. März, also just am Tage, da von Breslau aus der Aufruf des Königs Friedrich Wilhelm an sein Volk erging. Er zeigte darin das Eintreffen des Yorckschen Korps in Berlin an und schätzte es nach Privatnachrichten auf 40 000 Mann. „Es scheint als wenn die preußischen Operationen der Kriegserklärung vorausgehen würden."

Am 18. März teilte Langenau ihm in chiffriertem Briefe das Einverständnis des Königs mit seinen Maßnahmen mit. Zugleich enthielt dieses Schreiben unter Übergehung des älteren Generals v. Lecoq, den man für den Posten nicht geeignet hielt, die endgültige Ernennung Thielmanns zum Gouverneur von Torgau, die doch am 24. Februar nur vorläufig erfolgt war. Damit wurde der Grund zu einer Feindschaft zwischen Lecoq, der übrigens ein geborener Torgauer war, und Thielmann gelegt, die bei Lecoq bis über den Tod des bevorzugten Generals hinaus anhielt. Schon am 13. März hatte Gersdorff eine Andeutung von dieser Bestimmung fallen lassen: „Ihre Existenz in Torgau ist nunmehro fest und es ist recht gut, daß es so ist. Ich habe Lecoq auf Befehl des Königs dann, wenn sich die Truppen nach Torgau werfen, zu seiner Person berufen müssen. Das wird einmal wieder eine Menge Eifersucht, unnützen Hin- und Herredens geben; wer kann helfen, jetzt ist Zeit zum Handeln. Sie verbinden mich, wenn Sie Lecoq und dem Publiko von dieser soeben gegebenen Nachricht nichts merken lassen." Darauf hin hatte Thielmann an Langenau in einem Briefe, den sein Adjutant Burkersroda nach Plauen überbrachte, geschrieben: „Lassen Sie mich nicht wie eine ausgehetzte Katze sein und schreiben Sie mir öfter als bisher. Gersdorff benachrichtigt mich unterm 13., daß meine hiesige Existenz nunmehr gewiß sei. Nichts destoweniger läßt mir Lecoq sagen, er hoffe mich bald abzulösen. Ich glaube fast, daß der Zeitpunkt, wo ich mit Ehren von hier abgerufen werden kann, vorüber sei, und ich wünsche nicht vor Europa nur als imbécille aufgestellt zu werden. Als vorauszusehen war, daß Rehnier noch diese Sache mache, konnte ich, ohne meiner Ehre zu nahe zu treten, von hier abgehen. Jetzt ist es zu spät, Burkersroda wird Ihnen mehr sagen. Was ich in Chiffern sagte, ist natürlich unter sich geschehen, aber nichts destoweniger nur allzu wahr." Schon am 15. März bestätigte auch Senfft in einem Freundschaft und wirkliche Würde atmenden Schreiben die Nachricht: „Ich wünsche mir und der Sache des Vaterlandes und dem König selbst Glück zu dem gefaßten Entschluß, Sie definitiv bei dem Kommando in Torgau zu lassen. Endlich wird es einmal eine militärische That geben, die einem sächsischen General das große Kreuz des Heinrichsordens verschafft und verdient! Es bedurfte des hier zurückfolgenden Marchandschen (?) Briefes nicht, um den König wegen Ihrer Korrespondenz zu beruhigen. Ich hoffe wir werden doch endlich unsere eigene Würde fühlen und in diesem Gefühl sprechen und schreiben lernen!

Meine Frau dankt Ihnen innig für die liebenswürdige Art, wie Sie ihrer gedenken. Wir freuen uns so oft wir in Gedanken uns mit Ihnen beschäftigen, liebster General, und sind stolz auf Ihre Freundschaft, die wir von ganzem Herzen erwidern."

Noch besser unterrichtete Thielmann ein Brief Langenaus vom 16. über die Ansichten im Hoflager. Er erfuhr daraus, daß Friedrich August Protest beim Kaiser gegen die Sprengung der Dresdener Brücke erhoben hatte. Langenau bemerkte hierzu in nicht mißzuverstehender Weise: „Hilft dies auch nichts als Mittel zum Zwecke, so kann es doch für die Zukunft in mancherlei Hinsicht nützlich angewandt werden. Hoffentlich verstehen Sie mich!" Über Senfft sprach sich Langenau sehr zufrieden aus: „Er sieht und handelt wie wir." Am meisten Schwierigkeiten bereitete der auf Trennung von Frankreich hin-

arbeitenden Partei am Hofe der König selbst. „Sein Märtyrer-
glaube“, urteilte Langenau, „entfernt ihn von allen Maßregeln, die
Kraft und eigenen Willen verraten. Nur von der Zukunft läßt
sich Einiges h o f f e n , aber nicht mit Bestimmtheit voraussetzen.“
Etwas matter fuhr er fort: „Der Kaiser kündigt große Mittel an
und ich glaube selbst, daß er bedeutende Truppenmassen bringen wird.
Das fortgesetzte Zögern von der andern Seite“ (hauptsächlich ist wohl
Österreich gemeint) „fällt mir auf; beides gewährt Stoff zum Nach-
denken und mahnt doppelt an kalte Ruhe und Vorsicht. Mai, Juni
und Juli müssen — so scheint es mir — der Welt Loos entscheiden,
und bis dahin ist Hinhalten des Feindes wie des Freundes unsere
einzige Maxime. Sie können hierzu unendlich viel beitragen.“

Langenau schob den Zeitpunkt der Entscheidung also etwas lange
hinaus. Die Politik des Lavierens sollte demgemäß noch viele Monate hindurch fortgesetzt werden. Thielmann gab sich in seiner Antwort auf diese Ausführungen unter innigen Freundschaftsbeteuerungen
zwar den Anschein, als wenn sich ihre beiderseitigen Meinungen vollkommen deckten. Das war aber nur das diplomatische Mäntelchen,
um seine etwas abweichende Ansicht darzulegen. Thielmann vertrat vielmehr die Auffassung, daß man in ganz kurzer Frist sich entscheiden müsse: „Wenn ich Sie in meinem Leben nie lieb gehabt“
so schrieb er, „wenn ich selbst Sie nicht einmal geachtet hätte, so
würde jetzt Ihr Brief mich zu Ihrem warmen Freund machen. Man
kann den Punkt nicht richtiger treffen, als Sie es thun, und man kann
dasjenige, worauf es ankommt, nicht klarer herausheben und nicht
einfacher darstellen, als Sie es gethan haben. Wir haben ganz
eine Ansicht, und da ich doch bald von Ihnen und dem Hof getrennt sein werde, und alsdann nach eigener Überzeugung meine
Handlungsweise einrichten muß, so muß unsere Übereinstimmung nicht
allein für uns und das Gesamtwesen beruhigend, sondern für letzteres
auch nicht anders als heilsam sein. Was die Zukunft anbetrifft,
so kann ich, menschlichen Ansichten nach nicht anders als gewiß glauben,
wir werden durch Frankreichs Demütigung ein anderes System zu
ergreifen in Kurzem genötigt sein und zwar aus folgenden Gründen:
1. Weil die Erfahrung uns aus der militärischen Unmündigkeit ins

männliche Alter eingeführt hat, welches sich schon im österreichischen Krieg bei den Österreichern sowie bei den ihnen gegenüberstehenden Bundesgenossen gleich schön aussprach, dahingegen in Frankreich Übersättigung und Widerwillen eingetreten sind, worüber, um überzeugt zu sein, wir nur gar zu viele eigene Erfahrungen gemacht haben, sobaß also die militärische Wagschale wenigstens auf dem Indifferenzpunkt steht. 2. Aber wenn im Revolutionskrieg und in den andern Feldzügen des Kaisers erst der Enthusiasmus der Freiheit und sodann jener der Nationalehre Frankreich unüberwindlich machte, so ist dies etwas erloschen, und das empörte Gefühl der Völker gegen beispiellose Unterdrückung und die beleidigte Nationalehre treten jetzt in u n s e r e Reihen und machen unsere Wagschale mächtig sinken. Also zweifle ich garnicht an großen militärischen Erfolgen gegen Frankreich." Mit richtigem politischem Blicke setzte er hier hinzu: „Aber wenn diese Siege errungen sein werden, dann werden Eifersucht, Zwietracht, Neid und alle kleinlichen Leidenschaften vielleicht Alles vergeblich geschehen sein lassen, wenn wir nicht zuvor mit Wien, Berlin und Petersburg Deutschlands Zukunft festsetzen."

Die ganze Sorge des Königs erregte in dieser kritischen Zeit das Benehmen des Herzogs Karl August von Weimar, des Hauptes der älteren wettinischen Linie. Die jetzt mit der Königskrone geschmückten Albertiner hatten einst im Reformationszeitalter, als die Ernestiner wohl mutige Glaubensbekenner, aber schwache Fürsten waren, die Erbschaft der Kurwürde angetreten. Jetzt hatten sich die Zeiten geändert. An Stelle des unternehmenden Moritz saß ein schwacher Fürst auf dem Thron der Albertiner und darauf baute der Ernestiner seine Pläne. Schon 1801 hatte Thielmann bei seiner Reise nach Paris aus Talleyrands Munde erfahren, daß Karl August allen Ernstes Unterhandlungen wegen Erlangung der sächsischen Kurwürde geführt hatte und Freund Narbonne hatte ihm noch des Näheren mitgeteilt, daß der Weimaraner schon mit dem Direktorium außer wegen der Kurwürde auch noch wegen Abtretung eines Stückes Land durch die albertinische Linie unterhandelt habe, aber durchgefallen sei. Bonaparte hatte selbst Andeutungen davon als Generalkommissar auf dem Rastadter Kongreß gemacht, wie Thielmann sich entsann. Die Unentſchiedenheit Friedrich Auguſts in der jetzigen Lage, die mehr als je zur Entſcheidung drängte, ließ im Kopfe des Herzogs von Weimar von Neuem den Gedanken entſtehen, den Albertiner zu verdrängen. Dies entging wachſamen Augen nicht, und Langenau warnte am 15. März den ſächſiſchen Geſandten für Frankreich Juſt: „Ich mache Sie auf die Kabalen des Herzogs von Weimar aufmerkſam, die mit Recht täglich mehr Beſorgniſſe wecken," und an Thielmann ſchrieb der General deswegen: „Es wird immer wahrſcheinlicher, daß der Herzog von Weimar gegen uns noch mehr als vielleicht gegen Frankreich ſelbſt kabaliert. Sie haben Konnexionen in Weimar, und iſt es noch Zeit, ſo ſparen Sie nichts, um Aufklärung von dorther zu erhalten. Selbſt Verloren" (der herzoglich-ſächſiſche Miniſterreſident am königlich-ſächſiſchen Hofe) „wird bereits als ein erbärmliches Mittel zum Zwecke angewendet." Thielmann entgegnete darauf: „In Weimar iſt nichts zu erfahren. Der Herzog und Voigt arbeiten allein. Inbeſſen bin ich überzeugt, daß der Herzog die ſchwärzeſten Pläne gegen uns ſchmiedet und uns das Nichtzutafelbitten in Dresden nie verzeihen wird." Dieſe Pläne Sachſen-Weimars beſtätigend bemerkte eine vermutlich auch von herzoglicher Seite beeinfluße Zeitung einige Wochen ſpäter nach dem Fortgang Friedrich Auguſts nach Regensburg höhniſch: „Sollte die Erneſtiniſche Linie ihre alten Rechte wieder erlangen, ſo würde der katholiſche Chef der Albertiniſchen doch immer noch Erzbiſchof von Regensburg werden können."

Wie „von Gott geſandt" kam Thielmann die Ordre vom 18., wonach er endgültig zum Gouverneur beſtimmt wurde und die ihm ausdrücklich vorſchrieb, nur vom Könige Befehle anzunehmen. Denn inzwiſchen wurden Davouts Anträge immer bringlicher und er merkte deutlich heraus, daß der Marſchall gegen ihn ergrimmt ſei. Davout kündigte ihm an, daß er ihn vor den Wällen zu ſprechen wünſche. „Ich fürchte alles von ihm" ſchrieb Thielmann an Langenau, „habe aber auch alle meine Maßregeln genommen." Die eben eingetroffene königliche Ordre deckte ihn wenigſtens formell gegen alle Forderungen des Marſchalls: „Ein günſtigerer Moment des Empfangs konnte nicht ſein."

Davout kam jetzt nach Sprengung der Dresdener Brücke über Torgau, um ſich nach Wittenberg zu begeben, das er in Verteidigungs-

zustand setzen ließ. War dies doch der einzige Waffenplatz, der den
Franzosen in Sachsen noch geblieben war. Jetzt rächte es sich, daß
Thielmanns früherer Rat, Wittenbergs Wälle zu schleifen, aus Spar=
samkeitsrücksichten nicht befolgt war. Davout wollte persönlich von
Thielmann die unverzügliche Entsendung der schon wiederholt verlangten
Geschütze nach Wittenberg fordern. Daß Thielmann in seinen Mel=
dungen die Stärke der Gegner übertrieb, davon hatte er sich inzwischen
überzeugt. So richtete er am 18. März an den Oberkommandierenden
Eugen Beauharnais ein Schreiben, mit dem er die Meldung eines
Adjutanten überreichte, worin es hierzu hieß: „Il (der Rapport) est
une nouvelle preuve de l'exagération des rapports du général
Thielmann." Am 21. März kamen gleichsam als Vorboten Davouts
2 Bataillone und 1 Kompagnie französischer Truppen an, um auf
Befehl Davouts in Torgau als Garnison zu bleiben. Thielmann
ließ sie nicht ein. Am Nachmittag traf Davout selbst zu Wasser in
Torgau ein. Der Gouverneur empfing ihn beim Aussteigen aus
dem Kahne. Sonderbare Gefühle mochten die beiden Männer be=
wegen, als sie sich jetzt wieder gegenübertraten. Einst das Werkzeug
der französischen Willkür, schien es jetzt fast so, als wenn Thielmann
der Gebieter wäre. Jedenfalls war die Sonne Frankreichs im Sinken,
während Thielmann voll froher Hoffnungen für sein Vaterland in die
Zukunft blickte. Im Bewußtsein der vertauschten Rollen beherrschte
Davouts Stimmung eine gewisse Düsterkeit. Er besichtigte die Festungs=
anlagen und blieb die Nacht in Torgau. Die Weigerung Thielmanns,
französische Besatzung aufzunehmen vermied er zu berühren. Energisch
aber stellte er die Forderung die Kanonen herauszugeben und trat
ihm mit jenem brutalen Ton entgegen, der den französischen Mar=
schällen in Deutschland nachgerade zur Gewohnheit geworden war.
Thielmann erklärte ihm kalt, daß er sich von keinem imponieren lasse
„und nur Gott, sonst niemand fürchte". Davout meinte: Er
spräche ja wie ein preußischer General. Im Weiteren sprach der
Marschall von dem Dienste, den er dem Kaiser durch die Sprengung
der Dresdener Brücke geleistet habe. Der sächsische General erwiderte,
er glaube, damit habe er dem Kaiser den schlechtesten Dienst erwiesen,
indem er durch die in militärischer Hinsicht unnütze, sogar schädliche

Maßregel sich die Herzen aller „Rechtschaffenen" entfremdet habe. Fast schien es so, als wenn diese Bemerkung Eindruck machte. Durch die Ungeschicklichkeit eines Obersten Birnbaum erfuhr Davout, daß ein gefangener russischer Major in der Festung umhergehen durfte und daß man ihn mit aller möglichen Rücksicht behandelte; er wies Thielmann darauf hin, daß dies gegen die Regel sei, worauf Thielmann entgegnete, der Major sei sein Gefangener und er könne thun und lassen was ihm beliebe.

Im höchsten Ingrimm setzte Davout seine Reise nach Wittenberg fort. Er war ohnmächtig gegen diesen Ungehorsam eines rheinbündischen Staates, und hätte das Schlimmste befürchten müssen, wenn er auf seinem Willen beharrte. Sah er sich doch sogar gezwungen einen unangenehmen Auftritt zwischen einem Offizier seiner Eskorte und einigen Offizieren der Garnison, in dem sich deren wachsende französenfeindliche Stimmung zeigte, nicht zu beachten. An den Vicekönig aber erstattete er am 23. aus Strehla Bericht:

„Sie erhalten nicht eine einzige Kanone für Wittenberg aus Torgau. Ich habe nach Ihren Befehlen deswegen Schritte beim General Langenau gethan. Ich habe keine Antwort erhalten. Ich habe deswegen auch in Torgau mit General Thielmann gesprochen, der über einen wahrhaften Überfluß an Kanonen verfügt, denn nach seinem eigenen Geständnis sind dort 280 Feuerschlünde. Dieser General hat mir ausdrücklich erklärt, daß er nicht ein einziges Geschütz aus seinem Platze hergeben würde, wenn nicht ein ausdrücklicher Befehl seines Königs vorläge, und ich habe alle Ursache zu glauben, nach der Art und Weise, in der er sich ausdrückte, daß dieser Befehl nicht gegeben werden wird ... Der General Thielmann greift die Sachen in einem hohen Tone an und sicherlich hat er dazu Instruktionen ... Ich bin unzufrieden mit den Gesinnungen dieses Generals gewesen. Nicht nur sieht er sehr schwarz, er gefällt sich auch in der Verbreitung all der Abgeschmacktheiten, welche die Schlechtgesinnten aussprengen." Zu dem Oberforstmeister Freiherrn Georg v. Schleinitz auf Schloß Pretzsch aber äußerte Davout am 22. März, er müsse Thielmanns Benehmen als Furcht und Mißtrauen gegen die französischen Waffen auslegen. Das verübele er ihm um so mehr, als Thielmann doch die französische Armee kennen sollte.

Thielmann aber versammelte nach der Abreise des Marschalls seine Offiziere und schärfte ihnen die nötige Mäßigung ein. Zum ersten Mal sprach er sich hierbei aber auch laut gegen Frankreich aus. Es scheint, als ob der Aufruf an das preußische Volk, der inzwischen bekannt geworden sein dürfte, auch innerhalb der Wälle Torgaus und bei Thielmann gezündet hatte. Die Versammlung der Offiziere begrüßte dies mit lautem Jubel und brachte ein Hoch auf den verehrten und geliebten Kommandeur aus.

Gleichsam um den Marschall noch mehr zu erbittern meldete ihm Thielmann in einem Schreiben, das Davout in Strehla am 23. erreichte, daß auch die übrigen sächsischen Truppen von Dresden sich nach Torgau begeben würden. Davout setzte den Vicekönig davon in Kenntnis. Dies schiene ihm doch auffällig. Bis heute hätte man sächsischerseits doch noch nicht solche Sprache geführt. Der Abmarsch der sächsischen Truppen aus Dresden erleichtere dem Feinde den dortigen Übergang, da so die ganze obere Elbe von Truppen entblößt wäre. Überhaupt bezeigten die Sachsen ein bemerkenswertes Mißtrauen. Sie ließen keine französischen Truppen mehr in die Festung u. s. w.

Nach Abgang des Berichts an den König über die Begegnung mit Davout erhielt Thielmann von Langenau unter dem 18. März eine chiffrierte Ordre des Königs, mit folgendem Erläuterungsschreiben Langenaus: „Ich habe den König dazu veranlaßt; sie soll für den Fall, daß Sie nicht mehr wären, einem jeden andern zu einer Art von Instruction dienen. Dieser Gedanke veranlaßte mich darauf anzutragen, daß Ihnen der General Sahr zugeteilt werde, der, wenn unser Unstern Ihre Abwesenheit wollte, dann freilich von dem Oberstleutnant Aster ganz zu leiten wäre. Sie sehen, daß ich bis zur Impertinenz sicher gehe, und ich erlaube mir daher, Sie daran zu erinnern, Aster ganz in das Geheimnis Ihrer Ansichten zu ziehen. — Ich habe die Überzeugung, daß alles, was bis jetzt geschah, recht und klug ist, und bin mit dem Könige und mit dem Senfft jetzt vollkommen zufrieden."

Der Chef des Generalſtabs, Oberſtleutnant Aſter, ſelbſt aber ſchrieb an Langenau unter dem 22. März:

„Der General ſchenkt mir ſein unbedingtes Zutrauen und zieht mich allein in jedes Geheimnis ſeines Briefwechſels mit Ihnen und dem König, weshalb ich gerade in dieſer Periode noch mehr als in jeder andern zu thun habe und keiner andern Feder das anvertrauen kann, was er ſelbſt mit der größten Ängſtlichkeit geheim hält. Sollte Ihnen an meiner Meinung über das, was von hier ausgeht, etwas liegen können, ſo ſeien Sie verſichert, daß Sie bei dem vertraulichen Verhältnis, in welches mich der General zu meiner höchſten Zufriedenheit eingeweiht hat, auch jedesmal meine Meinung miterfahren, weil er mir jeden Gegenſtand von einiger Wichtigkeit mitteilt und Gründe für und wider denſelben auf die ſorgfältigſte Art abwägt. Der Mann iſt unter den jetzigen Verhältniſſen unſchätzbar für den Staat und gewinnt täglich mehr an Zutrauen und Liebe beim Bürger und Soldaten. Wir haben, wie ich Ihnen ſchon neulich ſchrieb, bis jetzt keinen andern Rat als, unſere Handlungen, denen gewiß der beſte Wille zu Grunde liegt, immer ſo einzurichten, daß des Königs und aller Rechtlichdenkenden Wünſche damit zu vereinigen ſind.“

Vom Hofe wurde unterdes der Rittmeiſter im Generalſtabe Graf Schulenburg nach Paris geſchickt, um in aller Form Beſchwerde über das Benehmen Davouts zu führen und die Geſichtspunkte auseinanderzuſetzen, nach denen man bei der bisherigen Verwendung der ſächſiſchen Truppen verfahren ſei. Man habe die Grundanſicht gehabt, daß die Infanterie und Fußartillerie nach Torgau in Sicherheit zu bringen ſei. Als die Nachricht über die Abfertigung Davouts durch Thielmann eintraf, ſchrieb Gersdorff unterm 23. begeiſtert:

„Sie haben ſich Lorbeeren verdient.“ Aber der, wenn auch einſichtsvolle, ſo doch durch einigen Mangel an Entſchiedenheit ſich auszeichnende Mann wollte auch nicht müßig geweſen ſein. „Wir,“ fuhr er fort, „die wir hier redlich in Ihr Lied einſtimmen, können uns wahrlich auch rühmen unter Kummer und Sorgen etwas zum Beſten des Landes beizutragen.“ Im Widerſpruch mit Langenau, der gegenwärtig mit dem König zufrieden zu ſein vorgab, äußerte ſich Gersdorff dies mal sehr mißvergnügt über Friedrich August. „Von der Unruhe unsers guten Königs haben Sie keinen Begriff; Sie kennen ihn und die Ereignisse, folglich können Sie sich auch seine Stimmung denken. Und dabei diese Taubenunschuld. Immer das Bessere nur glauben, niemand etwas Schlimmes zutrauen, alle Welt für so reblich halten als er selbst ist. Wahrlich diese parabiesische Ansicht der Welt, ihrer Bewohner und Moral macht uns das Leben nicht selten sehr sauer." Dann klagte er über die Unzufriedenheit der Nation mit der Regierung, ohne zu ahnen, daß die guten Gesinnungen ohne Handlungen nichts nützten und daß bei der sonstigen Unthätigkeit kleinere Schritte, die vielleicht im Sinne der Nation genommen würden, von dieser nur zu leicht falsch gedeutet werden mußten. „Sie werden mit uns zufrieden sein; wollte der Himmel, daß es die Nation ebenso wäre, und daß diese wüßte, wie wir denken und handeln. Bei der besten Meinung ist bis jetzt Undank unser Lohn. So weiß ich, daß die eben so nötige als kräftige Maßregel, unsere Truppen von Dresden zu entfernen und dadurch eine gewisse Selbständigkeit zu manifestieren, daselbst falsch angesehen und beurteilt worden ist."

Freilich muß die Lage in der Umgebung des Königs verzweifelt gewesen sein. Nach dem Zeugnis Langenaus war dort Furcht das einzig geltende Prinzip, durch das die Klugheit noch wirken konnte. Kaum hatte man Schulenburg nach Paris gesandt, um über Davout Beschwerde zu führen, so überkam diese mattherzigen Menschen auch gleich eine tötliche Angst wegen der möglichen Folgen dieser Mission. Langenau, der einzige willensstarke Mann in diesem Chaos von Willenlosigkeit konnte durchaus nicht nach bestimmten Grundsätzen und planmäßig vorgehen, sondern mußte je nach den Umständen, je nachdem sich Gelegenheit darbot, handeln. „Sie sind, bei Gott", so meinte Langenau am 25. zu Thielmann, „unter uns allen der beneidenswerteste. Sie allein können kräftig und konsequent handeln und deshalb mit sich selbst zufrieden sein. Ich versichere Sie, es gehört fast übermenschliche Kraft und mein Glück dazu, um die Leute auf der einmal begonnenen Bahn zu erhalten." Im Weiteren sprach er sich bedeutungsvoll über die Gesamtlage und auch über seine Zukunftspläne aus. Es scheint darnach, als wenn der egoistische Mann sich schon da-

mals mit dem Gedanken getragen hat, eventuell in österreichische Dienste
zu treten. „Württemberg geht etwas leichtsinnig vorwärts und kann
uns nicht zum Muster dienen. Baiern wankt — bis zur ersten
Schlacht haben wir sämtlich einen harten Stand. Es komme wie
es wolle, so kennen Sie meine Gesinnungen. Ich werde mit mir
selbst nicht eher ins Reine kommen, bis ich den Kaiser selbst in einer
Hauptschlacht entweder siegen oder besiegt sehe. Im ersteren Falle verdient die neue preußisch-russische Armee keinen Schatten von Achtung."

So stand Thielmann in diesem Moment groß da. Dort in
Plauen ein unstetes Schwanken, Lavieren, Zittern und Beben, hier
in Torgau Festigkeit des Willens und frohe Hoffnungen für die Zukunft. Der König und seine Ratgeber schenkten ihm unbegrenztes
Vertrauen und blickten voll Bewunderung auf ihn. Bürger und
Besatzung, an der Spitze die Offiziere und der treffliche Generalstabschef hingen dem geliebten Führer mit Begeisterung an. Der Bruder
des Oberstleutnants Aster hat uns überliefert, daß schwerlich jemals
die Besatzung und Bürgerschaft einer Stadt mit größerer Liebe und
Verehrung ihrem Kommandanten zugethan gewesen wäre als die Torgauer dem Freiherrn v. Thielmann. Allen Versuchen der Franzosen,
in der Festung Fuß zu fassen, hatte der Gouverneur mit Konsequenz,
Nachdruck und odysseischer Schlauheit zu trotzen gewußt. Die Wellen
der französischen Invasion waren dichter und dichter an die Festungs-
mauern herangekommen, bis sie schließlich durch Davout den letzten und
gefährlichsten Versuch unternahmen, in dies Bollwerk einzubringen.
Jetzt trat die französische Wellenflut zurück, eine andere mächtigere
Wogenmasse drängte sich heran und schon schlugen ihre ersten Wellen
an Torgaus Thore. Wird der geschickte Steuermann darin auch
diesmal dem Wogendrang zu widerstehen wissen oder wird er gar die
Pforten öffnen, um der Brandung Einlaß zu gewähren? —

Allmählich waren alle Lunetten Torgaus armiert und die Forts
geschlossen. Die Außenwerke wurden durch Pallisaden miteinander verbunden. Aber ein unwillkommener Gast zeigte sich in der Festung, das
Nervenfieber. Schon am 24. März zählte die Besatzung 1200 Kranke.
Das Eintreffen der aus Rußland zurückkehrenden Truppen vom Rey-
nierschen Korps unter Lecoq am 27. war nicht geeignet die Aussichten

für den Gesundheitszustand zu verbessern. Denn diese allerdings erprobten Truppen, die sich soeben auf Befehl ihres Königs von der Division Durutte getrennt hatten, trugen infolge der überstandenen Strapazen den Keim zu Krankheiten aller Art in sich. Es war hauptsächlich Fußvolk und Artillerie. Die Hauptmasse der Reiterei hatte sich unter Gablenz, Thielmanns Waffengefährten von 1809, nach Krakau begeben. Lecoq brach noch an demselben Tage ins Hoflager auf und kam gerade zur rechten Zeit, um es noch in Plauen anzutreffen, denn am 28. brach König Friedrich August nach Regensburg auf. Ganz wohl fühlte der König sich selbst nicht bei diesem Entschluß nach Baiern zu gehen, denn die Immediatkommission wurde angewiesen auf zweckmäßige Weise darauf hinzuwirken, daß das Volk über die Richtigkeit der Gründe zu der Entfernung aufgeklärt würde. Thielmann erhielt von Senfft unter dem 27. ein Schreiben, das die Richtschnur angab, nach der er handeln sollte und in dem es hieß: „Ich schreibe Ihnen in dem wichtigen Augenblicke, wo der König das Land verläßt und Sie allein es halten. Sie werden es halten mit Klugheit und Würde, durch Parlamentieren Zeit gewinnen, jeden unwürdigen Antrag zurückweisen, jeden ehrenhaften so aufnehmen, daß man Vertrauen zu uns fasse, indes Sie ihn uns überliefern mit der Überzeugung, daß wir Deutsche sind, die das fremde Joch hassen, aber etwas Zeit, die Formen des Anstands und zu unserer Sicherstellung Garantien und — auch für das Herzogtum — ehrenhafte Bedingungen haben müssen. So finden Sie also, teuerster Freund, Ihre ganze Instruktion in Ihrem Herzen voll edler Gefühle. Der König ist gestählt und die Briefe von Davout und dem einfältigen Durutte haben keinen Eindruck auf ihn gemacht.. Nehmen Sie unter keiner Bedingung einen fremden Kommandanten oder ein fremdes Bataillon auf."

An demselben Tage, an dem die Truppen Lecoqs eintrafen, erhielt Thielmann ein Schreiben Wittgensteins aus Berlin vom 25. März, in dem dieser ihn auf das Elend Deutschlands hinwies und ihn ersuchte an der Befreiung des Landes teilzunehmen. „Wollen Sie unserer vereinten Macht mit einer Handvoll Menschen trotzen? Wollen Sie Sachsen zum Kriegsschauplatz werden lassen? Wollen Sie zur Unter-

jochung Deutschlands beitragen?" Er solle daher freien Durchzug
gewähren und sich deswegen mit dem General Kleist, dem Führer
der Vorhut, in Verbindung setzen. Thielmann lehnte den Durchzug
kurz ab. Er wäre Militär und könnte nur von seinem König und
Herrn Befehle deswegen annehmen. Dem das Wittgensteinsche
Schreiben überbringenden Offizier aber versicherte er auf seine Frage,
ob er die Befehle der Marschälle ausführen würde, daß dies schon
jetzt nicht mehr geschähe. Acht Tage lang wären die Kanonen auf
den Wällen geladen gewesen, um sie gegen die Franzosen zu gebrauchen,
die Miene gemacht hätten Torgau zu besetzen. Kleist teilte dies erfreut
an Dorck mit und bemerkte dazu: „Diese Außerungen sind hinreichend
um über die Gesinnungen, die in Torgau herrschen, aufzuklären.
Thielmann erwartet Ordres von seinem Könige, die unsern Wünschen
entsprechen. Dies ist so viel wert als eine gewonnene Affaire." Mit
Freuden vernahm Gneisenau, daß Thielmann seine „Grundsätze gewechselt habe". Er wandte sich daher an ihn und riet ihm das Schloß
von Meißen zu einem festen Punkt umzuschaffen und einen Brückenkopf
dabei anzulegen, damit die preußisch-russische Armee einen festen Punkt
an der Elbe hätte, der ihr einen sichern Übergang über diesen Strom
gewährte. Thielmann erklärte sich damit einverstanden und Gneisenau
entsandte daher einen Ingenieuroffizier nach Meißen.¹) Zu gleicher Zeit
wurde die von Ernst Moritz Arndt verfaßte Proklamation Wittgensteins
an die Sachsen, datiert Berlin 23. März, verbreitet. Sie schlug einen
Ton an, der in Deutschland bisher unerhört gewesen war. Kaum
daß Herzog Wilhelms von Braunschweig patriotische Glut hiermit
zu vergleichen war. Aber die deutschen Patrioten, die sich überall
in Sachsen regten, begrüßten diese Sprache mit Freuden. „Brave
Sachsen!", so ließ dieser Wortführer der Patrioten, Wittgenstein zu den
Einwohnern des Landes sprechen, „wie soll ich zu Euch reden? — als
Euer Feind? Das bin ich nicht. Ihr seid ja biedere Deutsche und
ich bin gekommen, um alle Deutsche von dem schimpflichen Joche
zu befreien. So will ich denn als Euer Freund mit Euch reden;
hört mich! denn ich meine es gut mit Euch." Er schilderte dann, wie

---

¹) Gneisenau an Hardenberg 27. März. Vgl. Pertz, Gneisenau II 541. In
Thielmanns Nachlaß findet sich hierüber nichts.

Friedrich August nicht frei denken und handeln könne: „Er darf nicht sprechen, wie es ihm gewiß ums deutsche Herz ist" und erinnerte an den alten Sachsenruhm. Dabei beging er einen vor Herausgabe der Monumenta Germaniae verzeihlichen geschichtlichen Lapsus, indem er auf die Heldenthaten der Niedersachsen unter Wittekind hinwies, ohne zu bedenken, daß die Einwohner des albertinischen Landes von ganz anderem Stamme waren. Er zeigte ihnen, daß es in ihrer Macht liege Sachsen zu befreien. „Wer nicht mit der Freiheit ist, der ist gegen sie. Darum wählt! meinen brüderlichen Gruß oder mein Schwert!" In Plauen war die Wirkung dieser Worte verhängnisvoll.

Dort zeigte sich wieder die alte Nervosität. Die Folge war eine scharfe Wendung in der Politik zu Österreich hin. In höchster Aufregung schrieb Senfft an Thielmann, die Stellung seines Königs wahrend: „Die Proklamation ist aus der Feder eines Generals, der nicht einem comité du salut public, sondern einem Kaiser dient, ein Attentat gegen die Grundpfeiler, auf welchen der Thron seines eigenen Souverains ruht und wenn dieser selbst eine solche Sprache genehmigt, ein Vergessen der eigenen Würde, das für die Sache selbst nichts gutes ahnen läßt. Wir sind natürliche Verbündete der Sache Deutschlands und der Freiheit, wer uns aber die Schande zumutet, uns ohne Sicherheit für den Staat zu gewähren und auch ohne nur zu dem Regenten gesprochen zu haben als schwindelnde Empörer den Fremden in die Arme zu werfen, ja der ist unser Feind! Eine neue Sklaverei — die elendeste wäre es, wenn wir uns jetzt von der Furcht vor dem Einbrucke, den jener Schritt auf das Volk machen könnte, hinreißen ließen. Das wäre recht eigentlich die Krone ablegen."

Er hatte so Unrecht nicht, und diplomatisch war das Vorgehen Wittgensteins gewiß nicht. Im Überschwange der Begeisterung ließ man sich zu diesen Schritten hinreißen. Formell war es jedenfalls richtiger, daß der König erst gefragt wurde, ehe man über ihn zur Tagesordnung überging, wenn man sich auch mit geringen Hoffnungen wegen einer solchen Anfrage tragen mochte. Selbst Scharnhorst mißbilligte die vorschnelle Politik Wittgensteins, ganz abgesehen von den vorsichtigeren Monarchen, insbesondere König Friedrich Wilhelm, und von so korrekten Männern wie General Kleist, der jetzt auf Torgau los ging.

Noch mehr aber ließ Blüchers Proklamation an die Sachsen, die aus Bunzlau ebenfalls am 23. März erging und von keinem geringeren als Gneisenau verfaßt war, im strengen Sinne die Regeln der Politik außer Acht. In großartiger Sprache rief dieses Flugblatt die Sachsen zum Befreiungskampfe auf: „Sachsen! Wir betreten Euer Gebiet, Euch die brüderliche Hand bietend. Im Osten von Europa hat der Herr der Heerscharen ein schreckliches Gericht gehalten, und der Todesengel hat dreimalhunderttausend jener Fremdlinge durch Schwert, Hunger und Kälte von der Erde vertilgt, welche sie im Übermut ihres Glücks unterjochen wollten. Wir ziehen, wohin der Finger der Vorsehung uns weiset, um zu kämpfen für die Sicherheit der alten Throne und unsere Nationalunabhängigkeit. Wir bringen Euch die Morgenröte eines neuen Tages. Sachsen! Ihr seid ein edles, aufgeklärtes Volk! Ihr wißt, daß ohne Unabhängigkeit alle Güter des Lebens für edelgesinnte Gemüter keinen Wert haben, — daß Unterjochung die höchste Schmach sei! . . . Auf! vereinigt Euch mit uns, erhebt die Fahne des Aufstandes gegen die fremden Unterdrücker und seid frei! Euer Landesherr ist in fremder Gewalt; die Freiheit des Entschlusses ist ihm genommen. Die Schritte beklagend, die zu thun eine verräterische Politik ihn nötigte, wollen wir sie ebensowenig ihm zurechnen als sie Euch entgelten lassen. Den Freund deutscher Unabhängigkeit werden wir als unsern Bruder betrachten, den irregeleiteten Schwachsinnigen mit Milde auf die rechte Bahn leiten; — den ehrlosen, verworfenen Handlanger fremder Thrannei aber als einen Verräter am gemeinsamen Vaterlande unerbittlich verfolgen."

Solche offene Sprache, von so edlen Gefühlen sie auch eingegeben, war im Augenblick nur geeignet zu schaden, weil sie hindernd auf den Beschluß des Königs wirken mußte und weil sie nicht in Rechnung zog, daß in diesem Sachsenlande die Treue zum Herrscherhause zu tief eingewurzelt war, um leicht eine Trennung von König und Volk herbeizuführen. Aber ganz absolut betrachtet hatten auch diese Proklamationen ihr unleugbar Gutes, weil sie mit Macht zur Entscheidung drängten und die öffentliche Meinung in wirksamer Weise aufklären halfen. So schlugen die Wellen der deutschen Bewegung jetzt gleich stürmisch an die Mauern Torgaus, und Thielmanns Stellung wurde dadurch äußerst schwierig.

Er konnte nicht anders als diese Proklamationen mißbilligen, obwohl er sonst so ganz auf Seiten der Patrioten stand. Unliebsame Erinnerungen an das Benehmen Schulenburg-Kehnerts gegen Sachsen bei der Mobilmachung im Jahre 1805 stiegen in ihm auf, und es war ihm eine Genugthuung, daß die beiden Parlamentäre, die jetzt zu ihm kamen, in dieser Hinsicht mit ihm einverstanden waren. Als er nämlich gerade die Besatzung, die jetzt mit 11500 Mann ihre höchste Stärke erreicht hatte, in zwei Brigaden unter den Befehlen des eben aus Rußland zurückgekehrten, altersschwachen Generals Steinbel und des alten vertrauten Freundes von Grimma und Donndorf her, Generals Sahr, geteilt hatte, kamen am 31. März der Flügeladjutant Friedrich Wilhelms, Major v. Natzmer, der militärische Lehrer des ersten deutschen Kaisers, als Abgesandter des Generals v. Kleist und am 1. April der Hauptmann Eugen v. Röber, Scharnhorsts Vertrauter, zu ihm, um mit ihm wegen der Festung zu verhandeln. Natzmer überreichte ihm ein Schreiben Kleists, datiert aus seinem Hauptquartier Marzahna, nördlich von Wittenberg, 31. März, in dem der wackere preußische General nach seinem eigenen Ausdruck zu York „alles leise berührt hatte, was ihn bewegen konnte, unsere große Angelegenheit zu unterstützen". Kleist berief sich darin auf die Bekanntschaft mit Thielmann von früher her, vermutlich aus der Zeit der Rheinfeldzüge, „auf welche er hohen Wert lege." Er fuhr fort: „Die großen Ereignisse im Norden haben den günstigen Zeitpunkt herbeigeführt, wo Deutschlands Schicksal mit Ernst und Wärme zur Sprache gebracht werden darf", und setzte dann ausführlich auseinander, daß ein schneller Übergang über die Elbe erforderlich wäre, „wenn viel, wenn Alles vielleicht gewonnen werden soll." „Wenn ich nun den Wunsch hege, daß es Euer Excellenz möglich sein möchte hierzu Ihrerseits thätig mitzuwirken, ja, wenn ich im Vertrauen auf unsere frühere Bekanntschaft gegen Dieselben, gegen einen deutschen Mann diesen Wunsch laut werden lasse, so wollen Sie mich dieserhalb nicht verkennen, rein ist mein Zweck, sowie denn derselbe auch auf höhere Veranlassungen gegründet ist, von denen Euer

Excellenz der Überreicher dieses Schreibens die Ehre haben wird, mündlich nähere Auskunft zu geben. Es ist dies der gestern in meinem Hauptquartier angekommene Flügeladjutant meines Königs, Major v. Natzmer, der mir während der Dauer des Krieges attachiert bleibt, und den ich unbedenklich zu Euer Excellenz sende, um mit Denenselben nicht allein über die bestmöglichen Mittel zur Erreichung des vorgesetzten Zwecks nähere Rücksprache zu nehmen, sondern Denenselben von den Gesinnungen Sr. Maj. in Betreff dieser großen Zeit sowie nicht minder in Betreff dero Person unmittelbar Kenntnis zu geben.“

Bedeutsam fügte er an Yorcks Beispiel erinnernd hinzu: „Mir ist sehr wohl bekannt, daß in den zwischen uns obwaltenden, leider noch nicht ganz ausgesprochenen Verhältnissen sich die Pflichten des Soldaten mit denen des deutschen Mannes schwer vereinigen lassen, Euer Excellenz erlaube ich mir indessen auf die von uns in der Stunde der Entscheidung gethanen Schritte aufmerksam zu machen und zugleich bemerklich zu machen, daß, wenn wir die Pflichten des Soldaten allein vor Augen gehabt und das Heil des Vaterlandes sowie das Wohl Deutschlands nicht teilnehmend betrachtet hätten, wir Deutschen jetzt wahrscheinlich nicht so freudige Hoffnungen und Erwartungen im Herzen tragen dürften.“

Thielmann war ein viel zu klarer Kopf, um nicht schon selbst eine gewisse Ähnlichkeit zwischen seiner jetzigen Lage und der des Generals Yorck zu Tauroggen herausgefunden zu haben. Yorcks That steht wegen ihrer subjektiven Größe einzig in ihrer Art da. Denn Yorck war in der pflichttreuesten Armee der Welt der pflichtgetreueste aller Offiziere. Niemand hielt sich so streng an des Königs Gebot als dieser besonnene, eisenfeste Mann, und doch hat er auf eigene Verantwortung den Schritt gethan, der unbestätigt militärisch als Treubruch zu bezeichnen war. Thielmann war nie in seinem Leben in diesem Maße nach dem Buchstaben gegangen, wenn er auch durchaus ein pflichtgetreuer Soldat zu nennen war und wenn er auch durch und durch monarchisch fühlte. Ein Hang zu einer gewissen Eigenmächtigkeit ist bei ihm fast stets zu bemerken gewesen und eine gewisse rasche, wenn nicht zuweilen unbesonnene Handlungsweise charakterisiert sein Wesen. Im Laufe der Zeit war er allerdings ruhiger und

überlegter geworden. Als der damalige Rittmeister Thielmann vor
6½ Jahren nach der Katastrophe von Jena sich die Eigenschaft eines
Generaladjutanten des sächsischen Kommandierenden beilegte und aus
eigener Initiative die Militärkonvention mit Napoleon einleitete, die
zur Lösung des Bundesverhältnisses mit Preußen führte, da lieferte
er den Beweis, daß er zu großen entschlossenen Handlungen fähig
war und daß er durchaus nicht so ängstlich gewissenhaft war, wenn
es sich ihm um das allgemeine Wohl zu handeln schien. Auch sonst
hatte er mannichfache Proben einer gewissen Kühnheit im Entschließen
und Handeln gegeben. Sein Herz schlug den antinapoleonischen
Heeren entgegen und er wäre sicher Yorcks Beispiel, das so nahe lag,
gefolgt, wenn er dies vor seinem Gewissen rechtfertigen konnte. Ihm
war es wohl bewußt, daß die Augen aller Vaterlandsfreunde auf
ihm ruhten und er fühlte, daß er ein ihm unerträgliches Odium
auf sich laden würde, wenn er nicht Schritte thäte, um in seiner
Stellung die nationale Sache zu fördern. Aber Yorck handelte ohne
gemessene Instruktionen. Thielmann dagegen hatte bestimmte Weisung, niemand einzulassen. Yorck wollte in einem Augenblick, wo
Frankreichs Heeresmacht auf den Schneefeldern Rußlands unterge-
gangen war, einen Druck auf den unentschlossenen König Friedrich
Wilhelm ausüben und ihn zu der befreienden That mit fortreißen.
Thielmann konnte im Augenblick nach den fortgesetzten Berichten aus
dem Hoflager noch die bestimmte Hoffnung hegen, daß König Friedrich
August selbständig in den Kampf eingreifen würde, obwohl sich dies
in der Folge als ein schwerer Irrtum erwies. Dann aber war auch
die Ungleichheit der Kräfte keineswegs mehr so groß als in den
Dezembertagen des Jahres 1812, denn jetzt hatte Napoleons Genie
wieder ansehnliche Heeresmassen aus dem Boden gezaubert. Bei
solchen Betrachtungen gelangte der Gouverneur von Torgau zu dem
Schluß, daß eine ähnliche Handlungsweise wie die Yorcksche in seiner
jetzigen Lage nur als ein gemeines Verbrechen erscheinen müßte, und
wenn dem General Yorck seine That als Tugend und Vaterlandsliebe
ausgelegt worden wäre, so wäre das für dessen Verhältnisse zutreffend,
beweise aber nur wieder einmal wie nahe Tugend und Verbrechen
oft beieinander lägen. Ähnlich sprach er sich denn auch zu Natzmer

aus und dieser kluge preußische Offizier gab ihm, wie aus Natzmers Bericht an den König hervorgeht, vollkommen Recht. Mündlich stellte er den Antrag an Thielmann, sich mit seinen Truppen auf die preußisch-russische Seite zu stellen. Er solle sowohl über die sächsischen Truppen als auch über eine Abteilung der Verbündeten den Befehl erhalten, eine Zusicherung, die klug auf Thielmanns bekannten Ehrgeiz berechnet war. Thielmann legte ihm nun seine Gegengründe dar und erklärte, daß ihm unter den obwaltenden Umständen Ehre und Pflicht geböten, strenge Neutralität zu beobachten. Natzmer ließ daher bald seinen Antrag fallen und bemerkte im Bericht an den König: „Den Übergang bei Torgau durch die Festung konnte er uns wohl nicht füglich zugestehen." Sonst gab ihm das Verhalten Thielmanns Gelegenheit genug ihn mit den wahrhaft freundlichen Gesinnungen des sächsischen Generals bekannt zu machen. Schon beim Empfange war Thielmann von einer Artigkeit gegen ihn, die ihn in Verwunderung setzte. Beim Abschied sagte er zu Natzmer, daß es ihm leid sein würde, wenn er mit verbundenen Augen aus Torgau reiten würde und bat ihn das Tuch nicht umzubinden. Natzmer lehnte dies ab, um ihn nicht zu kompromittieren. Die große Offenherzigkeit Thielmanns brachte den preußischen Abgesandten anfänglich auf den Gedanken, er wolle ihn täuschen; und in seiner Ehrlichkeit ließ er ihn das merken. Thielmann holte darauf seine Korrespondenzen mit den französischen Generalen Davout, Durutte, du Fresne u. a. hervor mit den Worten „Lesen Sie und Sie werden sehen, daß ich zu Ihnen gesprochen habe, wie ich denke!" Er versicherte auf Ehrenwort, daß er nie einen französischen Soldaten in die Stadt lassen und nie einen Ausfall gegen die preußisch-russischen Verbündeten machen würde. Blücher möchte sich daher wegen Torgau und seiner Bewegungen durchaus nicht hindern lassen, so nahe an der Stadt vorbeizumarschieren wie er wolle. Zum Scheine sollte man Torgau auf dem linken Ufer umzingeln, damit er sich dereinst rechtfertigen könnte. Er wollte alle Nachrichten, die ihm zugingen — und Thielmann war bekanntlich gut unterrichtet — den Verbündeten mitteilen und ihnen überhaupt hilfreich zur Seite stehen soweit es seine Pflicht gegen den König erlaubte. Außerdem versicherte Thielmann

dem Major, daß Friedrich August fest entschlossen sei, die französische Partei zu verlassen, sobald die preußisch-russische Armee über
die Elbe wäre und bat dringend darum, daß der König Friedrich
Wilhelm an den sächsischen König einen Offizier schicke, der zur Allianz
auffordere. Dies wäre das Mittel, am schnellsten einen Entschluß
beim Könige zu zeitigen. Einen praktischen Beweis seines Entgegen-
kommens lieferte er sogleich dadurch, daß er dem Premierleutnant
v. Buttlar mit einem Kommando von 16 Mann und 10 Pontonniers
den Auftrag gab, mit 2 großen Fähren, unter dem Vorwande Futter
zu holen, die Elbe bis Prettin hinunter zu fahren, wohin Natzmer
von seiner Eskorte gleich ein Detachement preußischer Husaren und
Kosaken entsandt hatte. Er spielte also den Verbündeten diese wichtigen
Beförderungsmittel direkt in die Hände. Mit einem Augurlächeln
warnte Aster den nichtsahnenden Leutnant, nicht zu viel mitzunehmen,
da er leicht gefangen genommen werden könnte. Dies geschah natürlich mit der Abteilung. Nur 4 Mann entkamen. Kleist behandelte
Buttlar mit Auszeichnung. Unter höflicher Anzeige, daß er am 3.,
4. und 5. April mit der Artillerie in Torgau nach der Scheibe schießen
lassen und ebenso mit Infanterie Schießübungen vornehmen würde,
damit Kleist wüßte, was die Veranlassung wäre, wenn er in der Richtung auf Torgau Schießen hörte, trug Thielmann gleich darauf auf
Rückgabe der Gefangenen an, ein Gesuch, dem Kleist sofort folgeleistete.
Als der Leutnant v. Buttlar am 5. April in Torgau ankam, sollte
er zum Schein 14 Tage Arrest erhalten, Thielmann erließ ihm dies
jedoch und lud ihn zu Tische. Die Fähren aber wurden pünktlich
in die Elster gebracht und verschafften den Preußen die Möglichkeit
in Kürze eine Brücke über die Elbe an diesem Punkte zu schlagen.

Noch bevor Natzmer seinen Bericht an den König aufsetzte, unmittelbar nach seinem Aufbruch aus Torgau ersuchte er noch aus
Rosenfeld am 31. März einen Kosakenführer, den tollen Livländer
Löwenstern, der die Wege nach Torgau unsicher machte, keine Feindseligkeiten gegen Torgau zu unternehmen. Der Kommandant wäre
ein Mann von Ehre und so gut gesinnt als man es nur wünschen
könne. Feindseligkeiten könnten dem guten Einverständnis schaden.

Tags darauf empfing Thielmann Scharnhorsts Abgesandten, den

Hauptmann Röder. Dieser überreichte ihm ein Schreiben seines Auftraggebers aus Dresden vom 30. März. Scharnhorst schrieb:

„Aus einer in einer Freimaurerloge gehaltenen Rede weiß ich,
daß Euer Excellenz als ein echter Deutscher denken und daß ich mich
daher zutrauungsvoll an Sie wenden und die Angelegenheiten unsers
Vaterlandes Ihnen vortragen darf. Wir wollen mit allen Deutschen,
die ihres Vaterlandes wert sind, gemeinschaftliche Sache machen, das
Joch, welches uns so hart drückt, abzuwerfen; wir wollen, daß jeder
Fürst, jedes Land die ihnen zukommenden Rechte genieße, welche durch
Unterdrückung entrissen sind. Dies ist die Absicht des russischen Kaisers und Königs von Preußen. Euer Excellenz sind von diesem Geist
beseelt und ich hoffe daher keine Fehlbitte zu thun, wenn ich im Namen
unsers Vaterlandes Sie ersuche diesen großen Entwürfen gemäß zu
handeln, so weit es Ihre Verhältnisse gestatten. Mein Adjutant, der
Kapitän von Röder, überbringt diesen Brief, er ist mein Vertrauter
und ich stehe für seine Verschwiegenheit mit meiner Ehre in Hinsicht
der etwaigen mündlichen Eröffnungen. Mit der innigsten Verehrung
v. Scharnhorst."

In seiner schlichten deutschen Größe trat Scharnhorst mit diesem
Briefe vor Thielmann hin, den jetzt die ersten und edelsten Männer
der deutschnationalen Bewegung für den Übergang auf die Seite der
guten Sache zu gewinnen suchten. Thielmann mußte jetzt mehr wie
je offenbar werden, daß von ihm eine große Entscheidung abhing.
Jetzt blickten wirklich die Augen von ganz Europa auf ihn. Ein Wort
und der Schritt war geschehen, er stand auf der Seite, zu der er im
Herzen schon längst gehörte und an deren Erfolgen er nicht zweifelte.
Aber er that den Schritt nicht. Verständig wie Scharnhorst war,
verlangte er nicht das Unmögliche oder das Äußerste. „Soweit es
Thielmanns Verhältnisse gestatteten", sollte er nur den Vertretern
der deutschen Sache entgegenkommen. In der Anspielung auf den
Freimaurerorden tritt uns ein Beispiel dafür entgegen, wie umfassend
die Freiheitsbestrebungen, das Schüren des nationalen Geistes in
Preußen betrieben wurde. Die Logen waren damals ein Hauptmittel,
um die nationale Idee weiterzutragen und wenn Scharnhorst sich
darauf Thielmann gegenüber beziehen konnte, so haben wir darin einen

Beweis, wie durch diese Benutzung des Freimaurertums zu nationalen Zwecken die patriotisch gesinnten Männer einander näher gebracht wurden. Röber[1]) brachte die Blüchersche Proklamation mit, versicherte aber heilig, daß sowohl Scharnhorst als auch Wintzingerode sie im höchsten Grade mißbilligten. Nur durch eine dreitägige Abwesenheit Scharnhorsts vom Hauptquartier wäre sie möglich gewesen. Sie wäre auch sofort unterdrückt worden.

Aus den Unterredungen mit den beiden Parlamentärs entnahm Thielmann, daß Preußen dahin arbeite, mit Österreich das Protektorat in Deutschland zu teilen. Beide Offiziere versicherten ihm übereinstimmend, daß Preußen und Rußland seit 11 Tagen mit Österreich im Reinen seien und alle Truppen aus Schlesien entfernten. Mit Genugthuung erfuhr er auch, daß Natzmer einen Artikel Kotzebues gegen Sachsen in der Königsberger Zeitung auf das Schärfste mißbilligte. Aber nach Erscheinen der Proklamation Blüchers konnte auch er nicht umhin, Senfft zuzugeben: Jetzt sei es keinem Deutschen zu verdenken, wenn er sich fester als je an Österreich anschließe. Der eingehende Bericht, den er an den König über die Verhandlungen mit Natzmer und Röber erstattete und sein Begleitschreiben dazu an Senfft wurde nach Regensburg von seinem vertrauten Adjutanten aus dem russischen Feldzuge, dem jetzigen Rittmeister v. Minckwitz, gebracht. Die Fährenangelegenheit sowie einige sonstige von ihm dem Major Natzmer gegenüber geübte Artigkeiten verschwieg er wohlweislich. Er kannte seinen König zu gut, um nicht zu wissen, daß der ängstliche Mann sonst aus der Fassung geraten würde. Auch Scharnhorsts Beziehung auf den Freimaurerorden überging er, obwohl Friedrich August diesem gegenüber stets große Duldung zeigte. Vermutlich wollte er ihm verbergen, daß die Logen ein Herd der deutschnationalen Bewegung waren, gegen die ein Mann wie Friedrich August nur mißtrauisch sein konnte. Eine Mitteilung davon wäre am Ende nur geeignet gewesen, um beim König Argwohn gegen Thielmann selbst zu wecken. Aber nicht unterließ er es, in dem Bericht das edle und gemäßigte Benehmen des Majors v. Natz-

---

1) Er ist als Generalleutnant z. D. 1844 gestorben, nachdem er eine Zeit lang (von 1835 an) 1. Kommandant von Torgau gewesen war.

mer hervorzuheben, der sich persönlich mit ihm in jeder Hinsicht einverstanden erklärt habe.

Vor dem Gouverneur von Wittenberg aber wußte der schlaue Thielmann sein Entgegenkommen gegen die Preußen zu verschleiern, indem er ihm im harmlosesten Tone von der Welt (1. April) schrieb, ihm wäre die Widerwärtigkeit passiert, daß ihm Kosaken zwei Fähren, welche er zur Einholung von in der Festung fehlender Fourage ausgeschickt hätte, weggenommen hätten. „J'ignore encore par quelle bêtise du maréchal de logis des pontonniers, qui menait ces bacs, cet accident ait pu arriver."

Bald nach der Rückkunft des Leutnants v. Buttlar aus der Gefangenschaft wurde der Oberstleutnant v. Brause, Thielmanns Generalstabschef im Feldzuge 1809, der soeben auch den Antrag des Gouverneurs auf Freilassung Buttlars an Kleist überbracht hatte, in das Hauptquartier von Blücher und Wintzingerode geschickt, um dort den nachteiligen Einfluß der Proklamationen vorzustellen. Thielmann erklärte bestimmt, daß der König sich für die allgemeine Sache erklären würde, daß er dies aber freiwillig thun und nicht dazu gezwungen sein wolle, daß alle Umgebungen des Königs und von diesen besonders Senfft und Langenau gut gesinnt wären und die Notwendigkeit gegen Frankreich aufzutreten eben so warm empfänden als er und der General Lecoq. Lecoq sei zum Könige abgegangen, um seine Erklärung zu beschleunigen. Auch Kleist wurde von ihm bringend ersucht, Alles zu thun, um den üblen Eindruck der Proklamationen zu mildern. Kleist schloß sich seiner Ansicht an, setzte in einem Bericht vom 5. April an den König den Sachverhalt auseinander und wies darauf hin, daß schon früher Artikel in der Königsberger Zeitung, in denen davon die Rede war, daß „die meisten sächsischen Provinzen durch Usurpation an die Albertinische Linie gekommen wären und eigentlich die Ernestinische Linie die rechtmäßigen Ansprüche auf Sachsen habe", den König von Sachsen und das sächsische Volk mißtrauisch gemacht hätten. „Es würde daher gewiß von sehr wohlthätigen Folgen für die allgemeine Sache sein, wenn Eure Königliche Majestät gewährten, etwas an die Sachsen zu erlassen, was dieses Volk über Allerhöchstdero Gesinnungen gegen dieselben außer Zweifel setzte."

Im Blücherschen Hauptquartier, das sich in Rochlitz befand, traf Brause am 6. April ein. Blücher antwortete am 7.: Die ihm durch Brause geäußerten Gesinnungen Thielmanns, die den Wunsch nach der Unabhängigkeit Deutschlands ausdrückten, wären ihm nicht unerwartet gewesen. „Ich hoffe, der Augenblick ist gekommen, wo Sie als einer der Retter unserer Nation den Dank der Nachwelt sich verdienen können, und daß derjenige nicht mehr fern ist, wo wir als Freunde und Bundesgenossen einander die Hand bieten und für dieselben Zwecke fechten werden." In Erwiderung auf die Vorstellungen wegen des schlechten Eindrucks der Proklamation äußerte der General Blücher höflich: „Was ich irgend dazu beitragen kann, um das Band der Eintracht zwischen den beiden Nationen wieder zu befestigen, werde ich gewissenhaft thun und gewiß nichts verabsäumen, das gegenwärtige Verhältnis dem sächsischen Volke so wenig drückend als möglich zu machen." —

Während dieser Verhandlungen setzten die Werbungen, Thielmann für die deutschnationale Sache zu gewinnen, noch von einer andern Seite ein. Es waren die sächsischen Patrioten, die jetzt mit stürmischer Beredsamkeit auf ihn eindrangen, vor allem Vieth, Broizem und Miltitz, alle drei seine nahen Freunde. Der Freiherr Dietrich v. Miltitz auf Siebeneichen war der überschwänglichste und radikalste unter ihnen, so ganz im Gegensatze zu seinem Vorfahren, dem vorsichtigen Diplomaten zur Zeit Luthers Carl v. Miltitz. Dietrich war vorher sächsischer Oberst gewesen und versah jetzt die Dienste eines Marschkommissars bei Wintzingerode. Mit den führenden Männern der Freiheitsbewegung stand er in enger Fühlung. Er gehörte zu jenem Kreise der Romantiker, der Novalis umgeben hatte. Novalis' Vater war sein Vormund gewesen und oft haben die beiden Altersgenossen, der Dichter und der Soldat, in Siebeneichen mit einander geschwärmt. Schon 1793 urteilte der nüchternere Onkel von Novalis, der Komtur v. Hardenberg, über Miltitz: „Miltitz ist wie Wachs, und bei dem Hang seiner ganzen Familie zum Absonderlichen drückt sich alles Auffallende leicht auf ihn ein." So hatte die französische Revolution anfänglich einen begeisternden Eindruck auf ihn gemacht, und die Verwandten hegten ernstliche Besorgnisse, daß er in Ham-

burg, wohin er gehen wollte, durch Klopstock noch mehr im demo=
kratischen Sinne beeinflußt werden würde. Als 1809 Herzog Wilhelm von Braunschweig Meißen in der von ihm gewohnten Weise
brandschatzte, hatte Miltitz deswegen einen Wortwechsel mit ihm und
als der Herzog sich in verletzenden Ausbrücken bewegte, zog der heiß-
blütige Mann den Degen, so daß Herzog Wilhelm, der ihn als
Patrioten kannte, einlenkte, ihn besänftigte und die Kontribution er-
mäßigte. General v. Vieth hatte infolge seines Unglücksfalles im
Jahre 1812 seinen Abschied genommen. Jetzt aber ließ es ihn nicht,
beim Befreiungswerke unthätig zu sein. Mit heißer Glut wirkte in
Dresden für Sachsens Erhebung auch der Kriegsrat v. Broizem,
Thielmanns vertrautester Freund, der in der Hauptstadt die Nachrichten
aus guter Quelle schöpfte und sie dem Freunde hinterbrachte.

Am 4. April erhielt Thielmann von Vieth und Broizem zwei
anonyme Schreiben. Broizem war kürzlich von Thielmann gebeten
worden, nach Torgau zu kommen und sich mit ihm zu besprechen,
ein Beweis, daß Thielmann seine kritische Lage zu fühlen begann.
Jetzt schrieb der Freund in heller Angst, indem er die Unfreiheit des
Königs hervorhob, dem Anschluß an das größere Österreich das Wort
redete und zu selbständigem Handeln anfeuerte:

„Das Vaterland und der König sind in Gefahr! Beide müssen
gerettet werden. Er kann nicht frei handeln. In seinem Namen
und für ihn muß kräftig gehandelt werden. — Aller Patrioten Augen
sind auf Dich gerichtet! Du hast die Fähigkeit, die Kraft und Macht,
habe auch den Willen. — An den Größern, nicht an den Mindern
ist sich anzuschließen" (d. h. an Österreich, nicht an Preußen), „er kann
schon der Entfernung wegen uneigennütziger sein, und dem Mindern setzt
man dadurch sich gleich. Sollte der König selbst das Bessere wählen
können, so ists ein großes Glück. Entgegengesetzten Falles muß doch
für ihn gehandelt werden. — Bis man weiß was er thut, Geneigt=
heit bezeichnende Demarchen und Einleitungen. — Es muß ein starker
Impuls und in Eines Hand alles gegeben werden, und dieser Eine
mußt Du sein. Dann energische Maßregeln, damit auch wir das
unsrige thun zur Befreiung und zum Siege."

Ganz in ähnlichem Sinne war Vieths Schreiben, datiert vom

3. April, gehalten.[1]) Auch er hob die Unfreiheit des Königs hervor. „Die Momente sind teuer, die Gefahr bringend für den König — für das Vaterland. Die Lage des Königs hindert ihn am Handeln und lähmt uns. Der Weg, den wir jetzt gehen, oder auch unser Stillstehen und Unterlassen führt uns in jedem Fall zur Vernichtung oder zur Verachtung! Rußland hat gethan, was es kann: Preußen das Möglichste;" und mit preußenfeindlicher Spitze, die wiederum durch jene Proklamation veranlaßt war, fuhr er fort: „Jenes scheint durch die Fürsten auf die Völker, dieses hingegen umgekehrt wirken zu wollen. Gelingt jenes nicht, so dürfte dieses gelingen. Wir müssen also handeln, damit Preußen sich erübrigt sieht, sein System bei uns anwendbar zu machen. — Wollen wir uns einen geliebten, geehrten König, wollen wir unsern Namen und unsere Selbständigkeit erhalten, so gilt es große, entscheidende Schritte, so muß ein Mann von Kraft und welcher die größte Gewalt in den Händen hat, und alles zu wagen im Stande ist, auftreten, und dieser Mann allein bist Du.

Da bald eine Entscheidung des Königs zu erwarten ist, so muß diese freilich erst abgewartet werden; indes die bringende Gefahr führt die Notwendigkeit herbei, schon jetzt einen großen Schritt zu thun, und dieser besteht in Deinem Versprechen an die russischen und preußischen Befehlshaber: in keinem Fall die Dir angehörigen Truppen aus Torgau herauszuziehen, um sie zum Nach= teil der Russen und ihrer Alliierten zu gebrauchen. Du wirst dieses Versprechen in der Überzeugung geben, daß die zu er= wartenden Befehle des Königs keinen andern Sinn tragen können." Mit einiger Spitzfindigkeit entwickelte er weiter: „Sollte aber ja gegen alle Hoffnung des Königs Befehl der vorgefaßten Überzeugung nicht entsprechen, so enthöbe Dich das bei Deiner Verantwortlichkeit gegebene

---

1) Die Autorschaft Vieths für diesen und die beiden weiter unten mitgeteil= ten ebenfalls nicht gezeichneten Briefe vom 8. und 22. April geht aus der Über= einstimmung dieser Handschrift mit einigen Originalen im Geh. Staatsarchiv von Vieths Hand (G. St. A. R. 114. VII 10), und außerdem aus der Übereinstimmung mit dem in der Schrift „Auszüge aus den Papieren eines Sachsen" wiedergegebenen Inhalt des 2. Briefes hervor. Daß der andere Anonymus Broizem ist, folgt aus dem Schreiben Thielmanns vom 4. April, das die Antwort auf die beiden ersten anonymen Briefe enthält und an Vieth und Broizem gerichtet ist.

Ehrenwort der Notwendigkeit den Befehl des Königs zu befolgen. Du bliebst nur jenem treu und weder der König noch Du wären kompromittiert.

Nicht aus meiner Feder, sondern aus meinem Herzen und den Herzen mehrerer bewährter Patrioten kommt das Gesagte. Diese Patrioten schauen auf Dich, und werden Dich genau von allen Umständen unterrichten, welche noch weitere und vielleicht noch größere Schritte unbedingt herbeiführen."

Thielmann entzog sich nicht dem Eindruck dieser Schreiben, beschloß aber zunächst die Antwort des Königs abzuwarten. Er war mächtig bewegt und eine Folge seiner Aufregung war ein Rückfall in seine Krankheit. Die Nachricht hiervon veranlaßte den König für den Notfall dem Oberstleutnant Aster den Befehl über die Besatzung anzuvertrauen, was diesem durch ein Schreiben Gersdorffs vom 8. April eröffnet wurde: „Es ist nicht im Geringsten wahrscheinlich, daß die Krankheit des Herrn Generalleutnant Thielmann von Folgen sein könnte, am wenigsten von tötlichen. Es wäre inzwischen möglich, daß sie einen gefährlichen Charakter nur für kurze Zeit und dergestalt annehmen könnte, daß er selbst in solchen Augenblicken Befehle zu erteilen außer Stande wäre. Diese doch mögliche Aussicht beunruhiget Se. Maj. sehr, und Höchst Sie befehlen mir, Ihnen zu eröffnen, daß Sie alsdann besonderes Vertrauen auf Ew. Hochwohlgeboren setzen und daß Sie alsdann für Alles, was vorfällt, zu gleichen Teilen mit verantwortlich gemacht werden sollen. Gegenwärtige Ordre kann Ihnen dann zur Legitimation gegen die dienen, die Ihre wohlgemeinten Ratschläge nicht achten wollen."

Den beiden Freunden antwortete Thielmann am 4. April: „Meine Erklärungen an Rußland, an Preußen und an meinen gnädigsten König sind sehr bestimmt; ich muß die Zurückkunft meines Adjutanten, des Rittmeisters v. Minckwitz, abwarten, allerdings heute oder niemals. Mein Gewissen ist rein; ich werde zu sterben wissen, ob die Kugel auf dem Schlachtfelde oder auf dem Schaffote[1]) mich treffe, an dem einen oder dem andern Orte sterbe ich mit Ehren. Aus meiner Festung geht nicht ein Mann gegen Rußland und Preußen,

---

1) So statt Sandhausen.

so lange mir der König es nicht befiehlt, welches gewiß nicht geschehen wird. Man lasse mir noch 5 bis 6 Tage Zeit, um meinen Adjutanten zu erwarten."

Unterdes wiederholten sich die Anträge der Verbündeten. Röder wurde nochmals von Scharnhorst geschickt und Kleist sandte den Leutnant v. Zenge. Am 6. April hatte Thielmann noch eine, wie es scheint allerdings nur kürzere, Unterredung mit Kleist selbst. Auf einem Mittagessen, zu dem der alte General Steinbel am 7. April den Gouverneur und den andern Brigabegeneral, Thielmanns Freund Sahr, und sonstige Offiziere eingeladen hatte, hat Thielmann zum ersten Male Stimmung für den Übergang zu machen gesucht. Noch aber wagte er nicht ganz mit dieser Absicht herauszutreten. Der Freiherr v. Miltitz, der inzwischen Steins ganzes Vertrauen gewonnen hatte, faßte in einem Schreiben vom 7. April in flammender Beredsamkeit alles zusammen, was Thielmann zu einem Übertritt bestimmen konnte. Das längere in dithyrambischem Tone gehaltene Schreiben ist eins der bemerkenswertesten aus jener Zeit und auch ein Meisterstück der Beredsamkeit. Miltitz redete ihn unter Anspielung auf die entscheidende Rolle, die Thielmann nach Jena spielte, an:

„Herr General! Zum zweiten Male hat Gott das Schicksal unsers Vaterlandes in Ihre Hände gelegt! Was Sie im Jahre 1806 thaten, um die uns und unserm Fürsten bereiteten Ketten erträglicher zu machen, das können Sie 1813 thun, um Ihren König und sein Land von der schimpflichen Knechtschaft zu befreien, ihn seinem Volke wiederzugeben und durch einen mutigen und freien Schritt die Schmach einer entehrenden Dienstbarkeit und die Sünde des strafbarsten Götzendienstes zu tilgen!

Aber nicht um Ihren König, nicht um Ihr Vaterland allein sollen Sie sich ein unsterbliches Verdienst erwerben. Was Sie für Sachsen thun, das wirken Sie für Deutschland, für die Menschheit, für die Ewigkeit! Giebt es einen höheren Beruf? Einen beneidenswerteren Standpunkt als den Ihrigen?

Nein, Sie können nicht einen Augenblick anstehen zu wählen zwischen Freiheit und Sklaverei, zwischen ewigem Ruhm und unaustilgbarer Schande, zwischen Pflicht und Verbrechen! Denn selbst Verzug ist Verbrechen, Schwanken ist Schande, Weigerung sichert Knechtschaft zu.

Die Stunde hat geschlagen frei und würdig zu handeln! So thun Sie denn was die Pflicht Ihnen gebietet, warum ihr Vaterland Sie anfleht, und wofür längst Ihr deutsches Herz schlug! Sprechen Sie es aus das Wort der Befreiung und zu Ihnen und des Vaterlands Fahnen schwören Sachsens kräftige Männer, drängen sich seine edelsten Söhne! — Wenn ich bis jetzt nur ein warmes Gefühl habe sprechen lassen, so ist es nun Zeit die Stimme der nüchternen Vernunft zu hören: Ohne Vorurteil die Lage der Dinge um uns zu betrachten, unsern gegenwärtigen Zustand unparteiisch zu untersuchen und dann kaltblütig zu fragen, was vernünftigerweise zu thun sei?

Napoleons Macht ist gebrochen. Der Zauber der Unüberwindbarkeit ist verschwunden, überall erwacht die Rache, von allen Seiten her strömen die Völker herzu, die verbündeten Heere zu verstärken, um einen in seinem Lande eben so verhaßten als bei uns verabscheuten Feind zu zwingen in die Grenzen des Reiches zurückzugehen, welches die Vorsehung beschlossen hat durch ihn zu züchtigen. — Es scheint fast garnicht mehr darauf anzukommen, daß Sachsen um der Besiegung der französischen Heere willen dem Bunde beitrete, denn diese ist auch ohne uns mehr als wahrscheinlich; sondern deshalb müssen wir beitreten, damit wir der Strafe der Weigerung entgehen und uns vor der Schmach der Feigheit bewahren!

Denn" so äußerte er sich weiter, offenbar von den Verbündeten in ihre Pläne eingeweiht, „gestehen wir es uns nur unverhohlen, welches unsere gegenwärtige Lage sei. Unser König ist im Begriff seine Krone zu verlieren. Eine bestimmte Weigerung von seiner Seite sein System zu ändern entscheidet gegen ihn und sein Haus, ein längeres Zögern wird eine Administration herbeiführen, deren endliche Resultate noch sehr zweifelhaft sind. Die gegenwärtige Regierung wird außer Thätigkeit gesetzt, die Verfassung gewaltsam verletzt, der Kredit des Landes, auf dem die Freiheit und das Eigentum seiner Bürger sowie unzähliger Ausländer beruht, gestürzt, das Reich zerstückelt, die Einwohner durch Kontributionen, Lieferungen, vielleicht gar feindliche Behandlung zu Grunde gerichtet werden! Unsre Jugend wird man, so wie den Teil der Armee, welcher noch auf den Beinen ist, der aber der Kriegsgefangenschaft nicht entgehen kann, zwingen, verteilt unter fremden Heeren, Gott weiß auf welchem Boden und für welche Sache zu fechten! Nie werden unsere braven Landsleute, welche das Schicksal des Kriegs bereits in die Gefangenschaft gebracht hat, ihr Vaterland wiedersehen! Und die Schande, die Schmach, wer wird sie aussprechen, wer wird sie ertragen können!

Nein, edler Thielmann, dies kann nicht sein, dies können Sie nicht zugeben. Retten Sie, um Gottes willen, retten Sie Ihr Vaterland vom Verderben, bewahren Sie es vor der Entehrung! Und das ist in Ihrer Macht. Denn von dem Augenblick an, wo Sie sich mit Ihrer Armee laut und bestimmt für die gemeinschaftliche Sache erklären, ist, das bin ich befugt zu sagen" — hier zeigt sich deutlich, daß Miltitz zugleich im Namen und im Auftrage der Verbündeten d. h. Steins sprach — „dem Könige seine Krone und der vollkommenste und unabhängigste Besitz seiner Länder, so wie er sie vor dem Posener Frieden besaß, zugesichert.

Alle Kontributionen, Lieferungen, Aushebungen unterbleiben von Stund an, das bereits geleistete wird mit Zinsen erstattet, oder dafür eine angemessene Länderentschädigung gewährt."

Daß die Verbündeten Thielmanns Selbstbewußtsein und seine Eigenwilligkeit wohl kannten, und darauf ihre Rechnung bauten, beweist wiederum, wenn es in dem Schreiben weiter hieß: „Die Armee wird unter Ihr Oberkommando gestellt und dabei bewilligt, daß Sie es als ein eigenes Armeekorps befehligen und nur dem obersten, von den verbündeten Souverains zur Leitung des Krieges ernannten Feldherrn verantwortlich seien. Hiermit steht in unmittelbarer Verbindung, daß unsere in russischer Kriegsgefangenschaft befindlichen Truppen sofort von Rußland bewaffnet und ausgerüstet zu den Ihrigen stoßen, und daß die Zahl Ihres Heeres durch eine auf dem schnellsten Wege bewirkte Rekrutierung auf wenigstens 20 000 Mann erhöht werde. —

Nur von Ihnen, nur von Ihrer Armee kann dem Vaterlande jetzt Rettung kommen. Ist gleich die Person des Königs frei, so ist doch sein Gemüt durch Furcht befangen, und, das wissen wir ja, entschlossen und selbständig zu handeln war ihm selbst in besseren Zeiten fremd! Durch seinen ausdrücklichen Befehl ist der in seiner

Abwesenheit die Regierungs-Angelegenheiten leitenden Oberbehörde untersagt, sich mit politischen Gegenständen zu befassen. Die Stände des Landes können nicht ohne großen Zeitverlust zusammen berufen werden, und sie haben, wären ihre Erklärungen auch noch so befriedigend, doch keine Gewalt sie in Ausübung zu bringen. Jede Minute ist jetzt eine Ewigkeit. Schneller und kräftiger kann jetzt nicht gewirkt werden als durch die Armee. Entscheidet sich diese, so entscheidet sich der König, die Regierung hat nicht mehr nötig, ihre Gesinnungen zu verbergen, das Land kann seinen Willen laut aussprechen, und Sachsen wird an dem Tage, wo Thielmann es will, seinen Platz unter den Staaten wieder einnehmen.

Können Sie noch wählen, noch anstehen? —

Vertrauensvoll übergebe ich diese Zeilen Ihrem Edelmut. Ich bitte Gott, daß er Ihr Herz regiere, damit wir uns bald auf dem Felde der Ehre und der Pflicht sehen, um in brüderlicher Umarmung das Fest der Freiheit des Vaterlandes und der Wiedergeburt Sachsens feiern mögen: Gott segne Sie und das Vaterland!

Geschrieben im Hauptquartier des Generalleutnants Baron v. Winzingerode zu Wurzen am 7. April 1813   Miltitz."[1])

Diesem Schreiben folgte Miltitz auf dem Fuße und am 8. April hatte er im Auftrage Winzingerodes eine Unterredung mit Thielmann, in der er von ihm das Ehrenwort erhielt, falls der König Friedrich August sich weigere, ein Bündnis mit Rußland zu schließen, sobald die große russische Armee unter Kutusoff die Elbe erreicht hätte, mit Winzingerode einen Vertrag einzugehen. Ähnliches hatte Thielmann schon Röder bei dessen zweiter Sendung zugesagt. Unter dem Druck dieser Faktoren sah er sich veranlaßt, den Oberstleutnant v. Brause, der am 6. April bei Blücher im Hauptquartier zu Rochlitz gewesen war, um Protest gegen die Proklamation zu erheben, mit einem abermaligen zur Entscheidung drängenden Bericht nach Regensburg zu schicken. Er meldete dem Könige darin:

„Die der Königlichen Majestät alleruntertänigst gemeldeten An-

---

träge, die mir kaiserlich russischer und königlich preußischer Seits gemacht wurden, sind nun abermals auf das Bestimmteste wiederholt
worden. Immer noch bin ich so glücklich gewesen, durch vorsichtige
Unterhandlungen zum besten Euer Majestät eine Art von neutralem
Zustand hinzuhalten, worüber der Oberstleutnant Brause die Gnade
haben kann, das Nähere auseinanderzusetzen. Die Stimmen der
Nation sprechen sich überall ohne Ausnahme so aus, daß
darüber kein Zweifel mehr übrig bleibt und eine Verzeihung dieser ausgesprochenen Meinung von Seiten
Frankreichs nie mehr möglich sein kann. Ich habe vorgestern
eine Zusammenkunft mit dem General v. Kleist gehabt und selbigen
in allen Stücken auf dem Wege der Billigkeit, der Mäßigung und
des Rechts gefunden. Heute ist mir eine gleiche Zusammenkunft von
dem General v. Wintzingerode vorgeschlagen," — Miltitz war der
Parlamentär, der diesen Vorschlag überbrachte — „deren Erfolg ich
Allerhöchstdemselbigen zu seiner Zeit allerunterthänigst zu melden nicht
unterlassen werde. Der kritische Zeitpunkt für die Festung Torgau
und für mein Benehmen wird in wenigen Tagen eintreten, wenn
der Marschall Kutusow die Elbe passiert, welches bei Dresden, Meißen und Mühlberg geschehen soll. Zur Beschießung der
Wälle von Wittenberg mit aller Schonung der Stadt werden alle
Anstalten getroffen und morgen wahrscheinlich der Anfang gemacht."
Noch offener äußerte sich Thielmann in einem Briefe an Senfft vom
gleichen Datum, den ebenfalls Brause überbringen sollte. Es hieß
darin: „Ich würde die größte Hochachtung, die ich gegen Euer Excellenz
hege, aus den Augen setzen, wenn ich Dieselben darauf aufmerksam
machen wollte, daß jede Verzögerung des Entschlusses uns
vor der Gegenwart und Nachwelt gleich nachteilig sein muß und
daß nur jetzt der Zeitpunkt ist, ehrenvolle und vorteil-
hafte Bedingungen für die Zukunft zu stipulieren. Die
Nation spricht sich so aus, daß über ihre Meinung auch nicht der
geringste Zweifel mehr sein kann, alle Städte sind freiwillig illuminiert
und die Bürger beziehen vor den preußischen Prinzen und der Generalität selbst die Wachen."
Brause sollte dem Könige auch noch mündliche Eröffnungen über

das machen, was er in den Hauptquartieren Blüchers und Winhinge-
robes erfahren hatte. Als er indes in Dresden ankam, verweigerte
ihm Stein, der seit dem 8. April in der Hauptstadt eingetroffen war,
um die Verwaltung Sachsens zu übernehmen, die Pässe zur Reise nach
Regensburg. Der Freiherr fürchtete, indem er diesen Schritt that,
offenbar von einer Dazwischenkunft eines Abgesandten Thielmanns
Beeinträchtigung für die Mission des preußischen Generals v. Heister,
der eben mit hochpolitischen Aufträgen König Friedrich Wilhelms nach
Regensburg ging. Aber der Feuergeist des herrlichen Mannes spielte
ihm hierin wiederum ein Streich. Denn seine Maßregel konnte nur
eine ungünstige Wirkung haben, vor allem für Torgau, weil Thielmanns Entschließungen dadurch gehemmt wurden. Brause meldete
den Vorfall an Thielmann am 11. April in einem Briefe, dessen
Überbringer wieder Miltitz war. Stein ließ ihm durch diesen ihm
vertrauten Mann sagen, er solle sich beeilen abzuschließen, er werde
dadurch die Schwankungen des Königs beenden und das Verdienst
dieser Handlung werde ausschließlich ihm angehören. Brause erhielt
in Dresden Einsicht in ein Schreiben Senffts und entnahm daraus
die peinliche Gewißheit, daß der Minister doch nicht so dachte, wie
man in Torgau annahm. Er setzte Thielmann davon in Kenntnis
und schloß auf Langenau anspielend: „Ich rechne daher vollständig
nur auf einen Mann — zum Glück ist er der Kräftigste.“ Die
Depesche aber vernichtete Brause.

Von Vieth ging inzwischen eine Antwort auf Thielmanns Schreiben
vom 4. April ein, das der wackere Patriot Oberforstmeister v. Schleinitz
überbrachte. In seinem warmen Tone schrieb der edle Mann am
8. April voller Königstreue und voll aufrichtiger hoher Verehrung
für Thielmann:

„Dein Schreiben trägt das Gepräge Deines großen Herzens!
Gott segne Dich und lasse Dich bald genesen.

Noch kennen wir den Willen unseres geliebtesten Königs nicht.
Unsere Lage wird stündlich peinlicher. Wir sind Sachsen und dieses
Namens allein würdig durch unsere treue Anhänglichkeit an den König,
durch unsern Gehorsam gegen den guten Vater, der uns so lange
weise regiert und beglückt hat. Unser Glück, unsere Existenz ist un-

zertrennlich mit der des Königs und Fluch dem Sachsen, der anders denkt, anders fühlt und wünscht. Diese uns ehrenden Gefühle aber ändern nichts, es muß also gehandelt, durch irgend einen Schritt er und wir, seine und unsere Existenz gerettet oder vernichtet werden." Die Wahrscheinlichkeit spreche dafür, daß Rußland und Preußen siegen würden. „Wir müssen also wohl unsere Kräfte anstrengen, um die Wahrscheinlichkeit zur Gewißheit, die Möglichkeit aber zur Unmöglichkeit zu machen... Unser Beitritt giebt wahrscheinlich einen vorteilhaften Impuls auf die andern Staaten des Rheinbundes, ja vielleicht auch den mächtigeren Nachbar. Kann unser gnädigster König aber vielleicht sich noch nicht aussprechen, so dürfte doch ein Schritt von Dir jetzt zur Tugend werden, der unter andern Verhältnissen ein Laster sein würde. Deinem Kopf und Deinem Herzen legt man diesen Schritt vor:

So bald Sachsen ganz von den Russen und Preußen okkupiert ist, so unterhandle mit den Befehlshabern, übergieb die Festung unter den vorteilhaftesten Bedingungen für den König, das Land und Dich. Führe die Truppen zu Rußlands und Preußens Fahnen, werde Sachsens Schirm und Befreier. Bestelle Leute von Patriotismus, Willen und Kenntnis unserer Kräfte, welche dann im Rücken der Armee diese ausheben, benutzen und organisieren. Haben wir den großen Zweck errungen und unsere Freiheit erkämpft, dann erst erkläre, daß alles, was geschehen ist, nur im Geist des Königs und für ihn geschehen sei, dann sprich die Bedingungen für Sachsen aus, und gründe aufs Neue unsere und unsers gnädigsten Königs Existenz. Sollte, wie nicht zu besorgen scheint, das Waffenglück den Franzosen günstig werden und wir in die Sklaverei zurückfallen, so opferst Du Deine Existenz in Sachsen und findest eine neue in einem beglückteren Teil von Europa unter den Segenswünschen Deiner Landsleute, und unser König wäre doch gerettet. Man glaubt Dein Herz und Deinen Sinn zu ergründen; doch was Du thust ist wohlgethan — Bald wird vielleicht einer der Patrioten Dich zu sprechen suchen."

Außer Miltitz hatten denn auch verschiedene sächsische Herren Besprechungen mit Thielmann. Mehrere der angesehensten Edelleute, so die Grafen und Fürsten von Schönburg, ein Carlowitz, ein Welck, wohl derselbe, der den Brief vom 25. Februar an König Friedrich

Wilhelm unterzeichnet hatte, ein Weißbach, boten sich an, Truppen auszuheben, die sie unter seinen Befehlen führen wollten. Sie alle drängten ihn zum Übertritt. Auf der anderen Seite unterhielt Thielmann auch private Beziehungen zu den Mitgliedern der Immediatkommission und zu anderen Dresdenern, die eine entgegengesetzte Richtung als Miltitz, Vieth u. s. w. verfolgten. Dazu gehörten auch die Freunde Lindemann und Kriegsrat Wagner.

Winzingerode hielt, wohl nicht unbeeinflußt von jenen Patrioten, jetzt den Zeitpunkt für gekommen, um Thielmann zu entscheidenden Schritten zu veranlassen. Er schickte ihm daher am 9. April ganz vertraulich seine schriftlich zusammengefaßten Vorschläge aus Welkau zu mit dem Bemerken, er denke, daß Thielmanns „abschließliche Erklärung von der Rückkehr des an den König abzusendenden Kouriers nicht mehr abhängig sein werde". Darin hatte sich der russische General freilich zunächst verrechnet. Wohl aber versicherte Thielmann dem General Kleist, in einer nochmaligen Unterredung am 12. April in Prettin heilig, was er schon Miltitz und Röder versprochen hatte, daß wenn Friedrich August sich noch nicht bestimmt erklärt hätte, sobald die große russische Armee an der Elbe einträfe, so wolle er in diesem Augenblicke eigenmächtig den Schritt thun. Er sprach Kleist den Wunsch aus, daß man zu dieser Zeit einen Offizier von Range zu ihm senden möchte, um von ihm eine kategorische Erklärung zu verlangen. Er wollte dann, falls die Integrität Sachsens zugestanden würde und Torgau nur von sächsischen Truppen besetzt bliebe, sofort mit 8—9 Bataillonen Infanterie, etwas Kavallerie und 16 Kanonen zu den Russen stoßen, ebenso den Durchmarsch durch Torgau gestatten. Auf das schriftliche Verlangen Kleists, ihm einen Ingenieuroffizier zu schicken, der ihn über die Verteidigungsfähigkeit Wittenbergs unterrichten könnte, ging Thielmann bereitwilligst ein, indem er ihm den Ingenieuroffizier Rouvroy, der die Wittenberger Werke zum Teil selbst angelegt hatte, mit einem Plane der Festung zuschickte. Er bot ihm zugleich noch mehr Ingenieuroffiziere sowie andere Hülfsmittel zur Wegnahme von Wittenberg an. Den Wunsch Kleists, daß Thielmann einen Unterhändler nach Wittenberg in der Person eines Stromdirektors schickte, der wegen der Übergabe verhandeln sollte, mußte er aber ablehnen. Bitter beschwerte er sich über die Zurückhaltung Brauses durch Stein. „Sind dies wohl Mittel zum Zwecke? Was mich betrifft, so versichere ich, daß mich weder Drohungen noch revolutionäre Mittel zur Änderung meiner Handlungsweise nötigen und mich von dem Wege der Mäßigung und des Rechts abbringen werden. Mein Gewissen ist mein Richter und spricht mich frei. Euer Excellenz werden übrigens Ihrer Gerechtigkeit gemäß der Zeuge meiner Handlung sein. Mehr als je glaube ich mich nun der Vorsicht befleißigen zu müssen, und so sehnlich ich wünsche, das schmähliche Joch Frankreichs abzuwerfen und thätigst dazu mitzuwirken, so wenig bin ich geneigt, mich und mein Vaterland vor meinen Landsleuten in den Staub treten zu lassen."

Es zeigte sich, daß Steins Maßregel — Brause hatte zudem von Winßingerode einen Paß erhalten — Thielmanns empfindliche Seite getroffen hatte und in richtiger Erkenntnis seines Charakters bemerkte Natzmer in dem Entwurfe zu dem Kleistschen Bericht an den König:

„Euerer Königlichen Majestät wage ich noch allerunterthänigst vorzustellen, daß, sowie ich Gelegenheit gehabt habe, den General Thielmann kennen zu lernen, ich es für sehr wichtig halte, daß zu der Unterhandlung mit ihm ein Mann ausgesucht werde, der nicht glaubt, die Sache mit Drohungen forcieren zu müssen. Der General besitzt neben vielen sehr guten Eigenschaften einen hohen Grad von Ehrgeiz, der leicht zu reizen, aber auch ebenso leicht zu kränken ist."

Thielmann hatte die Genugthuung bald darauf von Kleist zu erfahren, daß Steins eigenwilliges Vorgehen allgemeine Mißbilligung gefunden hätte. Wittgenstein war darüber so in Harnisch geraten, daß er einen Offizier zum Kaiser schickte mit der bringenden Bitte, dem Minister Stein engere Grenzen vorzuschreiben. Wie sehr Kleist selbst verstimmt über das Verhalten Steins war, verriet ein Schreiben an Thielmann, das zugleich ein schlagender Beweis für die Verschiedenheit der Ansichten und die Uneinigkeit im Lager der Verbündeten ist. Kleist sagte darin nämlich: „Es ist ein großes Unglück, daß größtenteils die Menschen von reichhaltiger Phantasie der Vernunft so wenig Gehör geben und ihnen dasjenige, was der Franzose mit dem Ausdrucke le gros von sens bezeichnet, fehlt. Diese Menschen handeln immer, bevor sie prüfen, und da kommt es denn, daß sie große Mißgriffe begehen, die leider in politischer Hinsicht sehr nachteilig werden und der guten Sache schaden müssen. Euerer Excellenz loyales Benehmen erfordert eine ganz andere Behandlungsweise als die des Ministers Stein, und es kann wohl keinen Mann von richtigem Ehrgefühl wundern, daß Dieselben ein solches Betragen kränken muß. Entschuldigen läßt sich das Benehmen des Ministers v. Stein garnicht, wenn indessen Euer Excellenz das Vorhergesagte beherzigen, so bin ich überzeugt, Sie werden der guten Sache wegen dieses particelle Verfahren nicht so berücksichtigen, daß es dem allgemeinen Besten schaden könnte, sondern es als den Ausbruch einer erhitzten Phantasie betrachten." Außerdem benachrichtigte ihn Kleist, daß der König Friedrich Wilhelm ebenfalls über die Proklamationen mißvergnügt gewesen sei und für die Zukunft dagegen Vorkehrungen getroffen hätte. Dies bestätigte Thielmann auch ein Schreiben aus Dresden vom 12. April von Zezschwitz, dem Mitgliede der Immediatkommission, der von ähnlicher Überschwänglichkeit wie Miltitz war, sich aber von diesem durch Weichherzigkeit und geringe Entschiedenheit in der Auffassung unterschied. In der Immediatkommission spiegelte sich ganz jene Unentschlossenheit und Thatenlosigkeit wieder, die am Königshofe nur zu sehr an der Tagesordnung war. Der einzige Mann, der noch einigen Unabhängigkeitssinn besaß und erkannte, daß man, wenn es so weiter gehe, geradeswegs dem Abgrund zusteuere, war der Oberkammerherr Freiherr v. Friesen. Am 10. April schrieb dieser an Manteuffel: „Es ist höchste Zeit, daß unser König die Achtung, die politische Existenz wiedererwerbe, um die es unwiederbringlich geschehen ist, wenn wir fortfahren wie zeither einem System sklavisch anzuhangen, das nach meiner ehrlichen Überzeugung in seinen Grundlagen verderblich, empörend ist."[1] Die übrigen Kommissionsmitglieder waren anderer Ansicht und, was das schlimmste war, sie haben die Besatzung von Torgau zweifellos in ihrem Sinne zu bearbeiten gesucht. Zezschwitz schrieb jetzt an Thielmann: „Alles ist enthusiasmiert

---

1) Mitgeteilt von Flathe, Geschichte Sachsens III, 134.

von Ihrem Benehmen. — Sie zeigen im Herzen die Glut, die ohne den Hauch des Fürsten nicht zur Flamme wird. Torgau muß unserm König erhalten bleiben und ihn eines ihm würdigen Verhaltens der Alliierten versichern. — Also ist das Losungswort: Mit dem Könige Alles, ohne ihn Nichts. Den Minister Stein habe ich heute lange gesprochen. Ich habe ihm gesagt, das Volk liebe den König wie einen Familienvater — wäre nicht von ihm zu trennen ... Der General Heister bringt dem Könige ein Schreiben vom Könige von Preußen. Bis zur Antwort werden alle Maßregeln suspendiert. Ich hoffe das Beste. — Man wird mit Österreich dem Bunde beitreten, dann wohl uns! Den Generalen ist alles Proklamieren untersagt."

Am 14. April, wohl zusammen mit diesem Schreiben von Zezschwitz, traf nun endlich der Rittmeister v. Minckwitz mit der Antwort des Königs auf Thielmanns Meldung vom 2. ein. Durch ihn, der auch anfänglich am 12. April von Stein in Dresden zurückgehalten worden war, empfing er außerdem die Nachricht, daß Brause seine Depesche vernichtet habe. Das königliche Schreiben war vom 8. April datiert und lautete:

„Ich habe aus Ihrem durch den Rittmeister v. Minckwitz übersendeten Rapport die Lage der Festung und der dortigen Garnison mit vorzüglicher Zufriedenheit ersehen. Die Festigkeit, mit welcher Sie alle Ihnen in Bezug auf den Ihnen übertragenen Posten beschehene, mit den Verhältnissen Meiner Staaten aber unter den dermaligen Umständen unvereinbaren Anträge abgelehnt haben, entspricht ganz Meinem in Sie gesetzten Vertrauen, und Ihre bisherige Handlungsweise hat in Allem Meinen vollkommenen Beifall. Ich rechne darauf, daß Sie ferner in allen vorkommenden Fällen gleiche Grundsätze beobachten werden."

Von Gersdorff, Senfft und Langenau lagen Briefe bei. Gersdorff meinte, daß der König in Regensburg noch nicht bedroht wäre und man daher noch keinen Grund habe, diesen Ort zu verlassen, obwohl die Nation den Aufbruch nach Böhmen wünsche. Senfft versicherte dem General in gerührten Worten, daß er in seinem Berichte erhebende Beweise von Patriotismus und der schmeichelhaftesten Freundschaft gefunden habe. „Höchsterfreulich war es mir zu sehen, wie Sie sich gegen den Protektionsgeist von 1805 ausgesprochen haben. Sachsen sind wir vor allen Dingen. Ein geteiltes Deutschland in zwei Hälften ist kein Deutschland, dies hat sechzigjährige Erfahrung gelehrt. Daher ist kein anderes System denkbar als daß Preußen zwar die erste der Mächte Deutschlands nach Österreich sei, aber mit den übrigen im gleichen Range stehe. Wenn Regensburg bedroht wird, so gehen wir nach Salzburg, wo wir wohl sicher bleiben können. Nach Österreich können wir erst dann, wenn eine Systemsveränderung erfolgt ist. Bis dahin heißt es uns selbst die Freiheit des Entschlusses nehmen, indem wir uns mit Frankreich gleich unwiderruflich entzweiten."

Die bemerkenswertesten Auslassungen kamen von Langenau: „Die Anträge, welche Ihnen preußischerseits gemacht wurden, enthalten durchaus noch nichts Bestimmtes und berechtigen auf keine Weise zu soliden Hoffnungen. Solange man nicht bestimmter und offener herausgeht, so lange man in Worten und Werken nicht noch mehr Einheit und Kraft des Willens zeigt, so lange, glaube ich, müssen wir mit der größten Vorsicht zu Werke gehen und unser Heil nur allein von Österreich erwarten. Daß dieses nicht vernachläßigt wird, daß übrigens von allen Seiten Alles geschieht, was die Klugheit gebietet, kann ich Ihnen mit Gewißheit versichern. Die Schritte, welche wir bisher thaten, die militärischen Kräfte, welche wir in Torgau, Königstein (General Zeschau mit einem kleinen Kommando), Krakau (Gablenz mit der Kavallerie) und bei Regensburg (etwas Kavallerie) besitzen, der moralische Einfluß, den die Zukunft eines geehrten Königs auf 2½ Millionen Menschen haben muß, der Einfluß endlich, den seine Handlungsweise auf die der übrigen Fürsten der Rheinkonföderation haben kann — Alles dieses — so scheint es mir, giebt uns gerechte Ansprüche auf Achtung nach allen Seiten und macht es uns zur Pflicht, das, was wir thun wollen, mit Würde, Anstand und Vorsicht zu thun und uns nicht wie das Gouvernement eines eroberten Landes behandeln zu lassen. Die Fesseln zu zerbrechen ist mein Wunsch, nicht aber sie zu vertauschen. Unsere Kavallerie, die der Marschall Neh, welcher bei Würzburg mit 18000 Mann steht, förmlich verlangte, ist ihm bestimmt abgeschlagen worden, sie trifft am 10. hier ein. Acht bis zehntausend Mann Baiern, nicht eben allzu schlagfertig und ebensowenig schlaglustig, stehen auf Nehs rechtem Flügel. Ihre Politik ist unentschlossener und schwankender als die unsrige jemals. Die Besitznahme von Kottbus" (durch Preußen als von einem ihm angestammten Landesteile) „hat auf sie einen tiefen Eindruck gemacht und für die deutsche Sache nachteiliger gewirkt als man vielleicht glaubt. Es scheinen mir übrigens in diesem Lande noch mehr dumme Teufel und schlechte Kerls zu sein als bei uns ... Unsere Beschwerden gegen Davout sind in Paris kalt, und unser Benehmen rücksichtlich der Truppen so aufgenommen, daß man sich das Tadeln vorbehält, wenn Zeit und Umstände es gestatten . . . . . Ich rechne auf Sie im Leben und Tode."

Wie stachen diese Schriftstücke von dem flammenden Patriotismus der Miltitz, Vieth und Brotzem ab! Nichts als lächerliches Gehabe mit der vermeintlichen Machtstellung, Mißgunst gegen Preußen und Hinüberblinzeln zu dem unentschlossenen Österreich; was noch von höheren Ideen in Langenau gewesen war, das war jetzt im Regensburger Exil erstickt. Diese Männer fühlten wohl, daß man in Frankreich nur auf die günstige Gelegenheit wartete, um Sachsen für seine mißliebigen Schritte zu züchtigen und doch hatten sie eine heillose Angst sich vor der Zeit mit Frankreich zu entzweien. Sie fühlten wohl, daß Sachsen eine unentschlossene Politik trieb, trösteten sich aber damit, daß andere Rheinbundsstaaten eine noch jämmerlichere Rolle zu spielen schienen. Sie fanden wohl, daß Sachsen gerade keine Zufluchtsstätte für große Männer war, meinten aber, daß Baiern noch ärmer daran sei. Davon aber, daß es jetzt allmählich Zeit zum Handeln wurde, daß Alles für Sachsen auf dem Spiele stand, davon ließen sich die Herren im bairischen Asyle nichts träumen. Die Patrioten in der Heimat und die Kleinstaater in Regensburg, das waren die Gegensätze, zwischen denen sich Thielmann zu entscheiden hatte. Schon war sein Standpunkt sehr weit ab von dem, den man am Hoflager einnahm. Er dachte bereits anders über Preußen und vor allem: er war jetzt auf dem Punkte sich zu entscheiden angelangt.

Die Mitteilungen der königlichen Ratgeber mußten wie Mehltau auf frische Blüten auf seine bestimmten Hoffnungen, der König werde sich entscheiden, fallen. Er befand sich in einer qualvollen Gewissensnot. Auf der einen Seite der strenge Befehl des Königs und die bestimmten Weisungen von dessen Ratgebern sich neutral zu verhalten, Nichtbefolgung war gleichbedeutend mit der Aufopferung seiner eigenen Person; auf der anderen die Pflicht gegen das Vaterland, erfüllte er sie nicht, so mußte er den Fluch Deutschlands gewärtigen. Noch einmal aber glaubte er einen Versuch machen zu dürfen, den König zur Entscheidung zu drängen, und er schickte daher den Oberforstmeister v. Schleinitz auf Pretzsch mit der Meldung vom 8., die Stein unbilligerweise zurückgehalten hatte, an den König. Dem ersten Schreiben an Senfft vom 8., das dieser Meldung beigefügt war, legte er jetzt (14. April) ein zweites noch bringlicheres bei, in dem er seine ganze Beredsamkeit aufbot, um den Minister aus seiner Unentschlossenheit zu reißen.

„Das zukünftige System Deutschlands", so hieß es in diesem zweiten von einer edlen Diktion und echtem Schwunge getragenen Schreiben, das auch für Langenau geschrieben war, „kann unmöglich jetzt vollendet, sondern muß durch Hingebung an Österreich nur vorbereitet werden. Was sollte aus den militärischen Operationen werden, wenn wir mit der Diplomatie anfangen wollten! Jetzt müssen wir wie Cato anfangen. Zaudern kann uns nur nachteilig, nie nützlich sein; jetzt noch ist uns der Übertritt Verdienst, in wenig Wochen ist er es nicht mehr und wir stehen in der Geschichte wie Johann Georg I. im 30jährigen Kriege. Frankreich haben wir schon genug verbrochen, um des Todes würdig zu sein, und übergeben wir uns ihm, so ist dann Knechtschaft unser unvermeidliches Los. Wir müssen zu sterben wissen!

Durch Zaudern bringen Euer Excellenz die Nation mit dem Könige in unauslöschlichen Widerspruch. Die Fürsten und Grafen v. Schönburg, Miltitz von Siebeneichen, Carlowitz von Rauenstein, Welck von Rabenstein, Weißbach von Frauenhain haben sich schon zur Stellung von Kompagnien unter meinen Befehlen erboten. Diese gehen alle mit Preußen. Schon stellen die sächsischen Städte Kontingente zur deutschen Legion, doch noch unter der Bedingung, daß solche, sobald der König sich erklärt, in die sächsische Armee übertreten sollen.

Kutusow kann mich ohne Erklärung nicht im Rücken lassen, wie werbe ich also gedrängt werden? Ich beschwöre Euere Excellenz sich hierher nach Sachsen zu versetzen und reiflich zu erwägen, ob ich das Instrument sein soll, welches mit dem Fluche Deutschlands der Vorwurf zu treffen hat, die militärischen Operationen gehindert zu haben.

Zum Glück ist zu hoffen, daß Preußens neue Mäßigung uns noch hinhalten wird. — Männerstolz vor Freund und Feind, aber auch Mut zum Handeln. — Rechnen Euer Excellenz auf mich, aber könnte ich meinen Worten doch Centnerschwere verleihen!!"

An demselben Tage, wo Thielmann Minckwitz mit dem Schreiben aus Regensburg empfing und den Oberforstmeister v. Schleinitz mit der neuen Mission in das Hoflager beauftragte, brach er nach Eilenburg auf. Kurz vorher sprach er noch den Premierleutnant v. Flemming, den er vor einiger Zeit aus Torgau, umsichtig wie er war, mit Pässen als Kaufmann nach Mainz geschickt hatte, um über die Stärke der Franzosen Erkundigungen einzuziehen, und der eben zurückgekehrt war. Flemming war erkannt worden und hatte es vorgezogen bald aufzubrechen. Doch scheint er die Auffassung gewonnen zu haben, daß die Bildung der französischen Armee große Fortschritte gemacht hätte. Denn Thielmann befahl ihm nach flüchtiger Unterhaltung, sogleich eine Meldung über das Gesehene aufzusetzen, sie versiegelt dem Platzadjutanten zu übergeben und nahm ihm das Ehrenwort ab, völliges Stillschweigen über den Stand der Dinge zu beobachten. Er konnte keine andere Ursache zu dieser Maßregel haben, als die Absicht zu verhindern, daß die Stimmung der Garnison durch Nachrichten über Herannahen großer französischer Streitkräfte beeinflußt würde.

In Eilenburg hatte Thielmann eine Konferenz mit Wintzingerode. Am 18. kam der Chef des Generalstabes Wittgensteins, General d'Auvray, nach Torgau, am 21. oder 22. General Kleist. In diesen drei Konferenzen wurden Vereinbarungen über das künftige Verhalten Thielmanns getroffen. Uns liegt eine Erklärung vor, welche Thielmanns Auffassung der Lage zusammenfaßt und zugleich seine den Generalen der Verbündeten, hauptsächlich Wintzingerode am 14. April gemachten Erklärungen wiedergiebt. Sie ist wie die meisten Torgauer

Konzepte geschrieben von der Hand des Thielmannschen Sekretärs, Hermann Oberreit, eines sehr geschickten, aber aufgeregten und gehässigen Menschen, der sich im Laufe der spätern Zeit zum Direktor der sächsischen Plankammer und Obersten emporarbeitete, im Jahre 1827 durch ein Pamphlet gegen die preußische Regierung Sachsen in Ungelegenheiten mit Preußen brachte[1]) und sonst noch besonders bekannt geworden ist durch verschiedene übelwollende Aufsätze, die er im Hesperus gegen seinen ehemaligen Vorgesetzten Thielmann veröffentlichte.

Das interessante Schriftstück, das am 16. April aufgesetzt worden ist, enthält die Antwort, die Thielmann seinen drängenden Landsleuten, insbesondere aber dem Freiherrn Dietrich v. Miltitz, erteilte. Miltitz war nämlich auf das Höchste darüber aufgebracht, daß der General sich nach der Rückkehr des Rittmeisters v. Minckwitz nicht entschieden hatte, und hatte sich deswegen an einen Mann aus der Umgebung Thielmanns, dessen Name nicht genannt ist, mit einem stürmischen Schreiben gewendet, das dieser Thielmann übergab. Der Adressat kann kaum jemand anders als After gewesen sein, der am meisten das Vertrauen Thielmanns besaß und meist allein seinen vertraulichen Unterredungen beiwohnte. „Euer Hochwohlgeboren," so hatte Miltitz geschrieben[2]), „werden mir alle Einleitungen und Bevorwortung gegenwärtigen Schreibens erlassen und auf mein Wort glauben, daß keine andere Absicht als Sie zum Zeugen meines letzten, noch aus alter Freundschaft an den Generalleutnant Thielmann gesprochenen Wortes zu nehmen, zu Grunde liegt. Auch sind Dieselben so vollständig von alle dem, was seit Kurzem über den Beitritt verhandelt worden ist, unterrichtet, daß ich nicht nötig habe Etwas hier zu wiederholen. Und Ihr Ehrgefühl ist zu lebhaft und Ihr Urteil zu richtig als daß ich nicht mit völliger Zuversicht mich auf seine Entscheidung berufen dürfte. — Also kurz zur Sache!

General Thielmann hatte sein Ehrenwort dem Hauptmann von Röber und mir so bestimmt und so feierlich gegeben, daß wir mehr um seinetwillen als unsertwegen wünschen müssen, er hätte es schon gestern, als dem Tage der Rückkehr des Rittmeisters v. Minckwitz auf eine befriedigende Weise gelöst!

---

1) Geh. Staats-Archiv zu Berlin. A. A. IV Censur 166ª.
2) Original in Thielmanns Torgauer Papieren.

Ist General Thielmann entschlossen, falle die Antwort des Königs auf des Herrn v. Schleinitz Sendung auch verneinend aus, doch Unterhandlungen anzuknüpfen und solche offen und redlich durchzuführen, wie er solches gestern dem Generalleutnant v. Wintzingerode, bekräftigt durch einen ächt altdeutschen Trumpf zugesagt hat, wozu der Aufschub bis zur Rückkehr des Herrn v. Schleinitz? welcher erstlich ihm gewiß keine besseren Bedingungen verschaffen wird, zweitens seine Truppen durch die täglich zunehmende Sterblichkeit mehr als durch Gefechte schwächt und drittens dem Lande durch den Aufenthalt, den sein Zögern in die Operationen bringt, höchst nachteilig werden muß?

General Thielmann hat sich bereits so kompromittiert, daß ohne dem Tadel der größten Inkonsequenz von russisch-preußischer Seite sich auszusetzen, er vorwärts schreiten muß. Und den Vorwurf, den ihm sein Souverän über seine bisherigen Schritte machen könnte, vermag er nur durch die Ausführung seines Beginnens, welches unvollendet Verbrechen, vollbracht aber Verdienst wird, abzulehnen.

General Thielmann ist auf dem Punkt bei den russischen und preußischen Behörden so wie bei den resp. Monarchen alles Zutrauen unwiederbringlich zu verlieren, und nicht nur sich, sondern auch seine Armee in die ungünstigste Lage zu setzen. Er ist im Begriff sich den vielleicht nicht genug gewürdigten Vorteil, mit dem Generalleutnant v. Wintzingerode unterhandeln zu können, entgehen zu lassen. Später wird er entweder ohne Ruhm für sich und ohne Gewinn für die Sache, das thun müssen, was ihm sein König befiehlt, oder sich genötigt sehen unter viel unvorteilhafteren Umständen, die vom Fürsten Kutusoff diktierten Bedingungen ebenso unrühmlich anzunehmen! .

Denn es kann nicht fehlen, daß, dafern er nicht eilt durch eine ungesäumte Annäherung den üblen Eindruck, welchen sein Tergiversieren bereits zu machen anfängt, zu verwischen, die Befehlshaber der verbündeten Mächte es nicht zugeben werden, daß er ein Oberkommando behalte, noch daß die sächsische Armee als ein ungeteiltes und unteilbares Ganzes agiere. Und die schon im Gange begriffene Landesbewaffnung kann für die Armee von keinem Nutzen sein, sie wird ihr vielmehr, da man aus ihr ein eigenes Korps bilden muß, die Mittel benehmen, sich wieder zu einer achtbaren Stärke vermehren zu können.

So unausbleiblich diese Folgen einer ferneren Weigerung oder einer fortgesetzten Zögerung sein werden, eben so gewiß ist auf der anderen Seite auch die Hoffnung 1) daß die vom General Thielmann dem General v. Wintzingerode bekannt gemachten vier Sätze als Basis der Unterhandlung zugestanden, 2) dem General Thielmann das Oberkommando aller sächsischen Truppen gewährt und derselbe 3) mit allen diesem Range gebührenden Ehrenbezeugungen und Auszeichnungen bekleidet werden wird.

Hat übrigens die Versicherung, daß von russisch-preußischer Seite sein bisheriges Schwanken noch als Wirkung und Beweis einer löblichen Vorsicht angesehen und die Achtung Aller, die von dem Vergangenen unterrichtet sind, ihm noch erhalten werden kann, einiges Gewicht, so legen Sie — ich bitte Sie um seiner Ehre willen, solches mit in die Wagschale.

Hauptquartier Gohlis bei Leipzig, 15. April 1813.

Miltitz."

Thielmann erhielt sofort von diesem Schreiben Kenntnis, das ihn geradezu in seinem Ehrgefühl kränkte. Er erkannte in dem Schreiben wieder den alten revolutionären Kopf seines Jugendfreundes, der nicht vor Extravaganzen zurückscheute. Auch seine Hoffnung auf eine Beistimmung des Königs war ja abgeschwächt. Aber er handelte nach strengen Grundsätzen der Pflicht und hatte für die gewagten Ratschläge von Miltitz und dessen Genossen nur ein Achselzucken. Er gab seinen Empfindungen in einem Schreiben vom 16. an Kleist Ausdruck: „Mit einem nicht ohne Bitterkeit vermischten Vergnügen muß ich Euer Excellenz gestehen, daß mir meine Freunde, nämlich meine Landsleute, fast drückender werden als meine sogenannten Feinde, d. h. die russischen und preußischen Generale! Eine Menge trefflicher aber höchst exaltierter Menschen — durch wessen Einfluß angetrieben werden Euer Excellenz erraten" (gemeint ist natürlich Stein, dessen vulkanische Natur in der That hunderte, darunter auch Miltitz, mit patriotischem Feuereifer zu erfüllen vermochte) — „bestürmen mich ohne alle Schonung. Ich habe heute das in der Beilage enthaltene barauf geantwortet. Die täglich zunehmende Wichtigkeit der Sache macht es mir zur Pflicht Euerer Excellenz diese koncentrierte Ansicht meiner unwandelbaren Handlungsweise mitzuteilen und Dieselben zu bitten, davon offiziellen Gebrauch zu machen, allein die Hochachtung, Hinneigung und Liebe zu Ihrer Person macht es mir eben so sehr zum Bedürfnis."

Die Beilage war jene Erklärung, die dadurch, daß sie den „sogenannten" Gegnern offiziell als Ansicht Thielmanns zuging, von besonderer Wichtigkeit wurde. Zu gleicher Zeit ging die Erklärung an die unter Miltitzens Führung stehenden Patrioten, an die sonstigen Befehlshaber der Verbündeten; und auch der Immediatkommission wurde sie übermittelt. Das Schriftstück ist höchst charakteristisch und verrät deutlich den gekränkten Stolz des selbstbewußten Generals. Es enthält zugleich in mancher Hinsicht Thielmanns politisches Programm. Der Wortlaut war folgender:

„1. So sehr der General Thielmann die Sache Deutschlands für die Sache der Menschheit und also für die heiligste hält, so sehr glaubt er, daß das Band zwischen Unterthan und Fürsten nächstdem das Heiligste sei.

2. Der General Thielmann hat sich daher in allem und jedem und namentlich in der letzten mit dem General v. Wintzingerode stattgehabten Konferenz dahin erklärt, daß er alles abwarten zu müssen glaube, um die Beistimmung seines Königs zu erhalten, indem er um keinen Preis den Vorwurf auf sich laden wolle, durch voreilige, revolutionäre Schritte seinen König vielleicht in das Grab gebracht zu haben, daß er aber auch wisse, daß dieses seine Grenzen habe, daß er also, insofern seine Handlungsweise die militärischen Operationen zu stören im Stande sei, seine Partei zu nehmen wissen werde, und daß er ferner, wenn sein König, wie es nach der Lage der Dinge unmöglich ist, sich bestimmt für Frankreich erklären wolle, er sodann das Band zwischen Fürsten und Unterthan aufgelöst glaube. Da übrigens der General Thielmann ohne Stolz von sich die Meinung hegt, daß er in der Beurteilung militärischer Operationen nicht von gestern sei, so glaubt er, daß eine Erklärung seinerseits eher nachteilig als nützlich sein könne, indem sie ihn als einen bloßen Nachäffer des

General York erscheinen lassen müsse, dessen Lage mit der seinigen kaum in einem Punkte zu vergleichen wäre.[1]

3. Der General Thielmann glaubt in keiner Hinsicht durch sein Benehmen den Russischen und Preußischen Majestäten mißfallen zu können, da es das Interesse der Fürsten ist, Diener zu ehren, welche ihren Herren treu sind, und als ein Mann von Welterfahrung glaubt er die Verurteilung erhitzter Köpfe auf eine kurze Zeit sehr leicht über sich ergehen lassen zu können, da er in der Folge, wenn der Zeitpunkt eingetreten sein wird, wo er als ein bedachtsamer Mann sich ausgesprochen hat, durch seine treue Anhänglichkeit an die Sache Deutschlands und durch sein Benehmen auf dem Schlachtfelde und in kriegerischen Operationen allen revolutionären Köpfen bald Stillschweigen aufzulegen und die Billigung der Besseren zu erhalten gewiß ist.

4. Der General Thielmann entsagt sehr gern allem Beifall der Revolutionärs, indem er seine Handlungsweise bloß auf Kanonen und Operationen berechnet und der Förderung dieser bisher eher Vorschub gethan als Nachteil zugefügt zu haben glaubt.

Der Schluß des Ganzen ist, daß die deutsche Sache des General Thielmanns gewiß sein kann, ihn aber nur als einen besonnenen Mann erhalten wird, welcher mit Vergnügen allen persönlichen Rücksichten, Vorteilen und Ehrenbezeugungen entsagt, wenn nur das Gute dabei erworben wird."

D'Auvray, der am 18. in Torgau eintraf, wünschte von ihm schweres Geschütz zur Beschießung von Wittenberg. Thielmann glaubte diesem Wunsche einstweilen aus dem Wege gehen zu müssen. Kleist kam, vermutlich am 21., auf Befehl seines Königs in die Festung und erstattete an Friedrich Wilhelm am 22. aus Dessau über seine Unterredung Bericht. Er fand Thielmann in seinen früher geäußerten Entschlüssen nicht verändert. Zu was er sich einmal erklärt habe, so versicherte er Kleist, dabei würde er bleiben, nur glaube er, da Friedrich Wilhelm selbst an den sächsischen König geschrieben hätte, so

---

1) Der neuerdings von Th. Grobbel in seiner Schrift: „Die Konvention von Tauroggen" (Marburg 1894) vertretenen Auffassung, daß York gegen die Instruktion des Königs gehandelt habe, scheint mir Georg Küntzel in den brand.-preuß. Forschungen VII 285 ff. durchaus mit Recht entgegengetreten zu sein.

viel Achtung beanspruchen zu dürfen, um die Antwort Friedrich Augusts an den König von Preußen abzuwarten. Sollte diese Antwort nicht befriedigend ausfallen, so, fuhr Kleist in seinem Berichte fort, „scheint der General Thielmann zu wünschen, daß er von Allerhöchst denenselben und dem Kaiser von Rußland den Befehl erhielte, für seine Person nach Dresden zu kommen, wo er dann selbst die Erklärung Euer Majestät geben dürfte, daß er sich mit allen ihm zu Gebote stehenden sächsischen Truppen für die Sache Deutschlands bekenne."

Von Kleist gedrängt, der das schwere Geschütz gerade zur Schonung Wittenbergs verwenden wollte, um Bresche zu schießen, während er sonst mit den Feldgeschützen ein Bombardement eröffnen müßte, verstand sich Thielmann dazu, am 22. Mörser und die dazu gehörige Munition einladen zu lassen. Diese Zusage gereute ihn jedoch sogleich und als in der Nacht vom 22. zum 23. der Oberforstmeister v. Schleinitz mit der Antwort von Regensburg eintraf, widerrief er seine Zusage wegen des Geschützes und wollte erst Weisung von seinem König erwarten.[1]

Andere Akkorde als die Miltitzschen Schreiben schlugen die Zuschriften an, die Thielmann jetzt von Mitgliedern der Immediatkommission erhielt. Thielmann hatte einem Dresdener Freunde durch den Oberst Carlowitz den Wortlaut der Erklärung zugehen lassen und ihm anheimgegeben, davon der Immediatkommission mitzuteilen, obwohl er dies nicht für nötig halte. Er war mißgestimmt auf sie, weil er in Erfahrung gebracht hatte, daß sie seine Briefe erbrechen und ihn in dieser kritischen Zeit ohne Nachricht ließ, ebenso, daß sie ihm kein Geld schickte. Manteuffeln hatte er sagen lassen, daß er wohl wüßte, welch geringes Vertrauen er in seine Handlungsweise setze, daß er ihn aber bäte sich darüber zu beruhigen. Der Brief an jenen Freund schloß: „Mit dem schwachen, schwankenden Betragen in Regensburg bin ich sehr unzufrieden und mein Herz ist voll Trauer. Ich habe durch Schleinitz dem Minister Senfft in einem festen und männlichen Tone geschrieben. Möge Gott diese unselige Krisis bald glücklich für uns enden lassen."[2] Der gute Zezschwitz antwortete ihm am 19. in unklaren Ausführungen, wahres mit falschem gemischt, gefühlsweich wie

---

1) Hierdurch werden Boyens Angaben über die wirkliche Auslieferung des Geschützes richtiggestellt.   2) Original auf der Kgl. Bibliothek zu Berlin.

immer, aber auch mit schüchternem Tadel: „Darin sind wir ganz eines Sinnes, daß wir von ganzer Seele wünschen, daß die Übermacht Frankreichs gebrochen werden möge. Diese Überzeugung auszusprechen halte ich für Pflicht insbesondere gegen die Männer, welche Einfluß auf die Entschließung des Königs haben können. Nicht der wahrscheinliche Erfolg der Waffen, sondern der Wert der Sache muß in diesem Kampfe berücksichtigt werden; für die gute Sache müssen auch die Fürsten etwas wagen. — Bei allem lebendigen Triebe mitzuwirken für die allgemeine Sache Deutschlands halte ich es mit Ihnen für unverbrüchliche Pflicht als Diener und in den Verhältnissen, in die mich der König gesetzt hat, nur seinem Willen gemäß zu handeln. Übrigens ist wohl noch das Beste zu hoffen. Der König scheint sehr bestimmt sich an Österreich anzuschließen. Mir wäre sofortige aktive Teilnahme erwünschter. Aus den besten Quellen weiß ich, daß Österreich eine Friedensbasis an Frankreich vorgeschlagen hat unter der Bedrohung mit Feindseligkeiten wenn sie nicht angenommen wird. Unter diesen Verhältnissen kann der Anschluß an Österreich sehr vorteilhaft auch für die allgemeine Sache werden, und das Zaudern in Regensburg wird dadurch von allem Vorwurf befreit. Nur überspannte Menschen, denen der Schwindel den Sinn für Pflicht verrückt, können wünschen und einem Mann von Ihren Gesinnungen zu sagen wagen, daß Sie ohne bestimmt erklärten Willen des Königs über die Ihnen anvertraute Festung beschließen möchten. Nur diese Zurückkunft" (des Königs) „wird der Nation die Kraft und Einheit verleihen, mit der ich Sachsen so lebensgern für die allgemeine Sache kämpfen sähe. Niemand, der rechtlich und besonnen denkt, kann es tadeln, daß ein Mann mit dem höchsten Zutrauen des Königs bekleidet dieses tief im Herzen hat und es unbedingt ausspricht. In dieser Hinsicht, noch mehr in Hinsicht der Notwendigkeit, die fremden Heerführer davon, daß ohne den König unter keinem Verhältnis Torgau anders als mit Gewalt der Waffen in ihre Hände kommen kann, fest zu überzeugen, hätte ich einige Punkte der Erklärung, die Sie mir gütigst mitteilen, der Mißdeutung weniger unterworfen gewünscht."

Weniger zurückhaltend war schon der Tadel, den Thielmanns alter Jugendfreund Manteuffel ihm am 22. April über seine Erklärung aussprach: „Einen Rat zu geben über Ihr Verhalten konnten wir uns nicht anmaßen. Auch war ich schon überzeugt, daß Sie männlich und konsequent handeln und die Festung an niemand, wer es auch sei, übergeben würden. An Ihrer Stelle würde ich auch die Erklärung nicht von mir gegeben haben. Niemand sollte mich, wenn ich in einer Festung wäre, zu einer schriftlichen Erklärung zwingen; doch dies ist geschehen und ich wünschte nur, daß sie nicht irgendwo abgedruckt werde. Der nun veränderte Zustand der Dinge wird die Folgen unschädlich machen. Darin werden Sie hoffentlich mit den Gemäßigten und Nichtexaltierten einverstanden sein, daß der König nach dem Betragen seiner Gegner und nach dem was in den Zeitungen gedruckt war, sich nicht aufs Ungewisse in ihre Arme werfen konnte, sondern sich Österreich annähern mußte. Übrigens, teurer Freund, sein Sie nicht böse auf uns, schreiben Sie uns nicht in dem Stil wie Blücher und Gneisenau und schonen Sie Ihre Gesundheit. Diese ist das Wichtigste von allem in den jetzigen Konjunkturen."

Solche Worte waren nicht gerade geeignet, um Thielmanns Stimmung zu verbessern. Noch weniger erfreulich kamen sie, da Zezschwitz und besonders Manteuffel zugleich mitteilten, daß sie das von ihm verlangte Geld für Torgau, aus gänzlichem Mangel an Vorrat daran, nicht schicken könnten. Dies war eine neue Sorge in der Unzahl sonstiger Verlegenheiten zu Torgau.

Der Oberforstmeister v. Schleinitz überbrachte nun eine Fülle der wichtigsten Nachrichten, zunächst einen königlichen Befehl vom 19. April:

„Infolge des mit Seiner Majestät dem Kaiser von Österreich getroffenen Einverständnisses werde ich morgen Regensburg verlassen, um mich über Linz nach Prag zu begeben. Das Detachement der Leibgrenadiere, der Kürassierbrigade und der Infanterie-, Kavallerie- und Artilleriedepots folgen mir am 21. über Pilsen nach Prag. Mein Wille ist dabei, daß die Unabhängigkeit der Festung Torgau mit dem größten Ernste behauptet und gegen jedermann erklärt werde, daß die Festung nur auf meinen Befehl im Einverständnis mit dem Kaiser von Österreich geöffnet werden kann. Indem Sie sich darnach richten, können Sie den Inhalt dieses Befehls auch der Garnison und Bürgerschaft von Torgau bekannt werden lassen."

Also noch keine Entscheidung trotz der dringenden Bitten in Thielmanns Briefen vom 8. und 14. April! Vielmehr schickte sich der ohnmächtige König von Sachsen jetzt an, gleichsam als Haupt einer Großmacht mit Österreich zusammen den Schiedsrichter von Europa zu spielen. Eine verblendetere Politik hat es selten gegeben. Man wäre versucht, es genialen Leichtsinn zu nennen, wie Friedrich August hier daran ging Krone und Szepter zu verspielen, wenn Friedrich August nicht so gar nichts von Genie und Leichtsinn in sich gehabt hätte. So kann die alberne Wichtigthuerei, die eine heillose Unentschlossenheit in der Krisis von Europa bemänteln sollte, nur tiefstes Mitleid erregen. Und der Haken in der königlichen Ordre! Man ahnte am Hoflager wohl, daß Thielmann diesen matten Befehl möglicherweise nicht befolgen würde und deswegen wurde ihm die Weisung erteilt, Garnison und Bürgerschaft von Torgau mit dem Inhalt des Befehles bekannt zu machen; und um ganz sicher zu gehen, wurden die unteren Befehlshaber, wie der General Sahr, auf den man sich eher verlassen zu können glaubte, von dem Inhalte des Befehls in Kenntnis gesetzt. Die würdige Erläuterung des königlichen Schreibens bildete der Brief Senffts vom selben Tage:

„Im Auftrage des Königs habe ich Ihnen, liebster General, über den Inhalt des heute an Sie abgehenden Königlichen Schreibens noch zu eröffnen, daß, so fest Ihre Königl. Majestät auch entschlossen sind, jetzt wie immer alle mit der Lage der Dinge vereinbarliche Mittel zum Wohle Ihrer Unterthanen und zur Erleichterung der sie drückenden Lasten anzuwenden, Allerhöchstbenselben jedoch jedes willkürliche Aufstehen in Masse oder im Einzelnen zu irgend einem militärischen Zwecke zum höchsten Mißfallen gereiche“ — natürlich! — „und von Ihnen als Ihrer bestimmten Willensmeinung und den Unterthanenpflichten entgegenlaufend angesehen werde, daß Sie auch ferner jeden Teilnehmer an einer solchen gesetzwidrigen Handlung als unfähig erkennen, im sächsischen Dienste angestellt und zu den erhabenen [!] Zwecken gebraucht zu werden, wozu Allerhöchstdieselben Ihre Macht mit der des Kaisers von Österreich gemeinschaftlich anzuwenden gedenken. Es bleibt Ihnen überlassen von vorstehender Eröffnung den zweckdienlichen Gebrauch mit einer solchen Behutsamkeit zu machen, daß dadurch die Erbitterung auf der anderen Seite nicht vermehrt wird."

Deutlicher konnte die Regierung sich nicht gegen einen etwaigen Übertritt aussprechen. Thielmann mußte jetzt einsehen, daß er sich gänzlich in dem König verrechnet und daß Miltitz die Verhältnisse richtiger beurteilt hatte. Das Bitterste aber mußte für ihn sein, daß derselbe Langenau, mit dem er vor wenigen Wochen noch einer Meinung gewesen war, dem Könige selbst den Entwurf zu jener Ordre vorgelegt hatte und daß die Ordre sich wörtlich jenem Entwurfe anschloß. Langenau setzte ihn davon selbst in Kenntnis und fügte hinzu: „Ein förmlicher Allianztraktat mit Österreich ist wahrscheinlich in diesem Augenblicke ratifiziert. Machen Sie Ihre Einrichtungen so, daß wir in 6—8 Wochen wenigstens 25 000 Mann auf den Beinen haben" — und auch er urteilte wie Senfft, indem er hier fortfuhr: „Wer bis dahin ohne Erlaubnis des Königs einen Schritt vorwärts wagt, muß nach meiner Überzeugung aus der Liste der Nation für immer gestrichen werden." Seit diesem Briefe war es mit der Freundschaft zwischen den beiden Generalen vorbei.

Die Bündnisnachrichten bestätigte ein am selben Tage vom General Watzdorf, dem sächsischen Vertreter in Wien, eingetroffenes Schreiben vom 20. April: „Mein teuerster Freund!" schrieb der, voll Hochgefühl, als wenn er eine deutschnationale Großthat vollbracht hätte. „Ich eile Ihnen im Vertrauen zu melden, daß heute ein vollkommenes Einverständnis zwischen dem König und dem Kaiser von Österreich zustande gekommen ist, in dessen Folge sich der König und die Königliche Familie nach Prag begiebt und sich ganz an Österreichs System anschließt. Ich weiß, daß Sie sich darüber freuen, und mit mir gleich sehen werden. Ich war Ihnen diesen Wink so zeitig als möglich schuldig. Mein trefflicher deutscher Freund! Wie lieb ist es mir, Torgau in Ihren Händen zu wissen."

Justus v. Vieth aber, dessen Ansichten sich am meisten mit denen Thielmanns deckten, meldete am 22. aus Dresden folgende Hiobspost:

„Der General Heister ist in Regensburg nicht gut empfangen worden und hat von früh 9 Uhr bis Abends 6 Uhr auf Audienz warten müssen" — wahrscheinlich rang der König von Sachsen in diesen 9 Stunden nach Entschlüssen. — „An den König hat er geschrieben: ‚es ist traurig mit meiner Sendung nicht reüssiert zu haben‘. Die Antwort an Friedrich Wilhelm von Friedrich August ist evasiv — ist ein diplomatisches Nichts — wird erbittern — und weitere gemütliche Annäherungen ganz verhindern. — Nichtsbestoweniger hat Friedrich August hierher geschrieben: ‚Noch nähere Verbindungen mit Österreich haben mich veranlaßt, den wiederholten Einladungen des Kaisers, nach Prag zu gehen, nachzukommen und so mich meinen Staaten zu nähern.‘ Österreich hat übrigens noch nichts ausgesprochen. Stein ist über den evasiven Brief höchst traurig und außer sich und scheint nichts Gutes daraus zu erwarten. — Man muß Dich von allem genau unterrichten und mündlich. Carlowitz ist der einzige, der in dieser Lage von Dir hierher gesendet werden kann. Ich beschwöre und bitte Dich bringend, Carlowitz unverzüglich hierher zu schicken. Er wird hier nicht aufgehalten werden, sondern sogleich wieder zurückkehren; aber gesprochen muß mit Dir durch ihn werden." Oberst Carl Adolph v. Carlowitz, einer der Vertrauten Thielmanns, nach dessen eigenem Urteile von großem Verstande, aber von einiger Ungeschicklichkeit, indem er die Dinge oft verkehrt anfing, ging darauf nach Dresden. Er sollte nicht wieder nach Torgau zurückkehren.

Der General Thielmann aber setzte sich nach Empfang dieser Schreiben nieder und erstattete dem König einen längeren Rapport, in dem er zunächst von den Anträgen der russisch-preußischen Generale meldete. Diese einer Besprechung unterziehend führte er aus:

„Wäre meine Lage rein militärisch gewesen, so würde meine Antwort sehr leicht und kurz haben sein können, allein ich hatte zu bedenken, durch ein solches Betragen nicht allein eine gänzlich feindliche Behandlung der Staaten Eurer Majestät herbeizuführen, weit mehr aber noch die Nation in ein unfehlbares Mißverhältnis mit ihrem Souverän zu setzen, indem seit dem entscheidendsten Religionskriege die Gesinnungen der Völker noch nie so einstimmig laut und allgemein ausgesprochen gewesen sind als in den jetzigen Verhältnissen gegen Frankreich und daher das revolutionäre Bestreben gewisser Personen nur zu zeitig gelungen sein würde.

Wenn ich nun bereits in meinem Benehmen gegen das Ansinnen französischer Behörden mich aussprechen und große Verantwortlichkeit auf mich nehmen zu müssen geglaubt hatte, worin aber Allerhöchstdero Genehmigung und Billigung zu erhalten ich so glücklich gewesen war, so mußte ich in diesem weit wichtigeren Momente zur Erhaltung der Ruhe und des Wohles Euerer Majestät Staaten, ja selbst zur Sicherheit der Festung Torgau, deren vollendete Armierung ja einzig und allein von dem guten Vernehmen mit den russischen und preußischen Truppen abhing, indem mir bei Ankunft der ersten russischen Partieen sogar noch das nötige Holz zum Schließen der Festung und des Forts Zinna fehlte, so mußte ich, sage ich, also glauben, noch mehr Verantwortlichkeit auf mich nehmen zu müssen, indem ich in allen diesen Konferenzen erklärte, daß auf revolutionäre Schritte meinerseits durchaus nicht zu rechnen, wohl aber solange Euere Majestät das Gouvernement der Festung Torgau mir zu lassen geruhen würden, meinerseits keine feindliche Maßregel unternommen werden würde, mithin die Festung Torgau als neutral anzusehen sei. In allen drei Euerer Königl. Majestät oben gemeldeten Konferenzen bin ich so glücklich gewesen durch meine Gründe zu überzeugen, dadurch Aufschub aller feindlichen Maßregeln zu erhalten, Euere Königl. Majestät nicht zu kompromittieren und zum Besten des Landes bloß auf meine Person die Verantwortlichkeit zu übernehmen."

Wenn der Biograph Thielmanns, Holtzendorff, an dieser Stelle einschaltete: „Wie diese loyale Erklärung eine Verantwortlichkeit hätte herbeiführen können, scheint unerklärlich," so verrät dies seinen verbissenen partikularistischen Standpunkt, indem er übersah, daß Thielmann in der That eine große Verantwortung vor der Nation auf sich lud, als er es ablehnte, offen Partei für die deutschnationale Sache zu nehmen. Loyal war die Erklärung freilich, aber sie war nicht national und darum gefährlich für den König. Daß so der Sinn dieser Zeilen ist, beweist die vorherige ausgezeichnete und pointierte Auslassung über die Stimmung der Nation, die sonst keinen Zweck gehabt hätte, wenn nicht diese Antithese folgte. Thielmanns Bitte, ihm Genehmigung für seine Schritte zu erteilen, war also äußerst fein berechnet. Denn er unterstellte dem Könige dadurch als selbstverständliche Auffaſſung der Lage Notwendigkeit des Bruchs mit Frankreich und des Anſchluſſes an die Verbündeten. Die Parteilichkeit Holtzendorffs drückt ſich an dieſer Stelle noch beſonders dadurch aus, daß er die nun folgenden anerkennenden Worte Thielmanns über den General Kleiſt aus den Anführungszeichen, unter die die übrigen aus dem Rapport abgedruckten Ausführungen geſtellt ſind, herausrückte und ſo den Anſchein erweckte als ſpräche er damit nur ſeine eigene Anſicht aus. Daß Thielmann ſo loyale, antirevolutionäre Anſchauungen hatte, das wollte der ſächſiſche Hauptmann nicht gern offenbaren, weil es ihm nicht in den Kram paßte, weil er Thielmann als einen illoyalen Mann hinſtellen wollte. So wurde das hiſtoriſche Urteil über Thielmann gefälſcht angeblich ad maiorem gloriam Saxoniae.

Thielmann fuhr im Rapport weiter fort: „Die wichtigſte dieſer Konferenzen war unſtreitig die mit dem General Kleiſt, welcher von Seiner Königl. Preußiſchen Majeſtät offiziell abgeſchickt, jene Erklärung von mir verlangte. Dieſen trefflich denkenden und alle revolutionären Maßregeln äußerſt haſſenden Mann habe ich durch folgende einzige Bemerkung ſogleich dahin vermocht, ſeine mir gemachten Eröffnungen vor der Hand noch als konfidentiell und nicht als offiziell anzuſehen. Ich ließ ihn nämlich merken, ob die koaliſierten Mächte, welchen nach ſeinem eigenen Geſtändnis Alles an Öſterreichs Erklärung liegen müſſe, wohl glauben könnten: jenes vorſichtige Kabinet zu einer Erklärung zu vermögen, wenn ſie ſelbſt alles anwendeten, Deutſchland in einen revolutionären Zuſtand zu verſetzen?“

Im Ferneren hieß es in der Meldung: „Die Reiſe Euerer Königlichen Majeſtät nach Prag habe ich ſogleich konfidentiellement an alle bisher mit mir in Unterhandlung geſtandenen ruſſiſchen und preußiſchen Behörden gelangen laſſen, um dadurch alle ferneren Zumutungen auf einmal von der Hand zu weiſen. Die Bekanntmachung davon hat bei der Garniſon jene lebhafte Äußerung von Freude hervorgebracht, welche den Menſchen nach einer überſtandenen großen Gefahr zur allgemeinen Mitteilung hinreißt und Allerhöchſtdieſelben können gewiß überzeugt ſein, daß noch unter keinen Verhältniſſen heißere Wünſche für Allerhöchſtderſelben Wohl zum Himmel gegangen ſind.“

Inbezug auf den Befehl aber, jene Ordre vom 19. April zur Kenntnis der Garnison und Bürgerschaft zu bringen, erlaubte er sich, indem er dadurch deutlich durchblicken ließ, daß er den bedeutsamen Sinn dieser Bestimmung wohl erkannt hatte, folgende freimütige Bemerkungen:

„Allerhöchstdieselben werden aber in Gnaden zu verzeihen geruhen, daß ich die mir anbefohlene Bekanntmachung wegen Eröffnung der Festung auf alleinigen Befehl Euerer Königlichen Majestät unterlassen habe, indem ich dadurch dem mir geschenkten Vertrauen der mir anvertrauten Garnison, wovon ich täglich die rührendsten Beweise erhalte, zu nahe zu treten fürchten mußte, da vom höchsten bis zum niedrigsten gewiß noch niemand beigekommen ist, mir eine Handlung zuzutrauen, die nur durch meinen Tod oder durch den Verlust meiner Freiheit möglich gewesen wäre und welche entehrende Zumutung mir nur von dem Marschall Davout, aber nicht einmal von unseren bisherigen Feinden gemacht worden ist."

Dieser letzte Satz beruhte auf einem Irrtume. Thielmann dachte offenbar in diesem Augenblicke nicht an die Aufforderung, die Wittgenstein vor vier Wochen an ihn richtete, ihm freien Durchzug zu gewähren, die er allerdings kurzerhand zurückgewiesen hatte. In den Hauptverhandlungen war diese Forderung seitens der preußischen und russischen Generale in der That nur eventualiter an ihn gestellt worden.

Zum Schlusse teilte er, um nichts unversucht zu lassen, den König für die Sache der Alliierten günstig zu stimmen, noch ein eben bei ihm eingehendes Schreiben Wittgensteins an Kotzebue vom 21. April mit, worin dieser dem intriganten Publizisten seine scharfe Mißbilligung über seine Artikel in der Königsberger Zeitung gegen den Albertinischen Hof aussprach. An Kleist aber teilte er vertraulich mit, daß Österreich ganz entschieden sein dürfte, da sich die österreichischen Truppen in Böhmen sämtlich nach den Grenzen bewegten. Ebenso folgerte er aus der Rückkehr Fürst Schwarzenbergs aus Paris und den tumultuarischen Auftritten in Wien gegen den französischen Botschafter Narbonne Günstiges. Noch mehr Einzelheiten sollte Oberstleutnant Brause dem General Kleist mündlich übermitteln. Ein

ähnliches Schreiben voll freudiger Hoffnung ließ er an Winzingerode
ergehen.

Schon am nächsten Tage, nachdem diese Meldung abgegangen
war, traf, durch Thielmanns Erklärungen an Kleist hervorgerufen,
aus Radeberg ein Schreiben des Fürsten Wolkonsky, des Chefs des
Generalstabes der preußischen und russischen Heere, ein, in dem Thielmann zu einer Verhandlung im Hauptquartier der beiden Monarchen
nach Dresden eingeladen wurde. Der Wortlaut war:

„Die großen und wichtigen Angelegenheiten, in deren Verfolg
die Armeen Sr. Majestät des Kaisers von Rußland und die des
Königs von Preußen das Königreich Sachsen betreten, machen es
höchst wünschenswert, daß Euere Excellenz sich selbst von den Gesinnungen der beiden genannten Monarchen überzeugen. Ich habe
daher den mir sehr schätzbaren Auftrag erhalten, Euere Excellenz im
Namen Sr. Majestät des Kaisers, meines Herrn, und Sr. Majestät
des Königs von Preußen einzuladen, so schnell, als es Ihnen möglich
ist, nach Dresden zu kommen, und dort selbst die für das Wohl von
Sachsen nützlichen Maßregeln verabreden zu können."

Der Überbringer dieses Schreibens war der Major v. Thile
(nicht der Leutnant v. Schack, wie Holtzendorff angiebt), wie Natzmer
ein Vertrauter König Friedrich Wilhelms. Dieser sagte dem General
Thielmann mündlich vom Kaiser Alexander Sicherheit für seine
Person zu.

Thielmann machte sich, nachdem er dem ältesten General, Steindel,
den Befehl über Torgau anvertraut hatte, umgehend auf den Weg
nach Dresden und langte dort am 25. um 5 Uhr Morgens an.

Er ließ gleich den Geheimrat Manteuffel zu sich rufen und die
alten Freunde hatten eine lange Unterredung, doch sie erkannten jetzt
nur zu deutlich, daß ihre Wege auseinandergingen. Manteuffel sprach
die Erwartung aus, daß der General sich streng nach den erhaltenen
Befehlen richten würde und berichtete dem Minister Senfft: „er hätte
auch die besten Dispositionen gefunden." Aber im Plenum der Immediatkommission hatte er in Thielmanns Gegenwart, wie Thielmann
berichtet hat, „die Impudenz" zu behaupten, es wäre wahrscheinlich
besser gewesen, wenn er in Torgau französische Garnison aufgenommen

hätte. Er halte es für keinen sonderlichen Dienst, den Thielmann durch Verweigerung der Aufnahme französischer Truppen geleistet hätte. Ja Manteuffel trug bei der Immediatkommission darauf an, während Thielmanns Abwesenheit den General des Kommandos zu entsetzen und einen andern Gouverneur zu bestellen. Zezschwitz dagegen erklärte Thielmann zwei Tage nachher: „Bester General, seit der herrlichen Erklärung, die Sie uns in der Kommission mit so vieler Würde und Wärme thaten, fühle ich mich inniger als je zu Ihnen gezogen." Schon zu früher Stunde wurde er beim Kaiser Alexander vorgelassen, der den ihm von 1805 während seines Aufenthaltes in Weimar bekannt gewordenen Thielmann äußerst gnädig empfing. Mit ihm wohnte er einer Parade der kaiserlichen Gardekavallerie bei, von der der für äußere Schaustellungen empfängliche Mann nachher meldete, daß er nie etwas so Schönes gesehen hätte. Sodann hatte er eine beinahe zweistündige Audienz beim Kaiser, bei der zuletzt auch König Friedrich Wilhelm zugegen war. Die Unterhaltung drehte sich hauptsächlich darum, daß eine reine Neutralität Sachsens selbst bei der engsten Verbindung mit Österreich aus militärischen Gründen ganz unmöglich sei, da man eine Festung mit 11000 Mann nicht im Rücken lassen könne. Thielmann wurde daher aufgefordert unter jeder Bedingung, welche er als die beste für das Interesse des Königs, seines Herrn, ansehe und ohne daß Torgau von den russischen oder preußischen Truppen je betreten werden solle, zu erklären: daß er bestimmt für Rußland und Preußen, und gegen Frankreich handeln wolle, da bei dem Herannahen Napoleons und der deswegen stündlich zu erwartenden Eröffnung des Feldzuges jede versäumte Stunde unersetzlichen Zeitverlust verursache.

Thielmann mochte durch die Vorstellungen der Immediatkommission etwas beeinflußt sein und gab thatsächlich, wie wir wissen, die Hoffnung, daß König Friedrich August sich in Prag zum Entschlusse aufraffen würde, noch nicht auf. Am meisten lähmten indes seine Initiative die gemessenen, ja drohenden Instruktionen, die er erhalten hatte. In seiner Gewissensangst hielt er es für das geratenste, lediglich den loyalen Standpunkt zu betonen und erklärte, daß er ohne den Befehl des Königs sich nicht auf das Geringste einlassen könne. Naserümpfend schrieb Theodor

v. Schön, der auch in Dresden anwesend war, hierüber in sein Tagebuch: „Wer etwas gelten **will**, muß nicht an äußerer Loyalität kleben.“

Nach einer einstündigen Pause fand darauf die eigentliche politische Verhandlung bei Stein statt, zu der von russischer Seite Stein selbst, von preußischer der Oberst Boyen, wie Thielmann ein Schüler Kants und ein litterarisch hochgebildeter Mann, neben Scharnhorst der große Organisator des preußischen Heeres, zu Bevollmächtigten bestimmt waren. Stein hatte ursprünglich überhaupt keine Lust zu dieser Unter-handlung gehabt, da ihm ganz andere große Pläne vorschwebten. Ihm lag daran die deutsche Staatenzersplitterung zu verringern und er dachte wohl schon, diese Zeit des sächsischen Zauderns zu benutzen, um Sachsen aus der Reihe der Staaten verschwinden zu lassen. Doch verstand er sich dazu, in die Verhandlung mit Thielmann wegen eines Bundesvertrages zu treten und diktierte Boyen einen Entwurf dazu in die Feder. Hierin wurde Sachsen die Erhaltung der Dynastie zu-gestanden, der Gebietsbestand mit Einschluß von Kottbus gewährleistet, insofern als Sachsen im Fall der allgemeinen Aufopferung zu den Begünstigtsten gerechnet wurde. Sachsen sollte sofort 12 000 Mann stellen, Thielmann und seine Truppen sich verpflichten, der deutschen Sache treu zu bleiben, Sachsen monatlich 300 000 Thaler beitragen, 20 000 Mann als Reserve oder Landwehr aufbringen, Torgau besetzt bleiben und freien Durchzug gewähren. Weitere Bestimmungen sollten die Festung Königstein, die Verpflegung der Truppen auf dem Marsche und die Ernennung einer Persönlichkeit, die bis zur Rückkehr des Königs alle Kriegsangelegenheiten unter sich hätte, betreffen.

Diese Bedingungen waren durchaus günstig zu nennen. Doch Thielmann ging nicht darauf ein, obwohl man ihm sehr zusetzte. Er suchte darzulegen, daß der guten Sache nur geschadet würde, wenn man die Erklärung des Königs nicht abwarten wolle, die jetzt garnicht mehr zu bezweifeln sei. Dem stürmischen Wesen Steins konnte dieses Temporisieren natürlich nicht behagen; mußte er doch nicht, wie gemessen Thielmanns Instruktionen lauteten, und er wurde daher im Laufe der Verhandlungen sehr barsch. Wenn Pertz berichtet, Stein habe den General in seiner offenen Weise angelassen: „Nun, Sie werden sich doch wohl nicht bedenken, und sich mit uns verbinden?" und Thielmann hätte darauf erwidert: „Ich bin kein General York," ein Wort, das in alle Geschichtswerke dieser Zeit übergegangen ist, so sind doch ernstliche Bedenken dagegen zu erheben, daß diese letzte Äußerung wirklich gefallen ist. Kein anderer Bericht erwähnt sie, so besonders gedenkt ihrer Boyen in seinen Aufzeichnungen nicht. Der ganze Ausspruch entspricht aber so wenig dem selbst= bewußten Wesen Thielmanns, daß er schon darum unglaubwürdig erscheint. Außerdem hatte sich Thielmann oft genug im Laufe dieser Zeit dahin ausgesprochen, daß er seine Lage für gänzlich verschieden von der des Generals York bei Tauroggen halte, worin er auch zwei= fellos Recht hatte. Thielmann wird daher dieses Wort schwerlich ge= sprochen haben, viel eher ist anzunehmen, daß er auf jene Frage Steins eine Antwort gab, wie etwa: seine Lage sei mit der Yorcks nicht zu vergleichen, und daß dies von Stein oder erst später von Pertz miß= verstanden worden ist. Darauf mag denn die bei Pertz mitgeteilte unwillige Äußerung Steins gefallen sein: „Mit dem ist nichts an= zufangen" und Stein sich aufgebracht umgedreht haben. Einen Augen= blick wurde die Unterredung dadurch unterbrochen.

Thielmann befand sich in einer verzweifelten Lage. Persönlich konnte er nichts mehr wünschen, als Abschluß auf diese Bedingungen hin. Endlich einigte man sich dahin, einen Kourier nach Prag zu senden, der die Entscheidung des Königs auf die gemachten Bedingungen ein= holen sollte. Thielmann schlug hierzu seinen Generalstabschef Aster vor. Stein schenkte dagegen dem auch gerade in Dresden anwesenden Pa= trioten Oberst Carlowitz, der, wie wir wissen, von Thielmanns Freunden nach Dresden gerufen war, um durch ihn auf den General einzuwirken, mehr Vertrauen, und Carlowitz wurde demgemäß abgesandt. Drohend wurde hinzugefügt, falls der Kourier mit abschlägiger Antwort zurück= käme, würde Sachsen sofort unter militärische Gesetze genommen und durch das Volk dasjenige erlangt werden, was die Fürsten selbst zu thun nicht gewillt wären.

Nach dieser Konferenz erbat sich Thielmann noch eine Audienz beim Könige Friedrich Wilhelm, bei dem er schon am Morgen starke Verstimmung gegen Sachsen bemerkt hatte. Mit Mühe hatte Kaiser Alexander den Ausbruch des Mißmuts bei seinem königlichen Freunde zurückzuhalten vermocht. Thielmann wurde persönlich sehr gnädig vom König von Preußen empfangen. Aber der gekränkte Monarch hielt jetzt nicht mit seinen Empfindungen zurück. Er hätte, so ließ er sich zu Thielmann aus, zwar die Notwendigkeit der Trennung im Jahre 1806 eingesehen, hätte aber mit tiefem Schmerz bemerken müssen, daß ihm nicht die geringste Eröffnung geschehen wäre, was doch sogar bei Auflösung eines privaten Verhältnisses Sitte und Brauch sei. Ebenso hätte sich der sächsische Hof nach dem Tilsiter Frieden bei der Abtretung von Kottbus verhalten; und jetzt bliebe es in der Antwort Friedrich Augusts unklar, ob der Ausdruck „eingegangene Verbindungen" sich auf Frankreich oder auf neuere Verbindungen bezöge.

Thielmann gewann aus allem den Eindruck, daß man es mit einem Ultimatum zu thun habe und berichtete seinem König demgemäß ausführlich. Haarklein hielt er ihm auch die Beschwerden König Friedrich Wilhelms vor, wohl in der Hoffnung, daß dies Spiegelbild seiner Handlungsweise dazu beitragen könne, den König an seine patriotischen Pflichten zu erinnern. Aber an diesem König und seiner Lethargie prallte alles ab.

Sofort nach Aufsetzung des Berichts eilte Thielmann noch am 25. April nach Torgau zurück, in mächtiger Erregung. Die Besatzung mußte aus all den Vorgängen, die sich im Laufe der Zeit abgespielt hatten, auf einen Umschwung der Dinge rechnen. Das Verhalten Thielmanns gegen die Franzosen, die entgegenkommende Behandlung der russischen und preußischen Generale, die unausgesetzten Unterhandlungen mit diesen, Thielmanns Reise nach Dresden, alles dies legte die Vermutung nur zu nahe, daß Sachsen sich den Verbündeten anzuschließen im Begriff stände. Thielmann hatte keine Ursache dieser Meinung entgegenzuwirken. In ihm reifte jetzt thatsächlich der Entschluß den entscheidenden Schritt zu thun, trotz allem was dagegen zu sprechen schien. Er spielte ein gewagtes Spiel. Noch mehr wie York riskierte er seinen Kopf; denn er hatte gemessene Befehle gegen ein ähnliches Vorgehen. Noch am 27. April ging ihm von Langenau die Weisung zu, sich streng an die früher erteilten Weisungen wegen der Öffnung der Festung zu halten. Anderes, wie die Mobilmachung aller sächsischen Streitkräfte und scharfe Äußerungen Langenaus über das „unentschlossene" Baiern und den „Schurken" Montgelas ließen sich wieder auf Aktionslust des Hofes deuten. Seine Erwägung mußte vor allem sein: was wollte Sachsens König machen, wenn sich die Hauptmasse seines Heeres wie ein Mann auf die Seite der Verbündeten stellte? Wenn nicht alles täuschte, so mußte er mit fortgerissen werden. In diesem Sinne beschloß Thielmann am 27. April die Besatzung zu einer Erklärung für die preußisch-russische Allianz zu bestimmen. Da war es der subalterne Geist einiger Untergebener, die offenbar auch noch von Dresden aus in diesem Sinne bearbeitet worden waren, der Thielmanns Absichten jählings durchkreuzte. Ein Schwachkopf, wie der Generalmajor v. Steindel es war, empfand geradezu Grausen bei dem Gedanken, daß Thielmann etwas Außerordentliches unternehmen könnte. Der andere Brigadegeneral, Thielmanns alter Freund aus den ersten Militärjahren, Sahrer v. Sahr, war ein ritterlicher Soldat, aber nichts weiter als dieses. Was über das Militärische hinausging, lag außerhalb seines Gesichtskreises. Dafür, daß der Krieg im höheren Sinne sich der Politik unterordnen muß, und daß zu Zeiten Krisen entstehen können, die von einzelnen Personen gebieterisch Handlungen erheischen, welche sie mit den strengen Militärgesetzen in Zwiespalt bringen, hatte er nicht das geringste Verständnis. Er ahnte, wie Steindel, daß Thielmann außerordentliche Schritte thun könnte und beschloß sich dem entgegenzustellen. So kam der 27. April heran, Thielmanns 49. Geburtstag, für den große Festlichkeiten geplant wurden. Schon vorher verbreitete sich das Gerücht, daß an diesem Tage etwas geschehen würde, das Sachsens und Torgaus Schicksal entschiede. Da erschien, so erzählt Holtzendorff, am frühen Morgen General v. Sahr allein bei Thielmann und brachte ihm mit eigentümlich herzlicher Betonung seine Glückwünsche dar, sprach aber zugleich die Bitte aus, er möchte das Fest am heutigen Tage nicht dazu benutzen, um auf die Offiziere in einem den Befehlen des Königs widersprechenden Sinne einzuwirken. Thielmanns Gesicht verfinsterte sich und er entgegnete dem vorlauten General: „Ich begreife nicht, wie Sie dazu kommen, mir das zu sagen; ich werde thun, was mir gut dünkt." Darauf erklärte ihm Sahr, er würde sich allen in der bezeichneten Richtung unternommenen Schritten auf das Entschiedenste widersetzen. Zornig versetzte Thielmann: „Und ich werde Mittel finden, Sie unschädlich zu machen, und sollte ich Sie in Ketten und Banden legen lassen!“ Sahr verließ darauf das Zimmer mit den Worten: „Darauf werde ich es ankommen lassen!“ So ungefähr erzählt Holtzendorff den Vorfall. Er hat seine Nachrichten großenteils von Sahr selbst geschöpft, wie wir u. a. daraus entnehmen, daß er das Privatexemplar Sahrs von der Thielmannschen Verteidigungsschrift (Mai 1813) benutzt hat. Uns will es scheinen, als wenn hier etwas Flunkerei von Sahr im Spiele ist. Denn dagegen, daß der Vorgang sich so zugetragen hat, wie oben geschildert, bestehen zwei Bedenken. Erstens besagt Sahrs schriftliche Erklärung vom 28. April, daß er schon vor mehreren Tagen, also vor dem 27. April, Thielmann gegenüber seine Bedenken geäußert habe, und zweitens spricht doch sehr gegen die Wahrscheinlichkeit, daß Sahr nach diesem Auftritt unbedenklich der Geburtstagsfeier beiwohnen konnte. Doch wie dem auch sein mag, jetzt war der Augenblick gekommen, wo jene Reflexion, die Thielmann vor fast 24 Jahren, am 8. August 1789, nach einem Gespräch mit eben diesem Sahr in seinem Tagebuche angestellt hatte, eminent praktisch werden sollte: „Das Gefühl, daß der Soldat nie vergessen muß, ein Bürger seines Vaterlandes zu sein, ist heute mir zur deutlichen Idee geworden durch die Handlung der französischen Nation, welche den Offizier für infam erklärt haben, welcher dieses vergißt und sich zu einem Werkzeuge des Despotismus brauchen läßt.“ Thielmann handelte jetzt als Bürger seines Vaterlandes, während Sahr lediglich die Rolle des Knechts eines kopflosen Regimes spielte.

Im Laufe des Vormittags erschienen sämtliche Offizierkorps bei dem Gouverneur, um ihre Glückwünsche auszusprechen. Thielmann dankte ihnen bewegt. Es sei dies sein festlichster Geburtstag, den er noch erlebt habe, weil er mit der Ankunft des Königs in Prag zusammentreffe, welche frohe Nachricht er ihnen hiermit bekannt machen wolle. Ein Brief Langenaus aus Linz, der ihm eben zugegangen war, habe ihn von dieser Thatsache in Kenntnis gesetzt. Die Offiziere luden ihn nun zu einem Festessen ein, an welchem die Generale, Stabs-

offiziere, Adjutanten und von jedem Bataillon der älteste Offizier
jeder Charge, ferner Thielmanns Gattin, die zu diesem Zwecke nach
Torgau herübergekommen zu sein scheint, während sie sonst in
Dresden weilte, ebenso noch andere Offiziersdamen teilnahmen.
Als sich bereits alles versammelt hatte, erschien Thielmann. Unter
den Orden auf seiner Brust fehlten die der Ehrenlegion und der
Westfälischen Krone. Schon dies deutete darauf hin, daß etwas
zu erwarten war. Lange blieb man in gespannter Erwartung, bis
sich der General gegen Ende der Mahlzeit erhob. Die schon
ziemlich laute Tischgesellschaft, die zudem in zwei Zimmern speiste,
konnte wegen des Stimmengewirrs und der räumlichen Entfernung
den jetzt ausgebrachten Trinkspruch nur teilweise verstehen. Thielmann erhob den Becher und kündigte drei Trinksprüche an. Der
erste galt dem König. Dann sprach er von der hohen heiligen
Sache Deutschlands. Nie wieder würde er für Frankreich seinen
Degen ziehen. Den Sachsen würde sehr bald das Glück zu Teil
werden, in den Reihen der hohen Verbündeten gegen den gemeinsamen Feind fechten zu können. Er trinke deswegen auf die Vereinigung des Willens ihres Königs mit dem des Kaisers von Rußland und des Königs von Preußen. Unter den Hochrufen, die hier
erfolgten, erhob sich Sahr und rief in ungeschickter Rede, aber in
markigem Tone: „Mein Herr General, ich habe ein Glas Wein mehr
getrunken als meine Gewohnheit ist, und bin also nicht in der Stimmung mich ganz so auszusprechen, als ich es möchte. Ja, Herr General! wir werden fechten und mit der möglichsten Tapferkeit, mit
den Franzosen gegen die Russen und Preußen, mit den Russen und
Preußen gegen die Franzosen — wenn unser König will!
Nichts von Politik! Nur unser König soll leben!" Nur
schwach wurde in diesen Ruf eingestimmt, wohl aber entstand eine
allgemeine Aufregung. Man verlangte den General ausreden zu lassen.
Thielmann übersah, daß die Demonstration mißglückt war, finster
zog er ein Blatt Papier hervor und warf es mit den Worten: „Daß
Sie mich nicht verstehen würden, habe ich voraus gesehen und deshalb
das, was ich gesprochen, schriftlich aufgesetzt" auf die Tafel. Es ging
von Hand zu Hand und — verlor sich. Niemand erinnerte sich später

des Inhalts deutlich. Thielmann versuchte sich noch wiederholt Gehör zu verschaffen, aber Sahr fiel ihm immer, von Steindel unterstützt, mit aller Kraft seiner Stimme ins Wort: „Morgen werde auch ich meine bestimmte Erklärung schriftlich geben. Heute nichts von Politik! — Soweit des Königs Wille reicht! — Es lebe der König allein!" An dieser Haltung brach sich Thielmanns Beredsamkeit. Überhaupt scheint er in diesem wichtigen Augenblicke nicht so gut gesprochen zu haben, wie man es von ihm gewohnt war. Zwar bewies ihm wohl die große Mehrzahl ihre Hingebung in unzweideutigster Weise und einige brachten ihm begeisterte Huldigungen dar. Jener Graf Wartensleben mit den ominösen Vornamen Cäsar Scipio Alexander, der sich nach einer zum Teil in der Geschichte seiner Familie veröffentlichten Erzählung allein mit Gefahr seines Lebens zum Verteidiger Thielmanns aufgeworfen haben will, hatte im Gegenteil sehr viel Genossen. Wie wenig glaubwürdig der Bericht dieses Grafen, der übrigens merkwürdigerweise eben erst aus preußischem in sächsischen Dienst getreten war, um ihn nach der Übergabe von Torgau wieder zu verlassen, auch sonst ist, geht u. a. daraus hervor, daß er der einzige Parlamentär gewesen sein will, den Thielmann fortgesetzt zu Kleist geschickt habe, und daß er jener Offizier gewesen zu sein behauptet, der die Prahmen in Kleists Hände spielte, während dies doch Buttlar war. Wartensleben hat offenbar eine Münchhausensche Ader gehabt.

Indes Sahr hatte seinen Zweck erreicht. Die Offiziere, die sämtlich bedingungslos an Thielmanns geistige Überlegenheit glaubten, erlebten hier das merkwürdige Schauspiel, daß er einem geistig weit unterlegenen das Feld räumen mußte. Die Tafel mußte aufgehoben werden. Aber wie begreiflich pflanzte sich die entstandene Erregung auch nach dem Festmahl weiter fort.

Am Abend veranstaltete die Bürgerschaft dem Gouverneur zu Ehren einen Fackelzug und entsandte eine Deputation in das Schloß, wo er seine Wohnung hatte. Bei dieser Gelegenheit dürfte ihm jener Becher geschenkt worden sein, den Thielmann als das teuerste Andenken aus Torgau sein Leben hindurch bewahrt hat. Er trug die Inschrift: „Ihrem treuen Beschützer, Herrn Generalleutnant Freiherrn v. Thielmann als Gouverneur zu Torgau aus dankbarer Verehrung gewidmet von den Torgauer Bürgern." Vielleicht brachte er mit jenem Becher auch schon seinen Trinkspruch aus, da Holtzendorff bei dieser Gelegenheit von einem an diesem Tage geschenkten Becher spricht. Daß der Pokal aber mit dem Bilde Friedrich Augusts geschmückt gewesen sei, ist eine romanhafte Erfindung. Nach dem Hoch, das von den Bürgern im Schloß auf ihn ausgebracht wurde, geleitete man ihn in den Gasthof zum Anker auf dem Markte, wo er mit Musik empfangen wurde. Gegenüber war von der Artillerie Thielmanns Namenszug angefertigt, den die Generalin durch ein Leitfeuer anzündete und abermals erscholl ein Hoch auf den allverehrten Gouverneur. Dann fand ein Ball zu seinen Ehren, von Civil und Militär zusammen veranstaltet, statt. Ein Zuschauer dabei war der Parlamentär des Generals Bülow, der spätere General der Infanterie, damalige Hauptmann Karl v. Weyrach, welcher eben angekommen war, und seit diesem Tage mit Thielmann in freundschaftliche Beziehungen trat. Beim Tanz fand die von Sahr verursachte Mißstimmung neue Nahrung und die schlimmsten Mißhelligkeiten waren in der Besatzung zu befürchten.

Am nächsten Morgen reichte Sahr die versprochene schriftliche Erklärung ein. Ihr Wortlaut war:

„Daß der kommandierende Herr Generalleutnant Freiherr v. Thielmann die Aufnahme kaiserlich französischer Truppen in die Festung Torgau und alle übrigen Forderungen der französischen Generale mit eben so viel Klugheit als Standhaftigkeit abgewiesen hat, wird nach meiner Überzeugung gewiß jedermann nicht nur vollkommen recht finden, sondern er hat sich auch (aus in die Augen springenden Gründen) dadurch neuerdings die größte Achtung und den Dank jedes sächsischen Patrioten erworben.

Daß aber auch nunmehro, nachdem ein ansehnlicher Teil der sächsischen Armee ganz allein, ohne einen Mann fremder Truppen, in der Festung steht, über die Pflichten des Gouverneurs und der ihm untergebenen Truppen, selbst ohne alle Instruktion Sr. Majestät unsers Königs nicht der mindeste Zweifel existieren kann, bin ich ebenso überzeugt, und diese Pflichten können nach meinem Dafürhalten, in nichts Anderem bestehen, als:

1. Bis auf weiteren Kgl. Befehl gegen niemand einen offensiven Schritt zu thun.

2. Die Festung gegen jedermann bis aufs Äußerste zu verteibigen.

3. Ruhig abzuwarten, welche Partei unser verehrtester König nach seiner Weisheit ergreifen wird, und

4. sich in keine voreiligen, Sr. Majestät dem König vorgreifenden Negoziationen mit fremden Generalen einzulassen, wohl aber bloß mündlich, oder wenn darauf gedrungen würde, auch schriftlich zu erklären:

„Daß man vonseiten der sächsischen Truppen keine Feindseligkeiten anfangen, aber auch in Kanonenschußweite der Festung keinen Mann fremder Truppen dulden werde."

Alle weitergehenden Anforderungen hingegen mit eben der Standhaftigkeit als die französischerseits geschehenen zurückzuweisen.

Dies sind meine Ansichten, nach welchen ich auch jede, von Ihrer Majestät unserm Könige in Allerhöchsteigener Person nicht abgeschlossene oder ratifizierte Konvention, sei sie anscheinend auch noch so vorteilhaft für König und Vaterland, dennoch als vorgreifend und voreilig ansehen, und derselben deswegen auf keine Weise beitreten kann, weil ich nach meiner Überzeugung, ganz besonders in jetzigen Verhältnissen, wider meine Ehre und Pflicht zu handeln glaubte, wenn ich einen Schritt gegen Wissen und Willen Sr. Maj. unsers Königs thun wollte.

Torgau, den 27. April 1813.

Carl Ludwig Sahrer v. Sahr,
Generalmajor.

Umstehendes hatte ich schon vor mehreren Tagen dem Herrn Generalleutnant v. Thielmann mündlich auf das bestimmteste erklärt, seit der unangenehmen Begebenheit aber, die gestern unsere Freude störte und mich zu dem Versprechen nötigte, öffentlich eine bestimmte Erklärung zu geben, muß ich noch Folgendes hinzufügen:

Nie habe ich für die Franzosen gern und aus freiem Willen gefochten; ich wünsche, wie jeder Deutsche, daß es nie wieder geschehen möge, und daß ich vielmehr, mit meines Königs Befehl, die

Waffen gegen sie führen könnte. Sollte aber unser König anders befehlen, so werde ich, treu den Pflichten gegen meinen Herrn, auch mit Frankreich, als für die Sache meines Königs fechten.

Dieses ist meine freimütige Deklaration, die ich ohne mich vor Frankreich, Rußland oder Preußen zu scheuen, hierdurch öffentlich zu erkennen gebe; denn ich scheue nichts, als gegen die Pflichten zu handeln, die ich Sr. Maj. unserm höchstverehrtesten König schuldig bin, dessen Befehl mir heilig bleibt, und den ich, bei jetziger Gelegenheit besonders, ruhig erwarten werde. Jedermann möge wissen, daß die sächsische Armee in der Treue gegen ihren Regenten unerschütterlich ist, und die Sorge für sein Land, was derselbe schon lange Jahre väterlich und mit größter Weisheit regiert, nur Ihm allein überläßt.

Torgau, den 28. April 1813.

Carl Ludwig Sahrer v. Sahr,
Generalmajor."

Zugleich gaben am 28. April die Generale Steindel und Sahr eigenmächtig ihren Brigaden den Tagesbefehl:

„Es wird der Garnison bekanntgemacht, daß Se. Maj. der König, Ihrer Alliance mit Österreich gemäß den Befehl gegeben hat, daß die Festung Torgau für niemand geöffnet werden soll, als auf Befehl Sr. Maj. des Königs in Gemeinschaft mit Sr. Maj. dem Kaiser von Österreich."

Damit war Thielmann in der Ausführung seines Vorhabens gelähmt. Niemand wird die Ähnlichkeit der Vorgänge am 27. April mit dem Bankett bei Terzky entgehen. Nur daß der jetzige Wallenstein nicht mit Betrug arbeitete oder arbeiten ließ; und Thielmann, der die Losreißung von einem fremden tyrannischen Machthaber bezweckte, verfolgte zweifellos eine reinere und edlere Sache, als der Friedländer. Das Verhalten des Generals von Sahr wäre des höchsten Lobes würdig gewesen, wenn dieser Offizier in einer anderen Zeitlage so gehandelt hätte. Der absolute, blinde militärische Gehorsam, die bedingungslose Unterwerfung des Soldaten in den Willen des Königs, auch wenn dieser nicht einen Funken von Willen besitzt und ein bloßer Spielball in den Händen der Personen und Begebenheiten ist, verdient beinahe zu allen Zeiten Anerkennung. In diesem Falle beruhte der

Widerspruch der Sahr und Steindel im letzten Grunde aber auf Borniertheit. Unteroffiziersgeist rebellierte hier gegen das Unternehmen eines freien Kopfes; und während diese sich jedes Patriotismus entäußernden Offiziere sich zu Verteidigern des militärischen Gehorsams aufwarfen, opponierten sie nicht nur in taktloser Weise ihrem Gouverneur, sondern maßten sich sogar an, ohne seine Genehmigung und vermutlich gegen seine Ansichten einen Befehl zu erlassen. Wenn Sachsen später geteilt wurde, so konnten Sahr und Steindel sich, was Sachsen anbetrifft, ein gewisses herostratisches Verdienst daran beimessen. Das hat sich keiner der Partikularisten, die den beiden BrigadeGeneralen einen Ruhmessockel wegen ihres Verhaltens in Torgau erbauen wollten, vergegenwärtigt.

Thielmann selbst war von der gewaltigen Aufregung, die dieser Tag ihm verursachte, so erschüttert, daß er ernsthaft erkrankte. Schon vorher war bekanntlich seine Gesundheit sehr angegriffen gewesen. Er erholte sich nicht eher wieder, als bis zu dem Zeitpunkt, wo er Torgau verließ. In diesen schlimmen Tagen war es der ganz seine Ansichten teilende Aster, der ihm in freundschaftlicher Ergebenheit treu zur Seite stand. Hätte er ihn nicht um sich gehabt, so wäre es noch viel trostloser um ihn bestellt gewesen. Sein körperlicher Zustand verhinderte ihn zunächst, mit seiner gewohnten Energie gegen die Übergriffe der Generale Sahr und Steindel vorzugehen. Das Drama von Torgau ging jetzt indes mit raschen Schritten zu Ende.

Sachsens Anschluß an die Sache der Verbündeten wurde mittlerweile im Lager der Preußen und Russen so bestimmt erwartet, daß man dort zum Teil schon in dem Glauben lebte, daß dieser Anschluß Thatsache geworden wäre. In dieser Voraussetzung ließ der General v. Bülow, der jetzt mit seinem Korps den General v. Kleist abgelöst hatte, am 27. April von Dessau aus an Thielmann den Antrag ergehen, mit den verfügbaren Truppen für ihn die Belagerung von Wittenberg zu übernehmen, wovon natürlich keine Rede sein konnte. Auf bringendere Vorstellungen Bülows, dann wenigstens mit einem kleineren Teile der Truppen vor Wittenberg zu rücken, vertröstete ihn Thielmann auf die endliche Entschließung seines Königs.

Allmählich trafen nun die Antworten auf die durch Carlowitz

überbrachten Meldungen ein. Freilich wurde der Kourier wieder, wie vor drei Wochen Brause, von Stein in Dresden zurückgehalten. Doch sandte Carlowitz seinen Bruder Hans Georg, damals Hofrat, einen der nächsten Freunde Novalis, mit den Depeschen nach Torgau. Thielmann erhielt Briefe von Gersdorff und Langenau aus Prag, wo jetzt der unglückliche König in der Martermühle saß und keine Entschlüsse fassen konnte.

Gersdorff schrieb mit köstlicher unfreiwilliger Komik unter dem 28. April: „Ich hoffe, daß Carlowitz Sie, mein werter Freund, in eine ruhigere Stimmung versetzen mag, als die war, in der er Sie verließ, und in der Sie natürlich sein mußten. Alles, was er Ihnen sagen wird, muß Sie überzeugen, daß dieserseits alles, was geschehen ist, mit Kraft und Würde geschah. Alles hat hier gewirkt, jeder in seiner Art, um kräftig an einem Werke zu arbeiten, das groß anfing und auch gewiß groß enden wird. Es ist mir nicht gleichgültig, was Ehrenmänner wie Sie und Ihres Gleichen über mich urteilen. Der König hat für Sie wahre Achtung und wird nie etwas tadeln, was Sie thun. Ihr vorletzter Rapport, der in meiner Abwesenheit eingegangen war, hatte ihn inzwischen in eine solche ungünstige Stimmung versetzt. Er war rein aufgebracht gegen Sie, und es war Langenau, wie er gestern ankam, noch nicht gelungen, ihn zu beruhigen. Ich bin gestern, nach einer halbstündigen Debatte, damit ganz aufs Reine gekommen, und er sieht die Sache jetzt von der Seite an, wo sie angesehen werden muß. Seitdem habe ich erst Ihren Rapport gelesen, bis dahin kannte ich bloß das in der Eile mir von Langenau mitgeteilte Faktum. — Man sieht ihm, verzeihen Sie mir ein offenes Urteil, den Unmut an, mit dem Sie ihn schrieben, und ebenso redlich gesagt, würde ich den Plan gegeben haben, aber ich hätte es nicht geschrieben.“

Am 29. April fuhr er fort: „Über Herrn v. Manteuffel habe ich mich geärgert. Ich sehe hinter der gepriesenen und zur Schau getragenen Rechtlichkeit nichts anderes als eine doppelte Berechnung aufs Ministerium. Im Ganzen, lieber Thielmann, sind er und seines Gleichen jetzt auf das Militär neidisch. Es will den Herren garnicht zu Kopfe, daß ein Soldat weiter denken und handeln soll, als wie sein Reglement es besagt. Betrachten Sie das Benehmen vieler vom Civil genau und Sie werden mir beistimmen. Ich denke, wir gehen unsern Gang fort und schlagen den ersten, der uns das Ding zu arg macht, auf die Finger."

Langenau schrieb die lakonischen Zeilen (auch vom 28.): „Meine Augenblicke sind gezählt; ich gehe in diesem Augenblick nach Wien. Wenn der König einen Augenblick Verdacht gegen Ihre Handlungsweise hatte, so bin ich ein Hundsfott. Rechnen Sie auf uns und auf die Österreicher; alles übrige sagt Ihnen Carlowitz. Ich mag kein französischer Sklave, aber auch ebensowenig ein deutscher sein. Ich schwöre ewigen Haß allen Franzosen, will aber lieber sterben als aus Gnaden den König in Sachsen aufnehmen sehen. Dies ist mein Glaubensbekenntnis." Als wenn Sachsen nicht noch viel mehr von Österreichs Gnade abhing, indem es sich unter dessen Fittiche stellte! Und zudem hatte Langenau es ja noch vor wenig Tagen in der Hand gehabt, den Anschein zu vermeiden, als wenn Sachsen nur zu Gnaden angenommen wäre. Die Wahrheitsliebe dieses Mannes aber richtete sich dadurch, daß er, der ein Hundsfott sein wollte, wenn der König einen Augenblick Verdacht gegen Thielmann gehegt hätte, selbst den Entwurf zu jener königlichen Ordre aufgesetzt hatte, in der Thielmann angewiesen wurde, die Garnison von dem Befehle in Kenntnis zu setzen.

Am 3. Mai endlich empfing Thielmann auch eine Antwort vom Könige auf seine beiden letzten Berichte vom 23. und 25. April in Gestalt einer Ordre vom 30. Sie lautete:

„Mein lieber Generalleutnant Freiherr v. Thielmann. Ich habe mit vollkommenster Zufriedenheit aus Ihren Rapports vom 23. und 25. d. M. das Verhalten ersehen, welches Sie, Meinen Grundsätzen gemäß, sowohl bei den von den russischen und preußischen Generalen Ihnen angetragenen Konferenzen in Beziehung auf die Behauptung der Verhältnisse der Festung Torgau, als auch bei Ihrer Anwesenheit in Dresden in Ansehung desselben Gegenstandes und überhaupt beobachtet und wodurch Sie Mein in Sie gesetztes Vertrauen vollständig gerechtfertigt haben. Die Verabfolgung einigen Geschützes aus Torgau zur Belagerung von Wittenberg würde den dermaligen durch Meine Verbindungen mit Österreich bestimmten Verhältnissen ganz

entgegen sein, und Sie haben wohlgethan dieselbe abzulehnen, wie
Sie denn auch auf dieser verneinenden Antwort ferner zu beharren,
dabei aber die gewisse Erwartung zu äußern haben, daß man den
Gründen derselben Gerechtigkeit widerfahren lassen werde."

Als Thielmann dieses Schreiben erhielt und er darauf wieder
einen Bericht aufsetzte, waren bereits die Würfel bei Großgörschen
gefallen. Noch am 2. oder 3. Mai hatte er Stein auf ein uns nicht
erhaltenes Schreiben geantwortet:

„Euere Excellenz erlauben meinen Brief damit anzufangen, womit man gewöhnlich schließt, mit der Versicherung innigster Verehrung.
Dieselben werden aber sagen: Gehorsam ist besser als Opfer! Glauben
Euere Excellenz ich werde männlich vollenden, was ich angefangen
habe, und ich werde in dieser heiligsten Sache nicht als ein Intriguant
und als ein Mensch ohne Charakter und Farbe auftreten. Bei
Torgau geht kein Franzos über die Elbe."

Die deutsch-russische Wellenflut aber hatte bereits ihren Höhe-
punkt erreicht. Sie trat jetzt zurück und alsbald brandeten wieder
die französischen Wogen an Torgaus Mauern.

Die erste allgemeine Nachricht von der Schlacht kam von Bülow
aus Halle vom 3. Mai. Am 5. früh hinterbrachte ihm Manteuffel die ersten bestimmteren Nachrichten über das Ereignis.
Daran knüpfte er folgende Ermahnungen: „Ich und jeder redliche
Diener des Königs bauen auf Ihre Redlichkeit; sein und bleiben Sie
der Mann Sachsens, nicht der Mann Frankreichs, noch der Mann
Rußlands. Unsers Königs Verhältnisse sind Ihnen so bekannt, wie
seine Denkungsart. Ihm treu bis an das Ende, dies sei unsere
Losung. Ein Schwanken in dieser Treue, die allein unsere Pflicht
und Tugend ist, wäre ihm und dem Lande auf immer verderblich.
Ein Mann, ein Wort. Ehrlich ewig!" Als Thielmann, der, wie
wir wissen, schon längst dem Briefschreiber gram war, diese Worte las,
übermannte ihn der Zorn und er schrieb ihm einen Brief, durch den er
für immer das Tischtuch zwischen beiden zerschnitt. Der Einfluß der
Gersdorffschen Worte über Manteuffel tritt deutlich darin zu Tage.
„Ich danke Ihnen für die mir mitgeteilten Nachrichten. Die Lage
der Dinge ist bei weitem nicht so schlecht wie Sie denken, höchstens

sind die Alliierten von der Offensive auf die Defensive gesetzt. Unser größtes Unglück ist Wittenberg, welches wir uns selbst zuzuschreiben haben, dadurch, daß wir es vorm Jahr nicht schleiften. Was Ihren wohlgemeinten väterlichen Rat betrifft, so danke ich Ihnen zwar recht sehr dafür, gebe Ihnen aber doch zu bedenken, ob diese Sprache gegen mich, der ich alleweile meine 10. Kampagne anfange, Ihnen selbst nicht höchst anmaßend scheint. Ich bin bisher immer der Meinung gewesen, daß der point d'honneur, der wahre esprit de chevallerie von dem Degen und nicht von der Feder ausgehe, ob ich wohl weiß, daß der Rittergeist sich in andern Ständen auch herrlich zeigt. Mögen Sie auch in Ihrem zu hoffenden großen Wirkungskreise sich als Ministergeneral die Talente eines Ximenes, eines Washington, eines Moreau zutrauen, so teilten Sie doch da die großen Ansichten dieser Männer nicht, als Sie sich durch Verweigerung des Geldes für Torgau, indem Sie sich laut Kommunikates keineswegs beauftragt glaubten, Gelder für die Armee und für Torgau zu geben, und hingegen wiederum kürzlich, als Sie sich mächtig genug glaubten, mich des Kommandos von Torgau zu entsetzen, und mich durch Emissäre beim König anzuschwärzen suchten, Sich in das Dilemma setzten, weder ein General, noch ein Staatsmann, ja nicht einmal nur ein guter Geschäftsmann, sondern ein leidenschaftlicher anmaßender Mensch zu sein. Sie kannten die Wichtigkeit, welche der König auf Torgau legt, ob Sie schon die Ursachen nicht begriffen zu haben scheinen und ließen mich doch ohne Geld, um es Fremden zu geben. Muß ich da nicht glauben, daß Ihr Patriotismus nichts als ehrgeiziges Bestreben sei? Doch zwischen uns mag die Zukunft richten. Ein heftiges Gallenfieber nötigt mich, mir Ihre Korrespondenz auf unbestimmte Zeit zu verbitten, empfangen Sie indessen mit Ausnahme der persönlichen Verhältnisse, die Versicherungen wahrer Hochachtung, die ich Ihren übrigen guten Eigenschaften von Herzen zolle."

Der Zwiespalt zwischen monarchischer und nationaler Grundanschauung war auch hier das Grab einer langjährigen Freundschaft. Als die beiden jungen Leutnants Sahr und Thielmann vor 25 Jahren in treuer Kameradschaft den eintönigen Garnisondienst zu Grimma und Donndorf versahen, und die Kourmacher Manteuffel und Thielmann auf die Brautschau gingen, da stellte Thielmann ihnen die besten Zeugnisse wegen ihres Charakters aus und mit Manteuffel hatte er noch im Jahre 1812 Freundesbriefe in Knüttelversen ausgetauscht. Jetzt füllte sich sein Herz mit Verachtung gegen beide und er schied in bitterster Feindschaft von ihnen. So gewaltig machte sich die Wirkung der politischen Gegensätze geltend.

Am Morgen des 6. Mai trafen auch von Kleist und Bülow Nachrichten ein, in denen sie indirekt die Niederlage zugestanden. Gleichzeitig erhielt Thielmann ein Schreiben des Majors v. Odeleben, jenes sächsischen Offiziers, der im März dazu bestimmt war, Napoleon zu begleiten. Überbringer war ein Major v. Schleinitz. Odeleben meldete aus Borna unterm 5. von einem glänzenden Siege Napoleons bei Lützen und daß er vom Kaiser beauftragt wäre, ihm dies zu melden und ihm ferner zu eröffnen, daß Thielmanns Truppen zum 7. Korps gehörten. Sobald als möglich solle Thielmann einen Offizier ins kaiserliche Hauptquartier zum Bericht absenden und unter Zurücklassung von nur 2000 Mann zum französischen Heere stoßen. Thielmann war bei Eintreffen dieses Schreibens so krank, daß er nicht zu antworten vermochte. An seiner Stelle that dies der Oberstleutnant After, der erwiderte, daß Thielmann Befehl hätte, niemand die Festung zu öffnen. „Seinen Pflichten getreu wird er sich eher unter den Trümmern seiner Festung begraben lassen, als von diesem Befehle abgehen. Übrigens bittet der General v. Thielmann den Major v. Odeleben, Seiner Kaiserlichen Majestät allerunterthänigst zu bemerken, daß er über 3000 Kranke in der Festung hat, und von 2 preußischen Korps umgeben ist, welche zahlreich genug sind, wenn er die Festung verließe, solche d'emblée zu nehmen."

An demselben Tage erhielt Thielmann eine Aufforderung Reyniers, ihm die Thore zu öffnen. Reynier schrieb aus Eilenburg. Dröhnend kündigte er an, daß morgen 300 000 Franzosen an der Elbe versammelt sein würden und daß bei Lützen nur ein Viertel der französischen Truppen gefochten hätte. Thielmann erwiderte darauf kurz und bündig, daß er gemäß den Befehlen seines Königs niemand der Festung nahe kommen lassen würde. Mit höchstem Erstaunen empfing Reynier diese Antwort und erwiderte ihm, daß er ihn als

Feind betrachten müsse, wenn er sich nicht ungesäumt seinem Korps anschlösse.

Thielmann benachrichtigte sofort Stein, Wolkonsky, Hardenberg und Kleist von den Aufforderungen, die er von seiten der Franzosen erhielt und von seinen Antworten. Balsam war für ihn die Antwort Wolkonskys: „Sa Majesté l'empereur m'a chargé de vous dire que trop persuadé des principes d'honneur qui ont toujours signalé vos procédés, Sa Majesté n'a jamais eu le moindre doute du zèle que vous portez pour la bonne cause." Kleist aber schrieb nicht minder herzstärkend für den von den Ereignissen fast überwältigten Mann: „Von einem Mann, wie Sie, von Kopf und Herz kann man keine andere Handlungsweise erwarten. Wollte Gott, es gäbe mehrere dergleichen Männer! es würde dann besser um das Ganze stehen." Stein, jetzt mit ihm ausgesöhnt, erwiderte am 7. Mai: „Die Antwort Euer Hochwohlgeboren ist bestimmt, fest, und Gott erhalte Ihnen Gesundheit und Leben, so wird alles wohl werden. Schonen Sie sich für entscheidende Augenblicke und bereiten alles vor — denn der Drang der Umstände wird alles hinreißen zum Handeln. Den 24. Mai sind nach bestimmten Versicherungen Metternichs 60 000 Österreicher schlagfertig — Vertrauen auf Gott, Mut und Beharrlichkeit wird zuletzt doch über die Repräsentanten der Schlachten siegen — und dann ist es doch besser mit Ehren unterzugehen als mit Schande zu leben. Gott erhalte (Sie) braver General, sein Sie voll meiner Ergebenheit und Freundschaft. Wir erwarten Graf Stadion stündlich." In einem andern Briefe vom selben Tage bat er, Carlowitz noch im Hauptquartier zu belassen und am 8. Mai bekräftigte er aus Bischofswerda noch einmal seine Zufriedenheit mit Thielmanns Schritten: „Ich freue mich über die Festigkeit, womit Sie alle Zudringlichkeiten der Franzosen abweisen und ihre Ränke vereiteln. — Gott erhalte Sie uns, das ist alles, was ich und jeder gutgesinnte Deutsche wünscht .. Sie sehen, daß um den Punkt, den Sie halten, ein großer Teil der zukünftigen Operationen sich herumdreht." Zugleich schlug er eventuell die Entfernung der Kranken aus der Festung vor.

Blücher ließ nach Torgau die offizielle Nachricht von der Schlacht durch Nahmer bringen. „Wir haben eine unentschiedene Schlacht gefochten", so sagte er, „nicht ein Stück Geschütz verloren, vielmehr davon einige erobert, sowie einige Fahnen. Der Verlust, den wir dabei erlitten, nötigt uns, uns unsern Verstärkungen zu nähern. Die Entwicklungen in der Politik werden in einigen Tagen offenkundig werden, werden die Dinge sogleich wieder in das Gleichgewicht bringen. Wir rechnen dabei auf Euer Excellenz Zusicherungen, Ihre Festung keiner der kriegführenden Parteien zu öffnen."

Zugleich ließ er ihm eine aufgefangene Depesche des französischen Gesandten Baron v. Serra an den französischen Minister Herzog von Bassano mitteilen, in der sich dieser in der schroffsten Weise über Sachsen ausließ.

Thielmanns Antwort lautete: Die Verbündeten könnten Torgau comme un pivôt sûr ansehen.

Seinen König aber suchte er, da er voraussah, daß er auf die Kunde von einer Niederlage der Verbündeten den Kopf verlieren würde, in Sicherheit zu wiegen, indem er am 7. Mai einen Bericht aufsetzte, welcher den Rückzug der Verbündeten auf alle Weise beschönigte. Er meldete, daß die Schlacht durchaus siegreich für die Russen und Preußen gewesen wäre. Die Verluste der Franzosen wären bedeutend größer gewesen. „Den 3.", so fuhr er fort, „haben die Armeen gegen einander gestanden, der Rückzug" (der Franzosen) „ist angeordnet gewesen, als auf eine für jedermann unbegreifliche Weise der Rückzug der Alliierten auch angeordnet wurde. Die Stellung der Armeen, daß die Franzosen den Rücken gegen Leipzig, die Alliierten aber gegen Weißenfels haben, ist durchaus nicht vom Kaiser Napoleon bewirkt, sondern in einem Kriegsrate durch den General Wittgenstein durchgesetzt worden, wobei aber die Ursache nicht einzusehen ist, warum man disponible Truppen von Leipzig her nicht im Rücken der Franzosen hat operieren lassen."

Zugleich sendete Thielmann dem General Reynier bis Mockrehna den Major Cerrini entgegen, um ihm mitzuteilen, daß er zu einer von Reynier gewünschten Zusammenkunft bereit sei, aber die dringende Bitte hätte, daß Reynier sich der Festung nicht bis auf Kanonenschußweite nähere. Das war dem Vertreter einer siegreichen Armee denn doch zu stark und er erwiderte dem Kourier: „Eilen Sie nach Torgau zurück, damit ich Ihnen nicht zuvorkomme." Auf den Süptitzer Höhen, westlich von Torgau, wo einst Zietens ruhmreicher Angriff Friedrichs des Großen letzte Schlacht entschied, bezogen Reyniers Truppen ein Hüttenlager. Marschall Ney stand mit seinem Korps zur selben Zeit zwei Meilen südlich von Torgau bei Schildau. Ungefähr um 3 Uhr Nachmittags fand die Unterredung zwischen Reynier und Thielmann in der Nähe des sogenannten Entenfanges statt. Thielmann hatte ebenso wie vor einigen Wochen Davout gegenüber wohlweislich Vorsichtsmaßregeln getroffen. Eine Abteilung Reiter begleitete ihn und auf den Wällen standen die Kanoniere mit brennender Lunte am Geschütz. Auch Reynier war von Abteilungen begleitet und im Hintergrunde waren seine Truppen ins Gewehr getreten. Beide Generale ritten einander mit ihrem Gefolge entgegen, stiegen ab und entfernten sich etwa hundert Schritt weit. Hier auf freiem Felde hatten sie eine fast einstündige Unterredung. Thielmann zeigte dieselbe eiserne Stirn als im März gegen Davout. Er ließ sich auf nichts ein und berief sich auf die Befehle seines Königs. Reynier ließ darauf Meldung von dem Ergebnis an Ney ergehen. Ney wiederholte jetzt dem General Thielmann die Aufforderung, die Festung zu übergeben. Seine vertragswidrige Weigerung sei schon an sich, noch mehr aber in der jetzigen Lage befremdend. Er machte ihn auf die Folgen aufmerksam, die sein Verhalten haben könnte. Bei einem Offizier von dem Rufe Thielmanns wäre das bedauerlich. Thielmanns Antwort an ihn lautete ebenso wie die an Reynier. Es wurde wahr, was der Gouverneur von Torgau den Verbündeten zugesichert hatte, daß so lange er befehligte, an dieser Stelle kein Franzose über die Elbe kommen würde. Torgau stand wie ein Fels in den brandenden französischen Wogen.

Das allerhöchste Siegel wurde diesem Verhalten Thielmanns aufgedrückt durch die am 3. Mai morgens 4 Uhr eintreffende königliche Ordre vom 5. Mai:

„Ob ich wohl Meine Willensmeinung, daß die Ihnen anvertraute Festung Torgau nicht anders als auf Meinen Befehl im Einverständnis mit Sr. Majestät dem Kaiser von Österreich geöffnet werden

kann, Ihnen bereits am 19. vorigen Monats im Allgemeinen zu erkennen gegeben habe, so füge ich doch zur Verhütung alles Mißver-
ständnisses hinzu, daß in dem Falle, wenn das Glück der Waffen die
kaiserliche französische Armee wieder an die Elbe führen sollte, es damit
in gleichem Maße zu halten, folglich die Festung auch nicht für Frankreich zu öffnen ist; wonach Sie sich also zu richten wissen werden."
Dieser über alles Erwarten günstige Befehl des Königs gab Thielmann den Mut, jetzt noch einmal den entscheidenden Schritt zu wagen,
ehe der König wieder anderen Sinnes wurde. Einem der französischen Generale, vermutlich Reynier, ließ er durch Minckwitz die schriftliche Mitteilung überbringen, daß der jetzt vom Könige empfangene
Befehl ihm keinen Zweifel mehr über sein Verhalten und „über den
Entschluß, welchen Österreich gefaßt hätte" lasse. Er ließ sodann
Generalmarsch schlagen, wie es hieß, im Lager zwischen Fort Zinna
und der Festung, d. h. in der Richtung auf Mühlberg, wo Kleist
stand, und es bestand zweifellos die Absicht die Festung zu übergeben.
Aber zum zweiten Male durchkreuzten die Generale und mit ihnen
einige andere Offiziere sein Vorhaben, und abermals mußte er es
aufgeben. Gespannt warteten die nicht eingeweihten Offiziere auf den
Festungswerken und Alarmplätzen der Dinge, die da kommen würden,
bis sie zu ihrer Verwunderung sahen, daß der Generalmarsch keine
Folgen hatte.[1])

Am 9. erschien nun das Mitglied der Immediatkommission,
der Oberkammerherr Freiherr v. Friesen, um im Namen Napoleons
die Übergabe der Festung an Frankreich zu verlangen. Auch dagegen
verhielt sich der Gouverneur ablehnend.

Die Immediatkommission war, als Napoleon am 8. in Dresden
eintraf, sofort vor den Kaiser beschieden worden. Der gewaltige Mann,
der jetzt wieder an das Aufgehen seines Sternes glaubte, ließ sie mit
den Worten an: „Messieurs, sommes-nous amis ou ennemis? Il

---

1) Die Nachrichten über diesen abermaligen Versuch des Überganges sind
unsicher und lückenhaft. Aus Thielmanns Briefe an seine Frau vom 13. Mai
geht hervor, daß er einen solchen Versuch infolge jenes am 8. eintreffenden Befehls
gemacht hat. Das Tagebuch des späteren Kriegsministers, damaligen Leutnants
v. Buttlar, das Bülau benutzt hat, erzählt von jenem rätselhaften Generalmarsche
am 8. Mai. Diese Thatsache würde mit jener Angabe des Briefes zusammentreffen.

faut parler clair!" Dann erklärte er sich sehr verletzt durch die Antworten, die Thielmann an Reynier und Ney erteilt hatte. Der Oberstallmeister, Herzog von Vicenza, las den Viermännern die beiden Briefe Thielmanns vor, in denen Napoleon vor allem zwei Stellen als besonders verletzend hervorhob, die eine war die, worin Thielmann sich auf den Befehl des Königs berief, die andere betraf Thielmanns Worte, er werde von nun an nur noch mit Kanonen antworten. Napoleon bemerkte dann, er wisse recht gut, daß Thielmann ein eitler Mann sei, der sich durch die Schmeicheleien der Russen und Preußen habe gewinnen lassen und verlangte Thielmann den Befehl zur Übergabe Torgaus zugehen zu lassen. Die Kommissare wandten ein, Thielmann werde diesem Befehl nicht folgeleisten. Dem entgegnete Napoleon, es werde hinreichend sein, wenn einer von ihnen nach Torgau gehe, um Thielmann die Mißbilligung der Immediatkommission wegen seines Verhaltens zu erklären und von ihm zu verlangen, daß er unverzüglich einen Kourier nach Prag sende, der die Befehle des Königs einhole.

Der Oberkammerherr v. Friesen mußte sich also der fragwürdigen Ehre unterziehen, die Rolle des Questenberg in dieser Tragödie zu spielen. Der Kammerherr Graf Einsiedel wurde von Dresden aus an Friedrich August geschickt, um ihm den Willen des Kaisers kund zu thun.

Thielmann war der Immediatkommission soviel Rücksicht schuldig, daß er ihretwegen beim König um Verhaltungsmaßregeln nachsuchte, und zwar sandte er zwei seiner Vertrautesten, den Rittmeister v. Minckwitz und den Premierleutnant v. Schreckenstein, auf verschiedenen Wegen als Kouriere nach Prag. Doch gab er dem Könige zu verstehen, daß er nicht einen Augenblick zweifelhaft wäre, wie er sich nach den ihm zugegangenen Befehlen zu verhalten hätte, und daß er demgemäß die Festung nicht öffnen würde.

Aber schon hatte der König seinen Entschluß wieder geändert. Eben hatte Thielmann am 10. Mai noch an Stein geschrieben:

„Ja, Ihre Excellenz, ich bin fest, aber alles außer Torgau schwankt! Warum ließ man es zu, eine Brücke bei Übigau 12 Stunden nach der Ankunft der Franzosen zu schlagen?

Ich beschwöre Euere Excellenz, wenden Sie doch allen Ihren Einfluß, alle Ihre Kraft des Charakters an, die Ihnen Gott verlieh, um zu bewirken:

1. daß man Torgau nicht aus den Augen verliere, sondern es als einen Pivot ansehe, um den sich Preußens Existenz dreht, und dessen Entsatz man also vor allen Dingen vor Augen haben soll;

2. daß man sich deswegen doch auch nicht zu weit von der Elbe entferne, um Österreich, unsern einzigen, aber unentschlossenen Retter, nicht noch unentschlossener zu machen, statt am 24. marschfertig zu sein, muß es vielmehr am 17., sei es nur mit 20000 Mann ins Feld rücken und die Franzosen müssen zurück und die Elbe ist unser.

Ihre Seele ist viel zu männlich und zu groß, als daß Sie meine Sprache übel deuten sollten. Lassen Sie mich nicht ohne Nachricht und rechnen Sie auf mich!"

Kaum war dieser Brief fertig, da erschien der Major v. Watzdorf als Kourier vom König mit einer Ordre vom 8. Mai. Dies schwache Herz hatte wieder alle Fassung verloren und jetzt mit der Ergebenheit eines Lammes sich aufs Neue Napoleon untergeordnet. Er teilte seinem General, drei Tage nachdem er einen Befehl hatte ergehen lassen, der das gerade Gegenteil enthielt, mit:

„Ich finde mich bewogen, auf das neuerlich geschehene Anlangen Seiner Majestät des Kaisers von Frankreich die Festung Torgau und deren Besatzung den Befehlen des anderweit zum Kommandanten des 7. Armeekorps bestimmten Generals Grafen Reynier zu übergeben. Sie haben sich mithin hiernach ohne einige Berücksichtigung der Ihnen zeither, resp. unter Beziehung eines Einverständnisses mit des Kaisers von Österreich Majestät erteilten Befehle lediglich zu richten, und werden sich mit dem General Reynier insonderheit darüber, welcher Teil der Garnison zum Dienst der Festung verbleiben und welcher dagegen zur Formierung des 7. Armeekorps herausgezogen werden solle, behörig zu vernehmen wissen."

Der General v. Thielmann saß gerade an der Mittagstafel, als ihm dies verhängnisvolle Schreiben, das Torgaus und sein eigenes Schicksal besiegelte, von Watzdorf überreicht wurde. Er las es, ohne eine Miene zu verziehen, faltete das Blatt wieder zusammen, setzte das Gespräch, als wenn nichts geschehen wäre, fort und zog sich nach Aufhebung der Tafel zurück. Ob er wohl in diesem Augenblicke an das Wort Friedrichs II. dachte, zu dem er sich im Jahre 1789 in seinem Tagebuche bekannte: „Die monarchische Verfassung ist entweder die beste oder die schlechteste, je nachdem sie verwaltet wird"? Nach seiner Erklärung vom 16. April war jetzt der Fall eingetreten, in dem er das Band zwischen König und Volk für zerschnitten betrachtete. Aber er war ja jetzt seiner Truppen nicht mehr sicher, um den Übergang ausführen zu können. Von Watzdorf erfuhr er, daß der König sich ohne Wissen seiner Minister und Ratgeber entschieden und daß Senfft sofort um seine Entlassung nachgesucht hatte. Er verständigte sich dann mit seinem treuen Generalstabschef, dem Oberstleutnant Aster dahin, zusammen mit ihm die Festung zu verlassen. Dann setzte er mehrere Schriftstücke auf. In dem einen erteilte er dem Generalmajor v. Steindel das Kommando über die Festung:

„Auf Befehl Sr. Königlichen Majestät wollen Euer Hochwohlgeboren, dem ich hiermit das Kommando der Festung übergebe, selbiges in die Hände des Generals Reynier niederlegen, dessen Ordre in Allem annehmen und sich mit ihm verständigen, welcher Teil der Garnison zum 7. Armeekorps stoßen, und welcher Rest die Garnison ausmachen soll. Ich mache Euer Hochwohlgeboren zugleich bekannt, daß der Oberstleutnant Aster nebst mir sich zu Sr. Kgl. Maj. begiebt."

Ein zweites Schreiben aus jenen Stunden liegt vor, dessen Adressat nicht genannt ist. Es hat sich in Gneisenaus Papieren unter Thielmanns anderen Briefen gefunden und war nach Pertzens Angabe an Yorck am 11. Mai angeblich aus „Nibelschütz" eingesandt. Diesen Ort giebt es aber nicht. Vielleicht handelt es sich um einen Offizier dieses Namens. Die Behauptung Heller v. Hellwalds, daß der Adressat der Kosakenführer Oberst Löwenstern gewesen wäre, bestätigt sich nicht. Denn Löwenstern erwähnt den Brief in seinen Denkwürdigkeiten nicht und befand sich außerdem am 11. Mai zu weit entfernt von Torgau in Kunertswalde nördlich von Dresden. Die nächstliegende Annahme ist, daß der Brief an Kleist gerichtet war.

Das Schreiben, dessen zum Teil verwirrte Fassung die gewaltige Erregung verrät, in der es geschrieben ist, lautete: „Ich bin destituiert, der König von Sachsen hat auf eigne Hand ohne aller seiner Diener Wissen seinen Frieden mit Frankreich gemacht.

Wäre es Zeit, daß Sie binnen hier und wenig Stunden kommen könnten, so würde ich Ihnen noch die Festung zu übergeben im Stande sein, aber man hat mich so gefaßt, daß ich nichts mehr thun kann. Können Sie nicht kommen, so ist alles verloren, die Generale sind gegen mich — ich verlasse Armee, Vaterland, alles, und flüchte zu Ihnen, um mit Ihnen zu sterben.

Minister Senfft, der Verkannte, hat gleich resigniert.

Thielmann."

Um 5¾ Uhr ließ der Gouverneur sodann die Generale und Stabsoffiziere zu sich entbieten und machte ihnen den Befehl des Königs bekannt, erklärte, er würde ihn befolgen, müsse selbst aber den Befehl niederlegen und zusammen mit Oberstleutnant Aster Torgau verlassen, wenn er sich mit ihnen nicht unter den Mauern begraben lassen wolle. Noch einmal ließ er durchblicken, daß ein kühner Entschluß noch zur Rettung führen könne und beklagte, daß die Regierungen zuweilen unter dem Drucke der Verhältnisse die Handlungen ihrer treuesten Diener verleugnen müßten, wie es in diesem Fall geschähe. Verlegenheit malte sich in den Zügen der Versammelten. Viele bestürmten ihn, sie nicht zu verlassen, einige wollten die Entscheidung noch verschieben, mehrere aber meinten, der Wille des Königs sei so klar ausgesprochen, daß darüber kein Zweifel bestehen könne. Thielmann verwies sie hierbei zu reiflicher Überlegung der Sache, teilte mit, daß er sich zum König begäbe und übergab an Steinbel jenen Befehl. Darauf vernichtete er die Reverse, in welchen sich ihm die Kommandanten der Außenwerke zur äußersten Verteidigung verpflichtet hatten, bat ihm ein kameradschaftliches Andenken zu bewahren und verließ dann einer Ohnmacht nahe das Zimmer. Man mußte ihm ärztliche Hilfe bringen, weil sein körperliches Leiden, das Gallenfieber, ihn infolge der seelischen Aufregung dieser Stunden wieder übermannte. Noch einmal rief er dann einen Vertrauten zu sich und erklärte, wenn man sich einstimmig dazu bereit erklärte, wolle er in Torgau bleiben, es als neutral betrachten und sowohl gegen die Franzosen als gegen die Verbündeten verteidigen. Dieser Ansicht schloß sich After mit allem Nachdruck an.[1]) Die Offiziere traten außerhalb der Behausung des Generals abermals zu einer Beratung zusammen, fanden aber in ihrer Mehrheit nicht den Mut, dem Befehle des Königs zuwiderzuhandeln und teilten ihm dies mit. Nunmehr setzte Thielmann ein lakonisches, aber gewichtiges Schreiben an Friedrich August auf:

„Torgau, den 10. Mai 1813.

Allerdurchlauchtigster, Großmächtigster König,

Allergnädigster Herr!

Die Festung Torgau, die ich Euer Majestät treu erhalten habe, ist übergeben.

Euer Königlichen Majestät lege ich meine 32jährigen Dienste hiermit alleruntertänigst zu Füßen.

Euer Königlichen Majestät alleruntertänigst

J. A. Freih. v. Thielmann,

Generalleutnant.‟

Dies übergab er dem Major v. Watzdorf. Kleine Geister, die ein Schriftstück selbst dann nicht für vollgültig ansehen können, wenn ein Journalzeichen fehlt, haben aus diesem Schreiben einen Vorwurf gegen den General herleiten wollen, weil er nicht ordnungsgemäß um seinen Abschied eingekommen wäre. Als wenn die außergewöhnliche Lage nicht ein außergewöhnliches Schreiben gerechtfertigt hätte! War Thielmann doch überhaupt nicht ein Mann, der ein Sklave des Formelkrams war; und hat er doch zwei Jahre später, als er seinen Abschied aus russischem Dienst nahm, der so ehrenvoll war, wie er nur sein konnte, dem Kaiser Alexander auch nur „seine Dienste zu Füßen gelegt‟. Vor allen Dingen befreite Thielmann durch diese formlose Art des Ausscheidens den König, der sich immerhin des Dankes, den er dem General von früher schuldete, bewußt war, von der unangenehmen Notwendigkeit zu einem formellen Abschiedsgesuche des verdienten Mannes Stellung zu nehmen. Im höheren historischen Sinne liegt in dem Abschiedsschreiben Thielmanns aus dem Dienst, das durch den Zwang

---

1) Wolzogen, Memoiren S. 173.

der Ereigniſſe veranlaßt worden war, etwas Erſchütterndes. Die wenigen Worte enthielten einen ſchweren Vorwurf gegen den König von Sachſen, ohne daß Thielmann ſelbſt den Vorwurf erhob; denn Friedrich Auguſt konnte daraus, wenn er die Verhältniſſe zu würdigen vermochte, was allerdings ihm nicht gegeben war, entnehmen, daß ſeine ſchwache Politik ihm ſeinen beſten General, der den Ruhm der ſächſiſchen Waffen vor allem in Rußland weithin getragen hatte, koſtete. Ein zweites Opfer, das ſein ſchwankendes Verhalten verurſachte, war der Verluſt des fähigſten Ingenieuroffiziers, den damals Deutſchland beſaß, des Oberſtleutnants Aſter, der Thielmanns Schickſal teilte, weil er mit ihm während der ganzen Zeit in Torgau gemeinſame Sache gemacht hatte und ihm mit beſonderer Verehrung anhing. Ein dritter fähiger Offizier der Torgauer Beſatzung, Sproß einer der berühmteſten Familien Sachſens, die dem Lande u. a. einen ſeiner größten Staatsmänner gegeben hatte, der Oberſt Carlowitz, war an dem verhängnisvollen 10. Mai nicht in der Feſtung. Er verließ auch in der Folge dieſer Ereigniſſe den ſächſiſchen Dienſt. Kurſachſen hatte von jeher ein Geſchick beſeſſen, begabte Männer von ſich abzuſtoßen. Leibniz, Pufendorf, Thomaſius, Francke, alle vier gewaltige Bahnbrecher und Pfadfinder im Reiche der Wiſſenſchaft, hatten das erfahren. Der gezwungene Fortgang der militäriſch-politiſchen Talente Thielmann, Aſter, Carlowitz deutete darauf, daß das Schiff der Albertiner bedenklich leck geworden war.

Thielmann war bei ſeinem Fortgange aus Torgau von Geld entblößt. Er erzwang ſich daher von einem Zahlmeiſter die Auszahlung eines Gehaltsvorſchuſſes für mehrere Monate, ein Gewaltakt der Verzweiflung, für den er den König um Verzeihung bitten ließ. Die betreffende Summe hat er getreulich wiedererſtattet (Januar 1814).

Am Abend verließ er, dicht umdrängt von der Bürgerſchaft und dem Militär unter vielfachen Beweiſen der Liebe und Rührung mit Aſter zu Wagen die Stadt. Jetzt war das eingetreten, was Vieth in ſeinem Schreiben am 8. April angedeutet hatte: Er hatte ſeine Exiſtenz in Sachſen geopfert und mußte nun ſuchen „in einem beglückteren Teile Europas" ſich eine neue zu gründen.

Sogleich nach Thielmanns Fortgang wurden die Thore geſchloſſen, die auf dem rechten Ufer lagernden Bataillone in die Festung gezogen und Sahr brachte die Nacht am wichtigsten Punkte, dem Brückenkopf, zu. Noch in der Nacht wurde ein Offizier zu Reynier geschickt und diesem der Befehl des Königs angezeigt. Am Morgen des 11. Mai übernahm Reynier den Befehl. Die französischen Wellen schlugen jetzt über der Stadt zusammen und tiefe Ruhe herrschte fürs erste hierselbst, nur zuweilen unterbrochen durch die Excesse, welche zwischen der französischen und sächsischen Besatzung infolge des beiderseitigen Hasses vorfielen. An 12000 Mann, mehrere hundert Geschütze, Vorräte für diese Truppen auf 114 Tage und einer der wichtigsten Elbpässe fielen den Franzosen in die Hände. Der Eindruck der Übergabe Torgaus bei den Verbündeten war niederschmetternd. Sie empfanden diesen Verlust mehr als eine unglückliche Schlacht.

Später befehligte Graf Narbonne in Torgau; und es war eine seltsame Ironie des Schicksals, daß dieser Freund des einstigen großen Franzosenverehrers Thielmann hier, wo Sachsen Thielmann und Thielmann sein engeres Vaterland verlor, seinerseits sein Grab fand, indem ihn am 17. November 1813 in dem durchseuchten Platze das Nervenfieber dahinraffte.

Friedrich August ließ seinem „großen Verbündeten" in einer Denkschrift die sächsische Politik unter besonderer Berücksichtigung Torgaus darlegen. Unter anderem enthielt diese Denkschrift die vier königlichen Handschreiben an Thielmann. Dies veranlaßte Napoleon zu der bezeichnenden Frage: Comment, vous plaidez pour Thielmann?! Er ließ sich indes bald beruhigen. Dann schloß er das Gespräch mit dem Überbringer der Denkschrift: Eh bien, il faut confisquer ses biens! und nur schwer konnte man ihm begreiflich machen, daß dieser deutsche Offizier von Rang nichts besaß, was man beschlagnahmen konnte.

Zum Schein ist dann noch, weil Napoleon es wiederholt verlangte, ein Kriegsgericht wegen Thielmann einberufen worden, nachdem man ihn dreimal vergeblich zur Verantwortung wegen eigenmächtiger Entfernung vom Posten und Übergangs zum Feinde geladen hatte. Da aber nur der Vorsitzende des Gerichtshofes erschien, so konnte die Tagung nicht stattfinden und das hochnotpeinliche Verfahren löste sich in eine Posse auf.

6. In russischen Diensten.

Mai 1813 bis April 1815.

Der Wagen, in dem Thielmann mit Aster Torgau verließ, rollte ihn einem ungewissen Schicksal entgegen. Hat er ursprünglich die Absicht gehabt, sich nach Dresden zum König zu begeben, so hat er diese bald aufgegeben. Er hätte sich damit geradeswegs der Rache Napoleons ausgeliefert. Das Gefährt brachte ihn über Elsterwerda und Kamenz nach dem kleinen Dorfe Wurschen hinter Bautzen, wo sich das kaiserlich russische Hauptquartier befand. Am 12. Mai dürfte er dort angelangt sein. Fürst Wolkonsky empfing ihn hier mit dem trockenen Bedeuten: Ohne Torgau und seine Truppen wäre er von wenig Nutzen. Anders war die Aufnahme bei Kaiser Alexander, zu dem ihm der Generaladjutant Ludwig v. Wolzogen den Zutritt vermittelte. Die auffällige Bevorzugung, die Alexander Thielmann schon bisher wiederholt hatte zu teil werden lassen, hielt auch in dieser kritischen Lage an. Er überhäufte den General mit Gnadenbeweisen, stellte ihn sofort als Generalleutnant in der russischen Armee an und versah ihn und seine Frau, die von Torgau u. a. mit dem von der Bürgerschaft geschenkten Becher nach Böhmen zu der Schwester Julie gegangen war, reichlich mit Geldmitteln.

Durch den Eintritt in russische Dienste wurde Thielmann der Waffengenosse jener großen Zahl von Helden, die in der Abschüttelung des fremden Joches ihren Ruhm für alle Zeiten begründeten. Viele, ja die Mehrzahl unter den Generalen der preußischen und russischen Armee konnte sich nicht entfernt an Bildung mit dem sächsischen Offiziere messen, der im Umgange mit den litterarischen Größen der Zeit stete Anregung empfangen hatte. Auch den Waffenruhm hatte Thielmann vor den meisten voraus. Indes den Glorienschein des Verdienstes um die nationale Sache besaß er noch nicht, da sein Verhalten in Torgau noch nicht gewürdigt werden konnte. Diese Palme sollte er sich jetzt erst zu erringen suchen.

Die äußere Stellung Thielmanns war nun wieder gesichert. Aber durch die Entwickelung der Dinge in Torgau war sein inneres Gleichgewicht verloren gegangen. Er konnte eine Unruhe seines Gewissens nicht meistern und fühlte das Bedürfnis mit jedermann über seine Handlungsweise zu sprechen, um sie zu rechtfertigen. Wir dürfen ihn heute freisprechen von jedem Vorwurf. Er hat sich zu Torgau in einem Zwiespalt der Pflichten befunden, wie er schwieriger kaum gedacht werden konnte und hat der deutschen Sache nach Kräften gedient. Jenes Ringen zwischen Königstreue und vaterländischem Gewissen steht einzig da, und ein weniger des Zieles bewußter Mann hätte unter dem Andrange so vieler und so verschiedener Elemente unfehlbar den Kopf verloren. Thielmann hat in dem Wirrwarr folgerichtig immer einen Weg verfolgt, um schließlich mehrfach den Augenblick zu nutzen zu suchen, was allerdings fehlschlug. Über das Maß von Initiative, das er in Torgau entwickeln konnte, ist schwer zu rechten. Seine Initiative war beeinträchtigt durch die Hoffnungen, die er auf die Entschlußfähigkeit Friedrich Augusts gesetzt hatte, und hierin ist er allerdings in einem schweren Irrtum befangen gewesen. Er hatte den Einfluß der franzosenfeindlichen Umgebung des Königs und ihre Energie falsch veranschlagt. Vor den Patrioten hat er sich auch leichter zu rechtfertigen vermocht als vor den strengen Royalisten seines Landes, und doch hatte gerade sein Royalismus ihn gehemmt, lediglich das nationale Panier aufzuwerfen. Der Haß, mit dem ihn gewisse Kreise in Sachsen bis in sein Grab und darüber hinaus beehrten, war rein und unverfälscht. Das gute Naturell Thielmanns empfand dies bitter und er hat sich viel bemüht, diese Abneigung zu verringern. Aber er mußte es mit Wehmut erleben, daß man sich in Sachsen mehr und mehr von ihm abkehrte.

Seinem bewegten Herzen machte er zuerst nach seiner Ankunft in Wurschen Luft in einem Briefe an seine Gattin, der ein getreues Spiegelbild seiner Stimmung giebt. Er ist vom 13. Mai datiert und lautet:

„Als Du mir die Hand gabst, Du gutes teures Weib, da bereitetest Du Dir ein sorgenvolles Leben! Doch dafür bist Du auch, nächst Gott, mein Trost und meine Zuversicht! Der König von Sachsen hat mich durch einen Brief, den ich am 8. erhielt, Torgau auch dann, wenn das Kriegsglück die Alliierten über die Elbe zurückführen sollte, nie an Frankreich zu übergeben, zu solchen Schritten veranlaßt, die mich von Napoleon nur den Tod oder eine schmähliche Verzeihung erwarten lassen konnten. Am 10. erhielt ich von demselben Könige Befehl, Torgau unbedingt an Frankreich zu übergeben. Hätten meine Generale und Obersten den Mut gehabt, mir zu folgen, so war Torgau noch der guten Sache, denn die Truppe war für mich. So mußte ich aber fürchten, arretiert und als Rebell behandelt zu werden. Mir blieb nichts übrig als gegen Abend mit allem was ich hatte, unter dem Heulen und Schreien des Volks und den Thränen der Offiziere Torgau zu verlassen. Sahr hätte mich gern arretiert, aber der Knecht hatte den Mut gegen seinen Herrn nicht, und ich fuhr mit meinem hochherzigen Aster, alles vergessend und verlassend, dahin, wohin mich meine Überzeugung leitete. Und Gott verläßt die Seinen nicht! Hier bin ich vom Kaiser mit Gnaden überhäuft und als Generalleutnant in der russischen Armee angestellt. Harre Du aus, treue Seele, hochherzige Dulderin, denke, daß alles durch Gott geschieht, und unsern Kindern eine neue Laufbahn dadurch eröffnet wird. Dem König habe ich geschrieben, daß nach seinem Befehl die Festung übergeben sei, aber ich ihm nun meine Dienste zu Füßen legte, und dadurch habe ich ihm den letzten Dienst geleistet, alles auf mich schieben zu können. Alle meine Rechtfertigungspapiere sind gerettet.... Es gehe wie es wolle, meine Ehre wird mir niemand rauben, und die sächsische Nation wird sich meines Namens nie schämen dürfen. Meine Kinder wird Gott erhalten, und das Beispiel des Vaters wird sie zu Männern bilden. Der Himmel giebt mir mehr Mut als ich selbst erwartete, denn ehe ich noch des Kaisers Gesinnung gewiß war und mir dann nichts übrig blieb als ein freiwilliger Tod, da war ich so fest, so gleichmütig als heute, wo ich einer neuen Existenz gewiß bin. Leider fürchte ich meine Pferde und ganze Equipage zu verlieren. Lebe wohl, geliebtes Weib, Du bist mein

anderes Ich, die Mutter meiner Kinder, die ich mehr liebe als mich
selbst.

Von ganzer Seele der Deine

Thielmann."

Tags darauf versicherte er ebenfalls seiner Gattin: „Ich bin
äußerst wohl und so fest, ja heiter wie in meinen besten Tagen. Mit
Mut bin ich wie durch einen Engel von oben gestärkt, aber freilich
sagt mir erstlich mein Gewissen, daß ich auf dem Wege des Rechts
bin, und mein Verstand, ich mag es von einer Seite besehen, von
welcher ich will, sagt mir durchaus, daß ich in diese Verhältnisse ohne
all meinen Willen, ohne Schuld, ohne Übereilung gekommen bin,
und daß es nur eine wundersame Verkettung der Verhältnisse, ein
allgewaltiges Schicksal ist, welches mich unaufhaltsam auf diesen Weg
fortgeführt und hineingezogen hat. Wohlan, es war Gottes Wille.
Grüß alle meine Freunde in Sachsen. Du wirfst keinen Stein auf
mich! Schreib mir ja was Du alles hörst, wahrscheinlich werde ich
schon geächtet sein. Übrigens bin ich voll Hoffnung für die gute
Sache und hoffe, daß wir uns bald in Dresden wiedersehen, freilich
unter andern Verhältnissen. Den Torgauer Becher und Asters Tasse
bewahre als ein heiliges Andenken den Kindern."

Unverweilt ging Thielmann jetzt daran, sich den Verbündeten
nützlich zu machen. Stein, die Seele aller Unternehmungen in ihrem
Lager, hatte die Absicht die Lausitz zu bewaffnen. Diese Landschaft
wurde durch eine Bekanntmachung davon in Kenntnis gesetzt, daß
die Rechte ihres Landesherrn suspendiert und an den Kaiser von Rußland sowie den König von Preußen übertragen wären. Thielmann
erhielt den Auftrag die auszuhebende Mannschaft zu organisieren.
Der Erfolg der Maßregel hing ganz von der Schlacht ab, der man
jetzt entgegensah. Thielmann reichte bereits am 17. in Görlitz, von
dem Wurschen nicht weit entfernt liegt und wo er Verwandte besuchen
konnte, eine Denkschrift ein, in der er eine Reihe von Vorschlägen
wegen der ihm übertragenen Organisation machte. Höhnisch schrieb
Theodor v. Schön an demselben Tage über Thielmann in sein Tagebuch: „Von verwegenem Eingreifen in die Räder des Schicksals ist
nicht die Rede. Er möchte den Franzosen gern Schaden thun, aber

es muß bei der Parole befohlen sein." Doch in der Denkschrift bewies Thielmann, daß er an energische Maßregeln dachte. Zunächst verlangte er zum Mitgliede der Kommission ernannt zu werden, welche Sachsen zu verwalten hatte. Sobann wollte er allein das Vorschlagsrecht zur Ernennung von Offizieren haben. Die Besoldung müsse durch den Kaiser gewährleistet werden und dürfe nicht geringer sein, als sie in Sachsen gewesen. Der Kaiser sollte die Ausrüstung liefern. Die Kleidung und Equipierung sollte durch einen militärischen Verwaltungsrat beschafft werden, der dem Landesverwaltungsrat verantwortlich wäre. Unter der Voraussetzung, daß sich die sächsische Armee auf die Seite der Verbündeten schlagen würde — er hatte diese Hoffnung also noch nicht aufgegeben — und unter Hinzurechnung der 1812 in russische Kriegsgefangenschaft geratenen Sachsen, berechnete er die Stärke des zu bildenden Korps auf 20 000 Mann. In seinem Eifer schlug er vor, daß die Kriegsgefangenen von 1812 vor die Wahl gestellt würden, entweder nach Sibirien geschickt zu werden oder in die Dienste der Verbündeten zu treten. Aus ihrer Zahl könnte man sich mit Offizieren versehen. Er entwickelte dann, daß das Korps nur aus Infanterie und Artillerie bestehen würde. Unter 6 Infanterie-Regimentern sollten 5 aus Linieninfanterie, eins aus leichter Infanterie bestehen. Jedes Bataillon hätte eine Fahne zu führen mit einem Sinnbilde, das auf die Einigung Deutschlands hindeute. Die Farben könnten die des alten Reichs, gelb und schwarz, sein, die Farbe der Uniform blau, die der leichten Infanterie grün u. s. w. Stein erklärte sich großenteils mit den Vorschlägen einverstanden.[1]) Nur war er der Ansicht, daß die Besoldung nicht vom Kaiser, sondern von Sachsen selbst aufgebracht werden müßte. Die Fahne sollte auf der einen Seite die Wappen der Verbündeten, auf der andern das Sachsens führen, die Zahl zunächst auf 4000, nach Überschreitung der Elbe auf 16 000 außer der Landwehr und dem Landsturm festgesetzt werden. Als Namen der Truppe bezeichnete er: Sächsische Division der deutschen Nordarmee. Mit diesen Änderungen erklärte Alexander sein Einverständnis zu den Thielmannschen Vorschlägen. Sofort ging Thielmann an die Ausführung der Angelegenheit. Er ersuchte den Fürsten

---

1) G. St. A. Rep. 114. VIII. Spec. 25.

Wolkonsky) die von Winzingerode zu Leipzig errichtete Kompagnie Studenten ihm zu überweisen, da er hoffte, daß von dieser Truppe der Nation „ein Impuls" gegeben werden würde und daß er daraus die Cadres mehrerer Bataillone bilden könnte. Sodann ersuchte er am 21. Mai den Generaladjutanten des Königs, Knesebeck, um die Erlaubnis einen Aufruf zu erlassen, in dem er Freiwillige im Lande aufrief. Selbstbewußt bemerkte er dabei: „Ich glaube hierbei auf den Kredit etwas setzen zu dürfen, den ich mir bei der Nation zu haben schmeichle." Er beabsichtigte preußisches Exercierreglement einzuführen und erbat sich dazu die nötigen Unteroffiziere. Bei Wolkonsky trug er auf Überweisung französischer Waffen an. Sehr erfreute es ihn, als ein „ausgezeichneter Offizier von der sächsischen leichten Infanterie"[1]) noch aus Torgau zu ihm kam. Mit jenem Eifer, der sein Wesen so bezeichnete, setzte er in dem Schreiben an Knesebeck hinzu: „Was für die Sache geschehen kann, soll geschehen und alle nur mögliche Thätigkeit hineingelegt werden."[2]) Der Ausgang der Schlacht bei Bautzen am 22. Mai verhinderte die Ausführung dieser Organisationspläne. — Nach der Schlacht verbreitete Thielmann von Lauban aus eine Denkschrift, in der er sein Verhalten in Torgau vor der Öffentlichkeit zu verteidigen unternahm. Darin faßte er in gedrängter Kürze die Entwickelung der Dinge in Torgau zusammen, indem er nachwies, daß er durchaus im Einklange mit dem König gehandelt hätte und daß er nach ihm geworbenen Nachrichten nur auf einen Anschluß Friedrich Augusts an die Verbündeten hätte rechnen können, daß in der Folge sein Verhalten durch die Rücksicht auf Österreich hätte bestimmt werden müssen und daß er schließlich das Opfer der widerspruchsvollen Politik seines Königs geworden wäre. „Der Garnison nicht mehr gewiß", so schloß die etwa 6 Oktabdruckseiten umfassende Denkschrift, „welche hauptsächlich von Dresden aus bearbeitet worden war und den General Reynier einen Kanonenschuß von der Festung wissend, blieb dem General Thielmann nichts übrig, als dem Könige seine Dienste zu Füßen zu legen, nachdem er durch selbigen für seine treuen Dienste in die Verlegenheit gesetzt war, vor Frankreich als ein Verbrecher, und vor

---

1) Vermutlich der Major v. Bock.
2) Konzept im Nachlaß.

ben alliierten Mächten als ein Intrigant, ohne Charakter, ohne Treue, und ohne alle Farbe zu erscheinen. Er hat in der Person Sr. Maj. des Kaisers Alexander einen mächtigen und großmütigen Beschützer, und durch ihn ein neues Vaterland gefunden, welchem er mit eben der Treue und Aufopferung sein Leben und seinen Dienst widmen wird, als seinem angebornen Herrn und unglücklichen Vaterlande. Deutschland ist nunmehr im Stande, durch diese Darstellung die säch= sische Politik zu beurteilen und Endesunterzeichneten zu richten.

Johann Adolph Freiherr v. Thielmann."

Obwohl handschriftlich, scheint das Flugblatt doch in einer ganzen Reihe von Exemplaren verbreitet worden zu sein. Reynier sendete sofort eins nach Dresden mit den Worten: „Voilà la justification du roi de Saxe." Ein Exemplar kam in die Hände des Generals Sahr, und der versah die Denkschrift seines bitteren Feindes mit den Randbemerkungen eines Sub= alternen.¹) Einige andere verschickte Thielmann an Verwandte u. s. w. Später erschien sie auch gedruckt, insbesondere in den hochangesehenen „Deutschen Blättern" bei Brockhaus in Altenburg (Nr. 5 vom 19. Oktbr.).

Als er bald nach der Bautzener Schlacht in Schweidnitz in Ver= legenheit wegen eines Unterkommens war — sein Koch und Kutscher waren ihm zudem in Lauban durchgegangen mit samt den Pferden — fand er in dem schmiegsamen, spürnasigen und vielredenden, aber im Kern seines Wesens durchaus gutartigen Agenten Hardenbergs, dem jungen Dr. Dorow, einen entgegenkommenden Gastgeber. Dorow war ganz bezaubert von seiner Persönlichkeit und schrieb am 30. Mai aus Schweidnitz: „Ich bin sehr froh, diesen geistreichen Mann kennen ge= lernt zu haben. Schärfer markierte Züge findet man wohl selten; er hat in seinem Wesen etwas Napoleonisches, dasselbe ist sehr verschieden von unsern Generalen; es ist in ihm eine Bestimmtheit, eine Festig= keit, die Vertrauen erwecken, und ein kriegerischer Anstand, wie ihn Napoleons Marschälle haben mögen. Bewunderungswürdig erschien mir die Schärfe seines Verstandes; alles traf, was er sagte. Mit diesem Manne möchte ich zusammenleben!"

Das Napoleonische im Wesen Thielmanns fiel auch einem andern urteilsfähigen Manne, dem Livländer Löwenstern, auf, der Thielmann

---

1) Siehe Holtzendorff S. 249.

in jenen Tagen kennen gelernt haben dürfte. Er berichtet in seinen Denkwürdigkeiten: „Als ich in der Folge Thielmann von Aug zu Auge sah, erschien es mir als ein besonderer Umstand, daß dieser festsinnige Sachse viel äußere Ähnlichkeit mit Napoleon hatte" und mit treffendem Urteil fügte er hinzu: „Diesen Doppelgänger des Kaisers hatte also das Schicksal ausersehen, um Sachsen vor dem Napoleonischen Unheil zu bewahren, aber die Andersgeschaffenen fügten es anders."

Weniger günstig äußerte sich der scharfe Theodor v. Schön über den neuen Ankömmling, den er durch seine alles schief wiedergebende Brille mit halb mißtrauischen, halb geringschätzigen Blicken betrachtete. „Dieser trockene und loyale, buchstäblich loyale Mann, der über alles, was er in Torgau that, die Ordre seines Herrn sich verschafft hat, schiebt sich jetzt so herum und steht da als Mittelding, halb Russe, halb Deutscher, was er auch nur in jedem Betracht ist. Er war früher lebhafter Franzose" verzeichnete er in seinem Tagebuche.

Aber auch Stein hatte immer noch keine günstige Meinung von Thielmann, denn er schrieb am 22. Juni seiner Frau, als diese Thielmanns Bekanntschaft gemacht hatte und einen guten Eindruck von ihm empfangen zu haben schien: „Sein Betragen ist weder das eines Deutschen noch eines seinem Herrn blind ergebenen Sachsen — er ist etwas eitel und Redensarten liebend — übrigens soll er ein guter Offizier sein." Was dies Urteil Steins über Thielmanns deutsche Gesinnung anbetrifft, so weicht es etwas von dem Inhalt seiner Briefe an Thielmann in den ersten Maitagen ab, aus denen, wie wir sahen, Wärme und Hochachtung sprach. Da dem Freiherrn Verstellung fremd war, so ist diese Divergenz nur durch die veränderlichen Stimmungen des großen Mannes zu erklären.

Es liegt ein Bild vor, das Thielmann als russischen Generalleutnant darstellt, ein Stich von Krethlow nach einem Gemälde von L. Wolf. Mit jenem Graffschen hat es sehr wenig Ähnlichkeit. Seine Züge sind bestimmter geworden. Es prägt sich in ihm ein fester Wille und eine gewisse Hoheit des Wesens aus, die ihm den napoleonischen Zug verliehen haben mögen. Doch seine Schönheit hatte wesentlich eingebüßt, nur das Auge erinnerte noch an das Feuer der Jugend, das Graff festzuhalten gewußt hatte.

Thielmann blieb von jetzt ab in der Umgebung des Kaisers und speiste an seinem Tische. Damals machte er die Bekanntschaft all der berühmten Männer, die in den Reichenbacher Tagen im Hauptquartier ein und ausgingen. Da sah er Hardenberg, Knesebeck, Graf Stadion, Niebuhr, der von ihm einen günstigen Eindruck empfing,[1]) den englischen Gesandten Cathcart, Gneisenau, Grolman u. s. w. Besonders scheint Thielmann Fühlung mit dem russischen Gesandten, dem alten Baron Alopäus, gewonnen zu haben. Die Verhältnisse brachten es mit sich, daß er von After getrennt wurde, was er sehr beklagte. Ebenso konnte er nicht mit seinem Freunde Carlowitz, der unmittelbar nach Thielmanns Übertritt ebenfalls nach Wurschen gekommen war, zusammenbleiben. Einige andere sächsische Offiziere waren noch nachträglich zu den Verbündeten übergegangen, sie erhielten alle zu ihrer Zufriedenheit Anstellungen, so ein Major Bock. Anfänglich hegte der General keinen Zweifel mehr, daß Österreich den Krieg erklären würde und schon im Mai hoffte er sein geliebtes Weib in wenig Tagen in Dresden umarmen zu können. Aber bald sah er mit Trauer, daß es zu einem Waffenstillstande kam. Er fürchtete, daß man „angeführt" werden würde. Mit Genugthuung verfolgte er die Rüstungen Preußens und Rußlands. „Eine furchtbare Armee kommt zusammen", meldete er. Im Juni sah er zu seiner innigen Freude seinen ältesten Sohn Franz bei sich im Hauptquartier zu Peterswaldau. Als General Scharnhorst am 28. Juni seine Heldenseele ausgehaucht hatte, da ließ er es sich nicht nehmen, zum Begräbnis desselben, das am 30. stattfand, nach Prag zu gehen. Er sah dort Joseph v. Zezschwitz wieder. Wenige Tage darauf riet er seiner Gattin, aus Teplitz abzureisen, „denn wenn Gott nicht eine allgemeine Verblendung über die Fürsten der Erde schickt, so kann der Waffenstillstand nicht verlängert werden und dann würde Teplitz kein ruhiger Aufenthalt sein;" und ein ander Mal am 20. Juli: „Laß Dich durch das, was in Prag vorgeht, nicht irren, es wird wieder Krieg." Mit Andacht wohnte er dem feierlichen Tedeum im Hauptquartier bei, das aus Anlaß des entscheidenden Wellingtonschen Sieges bei Vittoria am

---

1) Wenigstens urteilt er in seiner Schrift: „Preußens Recht gegen den sächsischen Hof" fortgesetzt sehr anerkennend über ihn.

21. Juni gesungen wurde. Oft war er mit Dorow zusammen, an dem er einen dankbaren Zuhörer für seine Auseinandersetzungen über die Notwendigkeit seines Übertritts fand und verriet ihm, daß zum Glück und zur Rechtfertigung seiner Ehre alle Dokumente darüber vorhanden wären; sie sollten nicht unbekannt vermodern. Dorow gehörte nominell zum Lützowschen Freikorps und trat in diesem in Beziehungen mit Theodor Körner. Die beiden jungen Männer ritten einmal zusammen zu Thielmann und dieser empfing den ihm alt-bekannten Sohn seines Freundes sehr herzlich, unterließ es aber als schlachtgewohnter Kriegsmann nicht, den jungen Dichter wegen der Miniaturen und Amulete, die jener mit Wichtigkeit bei sich führte, derb aufzuziehen. Er gedachte dabei daran, daß sein Freund Harden-berg ähnliche romantische Spielereien getrieben hatte.

Endlich wurde seine Hoffnung auf Krieg erfüllt. Das Gentzische Kriegsmanifest erschien und nun hatte es auch bald mit seiner Un-thätigkeit ein Ende. Sein Gesundheitszustand hatte in der Zwischen-zeit oft zu wünschen übrig gelassen, und nach der Schlacht bei Kulm, wo er in Teplitz ohne alle Bequemlichkeit übernachten mußte, hatte er wieder einen heftigen Krankheitsanfall. Hier in Teplitz traf er noch einmal mit Goethe zusammen, der noch immer an seinem Glau-ben an Napoleon festhielt. Noch eben hatte er gegen Körner in Dresden ausgerufen: „Ja schüttelt nur an euren Ketten! Der Mann ist euch zu groß; ihr werdet sie nicht zerbrechen, sondern nur noch tiefer ins Fleisch ziehen!" —

In Würdigung seiner besonderen militärischen Eigenschaften, seiner Selbständigkeit, seiner Erfahrung im kleinen Krieg und seiner Be-kanntschaft mit Thüringen, erhielt Thielmann jetzt den Befehl über ein neu zu bildendes **Streifkorps**, mit der Weisung die Straße von Erfurt nach Leipzig zu beobachten, auf der sich die Verstärkungen und das Ausrüstungsmaterial für Napoleon heranbewegte. Er hatte also Pulvertransporte u. dergl. aufzuheben, die Bedeckungsmann-schaften zu zerstreuen, Magazine im Rücken des Feindes zu zerstören, Depeschen aufzufangen u. s. w. So sah er sich wieder vor die Lösung einer größeren Aufgabe gestellt, und mit dem Beginn einer bestimmten Thätigkeit war er wieder der gesundeste Mann, den es geben konnte.

Wir besitzen über den nun wieder von Thielmann eröffneten „Husarenkrieg" nur lückenhafte Kenntnisse. Außer der Plothoschen Darstellung und der Geschichte des 6. preußischen Husarenregiments von E. Graf zur Lippe ist es besonders die Schrift des Grafen Keyserling, ein flottes Reiterbuch, die die Grundlage unserer Mitteilungen bildet. Sie ist offenbar mit Vorsicht zu benutzen.[1]

Das Korps versammelte sich in Teplitz. Es wurde auf etwa 2200 Pferde gebracht. Russische, österreichische und preußische Truppen mischten sich hier bunt durcheinander. Die Russen stellten 1000 Kosaken in 2 starken Pulks, sowie zwei leichte Kosakenkanonen, unter Oberst Orloff und dem Oberstleutnant v. Bock, demselben, den Goethe nach der Leipziger Schlacht ansang:

> Als die heilig große Flut
> Den Damm zerriß, der uns verengte,
> Und Well auf Welle mich bedrängte,
> War Dein Kosak mir lieb und gut.

Von österreichischen Truppen gehörten zu dem Korps zwei Schwadron Hohenzollern-Chevauxlegers, eine starke Schwadron Klenau-Chevauxlegers, eine ebenfalls sehr starke Schwadron Kienmayer-Husaren. Dies Kontingent befehligte der Oberstleutnant Baron v. Gasser. Von Preußen hatte Thielmann unter sich zwei Schwadronen der damaligen zweiten Husaren, des spätern 6. Husaren-Regiments, unter Oberstleutnant v. Eicke, eine zahlreiche Abteilung freiwilliger Jäger desselben Regiments, ferner zwei Schwadronen schlesischer Nationalhusaren nebst deren Abteilung Jäger unter Graf Henckel v. Donnersmarck. Dieser war einer jener opferbereiten Patrioten, die in jenen Tagen fast das Unmögliche leisteten. Er hatte selbst das nur aus Freiwilligen bestehende schlesische Husaren-Regiment in kürzester Frist gebildet und dabei erheblich aus der eigenen Tasche beigesteuert. Im übrigen waren die Kosten der Bildung des Regiments

---

1) Ich verweise an dieser Stelle auf die eingehende Würdigung, welche dieser Streifzug Thielmanns auf grund eines reicheren Materials in der jetzt erscheinenden Schrift des Obersten Cardinal v. Widdern, die Streifkorps im Deutschen Befreiungskriege 1813 (Berlin bei Eisenschmidt) von berufener militärwissenschaftlicher Seite erfährt. Leider konnte ich die Ergebnisse Cardinals v. Widdern nicht mehr verwerten.

durch Sammlungen unter den schlesischen Ständen aufgebracht wor=
den. Auch ein Teil der Offiziere hatte nach Vermögen beigetragen.
Einstimmig wählten Regiment und Stände den wackeren Grafen
Henckel zum Kommandeur und der König bestätigte die Wahl des
Patrioten, der schon von den Rheinfeldzügen her den Ruf eines
tüchtigen Husaren=Offiziers genoß und sich dort den pour le mérite
verdient hatte. Außerdem gehörte noch die Jägerschwadron des neu=
märkischen Dragoner=Regiments, 150 Pferde unter dem Rittmeister
v. Rohr, zu dem Streifkorps. Die reguläre Kavallerie war in eine
Brigade formiert und unter die Befehle des reichgebildeten, liebens=
würdigen, schon von der Verteidigung Kosels im Jahre 1806 rühm=
lichst bekannten Prinzen Biron von Kurland gestellt, dessen Adjutant der
flotte Reiter Graf Archibald Keyserling war. Zum Chef des General=
stabes war der preußische Major Louis v. Strantz ausersehen, der=
selbe, den Thielmann schon als Knaben am Rhein kennen gelernt
hatte. Vordem war er (1810) Adjutant beim Prinzen Biron von
Kurland gewesen, 1811 zum Rittmeister und kürzlich zum Major
befördert worden. Außer ihm hatte der General noch mehrere
russische Offiziere in seinem Gefolge. Das Korps, besonders die
Preußen, war von dem denkbar besten Geiste beseelt. Just jenes Ele=
ment, über dessen Prahlerei sich Thielmann noch 1811 zu Böttiger
spöttisch ausgelassen hatte, die teutonische Jugend, bildete den Kern
der Truppe und Thielmann hatte jetzt Gelegenheit seinen Irrtum zu
erkennen. Er trat ihr inzwischen auch bereits mit veränderten Ge=
sinnungen und Erwartungen entgegen. Doch nahm er die ihm
unterstellten Truppen sofort energisch heran. Gleich im ersten Tages=
befehl erklärte er ihnen, daß er außerordentliche Leistungen erwarte.
Aber das hinderte nicht, daß ihm das Korps bald sehr zugethan wurde.
Die Geschicklichkeit und Sicherheit der Führung, die keinem entging,
und vor allem die treffliche Fürsorge für die Verpflegung, die Thiel=
mann entwickelte, erwarben ihm Achtung und Liebe. In Eilmärschen
ging es in den ersten Septembertagen über Karlsbad und Schneeberg
nach Zwickau. Die Hauptstraßen wurden vermieden, sodaß das Korps
nie überfallen wurde. Kein Geld wurde geschont, um gute Kund=
schafter zu erhalten. Vorsichtigerweise blieben die Pferde meist ge=

sattelt. Keyserling will im Verlauf von 3 Monaten nicht ein einziges Mal abgesattelt haben. Am 7. September traf man in Zwickau ein und lagerte auf der Wiese bei der Vorstadt. Am 8. ging es weiter in der Richtung auf Altenburg. Bei Waldenburg hob der Oberstleutnant v. Eicke mit einer Schwadron seiner preußischen Husaren eine Abteilung Chasseurs, 60 Mann und 2 Offiziere, auf. Bei Tagesanbruch passierte man am 9. Altenburg und die Elster bei Zeitz. Auf einer Wiese bei dem Albrechtschen Fabrikgebäude wurde das Lager bezogen. Am 10. September kam es bei Kößnitz zum ersten Gefecht, indem Oberst Orloff 4 Schwadronen feindlicher Kavallerie angriff. Thielmann folgte hinterher mit Henckels Husaren. Der Feind zog sich geordnet im Trabe zurück. Am nächsten Tage (11. September) ging es nach Weißenfels und weiter auf der Straße nach Freiburg. Vor Weißenfels entspann sich ein Gefecht mit einem französischen Korps, das Kriegsmaterial (Munition und Mehl) nach Leipzig heranführte. Die Stärke desselben betrug etwa 4000 Mann Fußvolk und 500 Reiter. Die Spitze des Feindes erreichte man kurz vor Freiburg und hielt sie dort fest. Die preußischen Truppen genügten, um die feindliche Kavallerie, auf die man gestoßen war, zu zersprengen. Die österreichischen Reiter und die Geschütze waren von Thielmann noch in Reserve gehalten worden. In Weißenfels wurde die Infanterie des Bedeckungskorps entwaffnet. 1 General, 1 Oberst, 29 Offiziere und 1254 Mann gerieten dadurch in Gefangenschaft. Das Kriegsmaterial selbst wurde auch noch in Weißenfels beschlagnahmt. Die gefangenen Offiziere entließ Thielmann auf Ehrenwort. Es war ein schöner Erfolg, den man hier zu verzeichnen hatte. Die Waffenthaten folgten jetzt rasch aufeinander. Tags darauf nahm der Rittmeister Graf Wartensleben mit einer Schwadron Naumburg ein, machte dabei 500 Gefangene und fand in der Stadt noch 600 Rekonvaleszenten. Am 13. rückte Thielmann selbst in Naumburg ein. Auf diesem Boden kannte er fast jeden Weg und Steg und unter den Bewohnern war er selbst eine sehr bekannte Persönlichkeit. Mit offenen Armen empfing ihn die biedere sächsische Bevölkerung als ihren Befreier. Kaum einer, der es nicht mit den Verbündeten hielt. Die Thielmannschen Truppen hatten in diesen Ge-

genden gute Tage. Auch in anderer Beziehung hatte Thielmann Glück, indem er eine große Anzahl von Kourieren mit wichtigen Depeschen auffing. So geriet eine Depesche des bairischen Residenten in Dresden an Napoleon in seine Hände, die Licht über die damaligen Beziehungen Baierns zu Napoleon verbreitete. Bei einem andern Kourier fand man den Entwurf zu der Antwort, die in Paris gegen das österreichische Kriegsmanifest, das bekanntlich Gentzens Feder entfloß, veröffentlicht werden sollte, mit Korrekturen von Napoleons Hand, die fast alle mildernd waren.

Die Erfolge des Thielmannschen Streifkorps veranlaßten Napoleon nunmehr den General Lefebvre-Desnouettes mit namhaften Streitkräften zu entsenden, um seine bedrohten Verbindungslinien zu sichern. Lefebvre rückte von Leipzig nach Süden auf Pegau, d. h. in Thielmanns Rücken. Thielmann nahm bei Schönberg östlich von Naumburg Stellung, marschierte dann etwas südlich nach Gröbitz und täuschte den Feind durch maskierte Bewegungen über seine Stärke. Am 15. zeigte er sich bei Nessa, dann bei Teuchern. Um einen Handstreich gegen den Etappenplatz Merseburg auszuführen, wendete er sich hierauf wieder zurück nach Stössen. Am 16. wurde bei Kösen die Saale passiert und auf Freiburg marschiert. Durch diesen Seitenmarsch kam man dem Gegner um zwei Tagemärsche zuvor. Bei Freiburg wurde die Unstrut passiert. Sodann ging es auf der Straße nach Querfurt bis Gleina. Am Morgen des 18. Septembers stand das Korps vor Merseburg. Dort kam es zu einem Gefecht, bei dem ein Prinz von Hohenzollern verwundet wurde. Die Übergabe der Stadt wurde von der Besatzung abgelehnt mit der Begründung, an Kavallerie gedächte man sie nicht auszuliefern. Da wandte der alte Schalk Thielmann eine Kriegslist an. Man plagte sich auf dem Marsche gewaltig mit der Überwachung von 2000 französischen Kriegsgefangenen. Jetzt zeigte sich eine Gelegenheit, auch einmal Nutzen aus dieser Last zu ziehen. Indem er diese Gefangenen durch Kosaken der Stadt in der Ferne vorführen ließ, erweckte Thielmann dort den Glauben, daß er eine starke Kolonne Infanterie mit sich führe. Merseburg ergab sich darauf mit einer Besatzung von 800 Mann. Außerdem fand man 1500 Mann unbewaffnete und 2000 zum Teil kranke

Gefangene der Verbündeten sowie nicht unbedeutende Vorräte. Die allmählich doch zu zahlreich werdenden Gefangenen wurden über Querfurt nach Erfurt geschickt. Die steinerne Brücke über die Saale ließ Thielmann sprengen und nahm dem Feinde damit ein wichtiges Verbindungsmittel. Rittmeister v. Rohr wurde mit seiner Jägerschwadron nach Halle geschickt und besetzte diese unverteidigte Stadt. Unterdes hatte Lefebvre Naumburg und Weißenfels besetzt und rückte Thielmann nach. Der zog ihm eine Strecke des Wegs entgegen und lieferte ihm am 19. ein Gefecht bei Pettstedt in der Nähe von Naumburg. Doch brach er es bald ab und zog sich vor der Übermacht (Lefebvre war 4000 Mann stark) auf der Heerstraße nach Freiburg zurück. An der Brücke von Kösen kam es zu einem blutigen Gefecht, das für Thielmann günstig endete. Der Feind büßte 400 Tote und Verwundete sowie 130 Gefangene ein. Außerdem wurde ein großer Transport, 200 Wagen mit Kavallerie-Montierung und Munition erbeutet. Kaiser Alexander lohnte diese Erfolge seines Generals durch die Verleihung des Großkreuzes des Annenordens. Im übrigen ging Thielmann jetzt bei der Überlegenheit des Feindes Gefechten aus dem Wege. Außerdem bedurften seine Truppen der Ruhe. Mißvergnügt war er darüber, daß sein Korps nicht mindestens auf die doppelte Stärke gebracht wurde, weil dann noch ganz anderes geleistet werden könne, während so vieles unwirksam bleiben müsse. Doch setzte er sich in Verbindung mit dem Kosakenhetman Platow und dem Österreicher Mensdorff, die beide gleichfalls in dieser Gegend mit Streifkorps im Rücken Napoleons operierten und verständigte sich mit ihnen über ein gemeinschaftliches System bei ihren Unternehmungen. Am 24. September bestand er ein unentschiedenes Kavalleriegefecht bei Altenburg. Lefebvre war allmählich auf gegen 10 000 Mann verstärkt worden, meist Kavallerie, zum Teil Garde. Er zeigte entschiedene Absicht, damit die große Straße freizumachen. Am 28. kam es zu den großen Gefechten bei Altenburg, Meuselwitz und Zeitz, wo Thielmann gemeinsam mit Platow und Mensdorff diesem gefährlichen Gegner eine empfindliche Schlappe beibrachte. Lefebvre-Desnouettes wurde schon um 3 Uhr morgens von Platow bezw. Fürst Kudaschoff bei Altenburg angegriffen und gezwungen sich auf beiden

Seiten der Straße gegen Zeitz zurückzuziehen. Hier empfing ihn Thielmann, der sich beim ersten Kanonenschusse in Trab gesetzt hatte. Er fand den Feind bei Meuselwitz und bedrohte seine rechte Flanke, parallel mit ihm marschierend. Auf den Anhöhen von Spohra und Puschendorf angelangt, brach der Vortrab von der Großbörtner Höhe mit lautem Hurrah in die französische Kaisergarde ein und trieb sie durch einen wuchtigen Angriff auseinander. Ein anderer Teil der französischen Reiterei wurde den Kanonen Thielmanns zugetrieben, die ein wirksames Feuer auf sie eröffneten. Lefebvre suchte sich unter dem Schutze seiner Artillerie nach Zeitz zurückzuziehen. Auf dem Galgenberge vor Zeitz, wo er mit 2 Batterieen festen Fuß zu fassen suchte, entspann sich ein neues Gefecht, das ebenfalls mit der Niederlage der Franzosen endete. Prinz Biron führte in Zeitz einen heldenmütigen Sturm mit Freiwilligen auf das Albrechtsche Fabrikgebäude aus, bei dem er selbst verwundet wurde. Die Erschießung der übrig gebliebenen tapferen Verteidiger des Gebäudes, welche von den erbitterten Truppen verlangt wurde, lehnte Thielmanns ritterlicher Sinn mit Entschiedenheit ab. Das Gefecht kostete den Franzosen 1456 Gefangene, darunter 1 Oberst und 55 Offiziere. Ferner fielen den Verbündeten 4 Kanonen und 2 Haubitzen in die Hände, noch andere Geschütze wurden unbrauchbar gemacht. Sogar 3 Standarten wurden erbeutet, außerdem 400 Pferde. Das Korps verlor gegen 300 Mann an Toten und Verwundeten. Gleich zu Anfang war der General Krasinsky gefallen. Der Verlust der Franzosen war sicher noch beträchtlicher. Das Gefecht hätte noch viel verderblicher für sie werden können, wenn nicht Platow mit seinen Kosaken gegen die Verabredung mit Thielmann zu früh angegriffen hätte. Lefebvre wich in Unordnung auf Weißenfels zurück. Die Nachricht von dieser Niederlage verfehlte nicht Napoleon, der sich in Dresden in Sorglosigkeit wiegte, in einige Unruhe zu versetzen.

Mittlerweile rückte Marschall Augereau mit einem Korps von gegen 14 000 Mann alter Soldaten vom Rhein über Koburg und Saalfeld zur Verstärkung Napoleons heran. Dem gegenüber bedeutete es wenig, wenn Thielmann von den allmählich vorrückenden verbündeten Armeen das Korps des Fürsten Moritz Liechtenstein, das aus leichtem Fußvolk bestand und an Zahl dem Seinigen etwa gleich war, zugeschickt erhielt. Am 4. Oktober vereinigte er sich mit Liechtenstein in Gera. Am 6. rückten beide Korps, das Thielmannsche an der Spitze, nordwestlich auf Eisenberg, um sich Augereau in den Weg zu stellen. Am 7. Oktober kam es in dem schönen Saalthale bei Dornburg zu einem Gefecht mit Augereauschen Truppen, wobei ein Oberst und 30 Franzosen in Gefangenschaft gerieten. Am 9. Oktober fand ein Gefecht bei Welau statt und abermals am 10. bei Stössen in der Nähe von Naumburg. Der Feind hatte noch Verstärkung durch Lefebvres Kavallerie erhalten. Dies Gefecht war besonders blutig und hartnäckig. Augereau verlor dabei 1500 Mann an Toten und Verwundeten, außerdem noch einige 100 Gefangene. Aber auch die Verbündeten hatten einen Verlust von 800 Toten und Verwundeten zu beklagen, darunter 8 preußische Offiziere. An einen Sieg über die Übermacht des Feindes war nicht zu denken, vielmehr zog sich Thielmann, als er seine Flanke bedroht sah, auf Zeitz zurück. Doch bewahrte er dabei die vollkommenste Ordnung. Das strategische Ziel, Augereaus Anmarsch zu vereiteln, war allerdings nicht erreicht worden. Dies gehörte bei den schwachen Streitkräften Thielmanns und Liechtensteins zu den Unmöglichkeiten. Nur eine erhebliche Verzögerung des Eintreffens Augereaus bei Napoleon und eine Schwächung des Gegners wurde durch diese Gefechte erzielt.

Mit dem Gefecht bei Stössen am 10. Oktober war die selbständige Mission des Thielmannschen Streifkorps einstweilen erfüllt. Es zog sich jetzt auf die Hauptarmee zurück und vereinigte sich am 13. Oktober bei Pegau mit dem Korps des österreichischen Generals Gyulah, um am 14. Oktober auf Lützen weiter zu marschieren und in der Entscheidungsschlacht Verwendung zu finden. Befriedigt schrieb Thielmann am 14. seiner Frau: „Je mehr Fatiguen ich habe, je wohler bin ich. — Das Glück ist mir sehr günstig gewesen, ich habe mich immer glücklich geschlagen und bin von meinem Kaiser und dem Könige mit Gnaden überhäuft." Außer dem Großkreuz des Annenordens verlieh ihm Kaiser Alexander jetzt noch den St. Georgsorden und König Friedrich Wilhelm den roten Adlerorden 1. Klasse. Weiter meldete Thielmann seiner Gattin: „Alle unsere Armeen sind nun vereinigt und bald muß der letzte Schlag geschehen, der Deutschland die Freiheit und der Welt Ruhe geben wird. Das arme Sachsen leidet unendlich, und doch ertragen es die Menschen gern. Gott wird auch weiter helfen."

Bei Leipzig stand Thielmann auf dem linken Flügel der böhmischen Armee unter Schwarzenberg. Dank der fehlerhaften Anordnungen dieses Feldherrn war dieser Flügel viel zu schwach, um etwas Entscheidendes unternehmen zu können, während er gerade die Hauptrolle zugewiesen erhalten hatte, nämlich Napoleon die Rückzugslinie abzuschneiden. Bei den schwachen Kräften kam er garnicht recht zur Geltung. Wäre er um das Doppelte stärker gewesen, so wäre die Vernichtung Napoleons in dem größten Rückzugsgefechte der Weltgeschichte, das gemeinhin den Namen der Völkerschlacht bei Leipzig führt, zweifellos gewesen. Die einzige Waffenthat, bei der Thielmann in Aktion trat, war am 16. Oktober der Kavallerieangriff unter Gyulay auf Bertrandsche Truppen bei Plagwitz, bei dem das Korps große Verluste erlitt. Am Abend des 16. bezog Thielmann mit seinen Truppen ein Lager bei Zschocher. Merkwürdig genug war es, daß die erste viel bessere Disposition zur Schlacht von Wachau, die u. a. Thielmann mit dem Gyulayschen Korps an die Befehle Blüchers verwies, von seinem ehemaligen Freunde Langenau, der jetzt in österreichischen Diensten stand, entworfen gewesen war. Die Weigerung Kaiser Alexanders warf diese Disposition um und verhinderte damit einen hervorragenderen Anteil Thielmanns an der Entscheidung.

Nach der Schlacht fiel Thielmann die Aufgabe zu, die Trümmer des französischen Heeres mit seinen leichten Reiterscharen zu verfolgen, und er setzte sich zu dem Ende am 19. über Knauthain und Pegau in Marsch. Nur in Knautkleeberg durften sich die Pferde einige Stunden verschnaufen. Am 20. Oktober traf er in Naumburg ein, am 21. in Schulpforta. Dort verkündete er der staunenden Schuljugend hoch zu Roß den Sieg der Verbündeten. Noch im Greisenalter klang Leopold v. Ranke, der damals hier als Primaner seinen Tacitus studierte und noch gar wenig Verständnis für die deutschnationale Bewegung besaß, Thielmanns Stimme im Ohr, wie der General den ersten Schlachtbericht vorlas, und noch heute lebt in der Pförtener Schuljugend die Tradition von diesem Ereignis fort. Am

22. versuchte Thielmann auf das rechte Saalufer vorzurücken und überschritt diesen Fluß bei Kamburg in der Richtung auf Weimar. Hier hatten die Gegner bedeutende Mengen von Futter und Mehl aufgebracht und wollten sie gerade unter dem Schutze einer starken Kavallerieabteilung nach Erfurt bringen. Thielmann beschloß dies zu vereiteln, jagte den Feind aus den Thoren von Weimar hinaus und verfolgte ihn bis nach Nora, als der Abend heranbrach. Dabei fielen ihm wiederum viele Gefangene in die Hände. Am 23. erhielt er Befehl südlich von Erfurt auf Vacha zu marschieren und den Versuch zu machen, vor dem flüchtenden Feinde die nach dem Rhein führende Straße zu gewinnen, sich ihm entgegenzuwerfen und ihm auf alle Weise zu schaden. Demgemäß passierte das Korps am 24. Ohrdruf und Tambach und erreichte Schmalkalden. Die freudig bewegte Stadt bereitete den Truppen unter Illumination einen festlichen Empfang. Aber für diese auf der Verfolgung begriffenen Reiter war es jetzt nichts, sich fetieren zu lassen. Sie waren von den angreifenden Märschen auf Nebenstraßen totmüde und nur wenige konnten sich an den Festlichkeiten beteiligen. Am nächsten Tage löste Oberst Orloff Thielmann im Kommando ab. Thielmann selbst erhielt Befehl zur Bildung eines selbständigen sächsischen Korps abzugehen. Nachdem er Orloff von seinen Plänen in Kenntnis gesetzt und ihm bis gegen Hanau die Punkte bezeichnet hatte, wo eventuell die Franzosen mit Vorteil angegriffen werden könnten, verließ Thielmann noch an demselben Tage seine treffliche Truppe, mit der er so reiche Lorbeeren geerntet hatte, begleitet von der Liebe und den Segenswünschen seiner Mannschaften. Sein Krieg an den rückwärtigen Verbindungen Napoleons in den September- und Oktobertagen dieses Jahres bildete eins der schönsten Ruhmesblätter, die er sich in seiner Laufbahn erstritt. Mit verhältnismäßig schwachen Kräften hat er höchst nennenswerte Erfolge errungen und den alten Ruf als kühner und geschickter Parteigänger in hohem Maße vermehrt. Es ist nicht zu viel, wenn man ihm in dieser Beziehung das Prädikat genial beilegt. Seine Truppe wurde am Ende des Jahres dem Yorckschen Korps als Brigade zugeteilt. —

Abermals wartete Thielmanns ein Organisationsgeschäft, das

schwierigste, das er bisher unternommen hatte. Bei Leipzig hatten endlich jene Offiziere, die in Torgau nicht den Mut dazu fanden, den Entschluß gefaßt zu den Verbündeten überzugehen. In Torgau wäre es noch ein Verdienst gewesen, jetzt war kein besonderer Ruhm mehr dabei zu verdienen. Es waren dieselben Offiziere, die Thielmann alles mögliche Schlechte wegen seines militärischen Verhaltens in Torgau jetzt und auch später noch vorwarfen und die jetzt ihren König im Stiche ließen, als er, wenn überhaupt, seine Krone schon verwirkt hatte. Man muß nur die Thatsachen gegenüberstellen, um die ganze Haltlosigkeit der Vorwürfe der partikularistischen Sachsen gegen einen freier angelegten Mann aus ihrer Mitte zu durchschauen. Nur persönliche Feindschaft und Verhetzung konnte einen solchen tiefgehenden allgemeinen Haß, wie er später in Sachsen gegen Thielmann herrschte, gebären. Jetzt sollte Thielmann diese Sachsen zu einem Korps organisieren. So ehrenvoll dieses Amt war, so bewies Czar Alexander darin wieder seine unglückliche Hand. Denn sehen wir einmal von Thielmanns zweifellosen Organisationstalenten ab, so war er der denkbar ungeeignetste Führer dieses Korps, weil seine Persönlichkeit notwendig Parteiungen bei den Sachsen hervorrufen mußte. Ein Teil der sächsischen Militärs — und er war auch bei weitem der größte — hegte allerdings ganz besondere Verehrung für den ruhmvollen und fürsorgenden General, ein anderer kleiner Teil verfolgte ihn dafür aber auch mit um so größerer Mißgunst. Diese Thatsache war der Keim zu den peinlichsten Wirrnissen.

Die Männer, mit denen Thielmann an das Organisationsgeschäft ging, waren zum Teil seine innigsten Freunde. Die höchste Behörde, mit der er es zu thun hatte, war der zum Generalgouverneur von Sachsen bestimmte Fürst Repnin. Mit einem wahren Feuereifer widmete sich General v. Vieth jetzt der Instandsetzung der sächsischen Landwehr zum Befreiungskampf,[1] und Carlowitz, bald darauf zum General ernannt, ging mit Thatkraft an die Schaffung eines besonderen nur aus Freiwilligen bestehenden Landwehrkorps, „der Banner" genannt.

---

1) G. St. A. Rep. 114. VII. 10. Akten betr. die Organisation der sächsischen Truppen.

Thielmann traf am 28. Oktober in Leipzig, dem Orte seiner Bestimmung, ein und übernahm sofort mit der gewohnten Energie die ihm übertragenen Geschäfte. Er schlug dem Minister v. Stein, der als der spiritus rector über dem Ganzen schwebte, vor, das Korps auf 15 000 Mann zu bringen und reichte sogleich einen Kostenanschlag ein. Mit Repnin setzte er sich wegen Besorgung der Kleidung und Waffen ins Einvernehmen. Bewaffnung und Montierung waren höchst mangelhaft und die Kassen völlig erschöpft. Größtenteils wurden die Truppen mit den auf den Schlachtfeldern von Leipzig gefundenen und den dem St. Chrschen Korps in Dresden abgenommenen Gewehren ausgerüstet. Um den Geist der Truppen zu beleben, ließ Stein Arndts Katechismus für den teutschen Kriegs- und Wehrmann an Thielmann gelangen, damit er ihn unter den Truppen verbreite. „Ich weiß, wie viel Euerer Excellenz daran gelegen ist, überall den besten Geist zu verbreiten" schrieb er ihm dazu und daß er die kleine Schrift für geeignet halte „wahren vaterländischen Sinn zu erwecken und die Pflichten eines Soldaten, wie er nach der bessern Zeit, die über Deutschland wiederzukehren verspricht, sein soll, in einer zugleich erhebenden und doch populären Sprache entwickele." „Der Katechismus greift alles Böse im allgemeinen an, woran wir bisher gelitten." Vieth arbeitete eine Proklamation und Verordnungen wegen Einberufung der Landwehr aus. Dem Ungeduldigen konnte es nicht schnell genug damit gehen. „Durch die Druckerei" schrieb er, „bin ich beinahe mehr aufgehalten worden als durch die Elbe und ihre Vesten. Den Abend nach Ihrer Abreise erhielt ich die ersten Bogen und die Abschreiber hatten willkürlich oder aus Versehen Dinge mit in die Manuskripte gebracht, die gegen unsere Verabredung waren. Kurz es mußte frisch gedruckt werden. Indessen ist unter dem gestrigen Datum (13. November) alles bis auf das tz in die sächsische Welt gegangen. Ich sende Ihnen mit der Instruktion und Verordnung die übrigen Sachen, welche erschienen sind und ihre Bahn laufen. Gott wird mein Werk segnen und mich stärken."

Stein labte sich an diesem patriotischen Geist, ebenso wie er Freude empfand, als der Professor Krug sich zum Eintritt in den Banner meldete. Es versteht sich, daß auch die sächsischen Patrioten ihre helle Freude an dem großen Wirken des edlen Mannes hatten. Sie machte sich dann auch wohl in fremdartig anmutenden Redewendungen Luft, wenn z. B. der zum Generalmajor beförderte Carlowitz dem Freiherrn dafür dankte mit den Worten: „Seit Rudolph von Habsburg stand kein deutscher Edelmann wieder auf einem so wichtigen Punkte für das gemeinsame deutsche Vaterland." Wie der Begründer der habsburgischen Hausmacht war Stein allerdings jetzt ein Wiederhersteller des allgemeinen Landfriedens.

Wegen eines in der Lausitz errichteten Jägerbataillons gab es Häkeleien mit Blücher, der dieses für sich beanspruchte. Thielmann und Repnin setzten jedoch durch, daß es dem sächsischen Korps verblieb.

Um den Modus der Organisation zu vereinfachen, erwirkte sich Thielmann das Recht bis zum Obersten selbst den Abschied erteilen zu können. Nur die Beförderungen mußten sämtlich erst dem Kaiser zur Bestätigung vorgelegt werden. Später, als Thielmann in die Rechte des zum Befehlshaber des dritten deutschen Armeekorps ernannten Herzogs von Weimar eintrat, erhielt er auch das Recht bis zum Hauptmann die Offiziere selbständig zu ernennen.

Es wurde jetzt reiner Tisch mit allem, was an die französische Herrschaft erinnerte, gemacht, dagegen der Dankbarkeit gegen die Befreier auch äußerlich in den militärischen Abzeichen Ausdruck verliehen. Demgemäß bestimmte ein Armeebefehl Thielmanns:

„Es kann der Armee nicht anders als erfreulich sein, daß von Sr. Kaiserl. Russischen Majestät die Erlaubnis erteilt worden ist, von nun an die Nationalfarbe zum Feldzeichen zu tragen. Es ist selbige nach dem Sächsischen Rautenkranz die grüne, zu welcher zum unvergeßlichen Andenken der erhabenen Befreier Deutschlands und Wiederhersteller des Sächsischen Vaterlandes die gelbe und schwarze hinzugefügt werden sollen. Die Kokarde ist demnach hinfüro grün, mit einem gelben und schwarzen Streifen umgeben.

Ferner haben mir Se. Kaiserl. Majestät anzubefehlen geruht, die bisherigen nach französischer Sitte in der Armee eingeführten Auszeichnungen der Grade abzuschaffen und neue einzuführen, sodaß damit alles vertilgt werde, was an die bisherige Zeit erinnert."

Es bedurfte der ganzen Kraft des energischen Mannes, um der

unendlichen Schwierigkeiten Herr zu werden, die sich bei der Anstellung so vieler Offiziere boten. Manche drängten sich da hinzu,
die zum Kriegsdienst nicht mehr tauglich waren. Anderen ein Unter-
kommen zu beschaffen war bedenklich, weil sie französisch gesinnt waren
und man ihrer nicht sicher sein konnte. Wieder andere pochten auf
ihre Geburt, und ihre Bevorzugung hätte wieder eine der Errungenschaften der letzten Jahre in Frage gestellt, die in der Berücksichtigung
lediglich nach Fähigkeiten bestand. Thielmann war ganz der Mann
dazu, um hier mit Sachkenntnis und Überlegung durchzugreifen,
nur hatten an dieser Stelle goldene Rücksichtslosigkeiten nicht immer
die erfrischende Wirkung, die sie sonst zu haben pflegen, weil sie eben
von Thielmann ausgeübt wurden. Es ist aber keine Frage, daß sich
Thielmann nur von sachlichen Gesichtspunkten bei dieser Thätigkeit
hat leiten lassen; und Preußen war ihm dabei das Muster. „Jetzt
gilt es die Sache, je rücksichtsloser, je verdienstlicher! Werfen Sie
einen Blick auf Preußen, welche Beispiele sich darbieten“ sagte er
einmal.

Seine jetzige Thätigkeit hatte ihn wieder in die Nähe von Torgau
geführt. Dies erweckte in dem dort befehligenden Grafen Narbonne
die Hoffnung, daß er von ihm eine günstige Kapitulation erlangen
könnte. Er entließ daher alle noch in Torgau befindlichen sächsischen
Depots mit Waffen und Gepäck und rief die Vermittlung des alten
Freundes an. Vor Torgau lag der General Tauentzien mit seinem
Korps, zu dem jetzt eben auch noch die schlagfertigen sächsischen
Truppen unter General v. Ryssel gestoßen waren. Thielmann lag
daran, Narbonne wieder einen Freundschaftsdienst zu leisten und er
wandte sich daher, nachdem er vorher im Hauptquartier angefragt
hatte, an Tauentzien, setzte ihm auseinander, daß er Narbonne vertraut bekannt sei und bot ihm seine Dienste zur Einleitung von Verhandlungen an. Tauentzien besaß indes kein Verständnis für solche
Gefühlspolitik, er lehnte Thielmanns Anerbieten trocken und entschieden
ab: „da seine Einrichtung in allen Stücken bereits getroffen sei, er
den General Narbonne auch persönlich kenne, früher mit ihm unterhandelt habe, und um so mehr diese Angelegenheit nunmehr allein
beendigen werde, als ihm schiene, daß die münblichen Eröffnungen,

welche Narbonne an Thielmann habe machen lassen, sich auf keine
eigentlichen Unterhandlungen gründeten."

Empfindlicher war das Mißlingen einer anderen Vermittlung,
zu welcher Thielmann sich herbeiließ. Sie betraf die Vergrößerungs-
pläne Sachsen-Weimars. Thielmann ermutigte Karl August in diesen
Gedanken. Er und Miltitz, mit dem er jetzt wieder auf gutem Fuße
gestanden zu haben scheint, waren die Häupter einer Partei in Sachsen,
die einen protestantischen Fürsten ihrem bisherigen König vorzogen,
und sie machten aus dieser ihrer Meinung kein Hehl. Stein erfuhr davon in Frankfurt a. M., indem der Herzog ihm einen dahin-
gehenden Brief Thielmanns zeigte. Da brauste der Freiherr wieder
einmal heftig auf. Er wetterte über den „eitlen und oberflächlichen"
General Thielmann[1]) und verbot, daß er sich in die Politik mische,
widrigenfalls er sich das Mißfallen des Kaisers zuziehen würde; und
als Repnin am 30. November an die Spitze der Liste derjenigen,
die er für wert einer Auszeichnung befand, wieder den General Thielmann setzte, der mit einem unermüdlichen Eifer an der Organisation
arbeite, bemerkte Stein am Rande, daß Thielmann sich durch seine
vorlaute Einmischung in die Politik und Sorge um die Zukunft
Sachsens sehr geschadet hätte. Er solle sich fortan nur um seine
Division bekümmern. Eine Auszeichnung blieb diesmal aus. Der
ihm anfänglich so wohlwollende Repnin wurde übrigens durch Thielmann bei der Militärorganisation sehr beiseite gedrängt, worin, wie
wir wissen, Thielmann eine große Geschicklichkeit besaß. Die wichtigsten Angelegenheiten wurden in Weimar zwischen dem Herzoge,
Thielmann und einigen Generalstabsoffizieren erledigt und der Generalgouverneur erfuhr gewöhnlich nur die Ergebnisse.

Eine ihm in der Form eines Befehls zugehende Aufforderung
des in Dresden kommandierenden österreichischen Generals Chasteler,
unverzüglich die sächsischen Truppen nach Dresden zu schicken, da
es möglich sei, daß dem General St. Cyr wieder gestattet würde nach
Dresden zurückzukehren, lehnte Thielmann ab, indem er auf die Un-
wahrscheinlichkeit der Annahme Chastelers hinwies und bemerkte, daß

---

1) G. St. A. Rep. 114. VIII. Spec. 26. 1/2.

er überdies täglich anderweitiger Bestimmung entgegensehe. Der ursprüngliche Plan, nur 15 000 Mann aufzubringen, wurde allmählich erweitert, indem man die Bildung eines Korps von 20 000 Mann, darunter 3000 Reiter ins Auge faßte.

Als Stein in allzu großer Rücksichtslosigkeit den sächsischen Militärorden aufheben wollte, da er in neuerer Zeit vielfach zur Belohnung von Diensten im Interesse Frankreichs verliehen worden sei, gelang es Thielmann diese Maßregel zu verhindern, da ja dadurch auch mancher betroffen werde, der sich diese Dekoration keineswegs im Dienste für die Franzosen erworben hatte und da namentlich die Träger doch ihre Pflicht erfüllt hatten, indem sie ihrem König gehorchten.

Das Korps, das jetzt von Thielmann gebildet wurde, sollte ursprünglich einen Teil der Nordarmee unter dem Befehl des Kronprinzen von Schweden ausmachen. Der hatte wie Thielmann sein Vaterland gewechselt, aber nicht durch den Zwang der Verhältnisse, sondern lediglich aus ehrgeizigen Rücksichten. Immer hatte er viel von der Tapferkeit der Sachsen gehalten. Er erinnerte sich in dem ihm neu unterstellten General eines alten Bekannten nnd schrieb ihm deswegen: „Ich entsinne mich mit dem größten Vergnügen der Zeit, wo ich Gelegenheit hatte, Ihre Bekanntschaft zu machen. Damals kämpften wir zusammen für eine Sache, die sehr verschieden von der war, die wir jetzt verteidigen. Ich werde glücklich sein, Ihre Truppen wiederzusehen und selbst dafür sorgen, daß sie zur vollkommenen Befreiung Deutschlands beitragen." Wiederholt ließ er die Aufforderung an Thielmann ergehen, sich mit ihm zu vereinigen. Jedoch hatte dieser den Wunsch zuvor mit dem Hauptteile der Organisation fertig zu sein. Inzwischen (1. Dezember) wurden die sächsischen Truppen dem dritten deutschen Bundeskorps unter dem Herzog von Weimar zugewiesen, zu dem außer den königl. sächsischen Truppen auch die herzoglich-weimarischen, die schwarzburgischen und anhaltischen Kontingente gehörten. Der Herzog von Weimar beabsichtigte nun, zuerst noch auf die völlige Vollendung der Organisation der Sachsen zu warten. Dies lag jedoch nicht im Plane Thielmanns und er stellte deswegen (am 17. Dezember) dem Fürsten Wolkonsky in seiner Eigen-

schaft als geborener Sachse vor, daß es wünschenswert wäre, wenn
die Sachsen so bald als möglich an den Feind kämen, da sonst die
Ehre des sächsischen Volkes kompromittiert würde. Die wohldenkende
und unglückliche Nation verlange danach, um sich wieder das Recht
zu erwerben, unter den deutschen Stämmen genannt zu werden. Er
sprach damit im Sinne des Sängers, der im Januar 1814 zwölf
Lieder eines Sachsen niederschrieb:

> Wir leidens nicht, wir duldens nicht,
> Daß fremde Kraft für unsre ficht
> Am neuen Siegestag.

Darauf erhielt der Herzog von Weimar Befehl, mit dem marschfertigen
Teil nach Holland aufzubrechen, um General Bülow zu unterstützen.
Am 2. Januar trat der Herzog mit 8620 Mann und 2163 Pferden,
den Trümmern der sächsischen Armee aus den Feldzügen von 1812
und 1813, den Marsch zunächst auf Düsseldorf an. Zu diesen
Truppen stieß noch ein weimarsches Bataillon in der Stärke von
743 Mann. Freilich war die Ausrüstung dieses Teiles noch sehr
mangelhaft. Man hatte Gewehre der verschiedensten Konstruktion
und teilweise von geringer Brauchbarkeit. Die Munition war gänz=
lich unzureichend und erst in Holland versah man sich mit dem Nö=
tigen. Geradezu jämmerlich war die Bekleidung. Die Infanterie
mußte zum Teil in dieser Winterszeit ohne Tuchhosen ausrücken.
Eine Seltenheit war es, wenn jemand Rock und Weste hatte.
9600 Mann blieben noch zurück. Sie waren zwar gekleidet und
organisiert, aber — ohne Waffen. Schon erhaltene Gewehre hatte
Thielmann wiederholt zurückgeben müssen. Von den Waffen, mit
denen die marschierenden Mannschaften versehen waren, hatte er
auch den größten Teil nur heimlich erkauft. Er berichtete hierüber
an Stein mit dem Bemerken: „Euerer Excellenz auseinandersetzen
zu wollen, wie sehr hierdurch der gute Geist gelähmt wird, würde
ebenso überflüssig sein als aufzuzählen, welcher Verlust an Zeit hier=
durch entsteht." Stein setzte hierauf die Wiederauslieferung der
abgegebenen Waffen durch.

Bei dem ausrückenden Teile hatte auch General Lecoq auf Ver=
wendung des Herzogs eine Anstellung als Brigadier gefunden,

wie denn überhaupt durch die Fürsprache Karl Augusts verschiedene Elemente aufgenommen wurden, welche besser fortgeblieben wären „Kreaturen Langenaus" wie sie Carlowitz bezeichnete, so die Obersten Zezschwitz, ein Bruder von Joseph v. Z., und Ziegeler, die sich in die Umgebung des Herzogs zu drängen wußten, ferner der intrigante Bruder Langenaus, Hauptmann im Generalstabe, und der Hauptmann v. Dziembowsky, der Adjutant des Prinzen Bernhard von Weimar wurde. Langenaus Sekretär Le Maitre wurde Kanzleidirektor des Herzogs. Wenn Thielmann dies alles zuließ, so beweist dies seine Gutmütigkeit. Carlowitz war energischer, indem er durchsetzte, daß Le Maitre und Langenau wieder aus der Liste gestrichen wurden. Lecoq war schon 1813 älterer Divisionär als Thielmann und wurde damals übergangen. Jetzt begnügte er sich mit einem noch niedrigeren Posten. Ihm schloß sich zu jener Zeit der Leutnant Graf Holzendorff an, der spätere Biograph Thielmanns. Holzendorff selber ist es, der anerkennend hervorhebt, daß Thielmann feinfühlig und geschickt genug war, um seinen früheren Vorgesetzten die Vertauschung der Rollen nicht im mindesten fühlen zu lassen.

Verschiedene Mißhelligkeiten hatte Thielmann bei der Fortsetzung der mühseligen Organisation mit Repnin und dem General v. Vieth, der die Bildung der Landwehr unter sich hatte. Er suchte jedoch den Fürsten davon zu überzeugen, daß niemand seine Verdienste um die Organisation besser zu würdigen wisse als er und es scheint ihm gelungen zu sein die Irrungen beizulegen. „Zweiunddreißig Dienstjahre und zehn Feldzüge haben mich gelehrt, die bestehende Ordnung zu achten" versicherte er dabei. Die Aufregung und Anstrengung dieser Tage brachte sein Gallensystem wieder in Unordnung. Doch fand der vielbeschäftigte Mann noch Zeit sich mit geistigen Dingen abzugeben. So widmete er dem Heerenschen Geschichtswerke sein Interesse. Auch besuchte er in Artern die alten Freunde Hollys, in Tennstädt Justs. Ebenso war er in Wiche, wo er sehr freundschaftlich empfangen wurde. Am 7. Februar überschritt er mit einem großen Teil der noch übrigen Sachsen, etwa 6200 Mann und 133 Pferden, die Grenze. Unterwegs schlossen sich ihm noch 1000 Mann Anhalter Truppen an. Am 27. Februar langte er in Köln an und begeisterte

ſich am Anblicke des Vaters Rhein. Mit ihm zugleich gingen
8000 Schweden über den Strom. Überall empfing ihn die aufatmende
Bevölkerung mit Jubel. „Unſer ganzer Marſch hat einem Triumph
geglichen" ſchrieb er nach Hauſe. Auf dem Wege erreichte ihn jetzt
die Anerkennung Czar Alexanders für ſeine aufopferungsvolle Thätigkeit bei der Organiſation in Geſtalt des Sterns des Wladimirordens.
Am 12. März langte er in Brüſſel, am 15. in Tournay an. Ihn
und Sachſens Landwehr begleiteten die Segenswünſche der Patrioten:

> Drum eilt hinaus, drum ſtürmt hinaus
> Zum Rheine hin, zum Heldenſchmaus,
> Und windet bald im Waffentanz
> Auch Euch den deutſchen Lorbeerkranz.

Beſſer ausgerüſtet als die Landwehrtruppen Thielmanns wurde
der von Carlowitz geſchaffene Banner der Sachſen, auf den Sachſens
Patrioten ihre Hauptaufmerkſamkeit gerichtet hatten. Aus ſeiner
Mitte gelangte an Kaiſer Alexander der Wunſch, ihn der kaiſerlichen
Garde zuzuzählen und unter ſeinen Augen zu fechten, was genehmigt
wurde. Der Banner kam indes nicht mehr ins Gefecht, denn im April,
als er ſich auf dem Marſche durch Heſſen befand, erreichte ihn die
Nachricht von dem nahen Frieden und daß er nicht mehr verwendet
werden könne. —

Durch das Eintreffen des Generals Thielmann erlangte das Be-
obachtungskorps des Herzogs von Weimar eine Stärke von 18000 Mann
mit 1000 Pferden und 3½ Batterien. Rechnet man dazu die
Brigade Borſtell, das Hellwigſche Streifkorps und das Koſakenregi-
ment Bychalow, die gleichfalls in dieſer Gegend operierten, ſo belief
ſich die Zahl der auf dieſem Kriegsſchauplatz verfügbaren Truppen
auf gegen 27 000 Mann mit 3200 Pferden und 45 Geſchützen. Dazu ſtieß in der Folge die ruſſiſch-deutſche Legion unter Wallmoden.
Thielmann erkannte bald, daß er hier eine unglückliche Stellung einnahm. Der Herzog von Weimar hatte ihn ſchon vorher ſeine Be-
fehlshaberſtellung fühlen laſſen und ihm Vorwürfe darüber gemacht,
daß er ſo ſpät gekommen wäre, und war mißvergnügt darüber, daß
er ihm nur 7 Bataillone zuführte. Das war der Lohn für ſeine
raſtloſen Bemühungen von dieſer Seite! Er tröſtete ſich jedoch mit

der Hoffnung, daß ihm sein Glück wohl durchhelfen würde. In Tournay logierte er in einer Teppichfabrik in einem „wahrhaft kaiserlichen" Zimmer. Eine neue Organisationsthätigkeit, die ihm jetzt zugewiesen wurde, war die Bildung belgischer Artillerie mit englischen Kanonen. „Mein Schicksal ist immer organisieren zu müssen, was habe ich seit 1809 nicht organisiert!" rief er aus. Große Freude machte es ihm, daß er die Beförderung Asters, der an diesem Feldzuge als Chef des Generalquartiermeisterstabes teilnahm, zum Obersten durchsetzen konnte.

Der jetzt für Thielmann beginnende Feldzug in Flandern sollte indes nur von sehr kurzer Dauer sein, obwohl er nicht arm an Ereignissen war. Diese kürzeste Kampagne Thielmanns war auch die einzige, in der ihm das Glück der Waffen nicht günstig war. Der Herzog von Weimar beschloß mit den jetzt zu seiner Verfügung stehenden Streitkräften einen ernstlichen Angriff auf die Festung Maubeuge zu unternehmen, deren Einnahme für die Herstellung einer Verbindung mit Blüchers Heere von Wichtigkeit war. Zu diesem Zwecke erhielt Thielmann Befehl mit 10 Bataillonen, 4 Schwadronen und 17 Kanonen Fußartillerie bei Tournay stehen zu bleiben, um das bei Lille stehende Korps des französischen Generals Maison zu beobachten, während der Herzog mit der Hauptmacht einen Überrumpelungsversuch auf Maubeuge zu unternehmen beabsichtigte. Die Streifkorps Hellwigs, Bychalows und des Grafen Pückler wurden auch unter Thielmanns Befehl gestellt. Thielmann machte, um Maisons Aufmerksamkeit von Maubeuge abzulenken, am 23. März in drei Kolonnen eine Rekognoszierung und große Fouragierung über die altfranzösische Grenze bis unter die Wälle von Lille. Die 1. Kolonne bestand aus einem Bataillon, einer Schwadron und zwei Kanonen unter dem jungen Fürsten Schönburg, einem jener Patrioten, die sich schon während der Torgauer Tage Thielmann gegenüber erboten hatten, auf eigene Faust Truppen auszurüsten. Sie ging auf Schoraing. Die zweite, ebenso starke, rückte unter dem Major v. François auf Bouvines, den alten Schlachtort. Die dritte, bei weitem stärkste, 6½ Bataillone, 2 Schwadronen und 9 Kanonen, befehligte Thielmann selbst. Sie marchierte über Orchies nach Pont

a Marqué. Das ganze Unternehmen erwies sich aber als ein Luft=
hieb. Zwar gerieten die beiden ersten Kolonnen nach einigen glück=
lichen Plänkeleien mit Übermacht ins Gefecht und zogen sich geordnet
zurück; die dritte, die Hauptmacht, stieß indes nur auf geringe Ab=
teilungen und nahm daher wieder ihre Stellung bei Tournay ein.
Mit den Leistungen seiner Truppen konnte Thielmann zufrieden sein.
Er erkannte sie auch in seiner Meldung an den Herzog an, indem
er darin bemerkte: „Daß sich in diesen Gefechten das (III.) Bataillon
des 1. Linienregiments, die Husaren und die der Kolonne des Majors
v. François beigegebene Fußartillerie mit ausgezeichneter Tapferkeit
schlugen, bedarf kaum einer besondern Erwähnung, da die Bravour
der sächsischen Truppen anerkannt ist. Daß aber auch das II. oder
Wittenberger Bataillon des 1. Landwehrregiments — hier zum ersten
Male im feindlichen Feuer — alten gedienten Truppen an Tapfer=
keit und Disciplin nicht nachstand, darf nicht unbemerkt bleiben und
muß als rühmliches Beispiel andern zur Nacheiferung vorgestellt
werden.“

Maison hatte schon am 22. Lille verlassen, um sich mit der aus
Antwerpen heranrückenden Division Roguet zu vereinigen. Rasch
drängte er am 23. den Major v. Hellwig zurück, jenen wackeren Offi=
zier im grünen Husarenrock, der am 17. Oktober 1806 durch einen
kühnen Handstreich unweit Eisenach mit 50 Husaren 10 200 gefangene
Preußen von 600 Mann französischer Infanterie=Eskorte befreite, ob=
wohl diese heftigen Widerstand leistete. Jetzt stand Hellwig an der
Spitze einer bunt aus Husaren, Ulanen, Jägern zu Pferd und zu
Fuß und Infanterie zusammengesetzten Abteilung. Am 24. besetzte
Maison Courtray, am 26. überfiel er mit ungleich überlegenen Streit=
kräften die Kosaken des greisen Hetmans Bychalow, einer überaus ori=
ginellen Erscheinung dieses Feldzuges, dessen Dolmetscher und Sekre=
tär, bisweilen auch Generalstabschef, ein ihn stets begleitender pol=
nischer Jude war, nahm ein neugebildetes belgisches Korps gefangen
und besetzte Gent, um dann die Vereinigung mit Roguet zu voll=
ziehen.

Sowie Thielmann von den ersten Bewegungen des Gegners
unterrichtet war, rückte er von Tournay unter Zurücklassung einiger

Bataillone mit 7 Bataillonen und 4 Schwadronen, zusammen etwa 5000 Mann mit 23 Kanonen, am 26. auf Courtray, in der Absicht, dem Feinde die Rückzugslinie abzuschneiden. In Courtray erfuhr er Maisons Unternehmen auf Gent und die Vereinigung mit Roguet. Er hielt es jetzt für geratener, wieder zurückzugehen. In Oudenarde stießen noch 4 Bataillone und 1 Schwadron sowie 1 Batterie, größtenteils sächsische Landwehr, die Hauptmasse der jetzt noch nachträglich aus Sachsen eintreffenden Verstärkungen, unter Oberst Seydewitz zu ihm. Er hatte jetzt 11 Bataillone und 5 Schwadronen, im ganzen 8000 Mann nebst 700 Pferden und 13 Geschützen bei der Hand, mit denen er die weitere Entwickelung der gegnerischen Bewegungen abzuwarten beschloß. Maison verließ Gent am 30., warf die Posten, auf die er bei seinem Rückzuge bei Deynse und Sweweghem stieß, zurück und wandte sich auf Courtray. Thielmann rückte ihm darauf entgegen in der Absicht, in der Frühe des 31. März die Nachhut des Feindes anzugreifen. Jedoch sandte er noch ein Bataillon Linieninfanterie auf dem rechten Ufer der Schelde zur Verstärkung der in Tournay unter Oberst Egloffstein zurückgelassenen Besatzung, in der Erkenntnis der Wichtigkeit dieses Platzes. Zwar schwächte er sich hierdurch in einem Augenblicke, wo er nicht stark genug sein konnte, jedoch hatte diese Maßregel auf der anderen Seite wieder eine günstige Wirkung.

Währenddessen ließ ihm Graf Wallmoden, der mit der russisch-deutschen Legion heranrückte, bei der die Truppen der verschiedensten Herren in buntem Gemisch standen, den Vorschlag machen, sich mit ihm in Oudenarde zu gemeinsamem Angriffe zu verbinden. Thielmann war jedoch der Meinung, daß sich ein großer Teil des Maisonschen Korps bereits nach Antwerpen bewegt hätte und glaubte dem Reste mit seinen Truppen vollauf gewachsen zu sein. Er befürchtete, bei längerem Warten möchte ihm der Feind ganz nach Lille entschlüpfen. Der Ehrgeiz, selbständig einen Erfolg davonzutragen, wird natürlich auch dabei mitgesprochen haben. Kurz, er lehnte den Vorschlag ab und erwiderte: „Er werde mit dem Tage angreifen. Sollte der Feind Stand halten, so werde er ihn so lange beschäftigen, bis Graf Wallmoden herangerückt sein könnte.“

Demgemäß ging er zum Angriff vor. Bei Sweweghem stieß der Vortrab mit Tagesanbruch auf den Feind und warf ihn in die Ebene von Courtray zurück. Es war die Brigade seines Freundes, des jetzigen Generals Brause, der dies gelang. Unterdes stellten sich die übrigen Truppen Thielmanns bei Sweweghem in Schlachtordnung auf. Zur Sicherung des linken Flügels wurde der Major Hellwig nach Belleghem entsendet. Nun aber mußte Thielmann zu seinem Schrecken wahrnehmen, daß das ganze Korps Maisons, etwa 12000 bis 15000 Mann mit 1100 Pferden und 36 Geschützen, vor ihm bei Courtray stand, das sich jetzt nicht nur zu einem Frontangriff anschickte, sondern auch beide Flügel zu umgehen drohte. Wallmoden und General Gablenz, auf deren Unterstützung er gerechnet hatte, konnten erst am Abend eintreffen. Sichere Vernichtung seiner Truppen stand bevor, wenn er nicht das Gefecht abbrach. Er gab daher sofort den Befehl zum Rückzuge. Brause kam dieser Weisung unverzüglich nach und bewahrte dabei musterhafte Ordnung. Der linke Flügel jedoch ließ sich in ein Gefecht verwickeln. Die Kampfeslust dieser noch ungeübten Truppen war so groß, daß sie hier der Versuchung, dem Feinde zu Leibe zu gehen, nicht widerstehen konnten. Namentlich war es ein Prinz Paul von Württemberg, der sich hier mit Plänkeln aufhielt. Das Gefecht wurde höchst mörderisch, besonders wegen des engen Raumes und des durchschnittenen Geländes. Brause setzte seinen Rückzug in Ruhe fort und es gelang ihm, seine Truppen zusammenzuhalten und verschiedene feindliche Reiterangriffe abzuweisen. Die übrigen Truppen büßten jedoch ihren Leichtsinn durch erhebliche Verluste und wichen schließlich in ziemlicher Unordnung zurück. Das, wenn auch geschickt geführte, so doch ungünstige Gefecht von Courtray kostete Thielmann insgesamt 255 Mann an Toten, 540 an Verwundeten und 602 an Gefangenen, d. h. gegen 1400 Mann. Mehrere hundert versprengte Landwehrmänner fanden sich nach und nach wieder ein. Auch eine Kanone war verloren gegangen. Immerhin konnte er sich noch glücklich schätzen, so davongekommen zu sein. Er hatte nach Grolmans Urteil die schwierigste Aufgabe zu lösen gehabt, nämlich ein zerstreutes Infanteriegefecht in einem durchschnittenen Gelände mit Truppen, die noch nie ins Gefecht gekom-

men und nur notdürftig ausgebildet waren, gegen einen weit überlegenen Feind, dessen Truppen alterprobt waren — es waren Garden
— zu liefern. Außerdem war er ganz gegen seine Erwartung auf diese
Streitkräfte gestoßen. Neben Brause hatte sich der Fürst Schönburg
an der Spitze einer Schwadron des altbewährten sächsischen Husarenregiments, in dem Thielmann seine ersten Lorberen erworben hatte,
namhaft ausgezeichnet. Außer der Linieninfanterie unter Brause war
auch die Haltung einiger Landwehrbataillone anzuerkennen gewesen.
Das Unglück hatte es gewollt, daß gleich zu Beginn des Gefechts
einige der tüchtigsten Offiziere fielen. Unter den tötlich Getroffenen
befand sich der Oberst v. Thümmel von den Gardekürassieren.
Auch der famose Graf Wartensleben, unser Bekannter von Torgau
her, jetzt wieder Thielmann beigegeben, war unter den Verwundeten.
Am Abend traf Thielmann mit Hellwig in Oudenarde ein, wo er
Wallmoden und Gablenz bereits vorfand.

Maison behandelte die Gefangenen in der menschlichsten Weise
und ließ die Verwundeten in Courtray zurück, wo sie bald ausge-
wechselt wurden.

Am 1. April marschierte Thielmann von Oudenarde nach Tournay, das inzwischen vom Obersten Egloffstein mit 4 Bataillonen und
4 Kanonen glücklich verteidigt worden war. Mit ihm vereinigte sich
jetzt auch die sächsische Brigade Gablenz.

In einem Tagesbefehl vom 2. April stattete Thielmann sämtlichen Linientruppen seinen warmen Dank für ihr Verhalten in dem
Gefecht aus und bezeugte ihnen seine volle Zufriedenheit. Ebenso
lohnte er Egloffstein durch besonders warme Dankesworte. Dagegen
bezeugte er den Schwarzburger und Bernburger Bataillonen sowie
der übrigen Landwehr mit einigen Ausnahmen seine ganze Unzufriedenheit. „Offiziere, die ihm bekannt wären, hätten sich ohne
Truppen aus dem Gefecht entfernt. Diesmal wolle er sie noch der
Besserung ihres eigenen Bewußtseins überlassen, bei einem ähnlichen
Falle aber würde mit aller Strenge der Kriegsgesetze verfahren werden." Hatte er anfangs nach den Leistungen der Landwehrtruppen
in den ersten Gefechten viel von ihnen erwartet, so gestand er dem
Herzog jetzt, daß er diese Schlappe „der unerfahrenen Bravour und

unüberlegten Anwendung der neuen Bataillone" zu danken hätte. Zugleich erkannte er es als einen besonderen Mangel, daß mehrere Bataillone ohne alle Offiziere waren, die gedient hatten. Aber doch konnte er noch sagen: „Die Kavallerie hat mehr geleistet, als man erwarten kann."

Hier in Tournay erfuhr man am 3. April die Kunde von dem Siege der Verbündeten bei Paris, die die sächsischen Truppen begreiflicherweise zu hellem Jubel veranlaßte. Jetzt konnte es nicht mehr lange währen. Am 6. April rückte Thielmann auf Befehl in eine Stellung bei Bury vor Condé, nicht ohne auch diesmal eine erhebliche Besatzung in Tournay zurückgelassen zu haben. Aber es kam zu keinen kriegerischen Unternehmungen mehr. Maison eilte auf die Nachricht von der Einnahme von Paris eilig über Douay nach Lille, und Thielmann wurde daher wieder nach Tournay zurückberufen. In der Folge erhielt er den Auftrag, Unterhandlungen wegen Einstellung der Feindseligkeiten mit Maison einzuleiten. Am 12. April schloß dann der Chef des Generalstabes des 3. Korps, General v. Wolzogen, für den Herzog von Weimar mit Maison bezw. dessen Vertreter, General Maubillon, den Waffenstillstand ab. Maison erklärte sich für Ludwig XVIII. Thielmann meldete (15. April) nach Hause: „Nun, das große Werk ist vollendet! Gott war mit uns. Dieser ungeheuere Krieg endigt ohne einen Friedensschluß, denn das Objekt des Krieges ist bei Seite." Zugleich schrieb er: „Ich hoffe nach Paris zu gehen und mich dem Kaiser zu Füßen zu legen und meine Zukunft zu besorgen, — nachdem ich alles eingesetzt habe, ist es erlaubt, an mich zu denken" — und fügte freudig hinzu: „Ich werde hier wirklich mit vielem Zutrauen beehrt, und man thut mir alles zu Liebe, auch die Truppen beweisen mir die alte Anhänglichkeit." —

Bei der Abreise des Herzogs von Weimar nach Paris am 21. April erhielt Thielmann den Befehl über das gesamte 3. Korps. Er folgte dem Herzoge jedoch schon am 2. Mai nach und übertrug einstweilen den Befehl an Lecoq. Nach Paris ließ er seine geliebte Schwägerin Karoline kommen, die gastliche Aufnahme bei einem französischen Grafen fand. Er blieb dort länger als er wollte, weil der Kaiser es wünschte, was ihm sehr viel Kosten verursachte. Die Landwehr sowie die Freiwilligen seines Korps waren schon in der ersten Hälfte des April von Gablenz in die Heimat zurückgeführt. Die Linientruppen marschierten über Brüssel nach Aachen, in dessen Umgegend sie seit dem 19. Mai Kantonnierungen bezogen. Am 25. traf Thielmann zusammen mit Karoline wieder bei ihnen ein, nachdem er noch in Antwerpen mit der Schwägerin das Admiralsschiff der großen Flotte besichtigt hatte. Der Aufenthalt in Paris und der Umgang mit den Patrioten hatte nicht gerade dazu beigetragen, seine Sympathien für Friedrich August zu vermehren. Er hatte dort einen Einblick in die Pläne der Machthaber gewonnen und daraus entnommen, daß Sachsen dem preußischen Königreiche unter Beibehaltung seiner Verfassung einverleibt werden sollte. Auch er selbst beschloß, in preußische Dienste zu treten. Czar Alexander hielt dies für richtig, und ihm wurden die besten Aussichten gemacht. Hier in Paris knüpfte er auch den Freundschaftsbund mit dem Freiherrn vom Stein, der bis an sein Lebensende bestanden hat. Alles, was einst Ursache zu Verstimmungen zwischen beiden hätte geben können, war jetzt vergessen. Es ist dies ähnlich wie mit dem Freundschaftsbunde zwischen Stein und Spiegel. Stein erkannte das patriotische Herz des Generals; und Thielmann zeigte sich fortan als der glühendste Verehrer und Bewunderer des edlen Ministers. Rasch empfänglich wie er war, ging er bald in dem nationalen Ideenkreis der Patrioten auf. „Konstitution" für Preußen wurde auch sein Losungswort.

Der Pariser Friedensvertrag regelte die Ergebnisse des gewaltigen Krieges nur sehr einseitig und unbestimmt. Die Hauptaufgabe blieb dem europäischen Kongresse, der nach Wien einberufen wurde, vorbehalten. Hier sollte auch über die wichtigste Frage, die durch den Krieg aufgeworfen war, über die Neuordnung der deutschen Verhältnisse entschieden werden. Wegen der Nichterledigung der Gebietsverteilung hielt man eine Rückkehr der meisten Truppen in die Heimat für unzweckmäßig. So blieben vor allem auch die Sachsen und überhaupt die Linientruppen des 3. deutschen Armeekorps am Rhein in Kantonnements stehen. Das Korps wurde der Armee des Niederrheins zugeteilt, die aus dem 1., 2. u. 3. preußischen, sowie dem 3., 4. u. 5. deutschen Korps bestand. Mit dem Oberbefehl über sie wurde am

1. Juni General v. Kleist betraut, den die Gnade seines Königs an diesem Tage auch unter dem Namen Kleist v. Nollendorf in den Grafenstand erhob. Thielmann konnte sich keinen angenehmeren Vorgesetzten wünschen; denn seit Torgau stand er mit dem trefflichen, besonnenen General in einem vorzüglichen, fast herzlich zu nennenden Verhältnisse. Dies sollte sich in der Folge als ein besonderes Glück zeigen. Denn das jetzt beginnende Jahr der Waffenruhe zeitigte eine Fülle der schwersten Konflikte für Thielmann. Hier am Rhein war der eigentliche Chor zu dem Streit der öffentlichen Meinung sowie zu den im Oktober eröffneten Verhandlungen in Wien. Jede Flugschrift, und diese schossen wie die Pilze aus der Erde, jede diplomatische Aktion des Kongresses fand ihren Wiederhall bei den Truppen der einzelnen Staaten. Die heikelste Frage, die der Kongreß zu lösen hatte, war die sächsische, und es war ein tragisches Verhängnis für Thielmann, daß man ihn zum Befehlshaber des sächsischen Korps in dieser Zeit bestellt hatte. Die Folterqualen, denen die Sachsen in der langen Zeit des Kongresses ausgesetzt waren, und die Thielmann, obwohl er sich schon halb als Preuße fühlte, selbst noch mitempfand, ließen die unglückliche Nation nach Sündenböcken suchen, auf die sich ihr ganzer Haß entlud. Thielmann war ihr ein geeignetes Objekt dafür. Die Zeit war eine andere geworden als in den Frühlingstagen von 1813 oder zu den Tagen der Leipziger Schlacht. „Selbst das Gedächtnis verwirrte sich" klagte Niebuhr in der bedeutendsten Flugschrift, welche in dieser Frage erschien: „Preußens Recht gegen den sächsischen Hof". „Es verlor die Verhältnisse von Ursachen und Wirkungen." „Wäre nach der Leipziger Schlacht eine Veränderung der Dynastie proklamiert worden, so hätte die Wehmut des Andenkens an verflossene milde Zeiten, und die Trauer über den Fall lange verehrter Majestät nur bei Wenigen die Freude getrübt, jetzt aufzuatmen, jetzt frei, preußisch und deutsch handeln zu können."

Als Herzog Karl August von Weimar von Paris nach London gegangen war, wurde Thielmann (am 9. Juni) endgültig der Befehl über das 3. deutsche Armeekorps übertragen. Er hielt sogleich eine Besichtigung der Truppen ab und sprach ihnen in einem Tagesbefehl vom 16. Juni seine völlige Zufriedenheit aus. Einige Anordnungen, die er traf und in denen er sich an verschiedene Einrichtungen des russischen Heeres anlehnte, verfehlten nicht gleich zu Anfang in einzelnen Kreisen der Truppe Unzufriedenheit zu erregen; denn, wie wir wissen, hatte er viele ihm Übelwollende unter ihr. Schon nach einem Monat mußte das Korps seine Quartiere in der Gegend von Aachen aufgeben. Es wurde am 25. Juni in die Gegend zwischen Koblenz und Bonn gelegt. In Koblenz nahm Thielmann sein Hauptquartier. Hier trennte sich alsbald die Anhalt-Thüringische Brigade unter dem tapferen Egloffstein vom Korps, um in die Heimat zurückzugehen.

Mit aufmerksamem Blicke verfolgte Thielmann die Entwickelung der Politik und erwog nicht ohne Sorgen die Zukunft seines Vaterlandes. Das Verhalten der Lausitzer Stände ließ ihn schon im Juni befürchten, daß dadurch eine Teilung Sachsens herbeigeführt werden könnte. Er spottete der Organisationspläne, die man schon jetzt wegen der sächsischen Armee machte, weil sie ganz überflüssig wären, „denn über die Bewaffnung Deutschlands wird eine allgemeine Maßregel entscheiden, und fällt Sachsen an den König zurück, so wird diesem befohlen wie seine Armee sein soll; fällt Sachsen an Preußen, so wird es die Armee organisieren, wie es will, und wird es endlich geteilt, so ist die Organisation abermals unnütz.“ Am 7. Juli nachts kam Czar Alexander von seiner Londoner Reise durch Koblenz. Thielmann hatte das Korps Spalier bilden lassen und am frühen Morgen fand Vorbeimarsch vor dem Kaiser statt. Ein Tagesbefehl des Generals übermittelte den Truppen die Allerhöchste Zufriedenheit. Alexander war wieder einmal die Liebenswürdigkeit und die Huld selbst gewesen und hatte, wie dies ja auch ganz seinen Gedanken entsprach, wiederholt, sogar öffentlich die Unteilbarkeit Sachsens zugesichert. Als Miene gemacht wurde, von Sachsen Ersatz für die in Belgien an die sächsischen Truppen gelieferten Gelder und Ausrüstungsmaterialien zu beanspruchen, verwandte sich Thielmann mit größter Entschiedenheit dagegen bei Stein und hatte die Genugthuung, daß nicht nur jene Ansprüche fallen gelassen wurden, sondern sogar noch von den Geldern, die Belgien zu zahlen hatte, namhafte Summen der sächsischen Kriegskasse zugewiesen wurden. Unter seinen Offizieren veranstaltete er eine Sammlung zum besten der durch den Krieg so schwer heimgesuchten sächsischen Landsleute und steuerte selbst aus seinem, wie wir wissen, meist knappen Vorrat 100 Thaler bei. Am 25. Juli konnte er fast 2000 Thaler in die Heimat senden, freilich nur ein Scherflein, um der Not zu steuern. Kleist stellte in Aussicht, daß aus den Einkünften der besetzten Provinzen monatlich eine bestimmte Summe der sächsischen Kriegskasse als Vorschuß zufließen sollte. Thielmann wandte „als deutscher und sächsischer Patriot" dagegen, daß das Geld nur ein Vorschuß sein sollte, ein, daß Sachsen wohl besondere Berücksichtigung in finanzieller Hinsicht verdiene, da es trotz seines namenlosen Kriegsunglücks 30000 Mann ins Feld gestellt hätte. Eine solche Berücksichtigung würde auch politisch klug sein, indem das sächsische Volk, das ohnehin schon schwer genug die Fehler seiner Regierung gebüßt hätte, dadurch, falls es einem andern Herrn unterthänig würde, versöhnlicher mit einer solchen Veränderung gestimmt werden würde. Fürst Repnin als Generalgouverneur verschloß sich seinen Darlegungen nicht und unterstützte den Vorschlag an maßgebender Stelle. Ende Juli wurde die russisch-deutsche Legion Wallmodens als „Deutsche Legion" dem 3. deutschen Armeekorps zugeteilt. Sie hatte damals nach Entlassung der Baiern, Württemberger und Holländer noch eine Stärke von 5697 Mann mit 2197 Pferden. Im Heere war sie nicht sonderlich beliebt und Kleist hielt es für geraten in dem Tagesbefehle, der den Anschluß der Legion an das 3. deutsche Korps bekanntmachte, besonders zur Kameradschaftlichkeit gegen sie zu ermahnen und vor unziemlichen Redensarten gegen sie zu warnen.

Briefe aus der Heimat unterrichteten Thielmann zur Genüge davon, welch ein Gegenstand des Hasses er allmählich bei seinen Landsleuten geworden war. Er tröstete seine Frau deswegen am 2. August mit philosophischer Weltverachtung: „Laß Dir wegen des Hasses gegen mich keine grauen Haare wachsen, mein Gewissen macht mir keine Vorwürfe, und dieselbe blinde Menge, die mir in Torgau huldigte, um mich — zu verlassen, die nach Leipzig wieder mit mir war, um mich jetzt zu verunglimpfen — dieselbe Menge ist wieder mit mir, wenn — sie mich braucht." Jetzt gerade aber sollte es sich an einem eklatanten Falle zeigen, was es heißt, den Haß der Menge auf sich zu laden. Vom 21. bis 29. Juli erschien im Rheinischen

Merkur (Nr. 90—94) zu Koblenz eine Reihe von Artikeln „Sachsens Pflicht und Recht". Der Herausgeber des Blattes, Josef Görres, einer der begabtesten Publizisten, die Deutschland je gehabt hat, damals noch ein glühender Vorkämpfer des deutschnationalen Gedankens, kennzeichnete hierin Friedrich Augusts Politik in ihrer ganzen Schwäche und beschuldigte ihn dabei wegen des Parteiwechsels in Prag des Verrats an der gemeinsamen Sache. Unter voller Anerkennung der monarchischen Gesinnung vertrat er den Gedanken, daß ganz Sachsen an Preußen kommen müßte. Den Verrat am Gemeinwohl dürfe man nicht bemänteln. Da müßte die „fromme Scheu" vor dem König zurücktreten. Diese Artikel versetzten den sächsischen Hauptmann v. Dziembowsky, vermutlich der Adjutant des Prinzen Bernhard von Weimar, dermaßen in Wut, daß er Görres in der Wohnung aufsuchte, ihn zur Rede stellte und mit Thätlichkeiten bedrohte. Görres bewahrte vollkommene Ruhe und antwortete kalt und höhnisch. Dziembowsky, außer sich vor Erregung, drang nun mit dem Säbel auf ihn ein. Görres aber, nicht verlegen, griff halb aus Humor, halb im Ernst, zu einem Kindersäbel und trat dem Angreifer damit entgegen. Dziembowsky eilte jetzt auf die Hauptwache und ließ den Redakteur verhaften. Natürlich wurde er vom Kommandierenden bald wieder freigegeben. Thielmanns Stellung zu dem Vorfall ergab sich von selbst. Als General der Verbündeten und als nationalgesinnter Mann mußte er den Schritt auf das schärfste mißbilligen. Er unterhielt zudem vertraute Beziehungen zum Rheinischen Merkur, indem Stein ihn als Mittelsmann benutzte, um seine Ansichten in das Blatt zu lancieren. So sind um diese Zeit die Aufsätze über Frankfurts Verfassung, über die künftige teutsche Verfassung, über die Ausschließung der Franzosen von der Beratung der deutschen Angelegenheiten beim künftigen Kongresse, der Wiederabdruck der Kalischer Proklamation auf den Einfluß und die Einflüsterungen Thielmanns zurückzuführen. Wegen des Aufsatzes über die „künftige teutsche Konstitution" fragte Görres noch besonders bei Stein unter dem 4. August an, da Thielmann ihm die Meinung des Freiherrn nicht ganz hätte deutlich machen können. Diese Beziehungen Thielmanns zu Stein und zum Rheinischen Merkur muß man sich vergegenwärtigen, um den Inhalt eines

Schriftstückes ganz zu würdigen, das Thielmann jetzt aufsetzte. Er erließ am 31. Juli ein vertrauliches Rundschreiben an die Generale des Korps.

Darin hieß es: „Der Hauptmann v. Dziembowsky hat sich für befugt gehalten, den Advokaten des Königs von Sachsen zu machen ... So sehr ich nun die Anhänglichkeit des Herrn v. Dziembowsky an den König von Sachsen besonders ehre, weil sein Vater wegen Veränderung der Religion von dem königlichen Hause fortwährend mit Wohlthaten überhäuft worden ist" (man bemerkt die Anspielung auf die andere Konfession des sächsischen Herrscherhauses), „so kann ich doch seine Handlungsweise nichts anderem als einer Zerrüttung des Verstandes zuschreiben, welches aus der in Torgau bewiesenen zügellosen Anhänglichkeit an die Franzosen unwiderruflich hervorgeht und habe ihn deswegen sofort zum Depot nach Sachsen versetzt. Hierbei muß ich bemerken, daß ich den Ausfall des Dr. Görres auf den König von Sachsen von Herzen table, mich aber ebensowenig wie die Armee aus zweierlei Gründen garnicht für berechtigt halte, offiziell als Advokat des Königs von Sachsen aufzutreten:

1. weil die verbündeten Souveräne die Handlungsweise des Königs selbst für nichts anderes angesehen haben;

2. weil ich mich um so weniger befugt halte, der durch die Allerhöchsten Behörden tolerierten Preßfreiheit des Dr. Görres Schranken setzen zu wollen, da die Preßfreiheit als das Palladium der Freiheit der Völker und als das schönste Kleinod der errungenen Siege von jedem Vernünftigen angesehen werden muß.

Glaubt jemand privatim den Dr. Görres widerlegen zu können, so steht einem jeden der Weg der Presse und der öffentlichen Blätter offen, glaubt aber jemand als Staatsdiener es thun zu müssen, so muß ich hierbei feierlichst erklären, daß jeder Sachse des Eides gegen seinen König entbunden ist, und keinen anderen Souverän als die alliierten Mächte anzuerkennen hat, und daß ich verpflichtet bin, einen jeden, der einen anderen Souverän anerkennen will, aus der Liste der Armee auszustreichen, welche ich im Namen Sr. russisch Kaiserlichen Majestät und der verbündeten Mächte zu kommandieren die Ehre habe."

Ein Wutschrei ging durch die Reihen seiner Gegner und der ausgesprochenen Anhänger des Königs im Korps, denn sie empfanden das Schreiben wie einen Schlag ins Antlitz. Jedem andern General hätte man diese Sprache eher verziehen als gerade Thielmann. Daß dieser sie führte, gab das Zeichen zu einer tiefgehenden Opposition, obwohl ein Mann in der Stellung Thielmanns kaum andere Ansichten entwickeln konnte. Höhnische Bemerkungen wurden laut über jene Stelle, die von der Verstandeszerrüttung Dziembowskys sprach, die sich schon in seiner Franzosenfreundschaft geäußert haben sollte. Der General wäre doch selbst einmal ein überschwänglicher Verehrer der Franzosen gewesen, meinte man. Ohne Frage war die betreffende Wendung Thielmanns nicht glücklich gewählt, wenn auch die Parallele der Gegner nicht zutraf und das Verhalten Dziembowskys nur bei einer Überspannung der Nerven zu entschuldigen war. Daß es mit der von Thielmann als eifrigem Anhänger der liberalen Schule so auffällig gerühmten Preßfreiheit nicht so weit her war, sollte man einige Zeit nachher erkennen, als Kleist den Husarenrittmeister Graf Schweinitz der Censur des Rheinischen Merkur beigesellte, und später wurde das Blatt, wie man weiß, überhaupt unterdrückt. Empfindlich bemerkte man auch den versteckten Angriff auf die Verschiedenheit der Religion des königlichen Hauses von der der Bevölkerung. Am meisten zum Widerspruch aber reizte die Behauptung Thielmanns, daß sämtliche Sachsen ihres Eides für Friedrich August entbunden seien. Doch hatte Thielmann auch zahlreiche Anhänger unter den sächsischen Offizieren, die ihn gegen den Tadel der Gegner entschieden verteidigten. Dazu gehörte besonders der Oberst Aster.

In diese Mißstimmung hinein fiel der Geburtstag König Friedrich Wilhelms, der zugleich der Namenstag Friedrich Augusts war. Zur Feier des Geburtstags lud Thielmann die höheren Offiziere und die Civilbehörden zu einem Festessen bei sich ein und benutzte diese Gelegenheit, um für den Gedanken, an dessen Ausführung er seit Paris nicht mehr zweifelte und in dem er seine eigenen Hoffnungen am schönsten erfüllt sah, für die Vereinigung Sachsens mit Preußen Stimmung zu machen, indem er einen Trinkspruch darauf ausbrachte mit den Worten:

„Auf daß bald das ganze nördliche protestantische Deutschland unter dem gerechten, weisen, kräftigen und milden Szepter Seiner Majestät des Königs Friedrich Wilhelm vereinigt werde! Dieser erhabene Fürst, er lebe hoch!“

Mochte er nun die Stimmung im Offizierkorps nicht kennen oder sich mit souveräner Verachtung über sie hinwegsetzen, das bleibt dahingestellt, sicher aber goß er damit Öl ins Feuer. Die Mißstimmung wurde nur noch größer. Viele der Offiziere stimmten nicht in das Hoch ein, einige gossen den Inhalt ihrer Gläser auf die Teller und abergläubische Männer schüttelten bedeutsam die Köpfe als die Nachricht einging, daß einer der Kanonenschüsse, die jenen Trinkspruch begleiteten, einem Artilleristen den Arm abgerissen hätte. Anders nahmen die Behörden die Rede auf und ein Civilbeamter brachte, allerdings zur Belustigung mokanter sächsischer Offiziere, in etwas ungeschickter Form, ein Hoch auf Thielmann aus. Dieser feierte noch in einer zweiten Rede Stein, auf den Namen anspielend, als den deutschen Apostel Petrus. Die geringe Teilnahme, die seine von echter Begeisterung eingegebenen Worte bei einzelnen Offizieren fanden, konnte ihm jedoch nicht entgehen und gereizt äußerte er des andern Tages zu seiner Umgebung: „Die Herren möchten bedenken, daß es außer dem Königstein noch andere Festungen gäbe.“ Wenn er als echte Husarennatur frisch und frei sagte was er dachte, ohne viel zu überlegen, ob er bei kleinlichen Gemütern anstieß, so empfand er doch hier wiederum zuweilen auch Schmerz bei dem Gefühl, daß er von seinen Landsleuten verkannt wurde. So schrieb er an General v. Ryssel II in diesen Tagen; „Ich habe gehandelt, wie ich es vor Gott und Menschen verantworten kann, und hoffe, das Vaterland werde mich nicht mit Undank lohnen.“

Sein praktischer Sinn bethätigte sich wieder in einem am 3. August ergangenen Schreiben an Repnin, der die Absicht ausgesprochen hatte, wegen des großen Geldmangels den höheren Offizieren wesentliche Abzüge vom Gehalt zu machen. Er erklärte für seine Person dies Opfer sehr gern zum Nutzen des Vaterlandes bringen zu wollen, im übrigen müsse er sich dagegen aussprechen, weil davon ein moralischer Nachteil zu befürchten sei, der mit dem nichtigen Gewinn einiger tausend Thaler nicht zu vergleichen sei.

Bei seinen praktischen Maßnahmen ließ er es sich fortgesetzt angelegen sein, die ihm anvertrauten sächsischen Truppen und ebenso Sachsen in zufriedener Stimmung zu erhalten. Als er am 5. August von Kleist den Befehl erhielt, mit seinem ganzen Korps in das Kurfürstentum Hessen zu rücken, da der Kurprinz von Hessen das ihm anvertraute 4. deutsche Armeekorps gegen die Bestimmungen aufgelöst hatte, übersah Thielmann sofort, daß diese Truppenbewegung von schlimmen Folgen sein könnte, weil sie möglicherweise zu einer Verlegung des 3. Korps nach Sachsen führte. Er verschwieg dies Kleist nicht und reichte ein längeres Schreiben ein, in dem er darlegte, daß die kurhessischen Truppen aus Sparsamkeitsrücksichten entlassen wären, daß das Einrücken des 3. Armeekorps aber alsbald die erneute Zusammenziehung des 4. Korps zur Folge haben würde, daß das ausgesogene Land aber nicht beide Korps zu ernähren im Stande sein würde und daß ihm die Frage beunruhigend wäre, was alsdann mit dem sächsischen Korps geschehen würde, da sehr leicht Sachsen als Standplatz des Korps ausersehen werden könnte. Sachsen hätte aber bereits so furchtbar gelitten und dürfe nicht noch mehr herangezogen werden, wolle man nicht die Unzufriedenheit in diesem Lande auf das Höchste steigern. Diese Vorstellung hatte, wie es scheint, den gewünschten Erfolg; jedenfalls wurde das Korps, als es nach einigen Wochen wieder seine Quartiere wechselte, nicht nach Sachsen gelegt.

Am 13. und 14. August traf das Korps in Marburg und Umgegend ein. Das Hauptquartier wurde Marburg. Dorthin kam auch für einige Zeit Frau v. Thielmann zum Besuch des Gatten. Thielmann bemühte sich dem arg heimgesuchten und armen Lande so wenig wie möglich zur Last zu fallen. Doch bot dies unendliche Schwierigkeiten; denn die Kantonnements waren eng, zum Teil lagen auch hessische Truppen darin, die Verpflegung war schlecht. Die Haferrationen wurden gegen Vermehrung der Heulieferungen herabgesetzt. Den Landleuten wurden Soldaten gestellt, die ihnen bei Einbringung der Ernte behilflich sein sollten. Nach alter Gewohnheit hielt er eine ausgezeichnete Mannszucht; daß trotzdem einige Ausschreitungen vorfielen, hat garnichts zu bedeuten, denn ohne solche geht es in dergleichen Lagen niemals ab. Seine Bemühungen wurden ihm indes von der Bevölkerung nicht ganz gelohnt. Denn es ereignete sich in Marburg, wo der General sein Hauptquartier hatte, ein höchst unangenehmer Zwischenfall. Weniger war es die Bürgerschaft als die Studenten, die dabei beteiligt waren. Höchst wahrscheinlich bestand zwischen den Studierenden, die wie der überwiegende Teil der damaligen akademischen Jugend von glühender Begeisterung für den großen nationalen Gedanken getragen waren, von Anfang an eine gewisse Voreingenommenheit gegen die großenteils partikularistisch gesinnten Offiziere der sächsischen Garde, die seit dem 27. August 1000 Mann stark in Marburg stand. Mit Entrüstung erzählte man sich in der Studentenschaft von dem Fall Dziembowsky. Diese Abneigung wurde von den sächsischen Offizieren begreiflicherweise ehrlich erwidert. Nichts konnte den Zezschwitz und Holtzendorff widerlicher sein als so ein teutonischer Jüngling. Bei solchen inneren Gegensätzen kam es natürlich leicht zu Reibereien. Zuerst fanden diese auf einer Tanzerei statt. Man tauschte gereizte Erklärungen über Ehrbegriffe aus, da einige hessische Offiziere nicht Genugthuung gegeben haben sollten. Da war es am 3. September, daß ein Jünger der Wissenschaft an der Hauptwache rauchte, was gegen die Polizeiverordnung war. Dies sehen und den Studenten ob seiner unerhörten Frevelthat hochmütig anfahren war bei dem wachthabenden Offizier eins. Zwei Tage darauf schickten die beiden beleidigten Studenten dem Offizier Forderungen zu. Die übermütige Antwort des sächsischen Junkers war, daß „Satisfaktion von einem Offizier gegen einen solchen ungezogenen Menschen einer solchen Ursache halber höchstens mit dem Stocke erfolgen könne". Nicht genug, daß den Studenten diese verletzende Zurückweisung widerfuhr, der Offizier vom Platze gab außerdem noch Befehl, die Kartellträger zu arretieren und im Fall einer Weigerung Gewalt zu brauchen. Dieser Befehl wurde denn auch mit der ganzen Rücksichtslosigkeit des Kommißmilitärs ausgeführt. Sechs Studenten wurden verhaftet und mißhandelt. Begreiflicherweise versetzte dies die studierende Jugend in gewaltige Aufregung, und am Abend erscholl in allen Straßen und Gassen Marburgs der studentische Kampfruf „Burschen heraus!"

Es scheint nun zu regelrechten Prügeleien zwischen Militär und Studenten gekommen zu sein, sodaß die Militärbehörde starke Patrouillen durch die Stadt gehen ließ, welche jede Zusammenrottung von Studenten im Notfall mit Gewalt verhindern sollten. Auch hier wurde wieder mit unverständiger Rücksichtslosigkeit durchgegriffen, viele Studenten wurden roh mißhandelt, ebenso mehrere angesehene Gelehrte, so der bekannte Kirchenhistoriker Wachler, die Professoren Justi, Wagner u. a. Freilich hatte Wachler selbst etwas schuld an seinem Schicksal, da er in aufgeregter Tonart von dem Mittel des Appells an die öffentliche Meinung, d. h. den Zeitungen gesprochen hatte. Das konnten die ungeleckten Grenadiere natürlich nicht vertragen. So schlecht Studentenschaft und Professoren bei dem ganzen Vorfall behandelt wurden, das Recht blieb doch auf seiten der machthabenden Gewalt, des Militärs. Die Universität mußte klein beigeben. Eine strenge Untersuchung wurde abgehalten, und vier Studenten, an ihrer Spitze der leidenschaftliche Raucher, wurden mit dem consilium abeundi bestraft. Thielmann unterließ nicht bei Empfang der Nachricht hiervon der Professorenschaft in höflichen Worten sein Bedauern über die Störung des guten Einvernehmens auszudrücken, das zu erhalten sein sehnlichster Wunsch sei. Der schwerverletzte Konsistorialrat Wachler aber konnte es nicht unterlassen wenige Tage darauf in einer thörichten kleinen Schrift die öffentliche Meinung zum Richter in dieser Sache anzurufen. Thielmann selbst soll auf die aufgeregte, schwülstige Darstellung nach Holtzendorffs Angabe in einer besonderen Schrift sowie in Zeitungen geantwortet und sie widerlegt haben. Es sähe ihm dies sehr ähnlich, da er so besonders viel Gewicht auf die öffentliche Meinung gelegt hat. Uns ist es jedoch nicht gelungen, eine seiner Erwiderungen zu Gesicht zu bekommen.

Während sich dieser unangenehme Auftritt ereignete, der indes ohne weitere Folgen blieb, beschäftigte Thielmann noch viel mehr ein Vorkommnis bei der Truppe selbst, das von ungleich größerer Bedeutung war. Das sächsische Offizierkorps hatte sich großenteils immer mehr in die Opposition gegen die Politik der Verbündeten getrieben. Durch seine Traditionen mit dem Wettinischen Hause fest verbunden konnten diese loyalen Soldaten sich nicht mit dem Gedanken vertraut machen, daß sie möglicherweise nie wieder unter das Scepter König Friedrich Augusts zurückkehren sollten. Sie vermochten sich nicht klar zu machen, daß sie auf dem Schlachtfelde von Leipzig selbst das Band zwischen ihrem König und sich selbst zerschnitten hatten und daß die unerbittliche Logik der Geschichte, wie sie Staaten entstehen, so auch wieder verschwinden läßt. Sachsen war eben ein Königreich geworden. In einer schmachvollen Politik hatte sein Herrscher jetzt Krone und Reich verwirkt. Das monarchische Gefühl unzähliger braver Militärs sträubte sich gegen die Anerkennung dieser Thatsachen. So standen sie in dieser Zeit, wo in den Zeitungen, im Lager und in einer ganzen Litteratur von Flugschriften, allüberall, die Gestaltung der Zukunft erörtert wurde, die peinlichsten Gefühle aus. Bald wurde die Absicht der Entthronung des sächsischen Königs bekannt. Am Horizont stieg bereits die schwierigste aller Fragen auf, die Teilung des Landes, und dies beunruhigte auch Thielmann auf das Lebhafteste. Hierzu kam das Wirken interessierter Kreise, vor allem der Brüder des Königs, die Himmel und Erde in Bewegung zu setzen suchten, um ihrem Hause die Krone zu erhalten. Infolgedessen verfiel das Heer auf das Demonstrieren. Zuerst geschahen in Dresden Kundgebungen für die Wiedereinsetzung des gefangenen Königs. Hatte man doch hier in der Hauptstadt des Sachsenlandes die dynastische Anhänglichkeit zu einem mystischen Kult gesteigert. Es bildete sich u. a. die Gesellschaft zum Blauen Stern zur Nährung des Unterthanensinns, in deren Festspiele nach einer feierlichen Pause „das hohe Geisterwort" erklang:

> Wo auch nur Zween oder Drei
> Versammelt sind in Friedrich Augusts Namen,
> Da ist sein Ahnherr auch dabei.
> Gott segne den König, Amen!

Immerhin geschah dies in der Stille. Als aber öffentlich Wiedereinsetzung des Königs verlangt wurde, unterließ Repnin nicht den beteiligten Offizieren auf das Schärffste sein Mißfallen über ein solches Verhalten auszudrücken. Die Behörden, so der Polizeidirektor v. Rosen, ließen ihn dabei bemerkenswerter Weise im Stich. Thielmann schrieb zornig hierüber an Stein, er würde an Repnins Stelle sogleich einige aus den Listen der Armee gestrichen haben. Doch erblickte er in der üblen Aufführung der russischen Landwehr in Dresden eine Hauptursache der feindlichen Stimmung in Sachsen. Gegen Ende seines Schreibens hieß es: „Mein Trost ist, daß so dumme Streiche, wie die Handvoll Offiziere in Dresden gemacht hat, hier nicht vorgehen können."

Er hatte sich getäuscht. Denn wenige Tage darauf zeigten sich in seinem Korps dieselben unliebsamen Erscheinungen. Die Offiziere waren aufgehetzt worden und zwar durch den intriganten Hauptmann Langenau, den Bruder des Generals, der als Kourier nach Luxemburg und Antwerpen ging und dabei den Umweg über Marburg machte. In den vierzehn Stunden seiner Anwesenheit gelang es ihm, die Gemüter zu einer Demonstration zu gunsten des Königs zu bewegen und kurze Zeit darauf, am 2. September, überreichten sämtliche Regimenter Adressen, in denen um die Wiedereinsetzung Friedrich Augusts gebeten wurde. Ganz unumwunden gestanden sie darin zu, daß der Prinz Maximilian, der Bruder des Königs, sie dazu aufgefordert habe. Sie erklärten ferner, durch ihren Übergang bei Leipzig glaubten sie im Sinne des Königs gehandelt zu haben und außerdem hielten sie sich noch nicht des Eides für Friedrich August entbunden. Thielmann, der vollkommen überrascht durch diese geschlossene Demonstration war, entgegnete den ihm am frühen Morgen die Adressen überreichenden Generalen und Stabsoffizieren, er sehe die Wünsche der Armee für das Wohl des Königs von Sachsen, wenn sie auf eine bescheidene Art vorgetragen würden, als den Ausdruck einer löblichen Empfindung an, er müsse aber bemerken, daß die Armee sich in auffällige Widersprüche verwickele, wenn sie durch den Übergang bei Leipzig im Sinne des Königs gehandelt zu haben annähme. Der General v. Ryssel (I) müsse sich doch erinnern, daß dem die noch am Morgen des Übergangs im Namen des Königs gemachten Eröffnungen des Generals v. Zeschau entgegenständen. Die Behauptung aber, daß sie sich des Eides für nicht entbunden hielten, sei in seinen Augen geradezu strafbar. Sie hätten sich durch den Übergang selbst des Eides entbunden, außerdem sei ihnen Repnins diesbezügliche, widersprechende Bekannt-

machung im Gouvernementsblatt bekannt. Er gebe ihnen daher bis
zum Abend Bedenkzeit, sonst würden sie sich die Folgen selbst zuzuschreiben haben. Darauf trat sein alter Gegner Lecoq hervor, be-
teuerte auf das Feierlichste, daß er sich des Eides gegen den König
nicht entbunden ansähe und bestand auf Absendung der Adressen. Ihn
unterstützte besonders der Oberst v. Zezschwitz. Thielmann erstattete
hierauf Meldung von dem Vorfall an Kleist und an Stein nach
Aachen und trug zugleich auf die Entfernung Lecoqs und Zezschwitzs
an. Doch anstatt die Adressen zurückzugeben war er so entgegenkommend sie an Kleist weiter zu befördern. Stein war gerade mit
der Beschaffung von Geldmitteln für die Sachsen beschäftigt, als er
Thielmanns Meldung erhielt. Aufgebracht schrieb er sofort an Thielmann und Kleist, die Einmischung der bewaffneten Macht in Staats-
sachen sei ein tadelnswerter Schritt; die Frage über Sachsens Schicksal
könne nicht durch die Soldaten dieses Landes vorab entschieden werden, sie sei mit den Interessen der verbündeten Mächte, den durch die
Umstände gebotenen Einrichtungen, dem Wohle Deutschlands verknüpft,
der General habe die Adressen nicht annehmen dürfen, die unter-
zeichnenden Generale seien zu tadeln, entweder wegen des bewiesenen
aufrührerischen Geistes oder wegen ihrer Unkenntnis der Pflichten
ihrer Stellung; sie seien nicht gebunden durch ihre Eide gegen einen
im gerechten Kriege entthronten König, sie müßten sich nicht leiten
lassen durch die Meinung des Prinzen Maximilian, der, nach seiner
Stellung, bei seines Bruders Lebzeiten keine zu äußern habe. Dem
Antrage Thielmanns, den schwachen Lecoq und den intriganten Oberst
Zezschwitz zu entfernen, schloß er sich an. Außerdem riet er das ganze
Korps zu verlegen. Treffender als durch die Ausführungen Steins
konnte der Vorfall nicht beurteilt werden. Kleist teilte im Wesentlichen Steins Ansicht. In seiner Antwort an Thielmann setzte er auseinander, daß man ja Sachsen nur deswegen nicht feindlich behandelt
hätte, weil der größte Teil der sächsischen Truppen vor der Übergabe
von Leipzig zu den Verbündeten übergegangen sei, und im Volke wie
im Heere nur eine Stimme für den Anschluß an die gemeinsame
deutsche Sache gewesen wäre. Zweimal hätte sich das Heer vom König
losgesagt, zuerst bei Leipzig, dann bei Bildung des 3. deutschen Armee-

korps. Wer sich von seinem Eide nicht entbunden glaube, sei überhaupt als Kriegsgefangener anzusehen und gehöre auf das rechte Ufer der Weichsel. Auch er pflichtete dem Antrage Lecoq und Zezschwitz zu entfernen bei. In Dresden sollte Repnin militärische Untersuchung gegen sie führen. Den übrigen seien die Adressen zurückzugeben. Seinem Herzen machten die Worte Ehre, mit denen er das Vorgehen der Offiziere in ein milderes Licht setzte:

„Den übrigen Generalen, Brigadiers und Kommandeuren bitte ich zu sagen, daß es mir nicht fremd ist, wie es Augenblicke im menschlichen Leben giebt, in welchen das Herz auf die Handlungen der Menschen, und gerade auf die Achtungswertesten einen zu großen Einfluß gewinnt. Legen Sie ihnen die Adressen vor, damit sie sich selbst überzeugen, auf welche Art sie abgefaßt sind. Ich werde keinen Gebrauch zu ihrem Nachteil davon machen.“

Er entsandte zugleich den Oberst Müffling, Thielmanns alten, ihm sehr wohlgesinnten Bekannten von den Rheinfeldzügen her, um die Ordnung wieder herzustellen. Der selbstbewußte gelehrte preußische Oberst verfehlte nicht den sächsischen Offizieren in seiner doktrinären Weise eine Vorlesung über ihr völlig verkehrtes Benehmen zu halten.[1]) Inzwischen waren diese indes vom Oberst After und Hauptmann Hehmann zur Besinnung zurückgebracht. General v. Brause und Oberstleutnant v. Lindemann gingen als Abgesandte zu Kleist, um die Adressen zurückzunehmen und sich zu entschuldigen. Sämtliche Offiziere leisteten darauf aufs Neue den Eid der Treue gegen die Verbündeten und unterschrieben eine Formel. Kleist hielt es daher für angemessen, daß Lecoq und Zezschwitz beim Korps blieben, da er ihr Ansehen bei der Truppe durch ihre widerspruchsvolle, schwankende Haltung ohnehin geschädigt glaubte und sie für genügend bestraft hielt. Am 16. September zeigte Müffling dem Freiherrn v. Stein das Ende der Begebenheit an. Fürst Repnin sprach dem Offizierkorps noch unter dem 18. September die Allerhöchste Mißbilligung wegen seines Verhaltens in einem Schreiben an Thielmann aus, in dem es hieß:

„Bei dem Vertrauen und der Zuneigung, welche ein Mann von

---

1) Seine späteren Aufzeichnungen über den Vorfall enthalten zahlreiche Ungenauigkeiten.

Euerer Exzellenz Verdiensten und früheren Verhältnissen sich bei dero unmittelbar untergebenen Individuen erwerben muß, wird es denenselben leichter als mir werden, den Geist so ehrliebender und gebildeter Männer als die sächsischen Herren Offiziers sind, zu dem wahren Besten zu leiten." In Sachsen hatte man ähnliche Bittschriften entworfen und unterzeichnet. Bei der Nachricht von dem Ausgange des Marburger Vorfalles zog man es vor, sie zu vernichten. Aber die Versuche, das Korps aufzuwiegeln, hörten nicht auf. Von Friedrichsfelde, wo König Friedrich August gefangen saß, von Wien und London aus wurden die Truppen unaufhörlich bearbeitet. Man suchte den Gemeinen durch allerhand Schreckensgerüchte, wie z. B. daß sie nach Amerika eingeschifft werden sollten, Furcht einzujagen, und Thielmann sah sich genötigt, derartige Albernheiten in Tagesbefehlen zu widerlegen.

Das Korps wurde währenddessen wieder nach Koblenz und Umgegend verlegt, wo es am 15. September eintraf. Die dortige Verpflegung ließ sehr zu wünschen übrig, so daß Thielmann sich veranlaßt sah, in seiner gewohnten energischen Weise durchzugreifen, indem er den Zivilbehörden nachdrücklichst die Zustände vorstellte:

„Von der Ungenießbarkeit des Brotes und des Weines habe ich mich gestern persönlich überzeugt; für die Kranken im Hospitale habe ich sogar aus eigenen Mitteln Wein gekauft, da der gelieferte, nach dem Ausspruche der Ärzte, die Kranken noch kränker gemacht haben würde. Das Brot, welches ich selbst habe untersuchen lassen, ist so schlecht, daß ich mir ein Gewissen daraus machen würde, es Verbrechern, die zu Eisenstrafe verurteilt sind, zu geben. Es ist unverantwortlich, daß man den Soldaten auf eine solche Art verpflegt. Nur der strengen Disziplin der Truppen ist es zuzurechnen, daß nicht bedeutendere Exzesse vorfallen, und Alles, was in dieser Hinsicht vorfallen könnte, ist ganz allein die Folge schlechter Verpflegung, welches Euer Hochwohlgeboren zur Last fällt, und welches ich hiermit offiziell erkläre."

Die Unentschiedenheit des Schicksals von Sachsen bereitete ihm die größeste Unruhe. Mit Freuden begrüßte er den Antrag Steins, im Anfang August das russische Gouvernement in Sachsen mit einem preußischen zu vertauschen. Als sich die Verwirklichung dieser Absicht aber verzögerte, schrieb er (27. Aug.) an Kleist: „Die Lage Sachsens ist für jeden Wohldenkenden wahrhaft peinlich“ und an Stein (20. Aug.): „Übrigens steht meine Hoffnung und meine Zuversicht auf den Minister Stein, dem Gott bei so großen Gaben selbst diesen Namen nicht umsonst gab. — Mit Freuden will ich als Gouverneur von Kamschatka sterben, wenn nur Sachsen ein Sachsen bleibt.“ Endlich wurde das Gouvernement geändert. Thielmanns Adjutant, Rittmeister v. Dreiling, von ihm nach Wien entsandt, überbrachte zuerst die Nachricht davon. Nun hielt Thielmann Sachsens Schicksal für völlig entschieden und demgemäß meldete er seiner Gattin (19. November): „Ungeachtet die Zukunft Sachsens nicht anders als entschieden angesehen werden kann, so ist doch der ungewisse provisorische Zustand höchst unangenehm und trotz der Gouvernementsveränderung nicht anders als höchst nachteilig für den Geist. Ganz natürlich hat der König durch Just Frankreich zu seinen Gunsten in Bewegung gesetzt, wozu Frankreich seiner Politik gemäß gern die Hand bietet und Talleyrand, der nach dem Pariser Frieden erhaltenen 100 000 Dukaten noch eingedenk, sich nicht minder hat bereitwillig finden lassen. Jetzt scheint die verweigerte Abdication des Königs die Vollziehung zu verschieben, es kann aber in der Sache nichts ändern.“

Am 8. November erfolgte die provisorische Besitznahme von Sachsen durch Preußen. An die Stelle Repnins traten der Minister v. d. Recke und General v. Gaudy. Das Schicksal Sachsens war jedoch damit noch nicht so entschieden, wie Thielmann geglaubt und wie er den sächsischen Offizieren, die ihn in jenem Augenblicke in die Hölle wünschen mochten, verkündigt hatte. Zwar konnte er dem Freunde Ryssel nach Dresden melden, daß die Gemüter sich in Koblenz wieder zu beruhigen anfingen. Aber daß sich wieder Zweifel in ihm regten, wie es mit Sachsen würde, zeigten seine Worte: „Wenn nur nicht Provinzen verloren gehen; geschieht es, so dankt es Sachsen dem großen deutschen Manne Langenau! Ich hoffe immer, daß es nicht geschieht!“ Schadenfroh setzte er hinzu: „Hier haben sich die Mißvergnügten über die Zeitungen entzweit und Lecoq und Zezschwitz sind sehr gespannt, weil letzterer klüger ist als ersterer.“ Noch mißmutiger klangen seine Worte vom 31. Dezember an seine Gemahlin:

„In Wien sieht es sehr trübe aus, und leider fange ich an eine Teilung Sachsens zu glauben, dort meint es keiner redlich mit dem andern, ausgenommen Rußland und Preußen. Die Vernünftigen hier, worunter selbst der leidenschaftliche Zezschwitz gehört, sehen eine Teilung als das höchste Unglück an, nur Lecoq, von Langenau zum Instrumente gebraucht, scheinen es vorzuziehen, glauben aber eigentlich, daß Sachsen zur Belohnung noch ein Stück von Preußen erhalten wird."

Ähnlich schrieb er aus Bonn am 1. Januar an Ryssel: „Vor allem ein herzliches neues Jahr, aber alte Freundschaft und die Wünsche zu Gott, das Vaterland bleibe ungeteilt. Hier gehen die Thorheiten von neuem los; Lecoq sieht schon wieder alles in der neuen Ordnung und hat sich am 25. Dezember" — dem Geburtstage Friedrich Augusts — „höchst unklug benommen. — Zezschwitz ist vernünftig und gemäßigt, nur Lecoq ist besessen und wahrscheinlich von Wien aus inspiriert." Ein Aufsatz über die Vereinigung Sachsens mit Preußen, der in den „Deutschen Blättern" erschien, versetzte Lecoq so in Harnisch, daß er dagegen schreiben lassen wollte. „Übrigens", so bemerkte Thielmann dazu, „hat dieser Aufsatz viel Gerechtigkeit gefunden, so wenig der Armee darin geschmeichelt wird." Sehnsüchtig harrte er der Entscheidung. Der Wiener Hof und seine Politik war ihm der Stein alles Anstoßes und er atmete auf, als die unrichtige Nachricht kam, daß Metternich vom Ruder sei. „Das ist ein großer Sieg der guten Sache über die böse" rief er aus.

Ende Januar wurde das Korps abermals verlegt und zwar in die Gegend von Köln, aller Wahrscheinlichkeit nach, um es von den österreichischen Truppen zu entfernen. Zu gleicher Zeit (23. Januar) erhielt Lecoq, der sich immer unleidlicher machte, Befehl, nach Sachsen abzugehen. Zezschwitz selbst mußte ihm diesen Befehl überbringen. Thielmann deutete ihm dabei an, daß die Vereinigung mit Preußen unabänderlich sei und daß man alle Langmut gegen die Sachsen aufgegeben hätte. Lecoq wurde von zwei Adjutanten begleitet, außerdem von dem Leutnant Graf Holtzendorff, der besonders darum antrug. Es war der künftige Biograph Thielmanns, der in Lecoqs Gefolge allen nur erdenkbaren Haß gegen den Korpskommandeur gesammelt hatte. Die Entfernung dieser Zwietrachtstifter hatte die wohlthätigsten Folgen.

Die Entscheidung rückte jetzt heran, und Thielmann verständigte sich deswegen mit dem Adjutanten des Königs Thile wegen der Eidesleistung der Regimenter (25. Januar). Nach seinem Dafürhalten dürfte es zweckmäßig sein, vorher die Regimenter unter der Hand zu benachrichtigen, daß jeder Offizier, welcher nicht schwören wolle, sofort seinen Abschied erhalten könne. „Es werden wenige oder keine gehen, es wird aber vermieden, daß die Jugend sich nicht übereile, wenn man ihnen Zeit zur Überlegung giebt“ meinte er. An seine Schwägerin Karoline aber, die ihn durch die Zusendung eines von ihr mit Malereien geschmückten Glases und ein Bild Steins zu erfreuen gedachte, schrieb er am 1. Februar ungeduldig: „Wenn nur der Kongreß alle wäre. Durch Lecoqs Entfernung ist hier eine sichtbare Ruhe eingetreten, übrigens hoffen noch viele, ich aber fürchte eine Teilung Sachsens, welches der Himmel verhüten wolle. Ich habe leider in dieser Zeit eine gänzliche Verachtung der Menschen in mein Herz aufgenommen, die ich sonst nicht hatte. Das Bild von Stein habe ich auch erhalten, es ist aber nicht allein wenig ähnlich und der Charakter, den es ausdrückt, hat viel ähnliches von einem getauften Juden. Ich schicke Dir hier ein sehr ähnliches und bitte, es in einen schönen Rahmen fassen zu lassen. Steinen solltest Du ein Glas malen, das würde mich und ihn freuen.“

In Köln fand er an zwei Grafen Lippe einen ihm sehr zusagenden Umgang. Dort lebte er überhaupt sehr der Geselligkeit. Die mancherlei dienstlichen Verdrießlichkeiten, der Ärger mit seinen Untergebenen, dazu die Ungewißheit seines eigenen Schicksals, die immer noch nicht beendigt war, ließen ihn indes nicht zu innerer Ruhe gelangen. Wegen seiner Zukunft hatte er noch am 31. Dezember seiner Frau entsagend geschrieben: „Ich suche nichts, nur in Sachsen wünsche ich nicht zu bleiben.“ In dieser unbefriedigenden Lage erhielt er von seiner Schwägerin Karoline am 10. Februar die Trauernachricht, daß seine geliebte Frau gemütskrank geworden sei. Tief erschüttert schrieb der General da: „Welche harte Prüfung für mich und meine arme unglückliche Frau! Ach Du hast mir einen Dolch ins Herz gestoßen! — Was soll ich aber raten? ... Man versuche es doch mit Tharand, sollte nicht Breslau das Beste sein? —“ Er überlegte hin und her, ob er nicht abkommen könnte, sah dazu aber keine Möglichkeit und rief im höchsten Kummer: „Ach Gott, in welcher Lage bin ich! Nimm Dich nur meiner armen Kinder an.“

Bald darauf richteten ihn jedoch eigenhändige Briefe der Kranken wieder auf. Ebenso beruhigte ihn die endlich jetzt erfolgende Entscheidung über Sachsen, die freilich „traurig genug“ war. Noch am 5. Februar hatte er an Ryssel geschrieben, daß die Teilung allemal ein Unglück wäre, möge der abgerissene Teil auch noch so klein sein, und als nun die Gewißheit kam, gestand er dem Freunde am 22. Februar: „Wir hatten hier das unglückliche Schicksal des armen Vaterlandes schon früher aus Wien erfahren. Wir können es nicht ändern und die traurige Gewißheit ist mir doch noch beruhigender als die quälende Ungewißheit und jenes Treiben der Kabale und Intrigue. — Je mehr ich mich in die Zukunft hineindenke, desto schmerzlicher ist mein Gefühl über die traurige Teilung.“ Zur Schwägerin Reinhard, die sich inzwischen mit dem Minister Graf Hohenthal verheiratet hatte, äußerte er ebenso: „Sachsen ist ein unglückliches Land und die sogenannten Patrioten haben vieles dazu beigetragen.“

An die Brigadiers des Korps aber ließ Thielmann am 22. Februar einen eigenhändig entworfenen Befehl ergehen, in dem er nähere Mitteilungen über die Art der Teilung machte und sie ersuchte, die Offiziere ihrer Brigade zu befragen, welchem Herrn sie dienen wollten und ihm dies durch Liste bekannt zu machen. „Es ist wohl überflüssig Sie zu bitten, hierbei alles anzuwenden, was die erregten Leidenschaften mäßigen kann, damit junge Männer nicht durch Übereilung sich unglücklich machen, indem sie nicht bedenken, daß Se. Majestät der König von Sachsen nicht in der Lage sein kann, ihrer aller Anhänglichkeit durch Anstellung zu belohnen. Zugleich erinnere ich an die schleunigste Einsendung der Nationallisten der gemeinen Mannschaft. Es kann ein jeder sich der Anstellung nach seinem Patente im Königl. Preußischen Dienste im Voraus versichert halten.“

Damit war die empfindlichste Seite der ganzen schwierigen Frage, die Teilung des sächsischen Heeres berührt. Daß Thielmann es zuerst that, wurde ihm von vielen seiner sächsischen Untergebenen besonders verdacht, und in der That war Thielmanns Befehl voreilig, denn die Teilung konnte jetzt noch nicht vor sich gehen; es fehlte noch die Anerkennung der Teilung durch Friedrich August. Thielmann hatte sich berechnet, daß über die Hälfte preußische Dienste suchen würde und sich, wie die Zukunft lehrte, nicht getäuscht. Die Briefe aus der Heimat ließen ihm indes keinen Zweifel mehr darüber, daß er es mit einem großen Teile seiner Landsgenossen, darunter vielen ehemaligen Freunden verdorben hatte. In der trüben Stimmung, die sich seiner darüber bemächtigte, erhielt er die Schreckensnachricht von Napoleons Landung und seinem Siegeszuge nach Paris. Mit einem Male waren die Errungenschaften der letzten Jahre in Frage gestellt. So stürmte häusliches Leid, Schmerz um den Verlust der Freunde und patriotischer Kummer zugleich auf ihn ein. „Glaubt mir, daß das jetzige Unglück von innen und außen meine Haare bleichet und mich früh alt macht" schrieb er nach Hause. „Was muß ich erleben? — Wir können uns auf Hartes gefaßt machen, aber von Stahl und Eisen muß man sein und sich nicht beugen lassen." Doch bemerkte er mit Genugthuung, daß die Mißstimmung in den Reihen der sächsischen Offiziere beim Herannahen Napoleons allmählich abnahm und wenn es anfänglich den Anschein gehabt hatte, als wenn einige der Verbitterten Partei für den wiederkehrenden Imperator nehmen wollten oder an seine Rückkehr Hoffnungen knüpften, so besannen sich die braven Offiziere in der Erkenntnis, daß dies denn doch ein zu großer Schimpf sein würde, eines Bessern und verpflichteten sich auf Ehrenwort, jeden aus ihrer Mitte zu stoßen, der auch nur im geringsten von Bonaparte etwas hoffen würde. „Also der deutsche Sinn lebt noch in diesen Leuten!" rief Thielmann aus. Nichtsdestoweniger sehnte er die Entscheidung wegen der Teilung herbei, „denn", so fragte er, „wer steht für die Zukunft? In Torgau war alles wie heute für die gute Sache, aber was wird bei dem ersten möglichen Unglücksfall?" „Übrigens", so setzte er in einem Schreiben an den Adjutanten des Königs, Thile, in durchaus richtiger und feinfühliger Beurteilung der Dinge hinzu: „ist es den Leuten keineswegs zu verargen, daß sie das süße Band zwischen Regenten und Unterthanen gleich verwaisten Kindern nicht länger entbehren und endlich

wissen wollen, wem sie angehören und für welches Verhältnis sie
fechten sollen."[1]

Wenige Tage darauf erhielt er die Gewißheit, daß er in preußische Dienste übernommen würde. Beglückt schrieb er darüber an
Thile: „In dem großen Unglück der Zeit fühle ich mich jetzt gestärkt,
ein Vaterland zu haben. Möchte auch diese selige Empfindung bald
den sächsischen Truppen vergönnt werden, — sie sind jetzt voll Muts
und deutschen Sinns, aber jeder will wissen, wem er angehört. Ich
kann mich von der Ansicht nicht trennen, daß es die Klugheit durchaus erfordert, diesen guten wahrhaft brauchbaren Truppen ihr Schicksal bekannt zu machen, denn im Fall eines Unglücks ist der Miß-
mutige nur zu leicht der Verführung hingegeben und wer könnte
jetzt einen solchen Gährungsstoff in unsern Reihen dulden wollen?
Können Euer Hochwohlgeboren etwas dazu beitragen, daß bei einer
bevorstehenden Teilung die preußisch werdenden Sachsen in eigenen
Regimentern beisammen bleiben, so werden Sie sich nicht allein ein
Verdienst um eine ehrenwerte Nation erwerben, sondern auch selbst
um die öffentliche Sache — um die Nation, weil diese es wahrlich
nicht verdient hat die Schwäche ihres Königs so hart zu büßen, daß
sie untergesteckt werden, welches Wort schon einen jeden ehrliebenden
Soldaten empört, für die öffentliche Sache aber, daß Sie dem Könige
dadurch die neuen Unterthanen zugethan machen, und zufriedene
Streiter der Sache des Bösen entgegenstellen — Einigkeit nur und
festen Mut, den Völkern aber Gewißheit ihres Schicksals, so wird
die Sache schon gehen. — Wäre es möglich, daß Sachsen jetzt ganz
preußisch würde, so würden hier die entschiedensten Widersacher sich
nur darüber innigst freuen."

Auf die Nachricht, daß Napoleon in Paris eingetroffen sei, wurde
das Heer zusammengezogen. Das 3. deutsche Armeekorps erhielt den
Befehl nach Aachen und Umgegend aufzubrechen. Dort traf Thielmann
am 27. März ein. Eine Herzstärkung war es ihm, als er hier von der
hochherzigen Gattin des geistvollen Obersten Clausewitz, der jetzt wieder
aus dem russischen in preußischen Dienst trat, das Angebot erhielt, sich

---

1) G. St. A. Rep. 92. Nachlaß L. G. v. Thiles. A 17.

seiner Familie in Berlin annehmen zu wollen. Aber es war frag-
lich, ob seine unglückliche Frau in ihrem Zustande von Dresden nach
Berlin oder überhaupt auf preußisches Gebiet gebracht werden konnte.
Er sagte sich wohl, daß sie nicht in Dresden bleiben konnte „da bei
den überall aufgereizten Leidenschaften die Vexationen bald eintreten
würden", wenn das preußische Gouvernement Dresden verlassen haben
würde. An die Freunde Ryssel und Lindemann schrieb er, sich der
Frauen beim Umzuge und Einpacken anzunehmen. Mit traurigem
Ausblick in die Zukunft klagte er Karolinen: „Welches auch meine
neuen Verhältnisse sein werden, so müssen solche doch das Bittere für
mich haben, daß ich unter lauter fremden Menschen bin, und auch
nicht eine Seele habe, die ich mein nennen kann, denn schwerlich darf
ich hoffen Astern bei mir zu behalten, und so muß ich denn Freud
und Leid in mir selbst verzehren. Ach, die Zeit ist schwer!" In Aachen
sprach er lange mit dem nach Würzburg zu seiner Familie durch-
reisenden Berthier, Napoleons früherem genialen Generalstabschef, den
er einst in Paris und später in Merseburg kennen gelernt hatte. Auch
mit seinem Gegner von Courtray her, Maison, der es jetzt auch nicht
mehr mit Napoleon hielt, traf er zusammen. Aus den Unterredungen
mit diesen überzeugte er sich, daß der Umschwung in Frankreich nur
durch die Armee herbeigeführt und das Volk ganz unthätig geblieben
war. „Alle Besseren hassen Bonaparte von ganzem Herzen." Doch
sah er dem Kriege immer noch mit Besorgnis entgegen. „Der letzte
Kampf für Freiheit und Recht naht in Ungewißheit wie ein schweres
verwüstendes Ungewitter!" sagt er in einem Briefe vom 31. März.
Wenigstens traf jetzt endlich die Einwilligung Friedrich Augusts in
die Teilung ein und sie sollte nun unverzüglich vor sich gehen. Aber
sie verzögerte sich abermals. Schon erhoben sich jetzt sogar Stimmen
gegen die Teilung, da noch immer Unklarheiten über das Verbleiben
der Truppen bestanden. Thielmann sah sich daher veranlaßt seinen
getreuen Burkersroda nach Wien zu schicken, um die letzten Einzel-
bestimmungen einzuholen. Allmählich faßte er etwas mehr Mut wegen
des Gelingens des Entscheidungskampfes. Mit Freude nahm er von
einigen „gut geschriebenen" Proklamationen Kenntnis. Am 3. April
meldete er den Schwägerinnen: „Buonaparte rüstet sich, negoziert und

sucht durch Verführung aller Art Zeit zu gewinnen, wird aber unterliegen. Ich werde heimkehren — aber allein sein!"

Am 9. April wurde er offiziell davon in Kenntnis gesetzt, daß
er in preußische Dienste übernommen sei und bald darauf wurde ihm
eröffnet, daß er zum Kommandeur des dritten preußischen Armeekorps
bestimmt wäre. Hiervon setzte er seine bisherigen Untergebenen in
Lüttich, wo das Korps am 10. eingetroffen war, durch einen von
deutschem Geiste getragenen Tagesbefehl vom 17. in Kenntnis:

„Von Sr. Majestät dem Könige zum Befehlshaber des 3. Armeekorps ernannt, gehe ich zu meiner Bestimmung ab und verweise die sächsischen Truppen einstweilen an die Befehle des Generalmajors v. Ryssel.

Durch eben so unglückliche als unwiderstehliche Ereignisse von
meinem Vaterlande losgerissen, nun aber demselben wiedergegeben"
(er empfand jetzt also nur als Deutscher), „muß ich dennoch von einem
großen Teile meiner Waffenbrüder auf immer scheiden.

So glücklich ich mich in meinen neuen Verhältnissen fühle, so
gerecht ist dennoch mein Schmerz bei der Trennung! — Möge es
Ihnen allen wohlgehen! Dies ist jetzt mein inniger Wunsch, so wie
es seit Jahren mein eifriges Bestreben war, für die Ehre und das
Wohl der sächsischen Truppen nach Kräften zu wirken, ja meine ganze
Existenz einzusetzen. Allen Deutschen ist jetzt im Kampfe für Tugend,
Recht und Völkerglück eine neue Vereinigung eröffnet; da wollen
auch wir wetteifern, und die darin als Deutsche die Probe hielten,
werden sich dann gegenseitig die Hände auf immer reichen.

Mein Bewußtsein, in den kritischen Momenten der Zeit dem Vaterlande ein treuer Bürger gewesen zu sein, giebt mir die Beruhigung,
die Liebe mancher und die Achtung der Besten mit mir zu nehmen.
          Der Königl. Preuß. Generalleutnant
                Freiherr v. Thielmann."

Er durfte aufatmen, aus dieser so unendlich heiklen Stellung
herauszukommen. Von vielen wurde ihm der Abschied gewiß schwer,
wie überhaupt die Trennung von seinem engeren Vaterlande von
seinem empfindungsvollen Herzen nie verwunden wurde. Aber es
ist verständlich und auch berechtigt, wenn er Karolinen befriedigt mitteilte: „Der Sachsen bin ich ledig."

———

<h1 style="text-align:center">7. Preußischer Unterthan.</h1>

1815—1824.

Preußen vollzog nur einen Akt der Gerechtigkeit, als es Thielmann in die Reihe seiner Generale treten ließ. Denn dieser Mann hatte wie wenige seine eigene Person eingesetzt, um dem nationalen Gedanken zu dienen, und der Staat, dem es zu gute kam, war eben Preußen. In Torgau brach er mit seinem König, seinen Freunden und auch in gewissem Sinne mit seinem Vaterlande, im wesentlichen, um den preußischen Heeren die Wege zu ebnen; und wiederum bei der Organisation des sächsischen Korps und in den Kantonnementsquartieren hatte Thielmann, nur weil er mit Entschiedenheit nationale Prinzipien verfocht, die wiederum gerade Preußen zu gute kamen, ein Maß von Widerwärtigkeiten zu ertragen, ein Odium auf sich zu laden gehabt, wie es sich sonst nur noch selten finden dürfte. Preußen war daher diesem Manne zu großem Danke verpflichtet, und es war das allerminbeste, daß es ihm bei Schaffung einer neuen Existenz behülflich war.

In der That wurde Thielmann im preußischen Heere mit großer Freude willkommen geheißen. Der Ruf eines einsichtsvollen und kampferprobten Truppenführers und eines großangelegten Patrioten ging ihm voran. Unter anderen beglückwünschten ihn der Kronprinz von Preußen und der Prinz Wilhelm in liebenswürdigen Schreiben zu seinem Eintritt. Czar Alexander widmete ihm besonders auszeichnende Worte zum Abschiede. Sein lebhaftes Bedauern, erklärte er, würde nur dadurch vermindert, daß er in die Dienste seines intimsten Freundes trete. Außer Thielmann traten nach und nach mehr als die Hälfte der sächsischen Offiziere zu Preußen über. Unter ihnen waren seine früheren Adjutanten und Gefährten Aster, Carlowitz, Noth von Schreckenstein, Miltitz, Friedrich v. Brause, Ryssel II, Burkersroda u. a. Aster wurde später General der Infanterie, Noth v. Schrecken= stein General der Kavallerie, kurze Zeit auch Kriegsminister, Miltitz und Carlowitz (gest. 1837) Generalleutnant, Brause General der In= fanterie, Ryssel Generalleutnant; Burkersroda ist früh an den Folgen der Strapazen von 1812 als Major gestorben. Man sieht, daß sie meist recht hoch stiegen. Von denen, die Thielmann näherstanden, blieb nur Minckwitz in sächsischen Diensten; er wurde später Kabinetsminister und Gesandter in Berlin (gest. 1856). — Das 3. preußische Korps, dessen Befehl und zugleich Organisation Thielmann übernahm, sollte aus der 9., 10., 11. und 12. Brigade bestehen, zu deren Befehlshabern Generalmajor v. Borcke, Oberst v. Kemphen, Generalmajor v. Ryssel II und Generalmajor v. Lossau bestellt wurden. Außerdem wurden ihm acht Kavallerieregimenter unter dem Generalmajor v. Hobe zugeteilt. Die 9. Brigade wurde aus 1 Linienregiment, 1 Regiment der deutschen Legion (dem 30.) und 1 Landwehrregiment, die 10. Brigade aus einem neuformierten Linienregiment, 2 Jägerbataillonen Reiche und deren Ersatzbataillonen sowie einem Landwehrregiment, die 11. Brigade aus 1 neuen sächsischen Infanterieregiment (dem 16.) und 2 Landwehr= regimentern, die 12. Brigade aus 1 Infanterieregiment der deutschen Legion (dem 31.) und 2 Landwehrregimentern zusammengesetzt. Das Reiterkorps sollte bestehen: aus den Schwadronen des Parteigängers Hellwig und aus ehemaligen Schillschen Husaren (Ulanenregiment Nr. 7), einem Ulanenregiment der deutschen Legion (Ulanenregiment Nr. 8), diese beiden Regimenter unter dem Befehl des Junkers Marwitz, einem neuen sächsischen Husarenregiment (Nr. 12) — dieses Regiment trat aber erst nach der Entscheidung ins Leben wegen der Lütticher Vorgänge —, 3 neugebildeten Linienregimentern (Dragoner= regiment Nr. 7, Ulanenregiment Nr. 5, Husarenregiment Nr. 9) und 2 Regimentern Landwehrkavallerie, die unter den Infanteriebrigaden verteilt wurden. An Artillerie wurden dem Korps 12 Batterien bei= gegeben. Der Befehlshaber der Artillerie war der tüchtige Oberst v. Monhaupt, der vorher in der deutschen Legion gestanden hatte. Man sieht, daß dies Armeekorps außerordentlich groß werden

sollte. Mit dem ihm eigenen Eifer widmete Thielmann sich alsbald
der Organisationsarbeit. Er war dabei so recht in seinem Elemente.
„Große Thätigkeit bekommt mir am besten“ konnte er wiederum sagen.
Ein beträchtlicher Teil seiner Truppen konnte indes nur mangelhaft
ausgerüstet werden, und noch weniger waren sie militärisch geübt. Dies
traf z. B. für die 7. Ulanen zu, die gänzlich unvertraut mit dem
Führen der Lanze waren. Besonders lieb war Thielmann die große
Menge Reiterei, weil er dieser Waffe ganz besonderen Wert beimaß. In
der Tafelrunde, die sich um ihn im Hauptquartier einfand, stellte er
einmal die Behauptung auf, daß man mit 10 000 Reitern kühn alles
wagen könne. Diese Tafelrunde gestaltete sich höchst anregend, und
Thielmann gefiel sich bald sehr wohl in den neuen Verhältnissen.
„Meine Umgebungen sind sehr rechtliche, geschickte und liebenswürdige
Menschen“ meldete er heimwärts. Die längste Zeit befand sich das
Hauptquartier in Diekirchen bei Luxemburg, dessen von den Spaniern
angelegte Festungswerke die Bewunderung der Offiziere erregten.
Vor allem war es außer Thielmann selbst der junge Premierleutnant
im Generalstabe Leopold v. Gerlach, der spätere Vertraute König
Friedrich Wilhelms IV., der durch seine gewagten Behauptungen und
seine gewandte Dialektik die Offiziere trefflich unterhielt. Am 7. Mai
traf Oberst Karl v. Clausewitz ein, der auf Boyens Vorschlag am
22. April zum Generalstabschef Thielmanns bestellt worden war.
Damit trat der geistvollste militärische Theoretiker, den Preußen gehabt
hat, Scharnhorsts geliebtester Schüler, an Thielmanns Seite. Er verehrte in Thielmann sowohl den Mann von Geist und Bildung sowie den
erfahrenen Anführer, und auch Thielmann behandelte ihn mit großer
Auszeichnung und Liebenswürdigkeit. Eine andere hervortretende Figur
in diesem Kreise war der Oberst v. Stülpnagel, der in den entscheidenden Tagen die 12. Brigade befehligte, ein Mann, der sich durch
eine gewisse Weichheit in seinem Wesen auszeichnete und darum erst
von Stein verkannt wurde, der sich aber bereits namhafte Verdienste besonders um die deutsch-russische Legion erworben hatte, wo
er Wallmodens Generaladjutant gewesen war. Weniger in diesen
Kreis paßte der tapfere Junker Marwitz, der eine Brigade Lanzenreiter
unter Thielmann befehligte. Ihm behagte das selbstbewußte, posen-

hafte Wesen des Generals weniger. In seinem Äußern wollte er eine
frappante Ähnlichkeit mit Iffland entdecken. Nichts natürlicher als das,
da ihm Thielmann immer etwas vom Schauspieler an sich zu haben schien.
Ferner gehörte zu Thielmanns Umgebung der 1856 als Generalleutnant verstorbene Hauptmann Karl v. Röder, Clausewitzens Freund,
der wie dieser das geistreiche und liebenswürdige Wesen des Generals sehr
zu rühmen wußte. Kurz vor Beginn der Feindseligkeiten traf auch Thielmanns Adjutant von Rußland her, der Hauptmann Roth v. Schreckenstein, im Lager ein, um wiederum Adjutantengeschäfte bei seinem ehemaligen Chef zu versehen. Ein anderes anregendes Element war der
Oberkriegskommissar Hauptmann v. Reiche. Auch der Volontäroffizier
Professor de Groote aus Köln, den Thielmann für sein Korps erbeten hatte, und der kluge, redebegabte Feldprediger Schulz waren
angenehme Gesellschafter. Alle großen Fragen wurden vor das Forum
dieses Kreises gezogen. Als die Frage aufgeworfen wurde, ob Österreich die Kaiserwürde behalten könne, erklärte Thielmann dies kurzab
für eine geschichtliche Unmöglichkeit. Das ganze Gerede von Kaiser
und Reich sei jetzt ein leeres Hirngespinst geworden, weil sich alles
geändert hätte. Den 27. April, Thielmanns Geburtstag, beging man
in aller Stille. Er erzählte vom Kyffhäuser, an dessen Fuße er so
lange Jahre als junger Offizier gestanden hatte, dann toastete er auf
das Glück der deutschen Waffen und nachher auf König Friedrich
Wilhelm. Als man den Artikel des Rheinischen Merkur über die
am 25. März von den Vier Mächten geschehene Erneuerung des
Vertrages von Chaumont zu Gesichte bekam (Rheinischer Merkur,
Jahrgang 2, Nr. 225, 19. April 1815), geriet Thielmanns Blut in
Wallung. Mit jener Bilderpracht, deren Farbenglut kein zweiter
deutscher Publizist bisher erreicht hat, und mit jener Leidenschaftlich-
keit, die kein Gesetz und keine Schranke kennt, aber nicht ohne höhere
Wahrheit, urteilte Görres dort über den Pariser Frieden ab. „Teutsch-
land hat in ihm eine jämmerliche unförmliche mißgeborene ungestal-
tete Verfassung erhalten, vielköpfig wie ein indisches Götzenbild, ohne
Kraft, ohne Einheit und Zusammenhang; das Gespötte künftiger
Jahrhunderte und der Spielball aller benachbarten Völkerschaften.
Seine Krone ist zerbrochen und zu Siegelringen seiner Souveräne

umgeschmolzen; das alte große Haus ist dem Boden gleich geschleift
und kleine Häuschen sind aus den Trümmern aufgeführt, worin jeder
selbständig seine Wirtschaft führt. Nicht mehr heilig sondern heillos
müßte fortan genannt werden dieses Reich." Um solches Ziel, wie
der Chaumonter Vertrag es in Aussicht nähme, den Pariser Frieden
zu garantieren, lohne es sich nicht wieder zu den Waffen zu greifen.
„Der unselige Kreislauf fängt von neuem an." „Wir bleiben immer
in unserer morschen wankenden Kanzleistube." Seit dem Rieder Ver-
trage seien alle diplomatischen Handlungen eine Kette von Irrtümern.
Darum sollten jetzt die Generale ihre Stimme in die Wagschale legen,
damit die Nationen nicht abermals um ihre Hoffnungen betrogen
würden. Thielmann erklärte, das Ganze sei voll von Jakobinismus,
Sanskulottismus und einem revolutionären Geiste und er müsse deswegen das Blatt für verderblich und gefährlich halten. Als man
sich über die Marseillaise stritt, wußte der alte Kenner der Franzosen
und Frankreichs, Thielmann, allein in diesem Kreise, daß Rouget de
Lisle der Komponist war. Die Wirkung des Arndtschen Katechismus
bezeichnete er im Gegensatz zu den anderen als geringfügig. Arndt
sei hauptsächlich durch den prophetischen Blick, den er in seinem „Geist
der Zeit" bekundet hätte, wichtig geworden. In der Diskussion mit
Groote verfocht er die Behauptung, daß die Universitäten in Deutschland zu sehr die Fachbildung vernachläßigten. Es würde viel zu viel
Philosophie getrieben. Man besäße sogar die Tollheit, die Kadetten
damit behelligen zu wollen. Das führe zur Verschwommenheit. Sehr
scharf äußerte er sich gegen den Mysticismus, den Groote zu verteidigen suchte. „Er liebe nur die freie heitere Ansicht der Dinge."
Als der Leutnant v. Gerlach in einem Gespräch über die Herrnhuter
die Ansicht äußerte, daß er wohl zu ihnen übertreten möchte, wenn
er 10 Jahre älter und verheiratet wäre, da hielt er es doch für angebracht, den Heißsporn zu ermahnen, etwas besonnener zu reden.
Allgemeine Belustigung erregte es bei der Gesellschaft, als der kommandierende General in höchsteigener Person, gleichsam in holder
Rückerinnerung an jene Zeiten, wo er in litterarischen Genüssen
schwelgte, mit schöner Stimme einige Strophen des Liedes „Der Gott
und die Bajadere" vorsang. Übrigens war das musikalische Talent

Thielmanns im Lager sehr bekannt. Man verglich ihn hierin wohl mit General Bülow. Einige Wochen sah er zu seiner innigen Freude seinen ältesten Sohn Franz im Lager bei sich. Am 11. Mai traf ein großer Teil der kurmärkischen Landwehr ein, die in 11 Tagen 70 Meilen zurückgelegt hatte. Dieser Eifer begeisterte ihn zu einem Hoch auf die braven Leute. Empörung riefen indes die Nachrichten von der Meuterei der sächsischen Truppen in Lüttich hervor. „Die Saat des Generals Lecoq und Obersten Zezschwitz hat bittere Früchte getragen!" rief er. Er vermutete, daß französische Sendlinge unter den Truppen gewesen wären, die sie aufgehetzt hätten. Grund zu dieser Vermutung gab ihm auch die Nähe des Feindes. „Ich rechne es als eine Gnade Gottes, daß ich aus diesem unseligen Verhältnis heraus war, indessen wäre es vielleicht nicht so weit gekommen, wenn ich noch da gewesen wäre. Die Rädelsführer sind erschossen, die Garde ist aufgelöst und ihre Fahne verbrannt. Die Nation ist trotz ihrer Anhänglichkeit an ihren König vor Europa gebrandmarkt. — Auf die endlichen Entschlüsse des unglücklichen Königs von Sachsen muß man nun auch mit Trauer warten — sein Zögern hat allerdings hier viel, ja alles zum Bösen beigetragen, hätte er eine Proklamation an seine Truppen erlassen, so wäre alles ruhig geblieben. Trotzig und verzagt! wäre er doch in Prag das erstere gewesen."

Am 9. Mai wurde das Hauptquartier nach Bastogne verlegt und das Korps bezog um Arlon Kantonnierungen. Einige Tage darauf schlug der Major v. d. Gröben vor, daß das 3. Korps als Reserve hinter das 2. rücke und sich bei Le Point du jour zu beiden Seiten der Straße nach Gembloux aufstelle, und dies wurde im Blücherschen Hauptquartier genehmigt. Am 4. Juli hielt Thielmann noch eine Besichtigung seiner Kavallerie ab.

Unterdes kam Napoleon heran und es galt sich auf den weltgeschichtlichen Entscheidungsschlag gefaßt zu machen. Thielmann erhielt daher am Vormittag des 14. Juni vom Feldmarschall Blücher den Befehl die Kavallerie so heranzuziehen, daß sie in einem Tagemarsche Namur erreichen könnte. Am Abend desselben Tages vereinigte Napoleon sein Heer bei Charleroi und mitternachts um 1/2 12 erhielt Thielmann dementsprechend von Gneisenau den Befehl, da der Feind wahrscheinlich zum Angriff übergehen würde, sein Armee-korps unverzüglich bei Namur auf dem linken Maasufer zu ver-einigen, um die Konzentrierung der preußischen Armee bewerkstelligen zu helfen. Bei Dinant sollte er ein leichtes Bataillon und zwei Schwadronen stehen lassen, welche als Vorposten gegen Givet und längs der Grenze dienen und im Fall eines überlegenen Angriffs auf dem rechten Maasufer nach Namur zurückgehen sollten. Am frühen Morgen des 15. Juni brach Thielmann nun auf. Sein noch sehr unfertiges Korps bestand aus 24143 Kombattanten. Es waren infolge der Kürze der Zeit zumeist ganz ungenügend ausgebildete Truppen. Die Offizierkorps waren alle durch die vielen Versetzungen zerrissen. Die größte Mannichfaltigkeit herrschte in der Uniformier-ung. Ja selbst die Waffen waren in den einzelnen Regimentern verschieden. Mindestens um ein Drittel war das Korps noch hinter der Sollstärke zurückgeblieben. Das 7. Ulanenregiment hatte kaum die nötigen Offiziere und diese selbst waren fast alle neu. Das Pferdematerial war ganz allgemein das denkbar schlechteste, die Zäu-mung durchaus unvollständig u. s. w.[1])

In der Schlacht bei Ligny fiel Thielmann die Aufgabe zu, die große Heerstraße bei Sombreffe nach Quatrebras und Gembloux zu decken, was auch gelang. Mehr zu thun wurde dadurch vereitelt, daß das Korps durch Abtrennung einer Kavalleriebrigade geschwächt und nur mangelhaft mit Artillerie versehen war.

Das Korps nahm eine feste Stellung hinter dem Lignybach bei Sombreffe ein. Die 11. und 12. Brigade bildeten auf den Höhen von Le Point du jour, jener Stelle, wo die Heerstraße eine scharfe Wendung nach Nordosten gegen Gembloux macht, die Mitte der Auf-stellung. Sie wurden in Reserve gehalten. General v. Borcke stand mit der 9. Brigade auf dem rechten Flügel bei Mont Potriaux, Oberst v. Kemphen hielt auf dem linken Flügel mit der 10. Brigade Tongrine besetzt, sich rechts an Sombreffe, links an Boignée lehnend. Die Kavallerie unter Hobe, nur aus der Brigade des Obersten Gra-fen Lottum, d. h. dem 5. Ulanen- und 7. Dragonerregiment zu je

____

1) Denkschrift Thielmanns über Organisation der Kavallerie. Ende 1821. Entwurf im Nachlaß.

3 Schwadronen bestehend, hielt gleichfalls bei Point du jour in Reserve. Marwitz mit den 7. und 8. Ulanen war an das Gros abgegeben worden. Die ganze Aufstellung war sehr weitläufig.

Um 4 Uhr nachmittags eröffnete der Feind — es war der Marschall Grouchy mit 2 Korps, der sich hier zeigte — mit Infanteriekolonnen einen allerdings nur schwachen Angriff auf das 3. Korps. Er stieß auf das Füsilierbataillon des 27. Regiments und 1 Bataillon des 2. kurmärkischen Landwehrregiments, die Tongrine, Tongrinelle, Boignée und Palâtre besetzt hielten. Bei seiner Überlegenheit warf er die Bataillone zum Teil zurück. Der Befehlshaber schickte darauf das 1. Bataillon des 27. Regiments zur Verstärkung und brachte dadurch das Gefecht zum Stehen. Fast die ganze 10. Brigade (Kemphen) kam schließlich ins Gefecht. Außerdem wurden 2 Bataillone des 2. kurmärkischen Landwehrregiments herangezogen und ein Bataillon der 11. Brigade dem Obersten v. Kemphen als Reserve zugewiesen. Von den beiden übrig bleibenden Bataillonen der 11. Brigade war eins auf der Chaussee nach Fleurus in ein Gefecht verwickelt und eins blieb im Rückhalt.

Währenddessen war das Gros der Blücherschen Armee bei Ligny, von der Hauptmacht des Feindes angegriffen, ins Gedränge geraten und Gneisenau suchte nach Reserven. Thielmann erhielt daher den Befehl zwei Brigaden von Le Point du jour auf das Schlachtfeld zu entsenden. Er hielt jedoch Sombreffe für zu wichtig, um in diesem Augenblicke, wo er sich einer feindlichen Übermacht gegenüber befand, die 9. Brigade von dort wegzunehmen und schickte mithin nur die 12. unter dem Oberst Stülpnagel, die eigentliche Reserve, nach rechts ab, um sich jenseits Sombreffe aufzustellen. Bei großer Anstrengung hoffte er die Stellung des linken Flügels zu behaupten. Der Abmarsch jener Brigade verursachte ein erneutes stärkeres Vordringen der Franzosen. Dank der vorteilhaften Stellung mißlangen aber alle Angriffe, auch ein viermaliger Vorstoß auf Sombreffe.

Gegen 8 Uhr abends hatte Thielmann den Eindruck, als ließe der Ansturm der Franzosen auf die Hauptmasse nach und in der Annahme, daß sie sich zurückzögen, beschloß er die Verfolgung aufzunehmen. Die Feuerlinie erschien mehr rückwärts, eine Batterie fuhr ab, alles deutete darauf, daß der Feind zurückginge. Er ließ unter dem Schutze von zwei Eskadrons eine reitende Batterie auf die Chaussee von Fleurus vorfahren. Der Rest der Reservekavallerie unter Hobe sollte nachfolgen. Doch mußte er bald erfahren, daß er sich geirrt hatte. In dem Augenblicke, wo seine Reiterei hinter Hecken war und sich nicht entwickeln konnte, stürzten sich mehrere französische Reiterregimenter auf die beiden an der Spitze der Batterie marschierenden Schwadronen und warfen sie auf die Infanterie zurück. Der größte Teil der Geschütze jener Batterie ging verloren. Indes eröffnete die Infanterie ein wirksames Feuer auf die anstürmenden Reiter, während dessen sich Hobe zurückziehen konnte. Als eine halbe Stunde später noch einmal ein Angriff von der französischen Kavallerie versucht wurde, wies ihn ein kurmärkisches Landwehrbataillon unter dem Hauptmann Pochhammer zurück.

Das Ergebnis des Tages beim 3. Armeekorps war also, daß die Hakenstellung bei Sombreffe behauptet wurde. Zu einer kräftigen Offensive waren dem Korps einerseits durch die Bodenbeschaffenheit, andererseits vor allem durch seine Aufgabe, die Rückzugslinie zu decken, die Mittel geraubt gewesen. Außerdem war seine Verbindung mit dem Gros sehr behindert. So hatte es zur Entscheidung selbst nicht beitragen können. Immerhin verrät die Führung eine gewisse Ängstlichkeit und große Behutsamkeit. Direkt ist nichts an ihr auszusetzen, sie läßt aber die rechte Feldherrnkühnheit vermissen. Man wird nicht fehlgehen, wenn man hier den Einfluß des bedachtsamen Clausewitz auf den doch gewöhnlich nicht so zaghaften Thielmann erkennt. An Scharfsinn unvergleichlich, besaß der Generalstabschef nicht den großen Unternehmungsgeist des Feldherrn.[1])

Um Mitternacht erhielt Thielmann vom Obersten v. Thile die Nachricht, daß der Rückzug beschlossen und daß er vom 1. und 2. Korps durch den Feind getrennt wäre. Er beschloß daher bei Tagesanbruch den Rückzug auf Gemblour anzutreten. Dies geschah unter dem Schutz der 12. Brigade, die Sombreffe besetzt hielt, und der bei Point du jour haltenden Kavallerie. Um 6 Uhr morgens traf man in

---

1) Vgl. hierzu den trefflichen Aufsatz Hans Delbrücks über Clausewitz in der Zeitschrift für preußische Geschichte, 15. Band, 1878.

Gembloux ein. Ohne Vermittlung eines Adjutanten schrieb Thielmann hier eigenhändig an den Kommandeur des 4. Korps, General v. Bülow, der am 16. nicht ins Gefecht gekommen war und ihm zunächst stand:

„Die Armee hat gestern viel gelitten und ist gesprengt, doch nichts weniger als aufgelöst. General v. Jagow des 1. Armeekorps hat sich mit 5 Bataillonen und 2 Kavallerieregimentern mit mir vereinigt; auch habe ich eine Batterie des 2. Armeekorps aufgenommen. Ich habe keinen Befehl vom Fürsten Blücher, vermute aber, daß er über Wavre gegen St. Tron zurückgeht. Der Feind verfolgt mich nicht. Auf jeden Fall werde ich heute 2 Uhr mittags aufbrechen, um mich Euerer Excellenz anzuschließen. Jedoch erbitte ich mir noch vor meinem Aufbruch Euerer Excellenz Entschluß.“

Bülow erhielt dies Schreiben um Mitternacht und antwortete ebenfalls sogleich eigenhändig:

„Auf Euerer Excellenz Vermutung, daß der Feldmarschall sich auf Wavre zurückziehen wolle, habe ich beschlossen, diese Direktion ebenfalls einzuschlagen, und ersuche ich Euere Excellenz mit mir gemeinschaftlich die Stellung auf dem Plateau zwischen Corbais, Corroy le Grand und Chateau Vieux Sart zu beziehen (auf dem halben Wege zwischen Gembloux und Wavre). Damit wir uns im Marsch nicht kreuzen, werde ich von Baubeset über Walhain abrücken, und diejenigen Brigaden, welche weiter rückwärts auf der Römerstraße stehen, über Tourinnes gehen lassen. Sollte Euerer Excellenz Korps gedrängt werden, so werde ich zu Ihrer Aufnahme Stellung nehmen. Ich halte es aber nicht für ratsam, uns in etwas Ernsthaftes einzulassen, bevor wir nicht vereinigt sind. Es genügt vielleicht, wenn jedes Korps seine Arrieregarde zur Deckung des Rückzuges formiert. Außerdem würden Euere Excellenz die Straße von Namur und ich die Römerstraße durch ein Detachement beobachten lassen.“

Diese beiden Aktenstücke legen beredtes Zeugnis von dem strategischen Blick der beiden Generale ab. Wie richtig Thielmann geurteilt hatte, indem er annahm, daß der Feldmarschall zur Herstellung der Verbindung mit Wellington die ungewöhnliche Rückzugslinie auf Wavre wählen würde, bewies der einige Stunden darauf eingehende

Befehl Blüchers, der demgemäß lautete. Durch die Verständigung mit Bülow war den Befehlen der Heeresleitung bereits vorgearbeitet und die taktische Sicherheit des Korps gewährleistet. Verdiente die Vorsicht, mit der er am 16. die Straße nach Gemblour gehalten hatte, Anerkennung, so erwarb sich Thielmann ein noch größeres Verdienst durch die richtige Erfassung der Lage und seine selbständigen Anordnungen am 17. Juni.

Mittags gegen 2 Uhr brach er von Gemblour auf. Die 9. Brigade unter Borcke, die am wenigsten in der Schlacht beteiligt gewesen war, bildete die Nachhut, wurde aber vom Feinde nicht behelligt. Erst abends langte die Spitze des Korps bei Wavre an. Borcke konnte mit seiner Brigade nicht mehr Bavette nördlich von Wavre, wo die übrigen Glieder des Korps dem Befehle gemäß Stellung nahmen, erreichen, sondern blieb in der Mitternacht anlangend östlich von Wavre.

In Wavre erhielt Thielmann Befehl, vorläufig stehen zu bleiben und weitere Befehle abzuwarten. Aus einer Unterredung, die Clausewitz hier mit General Grolman hatte, erfuhr Thielmann, daß seine Bestimmung noch nicht ganz klar sei. Entweder solle er Wavre verteidigen, oder als Reserve verwendet werden. Nachmittags ging ihm ein Befehl zu, in den Rücken des napoleonischen Heeres als südlichste Marschkolonne der preußischen Armee zu rücken, zu einer Zeit, wo er bereits seine Nachhut sowie Teile des 2. Armeekorps von Grouchy angegriffen sah. In der anfänglichen Annahme, daß der Marschall die Nachhut nur beschäftigen wolle und an keinen ernstlichen Angriff auf Wavre denke, ließ er das Gros wirklich zum Abmarsch antreten und auch Borcke erhielt Befehl, unter Zurücklassung von 2 Bataillonen aufzubrechen. Indes wurde das Feuer jenseits der Dyle so heftig und der Feind zeigte so bedeutende Massen, daß Thielmann das Gros, das zudem durch den Abmarsch des 2. Korps am Vorrücken behindert wurde, halten ließ und sich über die Stärke des Feindes zu unterrichten suchte. Er beschloß darauf, den Kampf gegen Grouchy an den Übergängen der Dyle aufzunehmen. So entstand das Treffen bei Wavre. Seine Maßregeln wurden alsbald von Blücher, der durch einen Adjutanten Thielmanns, v. Wussow,

Meldung von der Sachlage erhielt, gebilligt. Um die Dyle zu verteibigen, ließ Thielmann alle Truppen vom südlichen Ufer auf das
nördliche zurückziehen. Borcke mit der 9. Brigade stand am weitesten
südlich und erhielt von diesem Befehle durch ein Mißverständnis keine
Kenntnis. Er schickte dem ersten Befehl entsprechend den Obersten von
Zeppelin mit 2 Bataillonen (darunter das Füsilierbataillon des 30. In-
fanterieregiments) als Besatzung nach Wavre, überschritt bei Nieder-
Wavre den Fluß und ließ die Brücke unter Zurücklassung von 2 Kompagnien unter Major v. Ditfurth abbrechen. Zur Unterstützung ord-
nete er dann noch ein Bataillon, das 2. des 30. Regiments, und
eine Schwadron nach Wavre ab und überschritt mit dem Rest, 5½
Bataillonen, einer Schwadron und einer Batterie, den nördlichen Thalrand der Dyle, um, in dem Wahne, daß er die Nachhut Thielmanns
bilde, nach Süden abzumarschieren. Thielmann war mit den Vertei-
bigungsanstalten auf der Front zu sehr beschäftigt, so daß er anfangs
die 9. Brigade nicht vermißte. Diese verlor auf dem Marsche alle
Fühlung mit den übrigen Truppen und verpaßte außerdem den Weg,
so daß sie an diesem entscheidenden Tage nicht verwendet werden
konnte. Thielmann aber sah sich im kritischen Augenblicke wesentlich
geschwächt. Jedes Bataillon mehr war hier von großer Wichtigkeit,
da es sich bald herausstellte, daß der Feind ungleich stärker war.
Über die Aufstellung der ihm gebliebenen drei Brigaden und der Teile
der 9. in Wavre verfügte er nun in der Weise, daß der Oberst von
Stülpnagel mit den 9 Bataillonen seiner Brigade (der 12.) sowie
einer Abteilung unter dem Oberstleutnant v. Stengel den rechten
Flügel, Wavre mit seinen 3 Bataillonen die Mitte und die beiden
Kompagnien der 9. Brigade in Niederwavre den linken Flügel bil-
beten. Die 10. Brigade, Kemphen, und die 11., Oberst v. Luck, behielt er als Reserve zwischen Bierges und Wavre und zu beiden
Seiten der auf Brüssel führenden Landstraße zurück. Hobe blieb mit
seinen Reitern einstweilen noch nördlich von Wavre, bei Bavette.
Im ganzen konnte Thielmann 24½ Bataillone, 23 Schwadronen und
5 Batterien ins Gefecht führen, die zusammen eine Stärke von höchstens 14 000 Mann hatten. Mit diesen Truppen sollte er den Stoß
des Marschalls Grouchy, der 33 000 Mann unter sich hatte, aus-

halten, d. h. eines mehr als doppelt so starken Gegners. An Kavallerie war ihm Grouchy sogar um das Fünffache überlegen. Thielmann meldete dem Feldmarschall Blücher, daß er sich angesichts dieser Übermacht kaum halten können würde. Gneisenaus Antwort lautete, er solle dem Feind nach Kräften jeden Schritt streitig machen, denn der größte Verlust des Korps würde durch den Sieg über Napoleon doch wieder ausgeglichen werden. Daraus ging hervor, daß die Entscheidung des Tages zum großen Teil davon abhing, daß Grouchy bei Wavre festgehalten wurde. Grouchy seinerseits war in dem Glauben, daß er die Hauptmacht der Preußen, die sich auf Wavre zurückgezogen hatte, vor sich habe und handelte dem von Napoleon empfangenen Befehle, Bewegungen des Feindes gegen Mont St. Jean zu verhindern, gemäß, wenn er jetzt zum Angriff vorging. Dies geschah zwischen 4 und 5 Uhr Nachmittags. Das Korps Vandammes erhielt Befehl, Thielmann in der Front anzugreifen und sich den Übergang über die Dylebrücken zu erzwingen. General Gerard erhielt Weisung, so schnell wie möglich nachzurücken. General Excelmans blieb mit einem Reiterkorps in Reserve, um nach Öffnung eines Überganges zur Verfolgung überzugehen. Unter dem Feuer von drei Batterien eröffnete Vandamme mit zwei Divisionen den Angriff auf die drei Brücken von Wavre. Er mißlang jedoch, ebenso auf die Brücke von Bièrges. Auch das Einsetzen der 3. Division half nichts. Die Angreifer erlitten erhebliche Verluste. Als die 1. Division Gerards erschien, ließ Grouchy sie gegen die Brücke an der Wassermühle von Bièrges vorgehen, um die dort stehende, in Unordnung geratene Division Vandammes abzulösen. Gerard, Thielmann aus der alten Zeit wohl bekannt, setzte sich selbst an die Spitze seiner Truppen, brach indes bald schwer getroffen zusammen. Auch diese Division wurde zurückgewiesen. So vergingen mehrere Stunden. Da erhielt Grouchy von Napoleon einen Befehl, der dem bisherigen widersprach: er solle sich mit seinem rechten Flügel vereinigen und den zum Entsatz Blüchers herbeieilenden General Bülow bei St. Lambert vernichten. Der Befehl war um 1 Uhr mittags ergangen. Jetzt, um 7 Uhr, wo Grouchy zudem im heftigen Kampfe stand, war natürlich an die Ausführung des Befehls nicht mehr zu denken. Aber Grouchy erwog nun, wie er auf andere Weise auf das linke Dyleufer gelangen könnte, um so Napoleon wenigstens näher zu kommen, und er sollte jetzt merken, daß er mit seinen Streitkräften sehr wohl in der Lage war, Thielmann zu umgehen. Einer seiner Kavalleriegenerale meldete ihm, daß die Brücken bei den weiter südlich gelegenen Orten Limelette und Limal unbesetzt wären. Hierhin wurden jetzt die beiden noch nicht verwendeten Divisionen Gerards geschickt, ebenso eine Division Vandammes und das Kavalleriekorps Pajol. Auf die Nachricht vom Übergange des Feindes ließ Thielmann zwischen 8 und 9 Uhr abends einen Teil der 12. Brigade, die er durch die 10., bisher in Reserve gehaltene, ersetzte, von Biérges auf dem westlichen Thalrande der Dyle dem Feinde entgegenrücken; hieran schloß sich Oberst v. Stengel mit seinem Truppenteil und ebenso Hobe mit der Reservekavallerie. In der Dunkelheit kam es noch zu einem Zusammenstoß mit einem Teil der Gegner, aber ohne merklichen Erfolg. Die Nacht machte dem Gefecht ein Ende. Die Truppen bezogen ihr Lager auf dem Kampfplatze. Ihre Vorposten standen auf beiden Ufern der Dyle einander nahe gegenüber. Beide Befehlshaber sagten sich, daß die Entscheidung inzwischen am Mont St. Jean gefallen sein müßte. Auch der dortige Kanonendonner verstummte. Über den Ausgang aber verharrten beide in qualvoller Ungewißheit. Grouchy beschloß, böser Ahnungen voll, Vandamme sogleich über Limal auf das westliche Dyleufer zu ziehen. Doch der querköpfige Vandamme leistete dem Befehle nicht Folge, so daß Grouchy am Morgen des 19. den Flankenangriff ohne ihn auszuführen unternahm. Zum Unglück trennte sich der zum 1. Korps (Zieten) gehörige Oberst Stengel noch in der Nacht von Thielmann, um wieder zu seinem Korps zu stoßen. Zwar rückte Borcke inzwischen wieder heran; aber Thielmann wußte nicht, wo er sich mit ihm vereinigen würde. Die Lage Thielmanns war also in diesem Augenblicke recht mißlich.

Zwischen 4 und 5 Uhr morgens begann der erneute Angriff Grouchys. In der Nacht hatte Thielmann seine Aufstellung geändert. Die 10. Brigade stand gegen Limal, mit dem linken Flügel an Biérges gelehnt, rechts schloß sich die 12. Brigade (Stülpnagel) in einem nach Westen sich erstreckenden Walde an. Die 11. Brigade (Luck) stand hinter beiden in Reserve. Hobe hielt mit der Reservekavallerie südlich von jenem Walde vor dem rechten Flügel der 12. Brigade, mit den Vorposten am Feinde. Die Batterien waren in der Front verteilt. Der Angriff geschah mit großer Entschiedenheit, doch wehrten sich die preußischen Bataillone mit heldenmütiger Tapferkeit 4 Stunden lang. Dann erst gelang es den Franzosen die Brigade Stülpnagel hinter den Wald zurückzubrängen. Um diese Zeit traf vom General Pirch die Nachricht von dem großen Siege Blüchers und Wellingtons ein und baß das 2. Korps (Pirch) den Befehl hätte Grouchy den Rückzug abzuschneiden. Jetzt endlich langte auch Borcke an und bedrohte die linke Flanke der Franzosen. Aber als ein Teil der Kavallerie Pajols gegen ihn einschwenkte, blieb er abermals unthätig stehen. Da nun Thielmann doch Gefahr lief, vom Feinde umfaßt zu werden, machte Clausewitz den Vorschlag den Rückzug in der Richtung auf Löwen anzutreten, um Grouchy hinter sich her zu ziehen und ihn dadurch dem sicheren Untergange durch das 2. Korps zuzuführen. Dieser Gebanke war an sich richtig, nur mußte man Grouchy im Auge behalten und Acht geben, daß er auch wirklich folgte. Thielmann ließ nun aufbrechen, aber zugleich die Nachricht vom Siege bei Belle Alliance verbreiten, die mit Jubel begrüßt wurde und die erschöpften Mannschaften neu belebte. Der Rückzug vollzog sich in schönster Orbnung. Der tapfere Oberst v. d. Marwitz bildete mit seiner Reiterbrigade den Nachtrab. Die Reiterei des Korps hatte den Rückzug zu decken gehabt und Thielmann hatte ihren Führer, den General Hobe, „mit seinem Kopfe" dafür verantwortlich gemacht, daß er bis zum vollständigen Abzuge des Fußvolks die Brüsseler Straße festhalte. Grouchy dachte ja aber längst nicht mehr so sehr an die Besiegung Thielmanns als an die Vereinigung mit Napoleon. Er ließ sich baher garnicht auf eine Verfolgung ein und nur durch Kavallerievorposten den Marsch Thielmanns beobachten. Die Beschaffenheit des Geländes, das sehr durchschnitten war, mag dazu beigetragen haben, daß Thielmann nicht sofort von dem Nichtfolgen des Gegners erfuhr. Der Rückmarsch wurde ungestört bis eine Meile nördlich von Wavre, bis Rhobe St. Agathe, fortgesetzt. Grouchy erhielt um 11 Uhr die niederschmetternde Nachricht von der Auflösung des napo

leonischen Heeres. Er beschloß darauf den Rückzug auf Namur anzutreten. Bei Wavre blieb zunächst noch das Korps Vandamme und
bei Limal die Division Teste stehen. Grouchy gewann einen Vorsprung von 6 Stunden. Dann brach auch Vandamme auf. Eine
Vorpostenkette von Reitern täuschte auch jetzt noch über den Abmarsch.
Erst spät am Abend meldeten die preußischen Vorposten, daß die französische Kavallerie aus dem Gesichtskreise geschwunden sei. Thielmann
konnte daher erst am nächsten Morgen die Verfolgung beginnen, wo
kaum noch eine Möglichkeit war, den Feind einzuholen. Der von
Thielmann gebilligte Vorschlag Clausewitzens hatte sich in der Theorie
als sehr gut erwiesen, aber die Praxis hatte einen bösen Strich hindurch gemacht.

Die beiden Tage bei Wavre kosteten dem Thielmannschen Korps
64 Offiziere und 2400 Mann. Über Grouchys Verluste ist nichts
Genaues bekannt geworden. Dadurch, daß durch dies Treffen ein
beträchtlicher Teil des napoleonischen Heeres vom Hauptschlachtfelde
bei Belle Alliance ferngehalten worden war, hat Thielmann indirekt
wesentlich zu der Entscheidung in diesem denkwürdigen Feldzuge beigetragen. Es war dies auch nicht bloßer Zufall, sondern insofern
sein eigenes Verdienst, indem er selbst bereits den Entschluß auf Wavre
zu marschieren gefaßt hatte, indem er ferner selbständig die wichtigsten
Maßregeln ergriff, denn der Entschluß, dem Marschall Grouchy bei
Wavre Widerstand zu leisten, ging nicht von der Heeresleitung, sondern von ihm aus. Auch sonst bewies er in dem Kampfe die größte
Umsicht und Geschicklichkeit, und wenn Napoleon später alle Schuld
wegen seiner Niederlage bei Belle Alliance auf Grouchy schob, der
ihn im Stiche gelassen hätte, mit ihm vereinigt wäre der Sieg ihm
zweifellos zugefallen, aber Grouchy hätte seine Befehle nicht befolgt,
so that er seinem Marschall bitter Unrecht. War Grouchys Aus-
bleiben die Ursache an dem abermaligen Zusammenbruche der napoleonischen Herrlichkeit, so hatte der gestürzte Riese nicht dem Marschall,
sondern dem ehemaligen sächsischen Rittmeister, den er vor neun
Jahren im Schlosse zu Merseburg so völlig zu bezaubern wußte,
Schuld daran zu geben. Es war eine eigenartige geschichtliche Fügung.
Jetzt trug Thielmann die Schuld, die er seinem Vaterlande gegenüber

durch seine Hinneigung zum Franzosentume eingegangen war, mit Zinseszins ab. —

Noch ehe man im Hauptquartier Thielmanns erkannt hatte, daß Grouchy abmarschiert war, hatte Clausewitz am Nachmittag des 19. bereits eine Disposition zum Angriff eventuell zur Verfolgung für den nächsten Tag entworfen, die Thielmanns Genehmigung fand. Marwitz erhielt hierin den Auftrag unter Heranziehung der sächsischen Reiter, welche Oberstleutnant v. Czettritz am Abend des 19. heranführte, jenes 12. Husarenregiments, das anfänglich noch nicht formiert war, auf der Brüsseler Straße vorzugehen und den Feind anzugreifen. Ihm sollte der Oberst Graf Lottum mit der 2. Kavalleriebrigade folgen. Die Landwehrkavallerie wurde auch zu einer Brigade formiert und Hobe unterstellt. Ebenso wurde der Oberst v. Bock vom 2. Armee-korps, der sich dem 3. Korps mit 2 Schwadronen angeschlossen hatte, Thielmanns Gefährte von Torgau und dem thüringischen Streifzuge her, dem General Hobe beigegeben. Die Infanterie sollte in einer Kolonne hinterher marschieren. Aber diese Anordnungen kamen schon zu spät, da Grouchy bereits einen zu großen Vorsprung hatte. Nur Marwitz kam in gleicher Höhe mit dem tapferen Sohr vom 2. Korps noch bei Rhisne, kurz vor Namur an den Feind, brachte ihm einige Verluste bei und erbeutete 4 Kanonen und viele Pferde, ohne jedoch verhindern zu können, daß Grouchy entkam.

Mit der Infanterie traf Thielmann erst am Nachmittag des 20. in Gemblour ein, wo er ein Lager bezog. Hier erreichte ihn ein Befehl Blüchers, schleunigst der Bewegung des Gros auf Beaumont zu folgen. Demgemäß setzte er sich am 21. in Marsch und traf über Charleroi am 22. in Beaumont ein, wo er einen Befehl vom Feld-marschall erhielt, sich am folgenden Tage bei Avesnes wieder mit der Armee zu vereinigen. Hier ereignete sich folgendes uns von Dorow überlieferte Stücklein. Die schnelle Verfolgung der Franzosen ge-stattete keine regelrechte Verpflegung der Truppen, so daß sich jeder auf seine Weise zu helfen suchte und wohl nicht immer glimpflich verfahren wurde. So hatte der Kommandeur der Füsiliere vom 31. Regiment, ein Major v. Natzmer, eine vor Avesnes weidende Hammelherde kurzerhand forttreiben und ins Lager bringen lassen.

Auf dem Markte des Städtchens hielt Thielmann und ließ die Truppen an sich vorbeimarschieren. Natzmer ritt von der Spitze seines Bataillons heran, um neben dem General Stellung zu nehmen. Vor dem lag gerade ein hilfeflehender Bauer. „Sehen Sie diesen Bauer?" rief Thielmann dem Nichtsahnenden zu. „Der Kerl klagt, Sie hätten ihm seine Herde Hammel nehmen lassen, ist das wahr?" „Natzmer, hören Sie wohl auf, ich habe dem Kerl mein Wort gegeben, er soll auch den letzten Hammelschwanz wiederbekommen, verstehen Sie mich recht, nehmen Sie den Kerl mit und lösen Sie mein Wort auf das Gewissenhafteste ein, ich mache Ihnen solches zur strengsten Pflicht." Ängstliche Gemüter aus der Umgebung des Majors suchten diesen nun zur Rückgabe der Hammel zu veranlassen. Sie fürchteten sonst ein Kriegsgericht. Aber Natzmer glaubte Ursache zu haben die Sache humoristisch aufzufassen, ließ die Hammel unter seine Soldaten verteilen, gab jedoch strengen Befehl, die Bälge, besonders die Schwänze vollzählig bei seinem Adjutanten einzuliefern. Nun eilte der Schäfer wieder mit lauten Klagen zum General. Grand malheur! Aber dieser donnerte ihn an: „Glaubst Du Narr, unsere Soldaten können vom Winde leben? Ihr habt es bei uns ganz anders gemacht, da wurden auch die Bälge genommen, ja die Bauern bis aufs Hemb ausgezogen." Es war wieder der alte Schalk von früher, der in ihm durchbrach. Natzmer aber dankte er und sagte: „Daran erkennt man einen alten wahren Guerrier; hören Sie Natzmer, ich hätte es sehr übel genommen, wenn Sie mich anders verstanden hätten." Nun ging es mit der Armee in Eilmärschen auf Paris. Am 27. war das 3. Korps in Compiègne. Am 28. nahm ein Teil der Kavallerie an einem Gefechte des 1. Armeekorps bei Crespy gegen Grouchy und Vandamme teil. Am Morgen des 1. Juli traf das Korps in St. Germain en Laye ein und besetzte dort die Seinebrücke. Die Truppen waren auf das Äußerste ermüdet; viele blieben auf dem Marsche liegen, so daß Thielmann in seiner bekannten Fürsorge für die Truppen Erholung dringend für nötig hielt und dies Blücher anzeigte unter der Mitteilung, daß er alle Anstalten getroffen hätte, um dem Feinde nötigenfalls begegnen zu können. Dadurch entging ihm die Ehre, am 2. Juli das Gefecht zu führen, das jetzt

Zieten mit dem 1. Korps lieferte. Nur die 9. Brigade hatte noch am Abend des 1. Juli ein Gefecht mit feindlicher Kavallerie unter Excelmans zu bestehen. Vom 4.—8. Juli lagerte das Korps in Plessis-Piquet, um am 8. in Paris einzumarschieren. Schon am nächsten Tage brach es wieder auf, um der Armee zu folgen. Vom 16.—28. Juli blieb man in Etampes stehen. Dort wird ihn die Dekoration des Königs Friedrich Wilhelm erreicht haben, der ihm unter dem 11. Juli das Eiserne Kreuz 2. und 1. Klasse verlieh. Kaiser Alexander, sein alter Gönner, verehrte ihm als Anerkennung seiner Verdienste um die gemeinsame Sache einen goldenen mit Brillanten besetzten Ehrendegen. In Etampes knüpfte der Befehlshaber der Loirearmee mit Thielmann Unterhandlungen an. Die meisten französischen Generale zogen es vor, die weiße Kokarde aufzustecken. So war auch dieser Mann bourbonisch gesinnt. Der Adjutant, den er schickte, Trobriand, war ein alter Bekannter Thielmanns und dies Wiedersehen höchst eigentümlich. Sobann wurden Kantonnements in Le Mans und Umgegend bezogen, wo man fast 8 Wochen Rast machte und zugleich die Loire von Tours bis Angers beobachtete. Zum 3. August, dem Geburtstage König Friedrich Wilhelms, setzte Thielmann eigenhändig einen Tagesbefehl auf:

„Der 3. August, welcher jedem Preußen ein feierlicher Tag ist, erweckt in uns diesmal um so ernsthaftere Betrachtungen, aber auch um so freudigere Gefühle, da wir nach so verhängnisvoller Zeit die Feier der Geburt unsers Königs weit vom heimischen Herde an den Ufern der Loire unter den Fittichen des Sieges begehen sollen.

Obschon auf dem Marsche begriffen, sollen dennoch die Brigaden soviel sich nur thun läßt an diesem Tage zu einem feierlichen Gottesbienste versammelt und dieser Tag mit einem Dankgebet zum Höchsten begonnen werden. Während des Gesanges „Nun danket alle Gott" feuern die Brigadebatterien drei Mal durch, damit der Donner des Geschützes diesseits und jenseits der Loire unsere Liebe zu unserem Könige verkündige."

Damals wurde dem General sein Landsmann Dietrich v. Miltitz, mit dem er längst wieder ausgesöhnt und der seiner Familie beim Fortzug aus Dresden behülflich gewesen war, „zu besonderen Auftrage" beigegeben.¹) Miltitz, jetzt in preußischen Diensten, folgte ihm auch nach Paris. Er wurde später noch preußischer Generalleutnant, schied 1830 aus dem aktiven Dienst und ging nach Sachsen zurück, wo er hochbetagt am 29. Oktober 1853 starb.

Von Le Mans ging es, da es nichts mehr für den Soldaten zu thun gab, wieder zurück nach Versailles, wo Thielmann 8 Tage (26. September bis 3. Oktober) sein Hauptquartier nahm. Am 3. Oktober hatte er eine Revue vor dem König, um am darauffolgenden Tage zum zweiten Male in Paris einzumarschieren und dort 8 Tage zu bleiben. Hier wurde ihm ein neuer Beweis der königlichen Huld zu teil, indem ihm wie den anderen großen Generalen eine Dotation von 25 000 Thalern gewährt wurde. Außerdem wurde er einstweilig zum kommandierenden General in Westfalen bestimmt. Auf dem Rückmarsche erfuhr er in Meaux Asters Beförderung zum General und eilte, ihm seine Freude darüber auszusprechen: „Ihre Beförderung, mein verehrter Freund, ist mir widerfahren." In die Zukunft blickte er nicht hoffnungsvoll. „Vorm Jahr verließ ich Paris mit der Überzeugung, die Ruhe sei für Europa auf geraume Zeit gesichert — ich habe mich gänzlich geirrt. — Dies Jahr verlasse ich Paris mit der Überzeugung, daß die Ruhe nicht 2 Jahre dauert." Gott hatte es glücklicherweise anders mit Deutschland beschlossen und Thielmann erwies sich als sehr schlechter Prophet. Von dem Feldherrn der preußischen Armee schied Thielmann in schönster Eintracht, indem Blücher am 31. Oktober von Compiègne aus an ihn ein überaus warm gehaltenes Dankschreiben wegen seiner ihm im verflossenen Feldzuge geleisteten wesentlichen Unterstützung richtete.

Am 25. Dezember traf der General mit seinem Korps in Torgau ein, und an dieser für sein Leben so bedeutungsvollen Stätte sollte auch seine kriegerische Laufbahn schließen, indem hier das dritte Korps aufgelöst wurde. Von dort ging er nach Berlin. Während des kurzen Aufenthaltes daselbst besuchte er auch den ihm durch Körner wohlbekannten Hofrat Parthey, Nicolais Schwiegersohn, der

---

1) A. Peters, Dietrich v. Miltitz. Meißen 1863. Vgl. über Miltitz ferner Eleonore Fürstin Reuß, Friederike Gräfin v. Reden geb. Freiin Riedesel. Ein Lebensbild. Berlin 1888. Bd. I.

einen Unfall erlitten hatte, am Krankenlager. Hier sah ihn der Sohn des Kranken Gustav Parthey, der uns in seinen Jugenderinnerungen diesen Moment aufgezeichnet hat: „Eines Tages fand ich am Bette meines Vaters einen stattlichen Mann in glänzender Uniform. Er schien mir noch garnicht alt zu sein, aber der kahle Kopf hing ihm auf die Brust herab, das Auge hatte nur einen matten Glanz, und mit Mühe schien er das Gespräch fortzuführen. Es war der sächsische General v. Thielmann, der im russischen Feldzuge unter Napoleon I. gedient. Die Schrecknisse des Rückzuges hatten den kräftigen Mann vor der Zeit zum Greise gemacht."

Das war das Bild des Generals Thielmann am Ende der Kriegszeit. Es waren nicht allein die Strapazen von 1812, die den blühenden Mann, dessen Bild Graffs Meisterhand festgehalten hat, so entstellt hatten; die nachfolgenden Erlebnisse, vor allem die aufregenden Monate in Torgau und die sonstigen harten Prüfungen um Sachsens willen wirkten damit zusammen, um die Gesundheit und Kraft dieses Mannes zu erschüttern. —

Am 31. Januar 1816 langte Thielmann am Orte seiner neuen Bestimmung, in Münster an, wo das Generalkommando des 7. Armeekorps seinen Sitz hatte.

Nach den stürmischen Jahren der napoleonischen Zeit, die so mächtig an ihm gerüttelt hatten, schien jetzt in Münster ein ruhiger Lebensabschnitt für ihn anzubrechen und äußerlich verliefen diese Jahre auch so befriedigend und still, als es nur sein konnte. Er nahm in der alten Bischofsstadt, die eben wieder an Preußen gekommen war und überhaupt erst wenige Jahre unter preußischem Scepter gelebt hatte — niemand anders als Blücher war hier in Münster (1803 bis 1806) Gouverneur gewesen — eine glänzende Stellung ein. Er bewohnte im Schlosse den linken Flügel, den andern hatte der treffliche Oberpräsident v. Vincke inne. Thielmanns große gesellschaftlichen Gaben vermittelten es, daß er der Mittelpunkt einer höchst anregenden Geselligkeit wurde. Münster war nicht arm an belebenden Elementen. Da waren die zahlreichen Waffengefährten, der General v. Luck, die Obersten v. Wolzogen, v. Horn, v. Weyrach, der Major Rehbinder, die Adjutanten Roth v. Schreckenstein und Leutnant v. Hüttel.

Der verwegene Freischarenführer Oberst v. Lützow ging hier seinen Sportliebhabereien nach, während seine schöne Gemahlin, die Gräfin Ahlefeldt, damals den jungen Auditeur Immermann zu fesseln begann und dadurch den Roman ihres Lebens einleitete. Der kommandierende General war wegen seiner geistigen Interessen für die geistreiche Gräfin ein angenehmer Umgang. Seine Bibliothek diente wohl dazu, ihre Kenntnis der französischen Litteratur zu vermehren. So lieh ihr Thielmann einmal eine Schrift des französischen Publiziften de Prabt mit folgenden Begleitworten: „Neben vielem Schönen werden Sie auch viel Schlechtes finden, denn wer so viel schreibt wie Herr v. P., der kann nicht immer etwas Kluges schreiben, wenn das Buch voll werden soll; neben viel un- oder halb wahrem finden sich aber auch treffende Wahrheiten, sowie neben philosophischer Unparteilichkeit viel nationale Befangenheit. Doch —“ schloß er mit galanter Verbeugung — „wie kann ich mir einfallen lassen, Ihrem Urteil vorgreifen zu wollen.“[1] Da war ferner der stolze westfälische Adel, der mit Thielmann Verbindungen anknüpfte. Näher trat ihm ein Graf Merveldt. Den würdigen Domherrn Grafen Spiegel zum Desenberg konnte man jeden Mittag zum Schloß reiten sehen, um den kommandierenden General zu einem Spazierritt abzuholen. An die Generalin besonders schloß sich die junge Annette v. Droste-Hülshoff an, und oft besuchte die Thielmannsche Familie Drostes auf ihrem traulichen Landsitz. Sonst sind noch ein Ketteler, Westerholt, Schmising, Landsberg-Velen, Bodelschwingh unter den Edelleuten zu nennen, deren Zuneigung und Liebe sich Thielmann zu erwerben mußte. Eine dritte Klasse, vielleicht die am meisten im Umgang zusagende, waren die preußischen Beamten. Vor allem schloß Thielmann mit dem wackeren Keßler, einem liberalen Manne, der seit 1816 in Münster die Stellung eines Regierungsdirektors einnahm, Freundschaft, ebenso wie seine Frau mit der Frau Keßlers; und beide beklagten es sehr, als diese Familie versetzt wurde. Der Schwiegervater Keßlers, der berühmte Berliner Arzt Heim, gewann ebenfalls bei seinem Besuche im Jahre 1818 Thielmanns

---

1) Brief im Nachlasse Varnhagens in der Kgl. Bibliothek zu Berlin.

Zuneigung. Der Arzt und der Krieger ritten wohl auch einmal selb-
ander in die Umgegend hinaus, und nicht wenig interessant war es
Heim, auf einem Gaul zu reiten, mit dem Thielmann den russischen
Feldzug durchgemacht hatte. Nach Münster war auch Friedrich Kohlrausch berufen worden, um das westfälische Schulwesen zu organisieren, jener gescheute Schulmann, dessen Deutsche Geschichte damals
ihren Siegeslauf durch die deutschen Schulen begann. Auch er trat
in freundschaftliche Fühlung mit Thielmann. Zu diesem Kreise gehörten ferner die Konsistorialräte Anton Müller, ein gelehrter Kan-
tianer, und Natorp, und der Regierungsrat Scheffler. Die Beamten hatten einen bestimmten Abend in der Woche, an dem sie sich
zusammenfanden und ihre Gedanken austauschten. Außer Thielmann
nahm von Offizieren noch sein Generalstabschef Oberst August von
Wolzogen teil, der Bruder des Memoirenschreibers und Adjutanten
Czar Alexanders.

Die amtliche Thätigkeit betraf hauptsächlich die Organisation der
Landwehr. Die allgemeine Wehrpflicht stieß in Westfalen vielfach auf
Opposition, da der Preußengeist hier noch nicht eingedrungen war.
War es doch auch nur zu begreiflich, daß noch eine gewisse Abneigung
gegen das neue Regiment bestand. Noch lebten zahlreiche der münsterschen Militärs, die bei Auflösung der bischöflichen Truppen ver-
abschiedet wurden und selbstverständlich mit ihren Familien darüber
verstimmt waren. Kamen sie sich doch auch viel mehr und besser vor, als
die preußischen Offiziere; und die reichere Bildung hatten sie in der
That vor ihnen voraus. Gewisse Roheiten des preußischen Unter-
offiziertums hatten zudem abstoßend gewirkt. Eine Menge Neuerun-
gen, die auf einmal hatten vollzogen werden sollten, hatten nicht gerade besänftigend gewirkt. Sehr ärgerliche Händel, die seiner Zeit
Blüchers Sohn Franz und einige andere preußische Offiziere mit dem
münsterschen Abel gehabt hatten und ein Akt willkürlicher Kabinets-
justiz (1805), der wahre Erbitterung im Lande erregt hatte, waren
noch lebhaft in der Erinnerung der Westfalen. Niemand war besser
geeignet, ein versöhnendes Regiment auszuüben, als der treffliche
Vincke, der als Oberpräsident von Westfalen ein wahrer Vater dieser
Provinz wurde. Obwohl Thielmann sich bemühte, mit Vincke in

stetem Einvernehmen zu handeln, blieben doch Meinungsverschieden-
heiten nicht aus. Sie entspannen sich bei der Organisation der Landwehrkavallerie. Nach Boyens, des damaligen Kriegsministers Ideen
war eine Vermehrung der Landwehrstämme auf 30—40 Pferde für die
Schwadron in Aussicht genommen. Thielmann kam diese Verstärkung
seiner Lieblingswaffe nur gerade recht, und er ersuchte den Oberpräsi-
denten, die Ausführung des Boyenschen Gedankens veranlassen zu
wollen. Vincke erhob nachdrücklich Einsprache dagegen wegen des
Pferdemangels in Westfalen und befürchtete davon eine nachteilige
Einwirkung auf die Gesinnung der Einwohner. Die Maßregel, deren
Schwierigkeiten sich Thielmann selbst nicht verhehlt hatte, unterblieb
in der Folge, zumal da sich auch fast überall lebhafter Widerspruch
bei den militärischen Autoritäten im Königreiche erhob.[1]) Thielmann hatte unendlich viel Schreiberei mit der Landwehrorganisation,
„er badete sich in Tinte" wie er wohl sagte.

Kunstgenüsse bot Münster freilich weniger als Weimar und Dresden. Ein großes Ereignis war es, als bald nach Thielmanns Ankunft im März 1816 die Hendel-Schütz hier auftrat. Doch mag der
verwöhnte General wohl noch mehr als die junge, noch unerfahrene
Annette Droste-Hülshoff sich darüber aufgehalten haben, daß sie dasselbe prächtige Kleid, was sie als Thekla im Wallenstein trug, auch
für den Vortrag gemütlicher Vossischer Dichtungen anbehielt. Am
25. und 26. Dezember 1816 feierte er im Kreise seiner Familie froh
das Fest der silbernen Hochzeit, dem u. a. Clausewitz und ein Olfers,
wohl der nachmalige Direktor der preußischen Kunstsammlungen,
beiwohnten. Seine beiden ältesten Söhne wuchsen jetzt heran. Franz
besuchte erst Schulpforta, um dann mit Karl zusammen auf das
Hallische Pädagogium zu dem tüchtigen Niemeyer zu kommen. Später
besuchte Franz die Bonner Hochschule und Karl kam in das
Kadettenkorps zu Berlin. Da Thielmann eine ausgesprochene Vorliebe
für rege Geselligkeit hatte, so unterließ er es nicht, öfters große Bälle
und Festlichkeiten zu veranstalten. Bei Gelegenheit eines Besuches
des Kronprinzen war er es, der die Beteiligung des spröden Adels

---

1) Vgl. (v. Courbière) Die preußische Landwehr in ihrer Entwickelung von
1815 bis zur Reorganisation von 1859. Berlin 1867.

an dem Empfange durchzusetzen wußte, indem er ein Haupt desselben, den Grafen Merveldt, scharf ins Gebet nahm, was zur Folge
hatte, daß nach wenigen Tagen zu allen Thoren die vierspännigen
Reisewagen hereinrollten und die leeren Höfe der Herren auf
einmal gefüllt waren. Hin und wieder unternahm er auch wohl
Reisen nach Berlin u. s. w. So war er dort im August 1819 und
überbrachte Wilhelm v. Humboldt einen Brief von Stein. Wohl an
den jetzt in Berlin lebenden Freund Körner, der vorübergehend in
Merseburg war, schrieb er aus Berlin 3. August 1819[1]):

„Die Folgen des Karlsbader Kongresses, Suspension der Preßfreiheit und Etablierung eines hohen Gerichtshofs in Mainz, wozu
man hier Bülow nennt, waren vorauszusehen — haben die Schriftsteller daran etwa keine Schuld? Die Konfiskation der Görresschen
Schrift" — Deutschland und die Revolution — „ist ebensowenig zu
billigen, als die Schrift tadelnswert ist. — Was wird aus all diesem
werden!! Heute gehe ich mit Ihrer lieben Frau in die Oper."

Dieser Brief beweist, daß seine alte Leidenschaft, die Politik, noch
immer ungeschwächt in ihm fortlebte. Auch ein Brief an den zum
Legationssekretär in Dresden ernannten Dorow vom 22. März 1816,
in dem er den angehenden Diplomaten in die sächsischen Verhältnisse
einweihte, verrät uns, wie scharf er noch immer den Fortgang der
politischen Entwickelung beobachtete. Das Schriftstück ist zugleich eine
wichtige Urkunde für seine innere Entwickelung, indem sich darin
sein späteres Verhältnis zu Sachsen und seine Gefühle für das
Land, in dem er geboren war, spiegeln. Schon während der Zeit
der Unentschiedenheit hatte dieser Mann, während er fühlte, daß ihn
unzählige Blicke mit tötlichem Haß verfolgten, unausgesetzt in wohl-
wollendem Sinne für die Sachsen gewirkt, wenn er freilich auch von
der Notwendigkeit der Vereinigung mit Preußen durchdrungen war.
Auch jetzt bewahrte er der Nation ein gutes Andenken, obwohl auch er
gegen einzelne Personen einen ehrlichen Haß hegte. Er entschuldigte
Manches in dem Verhalten seiner ehemaligen Landsleute und fällte
auch zum Teil über die Verbündeten scharfe Urteile, besonders wegen

---

1) G. St. A. Rep. 94. IX. E 9.

des nicht gehaltenen Versprechens, daß Sachsen ungeteilt bleiben solle. In seiner Erinnerung an die alte Zeit traten wieder die Vorzüge König Friedrich Augusts vor seine Seele. Das Charakterbild, das er in dem Briefe von seinem ehemaligen Herrn entwarf, veranschaulicht trefflich das Wesen dieses Monarchen. Der ganze Ton des Briefes verrät den Wunsch, wieder auf einen guten Fuß mit seinem Vaterlande und seinem König zu kommen, und indem er Dorow so ausführlich schrieb, rechnete er sicherlich darauf, daß diese seine Worte etwas dazu beitragen würden. Dorow war natürlich entzückt über die geistreichen Belehrungen und Winke des berühmten Generals. Schon durch den Eingang fühlte er sich hochgeehrt, wo Thielmann auf ihr erstes Zusammentreffen bezugnahm:

„Wir haben unsere Bekanntschaft in Augenblicken geschlossen, die mit Flammenschrift im Buche der Erinnerung stehen. Ist auch leider nicht Alles so, wie es sein könnte, so waren auch vielleicht unsere Hoffnungen, unsere Erwartungen zu jugendlich, zu sehr aus der Begeisterung, zu wenig aus der wirklichen Welt! Was Sie über unsere politische Lage sagen, unterschreibe ich in Allem und Jedem.“ Eingehend auf die politische Lage fuhr Thielmann fort: „Der Abklärungsprozeß der Gährung der moralischen Welt ist noch nicht vorüber und der gänzliche Niederschlag noch keineswegs erfolgt! Polen und Italien sind hauptsächlich die Punkte, die der denkende Beobachter nicht aus den Augen verlieren muß. Aber auch Deutschland hat des bösen trübenden Prinzipes gerade noch hinlänglich genug, und da hat Sie denn Ihr Schicksal auf einen recht wichtigen Punkt geführt.“

Sich nunmehr zur Besprechung der sächsischen Verhältnisse wendend, äußerte er: „Die Sachsen sind ein unglückliches Volk, aus treuer Hingebung für ihre Pflicht von ihrem Fürsten abgezogen, dann wieder durch die Wortbrüchigkeit der Alliierten ihm wieder anhänglicher als je zugethan, und wegen der schmachvollen Teilung mit bitterem, unauslöschlichem Haß erfüllt; unter so einem Volke in Ihrer Lage lebend, können Sie jeden nur unbedingt als Ihren Feind ansehen.“

Dann folgt die Charakteristik Friedrich Augusts, die ein Beispiel dafür ist, mit wie viel Geist Thielmann über die Dinge und Personen urteilte: „Der König ist trotz seines in der Geschichte unvertilgbar geschriebenen Fehltritts ein edler, ausgezeichneter Mensch, etwas schwach von Charakter, eigensinnig als Fürst, fehlerhaft erzogen, findet er seiner Religion gemäß in Gebet und Buße nicht allein Beruhigung, sondern auch Rechtfertigung für Alles. Scharfsinnig, welterfahren, tiefe gründliche Gelehrsamkeit besitzend, fehlt ihm nur der Mut zum Handeln, darum wagte er nicht in Prag mit Ehren unterzugehen, sondern zog ein vorwurfsvolles Leben vor. Selbst während der preußischen Allianz, zu deren Abschluß vielleicht Josephs II. Irreligion die wahre geheime Triebfeder seines Herzens war, fühlte er sich immer durch die Bande der Verwandtschaft und die noch mächtigeren des gleichen Glaubens zu Österreich hingezogen, sodaß der weltkluge Elliot von ihm sagte: „La Prusse est sa femme, mais l'Autriche est sa maîtresse!" Niemand glaube, daß er je aus Neigung an Napoleon gehangen habe, dessen war sein tugendhaftes Herz nie fähig; nur Furcht konnte ihn, seinem schwachen Charakter gemäß, dazu bestimmen, und als Mensch hatte er ihm intimibierend imponiert! Sowie sich die Gelegenheit zeigte, schloß er sich an Österreich an, freilich nicht kräftig und entschlossen, sondern mit halben Maßregeln; deswegen ging er nicht gleich nach Prag, sondern über Plauen nach Regensburg schwankend und zaudernd dahin. Welche Beständigkeitsprobe wurde aber auch diesem schwachen Charakter durch Österreichs Unentschlossenheit aufgelegt! Hierzu gesellten sich noch eine Menge Nebenumstände, welche zu seiner Entschuldigung zu berücksichtigen man diesem unglücklichen König gar zu sehr schuldig ist."

Im Weiteren begründete er den schon gestreiften Anschluß der sächsischen Kabinetspolitik an Österreich des Näheren: „Nach Österreich also sind alle Blicke des Dresdener Kabinets hin, und von Preußen auf immer weggewandt. An alles knüpft man in Dresden Hoffnungen an, gleich einem Schiffbrüchigen, der nach dem Strohhalm greift; so bin ich geneigt zu glauben, daß man daselbst auf die österreichisch-bairischen Differenzen große Erwartungen gebaut hat, und daß man nach deren Ausgleichung sich sehr abgekühlt fühlt."

Hieran reihte sich eine Charakteristik einzelner Personen: „Die ersten Personen in Dresden sind brave Leute, Graf Einsiedel, General

Watzdorf und General Zeschau sind wahre Ehrenmänner. Der eigentliche Mittelpunkt der Dresdener Politik ist Graf Schulenburg, ein kalter ambitiöser, aber bequemer Egoist von vielem Kopfe, der durch seine Schwester, die Gräfin Einsiedel, seinen Schwager influenziert. Ich beneide Sie nicht um Ihren Aufenthalt, indessen werden Sie manchen guten Menschen finden, wenn sich nur erst die Leidenschaften etwas beruhigt haben werden. Von mir werden Sie viel Böses hören, doch auch ich hoffe Gerechtigkeit von meinen Landsleuten, freilich nur mit der Zeit. Sollten Sie auf den Geheimen Kriegsrat von Broizem in der Gesellschaft stoßen, so sagen Sie ihm viel Herzliches von mir, es ist ein braver und kluger Mann, er ist mein Freund."

Die Ausführungen über die sächsischen Verhältnisse beruhten nicht bloß auf einer allgemeinen Erinnerung an frühere Zustände und auf anderweitigen Nachrichten, sondern auf eigener Anschauung. Denn vor Kurzem war Thielmann noch in Dresden gewesen und hatte dort erlebt, wie man ihn gleich einem Aussätzigen mied. Ein wehmütiger Brief an Karoline vom 16. März giebt darüber Aufschluß. Selbst seine eigenen Verwandten, seine Schwägerin Ernestine, die sich einige Zeit nach dem Tode des würdigen Reinhard mit dem sächsischen Minister Grafen Peter von Hohenthal vermählt hatte, waren ihm aus dem Wege gegangen oder hatten ihn doch nur außerhalb Dresdens sehen wollen. „Auch dieses Band ist denn also locker geworden, und so fallen denn nach und nach alle Blüten vom Baume des Lebens und kahl steht der Stamm allein da!" schrieb er kummervoll. Von seiner Anhänglichkeit an das alte Vaterland und der Sehnsucht wieder in ein gutes Verhältnis mit ihm zu treten, giebt u. a. auch die Thatsache einen Beweis, daß er, als Friedrich August am 20. September 1818 sein fünfzigjähriges Regierungsjubiläum feierte, in Münster eine große Festlichkeit veranstaltete und auf den alten König einen Trinkspruch ausbrachte. Doch noch waren die nationalen Anschauungen in Sachsen zu wenig geklärt und weniger als jemals vermochte man nach der unglückseligen Teilung die Unverantwortlichkeit der sächsischen Politik zu beurteilen, sodaß der Mann, der gerade die richtige Politik angestrebt hatte, nicht nur vom nationalen, sondern auch vom sächsischen Standpunkte, und dem nur etwa zur Last fallen konnte,

daß er hier und da zu scharf seine Meinung geäußert hatte, nur als
ein Abtrünniger angesehen wurde. Der Wahrheit gemäß muß allerdings hinzugefügt werden, daß es im Wesentlichen nur die Regierungs-
und dem Hofe näherstehenden Kreise waren, die Thielmann so ver-
ketzerten. Da er mit diesen Elementen aber besonders Fühlung gehabt hatte, so empfand er dies bitter. Die Feindschaft seiner
ehemaligen Landsleute hatte er bis nach Westfalen hin zu fühlen.
Der Partikularismus spielte schon damals unter einer Decke mit dem
Ultramontanismus und ein ärgerlicher Zwist, den Thielmann im
Jahre 1818 mit dem Herausgeber des rheinisch-westfälischen Anzeigers,
v. Mallinckrodt in Dortmund, hatte, war gleichsam ein Vorbote künftigen
widerwärtigen Zwiespaltes der preußischen Behörden mit katholischen
Fanatikern. Thielmann hatte den „durch sein jakobinisches Streben
die Regierung zu verkleinern berüchtigten" Mallinckrodt wegen zweier
gehässiger Aufsätze gegen die preußischen Truppen „über öffentliche
Störung des Gottesdienstes" verklagt, und Mallinckrodt war zu
2 monatlicher Festungsstrafe verurteilt worden. Der katholische Publizist
rächte sich dafür, indem er in seinem wenige Jahre später (1822)
durch seine Parteinahme in dem berühmten Fonkschen Prozesse noch
mehr bekannt gewordenen Blatte Thielmanns vertrauliches Rundschreiben an die Generale des 3. deutschen Armeekorps vom 31. Juli
1814 wegen des Falles Dziembowsky veröffentlichte. Das Schriftstück konnte ihm nur von indiskreter sächsischer Seite in die Hände
gespielt worden sein. Die Publizierung war Thielmann im höchsten
Grade unangenehm, schon weil dadurch alte Wunden wieder auf-
gerissen wurden, zumal in einem Augenblicke, wo die Spannung zwischen Sachsen und Preußen nach der Teilung die denkbar größte war;
außerdem mochte er selbst nicht mehr alle Wendungen in jenem
Schriftstück vertreten. Die Veröffentlichung erregte gewaltiges Aufsehen. In großer Erregung setzte Thielmann an König Friedrich
Wilhelm einen Bericht darüber auf, bitter klagend über die Bosheit
Mallinckrodts, und Hardenberg erhielt das Schreiben zur Berücksichtigung überwiesen.

Während so seine Landsleute ihn mit ihrem Hasse verfolgten,
arbeitete Thielmann in Preußen eifrig daran, die Stimmung der

ehemals sächsischen Bevölkerung für die neue Regierung zu gewinnen. Unter anderm beweist dies eine Denkschrift von ihm vom 21. April 1818 betreffend „die Vereinigung sämtlicher Teile des Herzogtums Sachsen zu einer für sich bestehenden Provinz". Die im übrigen nicht sehr bedeutende Arbeit befürwortet die Errichtung von Provinzialständen, die der König am 8. Dezember 1817 versprochen hatte. „Hierdurch" (nämlich durch jenes Versprechen), so fährt jene Denkschrift fort, „hat der früher schon gehegte sehnliche Wunsch sich erneuert, alle Teile des Herzogtums Sachsen wiederum vereinigt und letzteres zu einer für sich bestehenden Provinz erhoben zu sehen." Er redet sobann einer Schonung der provinziellen Eigentümlichkeiten das Wort. „Jeder deutsche Völkerstamm hat charakteristische Grundzüge, aus welchen seine Sitte und seine Volkstümlichkeit sich entwickeln, und nicht wenig trug diese Vielseitigkeit dazu bei, die deutsche Nation auf die Stufe der Bildung zu erheben, auf der sie sich befindet." Aus diesem Grunde beklagt er wiederholt die Teilung Sachsens und erhebt jetzt auch den Vorwurf, daß Preußen eine Politik des Mißtrauens gegen die annektierten Sachsen geführt hätte. Die weitere Zerstückelung hätte bei den Sachsen großes Mißvergnügen hervorgerufen. In diesem Verhältnisse könnten die Sachsen sich nie glücklich fühlen. Eingehend beschäftigt er sich sobann mit der Regelung der Kreditverhältnisse in den früher sächsischen Landesteilen.

Man erkennt, daß er glühende Kohlen auf die Häupter seiner sächsischen Feinde sammelte.

Nach jenem Aufenthalte in Berlin im September 1819 ging er noch einmal nach Dresden, „um jeder Erinnerung meiner frohen Jugend ein letztes Lebewohl zu sagen". Damit schlossen seine Beziehungen zu Sachsen. Sie warfen einen trüben Schatten in sein jetziges Leben. Ein anderer Kummer war für ihn die Krankheit seiner Gattin. Die Störungen in ihrer Gemütsverfassung kehrten immer wieder und erfüllten ihn oft mit großer Sorge.

Mit einem früheren Freunde söhnte er sich im Laufe der Jahre wieder aus, es war der inzwischen zum Feldmarschalleutnant aufgerückte Langenau. Dies beweist ein Brief Thielmanns an Langenau vom 2. Februar 1821, der zugleich ein weiterer Beleg für sein stetig fortdauerndes Interesse für die Politik ist. Verleugnet sich in ihm nicht der gesunde Realpolitiker, der auch sonst aus seinen politischen Urteilen spricht, so bricht doch auch die lecke Husarennatur hier wieder in ihrer ganzen Ungebundenheit durch. Es heißt da über die Kongresse von Troppau und Laibach (20. Oktober bis Weihnachten 1820 und Januar bis 25. Februar 1821), wo die Dreimächte wegen der neapolitanischen Revolution intervenierten: „Die öffentlichen Angelegenheiten können niemand erfreuen und deren Gang ist meinen Ansichten ganz entgegen. Vor Allem frage ich: Warum ist Österreich nicht seit drei Monaten im Besitz von Neapel? Im Allgemeinen beati possidentes. Im Verhältnis gegen Neapel war es weit wohlfeiler, im Verhältnis gegen die übrigen Mächte, die allenfalls wegen der Zukunft für Neapel auf Österreich eifersüchtig sein könnten, war es nicht allein ganz gleich, denn sie müssen sich jetzt wie damals auf Österreichs Wort verlassen und der Kühne und Glückliche imponiert immer. Also auch dadurch war der Vorteil auf Österreichs Seite.“ Nicht ohne Wahrheit im Hinblick auf die anhebende greisenhafte Epoche argumentierte er weiter: „Wir sind aber einmal alle alt und bedächtige, einige sagen schwach gewordene Leute, die alles recht vernünftig machen wollen und deshalb zuweilen unvernünftig werden.“ Das Verhältnis zu dem beiderseitigen Freunde, dem biederen Gersdorff, und zu Langenau selbst berührend schließt der Brief: „Gersdorff schreibt mir ganz zufrieden über seine wiedererlangte Gunst. Grüßen Sie die liebe Frau recht herzlich und vergessen Sie nicht ganz Ihren u. s. w.“

Beglückend war für ihn in den letzten Jahren seines Lebens die Freundschaft mit Stein und das herzliche Verhältnis, das sich zwischen dem jungen Prinzen Wilhelm und ihm herausbildete. Dies war besonders in Koblenz der Fall, wo Thielmann im März 1820 den Nachfolger Gneisenaus, den General Hake, in der Stellung als kommandierender General des 8. Korps ablöste. Hier traf er auch seinen alten Freund und Genossen aus schwerer Zeit, General Aster, wieder, der eben mit dem Bau des Ehrenbreitsteins beschäftigt war. Dort stand auch als Chef des Generalstabes Ernst von Pfuel, ein einsichtsvoller Militär, später durch seine kopflosen Konzessionen an den Liberalismus bekannt geworden. Zum Koblenzer Festungsbau war seit dem Juni 1819 der kluge Hauptmann Moritz v. Prittwitz kommandiert, der spätere Wiederhersteller der Hohenzollernburg. Thielmann erkannte bereits die Tüchtigkeit des (erst im Jahre 1885 als General verstorbenen) Mannes und gab dem „in jeder Hinsicht ausgezeichneten" Offizier eine warme Empfehlung an Niebuhr nach Italien mit. Auch Scharnhorsts Sohn Gerhard, damals Major, der mit der ältesten Tochter Gneisenaus vermählt war, stand zu jener Zeit in Koblenz und Thielmann lernte in ihm einen gediegenen Mann kennen. An der Spitze der Zivilbehörden stand in Koblenz der alte freundliche Minister v. Ingersleben, in Köln der Patriot Graf Solms-Laubach. Zuweilen besuchte Thielmann den deutschesten Mann seiner Zeit, den Freiherrn v. Stein, in dessen Tuskulum, dem nicht allzu weiten Kappenberg; und der edle Mann begrüßte ihn stets mit besonderer Freude. Schon während der Münsterschen Zeit verfehlte Stein in keinem Briefe an Spiegel des „braven" Generals Thielmann Erwähnung zu thun und er ersah ihn sich wohl zum Vermittler wichtiger vertraulicher Nachrichten. Mit regem Anteil verfolgte er sein häusliches Leid. „Es ist traurig", schrieb er an Spiegel, „daß ein solches tief in das Innerste eingreifendes Unglück auf einer braven Familie lastet und den Abend des Lebens zweier würdiger Personen trübt. Doch warum sich grämen?

> Was haben wir zu sorgen,
> Da uns heut, oder morgen
> Des Leibes Hülle bricht —?
> Sie muß zerbrochen werden,
> Ist aus sehr schwacher Erden,
> Und währt die Länge nicht

singt der alte Simon Dach, ein Dichter des 17. Jahrhunderts."

Ähnlich mag der fromme Mann auch die Familie selbst getröstet haben. Noch im Sommer 1824 gab er dem auch wieder kränkelnden General ein Empfehlungsschreiben an seinen Freund, den Berner Staatsmann und Historiker Mülinen nach der Schweiz mit.

Die Gunst, deren sich Thielmann beim königlichen Hause zu erfreuen hatte, wuchs mit jedem Jahre. Bald nach dem Kriege, im Januar 1816, verehrte ihm der König aus der Beute in Sèvres ein Brustbild Napoleons, im März desselben Jahres erhielt er anstatt 3600 Thalern die ansehnliche Zulage von 6000 Thalern jährlich. Die Versetzung nach Koblenz war auch als besondere Auszeichnung aufzufassen. Am 31. März 1824 erfolgte seine Ernennung zum General der Kavallerie. Daß viele Menschen im Lande freudigen Anteil an diesem Ereignis nahmen, beweist u. a. die Abresse, die eine Reihe münsterscher Edelleute, an der Spitze Spiegel, deswegen an ihn richteten. Eine andere Ehre, die ihm in dieser Zeit widerfuhr, war der Besuch des Königs von England im Herbst 1821 in seinem Hause, der ihm das Großkreuz des Welfenordens verlieh und eine Porträtbose schenkte. Schon im Kriege hatte der junge Prinz Wilhelm Beziehungen zu ihm angeknüpft, wie dessen Glückwunschschreiben zu der Aufnahme in den preußischen Dienst beweist. Die Beziehungen wurden erneuert durch eine mehrwöchige Dienstreise, die der Prinz mit Thielmann im Sommer 1819 unternahm. Der Prinz dankte dem General dafür auf das Wärmste: „Durch Euerer Excellenz Bemühungen ist Mir Mein Aufenthalt in Westfalen doppelt angenehm geworden, so daß Mir die Rückerinnerung an die dort zugebrachten Tage stets recht viel Freude gewähren wird.“ Als um die Wende des Jahres 1821 eine militärische Kommission niedergesetzt wurde, welche über die Verwendung großer Kavalleriemassen beratschlagen sollte (Vorsitzender Generalmajor v. Knobelsdorff), setzte Thielmann, dessen Vorliebe für diese Waffe wir kennen, eine Denkschrift darüber auf und reichte sie dem Könige und auch dem Prinzen Wilhelm ein. Darin wandte er sich gegen die bei den meisten militärischen Autoritäten bestehenden Vorurteile gegen die Reiterei als einer Waffe von untergeordneter Bedeutung. Er meinte, diese Ansicht sei vielfach im letzten Feldzuge aufgekommen, beeinflußt durch die mangelhafte Ausrüstung, Ausbildung und Organisation jener Regimenter. Er erinnerte an die Thaten der großen preußischen Reitergenerale Zieten, Seydlitz und Blücher, die den Wert der Reiterei erhärtet hätten, befürwortete eine Kultivierung der Pferdezucht, in der Preußen hinter allen Ländern zurück sei, und wies auf die glücklichen Erfahrungen, die man in Sachsen damit gemacht hätte, hin. Länger verweilte er bei der Schilderung der Unterschiede zwischen der schweren und leichten Kavallerie und wandte sich sehr gegen deren unterschiedslose Behandlung, vertrat eine bessere Gliederung der Schwadronen und besonders eine Vergrößerung der leichten Kavallerieschwadronen und warnte besonders davor, die Grenzen zwischen leichter und schwerer Kavallerie bei den Offiziersbeförderungen zu verwischen. Der Husar müsse Husar oder Ulan sein, könne nicht leicht zu den Kürassieren oder Dragonern übernommen werden und umgekehrt. „Wenn es erlaubt ist, Großes mit Kleinem zu vergleichen", schloß er, „so scheint die Duldung dieses Geistes zu der universelleren Ansicht ein Gegensatz zu sein wie Patriotismus und Kosmopolitismus." Prinz Wilhelm antwortete ihm am 26. Februar 1822 in der eingehendsten Weise. Der geborene Militär, der für alle Fragen dieses Faches Interesse und Verständnis besitzt, offenbarte sich schon damals. „Seit langer Zeit schon", schrieb der Prinz, „bin ich in Ihrer Schuld, bester General, indem ich Ihnen noch kein Wort des Dankes für Ihr mir gütigst übersandtes Memoire, die Kavallerie betreffend, habe zukommen lassen. Daß ich dasselbe mit lebhaftem Interesse gelesen habe, davon, hoffe ich, werden Sie sich überzeugen, denn was kann einem angehenden Militär erwünschter sein, als die aus Erfahrung hervorgegangenen Ansichten eines so ausgezeichneten Generals als wir in Ihnen besitzen, kennen zu lernen. Wenngleich jene Schrift eine Waffe behandelt, der ich zwar als General wohl im allgemeinen angehöre und ihr im vergangenen Herbst auch speziell näher gestellt worden bin, so konnte ich die Kavallerie doch noch bisher nicht als meine Waffe betrachten, und mir deshalb kein bestimmtes Urteil über den Gebrauch erlauben. Da ich jedoch in diesen Tagen von Sr. Majestät dem König zum Mitgliede einer Kommission ernannt worden bin, welche über den Gebrauch großer Kavalleriemassen allgemeine Grundsätze entwerfen soll, so bin ich nunmehr verpflichtet, auch meine Ansichten über diesen wichtigen Gegenstand auszusprechen, und dazu ist mir Ihr Memoire ein doppelter Nutzen gewesen."

Der Vertreter der absterbenden Zeit und der junge Prinz, der dereinst Preußens und Deutschlands Größe vollenden sollte, wozu jetzt eben ein heldenhafter, aber mißglückter Anlauf gemacht worden, trafen später noch öfter zusammen. Prinz Wilhelm lernte auch die

Generalin kennen und schätzen. Er fühlte sich wohl in ihrem Kreise, in dem er Anregung und muntere Stimmung fand. Noch zwei lange Briefe besitzen wir, die Zeugnis davon ablegen, wie er sich zu Thielmann hingezogen fühlte und wie hoch er seine militärische Autorität stellte. Der eine ist aus Berlin vom 20. März 1823 und betrifft wiederum eine militärische Denkschrift, die Thielmann dem Prinzen übersandt hat. Der Inhalt dieser Arbeit beschäftigte sich mit der Landwehr, über die Thielmann nicht nur im Feldzuge, sondern auch besonders bei seiner Organisationsthätigkeit zu Münster reiche Erfahrung zu sammeln Gelegenheit gehabt hatte. Ihm schien bei dem großen Boyenschen Werke manches fehlerhaft und verbesserungsfähig und er unterließ es nicht, darauf einbringlich aufmerksam zu machen. Der Prinz äußerte sich, indem er ihm dankte, darüber: „Der von Ihnen abgehandelte Gegenstand ist gewiß von höchster Wichtigkeit und die von Ihnen aufgedeckten Mängel sind nur zu wahr und fühlbar. Aber was ist für den Augenblick zu thun? Ich glaube — leider nichts! Daß unsere ganze militärische Verfassung jetzt schon und noch mehr in einigen Jahren, wenn so manche Mängel sich noch deutlicher zeigen werden und neue hinzutreten, einer gänzlichen Revision bedarf, davon bin ich durchdrungen. Aber bis dahin wird sich auch der von Ihnen vorzüglich zur Sprache gebrachte Umstand wegen der Landwehroffiziere wohl verschieben, ehe ihm abgeholfen wird.“

Dann fuhr er fort, indem er auf persönliche Angelegenheiten einging:

„In diesem Jahr habe ich wohl keine Aussicht Ihnen einen Besuch zu machen. Das vorige, für mich so bewegte und unruhige Jahr fordert, daß ich jetzt unausgesetzt meinem Wirkungskreise vorstehe und an keine große Reise denken darf, obgleich eine Reise nach dem Rhein wohl kaum recht zu einer g r o ß e n gerechnet werden kann, wenn man bedenkt, daß ich sie im vorigen Herbst bloß als eine kleine Zugabe machte, um mich darauf bis Neapel zu versteigen. Italien hat sein großes Interesse auch vor meinen jugendlichen Augen gerechtfertigt. Mailand, Venedig, Florenz und Rom sind unendlich merkwürdig, Neapel und Genua außerdem noch unvergleichlich schön wegen Gegend und Klima. Aber trotz allem Herrlichen preist man sich glücklich, wenn man wieder auf deutschen Boden gelangt, denn die Italiener verderben selbst den schönsten Eindruck ihres schönen Landes."

Solche Worte lassen den echten deutschen Mann erkennen. Es ist, als ob der junge Prinz dem Sänger des Liedes „Zwischen Frankreich und dem Böhmerwald" den Gedanken zu jenem schönen Liede, das ein Jahr später (1824) entstand, eingegeben hätte.

„Fern in fremden Landen war ich auch, bald bin ich heimgegangen.
Nur nach Deutschland, nur nach Deutschland thät mein Herz verlangen."

Schon vier Wochen später, am 23. April, richtete er abermals freundlich-vertrauliche Worte an den General, der ihm das schön gelegene Schloß Gondorf an der Mosel zum Ankauf vorgeschlagen hatte:

„Sie erwähnen des Gerüchts, welches sagt, daß ich einen Ruinen-Ankauf in der Rheingegend intentionierte. Dies allerdings gegründete Gerücht wird jedoch, wenn diese Phantasie wirklich realisiert wird, wohl leider meine Reisen und Aufenthalte in Ihrer herrlichen Gegend nicht vervielfältigen oder verlängern, wie Sie dies so gütig sind wünschend zu äußern. Indessen da der Kronprinz und Prinz Friedrich bereits Eigentümer von dergleichen alten Burgen geworden sind, so haben beide, und vorzüglich mein Bruder mich angelegentlichst gebeten, ihrem Beispiel zu folgen. Daher gab ich dem Prinzen Friedrich den Auftrag, durch den Minister Ingersleben einen ähnlichen Ankauf für mich zu unternehmen. Noch erhielt ich keine Antwort vom Prinzen, bin also auch außer Stande auf Ihren gütigen Vorschlag hinsichtlich der Burg der Fürsten von der Leyen an der Mosel einzugehen, obgleich dieser Vorschlag viel für sich zu haben scheint. Doch ist die Lage gerade am Rhein ein Erfordernis, auf welches die genannten Prinzen streng halten. Da Sie sich indessen so gütig dieser Idee angenommen haben, so darf ich vielleicht rechnen, daß Sie mit dem Minister Ingersleben de concert gehen werden, um an Ihrem Strom eine Entdeckung der Art zu machen." Bekanntlich kaufte sich der Prinz Wilhelm schließlich die Burg Rheinfels bei St. Goar, während der Kronprinz die Ruine Stolzenfels bei Koblenz und sein Vetter Prinz Friedrich (geb. 1794, † 1863) Burg Rheinstein gegenüber von Aßmannshausen erwarben.

Dies herzliche Verhältnis zwischen Thielmann und dem Prinzen Wilhelm, der so wenig Überschwängliches an sich hatte und der einen so sichern Blick für die Personen und ihr Wesen besaß, warf einen Sonnenschein auf die letzten Jahre des Generals. Die Krankheitserscheinungen, die besonders infolge des russischen Feldzugs in bedenklicher Weise bei ihm aufgetreten waren, zeigten sich allmählich wieder. Nach jener Reise im Sommer 1824 in die Schweiz litt er an einer Rose oder Gicht. Noch am 9. Oktober sah er bis spät abends einen geselligen Kreis um sich und zeigte große Munterkeit. Am nächsten Morgen fand man ihn im Bette, den Kopf gegen den Nachttisch gelehnt. Ein Nervenschlag hatte dem Leben des hartgeprüften Mannes ein Ende gemacht. Noch eben waren zwei königliche Schreiben (am 3. und 4. Oktober) an ihn abgegangen, die ihn beauftragten nach Paris zu reisen und Karl X. zur Thronbesteigung im Namen Preußens zu beglückwünschen, und ihm den Schwarzen Adlerorden zu überreichen. Die Schreiben trafen nur noch den Toten an. Es war, als wenn der allmächtige Gott nicht gewollt hätte, daß dieser Mann noch einmal mit Frankreich in Berührung käme.

„Wie von einer Kanonenkugel getroffen" starb Thielmann nach dem Zeugnis Asters, der um den Toten beschäftigt war und sich bei Stein für die Familie verwandte. Stein aber schrieb an Spiegel: „Mich betrübt Thielmanns Tod sehr; er war ein braver gescheuter thätiger Mann, ein Freund seiner Freunde." Man begrub den Entschlafenen zu Koblenz. Ein schlichtes Denkmal, das ihm das 8. Armeekorps setzte, bezeichnet den Ort, wo seine Gebeine ruhen. Auch der Sänger der Befreiungskriege, Schenkendorf, schläft auf diesem Friedhof.

Thielmann war 59½ Jahre geworden. Er hinterließ seine kranke Frau mit drei Söhnen und zwei Töchtern. Die Witwe empfing unter dem 18. Oktober vom König Friedrich Wilhelm ein ehrenvolles, warm gehaltenes Beileidsschreiben: „Mit lebhafter Betrübnis empfange Ich die traurige Nachricht von dem Ableben Ihres Ehegatten. Ich teile den Schmerz, den Sie um den Verstorbenen empfinden, der als Mensch und als Soldat gleich hohe Achtung verdient und dessen Andenken Ich zu ehren nie aufhören werde. Gern will Ich, wenn die Umstände es erfordern, Ihnen meinen Beistand angedeihen lassen,

indem Ich nichts mehr wünsche, als zur Linderung Ihres gerechten
Kummers und zur Erleichterung Ihrer Sorgen für die Zukunft beitragen zu können." Am 22. Oktober bewilligte er der Generalin ein
Gnadengehalt von 1000 Thalern. Ebenso richtete Czar Alexander
unter dem 19. Dezember ein überaus warmes Beileidsschreiben an
die Witwe, als er die Nachricht vom Ableben des von ihm einst so
bevorzugten Generals erhielt.

Die Generalin lebte noch lange Jahre und versammelte, trotz
ihres Gesundheitszustandes oft muntere Gesellschaften um sich. Am
bemerkenswertesten ist ihr freundschaftlich-mütterliches Verhältnis
zu Annette v. Droste-Hülshoff, die sie noch wiederholt in Koblenz
oder Godesberg, wo die Generalin dann und wann weilte, besuchte.
Von der Generalin und deren Tochter Julie hat Annette die Anregung zu einem ihrer schönsten Gedichte, dem Hospiz auf dem großen
St. Bernhard, empfangen. Denn nicht weit vom St. Bernhard im
Rhonethal wohnte ein Oheim der Julie Thielmann, der Geolog Johann Charpentier. Die Mitteilungen Juliens, die längere Zeit dort
verweilt hatte, über die landschaftliche Scenerie daselbst, begeisterten
die Dichterin zu ihrer poetischen Erzählung, und Julie — in deren
Namen Thielmanns geliebte Schwägerin Julie, Hardenbergs Braut
fortlebte — konnte ihr nicht genug Einzelheiten angeben, um das
Bild zu vervollständigen. So berührte sich, wie in Thielmann und
Prinz Wilhelm die alte und neue Geschichte, in diesen Frauen die
romantische und die neueste Litteraturperiode. 70 Jahre alt ist Wilhelmine v. Thielmann endlich am 9. Mai 1842 gestorben. Als kost-
barstes Vermächtnis hinterließ sie den Kindern (Franz, Karl, Friedrich,
Julie und Wilhelmine) den Becher von Torgau und das lebensgroße
Bild des Vaters.

Wenige Jahre später starb auch Thielmanns unverheiratete Schwägerin, die talentvolle Karoline, diejenige Frau, mit der er sich am
meisten verstanden hatte. Sie hat wahrscheinlich in den letzten Jahren
mit ihm und der Generalin und später mit dieser allein zusammen
gelebt. Dann ist sie nach dem Rhonethal zu ihrem Bruder gezogen
und hat in Bex (Kanton Waadt) 1846 oder 1847 ihr Leben beschlossen. —

Nach dem Tode des Generals v. Thielmann entspann sich über ihn eine hitzige Fehde. Die einen wußten nur Lobenswertes von ihm zu erzählen, während die anderen ihn verkleinerten, verdächtigten und beschimpften. Der Streit lebte von Zeit zu Zeit wieder auf und die Erbitterung, mit der gefochten wurde, hat trotz der Jahre, die dazwischen liegen, kaum nachgelassen. Noch im Jahre 1893 trat ein Epigone der Miltitz und Körner für ihn in die Schranken, wurde aber gleich darauf von dem Nachkommen eines Mitgliedes der Immediatkommission zurückgewiesen. Das allgemeine Urteil über den Vielumstrittenen schien mehr zu seinen ungunsten auszufallen. Das vielbewegte Leben Thielmanns in seinen Einzelheiten betrachtet, wird es ermöglichen, das Wesen dieses eigenartigen Mannes ganz zu verstehen. Mit unleugbaren großen Schwächen behaftet nimmt er doch eine beachtenswerte Stellung unter den meistgenannten Namen der napoleonischen Epoche ein, ja er verdient es, den bedeutendsten Männern jener Zeit beigerechnet zu werden, wenngleich ihm immer noch ein gewisses Etwas fehlt, um an die Heldengröße der Stein und Scharnhorst, der Gneisenau und Blücher oder an die geistige Bedeutung der Humboldt und Niebuhr heranzureichen. Dorow hat so unrecht nicht, wenn er ihn mit einem napoleonischen Marschall vergleicht. Absolut gemessen steht er etwa mit einem jener militärisch und litterarisch zugleich gebildeten Vasallen des ersten französischen Kaisers auf gleicher historischer Höhe. Lange unbeachtet und unberücksichtigt hat er es doch verstanden, sich eine große Stellung zu verschaffen. Zwei Dinge besonders wurden sein Verhängnis: seine Schwäche für die Franzosen und seine sächsische Geburt. Sie brachten ihn in die Notwendigkeit, die Rolle eines Kondottiere im großen Stile zu spielen, der, Unfrieden im Herzen, früh aus dem Leben ging, als er gerade einigen Frieden der Seele zu finden Aussicht hatte. Das Wort Torgau bezeichnet die Katastrophe seines Lebens. Aber seine eigene Katastrophe zog eine andere nach sich, die seines engeren Vaterlandes.

Wie sind doch die Fügungen des Schicksals so wunderbar! Von einem einzigen Schritt eines sächsischen Generals hingen Gestaltungen von weltgeschichtlicher Bedeutung ab. Man erwäge die Kette der

Möglichkeiten, hätte Thielmann anders gehandelt: Wäre er früh=
zeitig mit dem Heere übergegangen, so wäre Sachsens König trotz
allem und allem vielleicht doch fortgerissen worden zum Anschluß an
die Verbündeten und Sachsen wäre nicht geteilt worden. Das un=
geteilte Sachsen aber hätte leicht im deutschen Kriege 1866 den
preußischen Waffen verhängnisvoll werden können. So war die
Schließung der Thore von Torgau eine Bedingung für den Aufbau
des deutschen Reiches. Durch jene Teilung aber, die so sehr gegen
den Willen Thielmanns und der Patrioten überhaupt durchgesetzt
wurde, wurde ein deutscher Staat gerettet, dem inzwischen abermals
(1866) das Los beseitigt zu werden drohte, der seitdem jedoch wieder=
holt in kritischen Tagen bewiesen hat, daß er gewillt ist, deutsche
Aufgaben zu lösen; und ohne Frage hat Gott noch nicht das letzte
Wort gesprochen, das uns Aufschluß giebt, warum er Sachsens Er=
haltung wollte.

Anlagen.

Anlagen.

I.

Militärische Bemerkungen Thielmanns über die Ursachen der Siege der französischen Armee. Um 1808.

(Entwurf im Nachlasse.)

Einem jeden denkenden Menschen muß sich die Frage aufdrängen, welches sind die Ursachen der an das Wunderbare grenzenden französischen Siege? Verschiedentlich ist diese Aufgabe zu lösen versucht worden; ebenso verschieden hat man in Deutschland in praktischer Hinsicht denjenigen Mängeln zu begegnen gesucht, welche man als beitragende Ursachen unserer Niederlage gehalten hat. So z. B. schrieb man neue Reglements, um die taktischen Bewegungen und Evolutionen zu verbessern; man bezahlte große Belohnungen für die Erfindungen eines verbesserten Schießgewehres, um auch in technischer Hinsicht der Vollkommenheit näher zu kommen; man ahmte sogar die Einteilung der Divisionen nach, und glaubte in dieser neuen Organisation der Armee einen wesentlichen Vorteil gefunden zu haben u. s. w. Kurz man suchte es einzig und allein in der äußeren Welt. Allein die Tage von Ulm, Austerlitz, Auerstädt und Jena haben die Unzulänglichkeit dieser einseitigen Ansicht hinlänglich erprobt. In taktischer Hinsicht machte man dabei die ganz alte Erfahrung, daß die gerade Linie zwischen zwei Punkten die kürzeste ist, daß aber der Wege zum Zweck mancherlei sind, in technischer Hinsicht, daß ein mit fester Hand und ruhigem Herzen gezielter Schuß aus einem unvollkommeneren Gewehr eben so gut töte als der aus einer Notharbischen Flinte oder aus einer Tyroler Büchse, und in Hinsicht der neu angenommenen Organisation in Divisionen mußte man die höchst traurige Erfahrung machen, daß eine nach dieser Nomenklatur eingeteilte Armee nur noch leichter aufgelöst werden könne, als eine nach der alten ordre de bataille in Treffen, Flügel und Centrum, wenn nicht ein kräftiger Heerführer diese Mehrheit in eine Einheit umzuschaffen wisse. Mit einem Worte ein aufmerksamer Beobachter wird sich sehr bald überzeugt haben, daß die Auflösung obiger Aufgabe ganz außer dem Felde der Taktik und Kriegstechnik liege; denn die Deutschen haben sich seit Salbern nur zu sehr in die Taktik vertieft, und ein jedes preußisches und österreichisches Regiment würde vor dem Tage von Jena ein französisches aufm Exercierplatz übertroffen haben. Wenn auch übrigens die französische Infanterie in vieler Hinsicht entschiedene Vorzüge vor jeder deutschen Infanterie hat, so kann sich hingegen die französische Kavallerie mit der deutschen in keiner Hinsicht messen, und die österreichische und preußische Artillerie möchten der französischen in mancher Rücksicht zu vergleichen sein, obschon wieder im Gebrauch der Artillerie die größte Verschiedenheit zwischen der französischen und deutschen Armee obwaltet.

Jene Ursachen liegen tiefer und sind mehr moralischer, politischer und intellektueller Natur. Was hierbei die Sittlichkeit anbetrifft, so möchten einige vergleichende Bemerkungen zwischen den deutschen und französischen Armeen hier nicht am unrechten Orte stehen. Der deutsche Soldat ist religiöser als der französische, aber der französische ist sittlicher insofern das Prinzip der Ehre ohne Vergleich mehr auf ihn wirkt als auf den deutschen. Diebstähle sind in der französischen Armee in Vergleich der deutschen ein unbekanntes Laster. Der französische Soldat ist bescheidener und gefälliger als der deutsche, ein aufm Marsch begriffenes französisches Regiment läßt jeden Reisenden höflich passieren; der deutsche Soldat befiehlt mit Grobheit zu halten. Der französische Soldat ehrt jeden fremden Offizier, der deutsche kaum den eines anderen Regiments. Durch Höflichkeit und vernünftige Vorstellungen ist über den französischen Soldaten ohne Vergleich mehr zu gewinnen als über den deutschen. Der französische Soldat ist unverdrossen, selbst bei außerordentlichen Zumutungen im Dienst, der deutsche murrt bei jeder außerordentlichen Anstrengung, selbst wenn sie als unvermeidlich in die Augen fällt. Die neue Ordnung der Dinge wird es ganz unfehlbar in kurzem dahin bringen, daß durch Einführung zweckmäßigerer Werbesysteme die Masse der deutschen Armeen verbessert, durch Verbannung der Stockschläge der gemeine Mann veredelt, und das Abschreckende des Standes verschwindet durch Handhabung der gesetzlichen Todesstrafe, aber auch die zum Schaudern erschlaffte Disziplin wieder hergestellt werde, wodurch es nicht fehlen kann, daß die ganze Nation kriegerischer, energischer und das Pflichtgefühl in ihr erweckt werde.

Der Subalternoffizier der französischen Armee ist im ganzen gewiß weniger unterrichtet als der deutsche, mit Ausschluß des génie und der Artillerie, wo bei der Masse der französischen Offiziere dieser Waffe bestimmt wieder mehr gründliche Kenntnisse hervorgehen als bei den Deutschen, und wo besonders die Wissenschaften praktisch ins Leben übergegangen sind. Johannes von Müller sagt hierüber sehr treffend, wir Deutschen wissen Alles und können Nichts. Man wird sich davon leicht überzeugen, wenn man die Lehrer der école polytechnique mit den Lehrern unserer in Verfall geratenen Artillerieschulen vergleicht. Beim französischen subalternen Offizier herrscht der wahre point d'honneur, das ist der, seine Pflicht und Schuldigkeit zu erfüllen, und nebenbei alle übrigen Stände als notwendig und für sich bestehend zu ehren, beim deutschen Offizier herrscht das falsche Ehrgefühl, sich für etwas besseres als alle übrigen Stände zu halten, und gerade deswegen sich mehr dem Vergnügen als der Pflicht hinzugeben. Ein roher französischer Offizier verrät in allem seine niedere Herkunft, seine Erziehung unter den Waffen, aber er trägt auch dagegen die Vorteile, welche eine strenge Disziplin auf ihn gewirkt haben, und erregt immer das gute Vorurteil, daß irgend eine Waffenthat oder gute Aufführung ihn zum Offizier beförderte; der rohe deutsche Offizier hat gewöhnlich alle Vorurteile eines höhern Standes ohne irgend einen seiner Vorzüge zu haben, ist hingegen aus Mangel einer strengen militärischen Disziplin nur desto dissoluter in seinen Sitten, und hat immer die Voraussetzung gegen sich, daß nicht gute Aufführung oder eine ausgezeichnete Handlung, sondern nur der Vorzug der Geburt ihn zum Offizier beförderte. Edle Menschen sind sich unter allen Nationen gleich. Aus obigem geht als eine natürliche Folge hervor, daß der französische Offizier weit mäßiger als der deutsche ist, daher sind auch Spiel und Trank in der französischen Armee selten, nur in der deutschen gemein. Der französische Offizier liebt gesellige Unterhaltung unter sich, der deutsche weit weniger.

Die Stabsoffiziere deutscher Armeen halten mit den französischen officiers supérieurs weit weniger eine Vergleichung aus, da zu den höheren Graden die Ancienneté in Deutschland entscheidet, in der französischen Armee aber lediglich der Wille des Gouvernements. Ist in den deutschen Armeen die Kriegszucht bisher erschlafft gewesen, und ist unsere militärische Bildung bisher mit Vernachläßigung alles reellen Lebens auf die Form gegangen, so hat die Ancienneté nur wenig brauchbare Befehlshaber befördern können, wovon die Folgen von Jena, die Geschichte der preußischen Festungen und die Vorfälle von Posen nur zu redende Beweise liefern. Ist hingegen das französische Gouvernement jetzt in den Händen eines der größten militärischen Genies, so ist die Zweckmäßigkeit der Wahl und Beförderung zu höheren Stellen leicht einzusehen, und wenn auch hier Intrigue und Protektion manchen Fehlgriff zuläßt, so kann das System der Ancienneté durch Beförderung einiger Talente dennoch nicht kompensieren.

Was endlich die französische Generalität betrifft, so ist zwar gewiß nicht zu leugnen, daß nach Abrechnung der Protektionen und Mißgriffe das Talent oder Tapferkeit die Stellen lediglich verliehen haben, und daß wo die Kunst fehlt, die Massen mit Geschicklichkeit zu bewegen und vom Moment Gewinn zu ziehen, diese durch Tapferkeit und Beispiel gewöhnlich ersetzt wird; auf der anderen Seite kann man sich aber auch die Bemerkung nicht versagen, daß die Immoralität, Roheit und Luxus der meisten französischen Generale den ersten Keim einer künftigen Erschlaffung in sich zu tragen scheinen. Gewöhnlich ohne Erziehung rapid zu höheren Stellen empor gestiegen, durch die Stelle selbst über die Disziplin erhaben, will sich nun die bisherige Entbehrung durch einen empörenden Luxus entschädigen, oder der Fatigue eines 15jährigen Kriegs müde, will eine ebenso empörende Habsucht sich ein ruhiges und bequemes Alter bereiten. Ehrenvolle Ausnahmen giebt es sehr viele, wo der Aufwand, den die Würde eines hohen Ranges erfordert, auf das Schicklichste mit dem einfachen Charakter des Soldaten und des Lagers verbunden ist, z. B. der Marschall Lannes; nicht weniger solche, wo gründliche Kenntnisse, lange Erfahrung, Talente und Verdienst sich mit dem edelsten Herzen paaren. Von dem militärischen Charakter der französischen Generalität kann man nicht anders sagen, als daß eine sechzehnjährige Praktik ihr den wahren Geist eines Befehlshabers, nämlich die Ansicht des Dienstes im großen, mit Beiseitesetzung des in den deutschen Armeen alles Gute tötenden Kleinigkeitsgeistes zu eigen gemacht habe.

———————

II.

Schreiben Thielmanns an einen Ungenannten.

(Entwurf im Nachlasse, Original in der Königl. Bibliothek zu Berlin. Aus dem Original geht das Datum, 8. November 1808, hervor. Adressat ist zweifellos der General v. Polenz, dessen Adjutant Thielmann 1807 und 1808 war.)

Mit innigem Bedauern bin ich überzeugt worden, daß ich E. H. bisher eine Ursache großen Mißvergnügens gewesen bin; da nun wenig Menschen sein können, die Ihren Verdiensten, mein Herr General, mehr Gerechtigkeit haben widerfahren lassen als ich, so muß mir dieses um so schmerzlicher sein; ich appelliere deshalb an die öffentliche Stimme, was ich über Ihre mancherlei militärischen Verdienste und über die Rechtlichkeit Ihres Charakters schriftlich und mündlich, laut oder vertraulich gesagt oder geschrieben habe.

Ist während des vergangenen Feldzugs meine Lebhaftigkeit E. H. zuweilen unangenehm gewesen, so tragen wir gegenseitig die Schuld. E. H. lieben nicht Vorstellungen anzuhören, meine Lebhaftigkeit ist leicht erregbar; ich bin in den Jahren des männlichen Alters, E. H. gehen einer kälteren Epoque entgegen, unsere damaligen Verhältnisse aber erforderten Entschlüsse und keine Diskussionen.

Hat ferner nachher der Herr Marschall sich mir mehr genähert, so glauben Sie mir auf mein Wort, ich habe nichts dazu beigetragen; wäre ich fähig zu intriguieren, so würde mir sicher der Herr Marschall sein Vertrauen nicht in dem Maaße geschenkt haben, als ich mir es zu besitzen schmeicheln darf.

Dem Himmel sei Dank, die Intrigue ist meinem Herzen fern. Nicht Ruhmredigkeit ist es, aber ich bin es mir selbst schuldig, wenn ich Em. H. bemerklich mache, daß ich Ihnen sicher nicht geschadet, sondern wirklich reelle Dienste geleistet habe, und daß, wenn ich E. H. auf dero Autorität eifersüchtig gemacht haben sollte, dies nicht in einer fehlerhaften Ambition, sondern in dem Bestreben lag, dem Dienste bei außerordentlichen Fällen Genüge zu leisten; zum Beweis führe ich besonders 2 sehr lebhafte Auftritte an; der eine schaffte unseren Truppen bei Danzig Fourage, und der andere setzte Em. H. in den Stand, bei Friedland Ihre so verdienten Lorbern zu brechen, denn ich kann mathematisch beweisen, daß als ich bei Saalfeld wegen des Rückmarsches Ihnen die lebhaftesten Vorstellungen zu machen für meine Pflicht hielt, und wohl in Unfrieden von Ihnen schied, um dem Marschall Lannes zu folgen, ohne diesen Entschluß und ohne meine Veranstaltung kein Mann der sächsischen Infanterie die Ehre der Tage von Heilsberg und Friedland hätte teilen können. Was ist nun mein Dank für so unzählige Aufopferungen und Sorgen? — daß ich als ein Intriguant passiere, der auf E. H. Kosten sein Glück machen wollte — ein trauriges Los, was freilich den besten Willen ersticken muß!

Sollten E. H. durch dero Demarchen gegen mich wider Ihren Willen nicht wenig dazu beigetragen haben, so erwarte ich von Ihrer Gerechtigkeit, S. M. dem Könige das zu sagen, was Ihr wahres Gefühl und nicht die gekränkte Leidenschaft Ihnen von mir denken lassen wird. Bei meinem Abgange von hier habe ich diese Erklärung mir selbst schuldig erachtet u. s. w.

———

III.

Ein Schreiben Thielmanns an König Friedrich Wilhelm III.

(Entwurf im Nachlasse.)

Sr. Majestät dem Könige.

Münster, 9. Januar 1818. Der v. Mallinckrodt in Dortmund, Herausgeber des rheinisch-westphälischen Anzeigers und berüchtigt durch sein jakobinisches Streben die Regierung zu verkleinern, Zwietracht zu stiften, um daraus Gewinn zu ziehen, worüber dessen Anklage der westphälischen Obrigkeiten bei dem französischen Gouvernement nach der Schlacht von Gr. Görschen zum Beweise dienen, ist von mir wegen zweier bitteren ja diffamierenden Aufsätze gegen E. M. Truppen über öffentliche Störung des Gottesdienstes meiner Pflicht gemäß verklagt, auch wegen der ersten durch das Oberlandesgericht in Kleve zu 2monatlicher Festungsstrafe verurteilt, wogegen er aber Rechtsmittel ergriffen hat, sodaß die Sache nunmehr vor dem Oberlandesgericht in Magdeburg zum Spruche liegt.

Jetzt hat er in mehreren Zeitungen ein Schreiben von mir an die Generale des damaligen 3. deutschen Armeekorps vom 31. Juli 1814, so ich hier alleruntertänigst beifüge, bekannt gemacht, welches vor dem Wiener Kongresse gerade in dem Zeitpunkt geschrieben war, als die Bearbeitung der sächsischen Truppen von London, Wien und Friedrichsfelde aus ihren Anfang nahmen, und welches jetzt nach beinahe 4 Jahren und nach geschlossenem Frieden bekannt zu machen offenbar eine boshafte Absicht verrät.

Indem ich mich unterstehe E. M. hierauf aufmerksam zu machen, so geschieht es nicht um Klage zu führen, da es mir zu untersuchen nicht zusteht, ob nach längst erfolgtem Frieden nicht zum Drucke bestimmte Dinge gedruckt und herausgegeben werden können, welche nur im Zustande des Krieges und der unbeendigten Meinung zu sagen erlaubt waren und wobei meine Klage nur gegen den Censor, nicht aber gegen den Redakteur gerichtet sein könnte, sondern es geschieht, weil es mir nicht gleichgültig ist, in welchem Lichte ich vor E. M. erscheine, ja selbst weil es E. M. nicht gleichgültig sein kann, wie Diener, welche Allerhöchstdieselben mit Vertrauen zu begnadigen geruht haben, verschuldet oder unverschuldet zu einem Gegenstande der Aufmerksamkeit für Deutschland ja man möchte sagen von Europa gemacht werden, noch mehr aber, wie das gespannte Verhältnis zwischen Preußen und Sachsen durch feile und freche Federn absichtlich noch erbitterter gemacht wird.

In den anhängigen Klagesachen gegen den Mallinckrodt, welche übrigens meine Person nicht betreffen, wird den Truppen Ew. M. durch die Gerichtshöfe Gerechtigkeit werden, inwiefern aber die Bekanntmachung des beiliegenden nicht zum Druck bestimmten offiziellen Briefes mehr die öffentliche Sache als meine Person angeht, und die boshafte Meinung dabei offenbar am Tage liegt, hielt ich mich für verpflichtet Allerhöchstdieselben darauf aufmerksam zu machen.

Freiherr v. Thielmann,
Generalleutnant.

IV.

Beiträge zur Geschichte Sachsens in bezug auf die Teilung des Landes und besonders der Armee, als Seitenstück des Aufsatzes „geschichtliche Darstellung der Teilung u. s. w." in der Zeitschrift: Überlieferungen zur Geschichte.

(Unvollendeter Entwurf im Nachlasse Thielmanns.)
Vorwort des Verfassers.

Wenn der Mächtige (wie in jenem Aufsatz gesagt wird) durch einen Schlag aufs Schwert die Meinung des großen Haufens bestimmt, sei es in ungerechter oder gerechter Sache, so versucht auch wohl der Unglückliche das Urteil der Menge dadurch zu bestechen, daß er sich in seine Tugend hüllt, aber eigner Schuld seines Unglücks nicht gedenkt. Von dieser Art und Weise die Begebenheiten der Geschichte zu überliefern, ist jener Aufsatz über die Teilung der sächsischen Truppen in den Überlieferungen nicht freizusprechen, so gern man ihm übrigens Wahrhaftigkeit, obschon keineswegs ohne Irrtümer, zugesteht. — Pflegt doch der Mensch, wie Haller singt, oft eigner Thorheit Frucht dem Himmel Schuld zu geben, — so erscheint jenes wohl verzeihlich, aber die Geschichte soll beide Teile hören, und wird als ein unbestechlicher Richter dann entscheiden! Folgender Bericht eines wohlunterrichteten Augenzeugen über die Hauptmomente der sächsischen Geschichte und der Handlungsweise des sächsischen Kabinets sowie der Armee, vom Anfange der Unglücksperiode im Jahre 1806 bis zum Jahre der Befreiung 1813 und der traurigen Teilung des Landes und Heeres im Jahre 1815 gehört als Seitenstück des oben erwähnten Aufsatzes in die „Überlieferungen zur Geschichte", welche Zeitschrift keinen anderen Wahlspruch haben kann, als den audiatur et altera pars.

Gewiß war das sächsische Kabinet, was auch harte Urteile darüber gesagt haben und noch sagen mögen, mit eben so tiefer Betrübnis in ein Bündnis mit Buonaparte nach der Schlacht von Jena getreten, als es mit innerer Abneigung darin verblieben ist. Dem ruhigen Beobachter sowie dem künftigen Geschichtsforscher ist für die Wahrheit dieser Behauptung der tugendhafte, religiöse und durch eine 50jährige fromme Regierung bekannte Charakter Friedrich Augusts ein hinlänglicher Bürge.

Macht man aber dem sächsischen Kabinette den Vorwurf, Sachsen habe die Ketten Frankreichs mit weniger Festigkeit in der Hoffnung einer besseren Zeit mit weniger Behauptung der eignen Würde getragen als andere deutsche Regierungen, die durch Festigkeit den Überwinder nötigten in der Person des Überwundenen den Fürsten zu ehren, so ist dieser Vorwurf nicht ganz abzuweisen. Denn wurde Friedrich August auch vom Tyrannen stets mit besonderer Auszeichnung behandelt, so war es nicht Festigkeit im Unglück, welche ihm imponierte und durch Furcht Schonung oder Hochachtung abnötigte, sondern es war die religiöse Hingebung, die passive Unterwerfung dieses Fürsten unter die Fügungen der Vorsehung, die der Tyrann sowie alles dem Calcül unterwarf, und so berechnete, wie viel sie ihm wert war, weshalb auch Buonaparte gleich nach dem Sieg von Jena die Wiedervereinigung Sachsens mit Polen auf den Charakter Friedrich Augusts gründete, dem er, hätte Unternehmungsgeist darin gelegen, nie Polen anvertraut haben würde. Hätte das sächsische Kabinet nur irgend der Hoffnung im Unglück Raum gegeben, so würde manches erspart, und vieles, was gern vergessen werden möchte, nicht geschehen sein.

So bekam z. B. Fürst Talleyrand für den Posener Frieden 100000 Dukaten in Gold und 20000 Thaler in Brillanten, welche Geschenke Bonaparte an den sächsischen Minister Graf Bose durch Gemälde aus dem Don Quixote in haute lisse (?) gewirkt, und durch ein gläsernes Dessertservice erwiderte. Jeder Schritt des sächsischen Kabinets wurde sogleich durch Mutlosigkeit statt durch würdevolle Ergebung motiviert. So verließ man die preußische Allianz ohne es zu wagen dem Könige von Preußen nur ein Wort darüber auf irgend eine Art zukommen zu lassen, verletzte allen Anstand und setzte sich zweideutigen Urteilen aus. So entließ man gleich treue durch Anhänglichkeit erprobte Minister, nämlich den Grafen Loos und den Herrn v. Low, weil sie dem Tyrannen verdächtig waren, und wagte nicht einmal ihnen wenigstens insgeheim eine Pension zu geben. So unterzeichnete man den Traktat von Bayonne[1], der Witwen und Waisen das ihre raubte, so gab man sogar dem ebenso unweisen als unmoralischen Vorschlage eines schwachen Politikers Gehör, und ließ im Jahre 1809 bei Bonaparte in Wien auf eine Abtretung des Saatzer und Leitmeritzer Kreises von Böhmen an Sachsen antragen, welchen Antrag der Tyrann nur mit einer verächtlichen Miene beantwortete. So wagte man im Jahre 1812 bei Zusammenkunft der Souveräne mit dem nach Rußland seinem Ziele entgegengehenden Napoleon nicht einmal dem Könige von Preußen die den übrigen Souveränen erzeigten 100 Ehrenschüsse bei seiner Ankunft in Dresden zuzugestehen u. s. w. — Nur ein wenig Vertrauen, ein wenig Entschlossenheit, ein wenig Hoffnung einer besseren Zeit, deren Morgenröte einem jeden Auge schon dämmerte, und Friedrich August wäre aus dem rettenden Prag nicht der gewonnenen Freiheit enteilt, um mit schwerem tiefbetrübten Herzen in die Ketten des Tyrannen nach Dresden zurückzukehren, die sächsische Geschichte hätte dann neben Johann Friedrich dem Unglücklichen auch einen Friedrich August den Glücklichen genannt, der auf dem Wege der Gerechtigkeit durch einen Traktat gleich dem von Ried seinem Volke mehr Sicherheit, seinem Reiche mehr Land erworben haben würde, als er jetzt als unvergeßlichen Verlust beweint.

Die sächsische Armee trat im Jahre 1806 als dem großen Wendepunkte deutscher Geschichte, Ansicht und Verfassung in ganz alter morsch gewordener Form und Organisation auf den Kriegsschauplatz und begann den Kampf auf Leben und Tod ohne eigentliche Anführung und System, litt auch daher bei übertrieben großem Verpflegungsfuhrwerk und Einrichtung in der Kornkammer Sachsens, in Thüringen, sogleich Mangel an allem.

Die Infanterie war vermöge ihrer Organisation mehr eine fehlerhaft zusammengesetzte Miliz als eine stehende Truppe und daher ohne allen Geist, zwar zeigte sich in dem oder jenem Regimente der Einfluß eines gehaltvollen Mannes, z. B. im Regimente Kurfürst der des jetzigen Kriegsministers, damaligen Majors v. Zeschau, indem dieses Regiment das Gefecht von Saalfeld in größter Ordnung verließ, während andere Bataillone ohne Halt auseinanderliefen.

---

1) 10. Mai 1809, in dem Preußens im Tilsiter Frieden gewährleistete Rechtsansprüche betr. Civilforderungen im Herzogtume Warschau (gegen 20 Millionen) annulliert bezw. an Sachsen abgetreten wurden.

Die Artillerie war nicht ohne wissenschaftliche Bildung, besonders die Unter=
offiziere, weniger das Offizierkorps, einiger ehrenvollen Ausnahmen doch nicht zu
erwähnen. Nur das Fuhrwesen derselben war an Material und Mannschaft nach
dem damaligen allgemeinen Systeme eben ausgehoben und also aus Mangel an
Übung unbrauchbar. Denn in Europa hatte nur Bonaparte ein organisiertes
Artilleriefuhrwesen (train) geschaffen und der französischen Artillerie dadurch ein so
großes Übergewicht gegeben, welchem Beispiele bald aber Rußland, Preußen und
alle übrigen europäischen Mächte unter verschiedenen Modifikationen und Verbesse=
rungen folgten.

Die sächsische Kavallerie stand an Brauchbarkeit und Geist um ein bedeuten=
des höher als jene Waffengattungen, indem ein geistreicher Mann, der General
Graf Bellegarde, schon vor 15 Jahren auf den Geist derselben durch eine neue
Organisation vorteilhaft gewirkt hatte.

So unterlag denn auch am Tage von Jena die sächsische Armee durch innere
Schwäche dem allgemeinen Schicksale, welches ruhige Beobachter mit tiefem Schmerze
prophetisch voraussahen. Die Infanterie wurde größtenteils gefangen oder zerstreut,
die Artillerie ließ sogar sehr weit vom Feinde noch bei Weimar das Geschütz im
Stiche, und nur die Kavallerie verließ nach mehreren ebenso ehrenvollen als glück=
lichen, aber aus Mangel an Anführung nur vereinzelten Angriffen das Schlacht=
feld in völliger Ordnung.

Die Trümmer der bei Jena gewesenen und in verschiedenen Richtungen vom
Schlachtfelde abmarschierten 20000 Mann Sachsen vereinigten sich mit Ausnahme
weniger Abteilungen, welche ganz abenteuerliche Richtungen eingeschlagen hatten,
durch ein glückliches Ungefähr gegen 5000 Mann stark meist Kavallerie und mit Ver=
lust des sämtlichen Geschützes am 17. Oktober bei Mansfeld am Harz auf der Straße
nach Magdeburg. Hier zeigten sich in dieser Truppe Widersetzlichkeiten gegen Fort=
setzung des Marsches, die zwar von Offizieren angezettelt waren, aber von ehr=
liebenden Männern unter ihnen auch sogleich gestillt wurden. Dieser Widersetzlichkeit
lag aber weder eine Vorliebe der sächsischen Nation für die Franzosen wie die
ferneren Ereignisse deutlich beweisen werden, noch eine Abneigung gegen Preußen
zu Grunde, sondern war eine ganz natürliche Folge der Verweichlichung des
Volkes und des Mangels an Geist und Kriegszucht eines schlecht organisierten und
unter kraftlosem Befehle stehenden Heeres.

Von Mansfeld schickte der kommandierende General von Zezschwitz einen
Offizier in das französische Hauptquartier, um irgend eine günstige Bedingung
zu unterhandeln. Es war dieses der Husarenrittmeister Thielmann, jetziger
K. preuß. Generalleutnant, welcher vom Kaiser in Merseburg den mündlichen
Bescheid erhielt, „er, Napoleon, sei mit Sachsen nie im feindlichen Verhältnisse ge=
„wesen, wolle auch alles Geschehene unter den Bedingungen vergessen, erstlich, daß
„sich die sächsischen Truppen sogleich von der preußischen Armee trennten, (deren
„große Auflösung dem Sieger noch nicht völlig bekannt war), zweitens, daß man
„keinen Versuch mache, die Besetzung von Dresden den französischen Truppen zu
„verweigern.“

Mit dieser Erklärung schickte Napoleon jenen sächsischen Parlamentär nach
Dresden, wo schon früher der bei Jena gefangene sächsische Major, jetzt General

v. Funk, mit unbestimmten Freundschaftsversicherungen des Siegers eingetroffen war, welche die Einstellung der beschlossenen Abreise des Kurfürsten nach Prag zur Folge hatten.

Der General von Zezschwitz hatte indessen mit dem Überreste seines Korps den Marsch von Mansfeld gegen Magdeburg fortgesetzt, von den Bedingungen Napoleons aber benachrichtigt in Barby Halt gemacht. Die erste Folge der neuen Freundschaft war die, daß die sächsische Kavallerie in Bernburg absitzen und alle Pferde an die Sieger abgeben mußte, diesem Beweise folgten jedoch bald mehrere, als Ausräumung des Zeughauses in Dresden, mit dessen Waffenvorräten die baierschen und württembergischen Truppen bewaffnet wurden, dann die Auflage einer Kontribution von 6 Millionen Franks auf die Stadt Leipzig, anstatt der dekretierten Konfiskation der englischen Waren endlich Beschlagnahme aller Kassen und Anstellung eines Intendanten in Dresden. Es ist nicht zu läugnen, daß die Unentschlossenheit des sächsischen Kabinets sich mehrere dieser feindlichen Maßregeln nur selbst zuzuschreiben hatte, denn statt mit Bestimmtheit zu handeln, wußte man in der ersten Bestürzung nichts anders zu thun als die beiden Parlementäre v. Funk und Thielmann mit leeren Komplimenten wieder an den Sieger zurückzuschicken und als man nach 5wöchentlicher Zögerung durch die Reise des Kurfürsten nach Berlin von einem Extrem zum andern überging, war auch dies Opfer fruchtlos, da Napoleon bereits nach Posen abgereist war. Der nun erst am 11. Dezember zu Posen abgeschlossene Friede befreite indessen Sachsen von feindlichen Intendanten, und gab die Verwaltung des Landes freilich zu spät den sächsischen Behörden zurück.

Auf Befehl des Kaisers mußten nun sogleich eine sächsische Division von 6000 Mann zur Armee in Preußen und späterhin noch einige Bataillone zur Armee in Schlesien abgeschickt werden.

An der Warthe rebellierte die Infanterie der nach Preußen bestimmten Division, weigerte sich die Brücke zu passieren, schoß auf die Generale und Offiziere und wurde nachdem ein großer Teil davon gelaufen war, nur durch die Entschlossenheit der Kavallerie und Artillerie, welche Waffen bereit waren Gewalt gegen die Meuterer zu gebrauchen, zur Pflicht zurück geführt.

Die bei Mansfeld nur schwach gezeigte und oben erwähnte Widersetzlichkeit der Sachsen, nicht weiter mit Preußen für die deutsche Sache fechten zu wollen, brach hier, als es der französischen Sache galt — sonderbar genug — in offene Rebellion aus, und rechtfertigt hinlänglich die ausgesprochene Meinung, daß „die „sächsische Armee der Tadel undeutscher Gesinnung ebensowenig treffe als ihr das „Lob eines besondern Patriotismus gebühre, wohl aber, daß sie sich des Vorwurfs „größter Indisciplin schuldig gezeigt habe, welches von Mansfeld an durch eine „Reihe von Vorfällen, bei Danzig, in Warschau u. s. w. bis zu dem Übergang „bei Leipzig und der wahrlich nicht ehrenvollen Aufführung in Lüttich, Schritt vor „Schritt nachgewiesen werden kann."

Der Persönlichkeit des damaligen Prinzen von Ponto Corbo, jetzigen Königs von Schweden, dem Napoleon im Jahre 1809 bei Gelegenheit des Krieges gegen Österreich das Kommando der sächsischen Truppen übergab, war es vorbehalten, die Ordnung in etwas herzustellen, und durch seinen Einfluß eine neue Organisation möglich zu machen, die dem General v. Gersdorf übertragen und im Jahre 1810 ausgeführt wurde. Ihre Zweckmäßigkeit erprobte sich sogleich in dem Feldzuge von 1812 unter dem General Reynier in Polen, und eines Teils der Kavallerie unter dem General Thielmann in Rußland, wo die Truppe nicht allein Zucht und Gehorsam bewies, sondern sich auch durch Tapferkeit besonders auszeichnete, die den Sachsen unter guter Anführung wie überhaupt jeder Nation immer eigen war.

V.

Über Vermehrung und anderweitige Organisation der Kavallerie, Ende 1821 oder Anfang 1822.

(Entwurf von Thielmanns Hand in seinem Nachlasse.)

In der öffentlichen Meinung der preußischen Armee steht die Kavallerie gänzlich hinter der Infanterie und Artillerie zurück, — neuerlich haben allerdings Thatsachen gegen diese Waffe gesprochen, die solcher die öffentliche Ahndung des kommandierenden Feldmarschalls, die Ungnade S. M. des Königs und harte Bestrafung zuzogen, wodurch die öffentliche Stimmung gegen diese Waffe nur noch mehr eingenommen werden mußte. Der Beweis des Gegenteils dürfte schwerlich zu führen sein, es ist daher Pflicht die Ursachen des Verfalls aufzusuchen, so wie es erlaubt scheint von den Mitteln zur Verbesserung des Übels zu sprechen. —

Wenn der größere Teil der preußischen Armee den Feldzug von 1815 unter sehr ungünstigen Verhältnissen antrat, indem die Armee eben in einer ganz neuen Organisation begriffen war, als man sich auf die unerwartetste Weise zum Kriege rüsten mußte, so traf dieses die Waffe der Kavallerie ganz besonders. — Alle Regimenter wurden durch die Abgabe einer Eskadron zerrissen — alle Offizierkorps der Kavallerie wurden es noch durch Versetzung — ganz neue Regimenter wurden aus sehr verschiedenen Elementen zusammengesetzt, wovon einige an und für sich jung und unausgebildet, wie z. B. die bergischen Truppen und alle Freikorps, durch die Auflösung und neue Zusammensetzung nur noch unbrauchbarer wurden — viele Regimenter konnten nur einen Teil, ja oft nur einen sehr kleinen Teil ihrer Offiziere an sich ziehen, indem die großen Entfernungen das Ankommen der Befehle an die Offiziere zur Versetzung sowie das Eintreffen der letzteren bei den Regimentern gleich schwer machten; so hat z. B. das 7. Ulanen-Regiment den ganzen Feldzug mit 3 ihm zugehörigen unerfahrenen Subalternoffizieren gemacht und Kommandeur und Eskadronchefs so wie die übrigen nötigen Offiziere mußten zum fühlbaren Nachteile der übrigen ebenfalls an Offizieren höchst inkompletten Regimenter kümmerlich entlehnt werden; — viele Regimenter waren nun bunt an Uniformen, ja oft von verschiedenen Waffen zusammengesetzt — alle Regimenter waren in einem hohen Grade inkomplett, wenige nur hatten über die Hälfte des eigentlichen Bestandes, viele noch darunter — der Zustand der Pferde war vollends ganz schlecht, teils durch den vielen Gebrauch, teils durch die Schlechtigkeit der Racen selbst, sodaß von dem vorhandenen Bestande der Pferde, womit der Feldzug eröffnet wurde ohne alle Uebertreibung ein Dritteil als unbrauchbar anzunehmen war — die Zäumung, dieser wichtige Gegenstand in der Kavallerie, konnte teils durch den Gebrauch in

mehreren Feldzügen nicht anders als mangelhaft sein, — die Ausbildung des ge=
meinen Mannes endlich zum Reiter war und ist als eine ganz natürliche Folge der
Ereignisse entweder bei den alten Regimentern sehr zurück oder bei den neuen noch
gar nicht eingetreten.

Aus dieser kurzen Darstellung des Zustandes der preußischen Kavallerie bei
Eröffnung des Feldzugs von 1815 gehen von selbst folgende Hauptmomente hervor.

1. Der esprit de corps mußte bei den Versetzungen, die durch die neue
Formation notwendig wurden oder bei den ganz neu zusammengesetzten Offizier=
korps einzig und allein nur auf dem Grunde der Ehre und Pflicht beruhen; und
es fehlte hierbei der Reiz der Erinnerung gemeinsam verrichteter Thaten, gemein=
samer Bemühungen zu einem Zweck und überhaupt der freundlichen Gewohnheit,
hierzu kam noch im Einzelnen — daß jeder seine alten Verhältnisse entweder un=
gern verlassen hatte oder sich in den neuen nicht hinlänglich bedacht oder gar zurück=
gesetzt glaubte, wie die häufigen Reklamationen deshalb hinlänglich bewiesen.

2. Wenn das Verhältnis der Offiziere unter sich neu war, so war es das
der Offiziere zum gemeinen Mann noch mehr, die meisten Kommandeurs kannten
ihre Regimenter und ein großer Teil der Offiziere ihre Mannschaften nicht, und
wie viel kommt nicht auf diese gegenseitige Bekanntschaft besonders bei der leichten
Kavallerie an.

3. Da indessen dies alles beim Offizier durch Ehr= und Pflichtgefühl gleich
gemacht wurde, so konnte dem gemeinen Mann die schlechte Beschaffenheit seines
Pferdes durch nichts ersetzt werden, dem übrigens noch manches genommen war,
was auf den Geist wirkt und Reiz für ihn hat, als Gleichheit der Uniform, oft
selbst der Waffe.

4. Die Schwäche der Regimenter, wovon die meisten im vergangenen Feld=
zuge kaum die Hälfte des eigentlichen Bestandes zählten, mußte auf den Geist der
Truppe in demselben Grade nachteilig wirken als die physische Kraft in der That
dadurch vermindert war.

Dies sind nun auf sich selbst bestehende Thatsachen und keineswegs Meinungen,
wohl aber entstehen hieraus eine Menge von Meinungen über den Wert der Waffe
überhaupt, den Gebrauch derselben u. s. w. welche wie alles der Mode unterworfen
sind; ohne auf deren Widerlegung einzugehen, ist doch zu erinnern, daß Preußen
immer noch des Ruhmes eingedenk sein muß, den seine Kavallerie unter Seydlitz
und Zieten und später noch unter Blücher am Rhein sich erwarb. —

Remontierung und Komplettierung ist gewiß das erste und uner=
läßlichste, was für die Kavallerie geschehen muß und für die erstere sind ohne Zweifel
sehr viel neue und nützliche Einrichtungen zu machen übrig. Die meisten Provinzen
der preußischen Monarchie sind zu bevölkert um zu den Viehzucht treibenden Ländern
zu gehören, doch sind mehrere vorzugsweise dazu geeignet, in diesen also die Pferde=
zucht zu vermehren, im ganzen Reiche aber sie zu verbessern ist ein höchst wichtiger
Gegenstand gleich für die Staatsökonomie als für das Kriegswesen. England hat
es längst, Preußen seit 25 [Jahren] bewiesen, was in Ackerbau treibenden Ländern
für die Vermehrung und Veredlung der Pferdezucht geschehen kann, auch in mehreren
deutschen Provinzen, namentlich in dem an Preußen gefallenen Teile von Sachsen
sind sehr unvollkommene Versuche selbst bei fehlerhaften Einrichtungen mit uner=

wartet glücklichem Erfolge belohnt worden. Die sächsische Kavallerie bekam 1796 zuerst sehr schwache Lieferungen von Landpferden, 1805 wurde jährlich schon über ⅓ des Armeebedarfs durch im Lande gezogene Pferde ersetzt. Es ist mit einem hohen Grad von Gewißheit vorauszusetzen, daß Preußen mit Aufopferung einiger Tonnen Goldes zum Ankauf von Hengsten bei zweckmäßigen Einrichtungen nach dem ersten Jahrzehnt wenig oder keine fremden Pferde für das Heer mehr brauchen würde und im Königreiche Preußen, Polen, der Mark und der Elbe ausgezeichnet leichte Racen sowie in Thüringen und Westfalen treffliche Kürassierpferde ziehen könnte.

Die Beschäler könnten zur Ersparnis der Wartungskosten bei den Regimentern gefüttert werden so wie es ehedem in den österreichischen Staaten gebräuchlich war. Die Nation muß durch Prämien und unbeschränkte Freiheit in Besitz und Verkauf der Fohlen zur Nacheiferung erweckt werden und es ist gewiß unwiderleglich wahr, daß die geringste Beschränkung des Verkaufs oder der entfernteste Anspruch des Staats auf ein von einem Landbeschäler erzeugtes Füllen dem Zwecke die Pferdezucht zu verbessern und zu vermehren nicht anders als nachteilig ist.

Ferner dürfte eine zweckmäßigere Organisation der Kavallerie gewiß der Berücksichtigung gar sehr verdienen.

Keineswegs ist es ein Vorurteil oder eine Gewohnheit die Reiterei in schwere und leichte einzuteilen. Wenn die schwere Reiterei ihrer Natur nach zum Vorpostendienste nicht geeignet ist, so verlangt man von ihr desto mehr am Tage des Gefechts durch physische Kraft und Kunst der Bewegung in fest geschlossenen Massen; wenn die leichte Reiterei ebenfalls ihrer Natur nach zum Vorpostendienste durch Ausdauer und Leichtigkeit im Zurückziehen oder Verfolgen mehr geeignet ist, so hat man mit Recht in der Bewegung in fest geschlossenen Massen einige Nachsicht mit selbigen, um so mehr da sie am Tage des Gefechts wegen der Vorposten, Deckung der Flanken und Außensein auf Kundschaft oder Parthey selten oder nie vereinigt sicht, daher in schwachen Reihen gegen den Feind auftritt und je länger der Feldzug dauert, desto mehr der Übung mangelt.

Hieraus lassen sich sogleich drei Schlüsse ableiten:

erstlich, daß dieser Unterschied der leichten und schweren Reiterei ein natürlicher sei, indem es schwere und leichte Pferde giebt und also die Kunst von jedem einen ihm angemessenen Gebrauch machen soll,

zweitens, daß also der Gebrauch der Waffen ein sehr verschiedener sei und man Unrecht habe aus Kürassieren numidische Reiter machen zu wollen, und umgekehrt,

drittens, daß ferner auch eine jede dieser Arten von Reiterei einer besondern Organisation bedürfe.

Der erste dieser Schlüsse ist spekulativ, der zweite gehört der Taktik an und der dritte ist ein besonderer Gegenstand dieses Aufsatzes.

Der Zug ist die kleinste Abteilung der Aufstellung zum Gefecht in Brigaden, Regimentern und Schwadronen. Für die Größe eines Zugs giebt es ein Maximum und ein Minimum, welche auf geometrischer und mathematischer Gewißheit beruhen. Das Minimum eines Zuges sind 9 Pferde in fronte, indem wenn es weniger Pferde wären die Tiefe des Zugs in zwei Gliedern eine längere Linie sein würde als die der Front, woraus die Unmöglichkeit der Bewegung zum Manövrieren hervorgingen. Das Maximum eines Zuges also muß unter 18 Pferden in

Fronte sein, indem sonst die Zahl des Minimums zweimal darin enthalten wäre, woraus denn also hervorgeht, daß das Maximum nur 15 oder 16 sein kann, je nachdem man vorzieht zu 3 oder 4 Mann abzuteilen, ein Zug in 2 Gliedern also nicht unter 15 und nicht über 30 und 32 Pferde sein dürfe, ohne jedoch das Pferd des nicht rottirenden Unteroffiziers zu rechnen. Wenn nun ferner nach einer gegründeten Erfahrung eine Eskadron von 4 Zügen die beweglichste ist, so entsteht hieraus folgendes natürliches Verhältnis, die kleinste Eskadron darf nicht unter 36 Rotten haben, indem sie sonst nicht mit Zügen sich bewegen kann, und die stärkste Eskadron darf nicht über 60 Rotten zählen oder 64, wenn man zu 4 Mann abteilt, indem sie sonst unbeweglich wird. Dieses ist aber das Maximum und Minimum einer Eskadron zum Kampf, bei der Organisation muß man aber noch auf Kranke, marode Pferde, fehlende und kommandierte rechnen, wozu sich wieder ein richtiger Maßstab darin findet, daß man die Eskadron zu drei Gliedern annimmt.

Da nun in der preußischen Armee der Zug zu 12 Rotten angenommen ist, so ergiebt sich hieraus die Zahl von 144 auf eine Eskadron und wenn man die Trompeter u. s. w. noch dazu rechnet, die Stärke von 150 Pferden.

Indessen liegt dieser Berechnung nur die Ansicht der Aufstellung in der Linie und des gewöhnlichen Dienstes zum Grunde, wenn aber selbige auf die leichte Kavallerie ausgedehnt werden soll, so wird sich bald deren Unzulänglichkeit ergeben. Die leichte Kavallerie hat der Natur ihres Dienstes nach weit mehr Abgang an Pferden als die schwere, denn diese schickt man nicht auf Vorposten, nicht auf Korrespondenzlinien u. s. w., verlangt von ihr nicht den Dienst des Hauptquartiers u. s. w., ihre Vorposten sind nur die der Sicherheit ihres Lagers oder Kantonnements, dahingegen die leichte Kavallerie alles obige bestreiten und am Tage des Gefechts noch entfernte Beobachtungsposten halten muß, sodaß die Eskadrons am Tage des Gefechts oft sogleich auf die Hälfte reduziert sind. Es würde überflüssig sein über den Nachteil einer solchen Organisation den Beweis führen zu wollen, auch gehen uns alle Armeen mit dem Beispiele voran, starke Eskadrons zu haben. So innig ich aber von der Notwendigkeit überzeugt bin, die Eskadrons der leichten Kavallerie auf 200 Pferde zu setzen, so sehr würde ich mich dagegen erklären dies bei der schweren Kavallerie zu thun, indem solche durch allzu starke Eskadrons nur unbeweglich und unbehilflich werden würde.

Aus diesem Unterschiede geht aber nun auch die Notwendigkeit oder wenigstens der Nutzen hervor, selbst im Frieden eine Grenzlinie zwischen der schweren und leichten Kavallerie zu ziehen, und Küraffiere und schwer berittene Dragoner sowie Husaren und Ulanen im Avancement und Kommando für sich bestehen zu lassen.

Ohne hierdurch einen schädlichen Kastengeist bezwecken zu wollen, möge doch eine gewisse Vorliebe für seine Waffe ebenso erlaubt sein, als sie gewiß nützlich ist; wer aus eigener Wahl oder aus erworbener Gewohnheit seine Waffe liebt, geht entweder nicht gern in eine andere über oder wird in einer anderen nicht allemal nützlich sein, da die Natur ihre Gaben sehr verschieden austeilt, und wenn es erlaubt ist Großes mit Kleinem zu vergleichen, so scheint die Duldung nicht aber Begünstigung dieses Geistes zu der universellern Ansicht ein ähnlicher Gegensatz zu sein wie Patriotismus und Kosmopolitismus.

———

Personenregister.

S.

Sahrer v. Sahr, Ludwig, ſächſ. General, Freund Thielmanns 6. 7. 150. 158. 170. 193. 204. 205. 207. 208. 209. 210. 211. 215. 227. 230. 234.

Saint Cyr, Carra, franz. General 103.

— —, Gouvion, franz. General 248. 251.

— —, franz. Bataillonschef 143.

v. Salbern, preuß. Taktiker 100. 329.

Fürſt zu Salm-Kirburg 21.

v. Schack, preuß. Genbarmenoffizier 43.

— —, preuß. Offizier 199.

v. Schaper, preuß. Offizier 80.

Scharnhorſt, 4. 103. 156. 162. 163. 164. 170. 201. 236. 288. 324.

—, Gerhard, Sohn des vor. 317.

Scheffler, preuß. Kriegsrat 308.

Schenkenborf, M. v. 322.

Schill 68. 76. 82. 92. 105. 111. 287.

Schiller 5. 8. 11. 12. 25. 26. 30. 31. 33. 70. 108. 111.

Graf Schlabernborff 42.

Schlegel (ſ. a. Ernſt) A. W. 31. 33.

—, F. 33.

—, Karoline 34.

v. Schleinitz, ſächſ. Oberforſtmeiſter 149. 175. 183. 184. 186. 190. 192.

—, ſächſ. Offizier 216.

Schlick, Violoncelliſt 25.

—, Regina, geb. Strina-Sacchi 26.

Schlözer ſ. Robbe.

v. Schmiſing 307.

Schön, Theob. v. 200. 231. 235.

Schönburg, Fürſt v. 176. 183. 256. 260.

—, Grafen v. 176. 183.

Schöppingk, Baron, Kurländer 104.

Schreckenſtein, Roth v., Maximilian, Abjutant Thielmanns 111. 115. 117. 118. 119. 127. 221. 287. 288. 306.

Graf Schulenburg, ſächſ. Diplomat 151. 152. 313.

Gräfin Schulenburg, geb. Gräfin Einſiebel 313.

Graf Schulenburg-Kehnert, preuß. Miniſter 158.

Schulz, preuß. Feldprebiger 289.

Fürſt Schwarzenberg 121. 198. 245.

v. Schweinitz, preuß. Huſarenrittmeiſter 268.

Graf Senfft, ſächſ. Miniſter 2. 127. 129. 131. 133. 135. 136. 144. 154. 156. 164. 165. 174. 175. 180. 181. 183. 190. 193. 194. 199. 223. 224.

Gräfin Senfft 144.

v. Senfft 2.

v. Senfft, geb. Thielmann 2.

Baron Serra, franz. Diplomat 139. 218.

Serrurier, franz. General 42.

Seuffert, ſächſ. Hofbettmeiſter 1.

—, Karoline ſ. Thielmann.

Graf Seydewitz, Abjutant Thielmanns 110. 115. 116.

v. Seydewitz, ſächſ. Oberſt 258.

v. Seyblitz, preuß. Reitergeneral 101. 318. 339.

Graf Siewers, ruſſ. Reiteroberſt 113.

Graf Sickingen (ober Sältingen, nach Exner), öſterr. Oberleutnant 80.

v. Sohr, preuß. Offizier 302.

Graf Solms-Laubach, preuß. Oberpräſibent 317.

Soult, franz. Marſchall 61.

Graf Spiegel, Freund Steins 262. 307. 317. 318. 322.

Spina, Erzbiſchof von Korinth 42.

Spinoza 5.

Graf Stabion 217. 236.

Stein, Johann Friedrich Freiherr vom, Vertrauter Friedrich Wilhelms II. 16. 17.

—, Karl Freiherr vom, Miniſter 7. 16. 64. 67. 68. 70. 130. 170. 175. 178. 179. 180. 183. 187. 195. 201. 202. 214. 217. 221. 222. 231. 232. 235. 248. 249. 251. 252. 253. 262.

Druck von J. B. Hirſchfeld in Leipzig.